SUZANNE McLEOD

Bittersüße Nacht

GOLDMANN
Lesen erleben

Buch

Genevieve Taylor ist eine *Fae,* eine Elfe, genauer gesagt sogar eine noble Sidhe. Aber statt fernab von anderen Menschen zu leben, wie es ihrer Art entsprechen würde, hat es Genny nach London verschlagen. Wo immer ein Goblin, ein Troll oder ein Vampir ihre magischen Fähigkeiten für kriminelle Vorhaben einsetzen, ist sie zur Stelle.

Das hat leider schon zu gehörigen Turbulenzen auch in Gennys Privatleben geführt, denn wer kann schon jedem gut aussehenden Vampir in London widerstehen. Auch wenn man sich von diesen eigentlich fernhalten sollte, zumindest wenn es nach dem mächtigen Hexenrat geht. Und zu allem Überfluss ist da noch Gennys attraktiver Chef Finn, mit dem sie deutlich mehr verbindet als nur eine Arbeitsbeziehung. Gennys Leben ist also turbulent genug. Den fürchterlichen Fluch, der seit langem auf den Londoner *Fae* liegt, hätte sie da eigentlich nicht mehr gebraucht. Zumal es ausgerechnet Genny bestimmt scheint, den Fluch zu brechen – und sie ahnt, dass sie bald handeln muss.

Ihre Ahnung wird bestätigt, als die Leiche einer *Fae* aus der Themse gefischt wird, offensichtlich durch magische Fesseln gebunden und ermordet. Genny wird zu den Ermittlungen hinzugezogen, und ihre Recherchen nehmen bald eine ernste und gefährliche Wendung. Uralte Geheimnisse kommen ans Licht. Dann verschwindet eine zweite *Fae,* und nun muss Genny nicht nur die Verschwundene retten, sondern auch das offensichtlich nächste Opfer des Fluches – sich selbst!

Autorin

Suzanne McLeod hat als Cocktail-Spezialistin, Kellnerin und Managerin einer Künstlergruppe einige Erfahrungen im Londoner Nachtleben gesammelt, bevor sie auf die Idee kam, diese Erfahrungen in ihre ebenso fantastische wie witzige Reihe um die Vampirjägerin Genevieve Taylor und spellcrackers.com einfließen zu lassen. Die Autorin lebt an der Südküste Englands mit ihrem Mann und zwei Hunden und schreibt bereits an ihrem nächsten Roman.

Von Suzanne McLeod außerdem bei Goldmann lieferbar:

Süßer als Blut. Roman (47103)
Der kalte Kuss des Todes. Roman (47159)

Suzanne McLeod

Bittersüße Nacht

Roman

Aus dem Englischen
von Gertrud Wittich

GOLDMANN

Die amerikanische Originalausgabe erschien 2011
unter dem Titel »The Bitter Seed of Magic« bei Gollancz,
an imprint of the Orion Publishing Group, London.

MIX
Papier aus verantwortungsvollen Quellen
FSC® C014496
FSC
www.fsc.org

Verlagsgruppe Random House FSC-DEU-0100
Das FSC®-zertifizierte Papier *München Super* für dieses Buch
liefert Arctic Paper Mochenwangen GmbH.

1. Auflage
Taschenbuch-Ausgabe Februar 2012

Umschlaggestaltung: UNO Werbeagentur, München
Umschlagmotiv: © FinePic, München
Redaktion: Ilse Wagner
Th · Herstellung: Str.
Satz: DTP Service Apel, Hannover
Druck und Bindung: GGP Media GmbH, Pößneck
Made in Germany
ISBN 978-3-442-47648-0

www.goldmann-verlag.de

Für Corrie und Sophie
treue Freundinnen

Prolog

Magischer Fluch: Form von Verwünschung, die großen Schaden anrichten kann.

Flüche bedeuten nie etwas Gutes – vor allem dann nicht, wenn man tief in einen verwickelt ist – wie ich in den *Droch Guidhe,* einen Whopper von Fluch, der vor achtzig Jahren von Clíona verhängt wurde.

Clíona, eine mächtige Königin aus dem noblen Geschlecht der Sidhe-Elfen, verliebte sich einst in einen Menschen und beschloss, von ihm ein Kind zu empfangen. Wie alle Sprösslinge aus Verbindungen zwischen Sidhe und Mensch war auch dieses Kind – ein Sohn – menschlicher Natur und hätte daher nicht auf Dauer in den Schönen Landen überleben können. Die Königin beschloss infolgedessen schweren Herzens, ihn im Menschenreich zurückzulassen, und beauftragte die minderen Fae, die dort lebten, ihn aufzuziehen und gut zu beschützen.

Leider beschützten sie ihn nicht gut genug.

Die Vampire spürten ihn auf.

Und lockten ihn in den Tod.

Außer sich vor Kummer verschloss Clíona den minderen Fae die Pforten zu den »Schönen Landen« und verhängte einen Fluch, den *Droch Guidhe, auf dass jeder den Kummer in ihrem Herzen am eigenen Leib spüre.*

Es waren die *Faelinge,* die sterblichen Kinder aus Beziehungen zwischen minderen Fae und Menschen, die am meisten unter dem *Droch Guidhe* zu leiden hatten, Unschuldige, die nichts mit dem eigentlichen Grund für die Verwünschung zu tun hatten. Londons mindere Fae, der Verzweiflung nahe, beschlossen, fortan keine Kinder mehr mit Menschen zu zeugen in der Hoffnung, dem Fluch damit den Boden zu entziehen. Doch die Zeit verging, und die Fae mussten der Tatsache ins Auge blicken, dass seit der Verhängung des Fluchs auch keine reinrassigen Fae-Kinder mehr geboren worden waren.

Der Fluch hatte die minderen Fae ihrer Fruchtbarkeit beraubt.

Und obwohl sie, da in der *Glanzzeit* geboren, so gut wie unsterblich waren und sich sogar von den schlimmsten Verletzungen erholen konnten, spürten sie, dass sie unweigerlich schwinden würden. Denn ihre Magie wurzelte in ihrer Fruchtbarkeit, in ihrer Fortpflanzungskraft. Wenn sie keine Kinder bekamen, konnte sich auch die Magie nicht fortpflanzen.

Mit dem Schwinden der Magie schwinden auch die Fae. Aber sie sind wild entschlossen, alles zu tun, um das zu verhindern.

Und jetzt glauben sie, einen Ausweg aus ihrer Misere gefunden zu haben.

Mich.

1. Kapitel

Ich stand im Eingang zum *Dead Man's Hole*, der alten Begräbnisstätte unter der Tower Bridge. Der Wind pfiff mir um die Ohren, und ich fror in meiner Lederjacke. Über mir kreiste kreischend ein Schwarm Seemöwen, und von weit oben drangen die fernen Stimmen von Touristen, die sich auf der Brücke tummelten, an mein Ohr. Von der Themse wehte ein wilder, ungezähmter Wassergeruch zu mir her. Eine bleiche Sonne stand am Märzhimmel. Ihre ebenso bleichen Strahlen leckten wässrig an den Kachelwänden und an der alten Gewölbedecke der viktorianischen Katakomben. Mein Schatten wies wie ein dünner Pfeil über den Betonboden auf den großen Bannkreis aus weißem Sand und Salz, den die magische Einsatztruppe der Polizei um die Leiche des toten Mädchens herum gezogen hatte.

Mehr als fünfzig Menschen jährlich verlieren in der Themse ihr Leben.

Ich wischte meine feuchten Handflächen an meiner Jeans ab und betrat entschlossen die Katakomben. Im Vorbeigehen nickte ich grüßend der Polizistin zu, die an einer Seite Wache hielt. Ein scharfer Geruch stieg mir beißend in die Kehle, und ich unterdrückte nur mühsam ein Husten. Es war Salbei, vermischt mit etwas eklig Süßem, das ich nicht recht einzuordnen wusste. Mit angehaltenem Atem näherte ich mich dem Bannkreis. Jetzt sah ich, dass die Sand-Salz-Mischung mit einem komplizierten Muster aus rotbraunen Knochensplittern und dunkelgrünen, zerschredderten Eibennadeln vermischt war, ähnlich wie die rituellen Aschemuster bei der Feuerbestattung von Zwergen. Knochensplitter und Eibennadeln bedeuteten, dass der Bannkreis geweiht worden war, um Toten und höllischen Dämonen den Zugang zu unserer Welt zu verwehren – eine Routinevorsichtsmaßnahme, die von der Polizei seit dem Dämoneneinfall an Halloween letzten Jahres geflissentlich getroffen wurde. Reichlich übertrieben, wie ich fand, da jetzt März war und nicht mehr Ende Oktober. Aber an meiner Meinung war die Polizei ja noch nie sonderlich interessiert gewesen.

Mehr als fünfzig Menschen jährlich verlieren in der Themse ihr Leben; achtzig Prozent davon infolge von Selbstmord.

»Bitte bleiben Sie außerhalb des Kreises«, sagte die Polizistin verärgert und umklammerte warnend ihren ausziehbaren Schlagstock. Ich hob beschwichtigend die Hand. Sie war eine ausgebildete Hexe, und Hexen werden in meiner Gegenwart leicht nervös, auch wenn ich mittlerweile glücklicherweise nicht mehr auf ihrer Steckbriefliste stehe. Das Letzte, was ich wollte, war, ihr einen Vorwand zu liefern, mir den Schockzauber, der in der Jadespitze des Schlagstocks steckte, zu verpassen.

Sorgfältig darauf achtend, den Kreis nicht mit meinen Sportschuhen zu berühren, spähte ich zu dem Mädchen hin. Sie war von südländischem Typ: dunkelbraune Augen – die blind zur Gewölbedecke hinaufstarrten – und blauschwarzes, lockiges Haar, das noch feucht vom Themsewasser war. Sommersprossen zierten ihre Nase und auch die nackten Schultern. Sie trug ein geblümtes Kleid mit Spaghettiträgern. Ich konnte sehen, dass ihre Haut dort, wo ein Träger verrutscht war, ein wenig heller war als an den anderen Stellen, was bedeutete, dass sie ihre Bräune eher der Sonne verdankte als ihrer südländischen Abstammung.

Mehr als fünfzig Menschen jährlich verlieren in der Themse ihr Leben.

Keine davon sind Fae.

Die Tote sah auch nicht aus wie eine Fae. Hätte sie angesichts ihrer Sonnenbräune auch gar nicht sein können. Nur die Haut von Menschen produziert Melanin. Ich als Sidhe Fae, als Fae des noblen Geschlechts, könnte tagelang in der Sonne der Sahara liegen, ohne einen Sonnenbrand zu bekommen und ohne dass mein rotgoldenes Haar auch nur ein bisschen ausbleicht. Ich heile so schnell, dass das Schlimmste, was mir passieren könnte, eine gesunde Wangenröte wäre. Aber Hugh – Detective Sergeant Hugh Munro von der Mord- und Magiekommission der Metropolitan Police, besser bekannt unter dem Namen Scotland Yard – hätte mich sicher nicht hergebeten, wenn es sich um eine ganz gewöhnliche Wasserleiche gehandelt hätte.

Und um eine solche hätten die Hexen auch keinen Bannkreis gezogen.

Also entweder war sie kein Mensch, oder …

Meine Kehle war auf einmal wie zugeschnürt. Nein, nein, bloß das nicht. Nicht auszudenken, was der Mord an diesem Mädchen bedeuten könnte. Eine Mutation des *Droch Guidhe*? Das war nicht unmöglich, es war bereits ein Mal passiert. Und falls ja, war ich dann vielleicht schuld an dem Tod des Mädchens? Weil ich mich weigerte, den Fae das Kind zu schenken, mit dem sie hofften, den Fluch brechen zu können? Tiefe Schuldgefühle keimten in mir auf. Aber wie konnte ich eine solche Entscheidung treffen, ohne zu wissen, ob es überhaupt etwas nutzen würde? Und ohne zu wissen, welche Konsequenzen sich für mein Baby ergäben, das Wesen, das zu beschützen meine wichtigste Aufgabe war?

Meine Hand fuhr automatisch zu dem goldenen Medaillon, das an einem Kettchen um meinen Hals hing. Es gab mir die Kraft, diese Ängste fest in der Schublade zu verschließen, die ich in einer Ecke meines Geistes versteckt hielt.

Das alles spielte im Moment sowieso keine Rolle.

Wichtig war herauszufinden, ob das Mädchen zufällig umgekommen war – ein *menschlicher* Tod – oder ob etwas anderes dahintersteckte …

Ich legte meinen metaphysischen Schalter um und *schaute* mir die Sache genauer an. Der Bannkreis glühte blutrot, durchsetzt mit blitzenden Sternen. Der Schockzauber im Schlagstock der Polizistin blinkte in meinem Augenwinkel wie ein lästiges grünes Glühwürmchen …

… und die Leiche des Mädchens war plötzlich verschwunden. Sie verschwand buchstäblich unter einer Masse aus weißgrauen Seilen, die sich wie entrindete Lianen um ihren Körper wanden. Stirnrunzelnd *schaute* ich genauer hin. Sie war hastig, schlampig eingeschnürt worden wie die Beute einer Riesenspinne; das Werk eines Amateurs oder von jemandem, der es so aussehen lassen wollte. Oder dieser Jemand hatte es sehr eilig gehabt …

Wie auch immer, es änderte nichts an der Tatsache, dass das Mädchen mausetot war.

Das arme Ding. Sie konnte einem wirklich leidtun, auch wenn ich sie nicht gekannt hatte. So eine Verschwendung eines jungen, hoffnungsvollen Lebens. Ich merkte, wie ich mich unwillkürlich fester an den goldenen Anhänger klammerte – Graces Anhänger –, den sie mir geschenkt hatte, kurz bevor sie ihr Leben für mich geopfert hatte. An Halloween, letztes Jahr … Die Erinnerungen drohten mich zu überwältigen, und ich schob sie hastig in die bekannte Schublade zurück. Mein Kummer verblasste. Zurück blieb ein Gefühl der Lähmung und Leere.

Ich konzentrierte mich wieder auf meine Umgebung, auf die muffigen Katakomben. Und auf das tote Mädchen.

Die Seile, mit denen sie umwickelt war, waberten einen Moment lang vor meinen Augen. Hatte ich mir das eingebildet? Ich blinzelte und rieb mir die Augen, dann ging ich in die Hocke und *schaute* genauer hin. Die Fesseln verschwammen erneut, und zwar weiter oben, dort, wo sich ihr Kopf befand. Ich folgte der Verschnürung bis zu ihren Händen, auch dort schien die Umgebung zu flirren wie die Luft um einen Heißluftballon. Da war noch ein anderer Zauber …

»Genny.« Hughs tiefe Bassstimme riss mich aus meiner Konzentration. Ich schaute mich zu ihm um und stand auf. Mit seinen gut zwei Metern war er klein für einen Bergtroll, überragte mich mit meinen eins siebenundsechzig aber um Längen. Auf seinen groben, kantigen Zügen lag ein Ausdruck ehrlicher Besorgnis, und von seinem Schädel stieg roter Staub auf, der sich wie rosa Puderzucker auf seine kurz geschnittenen schwarzen Haare und das sauber gebügelte weiße Hemd legte. Hugh wirkte immer so, als stecke er in einer Uniform, obwohl er schon seit vier Jahren ein Detective Sergeant war. Oder fast immer. Unwillkürlich musste ich an letztes Jahr denken, an die Kampfarena und wie er dort ausgesehen hatte … wie polierter roter Granit hatte sein nackter, grob behauener Körper geglänzt, weißes Silikonblut war aus den Vampir-Bisswunden an Hals und Schultern geströmt. Man hatte ihn gezwungen, um sein Leben und das seiner Freunde und Kollegen zu kämpfen. Und um meines. Er hatte zwar gewonnen, war aber so schwer verletzt gewesen, dass er die letzten sechs Monate in der Erde seiner Heimat im schottischen Cairngorm-Gebirge verbringen musste, wo man seinen Körper tief vergraben und großer Hitze ausgesetzt hatte – eine Art Backvorgang, der bei Trollen die entstandenen Risse und Verletzungen heilt. Und seine verwundete Psyche, denn Trolle sind zutiefst friedliebende Geschöpfe; kämpfen und gar töten fällt ihnen äußerst schwer.

Hugh war erst seit ein paar Wochen wieder im aktiven Dienst.

»Alles in Ordnung mit dir, Genny?«

»Ja, wieso?«

»Du weinst«, brummte er leise.

Echt? Das hatte ich gar nicht bemerkt. Stirnrunzelnd berührte ich mein Gesicht. Mist, es stimmte. Ich hasste es, wenn das passierte; als würde ein Teil von mir unabhängig von meinem Willen agieren. Das geschah in letzter Zeit immer öfter.

Auf Hughs gemeißeltem Gesicht breitete sich ein mitfühlender Ausdruck aus. Er blickte mich mit seinen wolkengrauen Augen voller Zuneigung an. »Entschuldige, Genny, ich hätte wissen müssen, wie sehr dich dieser Mord und diese Umgebung mitnehmen würden, nach allem, was an Halloween …«

»Es geht mir gut.« Ich blinzelte die Tränen weg und schaute dann zu Hugh auf. Dies war weder die richtige Zeit noch der richtige Ort, um über all das zu reden … über Grace zu reden. »Ehrlich, es geht mir gut«, wiederholte ich fest, »achte nicht darauf, ich tu's ja auch nicht.«

»Aber das kann ich nicht, Genny.« Er legte seine rote Pranke sanft auf meine Schulter. »Ich hätte dich nicht herrufen sollen. Wenn das Opfer kein Mensch ist, dann geht dich das ohnehin nichts an. Dann ist das eine Angelegenheit für die Fae.«

Ich tätschelte seufzend Hughs Hand auf meiner Schulter. Sie fühlte sich warm und rau und tröstlich an. »Hugh, wie oft soll ich's dir noch sagen: Ich muss einen Weg finden, diesen Fluch zu *brechen*, also geht mich das sehr wohl was an, ob ich will oder nicht.«

Und ein Teil von mir wollte ganz und gar nicht. Seit fünf Monaten zerbrach ich mir nun den Kopf, suchte nach einer Lösung – einer, die nicht bedeutete, dass ich schwanger werden musste. Es gab Tage, da hätte ich mich am liebsten irgendwo verkrochen und mir gewünscht, nie das Wort »Fruchtbarkeitsfluch« gehört zu haben. »Und es war ganz richtig, dass du mich gerufen hast, Hugh. Ich habe einen Glamour-Zauber bei dem Mädchen entdeckt.«

Sein besorgter Gesichtsausdruck wandelte sich in Enttäuschung. Er drückte kurz meine Schulter, dann zog er seine Hand sanft unter der meinen weg. Hugh ist, wie alle Trolle, immun gegen Magie – und gegen eine Menge anderer Sachen –, was aber leider auch bedeutet, dass er Magie weder *sehen* noch *spüren* kann.

»Sie hat dir nichts gesagt«, bemerkte ich sachlich. *Sie*, das war Detective Inspector Helen Crane, Hughs Chefin – und meine Erzfeindin. *Sie* war außerdem eine mächtige Hexe und musste die beiden Zauber also auf jeden Fall bemerkt haben.

»Nein, aber ich hatte gleich so eine Ahnung.« Hugh zuckte frustriert mit seinen mächtigen Schultern.

Er tat mir leid. Offenbar hatte er sein kleines *Kommunikationsproblem* mit seiner Chefin immer noch nicht gelöst. Und dass er mich über alle Todesfälle, die mit Magie zu tun hatten, auf dem Laufenden hielt, machte es natürlich auch nicht gerade besser. DI Crane hätte mich eigentlich selbst kontaktieren müssen; sie wusste alles über den Fluch und hatte großes Interesse daran, dass jemand ihn *brach*. Aber lieber würde sie sich selbst die Nase abschneiden, als mit *mir* zusammenzuarbeiten.

Hugh wies auf die Tote. »Was kannst du mir über den Glamour-Zauber sagen?«

»Na ja … er wird von dem anderen Zauber überdeckt, diesem Fesselzauber, aber da sie tot ist und der Glamour immer noch wirkt, können wir davon ausgehen, dass es sich nicht um eine Projektion handelt, denn so ein Zauber löst sich beim Tod, ja bereits bei Bewusstlosigkeit, auf.« Ich spitzte nachdenklich die Lippen. »Was sich unter dem Glamour versteckt, kann ich aber erst sagen, wenn ich ihn entfernt habe.«

Die Polizistin/Hexe stieß ein Geräusch aus, als habe man sie mit einem Besenstiel gepiekst. Ich hatte ganz vergessen, dass sie uns zuhören konnte. »Ich kann nicht zulassen, dass Ms Taylor hier etwas verändert, Sarge«, sagte sie, »Sie haben gesagt, sie ist nur hier, um sich die Tote *anzusehen*.«

»Was Ms Taylor hier tut oder nicht tut, geht Sie nichts an, Constable Martin.«

»Ich weiß ja, wie die Dinge liegen, Sarge, aber ...«

»Aber ich bin immer noch Ihr Vorgesetzter, Constable«, brummte Hugh warnend. »Zumindest vorläufig«, fügte er ein wenig kleinlauter hinzu.

»Und ich möchte, dass das auch so bleibt, Sarge«, sagte sie und warf mir einen halb missbilligenden, halb flehenden Blick zu.

Ich setzte mein bestes Pokerface auf. Hugh mochte ja aussehen, als wäre er nur ein paar Jahre älter als meine fünfundzwanzig Lenze – vor allem nach seiner Rekonvaleszenz in der Heimat –, aber tatsächlich ist er fast siebzig und kann, wie er mir selbst oft genug versichert, seine Karriere den Bach runtergehen lassen, wann er will, ohne dass ich ihm dabei dreinrede.

»Das will ich ja auch, Mary«, entgegnete Hugh ganz so, als schwebe nicht bereits DI Cranes Axt über seinem Haupt. »Aber wir müssen für dieses arme Mädchen tun, was wir können, und dabei kann uns Ms Taylor behilflich sein.« Er schaute mich an. »Kannst du sagen, was sie ist? Ohne den Glamour?«

»Na ja, eine Fae ist sie nicht, so viel ist sicher. Denn dann hätte sie sich nach ihrem Tod aufgelöst.«

»Das weiß ich doch, Genny«, sagte Hugh mit einem gereizten Unterton. »Aber ist sie ein Faeling?«

Ich machte eine frustrierte Handbewegung. »Sie war im Fluss, Hugh, das heißt in fließendem Wasser. Was immer das für ein Glamour ist, er ist vom Feinsten, maßgeschneidert sozusagen und wahrscheinlich sündteuer, denn er hat sogar den Aufenthalt im Wasser überdauert. Sie könnte alles Mögliche sein, von einem Knüppel-Kobold bis zu einem superreichen It-Girl, das sich einmal zu oft ins Londoner Nachtleben gestürzt hat.« Ich hoffte inständig auf Letzteres, was angesichts ihrer Mallorca-Bräune nicht unmöglich war, aber irgendetwas sagte mir, dass es so einfach nicht werden würde.

Es war keine Vorahnung – von so was halte ich nichts –, aber ich wusste, dass man vor vier Wochen bereits ein anderes Mädchen, einen Faeling, aus der Themse gefischt hatte. Aufgrund eines rätselhaften *Administrationsfehlers* hatte man die Leiche übers Wochenende in einem ganz normalen Leichenschauhaus liegen lassen, und als man endlich merkte, dass sie ein Faeling war, waren nur noch ein paar unidentifizierbare Reste eines ebenso unidentifizierbaren Zaubers übrig gewesen. Das hatte man mir zumindest gesagt. Selbst hatte ich die Leiche ja nie gesehen.

Anders als jetzt.

Nun, falls dieses Mädchen auch ein Faeling war, dann war sie jedenfalls nicht lange im Wasser gewesen. Und plötzlich machte es *klick* bei mir. Das war es, was mich die ganze Zeit gestört hatte … Mein inneres Radar hätte mir gleich verraten müssen, zu welcher Spezies dieses Mädchen gehörte. Normalerweise bin ich darin ziemlich gut …

Ich schaute zu Hugh auf. »Ich muss wirklich erst diesen Glamour entfernen, Hugh. Dann kann ich dir sagen, was …«

»Das kommt überhaupt nicht infrage, Ms Taylor.«

DI Crane stand im Eingang.

2. Kapitel

Shit. Die hatte uns gerade noch gefehlt.

Groß und schlank, die blonden Haare zu einem strengen Knoten zurückgebunden, kam sie wie ein dräuendes Gewitter auf uns zu. Helen Crane war Mitte vierzig und wurde sowohl von den Hexen als auch von Scotland Yard als *die* Vorzeigefrau gepriesen. Auf ihren ebenmäßigen, aristokratischen Zügen lag ein zorniger Ausdruck, der ihrer Schönheit jedoch keinen Abbruch tat. Wie immer hatte sie sich aufgetakelt wie ein Weihnachtsbaum, was weniger an ihrer Eitelkeit lag als an ihrer fast pathologischen Angst vor Vampiren. Die Abwehrzauber in ihrem Schmuck blendeten mich wie ein Troll-Feuerwerk auf einer Neumondparty.

Ich machte kurz die Augen zu, um das Nachbild wieder loszuwerden, und fragte mich, warum sie nicht eine halbe Stunde später hatte auftauchen können. Jetzt würden wir sie dazu überreden müssen, mir zu erlauben, den Glamour zu entfernen, anstatt es einfach zu machen, wie Hugh und ich es geplant hatten.

»Ich hatte doch ausdrücklich gesagt, dass Ms Taylors *ganz besondere Talente«* – ihr ätzender Tonfall ließ keinen Zweifel daran, dass sie nicht meine magischen Talente meinte – »hier nicht gebraucht werden, Sergeant Munro.«

Sie blieb in kerzengerader Haltung etwa anderthalb Meter vor uns stehen, gerade weit genug, um nicht zu Hugh aufblicken zu müssen, eine Taktik, die sie im Umgang mit ihren Troll-Polizisten perfektioniert hatte. »Ich möchte, dass Sie sie sofort von *meinem* Tatort entfernen, oder ich lasse sie wegen Behinderung verhaften.«

»Wer ist hier wohl behindert«, murmelte ich böse, obwohl ich natürlich nichts anderes von ihr erwartet hatte.

Hugh stellte sich zwischen uns. »Ma'am, wir haben einen Glamour-Zauber bei dem Opfer entdeckt; es ist also sehr gut möglich, dass sie nicht menschlich ist …«

»Das weiß ich, Sergeant, und deshalb habe ich bereits einen Hexenzirkel damit beauftragt, die Zauber zu entfernen, ohne sie zu beschädigen. Immerhin sind sie Beweismaterial und müssen untersucht werden. Falls – und ich betone das Wort ›falls‹ – das Opfer nach der ordnungsgemäßen Entfernung der Zauber als ›nicht-menschlich‹ eingestuft wird, werde ich natürlich sofort die zuständigen Personen innerhalb der Fae-Gemeinde kontaktieren.«

»Die Hexen können frühestens in zwei Stunden hier sein, Ma'am, und die Zauber waren fließendem Wasser ausgesetzt«, bemerkte Hugh in neutralem Tonfall. Auf die Tatsache, dass seine Chefin gerade indirekt eingestanden hatte, ihm tatsächlich wichtige Informationen über diesen Fall vorenthalten zu haben, ging er mit keinem Wort ein. »Es besteht ein begründetes Risiko, dass sich die Zauber aufgelöst haben werden, wenn die Hexen endlich eintreffen. Ms Taylor dagegen kann sie sofort entfernen.«

»Sergeant, Ihre Einwände sind zur Kenntnis genommen, aber ich möchte mich in diesem Fall streng an die gesetzliche Vorgehensweise halten. Bitte sorgen Sie dafür, dass Ms Taylor sich vom Tatort entfernt.«

Wütend darüber, wie sie Hugh behandelte und wie beiläufig sie die Tote abtat, und fest entschlossen, ihre Ausweichmanöver nicht länger zu dulden, was immer auch der Grund dafür sein mochte – und einfach deshalb, weil ich die Zicke nicht ausstehen konnte –, trat ich hinter Hughs breitem Rücken hervor und trat dicht vor sie, so dicht, dass ich ihr teures blumiges Parfüm riechen konnte und mir der dicke Saphir, den sie an einer Kette unter ihrer hellblauen Bluse trug, selbst ohne dass ich *hinschaute*, wie eine Festreklame ins Auge stach. Was für einen Zauber hatte sie da bloß drin, Teufel noch mal? Sicher etwas gegen Vampire. Ihre Phobie hätte bei unserer ersten Begegnung beinahe dazu geführt, dass mich einer der Blutsauger anknabbert. Aber das wollte sie ja, die Hexenzicke.

Ich hielt meinen Firmenausweis hoch. »Inspector Crane, ich weiß, wir sind nicht immer einer Meinung« – die Untertreibung des Jahres – »aber wie Sie wissen, bin ich bei Spellcrackers.com beschäftigt, und Scotland Yard hat uns schon des Öfteren konsultiert. Sie selbst haben uns bereits mehrmals engagiert« – nun gut, natürlich nicht mich, aber Finn, meinen Boss, ihren Ex, der jetzt … tja, schwer zu beschreiben. Wenn es nicht so altmodisch klänge, würde ich sagen, der mir den Hof machte. Und wenn dieser Fruchtbarkeitsfluch nicht wie ein Damoklesschwert über mir hängen würde, hätte ich ihn ja vielleicht sogar erhört, denn er ist ungeheuer sexy … Genug abgeschweift. »Wenn Sie also sagen, dass Sie sich in diesem Fall an die ›gesetzliche Vorgehensweise‹ halten wollen, so hätten Sie umso mehr Grund, mich hinzuzuziehen.«

»Ms Taylor« – sie holte tief Luft, um nicht zu explodieren – »bis ich die Genehmigung dazu erhalten würde, Sie zu engagieren, hätten die Hexen ihre Arbeit hier längst erledigt.«

Das war eine noch lahmere Ausrede als das mit der »gesetzlichen Vorgehensweise«. Ich wedelte mit meiner ID-Card und leierte unseren Standardsatz herunter: »Spellcrackers.com – *Wir knacken jeden Zauber!* – und zwar mit Garantie. Wenn Sie nicht zufrieden mit dem Ergebnis sind, müssen Sie auch nicht bezahlen.«

Mir persönlich war es ziemlich egal, ob ich nun Geld von ihr bekam oder nicht; ich hatte heute sowieso frei, und das Entfernen der Zauber kostete mich nicht mehr als ein paar Minuten meines freien Tages. Nein, es ging nicht ums Geld, es ging um den Fluch. Wenn der Tod dieses Mädchens irgendwas damit zu tun hatte, dann wollte, nein *musste* ich das wissen. Und davon würde ich mich diesmal nicht von ihr abhalten lassen.

»Sie wissen sehr wohl, dass wir eine Erfolgsgarantie versprechen«, fuhr ich energisch fort, »gar nicht zu reden davon, dass meine Dienste um ein Wesentliches billiger sind als ein ganzer Zirkel erfahrener Hexen – und dagegen kann Ihre Budgetabteilung ja wohl nichts haben«, sagte ich zuckersüß.

»Es wäre zu gefährlich«, entgegnete sie mit schmalen Lippen. »Es könnte eine Falle sein.«

Ich lachte. Das war wohl das Blödsinnigste, was sie bisher gesagt hatte. »Ach bitte, Sie wollen mir doch nicht weismachen, dass Sie sich um mich sorgen, Inspector Crane?« Ich beugte mich vor und sagte leiser: »Sie und ich, wir wissen beide, dass der Leiche nur diese beiden aktiven Zauber anhaften, aber selbst wenn wir beide was übersehen hätten ... ist ja nicht so, als ob Sie sich bisher groß um meine Sicherheit geschert hätten« – weshalb sie auch zu spät an Halloween aufgetaucht und weshalb Grace gestorben war. *Nein, jetzt bloß nicht dran denken* – »ganz im Gegenteil. Ich tue Ihnen doch sicher einen Gefallen, wenn ich mich in Gefahr begebe, oder? Wäre nicht das erste Mal, dass Sie mich in der Tinte sitzen lassen.«

Sie musterte mich einen Augenblick lang nachdenklich mit ihren eisblauen Augen, und ich dachte schon, dass ich gewonnen hätte. Doch dann trat sie mit unergründlichem Gesichtsausdruck zurück. »Sehr überzeugend, Ms Taylor, aber es ist wohlbekannt, dass Sie nicht mal den einfachsten Zauber durchführen können. Mir fehlt daher das Vertrauen in Ihre Fähigkeiten, und ich sehe mich genötigt, Ihr freundliches Angebot abzulehnen ... zumindest in diesem Fall.«

Ich beschloss, falls sie mich je engagieren sollte, mir jeden

Zauber, den ich für sie entfernen sollte, ganz genau anzusehen, nur um sicher zu sein, dass sie nicht daran rumgemacht hatte. Natürlich hatte sie recht, ich konnte, obwohl selbst ein magisches Wesen, kein bisschen zaubern. Ironie des Schicksals. Aber deswegen ließ ich mich noch lange nicht von ihr wegschicken.

»Ich muss ja auch nicht zaubern. Ich muss nur einen, oder besser gesagt, zwei Zauber entfernen. Und das kann ich sehr wohl. Bitte sehr, sehen Sie selbst.« Ich streckte den Arm in Richtung Constable Martin aus, die mit abgewandtem Blick an der Seite stand. Es war offensichtlich, dass sie lieber sonst wo gewesen wäre. Ich *konzentrierte* mich auf das grüne Blinken des Schockzaubers in ihrem Stock. Und dann *rief* ich ihn. Shit, zu schnell! Der Zauber sauste wie eine leuchtend grüne Pistolenkugel auf mich zu. Mit zusammengebissenen Zähnen gelang es mir, ihn gerade noch zum Stoppen zu bringen, bevor er mich treffen konnte. Er blieb dicht über meiner Handfläche schweben und drehte sich dort wie ein betrunkener Kreisel.

Triumphierend – und zutiefst erleichtert – hielt ich ihn hoch. »Einmal Schockzauber, bitte schön, Inspector.« Grinsend ignorierte ich die Taubheit, die sich in meiner Handfläche auszubreiten begann. »Also, ich könnte ihn als Ganzes *absorbieren«* – hoffentlich, ohne mich dabei selbst k. o. zu schlagen – »ich kann ihn *knacken«* – eine Möglichkeit, die sie bestimmt nicht wählen würde, da diese Zauber viel zu wertvoll waren, als dass man sie ungenutzt im Äther verpuffen lassen könnte – »oder ihn irgendwo anheften, wo immer Sie wollen.«

Ich warf ihn mit gespielter Sorglosigkeit hoch, und er landete sauber wieder dicht über meiner Handfläche. Puh, das war gerade noch mal gut gegangen. Das Ding konnte jederzeit explodieren. Aber das brauchte die Hexenzicke ja nicht zu wissen. Ich bleckte meine Zähne in einem falschen Lächeln. »Also, wo möchten Sie ihn haben?«

Hugh stieß ein warnendes Brummen hinter mir aus.

DI Crane ballte die Fäuste, was wegen ihrer zahlreichen Ringe – die weniger freundliche Zeitgenossen auch als Behelfsschlagring bezeichnet hätten – ein klickendes Geräusch verursachte. »Dieser Zauber ist Eigentum der Polizei, Ms Taylor. Sie schicken ihn jetzt sofort wieder in Constable Martins Schlagstock zurück.«

Ich warf den Zauber noch einmal hoch und konnte mich dabei des Gedankens nicht erwehren, wie zutiefst befriedigend – und absolut dumm – es doch wäre, ihn ihr direkt ins Gesicht zu werfen.

Als würde er meine Gedanken erraten, legte Hugh mir beschwichtigend seine Pranke auf die Schulter. »Das reicht, Genny, tu, was Inspector Crane sagt, und gib Constable Martin den Schockzauber wieder zurück.« Er gab mir einen sanften Schubs in Richtung der Polizistin, die mir mit einem unwirschen Gesichtsausdruck ihren Schlagstock hinhielt. Ich schnippte mit den Fingern und schickte den Zauber wieder in den Jadestein zurück.

»Erledigt«, sagte ich und schaute treuherzig zu Hugh auf.

»Danke, Genny.« Er schaute auf die böse dreinblickende Helen Crane hinab. »Ma'am«, sagte er leise und eindringlich, »die Presse steht bereits draußen. Wenn Ms Taylor jetzt rauskommt und wir darauf warten, dass die Hexen eintreffen, wird es eine Menge Gerede geben.«

Kacke. Diese Bande war ich doch gerade erst einigermaßen wieder losgeworden. Ich hatte genug Probleme allein deshalb, weil ich die einzige Sidhe in London war, da wollte ich nicht schon wieder in die Mühlen der Klatschpresse geraten. Aber DI Crane konnte sich eine schlechte Presse, besonders wenn's um mich ging, noch viel weniger leisten, hatte sie mich doch erst vor nicht allzu langer Zeit mehr oder weniger des Mordes bezichtigt. Mir war zu Ohren gekommen, dass ihre Vorgesetzten alles andere als glücklich darüber gewesen waren. Da waren sie natürlich nicht die Einzigen, mich hatte sie damit auch ganz schön vergrätzt.

Hugh sprach noch leiser. »Ma'am, ich fürchte, dass in diesem Fall Ihre persönlichen Gefühle Ihre Urteilsfähigkeit beeinträchtigen. Sie sollten sich wirklich noch einmal überlegen, ob Sie Ms Taylors Dienste nicht doch in Anspruch nehmen wollen.«

Helen Crane wandte sich mit klickenden Ringen von uns ab und starrte wütend auf die Tote im Bannkreis. Es schien, als ob Hughs Einwände zu ihr durchgedrungen wären … ich beschloss, ihr noch einen letzten Schubs zu geben.

»Inspector Crane«, sagte ich beiläufig, »falls sich herausstellen sollte, dass die Tote nicht ganz menschlich war, wie wollen Sie der Fae-Gemeinde« – und mit Fae-Gemeinde meinte ich natürlich Finn, wie sie sehr wohl wusste – »diese unverständliche Verschleppung des Falls erklären?«

Einen Moment später fuhr sie zu mir herum. Ihre Wangen waren zornrot. »Sergeant, Sie und Ms Taylor haben Ihren Standpunkt mehr als deutlich gemacht. Wenn Sie mir versichern können, dass Sie die Zauber unbeschädigt entfernen können, Ms Taylor, nun, dann sind Sie hiermit engagiert.«

Mir fiel ein Stein vom Herzen. »Danke, Inspector.«

»Danken Sie mir nicht, Ms Taylor, entfernen Sie nur die Zauber, und dann entfernen Sie sich selbst.« DI Crane machte auf dem Absatz kehrt und stakste davon.

Ich schaute auf den Bannkreis. Jetzt, wo ich die Hexenzicke besiegt hatte, war das mit den Zaubern doch nur noch ein Kinderspiel, oder?

Oder auch nicht.

3. Kapitel

Zehn Minuten später waren sämtliche Formulare unterzeichnet, wir hatten uns über mein Honorar geeinigt – eine lächerliche Summe, kaum der Rede wert, aber mir ging's ums Prinzip –, und die Vorbereitungen waren beinahe abgeschlossen. Nun, da DI Crane kapituliert hatte, konnte sie es kaum erwarten, die Sache hinter sich zu bringen. Ein zynischer Mensch hätte glauben können, sie wolle mich loswerden!

Ich sah zu, wie sie einen großen, gepolsterten Beutel aus ihrer Handtasche hervorholte, ihn öffnete, und zum Vorschein kam ein etwa suppentellergroßer, ungerahmter Spiegel.

»Dies ist ein silberner Bannspiegel, Ms Taylor«, erklärte sie hochmütig. »Ich habe zwei davon, einen für jeden Zauber.« Sie beugte sich vor, legte die gepolsterte Schutzhülle behutsam in den Kreis, und darauf legte sie ebenso vorsichtig den Spiegel. »Diese Spiegel sind sehr, sehr teuer. Wenn Sie sie bitte nicht kaputt machen würden.«

Nicht mal anfassen würde ich die; Silber mochte ja gut für Hexen sein, um Magie zu isolieren – besonders wenn man sie in Ruhe untersuchen und auseinandernehmen wollte –, aber für unsereinen, der allergisch gegen Silber ist, ist diese Methode unpraktikabel. Ich *band* einen Zauber gewöhnlich einfach an einen Salzblock und *knackte* ihn dann zusammen mit dem Block – eine ziemliche Sauerei, aber sehr effektiv. Leider blieb dabei nicht viel zu untersuchen übrig. Aber es gab noch andere Methoden, wie zum Beispiel synthetische Bindungskristalle, ein Stück Holz, ja sogar ein Plastikeimer. Die Magie ist da nicht wählerisch. Alles, was es braucht, ist Willenskraft und Konzentration, damit kann man jeden Zauber so ziemlich an alles, was einem in die Finger kommt, *binden*. Aber leider saß in diesem Fall Detective Inspector Helen Crane am Ruder, und ich musste wohl oder übel nach ihrer Pfeife tanzen.

Also die blöden Silberspiegel.

Sie erhob sich und machte eine ausholende Handbewegung. Die Kerzen, die an den fünf Ecken des Pentagramms standen, flammten auf. Fünf Ecken für die fünf Elemente: Erde, Wasser, Feuer, Luft und Geist. Die neonrote Magie im Kreis funkelte wie die Milchstraße, und auch die Salbeisträußchen begannen wie verrückt zu qualmen. Der Rauch stieg vom Zirkel auf und sammelte sich unter der Gewölbedecke.

»Bitte sehr, Ms Taylor, Sie sind dran.« Das klang beinahe vergnügt. Kein gutes Zeichen.

Ich unterdrückte eine Grimasse. Es waren nicht nur die Silberspiegel, der ganze magische Krimskrams machte mich nervös. Der Stimmungsumschwung der Hexenzicke ließ mich vermuten, dass sie das gemerkt hatte.

Das Problem war, dass Magie zwar nicht wählerisch ist – man kann nicht mit ihr diskutieren oder sie zur Vernunft bringen –, dass sie aber definitiv einen eigenen Willen hat. Und der ist meist unberechenbar und kapriziös, besonders um mich herum. Eine Sidhe zu sein, ein magisches Wesen also, hat seine Nachteile. Hexen dagegen sind menschliche Wesen – das heißt, die von ihrer Vaterseite vererbte Magie schlägt sich nicht in ihrer DNA nieder –, und das hat ebenfalls Nachteile: Hexen brauchen Zauberbücher und -sprüche, um Magie manipulieren zu können. Für mich dagegen machten die extra Vorsichtsmaßnahmen von Helen Crane alles nur komplizierter.

Ich wies mit einer lässigen Handbewegung auf den Bannkreis. »Ist der ganze magische Krimskrams wirklich nötig?«

»Ms Taylor«, entgegnete sie streng, »wir befinden uns hier im

Herzen von London, einer der geschäftigsten Großstädte der Welt, und ich bin für ihre magische Sicherheit und ihr Wohlergehen verantwortlich. Wir müssen uns gegen alle Eventualitäten absichern, egal, wie unwahrscheinlich sie sein mögen. Also ja, all der ›magische Krimskrams‹, wie Sie es so charmant ausdrücken, ist nötig.«

Das stimmte vielleicht sogar, obwohl ich sicher war, dass sie es mir schwerer machen würde, wenn sie nur konnte. Noch immer nicht ganz beruhigt, schaute ich mich nach Bundesgenossen um. Constable Martin stand brav ein wenig abseits und schaute geflissentlich ins Leere; von dieser Seite hatte ich keine Unterstützung zu erwarten, obwohl sie Hugh zugetan zu sein schien. Letzterer stand jetzt weiter weg im Eingang zu den Katakomben und deckte mit seiner hünenhaften Gestalt fast das ganze hereinfallende Licht ab. Er war auf meiner Seite, aber wenn's um Magie ging, war er leider blind. Der einzige andere Anwesende – außer Crane – war der Polizeipathologe Dr. Craig.

Er befand sich auf der anderen Seite des Kreises, wo er in die Hocke gegangen war und fleißig ein gelbes Formular auf einem Klemmbrett, das er auf seinen in einer Tweedhose steckenden Knien balancierte, mit seiner winzigen Krähenfüßchenschrift füllte. Ein Kranz grauer, wolliger Haare umgab seinen Kopf, aus dem sich, wie ein kahler Berg, sein Schädel erhob. Aus dem Haarkranz ragten an beiden Seiten beeindruckende Henkeltassenohren heraus. Er schaute plötzlich auf, als hätte er gespürt, dass ich ihn ansah, lächelte mir zerstreut zu und kritzelte dann weiter. Dr. Craig arbeitete in der HOPE-Klinik, einer Klinik für Menschen und magische Wesen, wo er sich hauptsächlich der Erforschung von 3V, dem Vampir-Venom-Virus, widmete. Ich kannte ihn, weil ich schon seit Jahren Freiwilligendienste in der Klinik leistete. Dr. Craig war bekannt für sein penibles Dokumentieren von Fällen, und das stetige Kratzen seines

Stifts auf dem Papier übte eine beruhigende Wirkung auf mich aus.

Mein inneres Radar ordnete ihn als ganz gewöhnlichen Menschen ein, aber ich wusste, dass er dank irgendwelcher magischer Verwandtschaft Magie *sehen* und auch *spüren* konnte. Da er nie ein Hehl daraus gemacht hatte, wie wenig ihm an seiner Polizeiarbeit lag – er kuriere lieber die Lebenden als die Toten, war sein Wahlspruch –, konnte ich davon ausgehen, dass die Hexenzicke ihn nicht im Sack hatte. Und ihm schien ihr ganzer magischer Krimskrams nichts auszumachen.

Dr. Craigs Wahlspruch erinnerte mich an den Grund, aus dem ich hier war. Ich schaute zu dem Mädchen; sie war zwar tot, aber herauszufinden, was sie getötet hatte – der Fluch oder etwas anderes –, und dazu beizutragen, dass es nicht wieder geschah, hieß, Leben zu retten. Es war also müßig, mir über DI Cranes übertriebene Vorsichtsmaßnahmen Gedanken zu machen – die Zeit war knapp, ich durfte nicht länger zögern. Ich griff in meine Tasche und holte ein halbes Dutzend Lakritzschlangen heraus, stopfte sie in den Mund und begann hektisch zu kauen. Der Zuckerstoß half meiner Magie auf die Sprünge. Dann übergab ich Hugh meine Lederjacke, fasste noch einmal Graces Anhänger an und formulierte insgeheim ein Stoßgebet an alle Götter, die gerade Zeit haben mochten, mir zu helfen.

Dann trat ich in den Bannkreis.

DI Crane murmelte etwas Lateinisches, und ich spürte, wie Magie kribbelnd über mich hinwegstrich. Dann schnappte der Bannkreis mit einem hörbaren Knacks wieder hinter mir zu. Über mir wölbte sich nun eine transparente Kuppel, die blitzte und glitzerte wie das Innere einer Discokugel. Ich konnte mein Gesicht darin gespiegelt sehen, verzerrt, doch der erschrockene Ausdruck darauf war trotzdem unübersehbar. Was, zum Teufel …? Diese Kuppel hätte normalerweise nicht spiegeln und glitzern dürfen, sie hätte aussehen sollen wie eine riesige Seifenblase. Womit hatte DI Crane den Bannkreis aufgeladen? Standard war das jedenfalls nicht.

Ich holte tief Luft, um mich ein wenig zu beruhigen, und hatte das Gefühl, einen Kaktus einzuatmen.

Silber!

Sie hatte den Kreis mit Silberstaub vermischt.

Gottverdammter Mist! Sie hatte den Kreis nicht nur gegen Dämonen abgesichert, sondern auch gegen Vampire. Mein Herz begann wie wild zu klopfen. Ich spähte durch den Schleier der Halbkugel und sah, dass sie mich mit verengten Augen musterte. War der Silberstaub nur eine normale Vorsichtsmaßnahme … oder hatte sie ihn absichtlich verwendet, weil sie wusste, dass mein Vater ein Vampir war?

Ich hob mir die Frage für später auf. Die meisten Fae hier in London wussten, dass mein Vater ein Blutsauger war, es war also nicht gerade ein Geheimnis, jetzt nicht mehr, und mir blieb sowieso keine Zeit, über die möglichen Motive von DI Crane nachzugrübeln. Ich musste die Sache hier so schnell wie möglich erledigen, bevor mir der Silberstaub die Sinne rauben konnte.

Ich bemühte mich, Puls und Atmung zu verlangsamen, um möglichst wenig von dem Silber in mich aufzunehmen, und kniete mich dann neben die Tote. Sanft nahm ich ihre feuchte Hand. Ich wollte ganz sichergehen, dass ihr nur diese beiden Zauber anhafteten, und Hautkontakt machte mir das leichter. Ich runzelte die Stirn. Ihre Haut war zwar verschrumpelt vom Wasser, aber ihre Hand war weich und beweglich. Entweder hatte die Totenstarre noch nicht eingesetzt, oder sie war bereits wieder verschwunden … Aber sie sah nicht so aus, als hätte sie lange genug im Wasser gelegen. Wie auch immer, es galt nun, rasch zu handeln.

Ich ließ ihre Hand los und tauchte meine Hände entschlossen in die eklige weiße Masse aus schlangenähnlichen Fesseln.

Ich zuckte zusammen, als sie sich sofort um meine Arme zu winden begannen wie kalte, glitschige Aale. Ich biss die Zähne zusammen, versuchte, mich nicht durch die ganze andere Magie des Bannkreises ablenken zu lassen, und *konzentrierte* mich nur auf den Fesselzauber. Ich *rief* ihn, und die Seile lösten sich mit einem hässlichen Geräusch, als würde man Haut von Knochen reißen. Ein süßlicher, ekelerregender Geruch begann sich auszubreiten. Das Mädchen fing an, zu zappeln und zu zucken wie ein Fisch an der Angel, während ich sie auswickelte, ein Anblick, der nicht gerade dazu beitrug, meine Übelkeit zu verscheuchen. Schaudernd raffte ich die Seile zusammen, die mehr und mehr einem Haufen verrottender Eingeweide zu ähneln begannen, und wollte sie gerade zu einem der Silberspiegel transferieren, als mich ein erschrockenes Keuchen aus meiner Konzentration riss.

Verärgert spähte ich zu Dr. Craig hinüber.

»Sie blutet!«, brüllte er und deutete auf den Kopf des Mädchens.

Blutete? Ich erstarrte. Das war unmöglich, sie war doch tot! Oder?

Aber es stimmte, da bildete sich tatsächlich eine Blutpfütze unter ihrem Kopf.

»Genny, Sie müssen sofort mit Wiederbelebungsmaßnahmen beginnen«, rief er drängend. »Inspector Crane, öffnen Sie den Kreis und …«

Der Rest seiner Worte ging unter, während ich am letzten Strang riss und den ganzen Haufen dann entschlossen auf einen der Silberspiegel presste. Ich spürte, wie meine Handflächen zu brennen begannen, und auch meine Kehle, während ich tief Luft holte, achtete aber nicht weiter darauf. Ich legte den Kopf des Mädchens in den Nacken, hielt ihr die Nase zu, presste meinen Mund auf den ihren und begann, Luft in ihre Lungen zu blasen. Ich wandte den Kopf ab, holte erneut Luft und presste abermals meinen Atem in ihre Brust, die sich merklich hob.

Warum, zum Teufel, öffnete DI Crane den Kreis nicht?

Noch ein Atemstoß, noch ein Heben der Brust des Mädchens.

Diese Fesseln mussten eine Art Stasiszauber gewesen sein, der das Mädchen an der Schwelle zum Tod festgehalten hatte.

Noch ein Atemstoß.

Verdammt, nun macht schon!

Ich verwob meine Hände zu einer Faust und ließ sie auf die Brust des Mädchens niedersausen.

Verschwommen sah ich DI Crane außerhalb des Kreises knien. Ihre Stirn war schweißnass, sie schrieb mit hektischen Bewegungen Zeichen in die Luft außerhalb der Kuppel. Hinter ihr stand Constable Martin, die Hände auf ihren Schultern, die Augen konzentriert geschlossen. Und hinter beiden ragte Hughs kantiges Gesicht besorgt auf, dahinter standen noch ein halbes Dutzend andere Personen.

Verdammt, was war da los?

Ich holte erneut tief Luft. Jetzt lag ein metallischer Blutgeruch in der Luft, der sich mit dem süßlichen Verwesungsgeruch vermischte und den scharfen Silbergestank überdeckte.

»Ich kann den Bannkreis nicht öffnen«, brüllte DI Crane. Ihre Stimme drang wie durch eine dicke Wand zu mir. »Das Silber – Blut – versiegelt …«

Ich presste meinen Mund auf die Lippen des Mädchens, meine Gedanken rasten. *Silber, um einen Vampir zu binden, frisches Blut im Bannkreis* – Shit, konnte es sein, dass meine Vampirnatur die Kreismagie durcheinanderbrachte?

Ich stieß den Atem aus.

»Sie müssen ihn *knacken*«, brüllte sie.

Ich hob kurz den Kopf, um noch einmal einzuatmen, und musterte rasch die magische Kuppel über mir. Magie zu absorbieren war alles andere als ein Vergnügen; scharfe Spiegelsplitter zu absorbieren, selbst metaphysische, war der reinste Selbstmord …

Ich senkte meinen Mund auf den des Mädchens.

Sie würgte und hustete, und ein Schwall bitter schmeckender Flüssigkeit schoss in meinen Mund. Ich schluckte sie automatisch hinunter.

»Sie lebt!«, rief ich fassungslos.

Sie mussten den Kreis öffnen, jetzt, sofort!

Hastig rollte ich das Mädchen in die stabile Seitenlage, damit sie nicht an ihrem Erbrochenen erstickte, dann hob ich die Arme, Handflächen nach oben, und *rief* die Magie zu mir. Die Kerzen flackerten und erloschen; ein Wind brauste heulend auf und rüttelte an meinem Körper; die Spiegelkuppel klirrte und klapperte, ein rotglühender Schein … Die Zeit schien auf einmal stillzustehen, der Glamour löste sich wie eine Schale von dem Mädchen ab, und ich konnte ihr wahres Gesicht sehen. Ein nicht-menschliches Gesicht: kleine, runde schwarze Käferaugen, eine lange, schnabelartige Hakennase, ein dünner, beinahe lippenloser Mund, ein fliehendes Kinn: Ja, sie war ein Faeling, und zwar einer mit Rabenblut, wenn man von den schwarzen Federn ausging, die auf ihrem Schädel wuchsen. Die Federn waren blutverklebt, und ihr Schädel war seltsam eingedellt … Alles, was erstarrt gewesen war, schien sich nun wieder in Bewegung zu setzen, die Spiegel explodierten in einem Funkenschauer und flogen wie metallene Pfeilspitzen direkt auf mein Herz zu.

Ich konnte gerade noch denken, *ach du Scheiße!*, da trafen sie mich auch schon.

Es tat nicht weh, seltsam.

Etwas packte mich und riss mich aus dem Bannkreis heraus.

4. Kapitel

Nach einem scheinbar endlosen Moment der Orientierungslosigkeit verriet mir das seltsam leichte Gefühl in meinen Knochen, dass ich aus der Welt der Menschen herausgerissen worden war und nun in der Zwischenwelt steckte.

Die Zwischenwelt ist wie ein Puffer zwischen der Welt der Menschen und den Schönen Landen, wo die magischen Wesen leben – ein Puffer, der gleichzeitig das Tor zu beiden Welten bildet. Das *Dazwischen* besitzt keine feste Gestalt, mit genug Willenskraft und Geschicklichkeit lässt es sich in jede beliebige Form bringen. Natürlich abhängig von der Stimmung, in der die Magie gerade ist. Wir erinnern uns: Sie ist notorisch launenhaft und kapriziös. Ein Gestaltungsversuch der Umgebung kann also günstigstenfalls in etwas Unberechenbarem resultieren, schlimmstenfalls in einem grässlichen Albtraum.

Ein gutes Beispiel dafür war das Wesen, das nun gütig lächelnd auf mich herabblickte. Die vertikalen, katzenhaften Pupillen ihrer blassgoldenen Augen verrieten mir, dass es eine Sidhe war: die einzige Sidhe, die ich, außer mir, kannte. Nicht, dass mir das viel geholfen hätte. Diese spezielle Sidhe gehörte nicht zu der Sorte, aus der man eine vernünftige Antwort herausbekam – sie hatte, sozusagen, nicht alle Zauberstäbe im Kästchen.

Was der Grund für ihre … Aufmachung sein konnte.

Auf ihrem Kopf saß ein Kranz aus gelbem und weißem Geißblatt. Lange, mit goldenen, herzförmigen Blättern bewachsene Triebe zogen sich durch ihr hüftlanges silberblondes

Haar. Sie trug ein langes Kleid aus fließender gelber Seide, das ihre schlanke Gestalt anmutig umflatterte – obwohl kein Wind wehte. Derselbe nicht vorhandene Wind strich auch durch die feinen Federn ihrer enormen goldenen Flügel, die an ihrem Rücken wuchsen und die sie im Moment zusammengefaltet hatte. Sie sah aus wie ein Kind der Liebe, das ein Gemälde von Rossetti und eine russische Ikone miteinander gezeugt hatten.

Dieses engelsgleiche Kind der Liebe hob nun die schlanken Arme, und auf einmal standen wir in strahlendem Sonnenschein. Über uns flatterten dicke kleine Putten mit roten Bäckchen, Goldflügeln und glänzenden Heiligenscheinen aufgeregt herum, wie Tinkerbell im Zuckerrausch. Um unsere Fußgelenke bauschten sich flauschige kleine Wattewölkchen, und es roch herrlich nach Zimt und Honig und Vanille. Über uns wölbte sich eine zehn Meter hohe himmelblaue Kuppel, und auf dieser Kuppel erschien nun das gütige Gesicht eines alten Mannes mit weißem Bart, der liebevoll auf uns herablächelte.

Mann. Ich war im Disney-Himmel gelandet.

Die engelsgleiche Sidhe sah aus wie eine Siebzehn- oder Achtzehnjährige, eine Schätzung, mit der ich, wie ich wusste, wahrscheinlich total danebenlag, da sie ja so gut wie unsterblich war. Sie starrte mich mit dem erwartungsvollen Ausdruck eines Kindes an, das soeben etwas ganz Erstaunliches vollbracht hat und nun auf seine Belohnung in Form von Bewunderung eines Erwachsenen wartet.

Ich verstand den Wink: Man erwartete eine bestimmte Reaktion von mir, nur leider hatte ich keinen Schimmer, welche. Ich dachte an unsere letzte (und einzige) Begegnung zurück: Eine gewaltige Magieentladung hatte mich niedergehauen, und als ich wieder zu mir gekommen war, stand sie über mir und schaute auf mich herab. Da sie angezogen gewesen war wie ein Engel aus der Malbuchgeschichte »Cinderellas Weihnacht«

und sie mir ihren richtigen Namen nicht sagen wollte, hatte ich sie »Engel« genannt. Diese Disney-Szenerie sollte mich offenbar an diese letzte Begegnung erinnern – und das tat sie auch. Nur leider wurde mir von Sekunde zu Sekunde mulmiger zumute. Unvorstellbar, wie viel Saft es kosten musste, eine solche Szenerie zu erschaffen, ganz zu schweigen davon, mich hierherzuholen. Oder davon, zu was eine derart übermächtige Sidhe – mit dem geistigen IQ einer Fünfjährigen – wohl imstande wäre, wenn sie einen Wutanfall bekäme … was angesichts ihres sich rapide verfinsternden Gesichts jeden Moment der Fall sein konnte.

»Du musst jetzt die Zauberworte sagen!« Sie stampfte trotzig mit dem Fuß auf. »Letztes Mal hast du sie doch auch gesagt!«

Letztes Mal? Ich überlegte fieberhaft. Was hatte ich gesagt? Ach ja! »Bin ich tot?«, krächzte ich und hoffte, damit nicht etwas heraufzubeschwören.

Sie stieß ein entzücktes, plätscherndes Lachen aus und klatschte in die Hände. »Ich weiß nicht«, flüsterte sie, »fühlst du dich denn tot?«

Dasselbe hatte sie letztes Mal auch gesagt, wir folgten hier also einem Drehbuch. Das Problem war nur, meines hatte nur leere Seiten. Ich beschloss zu improvisieren. »Eigentlich nicht. Aber ich hab mich die letzten paar Mal, als das passiert ist, ja auch nicht richtig tot gefühlt.«

Sie hörte abrupt auf zu lachen, beugte sich vor und schaute mich stirnrunzelnd an. Dann drückte sie ihren Zeigefinger an meine Stirn. Magie durchzuckte mich wie ein Stromschlag, und ich plumpste zurück auf mein Hinterteil. »Nicht brav!«, sagte sie und schob schmollend die Unterlippe vor. Dann wirbelte sie herum und tänzelte summend davon.

Ich blieb auf meinen vier Buchstaben sitzen und versuchte, zu Atem zu kommen. »Freut mich auch, dich wiederzusehen, Engel«, brummte ich. Was, zum Teufel, konnte sie nur von mir wollen? Oder vielleicht war es gar nicht sie selbst, die etwas von mir wollte?

Engel war eine von Clíonas Hofdamen. Sie hatte sich letztes Jahr an Halloween heimlich aus den Schönen Landen verkrümelt und war irgendwie in London gelandet. Clíona hatte sich große Sorgen um sie gemacht und wollte sie unbedingt zurückhaben. Ich hatte mich im Austausch für ein paar Informationen, die ich dringend benötigte, auf die Suche nach Engel gemacht und sie sicher wieder in Clíonas Arme zurückgeschickt. Clíona bot mir daraufhin als Zeichen ihrer besonderen Gunst Asyl an ihrem Hof in den Schönen Landen an, ein Angebot, das ein Jahr und einen Tag gelten sollte, vorausgesetzt, dass ich in dieser Zeit kein Kind »gebar«. Falls doch, würde sie mich abmurksen. So sind sie, die Feen.

Aber wenn es Clíona war, die mich sehen wollte, warum ließ sie sich dann nicht blicken?

»Ein klitzekleiner Hinweis wäre jetzt nicht schlecht«, überlegte ich laut.

Da strich mir etwas über den Handrücken. Ich schaute nach unten und sah, dass zwischen den Wölkchen auf einmal schwarze Rabenfedern herumschwebten.

Ich bekam eine Gänsehaut. Rasch schaute ich mich in der Kuppel um, konnte aber niemanden sehen, außer meinen minderbemittelten Schutzengel. Ich raffte eine Handvoll Federn zusammen und wedelte damit. »Du weißt nicht zufällig, was die bedeuten könnten?«, fragte ich in beiläufigem Ton.

Sie kam zu mir zurückgehüpft, beugte sich vor und schaute mir in die Augen. In den Tiefen ihrer blassgoldenen Augen regte sich auf einmal etwas Uraltes, etwas Gemeines, Gefährliches. Ich bekam einen Riesenschreck und musste einen Angstschrei unterdrücken. Nur mit äußerster Willenskraft gelang es mir, nicht davonzulaufen.

Dann war dieses Etwas ebenso plötzlich wieder verschwunden, wie es aufgetaucht war. Ich sackte erleichtert zusammen. Engel quietschte entzückt, riss mir die Federn aus der Hand und warf sie in die Luft. Die Federn verwandelten sich in riesige Krähen, die nach oben flatterten und sich unter die dicken kleinen Putten mischten. Engel klappte ihre Flügel auf und wieder zusammen und tanzte dann abermals davon.

Ich blieb zusammengekauert in den Wattewölkchen sitzen und holte ein paar Mal tief Luft, um mein rasendes Herz wieder einigermaßen unter Kontrolle zu bringen. Verdammt. Ein geistig minderbemittelter Engel ist schlimm genug, aber nichts gegen den Trittbrettfahrer, den er beherbergte. Immerhin, ich hatte meinen kleinen Hinweis gekriegt. Jetzt musste ich nur noch rauskriegen, was …

Etwas Feuchtes rann mir über die Nase, und ich wischte es automatisch weg. Ich schaute meine Finger an. Blut? Ich schnupperte. Es roch süß und metallisch, aber der Lakritzgeruch fehlte. Dieses Blut war nicht mit 3V infiziert.

Also nicht meines.

Ich wischte mir die Hand an der Jeans ab und schaute blinzelnd nach oben. Zwischen den rotbackigen Putten und den schwarzen Raben flogen nun auf einmal Kuscheltiere herum. Es sah aus wie ein buntes Kindermobile, das man über das Gitterbettchen eines Säuglings hängt: ein flauschiger Eisbär, eine Meerjungfrau mit glitzerndem Fischschwanz, ein pelziger rotbrauner Stier. Wieder landete ein dicker Blutstropfen in meinem Gesicht, und ich zuckte zurück. Ein Einhorn mit Schleifchen flog über mich hinweg, gefolgt von einem Drachen mit kupferfarbenen Schuppen. Dem nächsten Blutstropfen konnte ich ausweichen. Stirnrunzelnd sah ich über mir zwei Pferde, ein silbernes und ein schwarzes dahintraben, gefolgt von einem dicken braunen Teddy …

Die Krähen jagten die Kuscheltiere und schlitzten sie mit ihren scharfen Schnäbeln auf, daher das Blut.

Meine Nackenhaare sträubten sich.

War das auch ein Hinweis oder nur eine Art grausames Spiel?

In diesem Moment kam Engel mit einem Wutschrei auf mich zugestürzt. Ich riss schützend die Arme hoch, aber bevor ich etwas unternehmen konnte, hatte sie ihre Hand tief in meine Brust gerammt. Der Zauber ihrer goldenen Augen brannte sich in meine Seele. Ihre Faust in meiner Brust umklammerte etwas und riss es heraus. Ich schrie auf vor Schmerzen. Um mich herum wurde alles auf einmal grau, hungrige Mäuler drangen auf mich ein und ich hörte von fern Schreie …

Und dann war ich plötzlich wieder im Disney-Himmel und starrte schockiert auf das, was Engel triumphierend hochhielt: einen Haufen sich windender, ekelerregender Eingeweide. Überzeugt davon, dass es meine eigenen sein mussten, umklammerte ich meinen Bauch. Und merkte, dass ich vollkommen unversehrt war. Ich schaute noch einmal hin, und da verwandelten sich die Eingeweide in ein Nest zischender, sich windender Schlangen.

»Das ist eine Seele, Kind«, knurrte mir eine bedrohliche Stimme ins Ohr. Es roch auf einmal nach rohem Fleisch. »Keine Angst, es ist nicht deine.«

Wie beruhigend. Aber noch beruhigender wäre es gewesen, wenn diese Information nicht gerade von dieser »Person« gekommen wäre: Ich wandte mich um, und vor mir stand, wie ich es nicht anders erwartet hatte, eine riesige graue Dänische Dogge. Ein überirdischer Glanz ging von ihr aus wie bei einer silbernen Aurora Borealis. Die unheimlichen grauen Augen der Hündin starrten mich gelassen an.

Es war die Phouka, die Hofhündin von Königin Clíona.

Kacke. Dieser Tag wurde immer besser.

5. Kapitel

Na so was«, sagte ich gespielt lässig, »wenn das nicht Grianne, meine *ungute* Fee ist. Warum bin ich nicht überrascht?«

Die Phouka fletschte ihre Zähne, lange, messerscharfe schwarze Fänge, die so gar nicht zu einem normalen Hundegebiss passten. Sie stieß ein zorniges Knurren aus. »Nenne mich nicht bei diesem lächerlichen irdischen Namen! Außerdem ist dies nicht die Zeit für Scherze.«

»So ein Mist.« Ich setzte ein falsches Grinsen auf. »Und ich dachte immer, man sollte dem Tod lachend ins Auge sehen.«

»Ich bin nicht hier, um dich zu töten«, sagte die Hündin enttäuscht. »Du bist nicht guter Hoffnung. Meine Königin hat dir ein Jahr und einen Tag Zeit gegeben, die Antwort zu finden, die du suchst. Bis dahin bist du vor mir sicher.«

Na klar, wer's glaubt, wird selig. Jetzt würde sie mir wohl gleich weismachen, dass sich die Vamps nur noch von Tofu ernährten.

Als ich mit vierzehn Jahren von zu Hause ausgerissen war, hatte Clíona mir die Phouka hinterhergeschickt, um mich zu töten. Nach Clíonas Ansicht verschmutzte meine väterliche DNA den Genpool und machte aus mir eine Abscheulichkeit – trotz der Tatsache, dass ich aufgrund meiner mütterlichen Erbmasse eine reinrassige Sidhe Fae bin. Clíona hatte nicht die Absicht zuzulassen, dass ich diese meine verschmutzten Gene an irgendwelche Nachkommen weitergab, Fluch oder nicht Fluch. Nur war es damals nicht ganz so gelaufen, wie es die böse Königin geplant hatte. Anstatt mich zu killen, war die Phouka in die Fänge eines opportunistischen Vamps geraten, aus denen ich sie gerade noch befreit hatte. Und jetzt schuldete sie mir also ihr Leben. Widerwillig hatte sie mich damals erst mal laufen lassen, aber ich wusste, dass mein Tod immer noch ganz oben auf ihrer Hitliste stand.

Ich wies mit dem Kopf auf Engel, die in den zischenden Schlangen herumstocherte. »Wessen Seele ist es also?«

»Die des Zauberers. Sie zu verschlingen war sehr unklug, Kind.«

»Glaubst du, ich hätte eine Wahl gehabt?«, entgegnete ich, ohne mir dabei meine Erleichterung anmerken zu lassen.

Die Seele des Zauberers an Halloween zu konsumieren, das war zugegebenermaßen mehr als leichtsinnig gewesen. Eine von diesen verrückten Aktionen, bei denen man das Nachdenken auf später verschiebt. Da hinterher nichts weiter Schlimmes mit mir passiert war und ich außerdem den Kopf voll mit dem Fluch hatte, hatte ich diese kleine Angelegenheit einfach verdrängt. Und nun sah es so aus, als ob sie sich von selbst erledigt hätte. Und das hatte ich meinem Engel zu verdanken.

»Er tat's aus Rache«, erklärte ich ungerührt, »weil dieser Bastard mich beinahe den Dämonen zum Fraß vorgeworfen hätte.« *Siehst du? Ich hab auch Zähne, Grianne!*

»Ich hab doch schon gesagt, dass ich nicht hier bin, um dich zu töten, Kind.« Die Ohren der Phouka zuckten gereizt, um sie herum begann die Luft zu flirren, und dann saß sie auf einmal in ihrer »menschlichen« Gestalt neben mir. Sie trug wie immer ein langes silbergraues Kleid im griechischen Stil. Ein arrogantes Grinsen breitete sich auf ihrem schmalen, langgezogenen Gesicht aus. »Ich bin nur wegen meines Schützlings hier.«

Ich deutete auf Engel, die soeben einer der Schlangen den Kopf abriss und eifrig daran schnupperte. »Also, wer ist unsere blutrünstige kleine Fee?«

Engel schob sich den Schlangenkopf in den Mund, und Grianne rief scharf: »Engel! Das ist nicht zum Essen!«

Engel?

Engel spuckte den Schlangenkopf schmollend wieder aus.

»Warum überlässt du sie nicht einfach deinen neuesten Kreationen? Die wissen bestimmt, was man damit anfängt«, sagte Grianne in einem fast flehenden Ton, den ich noch nie bei ihr gehört hatte.

Engel überlegte angestrengt, dann warf sie den Schlangenkopf grinsend in die Luft. Die Putten hatten auf einmal zwei kleine rote Hörner anstelle von Heiligenscheinen. Ihre Flügel wurden schwarz, und kleine Dreizacke erschienen in ihren fetten Händchen. Ein kleines rotes Teufelchen schoss heran und spießte den Schlangenkopf geschickt mit seinem Dreizack auf. Dann sauste es mit einem triumphierenden Keckern aus der Kuppel hinaus. Die restlichen Teufelchen begannen eifrig über Engel zu kreisen. Sie riss einen weiteren Schlangenkopf ab und warf ihn ihnen begeistert zu.

Zaubererseele am Spieß. Musste nur noch im Höllenfeuer geröstet werden.

»Heißt sie wirklich Engel?«, fragte ich aus reiner Neugierde.

»Sie wurde ursprünglich auf den Namen unserer Mutter getauft« – Grianne ließ ihren Schützling nicht aus den Augen –, »aber das war keine gute Entscheidung, da die Göttin sie sich sehr rasch zu eigen machte. Sie bei ihrem Namen zu rufen hieß riskieren, die Göttin selbst zu rufen.«

Schaudernd erinnerte ich mich an das *Etwas*, das mich aus Engels Augen heraus angeschaut hatte. War *Sie* das gewesen – Danu, die Urmutter? Und warum befanden wir uns dann im Disney-Himmel, mit seinem christlichen Klischee-Gott, wenn man sie tatsächlich nach der Mutter benannt hatte? Irgendwie erschien mir das weder taktvoll noch klug. Ich an Engels Stelle hätte mich davor gehütet, eine allmächtige Göttin zu verärgern, die jederzeit in persona erscheinen konnte, wenn man mich beim Namen rief. Andererseits, wenn sich Danu bei mir festgesetzt hätte, dann würde ich sie vielleicht auch nicht mehr als ein höheres – und weitaus furchterregenderes – Wesen betrachten. Nun, das erklärte so einiges: Wenn ich zwischen Danu und Grianne feststecken würde, würde ich auch dem schreienden Irrsinn anheimfallen.

»Clíona hat ihr den neuen Namen Rhiannon gegeben, aber darauf hört sie schon seit Jahren nicht mehr«, fuhr Grianne mit einem tiefen Seufzer fort. »Jetzt hört sie nur noch auf die Namen, die sie sich selbst gibt. Seit du sie zu uns zurückgeschickt hast, nennt sie sich Engel. Das wäre an sich kein Problem, wenn sie nur nicht auf diesen Flügeln bestehen würde. Zum Glück hat sie es bis jetzt noch nicht geschafft, damit zu fliegen. Wir können nur hoffen, dass sich diese Phase legt, bevor ihr das gelingt. Es ist auch ohne das schwierig genug, sie im Auge zu behalten.«

Ich verscheuchte eine lästige Wolke, die vor meinem Gesicht herumschwebte. »Also, wer ist sie nun?«

»Clíonas jüngste Tochter.«

Na, kein Wunder, dass Clíona so verzweifelt nach ihr gesucht hatte. Die Sicherheit ihrer jüngsten Tochter lag ihr offensichtlich mehr am Herzen, als mich mit meinem abscheulichen Vampirblut aus der Welt zu schaffen. Ich kam zu dem Schluss, dass mir diese Information vielleicht noch einmal nützlich sein könnte. Vielleicht, um Clíona zu überreden, ihre Todesdrohung im Fall einer Schwangerschaft meinerseits zurückzunehmen (äußerst unwahrscheinlich) oder ihr freundliches Asylangebot abzulehnen (äußerst wahrscheinlich) …

Grianne stützte ihr Kinn in die Hände. »Seit du sie gerettet hast, hat sie dich nicht mehr aus den Augen gelassen.«

Ich schnaubte. »Bitte richte Clíona aus, dass das Ausspionieren von Privatpersonen strafbar ist.« Und beängstigend.

»Das ist nicht Clíonas Entscheidung. Engel beobachtet dich, weil sie es will. Sie hat dein Bildnis in jedem Spiegel, in jeder Pfütze, in jeder silbernen Oberfläche am Hofe beschworen. Manchmal verbringt sie ganze Nächte damit, dir beim Schlafen zuzusehen.«

»Ach ja? Spioniert mir jetzt also der ganze Hofstaat nach?«

»Das können sie, wenn sie wollen.«

Na toll. Ich war der Star in meiner ganz persönlichen Big Brother/Truman Show. Jetzt konnte ich selig sterben.

»Aber die meisten finden dich sehr, sehr langweilig«, fuhr Grianne mürrisch fort. »Du gehst zur Arbeit, du isst, du schläfst, du liest. Du scheinst ein höchst ereignisloses Leben zu führen.«

»Tja, dann lasst es doch, wenn ich so ein Langweiler bin«, entgegnete ich gereizt. »Meinem Ego tut das nichts.«

»Nun, das heißt bis heute Vormittag.« Grianne kräuselte die Lippen, ob verächtlich oder belustigt, war schwer zu sagen, bei Grianne wusste man nie.

Ich verzog das Gesicht. »Ja, ja, nichts geht über einen guten Krimi, um die Zuschauerzahlen hochschnellen zu lassen.« Auf meine Jeans fiel ein Blutstropfen. »So, genug geschwatzt. Warum bist du hier, Grianne? Ihr habt ja wohl mitbekommen, dass dieses arme Rabenmädchen ermordet worden ist, also komm bitte auf den Punkt oder schick mich einfach wieder zurück, ja?«

»Du hast unsere Gespräche früher immer gemocht«, sagte Grianne in einem überraschend sehnsüchtigen Ton, den Blick aber immer noch unverwandt auf Engel geheftet. Zuhören war nicht ihre Stärke.

»Wenn du mit ›Gespräche‹ ›Predigten‹ meinst – *alles über die Fae, bis zum Erbrechen* – und mit ›gemocht‹ ›erduldet‹, dann ja, es stimmt. Also, was hast du mir zu sagen, Grianne?«

»Nun, du musst wissen, dass Clíona bereut, was sie mit dem

Droch Guidhe angerichtet hat. Sie hat an die Urmutter appelliert, uns einen Ausweg zu zeigen. Die Antwort unserer Mutter lautete: ein Kind für ein Kind. Engel ist dieses Kind. Sie wurde geboren, um den Fluch zu brechen.«

Wow. Moment mal. Ich starrte sie fassungslos an, wusste nicht, was ich sagen sollte. Schließlich stieß ich die wichtigste Frage hervor: »Und warum ist der Fluch dann nicht gebrochen worden?«

»Unsere Mutter hat keine besonderen Anweisungen gegeben, außer dass dieses Kind geboren werden solle.«

War ja klar. Die Ratschläge von Göttern gab's nie mit Gebrauchsanweisungen – sonst wär's ja zu einfach. Obwohl, ein Kind für ein Kind, das klang fast wie …

»Geburt war nicht der einzige Pfad, den Clíona beschritten hat. Tod war ein anderer.«

Ein Opfer.

»Aber dadurch wurde der Fluch auch nicht gebrochen«, beendete sie ihren Satz in forschem Ton.

»Und wissen die Londoner Fae darüber Bescheid?«

Sie schaute mich kurz mit ihren unheimlichen Augen an. »Hast du sie denn schon mal gefragt, was sie wissen, Kind?«

Hatte ich? Nein, hatte ich nicht, wie ich verblüfft feststellte. Kacke. Die einzigen Fae, mit denen ich über den Fluch geredet hatte, waren Finn und Tavish, der Kelpie. Und wenn ich ehrlich war, so waren das keine sehr ausführlichen Gespräche gewesen. Was den Rest der Londoner Fae betraf, denen war ich – aus leidiger Erfahrung – tunlichst aus dem Weg gegangen. Alles, was ich in den vergangenen fünf Monaten getan hatte, war, die Bücher zu wälzen, die die Fae in den letzten achtzig Jahren zu diesem Thema angehäuft hatten.

Wieso hatte ich das getan? Wieso hatte ich nichts unternommen? Das passte so gar nicht zu mir.

»Nun, wie gesagt, du führst ein sehr ereignisloses Leben. Ich glaube nicht, dass es das war, was Clíona im Sinn hatte, als sie dir diese Frist gab, um den *Droch Guidhe* zu brechen.«

Ich musste unbedingt rauskriegen, was hier los war. Ich sprang auf. »Gut, gut, Botschaft erhalten. Jetzt kannst du mich wieder zurückbeamen.«

»Würde ich ja, aber ich habe dich nicht hierhergebracht.«

Sie deutete auf Engel, die summend zur himmelblauen Kuppel hinaufschaute. Sämtlich Teufelchen/Putten waren verschwunden, und es gab auch keine zischenden Schlangenköpfe mehr, aber die Krähen attackierten noch immer die Kuscheltiere, einige mehr als andere, was aber im Wirbel der herumfliegenden blutigen Pelzfetzen schwer zu erkennen war. »Engel hat beobachtet, wie du dich mit der magischen Polizei herumschlagen musstest«, sagte Grianne. »Sobald sich der Bannkreis geöffnet hat, hat sie dich zu sich *gerufen*. Ich bin ihr nur gefolgt.«

»Mit *sie* meinst du da Engel oder Die Mutter?«, fragte ich mit leicht verengten Augen.

»Das weiß ich nicht, Kind.«

Na toll. Ich war also entweder hier, weil Miss Looney Tunes es so wollte, was bedeuten konnte, dass ich hier festsaß, oder auf Befehl der Mutter, was noch viel schlimmer wäre. Es gab nur einen Weg, das herauszufinden. Ich holte tief Luft und setzte ein, wie ich hoffte, hinreichend ehrerbietiges Lächeln auf (nur zur Sicherheit, falls ich's mit der Mutter zu tun bekam). Ich ging zu Engel. »Ich würde jetzt wirklich gerne wieder zurück«, sagte ich, »wenn das möglich wäre? Oder willst du mir noch was Wichtiges sagen?«

Engel zeigte mir grinsend ihre kleinen ebenmäßigen Zähne. Sie packte mich bei den Händen, und wir begannen, uns im Kreis rumzudrehen. Sie flatterte mit ihren riesigen goldenen Flügeln, und der Windstoß wehte mir die Haare aus dem Gesicht. Die Kuppel um uns herum verschwamm, wir drehten uns schneller und schneller, verloren den Boden unter den Füßen, und dann ließ sie mich plötzlich los …

Ich flog durch die Luft und prallte heftig gegen die Kuppel, fiel herunter und blieb erst mal zusammengesunken liegen. Ich sah die sprichwörtlichen Sterne. Als ich sie weggeblinzelt hatte, bemerkte ich, dass sich Engel über mich beugte.

»Sie sterben. Alle«, flüsterte sie und hüpfte weg, wobei die Spitzen ihrer langen Flügel durch die flauschigen Wolken zu unseren Füßen streiften.

»Wer stirbt?« Ich stöhnte.

Die Raben über uns krächzten laut, dann fielen sie vom Himmel. Und während sie fielen, verwandelten sich ihre plumpen kleinen Körper wieder in schwarze Federn, in blutgetränkte schwarze Federn. Aha, sie meinte also die Faelinge. Die Faelinge starben.

»Er tötet sie«, rief sie.

»Er?«

Sie reckte die Arme zur blauen Kuppel hinauf. Dort lächelte nun nicht mehr das gütige Gesicht eines alten Mannes mit weißem Bart auf uns herab, sondern die scharfen Züge eines grinsenden Satans mit Hörnern.

Jemand sollte der Kleinen dringend eine Digitalkamera schenken.

Sie ging vor mir in die Hocke. Ich hielt unwillkürlich den Atem an, als ich in ihre goldenen Augen schaute. »Sie betet. Sie bittet mich um Hilfe.« Schatten flackerten in ihren Augen auf. Sie tippte mit dem Finger auf meine Brust. »Ihre Gebete stören meine Gedanken, betäuben meine Geschmacksnerven, durchbohren mein Fleisch.« Ihre Stimme wurde merklich tiefer. »Du wirst dem ein Ende machen. Du wirst ihre Gebete erhören. Du wirst es beenden. Du wirst ihnen ein neues Leben schenken.«

Ich konnte nur hoffen, dass dies nicht das bedeutete, was ich fürchtete, dass es bedeutete. »Was für ein neues Leben?«

Engel blinzelte, und dann breitete sich ein strahlendes Lächeln auf ihrem Gesicht aus. »Sie sagt, ich soll dich jetzt zurückschicken.«

Sie schnippte mit dem Finger gegen meine Brust und …

Ich stürzte ins Leere.

6. Kapitel

Sie *schwindet* doch nicht etwa wieder, Satyr?«, fragte eine raue, unangenehme Männerstimme. Ich kannte diese Stimme … ich hasste sie …

Dünne Zweige schlangen sich um meine Fußgelenke. Panisch begann ich mich zu wehren, versuchte, die Fesseln abzustreifen.

»Bei allen Göttern, Dryade!«, rief eine andere männliche Stimme, eine zornig-besorgte Stimme. Diese Stimme mochte ich. Es war Finn. »Ich hab doch gesagt, du sollst deine Triebe unter Kontrolle halten, oder ich hack sie dir mit einer eisernen Axt ab!«

Die Zweige (die verhasste Stimme kam von einem Dryaden, einem Baumwesen) zogen sich zurück und gaben meine Beine frei. Ich war demnach wieder in der Menschenwelt. Und Finn war da. Wo immer ich also sein mochte, wenn Finn da war, war ich beruhigt.

Jetzt erst merkte ich, dass mir alles wehtat. Ich wusste gar nicht, wo anfangen – mit meinem Magen, meinem Kopf oder meinem Rücken. Ich lag auf etwas Kaltem, Hartem: Beton, so wie es sich anfühlte.

Eine Hand strich mir sanft über die Wange. »Komm zu dir, Gen«, sagte Finn leise.

»Will nicht«, stöhnte ich. Die Augen aufzumachen war einfach zu mühsam. »Mir tut alles weh.«

»Das wundert mich nicht, du hast schließlich einen Bannkreis *absorbiert*«, sagte er mit gereizter Besorgnis.

Ja, und von einer Göttin rumgeschleudert zu werden wie eine argentinische Bola half auch nicht gerade. Immerhin: Ich war noch am Leben, wenn auch noch nicht richtig lebendig. Apropos am Leben. »Das Rabenmädchen?«, krächzte ich und hatte plötzliche die Kraft, meine Augen aufzuschlagen. Finn beugte sich über mich und blickte mich ernst und traurig an.

Ich seufzte. »Sie hat es nicht geschafft, oder?«

Er schüttelte den Kopf.

Verdammt. Schon als die Raben sich wieder in Federn zurückverwandelten, hatte ich geahnt, dass sie es nicht überlebt hatte.

»Hugh hat gesagt, der Arzt ist sich nicht sicher, ob ihre Schädelverletzung Vorsatz war oder erst im Fluss passiert ist.« Finn wischte mir eine Träne von der Wange. Erst da merkte ich, dass ich schon wieder weinte. *Verdammt. Blöde Tränen!* »Du hättest nichts machen können, Gen; der Doc sagt, selbst wenn sie auf einem Operationstisch gelegen hätte, als du die Fesseln entfernt hast, hätte er sie nicht mehr retten können.«

Sie sterben. Alle, hatte Engel gesagt. *Er tötet sie.*

Ich wusste, dass das arme Rabenmädchen nicht das erste Opfer war. Und auch nicht das letzte, wie es schien. Engel – oder vielmehr die Mutter – hatten keinen Zweifel daran gelassen. *Sie* hatte auch gesagt, dass ich diejenige war, die dem ein Ende machen musste.

Nun, ich war auf ihrer Seite, hundertprozentig. Je eher dieses Morden von Faelingen aufhörte, desto besser. Ich wünschte nur, ich hätte mehr von ihr bekommen als diese Karikatur von Satan.

Ich biss die Zähne zusammen und setzte mich auf. Verschwommen sah ich, dass ich unweit des Eingangs zum Dead Man's Hole auf dem betonierten Themse-Embankment saß. Es wimmelte von Polizei und Gaffern, also konnte ich nicht allzu lange bewusstlos gewesen sein …

Alles begann sich zu drehen, und ich steckte rasch den Kopf zwischen die angezogenen Knie, um mich nicht übergeben zu müssen.

Finn legte mir fürsorglich meine Jacke um die Schultern. »He, immer langsam, okay?« Er hatte den Arm um mich gelegt und tätschelte meine Schulter.

Ich hätte mich zu gerne in Finns Arme sinken lassen. Es wäre so einfach. Er war mein Freund – und mehr als das. Beide wollten wir mehr. Das Problem war nur, dass ich mir unter »mehr« ein paar Dates vorstellte, dass wir uns *viel* besser kennenlernten und jede Menge Spaß damit hatten herauszufinden, ob die Magie zwischen uns wirklich so heiß und vielversprechend war, wie sie schien. Finn dagegen hatte – aufgrund des Fluchs – ganz andere Vorstellungen: Er wollte mir den Hof machen, wollte mit mir über den Besen springen, ein Kind mit mir zeugen. Aber das war noch nicht einmal das einzige Problem. Ich war zwar aufgrund meiner Gene und unserer magischen Gesetze eine reinrassige Sidhe Fae, aber das änderte nichts an der Tatsache, dass mein Daddy ein Blutsauger gewesen war. Die meisten Fae sind äußerst misstrauisch, wenn es um Vampire geht – ganz zu Recht –, aber Finn scheint sie geradezu zu hassen. Würde er mich auch dann noch wollen, wenn es den Fluch nicht gäbe? Mich und niemand anderen? Ich wollte es glauben, aber …

Aber ihn anzuhimmeln wie ein verliebter Teenie brachte mich auch nicht weiter. Ich musste einen Killer jagen. Und einen Fluch *brechen*.

Du wirst es beenden. Du wirst ihnen ein neues Leben schenken.

Das sollte doch wohl heißen, dass der Fluch *gebrochen* werden würde, wenn ich ein Kind zur Welt brächte. Oder? Aber selbst wenn ich all die Probleme ignorierte, die eine Schwangerschaft für mich bedeuten würden, so wären damit die Morde an den Faelingen noch nicht gelöst – selbst wenn sie dann wie durch ein Wunder nicht mehr sterben würden wie die Fliegen.

Zu viele Unwägbarkeiten. Und würde der Killer wirklich aufhören, Faelinge zu töten, wenn der Fluch *gebrochen* wäre? Am Tod des armen Rabenmädchens und an dem des anderen Faelings vor drei Wochen würde es jedenfalls nichts ändern. Der Mörder lief noch frei herum. Er mochte seine Handlungsweise im Moment ja mit dem Fluch rechtfertigen, aber ich war sicher, er würde andere Gründe finden, um weiterzumachen … Und das Morden an den Faelingen würde nicht aufhören, selbst wenn sie nicht mehr so leicht zu kriegen wären. Nein, zuerst musste ich diesen Killer finden, bevor ich meine Meinung änderte und mich entschloss, eine Schwangerschaft ernsthaft in Erwägung zu ziehen.

Was bedeutete, dass ich mit der Polizei reden musste. Ich musste ihnen von meinem Tête-à-Tête mit der Urmutter berichten.

Und das hieß DI Helen Crane. Kacke.

Als ob die mir zuhören würde. Nicht mal, wenn Hugh mir beistand. Nein, ich brauchte Hilfe von jemandem, den sie nicht ignorieren würde. Und dieser Jemand saß zufällig neben mir.

Ich wandte den Kopf, um Finn ansehen zu können. »Der Tod des Faelings hängt mit dem Fluch zusammen«, sagte ich leise.

Seine Hand, mit der er meine Schulter gestreichelt hatte, erstarrte. »Woher weißt du das?«

Ich machte den Mund auf, aber nichts kam heraus. Nicht, weil ich nicht wollte oder fürchtete, er würde mir nicht glauben, nein, die Mutter hatte diese Info offenbar mit einer Knebelklausel versehen – und dieser Knebel hatte mich im Moment bei der Gurgel. Ich schnappte nach Luft. Wieso hatte sie das getan? Außer … sie wollte nicht, dass ich den Mörder aus Versehen warnte.

»Sorry«, keuchte ich, »kann nicht …«

»Kannst nicht oder willst nicht?«, fragte Finn und schaute mich durchdringend an. Er war nicht dumm, das musste man ihm lassen.

Ich drückte sein Knie und schüttelte den Kopf.

Er runzelte nachdenklich die Stirn. Ich musterte ihn, während die unsichtbaren Hände, die mir den Hals zudrückten, ihren Griff wieder lockerten. Es war leicht, Finn anzusehen. Tatsächlich war er die reinste Augenweide: klar geschnittene, männlich-schöne Züge, dunkelblonde, lockige Haare, aus denen etwa drei Zentimeter weit gelbbraune Hörner hervorragten. Breite Schultern, muskulöser Body, kurz, die Traumvorstellung eines Sexgottes – wenn man sich einen Sexgott in einem schokobraunen Maßanzug mit einem cremefarbenen Hemd vorstellte, das am Kragen gerade so weit offen stand, dass man einen Blick auf seine sich kräuselnden, dunkelblonden Brusthaare erhaschen konnte ... Aber dieser Look war eben genau das: ein Look, ein Glamourzauber, wenn auch kein gekaufter. Finn hatte ihn selbst erschaffen, mit seiner eigenen Magie und seiner Vorstellung davon, wie er in einer Menschenwelt aussehen sollte.

Finns Fae-Selbst ist wilder, ungezähmter, großartiger ...

Bei diesem Gedanken wurde mir ganz warm zumute, und ich spürte, wie meine eigene Magie unwillkürlich zu kribbeln begann. Ein feiner Goldschimmer kroch über die Hand, die noch auf Finns Knie lag. Ich riss sie hastig weg. Zum Glück hatte er nichts bemerkt. Wie war das plötzlich passiert? Meine Magie hatte sich seit Monaten nicht geregt. Kacke. Das Letzte, was ich jetzt gebrauchen konnte, war, dass meine Magie mich auch noch zu ihm hinschubste! Ich kniff die Augen zu, versuchte, die Gefühle gewaltsam zu verdrängen.

Es war, als wolle man die Flut davon abhalten, die Ebbe abzulösen.

Das Problem war, die Magie *mochte* Finn; schon immer. Natürlich half es nicht gerade, dass er nicht nur *aussah* wie ein Sexgott, sondern mehr oder weniger einer *war*. Zumindest hatte man seine Vorfahren, die Satyre, früher für Sexgötter gehalten – bis die katholische Kirche alles mit Hörnern auf die dunkle Seite verbannte und als das archetypische Böse verschrie.

Ach ja, und ihm den Namen Satan gab.

Verdammt! Falls Die Mutter glaubte, ich würde Finn, den Inbegriff des galanten Ritters, des Streiters für das Gute, verdächtigen, etwas mit dem Tod der Faelinge zu tun zu haben, dann war sie noch verrückter als Engel.

Aber Finn war nicht der einzige Satyr in London. Finns Herde wünschte sich, wie alle anderen Fae von London, verzweifelt das Klappern kleiner Hufe herbei – so verzweifelt, dass sie vor neun Monaten all ihr Geld zusammengelegt hatten, um die Londoner Zweigstelle von Spellcrackers.com zu erwerben, die bis dato im Besitz der Hexen gewesen war. Mit dem Resultat, dass Finn nun mein Boss war. Der Hintergedanke war, dass wir beide uns dadurch näherkommen und ich ihn als Vater meines Kindes erwählen würde. Ich hatte keine Ahnung, wie viel Geld den Besitzer gewechselt hatte, wusste aber, dass die Satyre bis zur Mähne in Schulden steckten. Wie groß ihre Verzweiflung wohl sein musste …

Ich schlug die Augen auf. »Finn, wie viele seid ihr? Eure Herde?«

»Dreiundneunzig.« Er musterte mich scharf. »Wieso?«

Zu viele Verdächte. Ich musste die Zahl irgendwie einengen. »Bloß so.«

»Bloß was?«

Wieder packten mich unsichtbare Hände bei der Kehle. Ich schüttelte nur den Kopf.

Er drückte tröstend meine Schulter. »Na gut.« Er holte sein Handy hervor und öffnete es mit einem leisen Klicken. »Vielleicht kannst du's ja Helen sagen, wenn schon nicht mir.«

Eine unvernünftige, irrationale Eifersucht schoss in mir hoch. Dabei wollte ich ja, dass er sie anrief, dass er der Polizei einen Hinweis gab, der bei der Aufklärung der Morde half – und weitere Morde möglicherweise verhinderte. In Anbetracht ihrer Verzögerungstaktiken schien ich das offensichtlich mehr zu wollen als DI Crane selbst. Trotzdem, dass Helen immer noch ganz oben auf Finns Schnellwahlnummernliste stand, obwohl sie seit Jahren geschieden waren, und dass es nie lange dauerte, bis er sie erwähnte, das ärgerte mich. War es zwischen den beiden wirklich vorbei? Konnte ich seinen Beteuerungen Glauben schenken? Taten sprechen deutlicher als Worte.

Er klappte das Handy zu. »Helen möchte, dass wir zu Scotland Yard kommen« – das Hauptquartier der Mörder- und Magiekommission – »und unsere Aussagen zu Protokoll geben. Noch heute.« Er musterte mich mitfühlend. »Schaffst du das? Kannst du aufstehen, Gen?«

»Zum Teufel noch mal, jetzt hör schon auf, sie zu bemuttern, Satyr. Gib ihr 'nen verdammten Arschtritt«, sagte eine laute, rohe Stimme. Ich riss den Kopf hoch. »Jemand sollte sie sich vorknöpfen, und wenn du's nicht schaffst, dann tu ich's.«

Verdammt. Den sprechenden Baum hatte ich ganz vergessen.

7. Kapitel

Ich schaute an Finns breiten Schultern vorbei zu dem großen, kräftigen Dryaden, der mit verschränkten Armen und gespreizten Beinen vor mir stand und lüstern grinste – oder besser gesagt, die mit Borkensaft gelblich verfärbten Zähne in seinem mahagonibraunen Gesicht fletschte. Um ehrlich zu sein, selbst wenn er auf den Stufen gesessen und in sein rotes Stirnband geschluchzt hätte, ich hätte mich bedroht gefühlt. Vor fünf Monaten hatten Stirnband und seine fiese Dryaden-Gang versucht, mich zu kidnappen und zu vergewaltigen. Auch er hatte sich auf den Fruchtbarkeitsfluch herausgeredet.

Ich unterdrückte ein Schaudern. Nein, ich würde ihm meine Angst nicht zeigen. »Was, zum Teufel, hat der hier verloren?«, fragte ich gereizt.

»Er war vor mir hier, Gen.« Finn warf dem Dryaden einen bösen Blick zu. »Anscheinend hat er dich gerade noch aus dem Bannkreis rausgezogen, bevor er implodiert ist.«

Stirnband grinste wie ein Honigkuchenpferd. »Du solltest mir danken, Sidhe. Du hast versucht, zu viel Magie zu schlucken, und die hätte dich zerrissen. Wenn ich dich nicht festgehalten hätte, wärst du *geschwunden.*« Sein knöchellanger brauner Mantel klaffte auf, und darunter kamen zahlreiche schlangenartige Weidenzweige zum Vorschein, die im Frühlingswind wehten. Ich unterdrückte ein Schaudern. Ja, ich erinnerte mich gut an diese Zweige, mit denen er mich festgehalten hatte. Mein Magen krampfte sich zusammen. Ich stieß Finn beiseite und erbrach einen Schwall bräunliches Flusswasser.

»Ach ja, ich hab dir salziges Flusswasser in den Rachen gekippt, als du bewusstlos warst«, erklärte Stirnband seelenruhig, während ich mir die Seele aus dem Leib würgte. »Ich wollte schließlich nicht, dass die Magie irgendwelche hässlichen Nachwirkungen hat.«

Sadistischer Mistkerl.

»Die einzige hässliche Nachwirkung hier bist du«, krächzte ich und wünschte, nicht zum ersten Mal, ich hätte damals Kleinholz aus dem Knaben gemacht, anstatt ihm nur die Zweige zu stutzen.

Finn hielt mir eine Flasche Wasser hin. Er hatte sie direkt aus seinem Kühlschrank zu sich *gerufen*. Ich spülte meinen Mund aus und gab sie ihm zurück. Finn ließ sie wieder verschwinden. Dann bot er mir seine Hand und zog mich auf die Beine. Mir wurde prompt schwindlig, und ich schwankte ein wenig.

Ich zog meine Jacke wieder an, froh um den Schutz, den sie mir vor dem frischen Wind bot, und hielt mich an Finn fest, weil mir noch immer schwindlig war. Die Themse rauschte an uns vorbei. Ihre Wellen schwappten geräuschvoll gegen das Embankment und übertönten fast das Stimmengewirr der Touristen und das Brausen des Verkehrs im Hintergrund. Ein raues Krächzen ließ mich aufblicken. Über uns, auf der Tower Bridge, saß ein großer Rabe und schaute mit schief gelegtem Kopf wachsam auf uns herab. Hatte dieser Vogel etwas mit dem toten Faelingmädchen zu tun? Ich wusste, es gab Raben im nahe gelegenen Tower of London.

Der Vogel ließ sich fallen und sauste an uns vorbei. Mein Blick blieb an dem hohen Gitterzaun haften, der das Embankment vom öffentlichen Fußgängerbereich abschirmte. Dahinter drängte sich, wie mir erst jetzt auffiel, eine Schar Fotografen und Presseleute. Es blitzte dort, wie in einem Mini-Gewitter. Ich wollte schon panisch werden, da merkte ich, dass sie unser kleines Grüppchen überhaupt nicht beachteten, sondern sich ausschließlich auf die Polizisten konzentrierten – darunter Constable Martin –, die sich vor dem Polizeiboot scharten, das soeben an der Anlegestelle festmachte.

»Der Dryade hat einen Unsichtbarkeitszauber über uns gelegt«, sagte Finn leise und drückte mir beruhigend die Hand.

Mir fiel ein Stein vom Herzen. Aber Moment mal ... Wie kam es überhaupt, dass Stirnband als Erster am Tatort gewesen war? Da war doch was faul. Mein Magen krampfte sich angstvoll zusammen, was dieser Mistkerl aber nicht merken durfte. »Du bist mir gefolgt, was?«, sagte ich verächtlich.

»Auf einen Baum achtet keiner«, bemerkte er stolz, »nicht mal, wenn du in seinem Schatten stehst.« Er breitete die Arme aus und drehte sich langsam im Kreis. Von seinen Fingerspitzen tropfte Magie wie Tau von Zweigspitzen. »Auch dafür solltest du mir dankbar sein, Sidhe.«

Mein Beinahe-Vergewaltiger spionierte mir nach.

Ich schluckte mühsam die erneut aufsteigende Übelkeit herunter. Ich wollte mich auf keinen Fall noch mal übergeben.

Und ich durfte nicht zulassen, dass er mir weiterhin folgte.

Finn ließ meine Hand los und trat mit geballten Fäusten einen Schritt vor. »Es war ausgemacht, dass du und der Rest sich bis Mittsommer von ihr fernhalten, Dryade!«

Ich musste ihn dazu bringen, dass er mich in Ruhe ließ. Jedenfalls, sobald ich mich wieder ohne fremde Hilfe auf den Beinen halten konnte.

»Das war, bevor man tote Faelinge aus dem Fluss gezogen hat«, höhnte Stirnband. »Was ist, wenn sie die Nächste ist? Du magst bei ihr ja ganz vorn in der Schlange stehen, Satyr, aber wenn sie tot ist, ist deine *Pole Position* einen Dreck wert. Wir müssen unsere Zukunft vor Schaden bewahren.«

Ich brauchte einen Plan.

»Gen kann die meiste Zeit sehr gut auf sich selbst aufpassen, Dryade«, knurrte Finn, und ich musste ihm innerlich applaudieren, »aber wenn sie doch Hilfe bräuchte, dann ganz bestimmt nicht von dir.«

Auch dem konnte ich nur aus tiefstem Herzen zustimmen.

Ich holte tief Luft, um mich zu beruhigen, dann gab ich Finns Ellbogen einen Stups, um ihm zu sagen, *halt dich da raus, ich mach das schon*. Langsam ging ich zum Geländer, sodass mich die Presse nicht mehr sehen konnte – auf Stirnbands »Unsichtbarkeitszauber« wollte ich mich lieber nicht verlassen. Ich warf einen Blick auf den Fluss: Es herrschte gerade Flut, und das Wasser klatschte nur wenige Zentimeter unter der Uferbefestigung braun und schlammig an den Beton.

Ich wandte mich entschlossen um und fixierte den verhassten Dryaden.

»Ich habe eine Botschaft für Lady Isabella«, erklärte ich gelassen. Ich war zwar nicht gerade gut auf Lady Isabella zu sprechen, aber sie war das Oberhaupt der Dryaden und obendrein Stirnbands Okulationsmutter. Ich wusste also, dass er mich ernst nehmen würde.

Er trat näher und stellte sich breitbeinig vor mir auf. »Was hast du mir zu sagen, Sidhe?« Wieder dieses lüsterne Grinsen.

»Richte deiner Königin aus, ich wünsche nicht, dass du oder irgendjemand aus deiner fiesen kleinen Bande mir weiterhin nachspioniert.«

Er stieß ein knackendes Geräusch aus, wie Zweige, die sich im Wind biegen: seine Art zu lachen. »Du vergisst wohl, dass ich dir gerade das Leben gerettet habe, Sidhe?«

Aufgeblasener Angeber! Er hatte nichts dergleichen getan, aber das durfte ich ihm nicht verraten. Was wirklich geschehen war, war mein Geheimnis. Ich *konzentrierte* mich auf die Polizisten, die ein wenig weiter weg auf der Uferbefestigung standen, und *rief* den Schockzauber aus Constable Martins Schlagstock zu mir. Sie merkte nichts, als er wie ein grünes Glühwürmchen auf mich zuschoss. Diesmal konnte ich ihn glücklicherweise leicht fangen. Ich hielt ihn zwischen uns hoch. »Also, ich möchte, dass du Lady Isabella davon überzeugst, dass es mir ernst ist – oder du kriegst das hier zu schmecken.« Mein Blick war mörderisch. »Es ist deine Entscheidung.«

Stirnband war das freche Grinsen vergangen. »Es würde Lady Isabella gar nicht gefallen, wenn du mir was antust«, höhnte er, nicht sehr überzeugend. Die Spitzen seiner peitschenartigen Weidenzweige zuckten nervös.

Ich warf den Schockzauber auf meiner Handfläche auf und ab. »Das nehme ich gerne in Kauf.«

»Und dir würde es noch weniger gefallen, wenn dir etwas zustieße«, sagte er, den Schockzauber wachsam im Auge behaltend und sich fragend, ob er ihm aus dieser Nähe überhaupt ausweichen könnte.

»Da muss ich dir ausnahmsweise zustimmen«, sagte ich sachlich, »und deshalb habe ich noch eine zweite, viel interessantere Botschaft an deine Herrin.«

Er löste den Blick von dem Zauber und schaute mich stirnrunzelnd an.

»Folgendes: Ich bin bereit, mir von den Dryaden den Hof machen zu lassen« – seine gelblichen Augen wurden ganz groß, und ich hörte Finn hinter mir stöhnen – »vorausgesetzt, du und all die anderen aus deiner Bande, die versucht haben, mich zu vergewaltigen, halten sich fern von mir. Euch will ich nie wieder sehen, kapiert?«

Stirnband musterte mich mürrisch, doch dann nickte er. »Kapiert.« Er schaute über meine Schulter hinweg zu Finn. »He, Satyr, scheint, als würdest du nicht genug Saft in deinem Bleistift haben! Aber keine Sorge, die Sidhe kriegt jetzt echtes Holz ins Bett.« Er lachte, und das höhnische, knarrende Geräusch wurde von den umstehenden Bäumen aufgenommen. »Aber nichts für ungut, kannst ja gelegentlich mal bei mir vorbeikommen, dann gebe ich dir ein paar Tipps, wie man ihn hochkriegt.«

Ich kochte vor Zorn. Dieser langen Latte würde ich den Übermut schon austreiben.

»Versuch, ihn mal so hochzukriegen«, murmelte ich. Und dann klatschte ich ihm, ehe er etwas dagegen unternehmen konnte, den Schockzauber auf die Brust. Ein grüner Blitz zuckte auf, Stirnband wurde gegen das Geländer geschleudert, und ein durchdringender Minzegeruch breitete sich aus. Rauch stieg von seiner Brust auf. Ich duckte mich spontan, packte ihn bei den Fußgelenken und kippte ihn kurzerhand übers Geländer in die Themse, wo er bewusstlos davontrieb. Es rauschte laut in meinen Ohren, und ich fiel keuchend auf die Knie – das war zu viel gewesen, ich war noch nicht wieder auf dem Posten. Schwindlig, aber höchst zufrieden, schaute ich der davontreibenden Gestalt nach. Lady Isabella würde ihre Nachricht schon kriegen, nur eben nicht ganz so schnell.

Kurz darauf bemerkte ich, dass Finn mir wieder seine Hand bot. Ich schaute zu ihm auf.

»Lady Isabella ist nicht die Einzige, der das nicht gefällt«, sagte er leise, und seine Augen blitzten zornig.

Das glaubte ich gern. Ich nahm seine Hand und ließ mich von ihm hochziehen. »Er ist eine Weide, eine kleine Flussfahrt wird ihn schon nicht umbringen. Leider.«

»Das hab ich nicht gemeint, Gen.«

»Ich weiß.« Widerwillig ließ ich seine Hand los und trat einen Schritt zurück.

»Warum, Gen?« In seiner Wange zuckte ein Muskel. Er war nicht nur zornig: Ich hatte ihn enttäuscht, verletzt. Schuldbewusst senkte ich den Blick.

»Warum hast du das getan, Gen? Warum erlaubst du ihnen auf einmal, dir den Hof zu machen, wo ich doch in den letzten Monaten alles, was in meiner Macht stand, getan habe, um sie von dir fernzuhalten?«

Das stimmte. Auch er selbst hatte mich in den letzten fünf

Monaten, ganz Gentleman, in Ruhe gelassen. Und nicht nur das: Er hatte den Fae weisgemacht, er sei mein Geliebter, und man solle uns, nach den traumatischen Geschehnissen an Halloween – nach Graces Tod – doch ein wenig Privatsphäre gönnen. Im Klartext hieß das: *Nein, wir sind nicht bereit, uns bei einem Fruchtbarkeitsritual in aller Öffentlichkeit zu paaren*, egal, wie sehr sich das die Fae auch wünschen mochten. Dafür schuldete ich ihm eine ganze Menge, und sicher ergab sich irgendwann eine Gelegenheit, mich dafür zu revanchieren, aber …

»Es tut mir leid, Finn.« Ich breitete hilflos die Arme aus. »Ich wünschte, ich hätte das nicht tun müssen, ich wünschte, die Dinge lägen anders, dass wir das allein zwischen uns ausmachen könnten, aber schon wieder sind zwei Faelinge dem Fluch zum Opfer gefallen. Ich muss rauskriegen, was dahintersteckt, und dem ein Ende bereiten. Es wird Zeit, dass ich mit den anderen rede.« Warum, zum Teufel, hatte ich das nicht schon längst gemacht? Auch das musste ich rausfinden.

»Bei den Göttern, Gen, die wollen doch schon die ganze Zeit mit dir reden. Aber jedes Mal, wenn ich dich gefragt habe, hast du gesagt, du wärst noch nicht so weit.«

»Ehrlich?« Das erstaunte mich. Kacke. Es gab so viel, das ich *nicht* getan hatte. Beinahe, als ob ich nicht ich selbst gewesen wäre …

»Du hättest mir sagen sollen, dass du's dir anders überlegt hast.« Finn fuhr sich entnervt durch die Haare. »Dann hätten wir das besser organisieren können, es auf einer formellen, offiziellen Ebene halten können. Aber jetzt wird dir jeder Dryade in London die Tür einrennen. Und die werden mehr als nur reden wollen. Und vergiss nicht die Najaden, auch die werden dir ihre Kandidaten aufdrängen, sobald sie davon Wind kriegen. Ich werde mit den Herdenältesten reden, mal sehen, ob denen …«

Aber ich hörte nicht länger zu, denn mir war gerade etwas in den Sinn gekommen, wie ein verblasste Erinnerung, die man aus einem schwarzen Loch zieht. Ein Zauber um mein Handgelenk? Ja, das war es. Ich schob meinen Jackenärmel hoch und *schaute* meine Handgelenke an. Das rechte war sauber, aber um mein linkes schlang sich ein Armband aus blutroten, rosenförmigen Abdrücken wie ein besonders kunstvolles Tattoo. Dieses »Tattoo« kennzeichnete mich als Malik al Khans »Eigentum« und schützte mich vor den anderen Vampiren. Malik war ein »guter« Vampir – falls man so was von Vampiren behaupten kann. Aber meine Erinnerungen an unsere letzten Begegnungen waren ein wenig verschwommen, was nie ein gutes Zeichen ist, wenn's um Vampire geht. Wahrscheinlich hatte er sein Vamp-Mojo benutzt, damit ich vergaß, woran ich mich erst jetzt allmählich zu erinnern begann. Aber dieses Problem musste warten. Was sein Brandzeichen betraf: Es war ganz praktisch für mich – wenn man einmal davon absah, dass er es mir ungefragt aufgebrannt hatte und ich niemandes »Eigentum« war. Vor allem nicht das eines Vampirs. Ich hatte mich mittlerweile so sehr daran gewöhnt, dass ich es fast vergessen hatte, aber als ich es mir nun genauer anschaute, fand ich, wonach ich suchte: einen Zauber, der sich unter den rosenförmigen Abdrücken versteckte. Ich *konzentrierte* mich, und der Zauber wurde heller. Wie eine Dornenranke umschlang er mein Handgelenk und wand sich meinen Arm hinauf. Die Dornen gruben sich in mein Fleisch, ohne dass ich es spürte.

Ein Dornröschenzauber.

Zorn brodelte in mir hoch. Dieser verdammte Zauber war das magische Äquivalent von Valium, man wurde sozusagen zu einem emotionalen Zombie. Jetzt wusste ich, warum mein Leben seit Graces Beerdigung gar so *ereignislos* gewesen war. Angeekelt sah ich, wie die Dornenranke unter meinem Ärmel verschwand, sich um meinen Ellbogen wand, wie die Dornen in meiner Haut verschwanden. Stirnbands Salzwasser-Emetikum musste ihn vorübergehend neutralisiert haben, doch nun begann er wieder zu wirken.

»Gen.« Finn packte mich bei den Schultern. »Du hörst mir ja gar nicht zu. Das ist wichtig!«

Er hatte recht. Es gab nur zwei Personen, die mir nahe genug kommen konnten, um mich mit einem solchen Zauber zu belegen, und einer davon stand gerade vor mir. Der andere war Tavish, der Kelpie. Wenn ich nach einem Schuldigen suchte, dann stand Tavish – dieser intrigante, überbeschützende, arrogante, faszinierende, charmante, jahrhundertealte Kelpie (und außerdem so was wie mein Ex) – ganz oben auf meiner Liste. Aber wenn ich nach einem »Prinzen« suchte, der mich mit einem Kuss erlöste, dann lag ich mit Finn goldrichtig. Trotzdem barg es Risiken. Unsere Magie könnte meine Libido außer Kontrolle geraten lassen.

Kacke. Egal, was ich tat ... Aber immerhin hatte ich bei Finn die Chance, die Sache vielleicht doch unter Kontrolle halten zu können.

Meine Entscheidung war gefällt. Ich stellte mich auf die Zehenspitzen und nahm Finns Gesicht zwischen beide Hände. Seine Haut fühlte sich warm und fest an. Schon spürte ich, wie meine Magie in mir aufflackerte, sich wie ein goldener Flächenbrand zwischen uns ausbreitete. Er riss überrascht die Augen auf; in deren moosgrünen Tiefen regte sich ein goldenes Funkeln. Seine Hände packten meine Schultern unwillkürlich fester. Ich zog ihn behutsam zu mir herab, gab ihm jede Chance, »nein« zu sagen. Aber er tat es nicht. Unsere Lippen trafen sich zu einem sanften Kuss, ein Kuss, der in mich einsickerte wie geschmolzenes Gold. Mir wurde ganz warm im Bauch. Und auch weiter unten. Mein Gott, ich hatte ganz vergessen, wie gut er schmeckte, nach reifen, süßen Beeren. Ich erbebte vor Lust. Frustration keimte in mir auf. Ich wollte ihn, ja, ich *wollte* ihn. Aber das durfte nichts zwischen uns ändern. Ich durfte ihm nichts vormachen: Dieser Kuss war nur ein Mittel zum Zweck.

Ich wich weit genug zurück, um ihn ansehen zu können. »Sorry«, murmelte ich und ließ meine Hände sinken, »das hätte ich nicht tun dürfen.«

»He, kein Grund zur Entschuldigung«, sagte er leise. Dann verzog er den Mundwinkel, was ihm einen schelmischen Ausdruck verlieh. »Kannst ja nichts dafür. Ich bin schließlich unwiderstehlich.«

Ich riss verblüfft die Augen auf.

Er wackelte mit den Augenbrauen. »Ich bin ein Sexgott, schon vergessen?«

Mein Mund klappte auf. »Flirtest du etwa mit mir?«

»Nicht gut genug, wie's scheint, wenn du erst fragen musst.«

Eine unsichtbare Barriere, von der ich gar nicht gemerkt hatte, dass sie zwischen uns stand, fiel in sich zusammen. Auf einmal war es wieder wie früher, als wir uns kennengelernt hatten, als ich in der Firma zu arbeiten anfing, bevor alles ernst wurde, bevor Vampire, böse Zauberer und Flüche zwischen uns kamen, als Finn vor allem lebenslustig, frech und neugierig war. Meine Kehle war auf einmal wie zugeschnürt. Er hatte mir gefehlt, dieser Finn. Und jetzt schien es, als könnte ich ihn wiederhaben.

Mir wurde leicht ums Herz, und ich musste unwillkürlich grinsen. »Unwiderstehlich?«, schnaubte ich und piekste ihm meinen Finger in die Brust. »Träum ruhig weiter.«

Seine Augen glitzerten schelmisch. »Meine Träume. Meine Regeln. Ich kann mich mit dem Sexgott-Image gut abfinden.«

Ich lachte. »Dann träum ruhig weiter! Vielleicht erreichst du ja was – im nächsten Jahrhundert oder so.«

Er schlug dramatisch mit der Hand auf seine Brust. »Ihr schändet meinen Ruf, Mylady. Ich fordere Satisfaktion.«

»Keine Chance«, schnaubte ich, »du bist auf der Verliererspur.«

Er setzte eine hoffnungsvolle Armesündermiene auf. »Na ja, ich glaube, ich könnte mich erst mal damit abfinden, dass wir wieder zum Schmusestadium zurückkehren. Ich glaube, ich hätte da ein wenig Zeit, und zwar« – er tat, als müsse er auf seine Uhr sehen; seine weißen Zähne blitzten in seinem gebräunten Gesicht – »in ungefähr dreißig Sekunden. Aber es ist ein einmaliges Sonderangebot, also greif zu, solange ich noch heiß bin.«

Ich verdrehte die Augen, doch dann spürte ich, wie sich die Dornen in meine Schulter bohrten, und kehrte prompt wieder auf den Boden der Tatsachen zurück. Seufzend hielt ich meinen Arm hoch wie ein Schüler in der Schule. »Gilt dieses Angebot auch für einen Dornröschenzauber?«

Finn erstarrte. Seine Brauen zogen sich zusammen, er nahm mein Handgelenk und musterte es genauer. In seiner Wange zuckte ein Muskel, dann seufzte er und sagte, fast wie zu sich selbst: »Nun ja, das erklärt so einiges.«

»Allerdings«, stimmte ich ihm zu. »Und ein gewisser Kelpie wird noch bereuen, dass er mir je begegnet ist. Was hältst du von Gremlins in seinen Computern? Oder Wasserlinsen in seinem See?«

»Autsch.« Finn zuckte zusammen. »Erinnere mich daran, dir nie in die Quere zu kommen. Aber, he, wenn du Hilfe brauchst, ich bin dein Mann.«

Ich grinste. »Danke.«

Er ließ mein Handgelenk los und schmunzelte wehmütig. »Das heißt wohl, dass ich doch nicht so unwiderstehlich bin, was?«

»Och, ich weiß nicht.« Ich neigte den Kopf zur Seite und grinste schelmisch. »Du könntest ja versuchen, mich noch mal davon zu überzeugen? Sozusagen zwei Fliegen mit einem Kuss?«

Ein scharfer Windstoß fuhr vom Fluss her zwischen uns

hindurch. Finn hob die Hand und strich mir das Haar aus dem Gesicht. »Vielleicht doch keine so gute Idee, Gen. Tavish muss dich gleich nach dem Begräbnis mit dem Zauber behaftet haben. Zauber dieser Art halten gewöhnlich nur ein, zwei Wochen, nur so lange, bis man das Schlimmste überstanden hat. Er hätte also längst wieder verschwunden sein müssen – außer Tavish hat ihn mit etwas aufgepeppt. Es könnte Probleme geben, wenn ich den Zauber *breche*, und nicht er. Soll ich ihn nicht lieber auseinanderdröseln?«

Ein ritterliches Angebot. Typisch Finn. Aber sosehr ich seine Sorge auch zu schätzen wusste, ich konnte nicht anders, als zu bedauern, dass der fröhliche, spielerische Finn schon wieder verschwunden war. »Danke, aber ich glaube nicht, dass wir dazu genügend Zeit haben.« Ich wies mit einer Kopfbewegung auf die Polizisten, die sich um das Polizeiboot scharten. »Ich muss schließlich noch zu Scotland Yard und meine Aussage machen, schon vergessen? Ich möchte mich nicht unnötig verspäten, und ich würde mich, ehrlich gesagt, besser fühlen, wenn ich den Zauber dann schon los wäre … Das heißt, wenn du nichts dagegen hast …«

»Was sollte ich dagegen haben? Ich wünsche mir nichts mehr, als dich zu küssen«, sagte Finn fast traurig. In seinen Augen stand ein beinahe verzweifelter Ausdruck, der jedoch so schnell wieder verschwand, wie er aufgetaucht war. Hatte ich mir das nur eingebildet? Der alte Finn grinste mich an. »Wie wär's mit einer Wette? Wenn ich es schaffe, den Zauber in einer Minute aufzulösen, gehst du heute Abend mit mir essen. Wenn ich's schneller schaffe, zahlst du.«

Meine Augen wurden schmal. Das war eine Wette, bei der er gar nicht verlieren konnte. »Glaubst du wirklich, ich lasse mich auf *so was* ein?«

»Jep«, sagte er zuversichtlich. »Außer natürlich, ich bin *wirklich* nicht unwiderstehlich.«

Mein Magen krampfte sich erwartungsvoll zusammen, und ich musste ein Grinsen unterdrücken. »Also gut«, sagte ich lässiger, als mir zumute war, »dann los, bringen wir's hinter uns.« Ich reckte das Kinn und spitzte die Lippen.

Finn, plötzlich ernst, nahm mein Gesicht zwischen beide Hände, so wie ich vorhin bei ihm. Er senkte den Kopf und presste seine Stirn an die meine. Mein Herz begann zu flattern, ich wurde ein wenig nervös – aber auf sehr angenehme Weise. »Der ist für den Zauber«, murmelte er, und sein Atem strich warm über mein Gesicht. Er drückte einen flüchtigen Kuss auf meinen Mund. Meine Lippen kribbelten, Magie überlief mich wie ein Schauder. Ich bekam eine Gänsehaut. Ich fühlte, wie sich die Dornen aus meinem Fleisch lösten, wie die Ranke verdorrte und sich in Rauch auflöste.

»Wow«, murmelte ich beeindruckt, aber auch ein wenig enttäuscht, weil es nur so ein kurzer Kuss gewesen war. »Scheint, als ob das Dinner heute Abend auf mich geht.«

Er stieß ein leises, selbstbewusstes Lachen aus.

»Und der hier« – er hob mein Kinn, mit den Daumen streichelte er meinen Unterkiefer. Seine moosgrünen Augen schauten mich ernst und intensiv an – »ist ganz allein für dich, Gen.« Er presste seine Lippen auf die meinen, ein rascher, harter Kuss, der mich mit seiner Magie erfüllte und mein Herz einen gloriosen, herrlichen Augenblick lang zum Stillstand brachte.

Junge, Junge, jetzt steckte ich aber ernsthaft in Schwierigkeiten …

8. Kapitel

Ist es nicht praktisch, wenn man einen gut fünfhundert Jahre alten – und somit *sehr* mächtigen – Vampir auf Speed-Dial hat? Ich finde schon. Obwohl selbst das, wie nicht anders zu erwarten, seine Kehrseite hat.

Ich war nämlich verhaftet worden.

Nicht für den Kuss (obwohl er es wert gewesen wäre, o Mann), aber da DI Helen Crane die Verhaftung vorgenommen hatte, konnte ich wohl davon ausgehen, dass der Kuss dabei eine Rolle gespielt hatte. Der offizielle Grund lautete »Unterschlagung von Polizeieigentum«. Besagtes Eigentum war natürlich der Schockzauber, den ich aus Constable Martins Schlagstock stibitzt hatte, um Stirnband eins über die Baumkrone zu geben. Ironie des Schicksals. Und die Hexenzicke Crane hatte mich mit kaum verhohlener Genugtuung beim Schlafittchen gepackt, sobald Finn und ich Scotland Yard betraten.

Und nicht nur das: Man hatte mich in eine dieser hochmodernen, versilberten Zellen gesteckt. Ein vier Quadratmeter großer Raum ohne Fenster, eine fast zwei Zentimeter dicke Stahltür, Überwachungskameras in jeder Ecke und 'ne eklige Plastiktoilette. Die Krönung dieser Luxuszelle bildete eine Pritsche mit einer Matratze, die so unverschämt dünn war, dass man sie als reinen Hohn betrachten musste.

Diese Zelle diente dafür, Vampire und gefährliche Hexen in Schach zu halten. Sollte ich mich geschmeichelt fühlen, dass DI Crane mich für eine so große Gefahr hielt? Wohl eher nicht. Sie machte einfach mal wieder einen auf Overkill.

Ich rutschte unbehaglich auf der dünnen Matratze hin und her und zog vorsichtig an dem schicken weißen Papieroverall, den die Modeabteilung der Metropolitan Police mir freundlicherweise zur Verfügung gestellt hatte. Ich versuchte, die Ärmel unter dem Silberschmuck durchzuziehen, den ich ebenfalls bekommen hatte: silberne »Sklavenarmbänder« mit Jadesteinen (Schockzauber) und Zitrinen (zur Dämpfung meiner eigenen Magie). Dasselbe versuchte ich bei den Fußfesseln, aber ohne großen Erfolg: Jedes Mal, wenn ich mich bewegte, rutschten die Fesseln herunter und berührten meine Haut – mit dem Ergebnis, dass ich bereits hübsche Brandwunden an den Fußgelenken hatte.

Und das war's noch nicht mit den schlechten Nachrichten. Mein mir gesetzlich zustehender Anruf lag mir schwer im Magen. Ich hatte Malik gewählt – oder besser gesagt, »Sanguine Lifestyles«, seinen 24-Stunden-Antwort-Service. Das Problem war nur, dass ich es nicht freiwillig getan hatte: Die Bitte, ihn zu kontaktieren, war mir rausgerutscht, ohne dass ich etwas dagegen unternehmen konnte. Was bedeutete, dass Malik nicht nur sein Vamp-Mojo an mir ausprobiert hatte, sondern auch den Befehl, ihn zu kontaktieren, sollte ich in Schwierigkeiten geraten, in meinen Verstand *eingepflanzt* hatte.

Kein Wunder, dass meine Erinnerungen an ihn ein wenig schwammig waren.

»Verdammter arroganter Vamp«, brummte ich böse. Musste er mich *zwingen*, ihn anzurufen? Ich hätte es wahrscheinlich ohnehin getan.

Ich war ja schließlich nicht blöd. Falls die böse Polizeihexe glaubte, aus meiner »Unterschlagung« des Schockzaubers einen Riesenwirbel machen zu können – es gar so hinzustellen, dass ich eine Bedrohung für die Menschen darstellte –, dann wartete möglicherweise die Guillotine auf mich. Eine ziemlich unwahrscheinliche Aussicht, zugegeben, aber da wir Fae keine »Menschenrechte« haben, eine dennoch denkbare Alternative. Was sie nicht versäumt hatte, mir voller Schadenfreude unter die Nase zu reiben. Malik anzurufen oder egal, wen, wenn er mich nur aus dem Knast holte, lag da wohl mehr als nahe. Mochte sein, dass ich das mit einer Blutspende würde bezahlen müssen, aber das war ja wohl immer noch besser, als einen Kopf kürzer gemacht zu werden.

Obwohl ich also ziemlich sauer auf Malik war, hatte es mich doch beruhigt, die Dame bei Sanguine Lifestyles sagen zu hören: »Kein Problem, Ms Taylor. Wenn Sie mir die Einzelheiten geben, werden wir Ihnen in einer halben Stunde einen Anwalt vorbeischicken.«

Das klang zu gut, um wahr zu sein.

Was es, wie ich acht Stunden später feststellte, wohl auch gewesen war.

Ich starrte meinen linken Arm an und stieß ein frustriertes Knurren aus.

Denn hier kommt die letzte schlechte Nachricht: Ich trage nämlich nicht nur den hübschen Silberschmuck von der Polizei, sondern ein nettes kleines Armband voller magischer Amulette. Das hatte ich erst entdeckt, als ich mein Handgelenk nach Überbleibseln des Dornröschenzaubers abgesucht hatte. Auch dieser Zauber hatte sich geschickt unter Maliks Brandzeichen versteckt gehabt. Da die Zitrine meine Magie dämpften, hatte ich den ganzen Tag gebraucht, um die ursprüngliche Form des Armbands wiederherzustellen.

Ich musterte das Armband kritisch. Tavish hatte sich diesbezüglich selbst übertroffen, das musste ich zugeben, obwohl ich verdammt sauer auf den hinterlistigen, trickreichen Kelpie war. Ein Armband aus schwarzgrünem Kelpie-Haar umschlang fest mein Handgelenk. Darin eingewebt waren zwölf Glasperlen, fünf durchsichtige, der Rest blutrot. Keine Ahnung, wofür die da waren. Zwischen diesen Perlen hingen sieben kleine Anhänger. Die zwei ersten waren geschickte Repliken einer roten Telefonzelle und eines roten Londoner Doppeldeckerbusses, beide aus emailliertem Gold. Die Telefonzelle war vollkommen zerdrückt, was mich, wie ich vermutete, davon abhalten sollte, mit jemandem außerhalb von London zu kommunizieren. Dem Bus dagegen fehlten die Reifen, wahrscheinlich, damit ich die Hauptstadt nicht verlassen konnte – oder gegen meinen Willen entführt werde. Der dritte Anhänger war ein Spinnrad – war ja wohl klar, wofür *das* war. Dank Finns Kuss war es jetzt immerhin zerbrochen. Der vierte war ein drei Millimeter langes Miniaturschwert, ganz aus Obsidian und so perfekt gefertigt, wie es nur die Zwerge aus dem Norden fertigbrachten. Der fünfte und sechste Anhänger waren goldene Eier mit feinen Rissen wie altes chinesisches Porzellan und ein Goldkreuz. Keine Ahnung, wozu die dienten. Und der letzte Anhänger schließlich war ein Miniaturring aus Platin mit einem halbmondförmigen schwarzen Edelstein.

Maliks Ring.

Das wusste ich nicht nur deshalb, weil ich ihn wiedererkannte, sondern auch, weil mich bei der bloßen Berührung des Rings eine unerschütterliche Überzeugung durchdrang, von wem er stammte und wofür er da war – ihn zu kontaktieren, natürlich. Verdammter Vamp mit seinem Vamp-Mojo.

»Hätte ich mir ja denken können, dass die zwei unter einer Decke stecken«, sagte ich vorwurfsvoll zu dem Ring. »Einer schlimmer als der andere, überbeschützende, intrigante Bastarde.« Wäre nicht das erste Mal, dass sich die beiden zusammentaten, um »die Sidhe zu beschützen«. »Die Frage ist, soll ich dich aktivieren, oder nicht?«

Ich trommelte nachdenklich mit den Fingerspitzen auf mein Knie. Das Schlimmste, was mir passieren konnte, war, dass ich von dem Schockzauber in den Handschellen eins über die Rübe bekäme. Das Beste …

»Verdammt noch mal, dieses ganze Schlamassel muss doch auch was Gutes haben!«

Ich *konzentrierte* mich und strich mit der Fingerspitze über die Klinge des winzigen schwarzen Schwerts. Sie war so scharf, dass ich den Schnitt gar nicht spürte. Verblüfft schaute ich auf den Blutstropfen, der hervorquoll.

Er zitterte vor Magie.

Bevor ich es mir anders überlegen konnte – und bevor sich die Zauber in den Handschellen aktivieren konnten –, wischte ich das Blut auf den Ring. Er löste sich von dem Armband ab, fiel in meine Handfläche und wurde dort so groß, dass ich ihn auf den Finger streifen konnte.

»Na, noch bin ich in Kansas«, murmelte ich. Und dann verschwamm alles vor meinen Augen.

9. Kapitel

Und jetzt? Ich stand auf einmal vor einem großen Doppelportal. Der Eingang schien viktorianisch zu sein. Weiße Kassettentür, himmelblauer Rahmen. Die Farbe sah so frisch aus, dass ich sie vorsichtig berührte, um mich davon zu überzeugen, dass sie trocken war – und dass die Tür wirklich existierte. Die Farbe war trocken, und die Tür fühlte sich an wie eine ganz normale Tür. Es gab weder eine Klinke noch einen Türknauf, nur eine Metallplatte wie bei einer Schwingtür, um sie aufzustoßen. Neugierig schaute ich mich um. Ich stand auf einer kleinen, quadratischen Plattform. Hinter mir wies ein großer grüner Pfeil eine breite Betontreppe hinab. Glücklicherweise stank es in dem schlecht beleuchteten Treppenhaus nicht nach Katzenpisse wie sonst meist an solchen Orten. Komisch war nur, dass ich Jeans und eines unserer neongrünen Firmen-T-Shirts trug, mit dem Spellcrackers-Logo. Die zogen wir immer dann an, wenn wir im Außeneinsatz waren, damit man uns nicht übersehen konnte. Schuhe hatte ich keine an, und meine Füße waren eiskalt. Der Betonboden war nicht gerade warm.

Maliks Ring sollte mir helfen, mich mit ihm in Verbindung zu setzen. Ich hatte eher so etwas wie das magische Äquivalent eines Telefonats erwartet – seine Stimme mit ihrem etwas fremden Akzent in meinem Kopf, oder so was in der Art. Stattdessen stand ich nun hier, an diesem Ort, vor dieser blauweißen Tür.

Nun, Kansas war das nicht. Aber das Land jenseits des Regenbogens ebenso wenig. Ich holte tief Luft. »Genug gezögert. Mal sehen, wo du hinführst.«

Ich stieß den rechten Türflügel auf. Er ließ sich leicht, aber langsam öffnen und ohne das unheimliche Knarren, das ich erwartet hatte. Jenseits lag ein langer, etwa drei Meter breiter Korridor. Die Wände dieses Korridors bestanden aus sich kreuzenden Stahlstreben. Die Rauten, die diese Streben bildeten, waren verglast und gaben einen fantastischen Blick auf die untergehende Sonne frei, die den wolkenverhangenen Himmel golden erglühen ließ. Das erinnerte mich unwillkürlich an Tavishs Gemälde, die denen von Turner ähnelten. Ich runzelte die Stirn. Dieser Korridor kam mir bekannt vor ... Dann fiel der Groschen: Ich befand mich oben auf einem der hohen Laufgänge der Tower Bridge.

Über diesen und auch den anderen sechzig Meter langen Korridor hatte ich allein im letzten Monat fünf – oder war es sechs – Mal Gremlins gejagt. Diese fiesen kleinen Kerle konnten es nicht lassen, im Maschinenraum der Brücke herumzupfuschen. Spellcrackers.com hatte – leider, muss ich nun sagen – einen Vertrag mit dem Brückenmanagement, der uns das Exklusivrecht gab, diese Biester zu vertreiben ... was viel leichter gesagt als getan ist. Im Moment jedoch war der Laufgang leer, das heißt bis auf die einsame Gestalt in der Mitte, die auf die Themse hinunterschaute.

Malik al Khan.

Ich schritt langsam auf ihn zu. Meine bloßen Füße machten auf der rauen blauen Auslegware kein Geräusch. Immerhin war der Teppich wärmer als der nackte Betonboden draußen. Als ich näher kam, wandte er mir sein undurchdringliches Gesicht zu. Ich blieb unwillkürlich stehen. Ich hatte ganz vergessen, wie schön, wie perfekt er war: ein bleiches, ovales Gesicht, schwarze Mandelaugen, die seine arabische Herkunft verrieten, seidige schwarze Haare, die ihm bis zu dem markanten Kinn reichten … Ich musste unwillkürlich daran denken, wie er während der Dämonenattacke an Halloween dagelegen hatte, still und wehrlos. Mein Herz krampfte sich zusammen. Fast hätte ich auch ihn verloren … Es erschreckte mich, dass mir das so viel ausmachte. Schutzsuchend umklammerte ich Graces Medaillon und machte ein finsteres Gesicht, um mir nichts von meinen Gefühlen anmerken zu lassen.

Sicher, er sah blendend aus, und man musste schon mehr als tot sein, um sich nicht in ihn zu verknallen. Außerdem war er gekommen, als ich ihn um Hilfe bat, und das allein schon sicherte ihm meine Dankbarkeit – und einen Platz in meinem Herzen. Aber mich deswegen gleich in diesen schönen, arroganten, enervierenden, überbeschützenden Vampir zu verlieben – nein das kam nicht infrage. Er mochte ja ein guter Kerl sein – für einen Vampir –, aber Vampire halten nichts von einer gleichberechtigten Partnerschaft, sie stehen mehr auf die Herr-Sklave-Beziehung. Es machte mir zwar nichts aus, dass die anderen Vamps mich für Maliks »Eigentum« hielten, aber tatsächlich die Trophy-Sidhe/Arm-Candy für ihn zu spielen – egal, wie heiß seine Arme auch sein mochten (und der Rest von ihm) –, dazu war ich nicht bereit.

Ich ließ das Medaillon los und ging ruhig auf ihn zu. In einem Abstand, der gerade groß genug war, dass er mich nicht berühren konnte, blieb ich vor ihm stehen – obwohl ich zu gerne noch einen Schritt näher gekommen wäre. Ich hielt meine linke Hand hoch, an der Maliks Ring steckte, und wackelte mit den Fingern. »Bin ich jetzt eine Braut Draculas? Falls ja, hab ich jedenfalls die falschen Klamotten an.«

»Guten Abend, Genevieve.« In Maliks Augen glomm es rot auf, ein stecknadelgroßer Punkt. *Zorn? Oder etwas anderes?* Eine warme Brise strich wie Seide über mich hinweg. Aha, er benutzte sein *Mesmer*, um auf meine Sinne einzuwirken. Ich entspannte mich gegen meinen Willen.

»Der Ring ist lediglich ein Leiter, und deine Sachen habe ich ausgesucht, weil ich weiß, dass du sie kürzlich getragen hast. Vertraute Kleidung hilft, die Traumlandschaft zu akzeptieren.«

Aha. Also doch ein Traum und kein Gefängnisausbruch. Wäre ja zu schön gewesen.

Sein Outfit war mir ebenfalls vertraut: einfaches schwarzes T-Shirt und schwarze Jeans. Das eng anliegende T-Shirt hob seinen muskulösen, perfekt durchtrainierten Körper hervor – er hatte sich gründlich vorbereitet, bevor er die »Gabe« akzeptiert hatte (ein Dasein als Vampir). Jetzt spielte körperliche Fitness natürlich keine Rolle mehr für ihn, jetzt besaß er ganz andere Kräfte. Aber die Muckis würden ihm trotzdem auf immer erhalten bleiben, da er ja nicht alterte und sich auch sonst nicht veränderte – zumindest physisch nicht. Auf Bodybuilding oder Joggen konnte er jetzt verzichten, der Glückliche. Trotzdem, ich hatte mich oft gefragt, woher er die Muskeln hatte. Zusammen mit der Tatsache, dass er einen peinlichen Ordnungssinn besaß, vermutete ich, dass er in seinem früheren Leben wohl so etwas wie ein Soldat gewesen sein musste. Ich schaute nach unten. Auch er war barfuß.

»Wieso keine Schuhe?«, fragte ich interessiert.

Seine Miene blieb undurchschaubar. »Einfacher, als etwas aus deiner Fußwarenkollektion auszuwählen, das möglicherweise unpassend gewesen wäre.«

Fußwarenkollektion? Ich besaß gerade mal zwei Dutzend Schuhe und noch mal so viele Boots und Turnschuhe, kaum Imelda-Marcos-Niveau. Er hatte es gesagt, ohne eine Miene zu verziehen, also wusste ich nicht, ob er Witze machte. Außerdem erklärte es nicht, wieso er selbst keine Schuhe anhatte. Und was gab ihm überhaupt das Recht, meine »Fußwarenkollektion« zu inspizieren?

»Ich nehme an, dass wir deshalb hier auf der Tower Bridge sind, ja? Vertraute Umgebung?« Ich wies mit einer ausholenden Armbewegung auf den Laufgang und den herrlichen Blick über London. Die goldenen Wolken spiegelten sich in den unruhigen Wassern der Themse, was dem Fluss einen beinahe metallenen Glanz verlieh. In der Ferne drehte sich die runde Silhouette des London Eye vor dem Abendhimmel. Näher bei uns befand sich der Tower of London mit seinen zwei mächtigen Außenwällen, die den eigentlichen Burgbereich mit dem wuchtigen mittelalterlichen weißen Turm umgrenzten. Seltsame Schatten schienen die Zinnen und die Bleidächer der Türme zu umwabern. Als ich näher hinschaute, ballten sich diese Schatten zu einer riesigen amorphen Masse zusammen, die langsam gen Himmel stieg. Ein Windstoß traf mich, dann noch einer, und plötzlich wurde die Brücke unter mir durchsichtig, verlor an Substanz. Ich schwankte, ruderte verzweifelt mit den Armen.

»Genevieve, schau mich an!«

Ich zuckte zusammen bei diesem scharfen Befehl, blinzelte und richtete meinen Blick dann auf Malik. Die Brücke nahm wieder ihre ursprüngliche Gestalt an. Ich atmete erleichtert auf und ließ die Arme sinken.

»Je vertrauter dir die Umgebung ist«, erklärte er, »desto unwahrscheinlicher ist es, dass dein Unterbewusstsein in den Traum einsickert. Auf diese Weise wird die Illusion von Realität leichter aufrechterhalten.«

Aha. Also Augen nicht in die Ferne schweifen lassen. Außer … »Es gibt also keinen anderen Grund dafür, dass wir ausgerechnet hier sind?«

»Warum fragst du?«

»Das Faelingmädchen, das heute früh gestorben ist, wurde im Dead Man's Hole gefunden.« Ich deutete zum Tower, hütete mich aber, dorthin zu sehen. »Sie hatte Vogelblut, wahrscheinlich Rabe.«

»Ah. Nein, ich wusste nichts von der Herkunft des Faelingmädchens. Nein, tut mir leid, Genevieve. Ich habe diesen Ort hier ausgesucht, weil er einer von zwei öffentlichen Plätzen ist, an denen du dich regelmäßig aufhältst. Und wo du dieses auffällige T-Shirt trägst.«

Ich zupfte an besagtem T-Shirt. »Trafalgar Square wäre dann wohl der andere?«

»Ja, aber dort wimmelt es normalerweise von Menschen, als Traumlandschaft wäre es also ungeeignet. Der Mangel an Menschen könnte dein Unterbewusstsein beunruhigen, und es würde versuchen zu kompensieren. Ich habe keine Lust, mich mit dir zu unterhalten, während du Pixies jagst. So unterhaltsam das auch sein mag.«

Für ihn vielleicht. Und für jeden anderen außer für mich. Er hatte recht, ich hatte genug von den frechen kleinen Kerlen gejagt, dass es mir für den Rest meines Lebens reichte. Die wollte ich bestimmt nicht in meiner Traumlandschaft haben. Ich seufzte und warf Malik resigniert einen Blick zu. »Sollte mich wohl nicht überraschen, dass du mir auch nachspioniert hast.« Schließlich hatte das so ziemlich jeder getan, wie's aussah. Vielleicht sollte ich Eintritt verlangen?

»Doch, du wirst überrascht sein.« Seine Augen glitzerten belustigt. »Als ich letztes Mal nachgeschaut habe, gab es allein vierunddreißig Videos von dir auf YouTube zu sehen, wie du Pixies jagst. Von deinen Bemühungen auf der Tower Bridge gibt es nicht so viele – aber das Brückenmanagement ist sehr gewissenhaft, was das Updaten ihrer Blogs betrifft, nachdem eine Störung beseitigt wurde.« Er zeigte mir grinsend seine Fangzähne. »Ich brauche dir gar nicht nachzuspionieren, wenn das die Öffentlichkeit für mich tut.«

Das überraschte mich wirklich – nicht das mit YouTube, das war ein alter Hut –, aber dass Malik sich neuerdings im Internet auskannte. Er war so ein altmodischer Typ. Beim Surfen konnte ich ihn mir nicht so recht vorstellen, weder auf den Wellen noch im Internet. Doch dann fiel mir ein, dass er und Tavish ja ein verschworenes Pärchen waren. Und Tavish war ein Top-Geek, dessen Dienste man für sehr viel Geld erkaufen konnte. Man munkelte sogar, dass er fürs Verteidigungsministerium arbeitete. Vielleicht war Tavishs Geekery ja ansteckend, ebenso wie seine magische Expertise.

»Ach ja, da wäre noch diese kleine Überraschung.« Ich hielt meinen linken Arm hoch und ließ mein magisches Amulettarmband klirren. »Bei vier Anhängern weiß ich, glaube ich, wozu sie da sind, aber was ist mit dem Schwert, dem Kreuz und dem Ei? Und, ach ja, die Perlen?«

Malik neigte anmutig den Kopf. Na, abstreiten hätte ihm ohnehin nichts geholfen. »Die Perlen stehen für Zeit, eine pro Monat. Das Ei soll die Seele des Zauberers in Schach halten. Das Kreuz dient zu deinem Schutz vor dem Dämon.«

Ich runzelte die Stirn: zwölf Perlen bedeutete zwölf Monate. Ja, klar, Clíona hatte mir ein Jahr und einen Tag Frist gegeben. Und fünf Perlen waren durchsichtig – hatten ihre Magie also bereits verloren. Das Ei erklärte, warum mir die Seele des Zauberers bis jetzt keinen Schaden zugefügt hatte. Und jetzt, wo Engel/Die Mutter die Seele entfernt hatten, würde sie das auch nicht mehr können, der Göttin sei Dank. Es erklärte die Risse im Ei, die ausgesehen hatten wie altes Porzellan. Ein Kreuz als Schutzsymbol war nichts Ungewöhnliches, allerdings erforderte dies den Segen eines wahrhaft gläubigen Menschen. Was nicht allzu schwer war: Priester waren gerne bereit, für eine kleine Spende einen solchen Segen zu erteilen.

»Und das Schwert soll die Verbindung zwischen dir und Rosa kappen«, fuhr Malik fort, jetzt wieder vollkommen ernst. »Sollte sie versuchen, den Zauber, den ihr euch teilt, jemals wieder zu aktivieren.«

Kacke. Das war 'ne Bombe. Es erschreckte mich zutiefst. Rosa war ein Vampir, und der Zauber verband uns auf magische Weise. Er hatte mir erlaubt, mir ahnungslos ihren Körper auszuborgen, wenn ich auf meinen Faeling-Rettungsmissionen im Vampir-Territorium unterwegs war – ahnungslos deshalb, weil ich ihn für einen teuren, maßgeschneiderten Glamour gehalten hatte. Ich hatte nicht gewusst, dass ich tatsächlich Rosas Körper benutzte. Die »Gabe« bewirkt, dass sich die Seele eines Vampirs auf magische Weise mit seinem Körper verbindet – deshalb sind Vampire so gut wie unsterblich. Man muss ihnen schon den Kopf abschlagen oder das Herz herausreißen oder den Körper vollständig zerstören (durch Feuer oder durch die Einwirkung der Sonne oder eine Kombination von beidem, je nachdem, wie alt der Vampir ist), wenn man Vampire töten und deren Seele befreien will (welche dann, laut der meisten Religionen auf dieser Erde, direkt in die Hölle fährt. Ich persönlich will mir da kein Urteil erlauben). Rosas Seele war durch den Zauber gefangen gewesen; ihr Körper war noch voll funktionsfähig, aber leer, »unbeseelt« gewesen. Als ich die Wahrheit herausfand, schwor ich mir, diesen Zauber nie wieder zu benutzen. Und dann war Rosa an Halloween von der Themse verschlungen worden. Seitdem war das magische Tattoo an meiner Hüfte, mit dem ich den Zauber benutzen konnte, immer mehr verblasst, bis es fast ganz verschwunden war. Ich hatte angenommen, dass dies auch für Rosa galt.

Mein Magen krampfte sich ängstlich zusammen. »Willst du damit sagen, sie könnte wieder zurückkommen?«

»Nein, nicht nach so langer Zeit«, entgegnete er. »Das Schwert ist nur eine Vorsichtsmaßnahme, falls man sie findet und sich ihre Seele wider Erwarten regenerieren sollte.« Er schaute auf die fünfzig Meter unter uns dahinfließende Themse hinab. Ich spürte seinen Kummer, vermischt mit Zorn und Schuldgefühlen, was meine eigene Erleichterung ziemlich trübte. Es fühlte sich an wie *Mesmer*, aber er schien seine Gefühle nicht absichtlich auf mich zu projizieren; es war vielmehr, als würde ich ein

Echo auffangen. So etwas hatte ich noch nie erlebt. Ich erschauderte und schlang unbehaglich die Arme um mich. Lag es an diesem Traum-Ding? Ich wollte nicht fragen, es erschien mir unsensibel.

Schließlich verflüchtigte sich dieses emotionale Echo. Ich trat zu ihm und berührte sanft seinen Arm. »Es tut mir leid«, sagte ich. Und das stimmte. Es tat mir leid für *ihn*, nicht für sie. Er hatte Rosa geliebt; er war derjenige, der ihr die Gabe verabreicht hatte. Aber es war besser, dass es Rosa nicht mehr gab. Ich hatte unabsichtlich einige ihrer Gedanken aufgefangen, einige ihrer Erinnerungen und Wünsche gesehen, sowohl als Mensch als auch als Vampir, und das reichte mir bis ans Lebensende.

Er wandte den Kopf und schaute auf meine Hand, ohne sie wirklich zu sehen. Dann blickte er auf. Der Ausdruck in seinen schwarzen Mandelaugen war rätselhaft, undurchdringlich. »Die wahre Rosa ist schon vor langer Zeit gestorben«, sagte er ausdruckslos. »Und jetzt hat ihre Seele endlich Frieden gefunden.«

»Jemanden zu verlieren, den man liebt, ist …« Meine Kehle war auf einmal wie zugeschnürt. Ich hob die Hand, um mich an Graces Medaillon festzuhalten, aber so schnell, dass ich es nicht sah, schoss seine Hand vor und hielt sie fest. »Danke …« Er schaute mir tief in die Augen. »Danke für dein Mitgefühl, Genevieve.«

Ich nickte. »Gern.«

Er hob meine Hand und drückte einen Kuss auf meine Finger. Magie zerplatzte in mir, ein goldener Funke, der sich ausbreitete wie ein Feuer, als ich spürte, wie seine Lippen meine Finger streiften. Mein Puls schnellte hoch, mein Kummer verschwand, und an seine Stelle trat eine Erregung, die meinen ganzen Körper kribbeln ließ. Ich schmeckte türkischen Honig auf der Zunge, und mir wurde warm. Seine bleichen Finger umklammerten meine Hand, es tat weh, doch dann verwandelte sich auch dieses Gefühl in Erregung. Seine Augen verdunkelten sich, etwas Raubtierhaftes blitzte dort auf und noch etwas, das ich nicht identifizieren konnte. Meine Sachen waren mir auf einmal viel zu heiß, meine Brüste wurden schwer, und die Brustwarzen drückten gegen den dünnen T-Shirt-Stoff. Zwischen meinen Beinen pochte es und auch an meinem Hals, dort, wo er mich schon einmal gebissen hatte.

Er hob den Kopf, seine Nüstern blähten sich, er sog meinen Geruch ein. Seine Pupillen erweiterten sich hungrig. Angst keimte in mir auf, ließ meinen Adrenalinspiegel ansteigen und trug noch zu meiner Erregung bei. Ich erstarrte vor Schreck, versuchte mit Willenskraft, meinen rasenden Puls zu verlangsamen. Ich musste mich zwingen, meine Hand nicht aus seinem Griff zu reißen, mich überhaupt nicht zu wehren, denn das steigert die Erregung eines Vampirs zur Raserei. Außerdem war ich schon erregt genug für uns beide.

Wir standen wie zwei Salzsäulen auf dem hohen Laufgang. Die Strahlen der untergehenden Sonne hüllten uns in einen goldenen Glanz. Die Stille und die Anspannung zwischen uns dehnten sich bis zum Zerreißen. Ich wollte schreien, auf ihn einschlagen – mich ihm hingeben, meinen Körper, meinen Hals.

Stattdessen fiel mir meine Kindheitslektion ein, und ich begann zu zählen: *ein Elefant, zwei Elefanten …*

Er fletschte seine Zähne. Ich starrte wie hypnotisiert auf seine scharfen Fangzähne. Die zwei nadelspitzen Giftzähne, mit denen ein Vampir sein Venom weitergibt, waren noch eingezogen. Das war gut, oder? Blutspenden ist eine Sache, aber dabei auch noch einen Schuss Venom zu kriegen? Wenn das passierte, würde ich tief, sehr, sehr tief fallen. Und das Letzte, was ich wollte, war, mich zu wehren.

Fünf Elefanten …

Schweiß lief in einem dünnen Rinnsal meinen Rücken hinab.

Sieben Ele …

Ich versuchte verzweifelt, meinen Blick von seinen Fangzähnen loszureißen, mir nicht vorzustellen, wie herrlich es sich anfühlen würde, wenn sie sich in mein Fleisch bohrten, das zarte Saugen seiner Lippen an meinem Hals, die pure Ekstase …

Zehn …

Er erzitterte, beugte sich näher. Sein würziger Duft umhüllte mich, sein seidiges Haar streifte meine Wange. Ich neigte meinen Kopf, bot ihm meinen Hals. Er presste die Lippen auf jene sensible Stelle unter meinem Kiefer. Mein Puls machte einen erwartungsvollen Satz.

Dreizehn …

Er seufzte. Unsere Anspannung schmolz dahin wie Eis in der Sonne. Zurück blieb ein Gefühl der Verzweiflung, Einsamkeit und Leere. Er strich mit dem Daumen über den Ring – seinen Ring – an meinem Finger. »Warum hast du ihn benutzt, Genevieve?« Seine Worte waren ein kaum wahrnehmbares Flüstern, ein warmer Hauch an meiner Haut.

Ganz bestimmt nicht aus dem Grund, den du jetzt annimmst. Ich zuckte mit den Schultern. »Mir war langweilig in der Zelle. Das Entertainment-Programm der Polizei lässt sehr zu wünschen übrig.«

Siebzehn …

»Hast du geglaubt, dass dein Anruf bei Sanguine Lifestyles mich nicht erreicht hat?« Er fragte es leise, mit einem seltsamen Unterton in der Stimme.

»Das auch.«

Er wich ein wenig zurück und musterte mich einen langen Augenblick. »Und das war alles? Kein anderer Grund?«

Welchen? Mit dir zu schlafen? Deine Macht zu spüren, deinen Körper in dem meinen? Jetzt schon. Vorher nicht.

»Nein.«

Er gab meine Hand frei.

10. Kapitel

Ich wartete, bis ich sicher war, dass meine Knie wieder genug Festigkeit hatten, dann schob ich meine Hände in meine Jeanstaschen – da konnten sie weniger Unsinn machen. Ob um meinetwillen oder um seinetwillen, hätte ich allerdings nicht sagen können. Mit ihm zu reden, das war eine Sache. Ihn zu berühren oder von ihm berührt zu werden, eine ganz andere. Das führte, wie mir gerade bewiesen worden war, dazu, dass ich meine mir selbst verhängte »Finger-weg-Politik« vollkommen vergaß. Wie kam es überhaupt, dass ich derart übertrieben auf einen simplen Handkuss reagierte? Denn mehr hatte er ja meines Wissens nicht getan, oder? Zumindest glaubte ich das. Ich trat einen Schritt zurück und lehnte mich gegen einen Stahlträger.

Malik wandte sich ab und starrte mit einem Stirnrunzeln auf die Themse hinab. Die Sonne war mittlerweile hinter dem Horizont verschwunden, und an beiden Ufern des Flusses leuchteten bunte Lichter, die sich orange, rot oder blau im Wasser spiegelten. Ich wusste, dass der Laufgang gewöhnlich auch beleuchtet war, doch in Maliks Traumlandschaft blieb er im Dunkeln.

»Keine Sorge, Genevieve«, sagte er schließlich in einem so ruhigen Ton, als wäre nichts geschehen. »Deine Anwältin spricht soeben mit einem Richter, um deine Freilassung zu erwirken.«

Back to business also. Ich atmete erleichtert auf. »Danke.«

»Die Presse hat nichts von deiner Verhaftung erfahren«, fuhr er fort, »offiziell hilfst du der Polizei bei der Aufklärung des Mordes an dem Faelingmädchen, das man heute früh gefunden hat.«

Interessant. »Aber wenn die Bullen meine Verhaftung geheim halten, warum dauert es dann so lange, bis man mich wieder gehen lässt?«

»Weil Detective Inspector Helen Crane glaubt, du würdest ihr etwas verschweigen. Das hat zu Komplikationen geführt.«

»Dachte ich's mir doch, dass sie versuchen würde, das gegen mich zu verwenden«, murmelte ich.

»Dann verschweigst du also tatsächlich etwas, Genevieve?«

»Ja, aber nicht, weil ich will. Ich würde nur zu gerne alles ausplaudern, aber leider kann ich nicht.«

»Kannst nicht oder willst nicht?« Finn war nicht das einzige schlaue Kerlchen.

»Kann nicht«, antwortete ich prompt. »Die Info kam mit 'nem Knebel – einem magischen.«

»Ich verstehe.« Seine Miene war unergründlich wie immer, als er sich nun vom Fluss ab- und mir wieder zuwandte. »Vielleicht solltest du mir dann alles sagen, was du sagen kannst.«

Ich begann mit Hughs morgendlichem Telefonanruf, erzählte von dem Glamour des toten Faelingmädchens, von meinem Gerangel mit der Hexenzicke, bis zu dem Debakel mit dem Silberstaub im Bannkreis. Er unterbrach mich gelegentlich und stellte in seiner ruhigen Art eine Frage, dann lief er weiter auf und ab. Nun, er lief nicht wirklich auf und ab, aber seine ganze Haltung verriet mir, wie nervös er auf einmal war. Aber da er immer wieder Blicke zu einem der beiden fernen Ausgänge warf, vermutete ich, dass es nicht meine Geschichte war, die ihn nervös machte.

»Und jetzt wird's knifflig«, sagte ich und setzte mich in einem der rautenförmigen Fenster zurecht. Ich begann, ihm von meinem Ausflug in den Disney-Himmel zu berichten und erwartet natürlich jeden Moment, dass sich die göttliche Hand um meine Kehle schloss. Zu meiner Überraschung jedoch tat der Knebel das Gegenteil: Er hüpfte aus meinem Hals, und daraufhin ergoss sich meine Geschichte, als wäre bei mir ein innerer Damm gebrochen: »... und die Göttin möchte, dass ich jemandes Gebete erhöre und den finde, der die Faelinge wegen des Fluchs tötet, und dass ich letztendlich diesen Fluch breche.«

Ich hörte auf zu reden, da alles heraus war. Es schien, als ob mich diesmal eine unsichtbare Hand *gezwungen* hätte, alles zu sagen. Nach Luft schnappend sank ich auf die Knie und blieb erst mal auf dem schäbigen blauen Teppich sitzen. So seltsam das auch alles war, ich war froh, dass ich meine Geschichte endlich jemandem hatte erzählen können.

Malik ging vor mir in die Hocke, die schlanken Hände ineinander verwoben. »Und du hast mit niemandem darüber reden können, außer mit mir?«

»Bis jetzt nicht.«

»Was bedeuten würde, dass jene, mit denen du nicht reden konntest, irgendwie mit diesen Morden in Verbindung stehen?«

Er war zu demselben Schluss gelangt wie ich, was das gehörnte Satansabbild im Disney-Himmel betraf.

»Nein«, widersprach ich energisch, »Finn hat nichts damit zu tun.«

»Genevieve.« Malik hob sanft mein Kinn. »Wir alle sind in der Lage, die schrecklichsten Dinge zu tun, wenn wir nur verzweifelt genug sind und daran glauben, dass es einem guten Zweck dient und das geringere von zwei Übeln ist.«

Ich senkte den Kopf und schaute auf seine Füße. Sie waren lang und schmal und ebenso elegant wie er selbst. Auch er hatte »die schrecklichsten Dinge« getan: mich attackiert und für tot liegen lassen, als ich vierzehn war. Und dann noch das andere Mal – oder andere Male? Zählte das letzte Mal eigentlich, da ich ja bereits tot gewesen war?–, als er mich getötet hatte. Er hatte immer gute Gründe gehabt, und ich hatte ihm verziehen. Verdammt, das letzte Mal hatte ich ihn sogar *gebeten*, mich zu töten. Aber sein kummervoller Gesichtsausdruck ließ mich vermuten, dass er selbst sich nicht verziehen hatte.

Ich berührte kurz seine Hände. »Es geht hier nicht um dich«, sagte ich leise.

In seinen Augen stand tiefe Reue. »Der Satyr ist nicht anders als wir alle, Genevieve. Und er hat bereits bewiesen, dass er sowohl den Willen als auch die Fähigkeit zu töten besitzt.«

»Finn hat niemanden getötet …« Aber noch während ich das sagte, musste ich daran denken, dass er Malik einmal eine tödliche Falle gestellt und einen anderen Vampir auf die Hörner genommen hatte (der Vampir war später verschwunden, also konnte man davon ausgehen, dass Finn ihn nicht wirklich getötet hatte). Beides hatte er nur getan, um mich zu verteidigen. »Finn würde keinen Unschuldigen töten, egal worum es geht.«

»Aber du musst zugeben, dass er jemanden töten könnte, wenn er glaubte, dass er den Tod verdient«, entgegnete Malik.

Es lag kein Vorwurf in seinem Ton, aber mir ging er trotzdem auf die Nerven. »Was hast du bloß mit Finn?«, fragte ich verärgert, »warum willst du ihm unbedingt was anhängen?«

»Ich versuche nur, die Absichten der Göttin zu erforschen, das ist alles. Glaubst du, sie meint, du sollst ein Kind bekommen, um den Fluch zu brechen?«

»Ja, ja, lenk ruhig ab«, brummte ich mürrisch. Was ich allerdings von ihm erwartete, jetzt, wo er meine Geschichte kannte, hätte ich nicht sagen können.

Das jedenfalls nicht.

»Genevieve, ich bin es nicht, der abzulenken versucht.«

Nein, sondern ich. Ich zupfte gereizt an einer blauen Teppichfaser, die ein wenig herausstand. Aber was wollte ich eigentlich?

»Genevieve?«

»Ja!«, stieß ich hervor und riss den Faden aus dem Teppich, »ja, ich glaube, dass sie das meint.«

»Und was würde geschehen, wenn du den Fae vom Befehl der Göttin erzählen würdest?«

Ich hob die Hände. »Sie würden tun, was sie die ganze Zeit getan haben: Sie würden versuchen, mich davon zu überzeugen, ein Kind zu bekommen.«

Er warf einen raschen Blick über meine Schulter, was mich zutiefst beunruhigte, dann schaute er mich wieder an. »Du hast dich bis jetzt geweigert, ein Kind zu bekommen, weil der Ausgang – das Ende des Fluchs – unsicher gewesen wäre. Aber jetzt hat es die Göttin bestätigt. Es gibt also keinen Grund mehr für dich, länger Widerstand zu leisten.«

»Du hast's erfasst«, sagte ich böse.

»Warum bekommst du dann nicht einfach ein Kind, so wie die Fae es wünschen, und beendest das alles?«, fragte er in einem so vernünftigen Ton, dass ich ihm am liebsten eine gescheuert hätte.

Ich riss den Kopf hoch. »Und was, wenn ich die Göttin falsch verstanden habe, weil ich so auf das fixiert bin, was die Fae wollen?« Ja, genau das war es: Ich wollte, dass er sich eine andere Erklärung einfallen ließ, eine, die nicht bedeutete, dass ich schwanger werden musste. »Und was würde passieren, wenn ich es erzählte? Jeder würde sofort wollen, dass ich den Fluch breche, indem ich schwanger werde; keiner würde sich mehr um den Faelingmörder scheren!« *Ha! Das kannst du nicht so einfach vom Tisch weisen!* »Und selbst wenn ich ein Kind bekäme und den Fluch brechen würde – wer sagt, dass der Mörder nicht weiter morden würde?«

»Die Polizei sucht bereits nach diesem Killer, und das wird sie auch weiterhin tun, ganz abgesehen von dem Fluch.« Er musterte mich nachdenklich. »Genevieve, willst du kein Kind?«

Nein, verdammt noch mal! »Ich bin erst fünfundzwanzig, Malik, ich bin zu jung, um mich mit einem Kind zu belasten.«

»Ja, du bist jung, aber das Kind würde in ein paar Jahren erwachsen sein, und du wärst immer noch jung. Du bist eine Sidhe, so gut wie unsterblich, du wirst noch viele Jahrhunderte lang jung bleiben. Du müsstest nur eine kurze Spanne deiner Zeit einem Kind widmen. Wäre das, was auf dem Spiel steht, das nicht wert?«

Ich sprang frustriert auf. Wut und Angst erfüllten mich. »Hör zu!« Ich stach ihm meinen Finger in die Brust. »Erstens: Wenn ich je ein Kind bekomme, dann würde ich es nie im Leben sich selbst überlassen, bloß weil es ein sogenannter Erwachsener wäre. Dieses Kind bliebe sein Leben lang *mein* Kind.« Ich stach ihn erneut mit meinem Finger, meine Stimme wurde lauter. »Zweitens: Glaubst du wirklich, dass ich mir das alles nicht schon selbst gesagt habe? Und drittens: Was, zum Teufel, machst du da überhaupt? Das geht dich doch nichts an – du bist kein Fae. Und falls Tavish dich auf mich angesetzt hat, kannst du ihm Folgendes ausrichten: Vergiss es, so läuft's nicht! Ich *will* kein Kind. Und solange man mir nicht mehr zu bieten hat als ein vages Image am Firmament und ein paar kryptische Hinweise, werde ich auch keines kriegen, ein für alle Mal! Ich werde einen anderen Weg finden, diesen Fluch zu brechen, und wenn ich dabei draufgehe!«

Er erhob sich mit einer fließenden, anmutigen Bewegung. Auf seinem Gesicht zeichneten sich Verwirrung und Besorgnis ab. »Ich verstehe ja, dass dir diese Situation Sorgen bereitet, Genevieve, und dass es nicht unbedingt das ist, was du willst. Aber ich hatte keine Ahnung, dass der Gedanke an ein eigenes Kind solche Ängste in dir auslöst.« Er streckte die Hand nach mir aus, aber ich wich zurück, bevor er mich berühren konnte. »Woran liegt das?«

»Das fragst du *mich*?«, kreischte ich. Ich ballte die Fäuste, zwang mich, ruhig zu bleiben. »Obwohl du weißt, was zwischen meinem Vater und meiner Mutter vorgefallen ist? Was er ihr angetan hat? Einen schönen Start ins Leben hatte ich!«, höhnte ich. »Und es ist nicht besser geworden, oder? Mein eigener Vater hat, verdammt noch mal, versucht, mich mit einem psychopathischen, sadistischen Blutsauger zu verheiraten! Und die darauffolgenden zehn Jahre war ich dann das Pfand in einem miesen Prohibitionsspiel, das ihr ausgekocht hattet, ohne dass ich je gefragt wurde. Ohne dass ich je davon wusste! Ach ja, und nicht zu vergessen, dass ich bis jetzt drei Mal – nein, Moment mal, ich glaube sogar vier Mal – gestorben bin. Vier Mal, Malik! Ich mag ja eine Sidhe und beinahe unsterblich sein, aber das geht jedem an die Substanz. Nächstes Mal sterbe ich vielleicht wirklich, nächstes Mal *schwinde* ich vielleicht für immer. Nein, in so eine Welt will ich kein Kind hineinbringen, nicht bei meiner Erbmasse und meinem verdammten Pech! Nicht mal für den Fruchtbarkeitsfluch.«

Er runzelte verwirrt die Stirn. »Ich habe deine Mutter zwar nie kennengelernt, aber nach allem, was ich hörte, war dein Vater geradezu vernarrt in sie und Natalja ebenso. Ich habe nie gehört, dass er sie misshandelt hätte …«

»Komm schon, Malik, du glaubst doch nicht etwa diese Geschichte, dass mein Vater meiner Mutter bei einem Fruchtbarkeitsritus begegnet ist und sie sich Hals über Kopf ineinander verliebt haben und sie bei meiner Geburt auf tragische Weise umgekommen ist? Das ist doch alles ein Märchen. Und an Märchen glaube ich schon lange nicht mehr.«

Und auch an viele andere Dinge nicht mehr, wie daran, dass mein Vater nur das Beste für mich wollte, dass Vamps auch nur Menschen sind, die einfach etwas spitzere Zähne haben. Und diese Desillusionierung hatte ich allein dem psychotischen Vamp zu verdanken, dem mein Vater mich versprochen hatte: der Autarch, Oberster Vamp von ganz Großbritannien und Maliks ehemaliger Herr und Meister. Ich versuchte die Angst, ja, Panik zu ignorieren, die allein bei der Erinnerung an dieses Monster immer in mir aufstieg. Ich funkelte Malik böse an.

»Das reimt sich einfach nicht zusammen.« Ich schlug mit der flachen Hand an einen Stahlträger. »Ich meine, wie konnte sich ein Vampir überhaupt unbemerkt in einen Fruchtbarkeitsritus der Fae einschleichen? Ganz zu schweigen davon, eine der Fae auch noch zu schwängern? Und sie zu entführen? Ach ja, und sie so lange vor ihrer Königin und ihrem Hof verborgen zu halten, bis sie ihm ein Kind schenkte?«

»Ah.« Malik strich sich das Haar aus dem Gesicht. »Jetzt verstehe ich. Du glaubst, dein Vater hätte deine Mutter in irgendeiner Weise gezwungen ...«

»Das glaube ich nicht nur, das weiß ich!«, brüllte ich. »Keine Sidhe würde freiwillig ein Kind von einem Vampir bekommen!«

Er erstarrte. In seinen Augen blitzte es rot auf, dann erlosch das Glühen wieder. Die Temperatur fiel um fast zehn Grad, und ich fror auf einmal in der eisigen Luft, die von ihm ausging. Erst jetzt wurde mir klar, was ich da gesagt hatte, und ich bereute es zutiefst.

»Und woher willst du das wissen?«, fragte er in einem ebenso eisigen Ton.

Ich verzog das Gesicht. Meine Wut verrauchte angesichts dieses Vampirs, den ich zutiefst gekränkt hatte – dieses *gefährlichen* Vampirs ... eines Vampirs, an dem mir viel lag und den ich wirklich nicht hatte verletzen wollen. *Na toll gemacht, Gen!* »Hör zu, Malik, es tut mir leid, ich wollte das nicht so ...«

»Schweig, Genevieve.«

Sein Befehl verschloss mir – buchstäblich – den Mund; ich kriegte keinen Laut mehr heraus. Schockiert schaute ich ihn an. »Setz dich und sag kein Wort, bis du gehst«, befahl er.

Fassungslos sank ich zu Boden – auch in diesem Fall blieb mir gar keine Wahl. Warum tat er mir das an?

»Ah, sie liegt dir schon zu Füßen, wie? Du bist ja ein richtiger Glückspilz, alter Knabe.«

Die laute, fröhliche Stimme riss mich aus meiner Fassungslosigkeit. Ich drehte mich zu der Brückenseite um, von der sie hergekommen war. Ein anderer Vampir schritt mit wallendem Blondhaar lässig auf uns zu. Sein bis fast zu den Hüften fallendes blondes Haar flatterte in einer nicht vorhandenen Brise – es sah aus wie in einer Werbung für Haarshampoo. Er trug ein weites rotes Dichterhemd, eine hautenge schwarze Hose und blickte uns unter schwerlidrigen Augen entgegen. Das Einzige, was an seinem Goethe-Look störte, war das manische Grinsen, mit dem er uns seine Fangzähne zeigte.

Mit vorsichtiger Erleichterung merkte ich, dass Maliks Zorn wohl doch nicht allein mir galt.

»Du hast hier nichts zu suchen«, erklärte Malik mit bedrohlicher Stimme. »Ich schlage vor, du verschwindest wieder.«

Wallehaar breitete die Arme aus. »Na los, alter Knabe, gib dein Bestes.« Um uns herum ballten sich dunkle Schatten zusammen, die sich zu Speeren formten und auf den Vampir zuschossen. Dieser begann zu laufen, sozusagen direkt ins Mündungsfeuer. Er wurde mitten in die Brust getroffen, stieß einen schrillen, überschwänglichen Schrei aus, verschwamm einen Moment lang vor unseren Augen und kam dann schlitternd vor uns zum Stehen.

»Ich *liebe* Traumlandschaften«, schwärmte er kichernd, »ihr nicht?« Flink wie ein Affe kletterte er an einem Stahlträger hoch und hängte sich kopfüber an einen Balken. »Ich hätte allerdings erwartet, dass sich die Sidhe ein wenig geschickter anstellt.« Er bedachte mich mit einem lüsternen Grinsen. »Aber was soll's, Hauptsache, du kriegst ihr Blut, was?«

»Die Sidhe geht dich nichts an«, erklärte Malik eisig.

Na toll, redet nur alle über mich, als ob ich so eine Art Schoßhündchen wäre.

Ich schaute mit zornig verengten Augen zu dem über mir baumelnden Vampir auf. Ich kannte ihn. Das war der Vamp, den Finn auf die Hörner genommen und der sich in dem darauffolgenden Chaos verkrümelt hatte. Ich hatte ihn damals für einen dreckigen kleinen Opportunisten gehalten und nicht weiter ernst genommen. Maliks innere Anspannung, die ich abermals auffing wie mit einem Radar, beunruhigte mich jedoch. Wenn Malik derart nervös war, dann stellte Blondie definitiv eine Bedrohung dar.

Der Dichterfürst ließ sich vom Balken fallen, drehte sich in der Luft und landete leichtfüßig vor uns. Mit einer affektierten Bewegung strich er sein blondes Wallehaar glatt und zwinkerte mir schelmisch zu. »Na, wie wär's mit 'nem Schlückchen für einen alten Saufkumpan?«

»Denk nicht mal dran, Maxim«, knurrte Malik. Ich zuckte zusammen, denn dieses Knurren ertönte direkt neben meinem Ohr: Malik war schützend neben mir in die Hocke gegangen. »Gib mir deine Hand, Genevieve«, befahl er und bot mir die seine. In der Annahme, dass er mir aufhelfen wollte, gab ich sie ihm.

Maxim stieß ein bellendes Gelächter aus. »Wer wird denn gleich so besitzergreifend sein? Gute Güte, darüber wird sich seine Königliche Hoheit aber gar nicht freuen.«

Königliche Hoheit?

Maliks Hand umklammerte die meine auf einmal wie ein Schraubstock. Ich zuckte zusammen.

»*Verzeih, Genevieve*«, ertönte seine Stimme in meinem Kopf, »*ich wollte dir nicht wehtun.*«

»Willst du denn gar nicht wissen, warum ich hier bin, alter Junge?«, erkundigte sich Maxim gut gelaunt.

»Nein.« Malik machte eine Handbewegung. Die Brücke wurde jäh durchsichtig, und der lästige Vampir wurde durch die Wand davongeschleudert. Ich wollte mich schon freuen, dass wir ihn los waren, doch da streckte er bereits wieder seinen Kopf herein. Dann trat er durch die nun wieder fest werdende Wand und ging vor uns in die Hocke.

»Nicht schlecht, alter Knabe, darauf war ich nicht gefasst.« Er grinste breit. »Aber jetzt, wo wir schon so nett beisammen sind – und unser hochgeschätzter Herr und Meister uns nicht hören kann –, hätte ich doch gerne ein Wörtchen mit dir geredet. Ich hätte da einen Vorschlag, die Sidhe betreffend.«

»Nicht jetzt, Maxim«, knurrte Malik. Er senkte seinen Blick auf unsere ineinander verwobenen Hände. »*Genevieve, gib mir bitte meinen Ring zurück*«, befahl er mir telepathisch.

Ich schaute ihn stirnrunzelnd an. »Königliche Hoheit« hatte die Grinsekatze gesagt, und »Herr und Meister«… Das hieß doch wohl … *Autarch.* Eine jäh aufsteigende Panik schloss sich wie ein Würgegriff um meinen Hals. Ich packte Maliks Arm. »Was hat das mit dem Autarchen zu tun?«

»Na was wohl?«, höhnte besagte Grinsekatze. »Der Türke hier ist der neueste Oligarch seiner Königlichen Hoheit … oder sollte ich besser sagen, ›Spielzeug‹?« Maxim rieb sich genüsslich die Hände. »Geht jetzt seit – fünf Monaten, stimmt's? Sag, dreht dich der kleine Scheißkerl noch immer durch den Fleischwolf, oder stopft er dich schon in die Pelle?« Maxim warf mir einen schlauen Blick zu. »Wir Übrigen genießen den unerwarteten Urlaub in vollen Zügen.«

Ich schaute Malik entsetzt an. »Was, zum Teufel, soll das heißen?«

»*Kein Grund zur Angst, Genevieve*«, erklang Maliks Stimme beschwichtigend in meinem Bewusstsein. Er unterstrich seine

Äußerung mit einem *Mesmer*-Stoß, der mich eigentlich hätte beruhigen sollen, aber eher das Gegenteil bewirkte. »*Dir wird nichts geschehen. Und jetzt musst du gehen.*« Er zog mir den Ring vom Finger …

Und ich erwachte in meiner Zelle. Ängstlich starrte ich zur weiß getünchten Decke hinauf. Mein Hals und mein Magen waren wie zugeschnürt. Ich hatte Angst. Um mich und um Malik.

Blondie – *Maxim* – hatte gesagt, dass Malik das neue Folterspielzeug des Autarchen sei. Malik hatte ganz normal ausgesehen. Aber das Ganze war ein Traum gewesen. Und Träume können täuschen.

Kacke. Ich wusste ja, dass Malik Londons neuer Oligarch war. Und als Oligarch musste er natürlich einen Treueeid auf den Autarchen ablegen. Über die Konsequenzen für Malik hatte ich mir – zweifellos dank der Tricks, die er mit meinem Verstand gespielt hatte – noch gar keine Gedanken gemacht. Ich war mir ziemlich sicher, dass ich der Grund dafür war, dass er dieses Amt überhaupt übernommen hatte. Ich hatte ihn nach den Ereignissen von Halloween letztes Jahr gebeten, seinen Schutz auf alle Londoner Fae auszuweiten, jedenfalls so lange, bis Clíonas Galgenfrist ablief. Er hatte zugesagt. Aber dieser Schutz war wertlos, solange der Autarch nur mit seinen psychopathischen Fingern schnippen musste, um Malik dazu zu bringen, durch die Reifen zu hüpfen, die er ihm hinhielt.

Warum hatte sich Malik in so eine Situation manövriert? Es erschien mir ausgesprochen dumm.

Aber Malik war alles andere als dumm.

Was, zum Teufel, heckte der wunderschöne, machiavellische Vampir also aus?

Ich setzte mich in meinem raschelnden weißen Papieroverall auf und schaute mir mein linkes Handgelenk an. Das magische Armband war zwar noch da, verschwand aber bereits wieder in meinem Handgelenk. In ein paar Stunden würde es nicht mehr zu sehen sein.

Maliks Ring war nicht mehr da.

Hm. Jetzt musste ich es wohl auf die gute alte Art anstellen, wenn ich mit ihm reden wollte: Ich musste ihn selbst aufsuchen. Das hieß, sobald man mich aus dem Kittchen entließ.

11. Kapitel

Hier, Genny, da hast du deine Sachen.« Hugh schob einen braunen Briefumschlag über den Tresen. Auf seinem kantigen Gesicht lag ein zutiefst besorgter Ausdruck. Wir befanden uns in dem klaustrophobisch kleinen Entlassungsbereich von Old Scotland Yard, den ich noch nie zu Gesicht bekommen hatte. Und nie wieder bekommen wollte.

»Danke.« Ich nahm den Umschlag und kippte den Inhalt auf den Tresen: mein Handy, mein Spellcrackers-Ausweis, Geldbeutel, Armbanduhr und Graces goldenes Medaillon. Ich griff sogleich zu der Kette – und ein Gefühl der Unruhe und Nervosität, das mir bis jetzt gar nicht bewusst gewesen war, löste sich auf. Ich hängte mir den Anhänger wieder um. Seltsam, dass ich ihn in Maliks Traumlandschaft angehabt hatte, in Wirklichkeit, in der Zelle also, aber nicht. Ich zuckte mit den Schultern. So war das eben mit Träumen. Ausweis und Geldbeutel verstaute ich in der Innentasche meiner Lederjacke, das Handy schob ich in die Gesäßtasche meiner sauberen Jeans. Meine blutbesudelten Sachen von gestern waren Beweisstücke, die die Polizei vorerst behalten wollte.

»Und danke, dass du mir die frischen Klamotten geholt hast.« Ich blickte lächelnd zu Hugh auf, während ich meine Armbanduhr zuband. Was ich jetzt vor allem brauchte, war eine lange, heiße Dusche. Davon hatte ich die ganze Zeit über in dieser engen, juckenden, brennenden Zelle denken müssen. Ich schaute auf die Uhr: Es war zwei Uhr nachmittags.

»Sie hat mich *dreißig Stunden* da drin festgehalten!«, rief ich erbost aus. »Und das, obwohl ich ein Schuldeingeständnis abgelegt und mich bereit erklärt habe, den zweifachen Wert dessen zu bezahlen, was dieser Schockzauber kostet – gar nicht zu reden von der saftigen Strafgebühr, die man mir aufgebrummt hat! Verdammt, Hugh, die hätte mich da drin *verrotten* lassen, wenn ich keinen guten Anwalt gehabt hätte!« (Danke, Malik!)

Hugh schob mir ein Quittungsformular und einen seiner übergroßen Troll-Kulis hin. »Ich weiß selbst nicht, warum sie sich so benimmt, Genny«, brummte er besorgt. »Ich hab gehört, dass die da oben alles andere als glücklich über sie sind, aber ich will nicht, dass sie sich ihre Karriere ruiniert.«

»Ich schon«, schniefte ich gereizt und unterzeichnete die Quittung. »Wenn ›die da oben‹ auch nur ein bisschen Grips haben, dann geben sie ihr einen Fußtritt, dass sie nur so fliegt. Und lassen dich mal ran an den Job.«

»Nein, sie ist eine sehr gute Kriminalbeamtin. Und sie hat hart dafür gearbeitet. Das musste sie, sie ist ja eine Hexe. Dass sie diesen Job gekriegt hat, hilft uns allen – allen magischen Wesen.« Er legte das Quittungsformular in irgendein Fach unter dem Tresen. Dann breitete sich auf seinem Gesicht dieser Ausdruck aus, den er immer dann bekam, wenn er mir »was Wichtiges sagen wollte«. Ich seufzte innerlich. Ich ahnte, was mich erwartete.

»Ich weiß, du magst sie nicht, Genny« – die Untertreibung des Jahres – »und ich weiß, sie hat unrecht, aber es muss was geschehen. Nicht bloß um ihretwegen, sondern um unser aller willen.« Kleine, versöhnliche rosa Staubwolken stiegen von seinem kantigen Schädel auf und glitzerten in dem grellen Licht der Neonröhren an der Decke. »Ich hab versucht, mit ihr zu reden, aber auf mich hört sie nicht. Vielleicht, wenn ein Außenstehender mal mit ihr reden würde, jemand, der nicht von der Polizei ist? Finn vielleicht. Könntest du mal mit ihm reden? Vielleicht kann er ja was bewirken.«

Lieber hätte ich den Stall eines Sumpfdrachen ausgemistet. Ich seufzte. »Okay. Aber nur, weil du's bist. Und ich bezweifle, dass es was nützen wird. Finn ist ja das Problem, zumindest teilweise. Das weißt du ebenso gut wie ich.«

»Danke, Genny.« Er kam um den Tresen herum, tippte sorgfältig den Sicherheitscode in die Türöffnungsanlage und hielt mir dann die Tür auf. »Ich ruf dich an, sobald ich was Neues über das tote Faelingmädchen erfahre«, sagte er so leise, dass ich es gerade noch verstehen konnte.

Ich trat hinaus in den hinteren Empfangsbereich, der zum Innenhof führte. Zutiefst erleichtert hörte ich die Stahltür hinter mir zufallen und musterte die Empfangshalle mit ihrer hohen Decke und dem öden, graugrünen Anstrich. Finn war nirgends zu sehen. Irgendwie hatte ich erwartet, dass er mich abholen würde – nach diesem Kuss. Enttäuscht und ein wenig beleidigt wandte ich meine Aufmerksamkeit der smarten Frau Anfang fünfzig zu, die mich – anders als Finn – erwartete: Victoria Harrier, meine Anwältin und offenbar eine der Besten ihrer Zunft in ganz Großbritannien.

Sie ging unruhig auf und ab, das Handy am Ohr. Alles an ihr schrie *Understatement*: der kinnlange Pagenschnitt ihrer dichten grauen Haare, die blassrosa Seidenbluse, das kastanienbraune Kostüm, bis hinunter zu den glänzenden schwarzen Lederschuhen – aber es war klassisches, *sündteures* Understatement. Mir schoss der schreckliche Gedanke durch den Kopf, dass das, was sie ihren Klienten pro Stunde berechnete, wahrscheinlich mehr war, als ich in der ganzen Woche verdiente. Ihre Rechnung würde wahrscheinlich zu dem Stapel wandern, den ich bis an mein Lebensende würde abstottern müssen, aber zum Glück bin ich ja fast unsterblich. Trotzdem: Kacke. Nicht, dass ich es bereute, den Schockzauber der Polizei für einen guten Zweck missbraucht und die fiese Weide schwimmen geschickt zu haben.

Aber nächstes Mal sollte ich mich wohl besser für eine preiswertere Option entscheiden – eine Kettensäge zum Beispiel.

Ich holte selbst mein Handy heraus und rief bei Sanguine Lifestyles an. Nein, mit Malik könne man mich leider nicht verbinden, lautete die höflich-effiziente Antwort, da er keine Kontaktnummer hinterlassen habe. Aber Mr al Khan melde sich täglich bei Sonnenuntergang. Ich ließ ausrichten, er möge mich dringend anrufen, und hängte auf.

»Ms Taylor.« Auch Victoria Harrier hatte inzwischen ihr Telefonat beendet und kam nun mit so forschen Schritten auf mich zu, dass ich fast glaubte, die flachen Absätze ihrer Lederpumps auf dem grünen Linoleum Funken sprühen zu sehen. Sie blieb vor mir stehen. In ihren Augen lag noch immer dieser rücksichtslos-kompetente Glanz, mit dem sie mich – gegen den Willen der Hexenzicke – aus der Zelle befreit hatte. »Ihre Situation, zur Verdeutlichung, ist also folgende: Sie haben sich bereits schuldig bekannt und sowohl die Wiedergutmachung für den entwendeten Zauber als auch die Strafgebühr entrichtet.« Nun, das hatte eigentlich Ms Harrier getan, aber das tat im Moment nichts zur Sache. Ich war sicher, dass sie den Betrag auf ihr horrendes Honorar aufschlagen würde. »Trotzdem hat der Richter auf einer Verwarnung bestanden. Außerdem hat das Gericht eine einstweilige Verfügung verhängt, der gemäß Sie sich aus Detective Inspector Cranes Fall rauszuhalten haben. Haben Sie das alles verstanden, Ms Taylor?«

»Ja.« Verstanden schon – bloß daran halten würde ich mich nicht.

»Ausgezeichnet.« Ihr Lächeln strahlte so hell wie frisch polierter Stahl. »Dann bleiben nur noch ein paar Kleinigkeiten zu besprechen. Darf ich Sie in meinem Wagen nach Hause bringen?« Ihr Lächeln verriet, dass dies kein Angebot war, das ich ablehnen konnte.

Ich musterte sie nachdenklich. Wahrscheinlich wollte sie mir einbläuen, was passieren würde, wenn ich mich nicht an die Verfügung hielte. Aber obwohl sie mich aus dem Knast rausgeholt hatte – und das auch noch ziemlich schnell –, so war sie doch eine Hexe. Und bei denen klingelten bei mir sämtliche Alarmglocken. Ein Gutes hatte sie immerhin: DI Crane schien sie fast noch mehr zu hassen als mich, falls so etwas überhaupt möglich war. Die beiden hatten ausgesehen, als würden sie sich gleich an die Gurgel gehen, als ich vorhin aus der Zelle gebracht worden war. Ich hatte schon befürchtet, sie würden sich duellieren: Besen im Morgengrauen oder so was.

Es war jedoch eine andere, viel beunruhigendere Frage, die mich weitaus mehr beschäftigte: Warum arbeitete eine Hexe für einen Vampir? So etwas gab's einfach nicht. Die beiden Parteien hatten vor Jahrhunderten diesen Waffenstillstandspakt geschlossen, und seitdem herrschte die Devise: leben und leben lassen, aber Fraternisieren ist nicht. Hm, sehr seltsam. Dieser Sache musste ich auf den Grund gehen.

»Danke, gern«, antwortete ich brav, »das wäre sehr nett von Ihnen.«

Finn wartete draußen auf mich.

Er lehnte an dem schwarz gestrichenen, gusseisernen Zaun, die Hände in den Hosentaschen, und ließ sich die Nachmittagssonne auf die Hörner scheinen. Als ich heraustrat, hob er den Kopf, und ein strahlendes Lächeln breitete sich auf seinem markanten Gesicht aus. Auch mir klopfte auf einmal das Herz bis zum Hals. Er war also doch gekommen. Ich musste natürlich sofort an unseren Kuss denken; hingerissen wie ein liebeskranker Teenager starrte ich ihn an. *Kacke. Reiß dich zusammen, Gen, sonst fängst du gleich noch zu sabbern an.* All meine Willenskraft aufbietend zwang ich mich, an ihm vorbei auf die lange schwarze Stretchlimousine zu starren, deren Tür bereits ein uniformierter Chauffeur für uns aufhielt. Victoria Harrier war höchst stilvoll unterwegs, wie's schien. Feige, wie ich war, überlegte ich, ob ich nicht einfach hinrennen und mit einem Kopfsprung in der Limo verschwinden sollte.

Ein lautes Krächzen lenkte mich ab. Ich blickte auf und sah einen großen schwarzen Raben auf dem Steinbogen sitzen, der die Hofausfahrt überspannte. Als er bemerkte, dass ich ihn anblickte, nickte er mir zu, breitete die Flügel aus und flog weg.

»Gen.«

Finns Stimme riss mich ins Hier und Jetzt zurück. Er stieß sich vom Zaun ab und kam, erleichtert grinsend, auf mich zu. Und nahm mich spontan in die Arme, anstatt wie sonst immer nur kurz meinen Arm zu berühren. Ich verkrampfte mich unwillkürlich. Doch als ich seinen betörenden Beerenduft roch, fiel die Anspannung von mir ab, und ich spürte nur noch eine tiefe Sehnsucht. Ich vergaß alles um mich herum und schlang ebenfalls meine Arme um ihn, schmiegte mich an seinen warmen, muskulösen Körper, lauschte dem kräftigen Hämmern seines Herzens, spürte den Sog seiner Magie tief in meinem Bauch ... Himmel, ich wollte ihn so sehr.

Er drückte sein Gesicht in mein Haar. »Bei den Göttern, Gen, es tut mir so leid«, flüsterte er. Sein warmer Atem strich über meine Wange, das Kribbeln in meinem Unterleib nahm zu. Meine eigene Magie regte sich, und schon wurde ich von einer starken Lust gepackt. Ich drängte mich an ihn, jetzt war mir alles egal, ich wollte nur noch ihn. Er hielt mich fester. »Es tut mir so leid. Ich habe versucht, ihr das mit dem Dryaden und dem Schockzauber zu erklären, aber Helen ...«

Dieser Name wirkte wie eine kalte Dusche. Ich zuckte zurück und befreite mich aus seinen Armen. Mit wild klopfendem Herzen starrte ich aufs Pflaster. Shit, was war bloß los mit mir? Ein Kuss, und ich warf mich ihm an den Hals! Aber es war ja nicht nur der Kuss. Da war noch Tavishs Dornröschenzauber und was immer daranhing. *Verdammter Kelpie*. Und wer wusste schon, was mir die Göttin angehängt hatte. Immerhin, dafür konnte man Helen Crane dankbar sein: Ihr Name war ein garantierter Lustkiller.

Sozusagen gewappnet mit der Vorstellung ihres schmalen, attraktiven, hochmütigen Gesichts, konnte ich es wagen, wieder zu Finn aufzublicken. Was hatte er noch gleich gesagt?

Ach ja. »Finn, es geht nicht darum, dass ich diesen blöden Zauber gestohlen habe«, sagte ich entnervt. »Und auch nicht darum, wozu ich ihn gebraucht habe. Helen hat, aus welchem Grund auch immer, die Kontrolle über sich verloren. Und sie missbraucht ihren Job.«

»Gen, bei den Göttern …« Er fuhr sich aufgebracht durch die Haare. »Glaubst du, ich weiß das nicht?«

»Hugh meint, du solltest mal mit ihr reden, sie zur Vernunft bringen?«, schlug ich vor, doch als ich sah, wie er eines seiner Hörner rieb, vergaß ich prompt wieder alles um mich herum und konnte nur noch daran denken, die Hand auszustrecken, um das andere zu streicheln.

»Helen hat's im Moment ziemlich schwer.« Er seufzte. »Es ist kompliziert.«

Meine Hand zuckte zurück.

Helen = kalte Dusche. Es funktionierte wirklich! Ich schnaubte. »Kompliziert! Na klar.«

»Ja, ja, ich weiß. Aber so ist es, ehrlich.« Er hielt inne, schaute kurz auf das Polizeigebäude in meinem Rücken und fuhr dann leiser fort. »Es geht um Helens Sohn. Er ist vor ein paar Monaten einfach aufgetaucht, und das macht jede Menge Probleme.«

»Helen hat einen Sohn?«, fragte ich verblüfft. »Seit wann denn?«

Finns perplexe Miene verriet mir, dass er erwartet hatte, ich wüsste, wovon er redete. Ja, konnte sein, dass er so was schon mal erwähnt hatte. Aber irgendwie war ich im Moment mehr an seinen breiten Schultern interessiert und daran, wie herrlich es wäre, wenn er sein Jackett ausziehen würde... und, ach ja, das moosgrüne Hemd, das so gut zu seinen Augen passte... und wohin das führen würde ...

Auf einmal, ich konnte nicht anders, sah ich einen süßen kleinen Baby-Satyr vor mir, mit moosgrünen Augen und winzigen Hörnern. Natürlich hätte er nur dann Hörner, wenn er ein Junge wäre. Ein Mädchen hätte meine Gene, sie wäre eine Sidhe. Natürlich müsste ich mich bewusst für ein Mädchen entscheiden, wenn ich eines haben wollte, sonst würde die Magie automatisch Finn favorisieren, was Geschlecht, Spezies und Art der Magie betraf. Und schwanger würde ich sowieso nur werden, wenn ich mich ganz bewusst dafür entschiede (außer, es handelte sich um außergewöhnliche Umstände und ein Fruchtbarkeitsritus käme hinzu). Also entweder ein kleiner Junge mit süßen kleinen Hörnern, kleinen Hufen und einem buschigen Schwanz oder ein kleines Mädchen mit bernsteinfarbenen Katzenaugen, so wie meine.

»Und nach der Geburt hat Helen ihn den Sidhe gegeben. Er ist also ein Wechselbalg«, beendete Finn seine ausführliche Erklärung. Er schaute mich erwartungsvoll an. Als ich ihn daraufhin nur belämmert anglotzte, sagte er gereizt: »Bei den Göttern, Gen, du willst, dass ich mit Helen rede, und ich versuche dir zu erklären, warum das im Moment so schwierig ist. Helen ist mit ihrer Situation überfordert. Das ist eine emotionale Achterbahn für sie – und ja, ich weiß, das ist keine Entschuldigung«, fügte er hastig hinzu, als er mein Gesicht sah.

Nein, ist es nicht. Ich musste meinen Blick sozusagen mit einem *plopp* von ihm losreißen, wie eine Saugglocke ... abermals huschten Visionen von kleinen Satyren und Sidhemädchen durch meinen erotisch aufgeheizten Verstand. Entschlossen heftete ich meinen Blick auf den steinernen Torbogen über der Ausfahrt, das war sicherer. Helens Sohn war also ein Wechselbalg. Hm – was änderte das eigentlich an seinem Menschsein, außer dass er in den Schönen Landen aufgewachsen war? Wie alt er wohl sein mochte, jetzt, wo er wieder da war? Wenn er Probleme verursachte, dann wahrscheinlich im Teenageralter oder etwas darüber. Wie auch immer, die interessantere Frage war, warum ich von Babyfantasien heimgesucht wurde, während Finn über seine Exfrau redete? Entweder ich hatte mich, ohne es zu merken, in eine Vollidiotin verwandelt oder jemand – eine gewisse Göttin, zum Beispiel – hatte mir den Verstand vernebelt.

Außerdem: Was scherte es Finn, dass Helen Schwierigkeiten mit ihrem pubertierenden Wechselbalg hatte? Er hatte mir ja oft genug versichert, dass es zwischen ihnen aus war. Oder musste man schon ein Vollidiot wie ich sein, um das zu glauben? Hatte er nicht gesagt, dass das Kind nicht von ihm sei, als das Thema das letzte Mal zur Sprache gekommen war? Hm … Mein Magen verkrampfte sich. Nein, hatte er nicht. Er hatte die Jalousien runtergelassen und die Luken dicht gemacht, will sagen, kein Wort mehr gesagt.

»Hexen haben doch immer Töchter, wenn der Vater ein Sidhe ist?«, unterbrach ich seine alles andere als romantischen Erklärungen über Helen.

»Was?«

Ich riskierte einen kurzen Blick zu ihm hoch. Er schaute mich an, als hätte ich auf einmal angefangen, Pixies zu speien.

»So kriegt man mehr Hexen.« Ich schaute ihn prüfend an. »Und wenn der Papa ein Mensch ist und das Kind ein Junge, wird's ein Zauberer; wenn's ein Mädchen ist, die Tochter einer Hexe. Und wenn Daddy zu den minderen Fae gehört, dann wird's immer ein Junge: ein Faeling …« Sein Stirnrunzeln hatte sich vertieft: Er schien zu kapieren, worauf ich hinauswollte.

»Ich bin nicht der Vater von Helens Sohn, Gen«, sagte er, und in seiner Wange zuckte ein Muskel. Ein seltsamer Ausdruck huschte über sein Gesicht. »Sein Vater war ein ganz normaler Mann. Das alles passierte, bevor wir uns kennenlernten. Warum fragst du mich nicht einfach, ob das Kind von mir ist, wenn du's unbedingt wissen willst, anstatt so um den heißen Brei herumzureden?«

Auch ich runzelte nun die Stirn. Ja, warum nicht? Es war mir überhaupt nicht in den Sinn gekommen. Nun, mir war viel nicht in den Sinn gekommen, was ich längst hätte tun sollen, ein paar Auskünfte über Helens Sprössling waren da noch das wenigste. Na, jetzt wusste ich wenigstens, dass daran die einlullende Wirkung von Tavishs Dornröschenzauber schuld war und nicht etwa ein Versäumnis meinerseits.

»Du hast ja recht, ich hätte offen fragen sollen. Tut mir leid, dass ich's nicht getan habe.« Ich schaute mit einem zerknirschten Lächeln zu ihm auf. Dabei überlegte ich, ob ich ein paar nette Worte über Helen sagen sollte, aber die wollten mir beim besten Willen nicht über die Lippen. Ungnädig platzte es aus mir heraus: »Na ja, das erklärt wenigstens, warum sie so bies…« Ich unterbrach mich und entschied mich für eine etwas diplomatischere Formulierung. »Warum sie ein so unglücklicher Mensch zu sein scheint. Und warum sie wie ein Weihnachtsbaum rumläuft. Sie muss bei der Geburt ihres Sohnes viel von ihrer eigenen Magie verloren haben, und jetzt schützt sie sich natürlich mit diesen Klunkern …«

»Nein«, widersprach Finn gereizt, »dadurch, dass sie ihn aufgab, konnte sie ihre Magie behalten.«

Ich starrte ihn mit offenem Mund an. »Echt? Ich wusste nicht, dass das möglich ist.«

»Anscheinend schon.« Er hob die Hände, um anzudeuten, dass dieses Thema damit beendet sei. »Hör zu, ich rede noch mal mit Helen. Aber Helen ist nicht das einzige Problem. Jetzt müssen wir uns auch noch mit den anderen Fae rumschlagen. Nach dem, was gestern zwischen dir und dem Dryaden vorgefallen ist, wird es schwerer werden, dich zu beschützen.«

Ich seufzte. Der flirtende Finn schien sich während meines Knastaufenthalts in Luft aufgelöst und dem verantwortungsvollen, ritterlichen Finn Platz gemacht zu haben. Es war ja auch zu schön gewesen, um wahr zu sein.

»Finn, das haben wir doch schon alles besprochen«, sagte ich entnervt, »ich kann selbst auf mich aufpassen, ich bin keine hilflose Jungfer.«

»Nein, ich weiß, natürlich nicht, aber …« Finn nahm mich bei beiden Händen. Goldene und grüne Magie blitzte zwischen uns auf. Finn schaute einen Moment lang verblüfft drein, schien die Situation dann aber bereitwillig zu akzeptieren.

Ich biss die Zähne zusammen und dachte: *Helen, Helen, Helen*. Trotzdem schlich sich der Gedanke ein, wie viel schöner es wäre, mit Finn zu schmusen, als dieses Gequatsche …

»Hör zu, Gen, tut mir leid, dass ich andauernd über Helen rede. Du musst ja glauben, dass ich mehr an sie denke als an dich, aber – bei den Göttern, wir müssen reden. Und ich weiß, dass du selbst auf dich aufpassen kannst, aber das wird nicht leicht, mit den Dryaden und Najaden und allen anderen. Ich kann dir helfen. Warum gehen wir nicht irgendwohin, wo wir ungestört miteinander reden können?«

Ich wollte schon hingerissen »ja!« sagen, als hinter uns plötzlich ein vernehmliches Hüsteln ertönte. Victoria Harrier. Gottchen, die war ja auch noch da. Hatte ich ganz vergessen. Interessiert schaute sie zu uns herüber.

Nun, Finns und mein »Gespräch« würde wohl noch warten müssen. So lange, bis ich ein Gegenmittel gegen meine plötzliche Leidenschaft, behufte Babys mit ihm zu machen, gefunden hatte. *Helen, Helen* vor mich hindenkend, überlegte ich. »Gut, reden wir. So gegen neun bei mir?« Ich wies mit einer Kopfbewegung auf Victoria Harrier. »Sie will mir unbedingt noch eine Standpauke über die *Do's* und *Dont's* halten, damit ich auf dem rechten Pfad des Gesetzes bleibe.«

Er warf einen Blick zu der Anwältin hinüber und stieß ein leises Lachen aus. »Als ob du dich daran halten würdest.« Seine Daumen streichelten meine Handrücken. Die Magie knisterte – und erstarb, als ich Helens Namen vor mich hinbetete. »Ich hab eine bessere Idee. Ich fahre hinter euch her, und dann reden wir, wenn sie weg ist, ja?«

Ich schüttelte tapfer den Kopf. »Nein, geht nicht. Ich muss mich erst mal duschen« – *o Mann, brauchte ich eine kalte Dusche!* – »und dann muss ich erst noch was anderes erledigen.«

»He, morgen ist Samstag. Warum nimmst du dir nicht frei?« Er grinste mich versöhnlich an. »Ich werde es deinem Boss schon beibringen. Der soll ja kein Untier sein, wie ich gehört habe.«

»Nein, ist er nicht.« Auch ich grinste. Gott, wie ich dieses Helen-Mantra satthatte. »Aber diese Sache ist dringend, das lässt sich nicht verschieben« – ich entzog ihm meine Hände und atmete erleichtert auf, als die Intensität der erotischen Magie daraufhin etwas nachließ – »also um neun bei mir, ja?«

»Was? Was musst du erledigen?« Sein Grinsen verschwand.

»Nicht wichtig.«

»Gen?«

»Finn, ich muss das heute noch hinkriegen.« Ich deutete auf Victoria Harrier, die mit scharrenden Hufen neben der schnurrenden Limousine stand. »Ich muss gehen, der Taxameter läuft. Und diese Limo ist sicher teurer als ein Taxi.«

»Was musst du …?« Nach seiner Miene zu schließen war bei ihm der Groschen gefallen. »Es geht um den Blutsauger, stimmt's?« Er ballte die Fäuste. »Natürlich! Jetzt, wo er die teure Anwältin bezahlt, musst du natürlich nach seiner Pfeife tanzen!«

»He, Moment mal! Die teure Anwältin bezahle *ich*!«

»Von wegen! Abstottern, vielleicht, aber zahlen wird das erst mal er!« Er schüttelte zornig den Kopf.

Er hatte recht: Bezahlen würde erst mal Malik, ich konnte das Ganze dann hundert Jahre lang abstottern. Was Finn aber noch lange nicht das Recht gab, so mit mir zu reden! Heiße Wut schoss in mir hoch. »Bis später!« Ich stieß ihn beiseite und wollte zur Limousine gehen, aber er packte mich beim Handgelenk und hielt mich fest. »Gen, hör nicht auf ihn! Egal, was er sagt, diese Blutsauger sind alle gefährlich.«

Ich riss mich los. Wut funktionierte sogar noch besser als Helens Name. »Finn, um die Blutsauger brauche ich mir im Moment keine Gedanken zu machen. Es gibt keinen Vamp in London, der es wagen würde, ohne Maliks Erlaubnis auch nur ›Hallo‹ zu mir zu sagen – oder zu irgendeinem anderen Fae oder Faeling.«

»Bei den Göttern, Gen!« Finn schaute mich fassungslos an. »Das glaubst du doch wohl selbst nicht! Einen so umfassenden Schutz kann niemand garantieren!«

»Als neuer Oligarch von London schon, doch, das kann er. So läuft das nun mal bei den Vamps: Entweder du spurst, oder die Fische werden mit deiner Asche gefüttert.«

»Gefüttert … Verdammt, was bin ich blöd! Natürlich! *Deshalb* wärst du gestern früh beinahe *geschwunden* – er hat zu viel Blut von dir getrunken. Gen, das darfst du nicht erlauben, du musst …«

»Finn! Du weißt ja nicht, wovon du redest!« Ich versuchte nicht zu laut zu werden. Natürlich ließ ich Malik nicht auf diese Weise ran … Ich hatte ihn ja seit gestern Abend überhaupt nicht mehr gesehen. Aber vielleicht hatte ich es mit dem Blutspenden ja ein wenig übertrieben. Darüber galt es später nachzudenken, jetzt: »Und selbst wenn, ginge es dich nichts an.«

»Ich bin dein Boss, Gen. Es geht mich also sehr wohl was an, ob du arbeitsfähig bist oder nicht.«

Verdammte Kacke. »Da wären wir dann wohl wieder beim Thema. Darauf läuft's immer hinaus, oder?« Wütend, enttäuscht, verletzt zog ich meinen Spellcrackers-Ausweis aus der Jackentasche, packte seine Hand und klatschte ihn auf seine Handfläche. »Ich kündige.«

Er schaute den Ausweis ein paar Sekunden lang schockiert an, dann versuchte er, ihn mir zurückzugeben. »Es tut mir leid, Gen, ich hätte das nicht sagen sollen.«

»Allerdings nicht.« Ich funkelte den Ausweis böse an. Ich mochte meinen Job.

»Ich mache mir Sorgen um dich«, erklärte er. Er packte meinen Arm und versuchte, mir den Ausweis in meine zitternde Hand zu drücken. »Da, nimm ihn bitte wieder zurück.«

Ich zögerte unschlüssig. Nur zu gerne hätte ich ihn wieder zurückgenommen. Aber ich hatte keine Lust, mir jedes Mal meinen Job vorhalten zu lassen, wenn ich etwas tat, was ihm nicht passte.

»Gen, tu das nicht«, flehte Finn. »Nicht wegen eines verdammten Blutsaugers. Dem liegt doch gar nichts an dir; der benutzt dich doch bloß.«

Nein, *er* nicht. Aber die Fae von London, Clíona, die Urmutter – die schon. Oder zumindest versuchten sie es mit diesem verdammten Fruchtbarkeitsfluch. Aber Finn war kein schlechter Kerl. Meine Finger begannen sich schon über dem Ausweis zu schließen, da verspürte ich plötzlich ein scharfes Ziehen in den Lenden, eine Lust, so groß, dass ich hätte aufschreien können – es war pure Magie.

Ich warf einen Blick in Finns Gesicht und entdeckte das verräterische grüne Funkeln in seinen Augen: Der Magiestoß kam von ihm. Ich sah rot: Das reichte! Ich hatte es so satt, dass jeder versuchte, mich zu manipulieren.

Ich ließ den Ausweis fallen, machte auf dem Absatz kehrt, ging zur Limo und stieg ein.

Victoria Harrier folgte mir. »Können wir jetzt fahren?«, fragte sie gelassen.

Ich nickte. Die Wagentür fiel mit einem satten *Klonk* ins Schloss und erstickte Finns Rufe, doch zurückzukommen. Die Limousine setzte sich in Bewegung, und ich ließ mich in den gut gepolsterten Sitz sinken. Durch die getönten Fenster wirkte London irgendwie fern, entrückt. Meine Augen brannten. Mir saß ein Kloß in der Kehle, und ich schluckte mühsam. Aber für Selbstmitleid war jetzt keine Zeit.

Erst galt es, einen Killer zu finden und einen Fluch zu *brechen*.

12. Kapitel

»War das wirklich eine gute Idee, den Job einfach so hinzuwerfen?«, fragte Victoria Harrier wenige Minuten später in die Stille.

Ich hörte auf, wie blind aus dem Fenster zu starren, und wandte mich zum ersten Mal meiner Umgebung zu. Victoria Harrier saß mir gegenüber auf dem Rücksitz, die Beine übereinandergeschlagen. Anstatt des in Luxuslimousinen üblichen Barbereichs gab es hier ein mobiles Büro: zwei State-of-the-Art-Laptops, einer dieser kleinen Drucker, die alles können, drei Telefone auf Schwenkarmen und alles Nötige an Schreibgerät, fein säuberlich verstaut. Ich *schaute* genauer hin: Sämtliche elektronischen Geräte waren mit Pufferzaubern geschützt, und auch an der getönten Scheibe, die uns vom Chauffeur trennte, sowie an sämtlichen Türen klebten Edelsteine, in denen Schutzzauber wirkten. Alles war so nobel, sündteuer und etepetete, wie Finn vermutet hatte.

»Ähm – keine Sorge wegen Ihres Honorars«, krächzte ich, »das kriege ich schon irgendwie hin.« Würde ich auch, früher oder später. »Aber da Sie ja Malik al Khans Anwältin sind, verfügen Sie bestimmt über eine entsprechende Zahlungsgarantie.« Ich musste an meine vorherigen Überlegungen denken. »Obwohl es mich wundert, dass eine Hexe wie Sie für einen Vampir arbeitet. Ich dachte, das verstößt gegen die uralten Regeln des Hexenrats?«

»Ich bin *Ihre* Anwältin, Ms Taylor.« Sie drückte auf einen Knopf, und vor ihr klappte ein Tischchen heraus. Sie hob einen Laptop darauf und fuhr ihn hoch. »Ich habe nie für Mr al Khan gearbeitet, bin ihm nie begegnet und möchte ihm auch nie begegnen. Ich verabscheue Vampire.«

Ich musterte sie erstaunt. »Warum hat Sanguine Lifestyles Sie dann angeheuert?«

»Ich vertrete Sie, Ms Taylor, weil ich eine der besten Strafrechtsanwältinnen des Landes bin«, erklärte sie selbstbewusst. »Ich verfüge über ausgezeichnete Kontakte innerhalb der Justiz sowie über einigen Einfluss im Hexenrat, was mir bei meinen Verhandlungen mit DI Crane sehr zugutekam.«

»Ja, das ist mir alles klar«, entgegnete ich, »und was anderes hätte ich auch nicht erwartet. Aber ich bin davon ausgegangen, dass Malik Ihre Rechnung bezahlt.«

»Sanguine Lifestyles ist an einen meiner Kollegen herangetreten«, gestand sie, während ihre Finger eifrig auf die Tastatur einhackten. »Mein Kollege ist ein erstklassiger Rechtsanwalt und übernimmt oft sehr lukrative Fälle für die Vampire. Als er diesen Fall erwähnte, konnte ich ihn überreden, ihn mir zu überlassen. Mein Ruf ist ebenso gut – wenn nicht besser – als seiner. Er war gerne bereit, den Fall an mich abzutreten, nachdem ich ihm die näheren Umstände erklärt hatte.«

»Was für Umstände?«, fragte ich misstrauisch. Es gefiel mir nicht, dass eine Anwältin, die Vampire normalerweise hasste, sich »meinen Fall« unter den Nagel gerissen hatte.

Sie drehte den Laptop zu mir herum. Auf dem Bildschirm war ein Foto von einer Familie zu sehen: ein gut aussehender Mann Mitte vierzig – der Vater, nahm ich an –, eine zierliche blonde Mutti – Ende zwanzig, Anfang dreißig, wenn man vom Alter ihrer Kinder ausging, obwohl sie jünger aussah. Drei Jungs im Alter von schätzungsweise zehn, neun und acht Jahren, alle mit den lockigen braunen Haaren ihres Vaters, ein blasses, elfenhaftes, etwa siebenjähriges Mädchen mit dem hellblonden Haar ihrer Mutter, ein weiteres Kind, etwa drei

Jahre, mit einem wilden braunen Lockenschopf und, nach dem deutlichen Babybauch von Mutti, in Bälde noch eines. Fünfeinhalb Kinder, das waren, nach meinem Geschmack, etwa ein halbes Dutzend zu viel. Aber da ich ja nicht mal *eins* wollte, war ich wohl die Letzte, die sich darüber ein Urteil erlauben konnte.

»Mein Sohn Oliver, seine Frau Ana und ihre Kinder: Charles, Edward, Andrea, James und der kleine Henry«, erklärte sie zärtlich. Oliver sah ihr derart ähnlich, dass ihre Äußerung eigentlich nur bestätigte, was ich bereits vermutet hatte. Auch wusste ich nun, dass Oliver, als Sohn einer Hexe, ein Zauberer sein musste.

»Eine reizende Familie«, sagte ich höflich. Aber warum zeigte sie mir das? Ein wenig beunruhigt wartete ich auf die Erklärung, die wohl gleich folgen würde.

»Meine Schwiegertochter Ana ist ein Faeling«, erklärte sie prompt. »Ihre Mutter gehörte zu den Wasser-Fae.«

Kacke. Seine Frau war Faeling. Was bedeutete, dass ihre Kinder auch alle Faelinge sein mussten und damit leicht dem Fluch zum Opfer fallen könnten. Ich schaute mir das Foto genauer an: keine Kiemen, Schwimmhäute oder Fischaugen zu sehen. Sie und die Kinder mussten demnach mehr menschliche Gene als Fae-Gene in sich tragen. Bei dem Gedanken, wer von ihnen wohl den Vamps zum Opfer gefallen war, schnürte sich meine Kehle zu.

»Als Ana vierzehn war«, fuhr Victoria Harrier fort und tippte behutsam auf das Foto, »ist ihre Mutter abends auf dem Heimweg von der Arbeit spurlos verschwunden. Man hat sie drei Wochen später aus der Themse gefischt.«

»Vampire«, sagte ich überflüssigerweise.

»Ja. Ich habe mir später den Polizeibericht angesehen. Es war entsetzlich. Sie waren zu sechst gewesen, haben sie vollkommen ausgeblutet und dann weggeworfen wie eine leere Getränkedose.« Sie faltete die Hände und schwieg einen Moment lang betroffen. Als sie sich wieder beruhigt hatte, fuhr sie fort: »Ana hat danach verständlicherweise ein wenig den Kopf verloren, hat ihren Kummer in Wut zu ertränken versucht. Nur …« Sie hielt inne und holte tief Luft, strich ihren Rock glatt. »Nun, Sie wissen ja über diesen Fluch Bescheid, Ms Taylor. Sie können sich also vorstellen, wie es ausgeht, wenn ein vierzehnjähriger Teenager versucht, sich an der ganzen Welt zu rächen.«

Und ob ich das konnte. Ein Wunder, dass Ana überhaupt überlebt hatte. Und nicht nur das: Sie hatte einen liebenden Mann gefunden und einen Schwung Kinder mit ihm bekommen. Ich hätte ihr höchstens ein paar Jahre und einen langen, qualvollen Tod als Blutsklavin eines Vampirs gegeben. Sie hatte großes Glück gehabt.

»Oliver – mein Sohn – hat Ana in einem dieser Blutbordelle in Sucker Town gefunden.« Ihre Lippen kräuselten sich verächtlich, was ihr, wie ich vermutete, überhaupt nicht bewusst war. »Bluthäuser nennt man die, glaube ich. Damals war sie bereits sechzehn und schon über zwei Jahre lang dort. Oliver ist von Natur aus ein wenig donquichottisch, er besitzt diesen weltfremden Idealismus. Er hat es sich in den Kopf gesetzt, dieses schöne, arme Mädchen zu retten; er hat sie aus Sucker Town herausgeholt und ihr einen Platz in der Drogenentzugsabteilung der HOPE-Klinik verschafft – und sich natürlich Hals über Kopf in das Mädchen verliebt. Ein Jahr später haben sie geheiratet.« Sie lächelte das Foto stolz an. »Das wurde erst vor Kurzem aufgenommen, an ihrem neunten Hochzeitstag.«

»Und die Vamps in dem Bluthaus haben sie einfach so gehen lassen?«, rief ich ungläubig aus.

»Natürlich nicht«, entgegnete Victoria Harrier knapp. »Aber Oliver arbeitet bei der Kanzlei, die für die Verlängerung der Lizenzen für Vampir-Etablissements zuständig ist. Er hat den Eigentümern gar keine andere Wahl gelassen.«

»Ah … ja«, sagte ich, immer noch ein wenig skeptisch. Oliver hatte die Vamps also ganz einfach erpresst – und es schien ausnahmsweise funktioniert zu haben. Ana hatte also wirklich Glück gehabt; nur: Irgendwas an dieser Geschichte kam mir immer noch spanisch vor. Ich umklammerte Graces Anhänger und schaute grübelnd aus dem getönten Wagenfenster. Abwesend bemerkte ich, dass wir soeben am Trafalgar Square vorbeikamen.

»Sie haben ein bitteres Ende erwartet, nach einem so tragischen Anfang.« Sie riss mich aus meiner Konzentration. »Nun, bis jetzt ist dieses Ende nicht eingetroffen. Und ich beabsichtige, es nie eintreffen zu lassen. Meiner Schwiegertochter und meinen Enkelkindern zuliebe habe ich beschlossen, Ihnen dabei zu helfen, diesen schrecklichen Fluch zu brechen.« Sie hielt mir eine Schachtel Taschentücher hin. »Sie weinen ja …«

»Tut mir leid, das hab ich gar nicht gemerkt«, brummte ich zerstreut, zog ein paar Tücher aus der Box und wischte mir das Gesicht ab.

Sie musterte mich einen Moment lang stirnrunzelnd, ging aber nicht weiter darauf ein. »Ich möchte Ihnen so viel praktische Hilfe geben, wie ich nur irgend kann«, fuhr sie fort. Sie nahm einen braunen Umschlag zur Hand und reichte ihn mir. Auf dem Umschlag klebte ein Aufkleber, auf dem in Großbuchstaben der Name »Jane Bird« stand. »Ich weiß, dass Sie davon überzeugt sind, dass die Tote, die man heute früh aus der Themse gefischt hat, mit dem Fluch in Verbindung steht. In diesem Umschlag sind Kopien des Polizeiberichts. Man hat das Faelingmädchen zwar bisher noch nicht identifizieren können, nimmt aber an, dass sie um die zwanzig Jahre alt gewesen sein muss. Sie passt zu keinem der Vermisstenfotos der Polizei – ich habe Ihnen eine Kopie dieser Liste beigefügt –, aber ›Jane Birds‹ Aussehen lässt darauf schließen, dass sie mit den Tower-Raben verwandt sein könnte.«

Die Erwähnung der Raben erinnerte mich wieder an den Vogel, den ich auf der Tower Bridge gesehen hatte, und an den anderen auf dem Torbogen von Scotland Yard. Er/sie (Einzahl? Mehrzahl?) mussten etwas mit »Jane Bird« zu tun haben, das konnte kein Zufall sein. Doch dann kam mir der Gedanke, dass der Rabe – es war einfacher, ihn als einen einzelnen Vogel zu betrachten – gar nicht vom Tower stammen konnte. Die Tower-Raben ließen sich nämlich freiwillig die Flügel stutzen und konnten gar nicht fliegen – jedenfalls so lange nicht, bis ihre Arbeitsverträge ausliefen. Dennoch konnte »Jane Bird« natürlich trotzdem mit ihnen verwandt sein. Nun, diese Sache galt es, sich ein wenig näher anzusehen. Ich schlug die Akte auf. Auf dem ersten Blatt stand Hughs Unterschrift.

»Das ist alles, was ich bis jetzt bekommen konnte.« Victoria Harriers effizienter Tonfall ließ wissen, wie beeindruckt ich sein sollte. War ich auch, irgendwie. Noch beeindruckter wäre ich allerdings gewesen, wenn ich nicht gewusst hätte, dass Hugh mir dieselben Informationen früher oder später sowieso zugespielt hätte. »Auch habe ich für morgen Mittag ein Treffen zwischen Ihnen und dem Raven-Master und seinen Raben vereinbart. Ich werde Sie selbstverständlich begleiten, um jedem Vorwurf einer Verletzung der vom Gericht gegen Sie ausgesprochenen einstweiligen Verfügung vorzubeugen. Wir wollen doch nicht, dass DI Crane wieder einen Grund findet, Sie einzusperren.«

Allerdings nicht. Hm. Ein Treffen mit dem Raven-Master? Wie nett. Victoria Harriers »praktische Hilfe« war, nun ja, sehr praktisch, außer … Ich trommelte mit den Fingern auf die Akte und musterte mein Gegenüber aus schmalen Augen. »Sie wissen ja sicher, dass DI Crane mich nicht unbedingt sympathisch findet« – schöne Untertreibung, was? – »und mir ist natürlich auch aufgefallen, dass Sie beide sich ebenfalls nicht gerade gut verstehen … Nun, um ganz offen zu sein, Sie sind eine Hexe, und Sie hassen Vampire. Wer sagt mir, dass dies nicht einfach eine Falle ist?«

»Eine gute Frage, Ms Taylor.« Sie lächelte. »Ich hoffe, ich kann Sie diesbezüglich beruhigen. Sie haben doch sicher schon einmal von der *Merlin Foundation* gehört?«

Die Merlin Foundation finanziert die HOPE-Klinik, wo ich als Freiwillige arbeitete, und noch andere, ähnliche Einrichtungen. Darüber hinaus engagierte sie sich unter anderem im Schulwesen. Nur leider war diese Stiftung unglaublich bürokratisch, was man vor allem dann zu spüren bekam, wenn man tatsächlich Geld wollte. Die Ärzte an unserer Klinik stöhnten andauernd über den ganzen Papierkram, den die Stiftung verlangte. »Mir hat man die Stiftung als eine Art magischer Freimaurerzirkel mit Charity-Ambitionen beschrieben«, erklärte ich diplomatisch.

Victoria Harrier lachte schallend. »Ja, ich weiß, man sagt der Stiftung Geheimniskrämerei nach, aber sie existiert ja auch schon so lange. Und Sie haben recht, es fließt eine Menge Geld in wohltätige Einrichtungen. Uns interessiert im Moment jedoch mehr die ältere, privatere Seite der Foundation.« Sie lächelte und erteilte mir dann eine Geschichtsstunde. »Die Foundation wurde im vierzehnten Jahrhundert gegründet, als die Hexenverfolgungen am schlimmsten waren. Der Hexenrat entwarf einen Plan: Eine ausgewählte Anzahl von Hexen wurde damit beauftragt, die höchsten Ebenen des Landes zu infiltrieren – Herzöge, Earls und Grafen zu heiraten, einflussreiche Politiker und Anwälte. Und Söhne mit ihnen zu zeugen – Söhne, die natürlich Zauberer waren, großartige Zauberer, die wiederum aufwachsen und einflussreiche Positionen in Gesellschaft und Politik einnehmen würden. Auf diese Weise waren sie in der Lage, ihre magischen Verwandten zu beschützen. Sie würden wiederum Hexen heiraten – die vom Hexenrat dazu auserwählt worden waren – und so dafür sorgen, dass das magische Erbe erhalten blieb. Diese Tradition wird auch heute noch, wenn auch in einer etwas anderen Weise, gepflegt.«

Ich konnte mich vage erinnern, dass meine alte Chefin, Stella, mal erwähnt hatte, dass der Hexenrat sie dazu überreden wollte, einen bestimmten Zauberer zu heiraten. Man hatte ihr dafür eine deftige Mitgift angeboten, aber sie hatte trotzdem abgelehnt, weil der Kerl, wie sie sagte, ein arroganter Widerling gewesen sei.

»Die Foundation hat über die Jahrhunderte großen Einfluss gewonnen. Ihre Mitglieder stammen aus den besten Familien des Landes und üben großen Einfluss auf allen gesellschaftlichen Ebenen aus.«

»Mit anderen Worten: Hoch lebe der Nepotismus.«

»Sie sagen es, Ms Taylor«, entgegnete sie ungerührt. »Mein Mann ist ein Zauberer, meine Söhne ebenfalls. Dank ihrer – und meiner – Verbindungen sowohl innerhalb der Foundation als auch der finanziellen, juristischen und politischen Sektoren dieses Landes kann ich wohl guten Gewissens sagen, dass DI Crane Ihnen keine weiteren Schwierigkeiten mehr machen wird. Selbst wenn ihr nicht ihre jugendliche Indiskretion im Wege stehen würde.«

Das klang zu gut, um wahr zu sein. Aber Moment mal. »Was für eine jugendliche Indiskretion?«

13. Kapitel

Ihr Sohn, natürlich«, antwortete Victoria Harrier, »Mr Panos hat ihn erwähnt. Helen Crane stammt, wie ich, aus einer einflussreichen Hexenfamilie; sie war einem Zauberer versprochen, hat sich aber stattdessen mit irgend so einem Jüngling eingelassen. Wie es diese Dinge so an sich haben, wurde sie schwanger. Der Junge hat sich, wie es scheint, vor der Verantwortung gedrückt, und ihre Familie beschloss, als Helens Sohn geboren worden war, ihn an die Sidhe zu übergeben – ein Beschluss, den sowohl der Hexenrat als auch die Stiftung unterstützten.«

Ich runzelte die Stirn. »Aber ihr Sohn ist trotzdem ein Zauberer, oder?«

»Ja, aber ohne nennenswerte familiäre Verbindungen. Sie können sich sicher vorstellen, dass die Foundation von Helens kopfloser Rebellion nicht gerade angetan war.«

Ich begann allmählich eine, wenn auch widerwillige Bewunderung für die jugendliche Helen zu empfinden – natürlich nicht für den Drachen, der sie heute war. Dennoch fragte ich mich gleichzeitig, was Victoria Harriers wahre Agenda war.

»Ich hoffe, Sie damit überzeugt zu haben, dass ich wirklich nur Ihre besten Interessen im Sinn habe, was die Probleme betrifft, die auf Sie zukommen könnten. Speziell den Fruchtbarkeitsfluch betreffend. Ich muss schließlich an meine Enkelkinder denken.«

Nein, irgendwas stimmte da nicht, sie konnte sagen, was sie wollte. »Also«, kam sie forsch aufs eigentliche Thema zurück,

»Sie glauben, dass der Tod von ›Jane Bird‹ mit dem Fluch in Verbindung steht, ja? Obwohl Sie uns keine näheren Gründe für Ihre Überzeugung nennen können?«

»Stimmt.« Dank des göttlichen Knebels.

»Ich kann verstehen, wie sehr es Ihnen widerstrebt, die Untersuchungen der Polizei zu überlassen, und ich werde alles tun, um Ihnen bei der Aufklärung dieses tragischen Falls zu helfen. Je schneller wir die Todesursache herausfinden, desto eher können Sie sich einer eindeutigeren Lösung des Fluchproblems zuwenden.«

Jetzt fiel bei mir der Groschen, und er fiel mit einem lauten Klingeln. Sie wollte nicht nur helfen – sie war ein Mitglied der »Schwängern-wir-die-Sidhe-Brigade«. Und angesichts der Tatsache, dass ihre Schwiegertochter eine halbe Wasserfee war …

»Lassen Sie mich raten: Lady Meriel gehört zu jenen Mitgliedern der magischen Gemeinschaft, zu denen Sie ausgezeichnete Verbindungen pflegen?«

Sie beugte sich vor und tätschelte mein Knie in einer, wie ich wohl glauben sollte, mütterlichen Art und Weise. »Lady Meriel versteht ja, dass Sie unter den gegebenen Umständen Bedenken haben, einem Kind das Leben zu schenken, und auch, dass Sie eine solche Entscheidung erst dann treffen können, wenn Sie alle anderen Möglichkeiten restlos ausgeschöpft haben. Und bei der Erforschung dieser Möglichkeiten kann ich Ihnen, glaube ich, behilflich sein. Umso leichter wird es dann für Sie werden, sich den, nun, anderen Optionen zuzuwenden.«

Die Limousine hielt an, und ich warf einen Blick aus dem Fenster. Schon wieder der Trafalgar Square. Der Chauffeur musste mindestens ein Dutzend Runden gedreht haben, um seiner Chefin Zeit zu geben, mich ausgiebig zu bearbeiten – auf Lady Meriels Geheiß, wie sich jetzt herausstellte. War ja wieder mal typisch. Finster beobachtete ich die Touristen, die sich um einen der riesigen Bronzelöwen scharten. Ein paar Pixies tanzten auf dem Löwen einen Ringelpietz, und die Touristen brüllten vor Lachen. Ich machte automatisch eine kleine Rechnung: Es waren etwa ein Dutzend dieser kleinen Plagegeister. In einer Woche würden sie den ganzen Platz überschwemmt haben, und die Stadt würde Spellcrackers mit der Säuberung beauftragen. Pixies sind hässlich, aber auf eine irgendwie niedliche Art und Weise, selbst wenn es fürchterlich nervig ist, sie einzufangen. Diesen Job überließ man immer mir – bloß diesmal nicht, weil ich ihn ja hingeschmissen hatte. Mir wurde schwer ums Herz und ein wenig flau im Magen. Aber es war nicht nur der Verlust meines Jobs, der mir Magenschmerzen machte, sondern vor allem der Befehl der Göttin: *Du wirst ihnen ein neues Leben schenken.*

Wenn die Fae das wüssten, würde ich wohl innerhalb der nächsten Stunde schwanger werden. Gott, was für ein entsetzlicher Gedanke. Aber sie wussten es ja nicht, dank des wundervollen Knebels, den mir die Göttin verpasst hatte.

Ich verzog das Gesicht und wandte mich wieder Victoria Harrier zu. »Nun, warum schauen wir uns diese ›Optionen‹ dann nicht gleich etwas näher an, da ich ja offensichtlich vorher nicht hier herauskomme?«, sagte ich zynisch und lehnte mich auf dem dick gepolsterten Sitz zurück – entweder das, oder ich müsste mir gewaltsam meinen Weg aus der Limousine erkämpfen, eine Option, die ich mir erst mal für später aufhob.

»Wunderbar!« Mit einem triumphierenden Ausdruck, den sie beim besten Willen nicht verbergen konnte, zückte sie Block und Bleistift. »Lady Meriel ist besorgt, weil sie über so wenige Informationen verfügt. Wie ich hörte, wurde Tavish, der Kelpie, seit Halloween nicht mehr gesehen. Man geht allgemein davon aus, dass er in die Schönen Lande gereist ist, um sich bei Königin Clíona für Sie einzusetzen. Gab es schon irgendwelche Resultate?«

»Nicht, dass ich wüsste.«

Sie machte sich eine Notiz. »Wie ich gehört habe, ist Ihr Vater ein Vampir; wie stehen die Fae dazu? Stört es sie, oder sind sie der Meinung, dass dies zu Problemen führen könnte?«

Ich runzelte die Stirn. »Wieso möchte Lady Meriel das wissen?«

Sie blinzelte, als würde es sie überraschen, dass ich so etwas fragte, dann tippte sie mit ihrem Stift auf den Block und sagte streng. »Bitte beantworten Sie die Frage, Ms Taylor.«

»Soweit ich weiß, ist es ihnen egal«, erwiderte ich langsam. Worauf wollte sie hinaus?

»Gut.« Sie machte sich eine Notiz, die sie sogar unterstrich. »Also, dann sollten wir uns jetzt über Ihre 3V-Infektion unterhalten.« Etwas seltsam Vertrautes glühte kurz in ihren Augen auf, und ich bekam eine Gänsehaut.

»Na ja, es ist zwar kein Geheimnis mehr, aber genauso irrelevant wie Ihre letzte Frage.«

»Für *Sie* ist es aber durchaus relevant, Ms Taylor. Sie haben selbst gesagt, dass Sie sich Sorgen um die mögliche Zukunft eines Kindes machen, das Sie in die Welt setzen, was vollkommen verständlich ist.« Sie nickte mitfühlend. »Aber, wie ich schon sagte, hat Ana, meine Schwiegertochter, selbst 3V und nimmt dagegen G-Zav« – das Methadon für Vamp-Junkies – »trotzdem erwartet Ana nun bereits ihr sechstes Kind, ihr sechstes *gesundes* Kind. Ich kann Ihnen versichern, dass keines meiner Enkelkinder unter 3V leidet: Es gibt weder Spuren von V1 noch von V2 oder V3 in ihrem Blut. 3V kann nicht im Mutterleib von der Mutter aufs Kind übertragen werden. Ana ist sicher nur zu gerne bereit, mit Ihnen darüber zu reden. Vielleicht hilft es Ihnen ja, Ihre Sorgen abzulegen.«

»Ich mache Freiwilligendienst im HOPE«, sagte ich, »und es sind weniger die physischen Folgen, um die ich mir Sorgen mache, als ….« In diesem Moment kamen mir mehrere Gedanken gleichzeitig, sodass ich den Faden verlor. Ich sah erneut das lächelnde Gesicht der werdenden Mutter vor mir. Victoria Harriers Schwiegertochter hatte 3V. Sie war ein Faeling. Sie war auf G-Zav, und das schon seit zehn Jahren. Und obwohl sie damit sicher besser zurechtkam als ich, eine vollblütige Sidhe Fae, war das an sich schon eine große Belastung. Und der einzige Ort, an dem sie ihr G-Zav bekommen konnte, war die HOPE-Klinik. Ich kannte jeden Faeling, der dort regelmäßig vorbeikommen musste. Aber ihr war ich noch nie begegnet.

Mein Misstrauen bekam Fangzähne und biss zu. Ich schaute mich in der luxuriösen Limousine um, die teure Ausstattung, all die Geräte: Reichtum, Macht und Magie sind ebenso begehrenswert für Vampire wie Blut. Und diese Familie hatte all das. Es schien mir immer wahrscheinlicher, dass sich hier ein blutsaugendes Kuckuckskind ins wohlgemachte Nest gesetzt hatte. Und nicht nur das. Jetzt wurde mir klar, was mich an Victoria Harriers Geschichte gestört hatte: Hexen und Zauberer sind geradezu fanatisch, wenn es um die Reinerhaltung ihrer Abstammung geht. Eine Faelingschwiegertochter war das Letzte, was sich so eine Familie wünschen würde.

»Irgendetwas macht Ihnen Sorgen, stimmt's, Ms Taylor?« Victoria Harriers bohrende Frage riss mich ins Hier und Jetzt zurück und zu dem vertrauten Funkeln in ihren Augen.

»Ja, Sie haben recht«, antwortete ich. Sie schaute mich erwartungsvoll an. Da beschloss ich, meine Theorie mithilfe meiner eigenen Magie zu testen. Ich *konzentrierte* mich und spürte, wie sich meine Magie von meiner Mitte aus entfaltete. Sie drang bis in meine Fingerspitzen, die auf einmal einen goldenen Glanz bekamen. Ich streckte die Arme vor und nahm Victoria Harriers Gesicht in meine Hände, schob entschlossen meine Magie in sie hinein. Sie zuckte überrascht zurück, doch schon in der nächsten Sekunde breitete sich ein seliges Lächeln auf ihrem Gesicht aus. Ein goldener Glanz glomm in ihren Pupillen auf, und sie unterwarf sich widerstandslos meinem Glamour.

Das war viel zu leicht gegangen.

Jemanden mit einem Glamour zu verzaubern war nicht ganz so anders wie die Gedankenfessel eines Vampirs: Beides diente dazu, die Kontrolle über das Opfer zu erlangen. Vampirische Gedankenfesseln sind so etwas wie magisches Rohypnol – ein rascher Biss im Vorbeigehen, ohne dass man es merkt oder ohne dass man sich hinterher daran erinnern kann. Das geschieht öfter, als sich die Menschen das vorstellen können. Sie unterschätzen die Vamps. Dazu noch eine Dosis *Mesmer* zur Verwirrung der Gefühle, und die Leute würden nicht glauben, was passiert ist, selbst wenn man es ihnen erzählte. Aber es ist strafbar, einen Menschen außerhalb eines legalen Vampir-Etablissements mit einer Gedankenfessel zu unterwerfen; darauf steht der Tod durch die Guillotine. Und ich bezweifelte ernsthaft, dass eine Frau wie Victoria Harrier, eine einflussreiche Hexe, je den Fuß in einen Vampirclub gesetzt hatte.

Natürlich ist es ebenso strafbar, einen Menschen mit einem Glamour-Zauber zu unterwerfen, auch dafür heißt es Rübe ab.

Daran musste ich denken, während ich in Victorias goldene Augen starrte, die mich mit einem geradezu hingerissenen Ausdruck musterten. Obwohl mir alles andere als wohl dabei war, schickte ich vorsichtig meinen Geist in den ihren – und fand prompt, was ich suchte: einen schwarzen gewundenen Strang, der so eingetreten war wie ein viel begangener Pfad. Kein Wunder, dass sie sich meinem Glamour so schnell ergeben hatte: Sie war vorprogrammiert. Wer immer der Vamp war, der dahintersteckte, er kontrollierte sie schon seit Jahren, eine Entdeckung, die mich, nachdem ich die Geschichte ihrer Schwiegertochter erfahren hatte, eigentlich nicht überraschte. Den Haken zu entfernen wäre jedoch zu gefährlich gewesen, dafür saß er schon viel zu tief. Viel einfacher war es, den Vamp, der an dem Hebel saß, zu entfernen, aber diese Aufgabe musste ich auf später verschieben. Im Moment musste ich vor allem meinen Glamour entfernen, ohne dass etwas zurückblieb.

Victoria wimmerte auf, als ich vorsichtig begann, mich aus ihr zurückzuziehen. Ich hoffte inständig, ihr nicht zu viel verpasst und damit Schaden angerichtet zu haben. Ich hielt inne und begann dann von Neuem, nur langsamer, verästelte dabei meine Magie wie eine Feder und holte die hauchdünnen Fäden aus ihrem Geist zurück. Sie stieß ein ekstatisches Stöhnen aus, ihre Pupillen weiteten sich zu goldenen Kugeln. Fasziniert beugte ich mich vor und berührte ihre Lippen mit den meinen, nahm ihren Atem in mich auf, in dem ihre absolute Hingabe zu mir mitschwang. Ich sog die Süße dieser Hingabe, ja, Anbetung auf, sog die Energie, die davon ausging, in meinen eigenen Körper. Es fühlte sich an wie ein heißer Stromschlag, gleichzeitig sinnlich und anders als sinnlich. Ich keuchte auf, meine Lippen, noch immer an den ihren, zitterte vor Verlangen, meine Magie in sie einströmen zu lassen, sie damit anzufüllen, bis es nur noch mich, mich allein, für sie gab, ihr Herz nur noch für mich schlug, sie ganz mir gehörte.

Ich erstarrte, ihr Gesicht zwischen meinen Händen, meine Lippen an den ihren, und genoss die köstlichen Gefühle, die mich durchrieselten. Die Versuchung war groß, so groß ... Ich wusste, wie falsch das war, was ich tat, gleichzeitig schrie ein Teil von mir, ein dunkler, animalischer Teil, dass es das war, was ich brauchte, nichts anderes. Ich presste meine Lippen ein letztes Mal auf die ihren, dann ließ ich seufzend meine Hände sinken, gab ihr Gesicht und ihre Lippen frei. Behutsam zog ich meine Magie aus ihr zurück, wobei ich die eingetretenen Pfade des Vampirs benutzte.

Sie stieß erneut ein Stöhnen aus. Ich lehnte mich zurück und schaute durch die getönten Scheiben auf das Treiben draußen, damit sie ein wenig Zeit hatte, wieder in die Wirklichkeit zurückzufinden, wobei ihr die einprogrammierten Befehle des

Vampirs halfen, die ich mit meinem magischen Eindringen ausgelöst und seltsamerweise sogar noch verstärkt hatte.

Ich erhaschte einen Blick auf die Nelson-Säule. Wir kreiselten immer noch, gemächlich dem Verkehrsfluss folgend, um den Trafalgar Square herum, gefahren von einem ahnungslosen Chauffeur, der auf ein Signal seiner Herrin wartete, um mich nach Hause zu bringen.

»Also, Ms Taylor, was sagen Sie zu meinem Vorschlag?«, erkundigte sich Victoria Harrier.

Ich schaute sie an. Sie saß kerzengerade auf dem Sitz, ihre Wangen waren leicht gerötet, doch dies war der einzige Hinweis darauf, dass etwas geschehen war. Es war offensichtlich, dass sich Victoria Harrier an nichts mehr erinnerte.

»Wissen Sie, ich finde, Sie haben gar nicht so unrecht, was meine 3V-Erkrankung betrifft. Ich hatte bis jetzt noch nicht darüber nachgedacht. Vielleicht sollte ich mich ja wirklich mal mit Ihrer Schwiegertochter unterhalten.«

Victoria Harrier lächelte zufrieden. »Wir könnten Ana jetzt sofort besuchen, wenn Sie möchten.« Sie deutete aus dem Fenster. »Sie wohnt am Trafalgar Square, zusammen mit ihrem Großvater, dem Fossegrim.«

Der Fossegrim war Anas Großvater? Shit – der alte Wassergeist war total verrückt, wie ich gehört hatte. Man hatte mich vor meinem ersten Pixie-Einsatz für Spellcrackers davor gewarnt, ihm zu nahe zu kommen. Er war kurz nach dem Ende des Zweiten Weltkriegs mit dem ersten Weihnachtsbaum aus Norwegen herübergekommen: Er hatte die Dryade, die in dem Baum wohnte, geliebt, aber diese hatte für die *Résistance* gekämpft und war im Krieg gefallen. Er war halb verrückt gewesen vor Kummer, bis er sich erneut verliebte – nur, um diese neue Liebe an den Fluch zu verlieren. Er war daraufhin Amok gelaufen, hatte aus Rache ein Blutbad angerichtet. Danach hatte er sich im Springbrunnen auf dem Trafalgar Square eingeigelt, und dort lebte er nun seitdem. Einen blutsaugenden, fangzähnigen Kuckuck aus dem Familiennest zu werfen war eine Sache, aber dem Fossegrim ohne irgendeine Art Schutzzauber gegenüberzutreten, eine ganz andere.

Ich lächelte Victoria Harrier bedauernd zu. »Gut«, sagte ich, eilig den inneren Rückwärtsgang einlegend, »aber das machen wir besser, nachdem wir mit den Raben geredet haben.« Und nachdem ich mir eine Art Plan zurechtgelegt hatte.

»Ausgezeichnet«, sagte Victoria Harrier zufrieden. »Dann werde ich für morgen ein Treffen vereinbaren. Und jetzt möchten Sie wohl, dass wir Sie nach Hause bringen, was, Ms Taylor?«

14. Kapitel

»Ja, ja, ist ja gut«, brummte ich, als mein Handy zu vibrieren begann. Den Becher Blut, den ich mir zuvor im Rosy Lea Café besorgt hatte, vorsichtig in der einen Hand balancierend, stieß ich meine Haustür mit der Hüfte zu. Gereizt reaktivierte ich den Schutzzauber, indem ich mit der Stirn an den Lack der Tür stieß; der Zauber flammte wieder auf, ein feiner lila Schimmer, der sich über die weiß gestrichene Tür legte. Ich ließ den zehn Kilo schweren Sack Salz – auch aus dem Rosy Lea – neben dem Eimer, der bei der Tür stand, fallen und schüttelte meine verkrampften Finger aus. Es war keine Kleinigkeit, so einen Sack fünf Stockwerke hochzuschleppen. Wieder einmal haderte ich mit meinem Schicksal, das mir diese schöne Zwei-Zimmer-Altbaumansarde beschert hatte.

»Das Leben wäre viel leichter, wenn es hier einen Aufzug gäbe«, schimpfte ich. »Und wenn ich mich nicht mit eifersüchtigen Hexen, intrigierenden Fae, machiavellischen Vamps und der Urmutter aller Göttinnen herumschlagen müsste. Und, ach ja, dem Fruchtbarkeitsfluch.« Ich gab der Tür frustriert einen Fußtritt. Dann holte ich tief Luft und murmelte: »Immer eins nach dem anderen.«

Ich fischte mein Handy heraus. Es war eine SMS von Finn:

Sorry. Müssen reden. Aber nicht heute. Ruf dich morgen an.

Kurz und leider gar nicht gut. Verwirrt starrte ich den Text an. Das passte so gar nicht zu Finn und seinem Ritterkomplex, mich einfach so sitzen zu lassen – noch dazu, da er wusste, dass ich vorhatte, mich mit Vampiren zu treffen. Irrationale Enttäuschung flammte in mir auf und dazu eine morbide Neugier … Was war wichtiger als ich? Was hatte er vor? Und am allerwichtigsten: Hatte es etwas mit Helen zu tun?

Kacke. Ich klappte das Handy zu, setzte den Becher ab, hängte meine Jacke auf und steckte die Polizeiakte, die ich von Victoria Harrier bekommen hatte, zwischen den Salzsack und den Eimer, in dem sich ebenfalls Salz befand. Dann verstaute ich Finn und die restlichen unerfreulichen Ereignisse dieses Tages auf einem meiner untersten mentalen Regale. Ich warf einen Blick auf die Uhr: Noch etwa vier Stunden bis Sonnenuntergang, genug Zeit, um die ersehnte heiße Dusche zu nehmen, etwas zu essen und ein wenig Recherche zu betreiben, bevor ich mich auf den Weg nach Sucker Town machte, um mich um die Vampirseite meiner Probleme zu kümmern.

Aber immer eins nach dem anderen. Ich mochte ja zu Hause sein, aber das bedeutete noch lange nicht, dass ich auch sicher war.

Ich nahm meinen Becher und eine Handvoll Salz und *schaute* mich in meinem Wohnzimmer mit der dazugehörigen Küchennische um.

Besonders gründlich musterte ich die Bücher.

Sie stapelten sich kniehoch überall auf meinem Wohnzimmerteppich. Nicht genug Geld zu haben, um Möbel zu kaufen – außer ein paar Sitzkissen –, hat auch seine Vorteile: Auf diese Weise hatte ich genügend Platz für die Fluchbrecher-Bibliothek der Fae, genauer gesagt, für die neueste Sendung aus den Tausenden von Wälzern, die sie in den letzten achtzig Jahren gesammelt hatten. Seit Tavish mir von der Bibliothek erzählt und ich darauf bestanden hatte, mir die Bücher selbst anzuschauen, tauchten sie regelmäßig in meiner Wohnung auf, blieben ein wenig und ersetzten sich dann durch neue. Ziemlich praktisch, fand ich. Nur leider war ich nicht diejenige gewesen, die die Bücher bestellt hatte, sondern Tavish und natürlich Malik, die Nummer zwei in diesem enervierenden, überbeschützenden kleinen Team. Überraschte mich fast, dass sie mir nach dem Dornröschenzauber und Maliks einschläfernden Mentaltricks überhaupt noch erlaubt hatten, die Wohnung zu verlassen, und mich nicht gleich unter Hausarrest gestellt und gezwungen hatten, mir die Fluchbrecher-Pflichtlektüre einzuverleiben.

Aber jetzt brauchte ich die blöden Bücher ja nicht mehr, wie mir erleichtert klar wurde. Die Bibliothekarin konnte sie alle wiederhaben.

Ich stieß einen Jubelschrei aus. Mit einem idiotischen Grinsen schlängelte ich mich zwischen den Bücherstapeln hindurch zur Küche. Dabei warf ich einen Blick ins offene Schlafzimmer. Die Frühlingssonne zauberte Lichtrechtecke auf den polierten Holzboden – den leeren Holzboden, wie ich dankbar feststellte. Zum Glück hatten sich dort keine Bücher manifestiert. Angesichts des verstörenden, ja, übelkeiterregenden Inhalts einiger dieser Werke wollte ich sie auch nicht in meinem Schlafzimmer haben. Nicht gerade eine geeignete Bettlektüre, wie ich fand. In den aktuellen Stapeln befand sich alles: von einem Grimoire aus dem elften Jahrhundert, dessen Ledereinband aus der Haut eines Zauberers bestand (würg! Nicht einmal drei Paar gesalzene Gummihandschuhe konnten einen vor dem Ekel bewahren), einer päpstlichen Handschrift aus dem Jahre 1573 mit dem Titel *Verfahrensweisen der Inquisition und der Teufelsaustreibung*, einer Erstausgabe von *Frankenstein* – Autor natürlich anonym –, einem Stapel Walt-Disney-Bilderbücher, *Grimms Märchen* in fünf verschiedenen Sprachen, einem halben Dutzend neu erschienener Taschenbücher, deren einzige Verbindung zum Thema darin bestand, dass sie das Wort »Fluch« im Titel hatten und bis zu …

Mein Blick fiel auf den giftgrünen Einband eines Buchs mit

dem Titel *Die esoterische Praxis von Verwünschungs-Prophezeiungen* von Michael Nix. Ich streckte schon die Hand danach aus, als es plötzlich einen magischen Blitz gab. Meine Hand zuckte zurück. Entsetzt stellte ich fest, dass der Rotz, der aus dem Buchrücken lief, echt war.

»Ganz schön hinterhältig«, murmelte ich. Seit dem ersten »WTF?«-Zauber, den ich unwissentlich ausgelöst hatte und der mich direkt zu Finn transportierte, der glücklicherweise trotz der späten Abendstunde noch im Spellcrackers-Büro gewesen war (aber wer taucht schon gerne ohne Vorwarnung und vor allem splitternackt irgendwo auf), traf ich Vorsichtsmaßnahmen. Ich warf einen Blick nach oben zu meinem Kronleuchter, der an einem Dachbalken hing. Seufz, eine weitere Reihe geschwärzter Perlen zeichnete sich zwischen den bernstein- und kupferfarbenen Kristallen ab. Die Such- und Enthüllungszauber in den Kristallen hatten mich drei Monatslöhne gekostet, und das, obwohl ich meine eigenen Kristalle dafür benutzte, aber da sie bis jetzt alles enthüllt hatten, was an heimtückischen Zaubern in den Büchern steckte, konnte ich wohl zufrieden sein. Grimmig streute ich eine Handvoll Salz auf das verrotzte Buch. Eine orangerote Staubwolke stieg davon auf, und ich konnte gerade noch ein Taschentuch ziehen, bevor ich kräftig niesen musste.

»Na, langweilig ist dir wohl nicht, Püppchen«, sagte eine tiefe, angenehme Stimme aus dem Schlafzimmer.

Ich fuhr herum und stieß in meiner Hast gegen einen Bücherstapel, was einen Dominoeffekt auslöste, der damit endete, dass ich in einem totalen Durcheinander aus Büchern stand.

»Tavish!«, rief ich entzückt. Mein Herz hüpfte vor Freude, ihn zu sehen. Auf einmal hatte ich das Gefühl, dass alles gut werden würde. »Seit wann bist du wieder da?«

Auch er grinste mich an, zeigte mir seine spitzen weißen Zähne, die einen kräftigen Kontrast zu seiner grünlichschwarzen Haut bildeten. Lachfältchen bildeten sich an den Winkeln seiner rätselhaften, wunderschönen Augen. Tavishs Augen waren silbern und pupillenlos wie bei einem Pferd. Wenn er lächelte, verschwand auch der weiße Rand um das Auge. Das Grinsen glättete die kantigen Züge seines Gesichts; man konnte Tavish nicht im herkömmlichen Sinne als attraktiv bezeichnen. Mit seinem langen, schmalen Gesicht, der ausgeprägten römischen Nase und dem spitzen Kinn ähnelte er einer weniger zarten Version von mir – ein Hinweis auf den Sidhe-Anteil seiner Gene –, doch das Wasserpferd, das den anderen Teil ausmachte, sorgte dafür, dass er, wie alle diese Wesen, rätselhaft, faszinierend und förmlich bezwingend wirkte.

Wie gebannt wollte ich schon einen Schritt auf ihn zumachen, da musste ich erneut niesen, und während ich mich schnäuzte, wurde mir bewusst, dass ich ihn total angehimmelt hatte. Ich zwang mich, das alberne Grinsen loszuwerden, und funkelte ihn böse an. »Das machst du absichtlich, stimmt's?«

Auch sein Grinsen erlosch, und er schlug sich theatralisch auf die Brust. »Ach Püppchen, es schmerzt mich, dein Lächeln zu verlieren.«

Ich hätte mich am liebsten in seine Arme geworfen, besaß aber noch genug gesunden Menschenverstand, um das bleiben zu lassen. Verdammt, es reichte mir schon, dass meine Magie in Finns Gegenwart verrücktspielte, ich konnte das nicht auch noch bei Tavish gebrauchen. Unwillkürlich umklammerte ich meinen Becher fester und zerknüllte das Taschentuch in meiner anderen Hand, als würden mich diese zwei Dinge in der Wirklichkeit erden. »Wenn ich auf dich reinfiele, Kelpie, würde ich mehr verlieren als bloß mein Lächeln«, erklärte ich streng.

Er warf den Kopf zurück und stieß ein schnaubendes Gelächter aus. Dabei erhaschte ich einen Blick auf die spitzenfeinen schwarzen Kiemen an seinen Halsseiten. »Aye, Püppchen, mag sein, aber ich warte sehnlichst auf den Tag, an dem du deinen Widerstand aufgibst und mir aus freien Stücken in die nassen, dunklen Tiefen folgst.« Plötzlich ernst geworden, schaute er mich mit seinen silbernen Augen, in deren Tiefen sich türkisfarbene Wirbel gebildet hatten, intensiv an. Mein Magen zog sich unwillkürlich zusammen, und meine Magie begann zu kribbeln. »Und was für ein glorreicher Tag das für uns beide sein wird, mein Mädchen.«

In dem Versuch, meine Gefühle im Zaum zu halten, senkte ich den Blick und stupste verlegen mit meinem Turnschuh einen Bücherstapel an. Tavish war *Wylde Fae*, ein Kelpie, ein Seelenschmecker, kapriziös wie die Magie selbst – und gefährlich, sehr gefährlich. Das »Versinken in nassen, dunklen Tiefen« klang eigenartig verlockend und gleichzeitig beängstigend. Und trotzdem: Tavish war ein guter Freund. Ich musste mich daher fragen, ob er in Rätseln sprach, weil das so seine Art war, oder ob er mich vielleicht vor etwas warnen wollte. Ihn direkt zu fragen würde nichts nützen, Tavish war Teflon, an ihm blieb nichts hängen. Ich wusste auch, dass es keinen Sinn hätte, ihn wegen der magischen Amulette zur Rede zu stellen – oder wegen sonst etwas. Tavish konnte es, wenn er wollte, mit jedem Politiker aufnehmen, wenn es darum ging zu reden, ohne etwas zu sagen; er hatte darin, soweit mir bekannt war, mehr als tausend Jahre Übung.

»Wenn Wünsche Pferde wären, könnten wir alle auf ihnen davongaloppieren«, sagte ich leise. Das war ein Lieblingsspruch meines Vaters gewesen.

»Und wenn sie Fische wären, würden wir Netze nach ihnen auswerfen«, konterte Tavish.

Und die Fische wären gefangen.

»Siehst gut aus, Püppchen«, bemerkte er mit seiner tiefen Stimme und strahlte mich mit seinen spitzen Zähnen an.

Ich machte ein skeptisches Gesicht. Ich hatte die letzte Nacht in einer Polizeizelle verbracht, danach sah keiner »gut«

aus, ob magisches Wesen oder nicht. Doch dann wurde mir klar, dass er gar nicht mich meinte, das hieß nicht meine äußere Hülle, sondern meine Seele. Und die schaute wahrscheinlich tatsächlich wieder hübsch rein und glänzend aus, jetzt, wo ich die klebrigen Reste der schwarzen Seele des bösen Zauberers losgeworden war. Aber wieso fragte er mich nicht, wie ich sie losgeworden war? Außer natürlich, er hatte bereits mit Malik geredet, per Traumlandschaft. War er deshalb hier aufgetaucht? Heckten die beiden wieder etwas aus? Aber das alles erklärte nicht seine, gelinde gesagt, ein wenig befremdliche Aufmachung.

Tavish war im elisabethanischen Stil gekleidet, mit einer gestärkten weißen Halskrause, einem bestickten Wams und einer »Heerpauke«, einer von diesen ausgestopften, glockenförmigen Kniehosen. Seine Dreadlocks hatte er auf dem Oberkopf zu einem Dutt zusammengeschnürt. Die darin eingewobenen Perlen schimmerten in einem herrlichen Aquamarinblau, das genau zu dem Schlitzfutter seiner Kniehose passte.

»Nette Aufmachung«, bemerkte ich mit hochgezogenen Augenbrauen. »Bist du von einer Kostümparty ausgerissen?«

Tavish beschrieb ein paar anmutige Kreisbewegungen mit seinem spitzenumhüllten Handgelenk und machte eine vollendete Verbeugung aus der Hüfte, ein Bein vorgestellt. Dabei ließ er mich keine Sekunde lang aus den Augen, und ich hatte das ganz eigenartige Gefühl, als fürchte *er* sich vor *mir*. »Eine Laune der Königin. Sie hatte Lust darauf, in ein früheres Jahrhundert zurückzukehren, und da musste ihr der Hofstaat natürlich folgen.«

»Willst du damit sagen, dass Königin Clíona durch die Zeit reisen kann?«, fragte ich verblüfft. »Mehrere hundert Jahre weit?«

Er richtete sich wieder auf und musterte mich nachdenklich. »Hab ich das gesagt? Ich weiß nicht, Püppchen, aber möglich wär's vielleicht. In den Schönen Landen ist die Zeit keine fixe Größe so wie in der Menschenwelt.« Er warf einen Blick über seine Schulter, und ich glaubte ein Kerzenflackern zu sehen anstatt des Sonnenscheins … doch dann war es wieder fort. »Ich bin zu dir in genau diese Zeit gekommen, weil ich es so wollte. Aber wer weiß, wo und wann in der Menschenwelt ich gelandet wäre, wenn ich keine bewusste Entscheidung getroffen hätte?«

»Das ist aber keine Antwort, Tavish.«

»Vielleicht gibt's ja keine.«

Typisch Tavish. Und doch … eine Idee begann Form anzunehmen. Vielleicht war er ja nicht nur ausweichend, vielleicht wollte er mir etwas durch die Blume sagen, das er nicht offen aussprechen konnte? Ich ließ diese Idee fürs Erste allein weiterwachsen und sagte: »Also, was will Clíona von mir?«

»Nichts, soweit ich weiß. Ihr Angebot steht nach wie vor. Du kannst jederzeit in den Schönen Landen Zuflucht suchen. Mir hat sie jedenfalls nichts Gegenteiliges gesagt.«

Ihm vielleicht nicht, aber das hieß noch lange nicht, dass sie es auch so meinte. War das der Grund seines Hierseins? Um ein Treffen mit der Königin zu vereinbaren? Nach meinem Ausflug in den Disney-Himmel war das vielleicht keine so schlechte …

»Ich will mit ihr reden, Tavish. Ich möchte sie fragen, ob sie mir noch *irgendwas* verraten kann, egal was, und wenn's ihr noch so unwichtig erscheint.«

»Einen Besuch wird sie dir nicht erlauben, Püppchen. Wenn du mal dort bist, darfst du nicht wieder weg.«

»Wird sie dann vielleicht hierherkommen, um mit mir zu reden?«

»Die Ladys Isabella und Meriel werden ihr wohl kaum die Tore zur Menschenwelt öffnen.«

»Ach was! Du stehst doch auch hier und redest mit mir! Wieso kann sie nicht dasselbe tun?«

»Weil sie eine Königin ist, Püppchen. Die lungern nicht auf Türschwellen herum, um ein Schwätzchen zu halten.«

Kacke. Aber wenn er nicht auf Clíonas Geheiß hier war, wieso dann? Grübelnd starrte ich in meinen Becher voll Blut. Und wieder tauchte diese Idee in meinem Kopf auf. »Tavish, du hast gesagt, du hast *entschieden* hierherzukommen, zu mir, zu diesem Zeitpunkt. Aber die Königin ist mit ihrem Hofstaat in eine andere Zeit umgesiedelt ...« Ich legte den Kopf schief. »Heißt das, man kann sich *aussuchen*, in welcher Zeit man hier auftaucht?«

Er senkte das Kinn und musterte mich interessiert. »Hab's noch nie versucht, Püppchen.«

»Könntest du nicht in die Zeit zurückreisen, als die Königin diesen Fluch ausgesprochen hat, und sie bitten, es nicht zu tun?«

Er schüttelte den Kopf. »Nein, das wäre unmöglich. Man kann nicht die Zeit ungeschehen machen, die zwischen zwei Wesen bereits verflossen ist; der Pfad der Königin und der meine sind bereits beschritten worden.«

»Okay, aber wie wär's mit mir? Ich habe die Königin noch nie getroffen, ich könnte zurückreisen ...«

»So funktioniert das nicht, Püppchen. Der Fluch existiert nicht erst seit dem Zeitpunkt, an dem ihn die Königin ausgesprochen und ihm dadurch Substanz gegeben hat, sondern schon viel länger. Wie eine Quelle, die aus dem Boden sprudelt, nicht dort entstanden ist. Und selbst wenn du die eigentliche Quelle ausfindig machen und den Strom umleiten würdest, der Fluss würde trotzdem existieren ...«

Er verstummte jäh. Ein dünner grüner Arm schlang sich um seine Taille; ein feines Goldkettchen mit zarten goldenen Schlüsselchen baumelte an dem dürren, faltigen, aber offensichtlich femininen Handgelenk. Ferne Musik drang an mein Ohr – eine Harfe? Tavish schaute sich um und schien dabei zu verschwimmen, als wäre plötzlich eine Milchglasscheibe zwischen uns heruntergefahren.

Die Glasscheibe klarte auf. »Sie will, dass du siehst, was kommt«, flüsterte er und ließ mutlos den Kopf sinken. Die Perlen in seinem Haar wurden schwarz. Hinter ihm waren die vagen Umrisse eines mit dunklem Holz getäfelten Raums erschienen. Kerzen brannten in Wandleuchtern, und in der Mitte stand ein wuchtiges Himmelbett mit dicken Gobelins, die zurückgezogen und an den Pfosten festgeschnürt waren. Die Bettdecken waren aufgeschlagen, und eine langbeinige, heuschreckenartige Gestalt wärmte das Bett systematisch mit einer bronzenen Bettpfanne an, die sie mit langsamen Bewegungen über das Laken schob.

Das grünhäutige weibliche Wesen stand in der Mitte dieses Raums. Sie war so dürr, wie ihr Arm bereits angedeutet hatte, und schaute mehr oder weniger menschenähnlich aus, bis auf den hohen, kuppelartigen, haarlosen Schädel und die zwei Löcher an der Stelle, wo ihre Nase hätte sein sollen. Sie war nackt. Die Haut hing ihr faltig von den Knochen, und ihre Brüste glichen leeren Säcken. Als einzigen Schmuck trug sie das dünne Goldkettchen mit den zart bimmelnden Schlüsseln. Erst jetzt fiel mir auf, dass das andere Ende der Kette um Tavishs linken Fußknöchel geschlungen war. Rostrote Flecken zeichneten sich auf den ansonsten blütenweißen Strümpfen des Kelpies ab. Dem grünlichen Wesen ragte ein einzelner, langer Zahn aus dem Mund. Mit einem erwartungsvollen Grinsen zog sie an der Kette. Sie sah zwar alt aus, war aber offensichtlich bärenstark, denn Tavish zuckte zusammen und musste seine Beinmuskeln anspannen, um seine Position halten zu können.

War das Clíona? Ich wollte fragen, merkte aber, dass ich mich nicht mehr rühren konnte. Ich konnte weder sprechen noch mich bewegen, war erstarrt wie ein Eisblock, ein entsetzliches Gefühl wie in einem Albtraum.

Das grünhäutige Wesen glitt neben Tavish und linste mich vom Türrahmen aus an. Sie grinste, und eine lange, gespaltene Zunge schoss zwischen ihren dünnen Lippen hervor und schlängelte sich über Tavishs Augen. Der zuckte zurück und stieß dabei mit dem Kopf an den Türstock. Das Wesen richtete seinen unheimlichen Blick wieder auf mich und fuhr sich dabei lasziv mit den Händen über den faltigen, dürren Körper. Noch während ich hinsah, begann die Luft um sie herum zu wabern, ihre Falten glätteten sich und verschwanden, ihre Taille wurde runder, ihr Bauch schwoll an, ihre leeren Brüste füllten sich, wurden straff und hoben sich; auch die bleichen Brustwarzen richteten sich auf. Keuchend und schwitzend stand sie vor mir, die Hände um den offensichtlich hochschwangeren Leib gelegt. Ihr Keuchen erstarb, und sie streichelte ihren Bauch. Dann griff sie sich an die Zitzen und zog und zerrte schnaufend daran, bis dunkelrote Blutstropfen daraus hervorquollen und wie Rubine dick auf ihren Bauch tropften. Mit seltsam vertrauter Stimme schrie sie auf, mein Blick hob sich zu ihren Augen und …

Ich starrte in meine eigenen bernsteinfarbenen Augen, sah mein eigenes entsetztes Gesicht, als würde ich in einen Spiegel sehen, mein schweißgetränktes Haar, das an meinem Kopf klebte. Rötliche Tränen rannen mir über die Wangen, tropften von meinem Kinn auf meinen dicken Bauch. Meine Doppelgängerin hob den Arm, an dem die Kette klirrte, nahm Tavishs Hand und presste sie auf ihren blutverschmierten Bauch.

Und ich spürte diese Berührung, ja, ich spürte sie, als hätte Tavish seine Hand auf *meinen* Bauch gepresst. Erschrocken schaute ich nach unten und musste feststellen, dass ich ebenso nackt war wie meine Doppelgängerin, dass auch mein Bauch prall vorstand. Ich spürte den ungeheuren Druck auf meine Blase, spürte die schmerzhafte Spannung in meinen vollen Brüsten, sah, wie milchiges Blut aus den Brustwarzen hervorsickerte. In meinem Bauch regte sich etwas. Entsetzt sah ich, wie eine Wölbung entstand: Ein kleiner Huf drückte links gegen meine Bauchwand; eine zweifingrige Klauenhand drückte rechts dagegen, und über meinem Bauchnabel versuchte ein kleines Horn sich mehr Platz zu verschaffen.

»Kleine Sidhe.« Ich riss den Kopf hoch. Meine Doppelgängerin stand nun mit weit gespreizten Beinen in der Tür, die Arme rechts und links an den Türrahmen gepresst, den Kopf schmerzverzerrt zurückgeworfen. Tavishs schwarze Hand ruhte unter dem enorm dicken Bauch, als wolle er helfen, die schwere Last zu tragen. Während ich diese Hand noch wie gebannt anstarrte, begann schwarzer Rauch zwischen seinen Fingern aufzusteigen, und plötzlich lag ein süßlicher Zimtgeruch in der Luft. Meine Doppelgängerin begann, zu zucken und sich zu winden, riss den Mund auf und schrie. Vier nadelscharfe Vampirzähne zeichneten sich zwischen ihren Lippen ab. Blut sprudelte aus ihrem Schoß hervor, und auch mir schoss ein scharfer, reißender Schmerz in die Lenden. Ich spürte, wie eine kühle, dicke Flüssigkeit an den Innenseiten meiner Schenkel hinabfloss.

Dann war Tavish auf einmal bei mir, griff nach meinem Bauch. Seine Hand brannte wie Feuer, ich wehrte mich entsetzt, spürte dabei, wie *es* versuchte, aus mir herauszukommen. Ich krümmte mich qualvoll, zerrte, riss an seiner Hand, versuchte, sie von meinem Bauch wegzuziehen, hinterließ in meiner Panik und Verzweiflung blutige Kratzer auf seiner Haut.

»Das wollte sie dir zeigen, Püppchen«, flüsterte er mir mit brandheißem Atem ins Ohr, »denn das ist es, was passieren *könnte*.«

Meine Beine knickten unter mir weg, und ich landete auf Händen und Knien. Seine Hand brannte sich in mein Fleisch, ich schrie auf, der Schmerz war sogar noch schlimmer als die Qualen der Geburt.

»Sie würde wollen, dass ich dir das Kind aus dem Leib reiße und seine und deine Seele verschlinge.«

Das durfte ich nicht zulassen; ich musste es retten – *ich musste mein Kind retten.*

Schluchzend tastete ich nach seinen Beinen, riss ihm die Strümpfe auf, hinterließ blutige Kratzer auf seinen Waden. Ich musste ihn aufhalten.

»Es ist eine Warnung: Niemand darf seinen Samen in deinen Leib pflanzen.«

Mein Bauch wurde von Flammen verzehrt, gierig leckten sie an meinem ganzen Körper. »Ich kann nichts tun, sie hat mich in der Hand«, brüllte er qualvoll, »ich muss tun, was sie sagt, Püppchen, sie hält meine Zügel in der Hand. Du kannst mir nicht mehr trauen, denn ich bin nicht mehr Herr meiner selbst!«

Meine Finger blieben an etwas Kaltem, Hartem hängen. *Die goldene Kette*. Ich packte sie mit beiden Händen und riss daran, riss Tavish von den Füßen. Ich spürte, wie die kleinen Goldschlüsselchen dabei in meine Handflächen schnitten, spürte aber auch, wie seine Hand von meinem Bauch glitt. Ich klappte zusammen, lag schluchzend in der Blutpfütze, die sich auf dem Boden gesammelt hatte.

»Sidhe«, sagte die heisere Stimme. Scharfe Klauenhände hoben mein Kinn. »Mach die Augen auf und schau mich an, Sidhe.«

Abermals war ich wie erstarrt, konnte mich nicht gegen ihren Befehl wehren. Ich schlug die Augen auf und starrte in ihre giftgelben Pupillen.

»Ein Kind zu verlieren … ist schmerzhaft. Das Herz bricht in tausend Stücke, und es tut umso mehr weh, als die Welt um dich herum gleichgültig bleibt.« Ein seltsamer Ausdruck huschte über ihr faltiges grünes Gesicht, dann schoss ihre Zunge hervor und hinterließ einen heißen Pfad auf meinem Gesicht. »Du, Sidhe, bist nicht gleichgültig; du kannst meinen Schmerz in meinen Tränen fühlen. Du wirst nicht vergessen.« Ihr Gesicht kam mir so nahe, dass ich nur noch ihre grüne Haut sah. Unsere Lippen berührten sich; ihre Zunge schnellte kurz in meinen Mund; zurück blieb ein bitterer, trauriger Nachgeschmack. »Du wirst nicht vergessen.«

Ich schluckte und fühlte diese Bitterkeit durch meine Kehle rinnen. Sie erreichte meinen Magen, und der Schmerz, den ich nicht vergessen sollte, rollte wie eine Feuerwalze durch mich hindurch.

15. Kapitel

Ein Hämmern brandete durch meinen Schädel wie Wellen, die sich an einem Strand brechen – laut, leiser, laut, leiser … ein roher, metallischer Geruch nach abgestandenem Blut hing in der Luft. Wieder dieses Hämmern, diesmal noch lauter, kreischend, reißend, als würde ein Sturmwind wütend an Häuserwänden rütteln. Ich öffnete meine Augen einen Spalt weit und schaute mich um. Ich befand mich in meiner Wohnung, aber warum lag ich auf dem Boden? Klackende, scharrende Schritte näherten sich über den Holzboden …

Da fiel mir plötzlich alles wieder ein. Es traf mich wie die Keule eines Knüppel-Kobolds – *das Baby.* Ich schlang schützend die Arme um meinen Leib und rollte mich instinktiv zusammen; ein Wimmern entrang sich meiner Kehle … doch dann spürte ich, wie die Kante meiner Gürtelschnalle mich in die Seite kniff, und mir wurde klar, dass dies die einzigen Schmerzen waren, die ich verspürte. Hoffnung durchzuckte mich, und mein Puls begann zu hämmern. Langsam tastete ich meinen Körper ab – es war noch alles dran. Zutiefst erleichtert ließ ich mich auf den Rücken sinken und starrte zu meinem Kronleuchter hinauf.

Ich war nicht schwanger, und ich hatte auch kein Kind verloren.

Aber wenn es gar kein Kind gab – was, zum Teufel, sollte dann dieser ganze Ellen-Ripley/Alien-Scheiß?

Die leisen Schritte blieben neben mir stehen, und etwas Weißes nahm mir die Sicht auf die Zimmerdecke.

»O Mist! Die Mutter wird mir die Zweige stutzen, falls du zerbrochen sein solltest«, brummelte eine Stimme.

Mein noch etwas verschwommener Blick fiel auf ein Paar silberner Riemchensandalen, die in der bereits gerinnenden Blutpfütze neben meinem Kopf standen. Ein Absatz war abgebrochen, und der rosa Nagellack auf den Zehen war teilweise abgesplittert. Die Füße sahen nicht bedrohlich aus, aber der Schein konnte trügen, wie ich sehr wohl wusste; wer immer sich da durch meine Abwehrzauber gekämpft hatte, konnte mich wahrscheinlich auch überwältigen, abgesplitterter Nagellack hin oder her. Ich besah mir die dürren Fußgelenke und hangelte mich dann an den schlimm zerkratzten Streichholzbeinen hinauf, die in weißen Radlerhosen endeten. Darüber spannte sich wie ein Zelt ein mit rosa Blümchen gemusterter weißer Rock. Etwas an diesem Rock kam mir eigenartig vor ... wie er sich bauschte, als würde die Trägerin auf dem Lüftungsschacht einer U-Bahn stehen. Dürre, langfingrige Hände strichen den Rock glatt, während die Trägerin des Kleids sich vorbeugte, um mich genauer in Augenschein zu nehmen. Ihre großen runden Augen leuchteten wie polierte grüne Klick-Klack-Kugeln in ihrem schmalen Gesicht, und die Tatsache, dass sie keine Augenbrauen hatte, verlieh ihrem Antlitz etwas Unfertiges. Auf dem Kopf saß ein zerkratzter rosa Fahrradhelm, dessen zerrissenes Riemchen neben ihrer linken Wange herunterbaumelte.

Himmel, eine Dryade. Ich stöhnte innerlich. Und auch noch Sylvia, Lady Isabellas höchsteigene Tochter, wenn ich mich nicht irrte. Das letzte Mal, als wir uns begegnet waren, hatte sie versucht, mich zu entführen.

Diesmal jedoch waren ihre Absichten, wie ich vermutete, freundlicherer Art – der Hochzeitslader sozusagen, die designierte Schlichterin, die die Werbungsbedingungen aushandelte. Hoffte ich wenigstens. Denn für eine Prügelei fehlte mir im Moment die Kraft.

»Sind Sie verletzt, Ms Taylor?«, kreischte sie mit schriller Stimme und piekste mich mit einem ihrer spitzen Finger in die Schulter.

Ich zuckte zusammen – *hielt sie mich etwa für taub!?* – und schlug ihre Hand weg. »Das wirst du gleich sein, wenn du es noch einmal wagst, mich anzufassen«, stieß ich zwischen zusammengepressten Lippen hervor. Dann deutete ich auf meine Augen. »Augen offen, schon bemerkt?«, sagte ich sarkastisch.

»Das muss nicht heißen, dass du auch bei Bewusstsein bist. Oder am Leben«, fügte sie hinzu und richtete sich auf, ihren Rock nach unten drückend, der sich immer noch temperamentvoll bauschte.

»Ich hab mich bewegt! Tote bewegen sich nicht!« Normalerweise jedenfalls nicht.

»Du hast gezuckt, als hättest du einen epileptischen Anfall«, widersprach sie, »das ist was anderes als ›sich bewegen‹. Und du bist voll Blut.«

»Lammblut«, brummte ich mürrisch und musterte die traurigen, geplätteten Überreste meines Rosy-Lea-Bechers und meine unangenehm feuchten, blutbesudelten Jeans. Ich machte mir eine geistige Notiz: Nächstes Mal unbedingt erst den Becher wegstellen, wenn jemand vorhat, dich mit einem Alien-inspirierten Illusionszauber zu belegen. »Das war mein Abendessen«, murrte ich.

Sie neigte den Kopf zur Seite. »Wirst du das Blut jetzt vom Fußboden auflecken?«, fragte sie interessiert.

Igitt! »Nein!«

»Ach.« Das klang enttäuscht. »Na ja, aber du solltest dankbar sein, dass ich da war, um dich zu retten.«

Mich retten?! Sprach da die Geisterstimme von Stirnband aus ihrem gechannelten Mund? Da es mir allmählich langweilig wurde, ihr ständig unter den Rock schauen zu müssen, und ich außerdem keine größeren Schäden von diesem Zauber – was immer er auch gewesen sein mochte – davongetragen hatte, den Tavishs neue Mätresse (oder was immer *sie* auch sein mochte) mir angehängt hatte, versuchte ich, mich aufzurappeln, was wunderbarerweise problemlos gelang.

»Jetzt pass mal auf, Sylvia« – ich piekste sie scharf genug in die Schulter, dass sie einen Schritt zurücktaumelte – »selbst wenn du zu meiner Rettung herbeigeeilt bist, was zweifelhaft ist, bist du immer noch eine Dryade, und die Dryaden müssen schon viel, *viel* mehr für mich tun, bevor ich anfange, ihnen dankbar zu sein.«

»Manno, du bist ganz schön undankbar«, murrte sie und rieb sich die Schulter.

»Jetzt spiel nicht die Beleidigte, Sylvia«, schimpfte ich, »damit erreichst du bei mir gar nichts.« Ich stemmte die Hände in die Hüften. »Also gut! Eins wollen wir doch mal klarstellen: Du befindest dich hier in meinen vier Wänden! Und da ich dich nicht eingeladen habe, erkläre mir doch bitte schön, wie du es geschafft hast, hier reinzukommen! Raus mit der Sprache, sonst stutze *ich* dir die Zweige!« Eine leere Drohung, da ich nicht wusste, wo sie ihren inneren Baum versteckt hielt.

»Jetzt sei doch nicht so«, murrte sie und zupfte verlegen an ihrem Blümchenrock. Es handelte sich dabei, wie ich jetzt erst bemerkte, um ein Sommerkleid im Stil der Fünfziger, mit weitem, bauschigem Rock, das allerdings eher für die Hitze eines Julitags geeignet war als für den diesjährigen, reichlich kühlen Frühling. Das Oberteil mit den Spaghettiträgern konnte kaum ihre »*Hello-Boys*!-Titten« im Zaum halten. Ich sah jetzt, dass auch ihre bloßen Schultern und Arme mit zahlreichen blutigen Kratzern bedeckt waren, die sie im Moment geflissentlich musterte.

»Ich warte«, sagte ich.

»Och, na gut.« Sie stieß einen übertriebenen Seufzer aus. »Ich wollte dich besuchen, aber keiner von deinen Nachbarn war bereit, auf den Summer zu drücken, um mich ins Haus zu lassen; die haben alle gesagt, ich muss dich vorher anrufen.« Sie streckte ihre Hand vor, und auf ihrer Handfläche erschien plötzlich ein Puderdöschen, das sie öffnete und in dessen Spiegel sie sich begutachtete. Sie schob ihren Helm zurecht. »Ich meine, ist das zu fassen?«

Das war durchaus zu fassen. Nach den Ereignissen von Halloween hatten die Hexen, die im Haus wohnten, verschärfte Sicherheitsvorkehrungen eingeführt. Auch wenn sie immer noch alles andere als glücklich darüber waren, mich als Nachbarin zu haben.

»Ich hab versucht, dich anzurufen, aber du bist nicht rangegangen. Ich wusste, du warst zu Hause, weil mir das die Bäume vor deinem Haus gesagt haben. Da ist mir plötzlich diese alte Feuerleiter eingefallen, die auf der Rückseite deines Hauses bis zum flachen Dach hinaufführt.« Sie deutete mit dem Schminkspiegel vage in Richtung Schlafzimmer. »Ich wollte klopfen, aber da sah ich, wie du dich auf dem Boden rumgewälzt hast.« Sie klappte das Puderdöschen hörbar zu. »Deine Schutzzauber haben mir ganz schön Probleme gemacht, und wenn die Fensterrahmen nicht aus Holz gewesen wären, hätte ich's überhaupt nicht geschafft.« Sie hielt mir Mitleid heischend ihre zerkratzten Arme hin und kaute schuldbewusst auf ihrer Unterlippe. »Wird allerdings ein Weilchen dauern, bis der Schaden repariert ist.«

Ich *schaute* durch die offene Tür in mein Schlafzimmer – das glücklicherweise wieder mein Schlafzimmer war und nicht Tavishs Lotterbett in den Schönen Landen. Die untere Fensterscheibe war hochgeschoben, und das Fenster schien intakt zu sein. Auch waberte darin noch immer die bläuliche Schutzzauberscheibe – bloß dass sich darin nun ein zackiges Loch befand. *Kacke*. Das würde 'ne Stange Geld kosten. Aber wenn ich den Zauber schon erneuern musste, würde ich mir diesmal einen zulegen, der keinerlei uneingeladene Gäste mehr durchließ, egal, von welcher Spezies. Ich hatte nämlich das dumpfe Gefühl, dass Sylvia, Tavish und Lizard-Lady nur der Anfang gewesen waren. Meine Kehle war auf einmal wie zugeschnürt. Tavish war ein jahrhundertealter *Wylde Fae*, und ehrlich, Leute, niemand wird so alt, wenn er sich leicht überrumpeln lässt. Was bedeutete, dass Lizard-Lady ein unglaublich mächtiges Wesen sein musste, und das verhieß nichts Gutes für Tavish. Andererseits konnte Tavish, wenn er wollte, so glitschig sein wie ein Eimer voll Aale, also war das Ganze vielleicht gar nicht so schlimm, wie es mir erschienen war, trotz seiner beängstigenden Warnung, er sei nicht mehr »Herr seiner selbst«. Außerdem konnte ich im Moment eh nichts tun, um ihm zu helfen.

»Uuuh, hast du das schon gesehen?« Sylvia wedelte mit einer Zeitschrift vor meiner Nase herum. Es war die *Witch Weekly*, das magische Äquivalent der *Bunten*. Auf der Titelseite war ein junges Mädchen im Teenageralter zu sehen, das sich zusammen mit ein paar älteren Lustmolchen in einer Jacuzzi-Wanne räkelte. In der Hand hielt sie eine Sektflöte. Die Schlagzeile lautete:

SCHON WIEDER SCHÜLERIN,
DER DAS WASSER BIS ZUM HALS STEHT!
IST DAS MORGAN LE FAY COLLEGE VERFLUCHT?

»Was für ein Skandal! Der Hexenrat überlegt, ob sie die Sendung absetzen lassen sollen. Mann, das wäre echt schade – ich *liebe* diese Reality-TV-Shows, du nicht?«

Jedenfalls nicht, solange ich mich mit einer allzu zutraulichen Dryade herumschlagen musste.

Ich zog meine unangenehm blutige, feuchte Jeans hoch und schob die Zeitschrift beiseite. »Ich hab keinen Fernseher, Sylvia, also nein, keinen Schimmer. Außerdem bin ich im Moment nicht gerade gut aufgelegt, also erzähl mir lieber gleich, was dich herführt, dann kannst du wieder in dein Familienwäldchen zurückradeln.« Ich machte eine ausholende Armbewegung, die die Unordnung im Wohnzimmer umfasste. »Wie du siehst, muss ich hier erst mal wieder Ordnung machen.«

Sie schaute sich stirnrunzelnd um, wobei ihr der Helm in die Augen rutschte. Zerstreut schob sie ihn aus der Stirn. »Ach, das hab ich ja ganz vergessen: Du kannst ja nicht zaubern, stimmt's? Was du brauchst, ist ein wenig magische Hilfe, und ich weiß genau, wer dafür ideal ist!« Sie warf sich strahlend in die Brust.

Sollte ich den Köder schlucken – will heißen ein kostenloses Hilfsangebot annehmen? Bloß dass es gewiss nicht kostenlos sein würde. Aber da ich das sichere Gefühl hatte, dass es sich hier um einen Wiedergutmachungsversuch handelte …

Ich nickte. Sie streckte ihre Hand aus, und diesmal erschien darauf ein rosa iPhone. Daran baumelte ein kleiner, blumenförmiger Pufferzauber, der das Handy aussehen ließ, als wäre es in dicke Luftpolsterfolie gewickelt. Sie wedelte triumphierend damit herum.

Gegen meinen Willen beeindruckt, sagte ich: »Hübsches Stückchen Magie; so einen Pufferzauber habe ich noch nie gesehen.« Ich berührte das Handy mit dem Finger und bekam prompt einen Stromschlag.

»Mein eigenes *Rezept.*« Sie strahlte stolz. »Ich tue getrocknete und zerstoßene Ebereschenbeeren dazu. Die normalen Schutzzauber halten bei mir nicht lange, wenn ich mein Handy *abrufe.*« Sie gackerte über ihren Witz, und ich hob die Mundwinkel, um ihr zu zeigen, dass ich's auch kapiert hatte. »Du hast ja keine Ahnung, wie viele SIM-Karten ich schon pulverisiert habe.«

Sie begann mit dem Daumen auf der Tastatur herumzudrücken. Es klingelte über Lautsprecher.

Neun Klingeltöne später meldete sich eine mürrische Lispelstimme, die mir eigenartig bekannt vorkam. »Ich hab dir doch gessssagt, du sssollsst mich nicht bei der Arbeit anrufen, Sssylvia. Hab zu tun.« Es war die Bibliothekarin.

»Libby, Schätzchen«, sagte Sylvia mit erhobener Stimme, »das hier *ist* Arbeit. Ich bin hier bei der Sidhe, und man kann sich vor lauter Büchern nicht umdrehen.«

»Sssie wollte sssie ja haben.«

»Mag ja sein, aber wir wissen doch, dass sie da drin nichts finden wird, stimmt's, Libby? Also tu mir den Gefallen und *ruf* sie zurück.«

Ich schaute auf die umgekippten Bücherstapel hinunter. Da gab es eines, das ich noch behalten wollte ... es lag neben dem zerdrückten Rosy-Lea-Pappbecher. Darunter lag ein goldenes Schlüsselchen. Auch das hob ich auf, bereute es aber sofort, da es prompt in meinem Handteller versank und unsichtbar wurde. War ja wieder mal typisch.

»Hab doch gesssagt, ich hab zu tun, Sssyl«, zischte die Stimme aus dem Telefon. »Katalogissieren.«

»Jetzt hab dich nicht so, Libby«, brüllte Sylvia ins Telefon, »*ruf* die Bücher zurück, oder ich werde meine Romane mit einem ›Finger-weg-Schutzzauber‹ belegen!«

Ein zischender Seufzer erklang, und dann knackte es in meinen Ohren: Es war das Vakuum, das plötzlich entstand, als mit einem Mal sämtliche Bücher verschwanden.

»Danke, Libby«, sagte Sylvia mit einem zufriedenen Grinsen. Dann flüsterte sie mir zu: »Der alte Drachen hat 'ne Schwäche für meine Fantasy-Liebesromane, sie ist bloß zu geizig, um sich selbst welche zu kaufen.«

»Ich hab meine Gehörhilfe im Ohr, Sssyl«, knurrte die Stimme.

»Ich dachte, du hast gesagt, du brauchst keine, Libs«, erwiderte Sylvia fast schreiend, dann tippte sie entnervt auf ihr Handy, murmelte: »Lautstärke erhöhen«, und hängte es an einem unsichtbaren Haken zwischen uns auf. »Ach, übrigens, ich hab mir gestern zwei neue Liebesromane gekauft; sie liegen auf dem Tisch in meinem Ankleidezimmer. Ach ja, und vergiss nicht …«

»Frag sie, was sie mir über Michael Nix' Buch sagen kann«, unterbrach ich sie und hielt das Buch hoch, das ich zurückbehalten hatte.

»Michael Nixsss, *Die essoterische Praxiss von Verwünschungss-Prophezeiungen«,* zischelte die Bibliothekarin. »Verbreitet nur Albträume und Zukunftssängste. Diessess Buch habe ich Ihnen nicht geschickt.«

Nett! Ich ließ das Buch fallen. Ich hatte es zwar gesalzen, und die Magie schien erschöpft zu sein, aber es war wahrscheinlich trotzdem keine gute Idee, es länger in der Hand zu halten. »Aber jemand hat es mir geschickt«, sagte ich, »und mir obendrein einen Besuch abgestattet.«

»Wie hat diesse Person aussgessehen?«

»Grün, faltig, fast zahnlos und ziemlich freigiebig mit kryptischen Drohungen.«

»He, das klingt ja fast nach einer *Bean Nighe,* findest du nicht auch, Libby?«

Ich warf einen Blick hinunter auf meine blutbesudelten Jeans. Eine *Bean Nighe*? Ich schien das Pech ja geradezu anzuziehen.

»Eine Wäscherin? Warum ssollte eine Todessbringerin Sssie besuchen wollen, Sssidhe?«

Die Antwort darauf wollte ich lieber gar nicht wissen. »Sie hatte ein Armband mit goldenen Schlüsselchen dran, falls euch das was sagt?«

»Aah … dann war das die Phantomkönigin«, sagte die Bibliothekarin beinahe ehrfürchtig. »Sssie erscheint oft in diesser Gesstalt.«

Diesen Namen hatte ich doch schon mal gehört.

»Aber ich dachte, Clíona hätte sie vor Jahren gefangen und eingesperrt, Libby?«, fragte Sylvia stirnrunzelnd ihr iPhone.

»Sselbst eine Sssidhe-Königin kann eine Göttin nicht lange fessthalten. Vielleicht ist ssie entkommen, oder Clíona hat nachgegeben, oder vielleicht hat sssie sich ja mit der Terrorgöttin irgendwie geeinigt.«

Da fiel bei mir der Groschen. »Wir reden doch nicht etwa über die Morrígan, oder? Die Göttin der Prophezeiung, des Kriegs und des Todes?«

»Sssie ist aber auch Anu, die Göttin der Herrschaft, desss Wohlsstandss und der Fruchtbarkeit«, lispelte die Bibliothekarin mit unüberhörbarer Genugtuung.

War ja klar, dass sie auch die Göttin der Fruchtbarkeit sein musste – darum drehte sich ja zurzeit alles in meinem Leben. Auch schien mir, dass ich, nun, da nicht nur eine, sondern gleich zwei Göttinnen ein ungesundes Interesse an mir entwickelt hatten, meinen ganzen Glücksvorrat für die nächsten zehn Jahre aufgebraucht hatte.

»He, das stimmt ja«, sagte Sylvia und grinste mich begeistert an, »hat sie dir eine von ihren Prophezeiungen gezeigt? Hat es was mit dem Fluch zu tun? Jetzt sag schon!«

Ihnen davon zu erzählen war vielleicht keine so schlechte Idee, vielleicht konnten sie mir ja einige Dinge erklären, aber die Rosemarys-Baby-Show war mir noch so lebhaft im Gedächtnis – auch wenn es nur eine Illusion gewesen war –, dass ich im Moment einfach noch nicht darüber reden konnte. Ich wollte erst einmal in Ruhe über alles nachdenken. Und dann war da noch die Tatsache, dass mir die Morrígan ausgerechnet als *Bean Nighe* erschienen war. Die *Bean Nighe* gehören zu den Schwarzen Fae, es sind Wechselbälger, deren Mütter bei der Geburt gestorben und deren Seelen verloren sind. Unwillkürlich fiel mir Ana ein, Victoria Harriers schwangere Schwiegertochter. Ob es nun an dem bitteren Kuss lag, den die Morrígan mir – mit wer weiß welchen Folgen – gegeben hatte, oder ob es nur ein Zufall war, aber über Anas Bild schwebte in meiner Vorstellung ein blinkendes Neonschild mit der Aufschrift: Opfer hier!

Zahlreiche Fragen gingen mir durch den Kopf.

Ich schaute Sylvia und ihr Handy an. Die Bibliothekarin wusste bekanntermaßen so gut wie alles. Und Bäume waren, wie ebenfalls jeder wusste, die schlimmsten Gossip Girls, die es gab.

16. Kapitel

Bevor ich was sage«, begann ich, »möchte ich erst mal wissen, ob euch ein Wasser-Faeling namens Ana bekannt ist?« Als mich Sylvia daraufhin verständnislos anstarrte, fügte ich hinzu: »Sie ist mit einem Zauberer verheiratet.«

»Ach, du meinst Annan.« Sylvia rückte ihren wackelnden Fahrradhelm zurecht.

»Warum fragen Sie?«, erkundigte sich die Bibliothekarin.

»Jemand hat sie mir gegenüber erwähnt, und ich fand es seltsam, dass sie mit einem Zauberer verheiratet ist. Hexen und Zauberer sind doch geradezu fanatisch, wenn's um die Reinhaltung ihrer Erblinie geht.«

»Annan ist die Urenkelin von Königin Clíona. Der Zauberer hat sie nur wegen ihrer königlichen Abstammung geheiratet.«

Wow, Clìonas Nachkommen schienen ja überall aus dem Boden zu wachsen. Was wohl kaum ein Zufall sein konnte. Oder überraschend, angesichts der Tatsache, dass ich gleich zwei Göttinnen im Nacken hatte.

Ein zarter Glockenton ging dem plötzlichen Erscheinen einer gelblichen Pergamentrolle voran. Sie blieb zwischen Sylvia und mir in der Luft schweben. Auch stank es plötzlich scharf nach Holzrauch. Das rote Seidenband, mit dem sie umschnürt war, öffnete sich von selbst, und das Pergament entrollte sich nicht ohne eine gewisse Dramatik. »Das ist Annans Stammbaum«, sagte Sylvia ehrfürchtig.

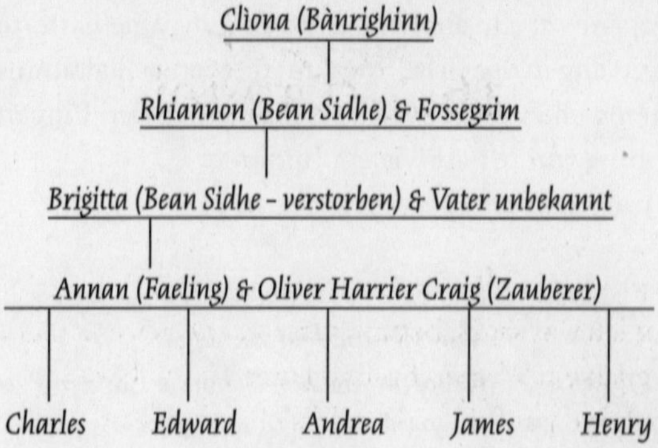

Ich schaute mir den Stammbaum an. Sogleich fiel mir Rhiannons Name ins Auge, Clíonas Tochter. Engels früherer Name, wie mir Grianne, meine ungute Fee, berichtet hatte. Dann waren es ja vielleicht Engel/Die Mutter, die mir Gedanken an Ana (ihre Großenkelin) als mögliches Opfer in den Kopf setzten?

»Einfach tragisch, nicht, Libby?«, sagte Sylvia traurig.

Ich schaute auf den Stammbaum. »Damit ist wohl nicht Anas Heirat mit dem Zauberer gemeint, oder? Du beziehst dich auf die Mutter, Brigitta, die von Vampiren überfallen und getötet wurde«, sagte ich, »und Ana selbst ist ja auch zeitweilig in ihre Fänge geraten.«

Sylvia stieß ein ersticktes Lachen aus, das wie Blätterrascheln klang. »Ja, Brigitta ist von den Blutsaugern ermordet worden. Das hätte ich beinahe vergessen. Ja, das war auch eine Tragödie. Diese arme Familie, was die nicht schon alles durchmachen musste; es kann einem das Herz brechen. Und alles bloß wegen dem Fluch.«

»Das hat sssich Clíona ssselbssst zuzuschreiben«, lispelte die Bibliothekarin. »Wenn ssie den *Droche Guidhe* nicht verhängt hätte, wäre das alless nie passsiert.«

»Aber was ist denn nun passiert?«, fragte ich.

Ein heller Glockenton ertönte, und diesmal erschien neben

der Pergamentrolle eine vergilbte Zeitung. Sie flatterte einen Moment lang in der Brise, die zum offenen Schlafzimmerfenster hereinwehte, doch Sylvia schnippte mit den Fingern, und die Zeitung wurde hart wie ein Infobrett.

Ich trat näher und begann zu lesen:

FEENPRINZESSIN AUS TOWER GERETTET
Von »Brian dem Barden«
unserem Reporter aus den Schönen Landen

Eine Sidhe-Prinzessin und ihr Kind wurden endlich aus dem Tower von London befreit, nachdem man sie entführt und dort gefangen gehalten hatte.
Die traumatisierte Prinzessin (Alter unbekannt) ist nach ihrem Martyrium in den Schoß ihrer Familie zurückgekehrt.
Das Kind (eine fünf Monate alte Tochter) wird bei Familienangehörigen in London aufwachsen.

Mir wurde kalt vor Entsetzen. Finster starrte ich Sylvia und ihr rosa iPhone an. »Wer erklärt mir, was das bedeuten soll?«

»Na ja.« Sylvia verzog das Gesicht, als ob sie sich den Magen verdorben hätte. »Du weißt doch, was Algernon und seine Kumpel mit dir anstellen wollten?«

Algernon. Sie musste Stirnband, den Dryaden, und seine Gang meinen. Ich hatte nicht gewusst, wie er hieß, und wollte es auch jetzt nicht wissen. »Du meinst, als sie versuchten, mich zu entführen und zu vergewaltigen?«, sagte ich finster. Und Sylvia war auch nicht ganz unschuldig gewesen, dachte ich zornig.

»Mist, jetzt bist du wieder sauer.« Sie ließ die Schultern hängen. »Ich wusste nicht, dass sie *das* vorhatten. Das hätten sie nicht tun dürfen. Wenn ich gewusst hätte, was sie planen, hätte ich's jemandem verraten.«

»Und weiter?« Ich verschränkte die Arme und starrte sie finster an.

»Na ja, das Ganze ist vor ungefähr vierzig Jahren passiert. Der alte Donn, er war damals das Oberhaupt, hat verzweifelt nach einem Ausweg aus dem Fluch gesucht. So, wie wir jetzt auch.« Sie bedachte mich mit einem bedeutungsvollen Blick. »Na, um's kurz zu machen, er kam auf den Gedanken, eine Sidhe zu suchen, die bereit wäre, schwanger zu werden. Aber Clíona hat uns nicht erlaubt, ihre Hofdamen zu umwerben. Und die anderen Königinnen wollten nichts mit dem Fluch zu tun haben. Es stand also ziemlich schlecht, als irgendwann Rhiannon zu Besuch nach London kam. Als der alte Donn und zwei andere Wylde Fae rausfanden, dass sie hier war« – sie verzog erneut das Gesicht und deutete auf die schwebende Zeitung – »na ja, da haben sie das da getan.«

Dann war ich also gar nicht die Erste gewesen! Kacke. Sie hatten es schon mal mit der »Entführen-und-schwängern-wir-die-Sidhe-Methode« versucht, um den Fluch zu brechen. Aber da der Fluch noch existierte, musste ihr Plan offensichtlich in die Hose gegangen sein … aber Rhiannon *hatte* ja ein Kind geboren, eine Tochter, das stand ja hier, auf dem Stammbaum. Und in dem Zeitungsartikel wurde ebenfalls eine Tochter erwähnt, also …

»Rhiannon war beim Fossssegrim zu Bessuch, als der alte Donn ssie entführt hat«, drang die Stimme der Bibliothekarin aus dem Handy, »da war ssie aber bereitsss von ihm schwanger.«

Kacke. Das bedeutete … »Sie haben eine Schwangere entführt und vergewaltigt!«, keuchte ich empört. Mir wurde ganz schlecht bei dem Gedanken.

Sylvia zuckte zusammen. »Technisch gesehen, ja.«

»Was soll das heißen? Entweder sie haben oder sie haben nicht!«

»Ssie haben einen Fruchtbarkeitssrituss durchgeführt«, erklärte die Bibliothekarin. »Rhiannon war einversstanden, aber ssie ist nicht ganz richtig im Kopf und hat nicht versstanden, wass das hieß. Eine eigenartige Ssituation.«

Rhiannon war nicht ganz richtig im Kopf? Aber natürlich, sie meinten ja Engel – ich hatte einen Moment lang ganz vergessen, dass Rhiannon und Engel ein und dieselbe Person waren und dass Engel Anas Großmutter war.

Zwei weitere vergilbte Zeitungsartikel tauchten mit einem zarten Klingeln vor uns in der Luft auf. Die Schlagzeilen lauteten: AMOKLAUF IM TOWER OF LONDON und TRAFALGAR SQUARE SPRINGBRUNNEN WIRD EXORZIERT.

Ich überflog die Artikel. Darin war vom Fossegrim die Rede und davon, was er angerichtet hatte, als man seine Geliebte entführte, und von den Folgen, die dies für ihn gehabt hatte. Rhiannon oder ihre Tochter wurden in keinem dieser Artikel erwähnt; wahrscheinlich hatte man ihre Namen bewusst herausgehalten.

»Der Fosssegrim hat ssich an dem alten Donn und den anderen gerächt«, zischte die Bibliothekarin, »aber alss die Menschen davon erfuhren, wollten ssie ihn entfernen lasssen. Man hat ssich schließlich darauf geeinigt, den Brunnen mit Schutzzaubern abzuriegeln, die den Fosssegrim drei Jahrzehnte lang an den Brunnen fessseln würden. Deshalb konnte er ssich aber leider nicht um ssein Kind, Brigitta, kümmern, und ssie wurde zu ihrem Schutz unter die Obhut der Hexen gessstellt. Ssie wuchss bei ihnen auf und hat Ana geboren, die ebenfallss dem Schutz der Hexen anvertraut wurde.«

»Offenbar haben sie sie nicht gut genug beschützt«, brummelte ich. Verdammt. Die arme Ana war das klassische Opfer des Fluchs – und mehr als das. Rhiannon, ihre Großmutter, war gezeugt worden, um den Fluch zu *brechen*, Brigitta, ihre Mutter, war von den Vamps ermordet worden, und sie selbst war mit vierzehn in einem Blutbordell gelandet. Und obwohl sie angeblich von ihrem Zauberer-Ehemann daraus befreit worden war, stand sie immer noch im Bann eines Vampirs – war also *noch immer* ein Fluchopfer. Ich musste ihr helfen, sobald ich herausgekriegt hatte, wie ich an dem furchterregenden Fossegrim vorbeikam ...

»Also«, sagte ich, »Ana wohnt, wie ich gehört habe, jetzt bei ihrem Großvater, dem Fossegrim auf dem Trafalgar Square. Ist er wirklich so wahnsinnig, wie man hört?«

»Du meine Güte, ja.« Sylvia schüttelte sich. »Wenn ich du wäre, ich würde mich von ihm fernhalten. Er ertränkt gerne ...«

»Er hat nie einer Frau oder einem Kind etwass zuleide getan, Sssylvia«, lispelte die Bibliothekarin streng.

Ah, gut zu wissen, da ich ja vorhatte, seine Enkelin zu besuchen.

Sylvia schaute ihr Handy stirnrunzelnd an. »Aber ich dachte, dass Rhiannon deshalb in die Schönen Lande zurückgeschickt wurde und man ihre Tochter deshalb den Hexen in Pflege gegeben hat?«

»Nein, man hat Rhiannon erlaubt, in die Schönen Lande zurückzukehren, weil man Clíonas Zorn nicht noch einmal erregen wollte.«

Ich schnaubte. *Erlaubt*, von wegen. Dann kam mir ein Gedanke. »Aber warum hat Rhiannon dann ihre Tochter den Hexen überlassen?« Doch noch während ich diese Frage stellte, wusste ich auch schon die Antwort: Sie starrte mich aus dem Stammbaum an. »Brigitta war eine Vollblut-Sidhe, und ihr habt sie wegen des Fluchs dabehalten. *Verdammt*! Sie sollte euer neues Fluchbrecher-Experiment werden. Ihr habt versucht, sie zu schwängern, stimmt's? Und Clíona hat euch einfach gelassen.« Zorn stieg in mir auf, und ich versetzte dem Buch einen Fußtritt, dass es gegen die Wand neben der Badezimmertür knallte. Sylvia zuckte zusammen.

»Wir sssind nicht sso graussam, wie du zu denken scheinsst, Ssidhe«, zischelte die Bibliothekarin versöhnlich. »Wir hatten große Hoffnungen in Brigitta gesetzt. Ssie durfte ssich wie du den Vater dess Kindess sselbst aussssuchen. Und ssie wählte einen Wasser-Fae. Aber alss Ana, ihre Tochter, geboren wurde, war ssofort klar, dasss ihr Gatte nicht der Vater war.«

Ich schaute erneut auf den Stammbaum. Anas Vater war als »unbekannt« angegeben, und Ana war ein Faeling. Ich stieß ein unfrohes Lachen aus. »Brigitta hat euch eins ausgewischt, indem sie sich von einem Menschen schwängern ließ, was?«

»Ja. Brigitta hat unsss allen die Schuld an dem gegeben, wass mit ihrer Mutter und dem alten Donn geschah. Und sso hat ssie ssich an unss gerächt.«

Ich wusste nicht, ob ich mich für Brigitta freuen oder um sie weinen sollte. Der Fruchtbarkeitsfluch hatte ihr das Leben wirklich gründlich verdorben, sogar schon vor ihrem gewaltsamen Tod. Und jetzt verdarb er Anas Leben. Ich konnte nur hoffen, dass ich mich in Bezug auf den Vampir, der seine Klauen in Ana hatte, irrte; das arme Faelingmädchen hatte so schon genug Probleme.

Als hätte sie meine Gedanken gelesen, sagte die Bibliothekarin leise: »Manchmal kann man das Schickssal nicht ändern. Aber mit einiger Vorwarnung isst es vielleicht möglich. Wass hat die Morrígan zu dir gessagt, Ssidhe?«

»Ach ja, sag schon!«, meinte auch Sylvia eifrig.

»Bedaure, nein.« Ich streckte die Hand aus und beendete das Gespräch, indem ich auf den Knopf drückte. Was immer mir die Morrígan mit dieser grässlichen *Alien*-Vision auch hatte zeigen wollen, ich war jetzt nicht in der Stimmung, diese schmutzige kleine Geschichte zu erzählen. Ich bedachte Sylvia mit einem durchdringenden Blick. »Danke, dass du mir die Bücher vom Hals geschafft hast, Sylvia, aber was genau hast du hier zu suchen?«

Ihr Handy dudelte die Titelmelodie von *Dirty Dancing*. Sylvia würgte sie ab, indem sie auf einen Knopf drückte, und ließ das Handy dann verschwinden. Zwei Sekunden später verschwanden auch der Stammbaum und die Zeitungsartikel. Die Bibliothekarin wollte sie offenbar nicht länger bei uns lassen. Sylvia setzte ein kokettes Lächeln auf. »Heißt das, nein, du willst es nicht sagen, oder nein, die Morrígan hat dir nichts gezeigt?«

»Du zuerst.«

»He, das ist nicht fair!« Sie zog eine Schnute.

»Wie du willst.« Ich zuckte die Schultern, dann schaute ich auf meine blutbesudelte Kleidung. »Aber wenn du nicht reden willst, werde ich erst mal eine Dusche nehmen.« Ich wandte mich ab und ging auf das Badezimmer zu. Über die Schulter sagte ich: »Vergiss nicht, das Fenster wieder hinter dir zu schließen, wenn du gehst.«

»Warte!«, rief sie. »Warte, ich sag's dir ja. Also, du hast doch gesagt, dass einer von uns dir den Hof machen darf, solange es keiner aus der Twig-Gang ist. Und hier bin ich also.«

Ich drehte mich um und sah, wie sie sich mit ausgebreiteten Armen und breitem Grinsen einmal im Kreis drehte. »Tadah! Leider bin ich nicht mehr so hübsch, wie ich war, als ich aufgebrochen bin – wegen deiner Schutzzauber.«

»*Du* willst *mir* den Hof machen?«, fragte ich fassungslos. »Es dürfte dir schwerfallen, mich zu schwängern – nicht, dass ich schwanger werden will!«, fügte ich eilig hinzu.

»Ich bin eine Dryade, du Dummerchen«, giggelte sie, »und je nachdem, von welchem Baum wir abstammen – meiner ist ein Kirschbaum, *Prunus avium* –, sind wir sozusagen mit beidem ausgestattet, wenn du verstehst, was ich meine.« Sie tätschelte ihre Brüste und bauschte ihren Rock. »Ich persönlich bevorzuge die weibliche Variante, besonders im Frühling. Die Leute schauen einen so komisch an, wenn man männlich ist und in einem Blümchenkleid rumläuft.«

Als ob der barbierosa Fahrradhelm nicht genügen würde.

»Du bist also ein Hermaphrodit?«

»Nein, ich bin cosexuell, da ich ein Baum bin.« Sie stieß ein entzücktes Lachen aus und klatschte in die Hände. »Das hat dir keiner gesagt, was?«

Offenbar handelte es sich hier um einen Aspekt des Fae-Lebens, den zu erklären meine ungute Fee für unnötig gehalten hatte. Und ich hatte immer angenommen, Grianne habe mir in ihren Endloslektionen alles erzählt, was es zu erzählen gab.

»Okay, also ... dann stehst du auf Mädels?« Insgeheim dachte ich, dass es um Längen besser war, sich von einer hohlköpfigen, cosexuellen Dryade den Hof machen lassen zu müssen als von Stirnband mit seiner Überdosis an sadistischem Testosteron.

»Jungs, Mädels – oder beides.« Sie strahlte geradezu. »Es ist Frühling, meine Säfte steigen, und, na ja, ich *liebe* Sex!«

Ich Glückspilz. »Was ist, wenn *ich* nun nicht auf Mädchen stehe?«

»Aber das tust du doch! Wir alle haben dieses Video auf YouTube gesehen, wie du letztes Jahr mit dieser Vampirin geknutscht hast.« Sie fächelte sich theatralisch mit ihrer Hand Luft zu. »Das war vielleicht heiß!«

»Da hab ich nur so getan«, entgegnete ich grimmig.

»Ehrlich?« Ihre Begeisterung fiel sichtlich in sich zusammen. Sie musterte mich skeptisch. »Na ja, ich denke, ich könnte mein Aussehen ändern. Ist zwar schon lange her, seit ich ein Mann war, aber ich bin sicher, ich könnte es hinkriegen.«

Ich hob abwehrend die Hände. »Das ist unwichtig, okay? Ich habe gesagt, ich lasse mir von einer Dryade den Hof machen, also machen wir das auch. Aber ›den Hof machen‹ heißt nicht, in den nächsten fünf Minuten oder in den nächsten fünf Stunden miteinander ins Bett zu springen. Also bleib ruhig so, wie du bist.«

»Och, okay.« Enttäuschung zeigte sich auf ihrem Gesicht, doch dann umspielte ein Lächeln ihren Mund. »Also, wie wär's dann, darf ich dich zum Essen ausführen? Es wäre unser erstes Date. Wir könnten ein bisschen darüber schwatzen, was die Morrígan dir gesagt hat.« Ihr Grinsen bekam einen gerissenen Ausdruck. Sie hob ein wenig ihren Fuß an; von ihrer silbernen Sandale fiel ein dicker, zäher Blutstropfen. »Ich könnte das hier beseitigen, während du dich fertig machst?«

Ich hatte zwar etwas anderes für diesen Abend geplant, aber das brauchte sie ja jetzt noch nicht zu wissen. »Mach damit, was du willst«, sagte ich schulterzuckend und fügte dann hinzu: »Ich bin neugierig: Was ist eigentlich Stirnband?«

»Stirnband? Ach, du meinst Algernon? Er ist eine Weide, und die sind diözisch. Er ist also rein männlich.« Sie seufzte. »Und darüber hinaus ein gemeiner, brutaler Rohling, aber das weißt du ja bereits.«

»Allerdings«, pflichtete ich ihr bei und zog die Badezimmertür hinter mir zu.

Jetzt musste ich sie nur noch irgendwie loswerden.

17. Kapitel

Ich drehte die Dusche auf und zog mir das T-Shirt aus. Da hörte ich ein hohes, schrilles Geräusch. Ich brauchte ein paar Sekunden, bis mir klar wurde, dass Sylvia fröhlich vor sich hinpfiff, während sie draußen herumwerkelte – vielleicht waren die Disneybücher ja von ihr gewesen; alles, was jetzt noch fehlte, waren die sieben Zwerge. Ich schaute bekümmert meine Jeans an. Oder noch besser: ein Brownie (eine Art Heinzelmännchen), der wusste, wie man Blutflecken aus Jeans rauskriegte. Ich zog vorsichtig den Reißverschluss auf und zog die Jeans zusammen mit meinem Slip herunter, dann stieß ich sie mit einem Fußtritt beiseite. Ich erstarrte.

Auf meinem Bauch prangte wie ein Brandzeichen ein schwarzer Handabdruck.

Kacke! Deshalb hatte ich mich so unwohl gefühlt, es lag gar nicht an der feuchten Jeans. Tavish hatte mich mit einem Zauber belegt. Kein Wunder, dass sich seine Berührung so heiß angefühlt hatte. Ich *schaute* genauer hin, aber der Handabdruck veränderte sich nicht, was bedeutete, dass der Zauber momentan inaktiv war. Vorsichtig legte ich meine Hand darauf. Die Haut fühlte sich rau und ledrig an, und es juckte, als würde sie heilen; ein Finger fühlte sich feucht an. Ich schnüffelte … machte meine Augen zu … es roch süß, würzig, weihnachtlich: *Zimt*.

Was immer das auch bedeuten mochte.

Ich sank mutlos zu Boden und starrte verzweifelt die Kacheln an. Was für ein Tag.

Eine halbe Stunde später, nach einer ausgiebigen Dusche, in der meine Gedanken an mir gepickt hatten wie Aaskrähen an einem frischen Kadaver, wickelte ich mich in mein Duschhandtuch, nahm ein paar Wattebäusche aus einem Schrank – sie waren der wichtigste Bestandteil meines heimtückischen Plans, den Kirschbaum im Blümchenkleid wieder loszuwerden – und betrat mein Wohnzimmer.

Sylvia stand mit ausgebreiteten Armen und geschlossenen Augen unter meinem Kronleuchter, den Mund halb offen und einen beinahe ekstatischen, selbstvergessenen Ausdruck auf ihrem Gesicht. Ihr Kleid bauschte sich wie eine riesige weiße Blüte. Es war wieder vollkommen in Ordnung, keine Risse mehr, keine Flecken. Auch sie selbst hatte keinen einzigen Kratzer mehr. Aus ihrem rosa Fahrradhelm schauten zarte grüne Schösslinge hervor. Zarte, haarfeine Wurzeln wuchsen aus ihren Füßen, Fußgelenken, ja sogar aus ihren silbernen Riemchensandalen und verschwanden in der Blutpfütze – die schon bedeutend kleiner geworden war.

»Es macht dir hoffentlich nichts aus«, flüsterte sie atemlos, ohne die Augen zu öffnen, »aber ich finde, Blut ist ein so herrlicher Dünger … ich konnte einfach nicht widerstehen.«

»Na, macht doch nichts.« Ich öffnete meine Hände und schickte die Wattebäusche *(Stachelbällchen – wenn mal wieder Einbrecher im Haus sind)* mit meinen guten Wünschen auf den Weg. Sie sausten wie eine Horde hungriger Hornissen auf Sylvia zu. Feine, klebrige, juckende Fäden lösten sich aus den Bäuschen und wanden sich um Sylvias Gesicht und den rosa Fahrradhelm. Sie zuckte zurück, riss kurz die Augen auf, seufzte und schloss sie wieder. Diesmal, um in einen tiefen Schlaf zu versinken. Ihr Kleid verschwand; zurück blieben lediglich die weiße Stretch-Shorts und der rosa Fahrradhelm, beides offenbar real und nicht Teil ihres Glamours. Sie sah nicht sehr viel anders aus, wenn man von ihrer Haut absah, die einen graugrünen Schimmer hatte und mit winzigen braunen Lentizellen gesprenkelt war, was tatsächlich Ähnlichkeit mit der Rinde eines Kirschbaums hatte. Ich wartete darauf, dass sie umkippte und ich sie auffangen konnte, als aber nichts geschah, fiel mein Blick auf ihre Füße: dünne Wurzeln hatten sich in meinen Holzfußboden gegraben und hielten sie aufrecht.

Na, mein Hauswirt würde darüber nicht gerade begeistert sein. Ich seufzte. Wenigstens konnte sich Sylvia auf diese Weise nicht verletzen. Da ich sie nicht so halbnackt in meinem Wohnzimmer herumstehen lassen wollte – und außerdem ein schlechtes Gewissen hatte –, wickelte ich sie, so gut es ging, in meinen Bademantel. »Danke für die Einladung zum Abendessen, Sylvia«, sagte ich leise, obwohl ich wusste, dass sie höchstens ein Eimer Salzwasser aus diesem Tiefschlaf hätte holen können, »aber ich habe heute schon was anderes vor, und das geht dich nichts an.« Die Gute würde erst mal ein paar Stunden tief und fest schlafen.

Ich zog ein T-Shirt und Jeans an – beide schwarz wegen meiner späteren Pläne, holte das Sandwich von gestern aus dem Kühlschrank (es hätte mein Abendessen sein sollen), dazu ein Glas Orangensaft und setzte mich im Schneidersitz auf den Teppich vor meinen Computer. Dann begann ich zu googeln. Als ich fertig war, nahm ich die Akte zur Hand, die mir Victoria Harrier mitgegeben hatte, und holte die Liste der verschwundenen Faelinge heraus. Sie erstreckte sich über die letzten zwei Jahre. Es war nicht schwer, ein bestimmtes Muster zu erkennen. Bis vor fünf Monaten waren die Fälle, was Geschlecht und Anzahl der toten Faelinge betraf, mehr oder weniger konstant gewesen. Doch seitdem verschwanden nur noch weibliche Faelinge, die meisten davon Prostituierte, wie mir auffiel, also Mädchen, die besonders verwundbar waren und die kaum jemand vermissen würde. Vampire hatten das nicht getan, denen war das Geschlecht ihrer Opfer egal, wenn es um Blut und Sex ging. Außerdem hatte Malik seinen Vampiren verboten, Fae oder Faelinge zu überfallen. Die beiden toten Faelingmädchen waren nur die Spitze des Eisbergs. Fünfzehn weitere waren verschwunden, und das waren nur diejenigen, deren Verschwinden auch gemeldet worden war.

Ich kaute nachdenklich auf meinem BLT-Sandwich herum, den Blick starr auf den Bildschirm gerichtet. Ob die anderen auch alle tot waren? Oder wurden sie irgendwo gefangen gehalten und waren noch am Leben? Ich musste an meinen Ausflug in den Disney-Himmel denken. Engel/Die Mutter hatten gesagt: *Sie sterben* und nicht, *sie sind tot*, was Anlass zur Hoffnung gab – vielleicht konnte man die Mädchen noch retten, bevor sie umkamen, bevor *er* sie tötete. Er, der gehörnte Satan oder was immer damit gemeint sein mochte, denn Hörner waren ja auch ein Symbol für Potenz, für Fruchtbarkeit, und hier ging es ja schließlich um einen Fruchtbarkeitsfluch. Falls das Abbild des Gehörnten also wörtlich genommen werden musste und nicht symbolisch, deutete das unweigerlich auf die Satyre hin, da sie die einzigen gehörnten Fae in London waren, das mochte mir nun passen oder nicht.

Du wirst dem ein Ende machen. Du wirst den Fluch brechen. Du wirst ihnen ein neues Leben schenken. Eins und zwei waren klar, aber der dritte Befehl … vielleicht hatte man den ja genauso wörtlich zu nehmen? Vielleicht musste ich ja nur die verschwundenen Faelinge retten, um den Fluch zu brechen, ihnen *ein neues Leben schenken* und nicht die neue Fae-Generation via meines Uterus auf den Weg bringen. Aber vielleicht war das ja bloß (verzweifeltes) Wunschdenken von mir.

Dann war da noch Göttin Nummer zwei, die Morrígan. Eine Göttin, die es mit Raben hatte, die wollte, dass ich nicht vergaß, was es heißt, ein Kind zu verlieren, und dann noch das tote Rabenmädchen. Man musste kein Genie sein, um hier zwei und zwei zusammenzuzählen. Die Morrigan und die Urmutter wollten dasselbe. Ich wünschte nur, sie hätten sich ein wenig abgesprochen und mir weniger kryptische Hinweise hinterlassen … aber ein Gutes hatte die grässliche Alien-Show immerhin: Es war klar, dass die Morrígan unter allen Umständen verhindern wollte, dass ich schwanger wurde. Genauso vehement wie Clíona, wenn ich es recht bedachte. Vielleicht hatte Sylvia ja recht, vielleicht steckten die beiden ja tatsächlich unter einer Decke.

Und dann war da noch Ana oder Annan, Clíonas Urenkelin, die, im Gegensatz zu mir, bereits schwanger *war* und deren Mutter Brigitta dem Fluch (und den Vamps) zum Opfer gefallen und deren Großmutter, Rhiannon/Engel, deswegen von den Londoner Fae verfolgt und misshandelt worden war. Wenn es also darum ging, wer als Nächstes dem Fluch zum Opfer fallen könnte, dann stand Ana ganz oben auf meiner Liste, darauf wäre ich selbst dann gekommen, wenn mir die Morrígan nicht als *Bean Nighe* erschienen wäre. Was jedoch nicht bedeutete, dass sie, außer selbst Faeling zu sein, etwas mit dem Verschwinden der Faelinge zu tun hatte. Ich nippte an meinem Orangensaft. Vielleicht würde ich ja morgen mehr herausfinden, wenn ich Ana einen kleinen Besuch abstattete, um das »Wer-ist-der-Vamp-Quiz« zu spielen.

Mehr konnte ich in diesem Fall bis morgen nicht tun, außer Hugh ein paar Fragen zu mailen:

Die Faelinge, die seit Halloween vermisst werden – wie viele davon haben Rabenblut oder Verbindungen zur Morrígan?

Bestehen irgendwelche Verbindungen zwischen den verschwundenen Faelingen und den Satyren?

Ihr solltet ein Auge auf Ana haben, Victoria Harriers Schwiegertochter, sie könnte eines der nächsten Opfer sein.

Ich wollte schon auf »Senden« klicken, als mir noch etwas einfiel:

Hat eine der Faelinge die Urmutter besonders verehrt?

Jemand ging ihr so sehr mit seinen oder ihren Gebeten auf die Nerven, dass sie sich genötigt sah, etwas zu unternehmen. Und das war ein Hinweis, den ich Hugh unbedingt geben wollte, ob er nun zu etwas führte oder nicht. Schließlich war er derjenige, der sich in Wahrheit um die Aufklärung dieser Morde bemühte. Dann fiel mir noch etwas ein, das mir verdächtig vorgekommen war, und ich tippte:

Ihr solltet den Bannkreis von gestern überprüfen, irgendwas an der Art, wie man die Eibennadeln verstreut hatte, kam mir eigenartig vor …

Ich klickte auf »Senden«. Jetzt blieb nur zu hoffen, dass sich der göttliche Knebel nicht auch auf den Cyberspace bezog, nicht, dass ich allzu viel verraten hatte. Die Nachricht verschwand, aber ob sie auch ankommen würde? Ich schickte Hugh vorsichtshalber gleich noch eine SMS.

Dann schaltete ich den Computer aus, tapste barfüßig in die Küche und berührte die geschliffene Obstschale, die auf der Anrichte stand. Die rautenförmigen Facetten der Schale begannen in allen Regenbogenfarben zu erstrahlen, und auch die eingravierten Schriftzeichen glühten. Ich fasste in die Schale … und ein goldener Apfel erschien darin.

»Symbol der Fruchtbarkeit«, flüsterte die Schale, *»die verbotene Frucht. Das vergiftete Geschenk. Gesundheitsbringer. Ein Apfel pro Tag hält dir die Vampire vom Hals.«*

Ich seufzte gereizt. »Du weißt ganz genau, dass ich keine Äpfel mag«, sagte ich. Genauso wenig wie besserwisserische Obstschalen. Die Schale war ein Geschenk von Clíona, aus Dankbarkeit dafür, dass ich Engel an Halloween für sie gefunden hatte. Die magische Blutfrucht war das Äquivalent von G-Zav, dem Fae-Methadon für Venomsüchtige. Es konnte meine Sucht zwar nicht kurieren, sie aber so weit in Schach halten, dass ich die Kontrolle über mich behielt. Solange kein Vampir seine Zähne in meinen Hals schlug, jedenfalls.

Die Schale gab ein leises, irritiertes Hüsteln von sich, dann verschwand der Apfel, und an seiner Stelle erschienen fünf funkelnde, silbern glänzende Brombeeren. »*Heilige Gottesfrucht. Feenfrucht. Wundheiler. Saat der Hoffnung und der Wiedergeburt* …«

»Ja, ja, hab schon kapiert«, brummelte ich und holte die Beeren aus der Schale. Sie schmeckten saftig und ein wenig säuerlich und ganz zart nach Lakritze, dem Geschmack von Vampir-Venom. Wie warmes Blut floss mir der Saft durch die Kehle und brachte meine Libido mächtig in Wallung. Das war der Grund, warum ich danach gerne einen Becher kaltes Lammblut trank, weil mir das die Flausen austrieb. Dennoch war ich nicht bereit, das restliche Blut vom Boden zu lecken, und wenn es Sylvia noch so geschmeckt haben mochte. Es würde auch so wieder nachlassen, spätestens dann, wenn ich das Ziel meines heutigen Abends erreicht hätte.

Und da mir allmählich das Tageslicht ausging, wurde es Zeit, in die Gänge zu kommen.

Ich zog mir rasch das T-Shirt aus, drehte die Innenseite nach außen und zog es wieder an. Dann verstaute ich meine Haare unter meiner schwarzen Baseballkappe mit dem »Du-siehst-mich-nicht-Zauber«, eine Vorsichtsmaßnahme, die ich bei meinen diesbezüglichen Ausflügen immer traf. Und bis jetzt schien es funktioniert zu haben: Den Fae waren meine Exkursionen entgangen, obwohl Stirnband mir offenbar nachspioniert und auch Finn immer ein wachsames Auge auf mich hatte.

Ich holte den Rucksack mit dem eingearbeiteten Kühlfach unter der Spüle hervor, machte den Kühlschrank auf und nahm die drei Blutbeutel – *mein* Blut – heraus. Die Blutfrucht half mir zwar, meine Venomsucht zu kontrollieren, aber wie jeder, der unter dieser Erkrankung litt, produzierte auch mein Körper einen Überschuss an Blut. Beutel waren besser als Egel, den überschüssigen Lebenssaft loszuwerden.

Es wurde Zeit, mich nach Sucker Town aufzumachen, meine wöchentliche Blutspende abzuliefern und zu sehen, was ich über Malik herauskriegen konnte, bevor der schöne, beschützende und vielleicht noch immer zornige Vampir sich auf meine Bitte hin bei mir meldete.

18. Kapitel

»Sind Sie sicher, dass Sie hier rauswollen?« Der Taxifahrer nahm mürrisch mein Geld entgegen. »Diese Blutsauger, die sind einfach nicht normal. Einer von meinen Kumpels, seine Tochter hat sich mit denen eingelassen und ist am Ende im Entzug gelandet, in dieser HOPE-Klinik. Und eins muss ich Ihnen noch sagen: Hier in dieser Gegend kriegen Sie nach Einbruch der Dunkelheit kein normales Taxi mehr. Nur noch diese *Gold Goblin Taxis*, in denen Kobolde sitzen. Ist Vorschrift, wissen Sie.«

Ah, Sucker Town, Heimat der B-, C- und H- wie Horror-Liste-Vamps, von Venom-Junkies und Blut-Groupies und der einen oder anderen Fang-Gang. Mittlerweile haben allerdings verschärfte Lizenzgesetze, Knüppel-Kobold-Sicherheitsfirmen und die örtlichen Vamps, die auch etwas von den fetten Touristendollars abbekommen wollen, die die großen Clubs in den traditionellen Vergnügungsvierteln der Stadt einstreichen, für etwas gemäßigtere Zustände gesorgt. Es ist nun längst nicht mehr so gefährlich wie früher, ja, wie noch vor sechs, sieben Monaten. Und dank Malik und seines persönlichen Schutzes war ich in Sucker Town – das die Fae meiden wie die Vampire das sprichwörtliche Sonnenlicht – nun sicherer als in jedem anderen Londoner Stadtviertel.

Ich schenkte dem Taxifahrer ein zynisches Lächeln, stopfte meine Tarnkappe in meinen Rucksack und warf ihn mir über die Schulter. »Ja, ich bin sicher«, sagte ich zu dem sichtlich besorgten Mann, »aber trotzdem danke für Ihre Warnung.«

»Wie Sie wollen. Ist ja Ihre Beerdigung«, sagte er, noch mürrischer als zuvor, und fuhr, eine dunkle Abgaswolke hinter sich herziehend, davon.

»Heute ist wohl jeder ein Komiker«, brummelte ich. Dann drehte ich mich zum Eingang von Sucker Towns neuestem und heißestem Vampir-Etablissement um: dem Coffin Club.

Ich warf einen Blick zur Sonne, die sich soeben anschickte, hinter den Lagerhallen unterzugehen. Auch das verlassene Industriegebiet auf der anderen Straßenseite schickte lange Schatten zu mir herüber. Ich schüttelte mich unwillkürlich, von einer dunklen Vorahnung heimgesucht. Anstatt den Club zu betreten, schlenderte ich an dessen Frontseite entlang, vorbei an den Postern, auf denen die Vampir-Stars des Clubs prangten, darunter auch Darius, den zu sehen ich hergekommen war. Bloß, dass es jetzt nicht mehr Darius war, sondern William, wie bei William Wallace, dem schottischen Freiheitskämpfer. Auf dem Ganzkörperposter war er in einem prächtigen Kilt mit allem Drum und Dran abgebildet (allerdings ohne blaue Gesichtsbemalung). Der dunkelblonde Vamp sah großartig aus, aber das tat er ja immer. Selbst als er noch kein Vampir, sondern das Schoßhündchen eines Vampirs gewesen war, hatte er ausgesehen, als wäre er gerade vom Cover eines Liebesromans gehüpft.

Darius und Sharon, seine Mottenfreundin, waren mir letztes Jahr an Halloween zu Hilfe geeilt. Darius hatte den Dämonenangriff überlebt, Sharon leider nicht – aber als sie starb, bat sie mich, mich um Darius zu kümmern, und dieses Versprechen wollte ich halten, nicht nur, weil ich tief in ihrer Schuld stand.

Das Problem war, dass die Einlösung dieses Versprechens inzwischen viele Komplikationen mit sich brachte – Komplikationen, die ich nicht erwartet hatte. Das erste Mal, als ich nach ihm sah, kurz nach dem Angriff, hatte ich mich mit so vielen Schutzzaubern behängt, dass ich heller leuchtete als die Regent Street in der Weihnachtszeit. Malik hatte mir zwar seinen Schutz zugesichert, aber es wäre töricht gewesen, sich allein darauf zu verlassen. Ich hatte erwartet, dass mich die Vamps verfolgen würden wie ein besonders leckeres Kuchenstück, stattdessen jedoch brachen sie sich fast die Hälse in ihrer Hast, mir aus dem Weg zu gehen. An meinen Schutzzaubern konnte es nicht liegen – Vampire können keine Magie wahrnehmen –, also blieb nur der Schluss, dass es Malik sein musste. Was, um Himmels willen, hatte er getan, um den Vamps eine solche Angst einzujagen?

Die Antwort hatte nicht lange auf sich warten lassen.

Darius klärte mich auf: Offenbar hatte Elizabetta, das Oberhaupt des Golden Blade Clans, in der Guy-Fawkes-Nacht einen Riesenauftritt hingelegt. Sie hatte alle vier Londoner Blutfamilien zusammengerufen, um Zeuge ihrer Selbsternennung zum neuen Oligarchen und fangzähnigen Oberhaupt von Londons Hoher Tafel zu werden (den Letzten hatte ich umgebracht, der Posten war also wieder zu haben). Elizabetta stellte sich auf den Thron inmitten der Kampfarena, recke ihr anderthalb Meter langes Bronzeschwert in die Höhe und verkündete mit lauter Stimme, dass jeder, der ihr diese Position streitig machen wolle, hier und jetzt vortreten solle. Die erforderliche Warteminute war beinahe abgelaufen gewesen, und Elizabetta hatte bereits triumphierend zu grinsen begonnen, als ihre Brust plötzlich zu explodieren schien. Blut spritzte in alle Richtungen, und ein faustgroßes Loch tauchte an der Stelle auf, wo ihr Herz gewesen war; der Kopf wurde ihr exorzistenmäßig vom Körper gerissen und flog hoch in den Nachthimmel hinauf, wo er verschwand; der Rest ihres Körpers ging in Flammen auf. Wenige Sekunden später blies ein nicht vorhandener Wind ihre Asche davon.

»Keiner weiß, wie Malik al Khan das angestellt hat«, hatte

Darius mir, mit einem Ausdruck von Heldenverehrung, berichtet. »Ich meine, er war gar nicht da, und niemand hat was gesehen oder gefühlt. Und dann taucht er plötzlich auf dem Tower Hill auf, in der einen Hand Elizabettas Kopf, in der anderen ihr bluttriefendes Herz. Er hat 'ne halbe Stunde gebraucht, um den Thron in der Kampfarena zu erreichen – sie haben ihn aus der Luft mit einem Helikopter gefilmt. Elizabettas Kopf hat ihn die ganze Zeit über angekeift, bis er den Thron erreichte. Da hat er dann ihren Kopf hochgeworfen, und er ist zu Asche zerplatzt. Danach hat natürlich keiner mehr den Mumm gehabt, ihn herauszufordern.«

»Und du, warum hast du keine Angst, mit mir zu reden?«, hatte ich gefragt, hin und her gerissen zwischen fassungsloser Bewunderung und einer vagen Sorge, dass Maliks Auftritt vielleicht nur Spiegeltricks und Show gewesen sein könnte und er in Wahrheit gar nicht so mächtig war.

»Ich gehöre von meinem Blut her zum Blue Heart Clan«, erklärte Darius, »aber ich bin dem Clan nicht verpflichtet, weil Rio sich nicht darum gekümmert hat, mich nach der Umwandlung den Treueeid schwören zu lassen.«

Rio, seine Sponsorin, hatte ihm die Gabe nur für ihre eigenen finsteren Zwecke verliehen. Sobald sie ihn nicht mehr brauchte, hatte sie ihn auf die Straße gesetzt. Und da neugeborene Vampire zur »Fütterung« auf ihren Herrn und Meister angewiesen sind, hatte Darius' Zukunft alles andere als rosig ausgesehen – bis ein böser Zauberer sich seiner annahm und ihn zu seinem Schoßhündchen machte.

Derselbe Zauberer, dessen Seele ich konsumiert hatte.

»Ich hab damals also nie einen Schwur geleistet« – er fuhr sich mit einer Hand durch sein schulterlanges dunkelblondes Haar – »und auch seitdem nicht, nicht mal dem Zauberer. Ich bin niemandes Eigentum, niemand kann mir sagen, was ich tun und lassen soll, nicht mal Malik al Khan, und das heißt, dass ich mit dir reden kann und er kann nichts dagegen tun, weil ich ja nie geschworen hab, dass ich nicht mit dir rede.«

Vamps und ihre Regeln und Gesetze: Sie halten sich daran, im Leben wie im Tod.

»Ich bin au-to-nom!«, verkündete er stolz. Seinem kleinen Zwischenakt mit dem Zauberer hatte er es zu verdanken, dass er die erste Phase eines Vampirlebens, die hauptsächlich aus der Abhängigkeit des Baby-Vampirs von seinem »Vater« besteht, einfach übersprungen hatte. Was ihm ungeheures Selbstvertrauen gab. Darius, von Natur aus gutmütig, war davor immer ein Jasager gewesen, um nicht zu sagen eine Fußmatte, das klassische Opfer. Jetzt jedoch musste er vor niemandem kuschen, nicht mal vor dem Vampir, vor dem alle anderen Vamps sich fangzähneklappernd verkrochen. Das machte ihn stolz und mich ebenfalls. Ich schwor mir innerlich, gut auf ihn aufzupassen. Schließlich wollte ich nicht, dass ihn das den Kopf kostete wie den echten William Wallace.

Aber als ich das nächste Mal nach Darius schaute, das war kurz nach Weihnachten, standen die Dinge nicht mehr so gut. Die Magie, die der Zauberer benutzt hatte, um Darius' Vampirkörper auch ohne das Blut seines Ursprungsvaters (in diesem Fall -mutter) am Leben zu erhalten, hatte sich erschöpft. Als nur sechs Monate alter Vampir brauchte Darius mehr als menschliches Blut, um am Leben zu bleiben. Infolgedessen war er in einen Blutrausch verfallen. Glücklicherweise – oder auch nicht, je nachdem, wie man es betrachtete – hatten ihn die Motten (wie man die Mädchen nennt, die sich mit Vampiren prostituieren), bei denen er lebte, rechtzeitig in Ketten gelegt, bevor er jemanden umbringen konnte. Da er keine unmittelbare Gefahr für Menschen darstellte, hätten sich die anderen Vamps strafbar gemacht, wenn sie versucht hätten, ihm seine Gabe wieder zu nehmen – mit anderen Worten, ihn endgültig zu töten. Aber da er andererseits auch keinen Herrn hatte, der ihn mit seinem Blut versorgen konnte – und die Motten keinen für ihn fanden –, blieb ihm nur die Aussicht auf einen langen, qualvollen Tod.

Eine Blutspende von mir später, und Darius war fast wieder der Alte gewesen. Wie sich herausstellt, ist mein Blut fast ebenso wirkungsvoll wie das eines reifen Vampirs. Nun ist Darius also mein Schoßhündchen, mein Blutsklave. Meine Blutspenden erhalten ihm seine Gesundheit, daher also die drei Blutbeutel, die in meinem Rucksack herumschwappten. Die Ironie des Ganzen entging mir keineswegs: Seit elf Jahren versuchte ich, mit allen Mitteln zu verhindern, zur Blutsklavin eines Vampirs zu werden und mich aufgrund meiner 3V-Erkrankung von einem der Blutsauger abhängig zu machen. Ich war zwar jetzt keine Sklavin, aber ich war dennoch durch mein Blut an einen Vampir gebunden. Diese Situation gefiel mir nicht, und ich hatte vor, sie zu ändern, sobald sich ein anderer Ausweg bot. Den ich bis jetzt leider noch nicht gefunden hatte.

Und auch nicht finden würde, wenn ich weiter nur vor dem Club auf und ab lief, anstatt reinzugehen.

Ich schalt mich einen Feigling und befahl mir, zum Eingang zurückzugehen.

Der Coffin Club war der einzige Ort, an dem die neugierige Öffentlichkeit einen Blick auf Vampire in ihrer »Todesstarre« werfen konnte. Sie lagen dort schamlos in Glassärgen aufgebahrt, für jedermann sichtbar (der das Eintrittsgeld bezahlte). Wer immer der Vamp war, der sich das hatte einfallen lassen, musste einen abartigen Sinn für Humor haben – Vampire schlafen nämlich nie in Särgen, ob aus Glas oder einem sonstigen Material, all das war nur ein Mythos. In den Achtzigerjahren haben sie buchstäblich Blut und Dollars geschwitzt, um sich ihre »Menschenrechte« zu erstreiten. Sie engagierten die gerissensten Anwälte, denen es tatsächlich gelang, die Öffentlichkeit davon zu überzeugen, dass Vampire tagsüber nicht wirklich *tot* sind, sondern nur eine Art lichtinduzierten Winterschlaf halten, sobald die Sonne aufgeht.

Aber dank des Revivals der klassischen Vampir-Horrorfilme à la Dracula ist der Sarg das neue Schwarz, wenn es um die Geld- und Blutmaschinerie der Vamps geht. Und wenn Vampire mal ein Thema gefunden haben, das ihnen gefällt, dann halten sie sich auch daran, komme, was wolle: Daher die sargförmige Eingangstür mit ihren typischen Chrom-Sarggriffen, die sargförmige rote Neonreklame darüber – und das war nur der Anfang. Drinnen im Club wurde das Dekorthema bis zum Erbrechen weitergeführt. Das Einzige, was nicht sargförmig war, war die Klingel, ein dicker weißer Diamant: der Coffin Club ist Eigentum des White Diamond Clans.

Der Blutfamilie meines Vaters.

Verständlich also, dass mir erst mal das Herz in die Hose gerutscht war, als Darius mir erzählte, wo er seit Neuestem arbeitete und wohnte. Ich hatte bei meiner ersten Blutvisite gute zehn Minuten gebraucht, bis ich genug Mut aufbrachte, um auf den dicken Diamanten zu drücken, obwohl ich bei Überprüfung der Club-Website kein einziges bekanntes Gesicht aus meiner Vergangenheit entdeckt hatte. Danach entschloss ich mich trotzdem, meine Blutbeutel nur noch am helllichten Tag abzugeben. Man soll ja schließlich nicht sein Schicksal herausfordern, nicht wahr?

Ich rückte meinen Rucksack auf meiner Schulter zurecht und drückte mit wild klopfendem Herzen auf die Klingel. Den Kopf nach oben zur Überwachungskamera gewandt, hörte ich das Summen des Türöffners und trat ein.

19. Kapitel

Auch das geräumige Foyer des Clubs war ganz auf Bestattungsinstitut gestylt: schwarz gestrichene Wandpaneele, dicker schwarzer Teppichboden, einige kunstvoll arrangierte, langstielige weiße Lilien, die einen süßlichen Duft verströmten, plüschige weiße Samtbänke. Eine Vielzahl winziger UV-Spots an der Decke tauchten das Ganze in ein schummriges Solariumlicht. In diesem Licht sieht alles, was man anhat – sogar die Unterwäsche – schwarz aus. Der Weg zu dem natürlich sargförmigen Kassenhäuschen war mit den im UV-Licht unheimlich leuchtenden weißen Kordeln abgeteilt worden.

Vor der Tür, die in den Clubinnenraum führte, saßen mit aufgestellten Ohren und seitlich aus dem Maul hängender Zunge zwei riesige irische Wolfshunde und betrachteten mich aufmerksam mit Augen, die in diesem seltsamen Licht unnatürlich hellblau funkelten, und auch ihr langes grauweißes Fell glänzte silbern. Ich machte einen weiten Bogen um die Hunde. Nicht, dass ich Hunde nicht mag, aber ich hatte wie jedermann die Gerüchte gehört: Sie waren entweder Vampire oder wurden von den Vamps kontrolliert. Es war schließlich ziemlich riskant, einfach so im Glassarg herumzuliegen und nur von Menschen beschützt zu werden. Es gab jede Menge militante Fanatiker, denen die Blutsauger – und ihr wirtschaftlicher Erfolg – ein Dorn im Auge waren. Aber ich hätte selbst nach all meinen Besuchen im Club nicht sagen können, ob die Gerüchte wahr waren oder nicht.

Ich schlängelte mich durch den Zickzackkorso zur Kasse.

Dabei warf ich einen Blick zu den sargförmigen Bildschirmen hinauf, auf denen Kamerabilder der komatösen Vampire in ihren Glassärgen einander ablösten. Darius befand sich nicht darunter, er musste sich also in seinem Zimmer aufhalten. In dem Kassensarg saß der Tagesmanager des Clubs, Gareth, und blätterte gelangweilt in einer Zeitschrift; ich konnte sehen, dass es die *Bite Monthly* war, eine der bekannteren Vampir-Zeitschriften. Er trug wie immer seine Bestatteruniform: schwarzer Anzug und hoher schwarzer Zylinder mit schwarzem Trauerflor. Der Zylinder lag allerdings hinter ihm auf einem Regal. Der blonde Gareth sah aus wie ein Surfer-Boy, was so gar nicht zu seiner Traueraufmachung passen wollte.

»Ich dachte, um diese Zeit wäre mehr los«, bemerkte ich und hielt ihm gleichzeitig das Eintrittsgeld hin.

»Die Mitglieder lassen sich erst blicken, wenn Leben in die Vamps kommt. He, es ist schon nach fünf.« Er schaute stirnrunzelnd auf das Geld, nahm es aber nicht. Seine Augen sahen in dem UV-Licht beinahe so unheimlich aus wie die der Hunde. »Nach fünf Uhr nur für Mitglieder, Ms Taylor. So lauten die Regeln.«

»Jetzt komm schon, Gareth. Erstens mal bin ich kein Mensch, also gelten die Regeln nicht für mich. Und zweitens weißt du ganz genau, dass ich in fünf Minuten wieder draußen bin.«

»Bedaure, das kann ich nicht machen.« Er deutete auf die Überwachungskameras. »Das könnte uns unsere Lizenz kosten. Und die von der Stadtverwaltung schicken fast jede Woche jemanden zur Inspektion her. Die schauen sich auch die Bandaufnahmen an. *Und* ich riskiere meine Kandidatur.« Er riss den Mund auf und zeigte mir seine implantierten Fangzähne. »Wie soll ich je echte kriegen, wenn mich mein Sponsor fallen lässt. Kein anderer Vampir würde mich dann noch nehmen.« Er ließ seinen Mund hörbar zuschnappen. »Wenn Sie reinwollen, müssen Sie Mitglied werden.«

Ich umklammerte frustriert meinen Rucksackriemen. Einen Sponsor zu ergattern, der dir nach der Probezeit die Gabe verabreicht, ist sozusagen der Super-Jackpot unter den Lotteriegewinnen: die Aussicht auf Unsterblichkeit in den Reihen der erlauchten Blutsauger. Natürlich geht es bei dieser Lotterie weniger um Glück als um das richtige Aussehen, die richtige Einstellung und das Potential, mit Ersterem deinen Sponsor noch reicher zu machen. Eine Kandidatur war jedoch nicht so leicht zu ergattern, denn der Sponsor war sich natürlich im Klaren darüber, dass er seinen Zögling nun mindestens fünfzig bis hundert Jahre am Hals hatte, bevor er ihn guten Gewissens in die Freiheit entlassen konnte. Kein Vampir, der bei Verstand ist, wird die Gabe jemandem offerieren, der nicht tausendundeinprozentig loyal ist.

Es hatte keinen Sinn, sich mit Gareth herumzustreiten. »Was kostet die Mitgliedschaft?«, fragte ich grimmig.

»Nichts als ein bisschen Blut.« Zufrieden holte Gareth ein Formular unter der Theke hervor und schob es zu mir hin. »Nur noch auf der gestrichelten Linie unterschreiben.«

Blut mochte ja der Preis sein, aber das bedeutete nicht, dass ich ihn auch bezahlen musste. »Gut, dann gib mir jetzt zwei Armbänder.«

»Die darf ich erst rausrücken, wenn du gespendet hast, damit die Vamps nicht zu viel nehmen.«

»Laut Lizenzgesetz hast du Armbänder auf Nachfrage auszuhändigen, Gareth, das weißt du ganz genau.«

Er verzog das Gesicht. »Na ja, nicht viele fragen danach.« Er zögerte, dann nahm er aus einem Goldfischglas, das hinter ihm stand, widerwillig zwei Silikonarmbänder heraus und warf sie auf das Mitgliederformular. Sie leuchteten im UV-Licht.

Ich streifte sie über und zog das Formular zu mir her. Es war bereits vollständig ausgefüllt; alles, was noch fehlte, waren das Datum und meine Unterschrift. Ich schaute überrascht auf.

»Du hättest eigentlich gestern kommen sollen«, erklärte Gareth und reichte mir einen Stift, »und als du auch heute Mittag nicht kamst, wusste ich, dass du höchstwahrscheinlich heute Abend auftauchen würdest. Mir war langweilig, also habe ich das Formular schon mal ausgefüllt. Hier totelt's ja.«

»Haha«, brummte ich und begann das Formular durchzulesen. Ein Name und der dazugehörige Eintrag erregten meine Aufmerksamkeit.

Malik al Khan.

»Eigentümer?«, quiekte ich empört. »Blödsinn!«

»Wie?«, fragte Gareth verwirrt. »Ich habe die Daten aus der Datenbank deiner Blutfamilie kopiert. Dort sind alle deine Personalien erfasst. Und Malik al Khan wird als dein Eigentümer angegeben.«

Aha, eine Datenbank. Das erklärte alles – und nichts. »Nicht die Datenbank ist falsch, es ist das Konzept, das stinkt«, sagte ich durch zusammengebissene Zähne. Gareth schaute mich skeptisch an. Ihn schien »das Konzept« offenbar nicht zu stören. »Und wie sind meine Personalien überhaupt in dieser Datenbank gelandet?«

»Jemand muss sie eingegeben haben«, antwortete er schlagfertig.

Das war ja wohl klar. Aber *wer*? Eine Datenbank zu aktualisieren schien mir so gar nicht Maliks Art zu sein. Mein Blick fiel auf den Namen, auf den das Formular ausgestellt war, und mir sträubten sich die Nackenhaare: Es war mein *Geburtsname*, Genevieve Natalja Zacharinowa. Schockiert umklammerte ich den Stift.

Kacke. Dieser Clubbesuch wuchs sich allmählich zu einem Albtraum aus.

Ich unterzeichnete und schob das Blatt zurück. »Okay, jetzt hast du deine Unterschrift für die Kamera. Kann ich jetzt rein?«

»Minnie Maus?«, stotterte er erbost, »das kannst du …«

»Du hast den falschen Namen eingetragen, Gareth, ich kann alles machen, was …«

Ein tiefes Knurren ertönte.

Wir drehten uns um. Einer der Hunde hatte seinen Posten neben der Tür verlassen und starrte uns mit seinen unheimlichen hellen Augen an. Er fletschte die Zähne und präsentierte uns sein beeindruckendes Gebiss. An seinem Halsband hingen zwei diamantförmige Hundemarken.

»Das ist doch ein Hund, oder?«, fragte ich erschrocken. Ich *schaute* sicherheitshalber genauer hin. Aber bis auf eine Schale auf der Theke, in der sich eine wasserklare Flüssigkeit befand, schien hier nichts verzaubert zu sein. Der Hund schaute aus wie ein Hund, und nichts an ihm ließ auf etwas anderes schließen.

»Klar ist das ein Hund!«, rief Gareth gereizt. »Diese Gerüchte sind doch alles Lüge. Das sind keine Vampire, das sollen die Leute doch bloß glauben, damit uns die Terroristen vom Hals bleiben.« Gareth ließ seinen Blick verwirrt durch den Eingangsbereich schweifen. »Weiß nicht, was er hat. Ist doch gar keiner da.« Er winkte den Hund fort. »Husch, Max, geh wieder zurück an deinen Platz.« Der Hund rührte sich nicht. Gareth zuckte mit den Schultern und wandte sich wieder an mich. »Wo waren wir? Ach ja, *Ms Maus*, die Mitgliedschaft muss trotzdem noch für die Kameras besiegelt werden. Dann kannst du meinetwegen rein.« Er klopfte dreimal auf die Theke. Als sich daraufhin nichts tat, seufzte er und tauchte unter der Theke ab. Wenig später kam er wieder zum Vorschein, hielt einen winzigen, höchstens vierzig Zentimeter großen Monitor-Goblin am Kragen und setzte ihn zwischen uns auf der Theke ab. Der Kopf des Kerlchens wackelte trunken. Sein dunkelblauer Arbeitsoverall war ihm viel zu groß, er sah darin aus wie ein runzliges kleines weißhaariges Püppchen in Kinderkleidung. An seinen langen Hasenohren blitzten kleine weiße Diamanten.

»Neues Mitglied, Abraham, na mach schon.« Gareth deutete auf mich. »Gib ihm deine Hand, damit er dich überprüfen kann.«

Kobolde sind wie Trolle immun gegen Magie. Aber anders als Trolle können sie Magie erspüren. Goblins können eine Gedankenfessel aus zwanzig Schritten Entfernung ausmachen, und eine einzige Berührung reicht für sie um festzustellen, ob ein Mensch unter dem Einfluss von Vampir-*Mesmer* steht. Auch sind sie gar nicht in der Lage, zu lügen oder zu betrügen. Sie treiben das Wort »gesetzestreu« sozusagen auf die Spitze. Hat ein Kobold einmal in einen Pakt eingewilligt und ist dafür bezahlt worden, ist er weder bestechlich noch sonst wie korrumpierbar. Dies ist der Grund, warum Goblins so beliebt bei Menschen sind, die geschäftlich mit Vampiren zu tun haben. Und warum die Monitor-Kobolde in Vampirclubs als Aufpasser fungieren: Laut Gesetz dürfen Vampire weder *Mesmer* noch sonstige magische Tricks anwenden, um das menschliche Publikum in ihre Etablissements zu locken. Die Anwesenheit eines Monitorkobolds gibt den Menschen ein Gefühl der Sicherheit. Natürlich gibt es noch andere als die magischen Methoden, um Menschen zu etwas zu überreden, Methoden, gegen die das Gesetz keine Vorkehrungen getroffen hat.

Ich strich mit dem Zeigefinger über meinen Nasenrücken; das war die höfliche Grußform unter Kobolden. Dann streckte ich ihm meine Handfläche hin. Der kleine Kerl rückte seine dunkle Koboldbrille mit den steifen, würdevollen Bewegungen eines Volltrunkenen zurecht und erwiderte dann meinen Gruß. »Snichzfrüh?«, nuschelte er, an Gareth gewandt.

»Nein, Abraham, es ist nicht zu früh, und sie ist auch kein Mensch. Die Vamps können ihr keine Gedankenfessel anlegen, das hier ist nur für die Kameras.«

»'kay …« Er rülpste, und ein saurer Geruch breitete sich in dem Kassenhäuschen aus.

Ich riss erschrocken meine Hand zurück. »Ja *spinnt* ihr denn? Wisst ihr nicht, wie gefährlich es ist, einen Kobold, der bis zum Halskragen voll mit Methan ist, tagsüber aus dem Keller zu lassen? Wenn er nun einen Sonnenstrahl abkriegt?«

»He, reg dich ab!« Gareth bedeutete mir, meine Hand wieder auszustrecken. »Der explodiert schon nicht. Der Club ist absolut tageslichtsicher. Was für die Vamps funktioniert, funktioniert auch für diese kleinen Kerle.« Er stupste den Kobold sanft an. Als dieser nicht reagierte, nahm er seine Hand und drückte seine kleinen Finger um eine Siegelstange. »Jetzt komm, Abe, nun mach schon.«

»Handmiss«, nuschelte Abraham.

Stirnrunzelnd streckte ich erneut meine Hand vor. Abraham tauchte einen Finger in die Schale und strich damit so leicht, dass ich kaum spürte, wie mir sein scharfer Fingernagel die Haut aufritzte, über meine Handfläche. Dann drückte er die Siegelstange in mein Blut, beugte sich schwankend vor und klatschte das Siegel neben meine/Minnies Unterschrift.

Fassungslos starrte ich den sauberen rautenförmigen Schnitt auf meiner Handfläche an. Wie hatte er das so blitzschnell hinbekommen? Und *wieso*? »Okay«, sagte ich gefährlich langsam, »seit wann wird hier Blut *und* Magie zur Besiegelung einer Unterschrift benutzt?«

»Ach, das war so eine Idee von einem der Vamps. Er dachte, es wäre eine tolle Show«, sagte Gareth wegwerfend, »und die Kundschaft ist auch ganz scharf darauf.« Er packte Abraham und setzte ihn hinter sich in einen Kinderhochsitz. Dann zeigte er mir seine eigene Handfläche: Auch darauf prangte ein rautenförmiges Zeichen, das im UV-Licht weißblau leuchtete. »Unsichtbare Tinte aus Tonic Water. Leuchtet unter UV-Licht und wird von einem Zauber festgehalten. Ist dasselbe wie die wasserfeste Tinte, die in den anderen Clubs benutzt wird. Aber viele Kunden möchten nicht, dass jemand merkt, dass sie in einem Vampirclub waren« – er kräuselte verächtlich die Oberlippe – »also passt es allen Parteien.«

Kacke. »Wie lange hält das denn?«

»Lange genug«, sagte eine dunkle, sonore Stimme.

Ich fuhr erschrocken herum. Etwa einen Meter von mir entfernt stand ein attraktiver, vom Aussehen her etwa vierzig Jahre alter Vampir. Ein onkelhaftes Lächeln umspielte seine Lippen, seine Zähne blitzten, doch lächelte er so, dass die hervorstehenden Spitzen seiner Fangzähne verborgen blieben, ein Trick, den vor allem die Älteren unter den Vampiren beherrschten.

Ich kannte den Vampir: es war Fjodor Andrejewitsch Zacharin, der Oberhäuptling der White-Diamond-Blutfamilie.

20. Kapitel

Ich musterte Fjodor grimmig von Kopf bis Fuß: lange, silberweiße Haare, langschößiger Uniformrock (kein echter, nahm ich an, aber er hatte jede Menge weiße, geflochtene Litzen und Schulterstücke, in denen Diamanten aufblitzten), Weste und Kniehose, dazu blank geputzte Lederstiefel. Seine Kleidung war vollkommen weiß, bis auf die Stiefel, die waren schwarz. In seinem altmodischen weißen Binder steckte eine Krawattennadel mit einem derart dicken Diamanten, dass selbst eine Koboldkönigin schwach geworden wäre. Seine Kleidung leuchtete im UV-Licht, als wäre er von einer geheimnisvollen Aura umgeben. Neben ihm hockte hechelnd der Wolfshund mit den zwei diamantenen Hundemarken. Sein silberweißes Fell sah fast genauso aus wie die Haare des Vampirs.

»Darf ich raten?«, fragte ich und war froh, dass man meiner Stimme die Angst überhaupt nicht anmerkte. »Sie sind entweder zu einer schwulen Elfenhochzeit eingeladen oder machen Reklame für ein Waschmittel, das die weiße Wäsche *wirklich* rein wäscht.«

Der Hund stieß ein kehliges Knurren aus. Wie zur Antwort ertönte von allen Seiten bedrohliches Knurren. Ich schaute mich erschrocken um. Gareth' Gesicht war zu einer Maske erstarrt – der Vampir musste ihm eine Gedankenfessel angelegt haben –, und der kleine Kobold hing schnarchend in seinem Hochstühlchen. In der Eingangshalle standen nun ein halbes Dutzend Wolfshunde herum und versperrten mir knurrend den Weg zum Ausgang. *Na toll. Von Hunden umzingelt.*

»Genevieve ist unser Gast, Max«, sagte Fjodor, der geisterhaft leuchtende Vampir, warnend. Ich richtete meinen Blick wieder auf ihn und sah, wie er den Kopf des Hundes tätschelte.

Ich ließ meinen Rucksack von meiner Schulter gleiten und umklammerte den Riemen. Die Blutbeutel waren zwar nicht schwer, die zwei Ziegelsteine, die ich außerdem darin aufbewahrte, aber schon. Auf diese Weise beschwert, hatte mir der Rucksack schon das eine oder andere Mal aus der Klemme geholfen. Ich mochte ja unter Maliks Schutz stehen, aber es war nie verkehrt, auf der Hut zu sein. Vampire neigen dazu, unversehens einen Überheblichkeitskomplex zu entwickeln; oder sie bilden sich ein, sie hätten ein Schlupfloch gefunden, das ihnen erlaubt, die Regeln zu brechen, ohne hinterher ihren Kopf dafür einlösen zu müssen.

»Gäste dürfen normalerweise gehen, wann sie wollen«, bemerkte ich. Jetzt bereute ich es, meine letzten Stachelbällchen an Sylvia, die Dryade, verschwendet zu haben. »Und übrigens, haben Sie Ihrem Herrn und Meister Malik al Khan nicht geschworen, sich von mir fernzuhalten?«

»Ich bitte Sie, Genevieve, haben Sie keine Angst.« Er breitete entwaffnend die Arme aus. »Hier müssen Sie sich nicht fürchten. Wir respektieren Malik al Khans Gebot. Wir möchten Ihnen außerdem den Schutz und die Gastfreundschaft des White-Diamond-Bluts offerieren.«

Gott sei Dank. Ich entspannte mich ein wenig, blieb aber weiterhin auf der Hut. Schutz- und Gastfreundschaftsangebote waren gut und schön, aber noch lieber wäre mir gewesen, er wäre überhaupt nicht erst aufgetaucht, um mit mir zu reden.

»Aber selbst ohne diese Zusicherungen wären Sie hier bei uns sicher«, fuhr er fort und lächelte dabei auf eine Weise, als ob ich einen Hauptgewinn gemacht hätte, »denn wir sind schließlich Ihre wahre Blutfamilie.«

Ich hob abwehrend die Hand. »Moment mal! Mein Vater mag ja zum White Diamond Clan gehören, aber ich bin kein Vampir, und ich leugne jede Blutverbindung zu diesem Clan.« Zumindest so lange, bis ich genau wusste, worauf ich mich da einließ.

»Genevieve, ich versichere Ihnen, dass wir nichts Böses wollen. Ich weiß nicht, ob es Ihnen bekannt ist, aber wir sind durch mehr verbunden als nur durch unser Vampirblut. Ich bin sozusagen Ihr menschlicher Verwandter. Darf ich mich vorstellen« – er schlug zackig die Hacken zusammen – »Fjodor Andrejewitsch Zacharin. Ihr Vater, Andrej Juriewitsch Zacharin, hat mich einst selbst mit der Gabe beschenkt. Aber das ist nicht alles, er ist überdies mein Verwandter väterlicherseits: genau gesagt, er ist mein Urgroßvater. Sie sehen also, Genevieve Natalja Zacharinowa, wir sind Cousins. Cousins zweiten Grades. Wir sind eine Familie.«

Na toll, das hatte mir gerade noch gefehlt: ein Haufen verschollener Verwandter. Blutsaugender Verwandter.

Sein Lächeln wurde breiter, ich konnte kurz seine Fangzähne erkennen. »Sie erinnern sich sicher nicht mehr daran, aber ich hatte die Ehre, bei Ihrer Taufe anwesend zu sein. Nun, vielleicht erinnern Sie sich aber daran, dass ich bei Ihrer Vermählung mit dem Autarchen anwesend war. Ich bat Sie, die Freundlichkeit zu haben, mich Cousin Fjodor zu nennen.«

Da fiel es mir wieder ein: Ich hatte ihn tatsächlich bereits ein Mal gesehen, an der Seite meines Vaters. Er hatte damals ganz genauso gelächelt wie jetzt. Doch dann krallte sich die Angst, die mich jedes Mal beim Gedanken an den Autarchen überfiel, wie eine Eisenfaust um meinen Magen. Ich starrte ihn an, hätte am liebsten geschrien: *Wenn du da warst, warum hast du mir nicht geholfen?!* Ich war außer mir vor Wut darüber, dass er tatenlos zugeschaut hatte. Und jetzt besaß er auch noch die Frechheit, von mir zu erwarten, ich würde mich gerne an ihn erinnern! Ich funkelte ihn zornig an. »Soll das ein Witz sein?«, fragte ich grimmig.

Er runzelte verwirrt die Stirn. »Nein, wieso sollte ich Sie zum Lachen bringen wollen?«

»Ach, das wissen Sie nicht? Na, mal sehen: Da wäre mein Hochzeitstag, als man mich wie eine Zuchtstute vor Hunderten von Vampiren vorgeführt hat, die ich nie zuvor in meinem Leben gesehen habe. Und die einzige Freundin, die ich hatte, ein Faelingmädchen, wurde vor meinen Augen von dem Autarchen gefoltert und getötet. Und dann sagt er mir auch noch, das sei ein *Hochzeitsgeschenk, um mir eine Freude zu machen*! Und ihr alle habt bloß dagestanden und *zugeschaut*!« Ich schrie fast, hatte einen sauren, galligen Geschmack im Mund. »Und da fragen Sie, ob ich mich noch an Sie erinnere!«

Der Hund stieß ein lauteres Knurren aus.

»Schsch, Max.« Fjodor kraulte den Hund zerstreut zwischen den Ohren. Sein Lächeln hatte merklich an Strahlkraft verloren. »Ich kann verstehen, warum Sie kein Verständnis für die Sorge des Autarchen um Sie aufbringen können; in der heutigen Zeit werden Verstöße wie dieser nicht mehr so hart geahndet, wie sie es verdienen. Aber dieses Mädchen hatte nichts anderes verdient. Sie war ein Emporkömmling, nichts weiter.« Er machte eine beschwichtigende Handbewegung. »Sie hat versucht, Sie von Ihrem Platz zu verdrängen und die Autorität des Autarchen zu unterminieren. Was hätte er sonst tun sollen?«

»Ihr eine Rüge erteilen und sie entlassen? Egal was, aber nicht das, was er getan hat.« Ich ballte die Fäuste, ließ meinen Rucksack leicht hin und her schwingen. Wie gerne hätte ich ihn in sein dummes, arrogantes Gesicht geschlagen! Der Hund bellte warnend. »Und übrigens, bloß dass Sie es wissen: Das *Vergehen* hat der Autarch begangen, nicht das Mädchen. Sie war erst *siebzehn*, nur drei Jahre älter als ich, und er ist der Prinz, der Typ, vor dem ihr alle im Staub liegt. Was hätte sie tun sollen, als er anfing, ihr Geschenke zu machen und sie zu bumsen? Nein sagen?!«

Der Hund riss das Maul auf und sprang. Fjodors scharfer Ruf ging in seinem Gebell unter.

Ich warf mich nach hinten, riss den Rucksack hoch, um meinen Hals zu schützen, und landete hart auf dem Teppich. Ich bekam einen Moment lang keine Luft mehr. Meine Wut verpuffte. Es war blödsinnig von mir gewesen, mich so von meinen Gefühlen überwältigen zu lassen. Adrenalin schoss mir kribbelnd durch die Adern. Ich hörte den Hund fauchen, sein Fell streifte mich, und der Rucksack wurde mir entrissen. Der Wolfshund japste schrill, ich zog die Knie an und presste das Kinn an die Brust, rollte mich ein wie ein Igel, um möglichst wenig Angriffsfläche zu bieten. Ich erwartete jeden Moment, die Zähne des Hundes zu spüren.

Dann hörte ich Fjodor etwas rufen, in einer mir unbekannten Sprache. Ich rollte mich ab und prallte gegen etwas Hartes: eine Wand. Meine Gedanken rasten, fieberhaft suchte ich nach einem Ausweg, einer Fluchtmöglichkeit. Selbst wenn der Hund mich nicht zerriss, wäre es alles andere als angenehm, unter einer hundertfünfzig Pfund schweren Bestie eingeklemmt zu werden. Mehrere Sekunden vergingen, bevor mein adrenalinumnebelter Verstand realisierte, dass die Hundeattacke ausblieb. Ich spähte ängstlich unter meinen Armen hervor.

Fjodor umklammerte den Hund, der auf den Hinterbeinen stand und winselte. Der linke Arm des Vampirs war um die Brust des Hundes geschlungen, mit der rechten Hand zerrte er an dessen Halsband. Das sah einfach bei ihm aus, aber selbst ein neugeborener Vampir kann das Dach eines Autos abreißen, als würde er mal eben eine Dose Sardinen öffnen. Der Hund war deutlich im Nachteil, seine Gegenwehr begann zu erlahmen. Ich warf einen Blick zum Ausgang. Die Hunde hockten immer noch davor, schienen sich jedoch nicht um die missliche

Lage ihres Rudelführers zu kümmern. Als ich mich umdrehte, sah ich, dass Fjodor dem Wolfshund etwas ins Ohr flüsterte. Er sprach so leise, dass ich die Worte nicht verstehen konnte.

Es knisterte, Magie lag in der Luft. Ich zappelte unbehaglich. Das silberweiße Fell des Hundes begann zu leuchten, jedes Haar sah auf einmal aus wie dünner Faseroptikdraht. Die Haare wurden kürzer, schienen in den Körper hineingesaugt zu werden, wie bei einem Vakuum. Der haarlose Leib des Hundes leuchtete einen Moment lang geisterhaft, dann gab es eine Explosion. Geblendet blinzelte ich und schaute mich um: Anstelle des Hundes hielt Fjodor nun den nackten Körper eines Mannes in den Armen. Das lange platinblonde Haar des Nackten verbarg sein Gesicht. Eine Sekunde lang waren beide stumm, dann riss der nackte Mann den Mund auf und stieß ein schrilles, grässliches Kreischen aus, bleckte dabei alle vier Fangzähne. Fjodor riss an der Kette und würgte den Schrei ab. Dann ließ er den anderen Vampir mit einem enttäuschten Seufzer los.

Max, der Hund/Vampir, sank leblos zu Boden.

Ich setzte mich vorsichtig auf, behielt jedoch die anderen Hunde im Auge. Ich war nicht sicher, ob Fjodor mich gerade davor bewahrt hatte, das Frühstück von Max zu werden, oder ob das Ganze nur ein gerissener Plan war, um es so darzustellen, als würde ich in seiner Schuld stehen. »Dann stimmt es also, was man so hört«, sagte ich, »Ihre Vampire können sich in Hunde verwandeln.«

»Gareth«, sagte Fjodor, ohne mich zu beachten, »bring Max bitte seinen Mantel.«

Der ins Leere blickende Gareth kam sogleich mit einem wallenden weißen Samtmantel aus dem Kassenhäuschen gestürzt, wickelte Max sorgsam ein und band den Umhang am Hals mit einer Schleife zu. Das Ganze sah aus, als hätte er es schon oft gemacht – nur durfte er sich hinterher nie daran erinnern.

»Genevieve«, sagte Fjodor und deutete auf den am Boden liegenden Vamp. »Darf ich vorstellen? Das ist Maxim Fjodorewitsch Zacharin, mein Sohn und dein Cousin dritten Grades.« Er trat zu mir und bot mir seine Hand. »Ich muss mich für Max' unverzeihliches Verhalten entschuldigen. Und das, nachdem wir Ihnen unsere Gastfreundschaft zugesichert haben. Ich kann mir sein Verhalten beim besten Willen nicht erklären. Als Hund ist er allerdings ein wenig unberechenbar.«

Maxim? Hatte Malik den Vamp, der sich in unsere Traumlandschaft eingemischt hatte, nicht auch Maxim genannt? Ich schaute mir den Bewusstlosen genauer an. Jep, das war er. Ich hatte ihn schon beim letzten Mal nicht ausstehen können, als er mit miesen Tricks versucht hatte, mich in seine Gewalt zu bringen, sprich, mir den Blutschwur abzuringen. Jetzt, wo er bewusstlos war, war er mir schon bedeutend sympathischer.

Fjodors Hand ausschlagend, rappelte ich mich auf die Beine. »Und was ist mit denen?« Ich deutete auf die anderen Hunde.

»Oh, keine Sorge, die sind, was sie zu sein scheinen.« Er zupfte ein paar Hundehaare von seiner Weste. »Es sind hervorragend dressierte Wachhunde. Sie sollen unerwünschte Besucher fernhalten und dienen außerdem zur Tarnung, wenn Sie so wollen. Aber die Antwort auf Ihre Annahme lautet: Nein, es stimmt nicht, was man sagt; meine Form der Gabe erlaubt dem Jünger nicht, sich in einen Hund zu verwandeln. Max ist zwar mein leiblicher Sohn, aber die Gabe hat er weder von mir noch von Ihrem Vater erhalten.« Seine Miene war unbewegt, aber in seiner Stimme lag Bedauern. »Diese Ehre hat er dem Autarchen selbst zu verdanken. Eine Seltenheit, kann ich sagen, denn der Autarch gibt nicht gerne etwas von seiner Macht her. Die Magie, die durch die Adern meines Sohnes fließt, ist die seine.«

Ich fragte mich unwillkürlich, ob er wohl auch die psychotischen Tendenzen des Autarchen geerbt hatte. »Sie scheinen nicht gerade glücklich darüber zu sein«, bemerkte ich wachsam.

»Mein Sohn schuldet seine Treue dem Autarchen, eine Situation, die für Reibungen zwischen uns sorgt. Er kann recht empfindlich werden, wenn sein Herr kritisiert wird. Das ist der einzige Grund, den ich mir denken kann, um seinen Angriff zu erklären – für den ich mich noch einmal ausdrücklich entschuldigen möchte. Es war unverzeihlich, wo wir …«

Es gab ein dumpfes, feuchtes Geräusch, Blut spritzte mir ins Gesicht.

Aus Fjodors Brust ragte die Spitze eines Holzpfahls heraus.

Ich stieß ein erschrockenes Quieken aus, ich konnte nicht anders. Fjodor riss schockiert die Augen auf, umklammerte den Pfahl mit beiden Händen und versuchte, ihn aus seiner Brust herauszuziehen. Ich dachte schon, dass er es schaffen würde, doch da brach er leblos zusammen. Seine schöne weiße Uniform war blutbesudelt.

An seiner Stelle stand nun Maxim vor mir, in seinen weißen Samtmantel gehüllt, die langen platinblonden Haare zu einem Pferdeschwanz zusammengefasst. Seine Augen besaßen im UV-Licht einen unheimlichen weißblauen Schimmer. Wachsam starrte er mich an. »Der gute alte Paps«, sagte er und fletschte grinsend alle vier Fangzähne, »jammert herum wie ein altes Weib.«

Mein Magen krampfte sich zusammen, und mein Blick huschte beunruhigt über den gepfählten Fjodor: Er hatte recht, wenn er meinte, dass es zwischen ihm und seinem Sohn zu Reibereien kam. Ich schaute wieder zu Mad Max auf, und dabei wurde mir klar, dass ich ihn geradezu hasste, nun, da ich wusste, dass er dem wahnsinnigen Autarchen verpflichtet und möglicherweise selbst wahnsinnig war. Er stand breitbeinig vor mir und musterte mich mit einem frechen Grinsen.

»Na, die Zunge verschluckt, Kusine?« Er lachte meckernd. »Also, wo sollen wir anfangen? Gareth, geh und hole Hilfe.

Legt den guten alten Paps in einen Sarg.« Er stupste Fjodor mit einem Zeh an. »Oh, ach ja, und nehmt ja nicht den Pfahl heraus, das wird den Clubbesuchern gefallen. Wir können dann morgen den doppelten Eintritt für ihn verlangen. So, und jetzt, wo wir ihn losgeworden sind, liebe Kusine, können wir beide ein Schwätzchen halten.« Er tat, als würde er sich übertrieben besorgt umschauen. »Ah, kein Malik al Khan, um uns den Spaß zu verderben.«

Nicht zum ersten Mal wünschte ich, ich könnte zaubern oder hätte wenigstens ein Stachelbällchen zur Hand. »Was willst du von mir?«, fragte ich herausfordernd.

»Wie ich schon zu unserem geschätzten Oligarchen sagte, hätte ich da einen kleinen Vorschlag für dich.« Er rieb sich voller Genugtuung die Hände. »Aber der Türke war ja unausstehlich wie immer.«

»Lass mich raten«, sagte ich sarkastisch, »du versprichst, keinen meiner Freunde mehr zu entführen, wenn ich freiwillig zum Autarchen zurückkehre, damit er dir auf die Schulter klopfen kann?«

»Liebe Güte, nein!« Mad Max schüttelte sich theatralisch. »Wer will *ihn* schon da reinziehen? Wenn *er* wüsste, dass wir beiden Busenfreunde sind, würde er bloß von mir verlangen, dass ich dich ausliefere, und ich müsste es tun. Und würde obendrein wahrscheinlich zur Unterhaltung an die Gäste verfüttert werden.« Er tat, als würde er sich mit seinem Zeigefinger in den Kopf schießen. »Pah! Seine Heiligkeit mag ja total irre sein, aber ich doch nicht. Was glaubst du, warum ich's all die Jahre mit dem guten alten Paps ausgehalten habe? Bestimmt nicht wegen seiner erquicklichen Gesellschaft. Malik, andererseits, würde alles tun, um dich vor dem Zugriff des Autarchen zu schützen.« Ein manisches Grinsen breitete sich auf seinem Gesicht aus, seine Augen leuchteten, und er streckte die Arme zur Seite, wie ein Flitzer, der sich im Park vor einer

Horde Teenager entblößt. »Ist es nicht herrlich, wenn ein Plan endlich Früchte trägt?«

»Nicht mein Plan«, sagte ich grimmig und musterte ihn misstrauisch. War sein Überschwang gespielt? War er immer so? »Und es passt mir nicht, gegen meinen Willen als Geisel gehalten zu werden. Also nein, ich kann nicht sagen, dass ich mich bis jetzt besonders amüsiere.«

»Aber Kusinchen! Du bist doch nicht meine *Geisel*!« Er hob in gespieltem Entsetzen die Hände. »Ganz im Gegenteil! Nein, ich möchte doch bloß ein kleines Familienfoto, nur wir beide. Dann kannst du gehen, wann immer du willst.«

Ich hob skeptisch die Brauen. »Okay, das kapiere ich jetzt nicht. Du lässt die Geisel frei, bevor du das Lösegeld in der Hand hast? Aber das wäre, als würde man den Wagen vor das Pferd spannen. Also, wo ist der Haken?«

»Haken? Es gibt keinen *Haken*. Alles, was ich will, ist ein Foto. Ehrlich. Mein Gott, ich bin doch nicht blöd. Der Autarch hat ja vielleicht eine Schraube locker, aber er lässt sich leicht ablenken; aus den Augen, aus dem Sinn, so ist das bei ihm. Malik andererseits ist der reinste Elefant, vergisst nie was, gibt nie auf, bis er's dir heimgezahlt hat und du auf einmal ohne Rübe dastehst. Schau dir doch an, was er mit Elizabetta angestellt hat!« Er fasste sich theatralisch an den Kopf. »Nein, ich möchte den hier schon noch ein Weilchen behalten!«

Ich blinzelte. Malik war mir zwar tausendmal lieber als der Autarch, aber, he, es war was dran an dem, was Mad Max sagte … und wenn er wirklich nur ein Foto wollte?

»Also gut, wo ist der Fotoapparat?«

»Du kannst doch sicher mit deinem Handy fotografieren, oder?« Er lächelte und bauschte gewinnend seinen Umhang. »Mir sind leider gerade die Taschen ausgegangen.«

Immer noch voller Misstrauen, holte ich mein Handy aus meiner Jackentasche und reichte es ihm.

Er nahm es und bewunderte es, als wäre es mit Diamanten besetzt. »He, hübsches Gerät! Ich wusste gar nicht, dass dieses Modell schon zu haben ist.« Sein Daumen bewegte sich blitzschnell über die Tasten, schneller, als ich es mit bloßem Auge verfolgen konnte. »Ich hoffe, selbst bald so eines zu kriegen, von einer Kritikerin, die ich kenne. Sie meint allerdings, dass der ganze Hype um das Ding übertrieben ist.« Er runzelte die Brauen, schaute konzentriert auf das Handy. »Was meinst du?«

»Es ist ein Handy, es tut, was Handys können«, sagte ich zerstreut und überlegte währenddessen, ob ich mich an den Hunden vorbeischleichen könnte. Die meisten lagen mittlerweile ausgestreckt auf dem Boden und hielten ein Nickerchen. Wenn ich …

»Macht's dir was aus, wenn ich erst mal ein Foto von Paps schieße?« Er hob fragend den Kopf.

»Lass dich nicht aufhalten.«

Während er seinen armen gepfählten Vater knipste, begann ich mich Zentimeter für Zentimeter zum Ausgang zu schieben …

Mad Max' Arm schoss vor und umklammerte mein Handgelenk. »Erst das Foto, Kusinchen.« Das Lächeln, das jetzt seine Lippen umspielte, besaß nichts Gewinnendes mehr.

»Dann mach schon, beeil dich.« Ich riss meinen Arm los, und es überraschte mich, dass er es zuließ.

»Dann komm an meine Seite, Süße.« Er tätschelte seine linke Seite, dann hielt er das Handy hoch, die Linse auf sich selbst gerichtet.

Ich kam mir ein bisschen vor wie Alice, die ins Loch fällt, oder wie ein Verdammter, der das Schafott besteigt. Gehorsam stellte ich mich neben ihn.

Er schlang mit einem entzückten Lachen den Arm um meine Schulter. Ich biss die Zähne zusammen.

»Okay, und jetzt halt die Handfläche neben dein Gesicht und

zeig uns den Mitgliederstempel.« Er warf einen Blick hinauf zu den Deckenlampen und schob uns ein Stückchen zurück. »So, und jetzt schau in die Kamera – eins, zwei, *Cheeese*!« Es klickte, und ich wurde von einem grellen Blitz geblendet.

Ich kniff die Augen zu …

Und als ich sie wieder aufschlug, war auf einmal alles anders.

21. Kapitel

Mad Max, der aufgespießte Daddy, ja selbst die Hunde waren verschwunden. Das Foyer des Coffin Clubs war wie leer gefegt. Nur der kleine Monitor-Goblin schnarchte noch leise im Kassenhäuschen vor sich hin. Hatte ich das Ganze vielleicht nur geträumt? Ich schaute an mir hinab. Nein, mein T-Shirt war noch feucht von Fjodors Blut. Aber Gesicht und Hände waren wieder sauber. Wie war das zugegangen? Verdammte Vamps und ihre Tricks. Dieser Mistkerl musste mir eine Gedankenfessel angelegt haben, obwohl das eigentlich unmöglich sein sollte. Was wurde hier gespielt, verflucht noch mal?

Nun, ich konnte es mir fast denken: Mad Max wollte was von mir. Er traute sich zwar nicht, mich offen anzugreifen – so viel Respekt hatte er immerhin vor Malik –, scheute aber nicht davor zurück, mein Eigentum als Trumpfkarte zu benutzen: Mein Rucksack mit den Blutbeuteln und mein Handy waren fort. Auch begann ich mir allmählich Sorgen um Darius, meinen blonden Blutpinscher, zu machen.

Aber bevor ich den verrückten Hundevampir aus dem Loch treiben konnte, in das er sich mit meinen Sachen verkrochen hatte, ertönte ein melodisches Geläut wie die Klangabfolge von Big Ben. Die beiden Türflügel des Clubs schwangen auf, und eine Menschenmenge strömte lachend und kreischend herein.

Drei blassgraue Gestalten lösten sich aus der Menge und kamen mit wehenden Spitzenkleidern auf mich zugeflattert, die Gesichter schwarzweiß bemalt wie Pierrots: Es waren Motten aus dem Blutbordell, wo Darius zuvor gewohnt hatte. Ich konnte gerade noch einmal Luft holen, da warfen sie sich mir an den Hals. Dünne Arme umschlangen mich, schmale Hände ergriffen die meinen, raschelnder Tüll und Satin streiften meine Haut. Eine der Motten, Viola, drückte mir einen Schmatz auf die Wange; ihr Gesicht roch nach Reismehl und Theaterschminke. Ein zarter Lakritzduft stieg mir in die Nase, und Rissas langes weißblondes Haar streifte mein Kinn. Lucy war es, die ihre Arme um meinen Hals geschlungen hatte; ihre Haut schien förmlich zu glühen, eine Nebenwirkung ihrer Venomsucht. Lachend drückte ich sie alle an mich, freute mich über ihre enthusiastische Begrüßung.

Die Gegenwart verschwand, und eine Erinnerung bohrte sich wie ein Pfeil in mein Herz.

Sie schaut wie betäubt auf ihren kleinen Sohn hinab, den sie in den Armen wiegt. Die Hebamme hat ihn in die dunkelblaue Kinderdecke mit den aufgestickten roten Eisenbahnwaggons gewickelt, die sie erst vor zwei Tagen gekauft hatte, als sie sich einredete, dass schon alles gut gehen würde, dass ihre dunklen Vorahnungen trogen. Sie berührt seine winzige, perfekte Hand … aber die Fingerchen packen nicht ihren Finger, wie sie es sich während der Schwangerschaft so oft ausgemalt hat. Schlaff und leblos hängt das Händchen herab. Und da weiß sie plötzlich, dass ihr Söhnchen nicht mehr bei ihr ist, dass er sie verlassen hat.

Graces Amulett umklammert, schaute ich die drei Motten an. Sie standen in einem Halbkreis dicht um mich herum, fast als hätten sie Angst, ich würde davonrennen, wenn sie mich nicht aufhielten. Weiter vorn im Foyer drängten sich die Massen durch den Zickzackkordon zum Kassenhäuschen. Auf dem Sarggebilde hockte ein großer schwarzer Rabe und schaute mich an. Als er merkte, dass ich zu ihm hinsah, stieß er ein lautes Krächzen aus und flatterte davon, zum Eingang hinaus, ohne dass die Menschen ihn zu bemerken schienen, und verschwand im Nachthimmel.

Ich wandte mich wieder den Motten zu.

Die soeben erlebte Vision stammte von einer von ihnen, das wusste ich ebenso sicher, wie ich wusste, dass es die bittere Medizin der Morrígan war, die diese Vision hervorgerufen hatte. Ich wusste aber nicht, welches der Mädchen sein Kind verloren hatte; keine der drei schien gemerkt zu haben, was sie preisgegeben hatte. Außerdem hätte ich ohnehin nicht gewusst, was ich hätte tun können.

»Du weinst ja«, flüsterte Viola, schlang ihre dünnen Ärmchen wieder um meine Taille und drückte mich an sich. »Geht's dir nicht gut?«

»Doch, doch.« Ich nickte und wischte mir die Tränen aus dem Gesicht. Es ging mir schon wieder besser.

»Gut«, sagte sie und zog dann eine süße Schnute. »He, Genny, wir haben dich ja ewig nicht mehr gesehen! Du hast uns so gefehlt.«

»Ja, wir freuen uns riesig, dich wiederzusehen«, sagte auch Lucy und drückte meine Hand.

»Willst du Darius besuchen?« Rissa wischte mir mit einem Papiertaschentuch die Wange ab. »Lippenstift.« Sie schürzte ihre kirschroten Lippen und sagte: »Seit Darius nicht mehr da ist und du nicht mehr zu uns kommst, ist es einfach nicht mehr dasselbe.«

Ich lächelte entschuldigend. Erst jetzt wurde mir klar, dass auch sie mir gefehlt hatten. »Tut mir leid, Mädels, aber ich musste jetzt hierherkommen, um Darius zu sehen, und ohne ihn, na ja …« Ich wusste nicht mehr, was ich sagen sollte. Wir starrten einander verlegen an. Mir war nicht klar gewesen, dass sie sich über meine Besuche gefreut hatten – schließlich waren sie Darius' kleiner Freiwilligenharem sowie die meiste Zeit über auch noch sein Frühstück, Mittag- und Abendessen. Natürlich, wir hatten viel Spaß gehabt, wenn ich da war, aber ich war davon ausgegangen, dass sie mich vor allem als Darius' Blutversorger betrachteten und nicht als Freundin.

»Nein, es ist nicht mehr dasselbe ohne ihn, aber du hättest trotzdem mal vorbeikommen können.« Viola drückte mich erneut an sich. »Wir vermissen dich, ganz ehrlich.«

»Okay ...« Ich blinzelte; meine Kehle war auf einmal wie zugeschnürt. Meine Augen wurden schon wieder feucht. »Also ... ehrlich gesagt, ihr fehlt mir auch.« Ich lächelte. »Dann komme ich demnächst mal vorbei, wenn ihr einen freien Abend habt?«

»O ja!« Lucy reckte begeistert die Arme hoch.

»Toll«, schniefte Rissa lächelnd. »Du schuldest uns nämlich noch was im Poker.«

»Aha, jetzt wird mir alles klar!« Ich lachte. »Ihr wollt nur, dass ich wiederkomme, weil ich so grottenschlecht im Kartenspielen bin.«

»Na ja, das auch«, neckte mich Lucy. »Ach, Genny, es ist so schön, dich zu sehen.«

»Euch auch, Mädels.« Doch da merkte ich, dass eine von ihnen fehlte. Ich schaute mich erschrocken um. »Wo ist Yana? Es geht ihr doch gut, oder?«

»Yana geht's gut.« Lucy klatschte in die Hände. »Sie hat sich einen *Sponsor* geangelt, kannst du dir das vorstellen?«

»Ach nein?«, fragte ich verblüfft.

Lucy nickte begeistert. »Doch, es stimmt. Francine. Sie ist vom Golden Blade Clan. Die beiden kennen sich schon eine ganze Weile, aber die alte Hexe Elizabetta hatte was dagegen. Du müsstest Francine eigentlich gesehen haben, als du zu Besuch warst; sie saß meistens im Entspannungsraum – lange schwarze Haare, total sexy.«

»Ach ja, ich erinnere mich.« Francine war eine zierliche kleine Vampirin mit einer Schwäche für rote Lederklamotten. Sie hatte sich meistens scheu in den Ecken herumgedrückt und mich nie angesprochen, was ich verstehen konnte: Sie wollte schließlich ihren Kopf behalten. »Ist sie okay, diese Francine?«, fragte ich stirnrunzelnd. Meine Sorge um Yana war noch nicht ganz verflogen. Vampire, die sich in Blutbordells herumtrieben, waren meist süchtig nach dem »verbotenen« Biss, dem Biss in die Halsschlagader.

»Ach, sie ist ein richtiges Kätzchen«, beruhigte mich Lucy, »und so sexy!« Sie fächelte sich mit der Hand Luft zu. »Aber Yana geht's gut bei ihr; Francine ist eine von unseren Standbys.«

Die Haus-Standbys waren gewiefte Vampire, die sich vor allem auf die Überwachung des menschlichen Herzschlags verstanden. Ohne Standbys würden die Motten den ersten Halsbiss wohl kaum überleben, denn das Blut sprudelt dort wie Limonade. Die Standbys sorgen dafür, dass der Mensch nur so viel Blut verliert, wie er gerade noch aushalten kann. Aber selbst mit Standbys ist die Überlebensrate der Motten begrenzt; die meisten schaffen nicht länger als zwei Jahre, bevor ihr Körper aufgibt.

Wenn Yana es also wirklich geschafft hatte, sich einen Sponsor zu angeln, würde sie es ja vielleicht doch noch bis zur Unsterblichkeit bringen.

»Yana kommt später«, sagte Rissa. »Sie und Francine … na ja, sie sind *beschäftigt*.« Sie krümmte zwei Finger und deutete damit auf ihre linke Halsseite, an der sich bereits zahlreiche Bisse abzeichneten.

»Ach so.«

»Aber Francine beißt doch nicht in Hälse, oder?« Viola lachte, krümmte ebenfalls zwei Finger und zeigte damit auf Rissas Auschnitt.

»So was will Genny bestimmt nicht hören!«, quiekte Lucy und wurde rot vor Verlegenheit.

»Ach, Genny macht das nichts, oder?« Viola grinste süffisant.

»Spar dir das für Darius«, entgegnete ich lachend, »der weiß es bestimmt mehr zu schätzen als ich.«

Sie zog eine Schnute. In diesem Moment rief Lucy: »Schaut, die Kasse macht auf!« Sie packte mich bei der Hand und zog uns zur Absperrung. Unbekümmert drängelten sich die Motten – mit mir im Schlepptau – vor, bis nur noch fünf Leute vor uns standen. Zwei Pärchen hatten uns diesen Platz aufgehoben, offenbar Stammgäste, denn sie trugen schwarze Anzüge und hohe Zylinder mit Trauerflor. In den grau behandschuhten Händen hielt jeder von ihnen einen Strauß langstieliger weißer Lilien, die im UV-Licht eigenartig leuchteten.

»Siehst du die?«, flüsterte Lucy, meinem Blick folgend, und stupste mich, »Plastikblumen. Sie malen sie mit dieser Leuchtfarbe an, dann leuchten sie im UV-Licht; ich hab selbst gesehen, wie sie das letzte Woche auf dem Klo gemacht haben.«

»Ja, wir haben überlegt, uns auch solche Farbe zu kaufen und unsere Gesichter damit anzumalen, damit sie genauso leuchten wie unsere Handflächen«, zwitscherte Viola und hielt ihre Handfläche unters UV-Licht, damit ich ihren funkelnden Mitglieder-Diamanten sehen konnte. »Dann würden wir mehr auffallen.« Sie bauschte ihr ultrakurzes Tüllröckchen und streckte ihre kleinen Brüste vor. Im UV-Licht wirkten die vergilbten Kleider der Mädchen besonders schäbig. »Wir sehen in dem Licht ein bisschen billig aus, was meinst du, Genny?« Sie grinste.

»Ein bisschen schon.« Auch ich musste grinsen.

Lucy hüpfte ungeduldig auf und ab. »Na los«, brummelte sie. »Wir sind in den letzten drei Wochen immer zu spät dran gewesen. Darius war immer bereits für eine Privatparty gebucht. Deshalb wollen wir heute Abend unbedingt die Ersten sein.«

Endlich standen wir an der Kasse. Abraham, der Mini-

Goblin, war auch noch da, man hatte sein Stühlchen nach vorn an den Tresen geschoben. Er wirkte jetzt, wo der schlimmste Methanrausch verflogen war, schon ein bisschen lebendiger. Gareth war verschwunden; an seiner Stelle stand ein großer, hagerer Vampir hinter der Theke. Mit seinen scharf hervortretenden Wangenknochen und den eingefallenen Wangen passte er viel besser in das maßgeschneiderte Bestatterkostüm.

»Hände«, dröhnte er gelangweilt und zeigte mit einer UV-Taschenlampe auf den Monitor-Goblin.

Die drei Motten stürzten nach vorn und streckten Abraham ihre Hände hin. Ich selbst hielt mich dezent zurück.

»Immer langsam, Mädchen. Eine nach der anderen.« Der Vampir seufzte.

Die drei giggelten und zappelten. »O wie süß!«, quietschten sie, während Abraham ihre Handflächen überprüfte. Gleichgültig winkte der Vamp sie durch.

Nun trat ich an die Theke und präsentierte meine Handfläche. Abraham strich mit dem Finger über seinen Nasenrücken, dann berührte er meine Handfläche. »Sie dürfen reingehen, Miss«, sagte er mit seiner leisen, melodiösen Stimme.

Der Vampir richtete seine UV-Lampe auf meine Handfläche. Der rautenförmige Stempel leuchtete auf. Er stutzte und schnüffelte. Schnüffelte noch einmal. Dann beugte er sich vor, bis er auf Augenhöhe mit mir war, und starrte mich an. Sein Unterkiefer klappte herunter, deutlich konnte ich seine Fangzähne erkennen. »Ach, *Sie* sind es«, flüsterte er mit bebenden Nüstern. »Süüüß!« Seine Pupillen weiteten sich, das Schwarz verschlang Iris und Sklera. Seine Oberlippe kräuselte sich, und seine zwei nadelscharfen Giftzähne kamen hinter seinen Vorderzähnen hervor. Vom linken Giftzahn löste sich ein dicker, klarer Tropfen. Er schickte eine Gedankenfessel aus, die mich kaum spürbar streifte, als hätte er mit einer Feder nach mir geschlagen. Der Vamp konnte höchstens fünfzig Jahre alt sein.

Und er musste ein Vollidiot sein, wenn er glaubte, mir eine Gedankenfessel anlegen zu können. Auch musste er gefehlt haben, als das Memo über meinen Sonderstatus herumging. Ich stieß ein gereiztes Schnauben aus. Ein Idiot mochte er ja sein, aber ich wollte trotzdem nicht an seinem endgültigen Tod schuld sein, bloß weil er sich nicht beherrschen konnte.

Meine Faust schoss vor, und ich versetzte ihm einen Kinnhaken, der ihm den Mund mit einem hörbaren Schnappen schloss. »Jetzt pass mal gut auf, du minderbemittelter Blutsauger!«, knurrte ich, »entweder du machst Schluss mit der Schnüffelei und gehst offline, oder du hast in Kürze keinen Kopf mehr auf den Schultern.«

Angst und Begreifen huschten über seine Züge. Er zuckte zurück, tastete hinter sich und holte eine Pausenbrotbox aus dem Regal. Sie stand neben dem Goldfischglas mit den Armbändern. Er riss die Box auf und steckte die Nase hinein. Ein leichter Knoblauchgeruch breitete sich im Sarghäuschen aus. Sekunden später tauchte er hustend und spuckend wieder auf. Rosa Tränen liefen ihm über die hageren Wangen.

»Bitte vielmals um Verzeihung, Ms Taylor«, flüsterte er und drückte sich ängstlich ans Regal. »Sie haben mich überrascht, das ist alles; ich hab's nicht böse gemeint.«

Ich verdrehte die Augen. »Entschuldigung angenommen. Kann ich jetzt rein?«

Er nickte heftig. Ich stieß die Doppeltüren auf und betrat den eigentlichen Clubraum. Niemand hielt sich in dem kreisrunden inneren Foyer auf – auch keine Motten. Nur in der Garderobe hockte hinter einem Tresen ein mürrisches Mädchen herum. Mein Blick fiel sofort auf die Tür dahinter, mit der Aufschrift »Büro«. Keine Ahnung, wohin die Motten verschwunden waren. Ich hatte die Wahl zwischen der Toilette, den Separees, zu denen zwei Türen mit den Zahlen 1-15 und 16-30 führten, dem Gift Shop – DVDs mit den komatösen Vampiren in ihren Särgen waren gerade im Sonderangebot – oder der Glasdoppeltür gegenüber.

Diese Tür führte in die »Aussegnungshalle«. Es sah aus wie in einer Kapelle: rechts und links in langen Reihen auf Marmorsockeln die Glassärge, dazwischen ein breiter Mittelgang, der zu einem Altar, sprich Podest, führte. Eine zweite erhöhte Plattform sollte wohl die Kanzel markieren. Ein paar Vampire in Uniform oder Heldenkostüm schlenderten zwischen den wenigen Clubbesuchern umher. Auf dem Altar war ein weiterer Sarg aufgebahrt. Die Blutflecken an den Seiten ließen mich vermuten, dass es sich um Fjodors vorübergehende Ruhestätte handelte. Das Publikum schien sich jedoch nicht weiter für den Sarg zu interessieren. Offenbar würde es doch kein so einträgliches Spektakel werden, wie Mad Max sich erhoffte.

Plötzlich kamen die Motten aus dem Gift-Shop geflattert.

»Darius hat Zimmer elf.« Rissa wedelte mit einem elektronischen Kartenschlüssel. »Wir haben ihn für eine Privatparty gemietet.«

»Wir haben Yana angerufen und ihr Bescheid gesagt. Sie kommt später auch her.« Viola strahlte.

»Mann, ist das aufregend!« Lucy hüpfte auf und ab. »Ich kann's kaum erwarten, ihn zu sehen.«

»Toll« – ich lächelte –, »aber ich hab's nicht so mit …« Ich krümmte zwei Finger und hielt sie mir an die Halsschlagader. Außerdem würden die drei erst mal mit Darius ihr Wiedersehen feiern, was sicherlich nicht jugendfrei werden würde. »Geht schon mal vor, ich komme später.«

»Okey-dokey, Genny«, zwitscherte Rissa und zog ihre Schlüsselkarte durch den Schlitz neben der Tür zu den Separees. Dahinter lag ein nichtssagender, mit einem Teppichboden belegter Korridor, wie man ihn in jedem durchschnittlichen Hotel finden konnte. Kreischend und jubelnd flatterten die Motten den Gang entlang zur Nummer elf.

Ich dagegen musste erst mal Mad Max aufsuchen.

Ich ging zur Garderobe. Normalerweise übergab ich meine Blutbeutel immer einem Security Officer, nahm die Quittung entgegen und verschwand wieder. Doch diesmal hüpfte ich auf den Tresen, schwang meine Beine hinüber und sprang auf der anderen Seite wieder hinab.

Die junge Garderobiere fuhr empört hoch. »He, Sie können doch nicht einfach ...«

Ich nahm ihr Gesicht zwischen meine Hände und drang in ihren Geist vor. Es war so leicht, als würde man eine offene Tür einrennen. »Hallo« – ich warf einen Blick auf ihr Namensschildchen – »Cheryl. Dürfte ich deine Schlüsselkarte haben?«

Sie machte sie von dem Clip an ihrer Hüfte los und händigte sie mir widerstandslos aus.

»Danke«. Ich lächelte. »Sehr nett. Und jetzt vergiss mich einfach und mach weiter wie gehabt.« Ich zog mich behutsam aus ihrem Geist zurück.

Sie setzte sich wieder auf ihren Stuhl.

Ich zog die Karte durch den Schlitz neben der Tür und trat ein. Der dahinterliegende Raum war Überwachungszimmer und Aufenthaltsraum in einem. An einer Wand standen Schließfächer aus Blech, an der anderen hingen zahlreiche Bildschirme über einer blinkenden Konsole. Ich überflog die Bildschirme: Eingangsbereich, Aufbahrungshalle, Gift Shop, Toiletten – es waren tatsächlich Särge anstatt der üblichen Ställe – sowie die Separees. An der Konsole saß seltsam steif ein Security Officer, eine dampfende Teetasse neben sich. Er nahm mich überhaupt nicht zur Kenntnis.

Na klar. Mad Max erwartete mich.

Ich ging an ihm vorbei zur gegenüberliegenden Tür, öffnete sie und schlenderte ins dahinterliegende Zimmer.

»Kusinchen! Wie nett, dich so schnell wiederzusehen!« Mad Max trat um seinen Schreibtisch herum und rückte mir einen der Besucherstühle zurecht. Auf dem anderen lag mein Rucksack. Strahlend sagte er: »Komm, setz dich doch.«

Es war ein ziemlich gewöhnliches Büro: Schreibtisch, graue Stühle, grauer Teppich, graue Aktenschränke und anstelle eines Fensters ein großer Flachbildschirm – auf dem die Garderobiere zu sehen war. Mit gewöhnlich meine ich »ungewöhnlich für einen Vampir«. Nicht mal ein ganz normaler Geschäftsführer hätte sich hier für Geld reingesetzt. Das einzig Bemerkenswerte an dem Raum war Mad Max selbst. Er trug eine knallrote Husarenjacke, darunter ein weißes Hemd, enge blaue Uniformhose und blitzende Reitstiefel. Er sah aus, als würde er Verkleiden spielen – was er natürlich auch tat.

»Danke«, sagte ich und setzte mich. Einen Hinweis auf Vampire gab es allerdings schon: Auf dem Schreibtisch lagen die drei Beutel mit meinem Blut. Einen davon hatte er in ein großes Bierglas gestopft, das mit eingravierten Särgen verziert war. Ein schwarzer Knickstrohhalm steckte in dem Glas. Wie nett – fehlte bloß noch das Papierschirmchen. Neben den Beuteln lag mein Handy.

»Auf das *Bezaubern* eines Menschen mit Glamour steht die Todesstrafe, Kusinchen«, bemerkte Max fröhlich und deutete auf den Bildschirm mit der Garderobiere. »Oder hattest du das vergessen?«

Ich griff mir erst mal mein Handy. Ohne ihn, seine Drohungen oder mein Blut weiter zu beachten, rief ich Malik an, oder besser gesagt, Sanguine Lifestyles, seinen Vierundzwanzig-Stunden-Service. Eine Frauenstimme sagte zögernd: »Ms Taylor?«

»Ja, ich bin es, und mir geht es gut«, sagte ich, bevor sie fragen konnte. Ich ließ Mad Max, der mich nach wie vor manisch angrinste, nicht aus den Augen. »Könnten Sie bitte die letzte Nachricht, die Sie bekommen haben, wiederholen?«

»Gewiss, Ms Taylor«, entgegnete sie geflissentlich. »Mr Maxim Andrej Zacharin hat angerufen und folgende Nachricht hinterlassen: *Genevieve Zacharinowa hat uns die Ehre gegeben, VIP-Mitglied in unserem Club zu werden. Leider war die Aufregung zu viel für meinen guten alten Vater. Ich fürchte, es wird mindestens drei Tage dauern, bis er sich wieder davon erholt hat. Genevieve hat sich darüber hinaus netterweise bereit erklärt, anlässlich unserer glücklichen Wiedervereinigung für ein Familienfoto zu posieren.«* Die Frau machte eine Pause. »Das Foto haben wir erhalten, Ms Taylor, und auch das mit ...«

Ein lautes Piepen ertönte, und ich achtete nicht weiter auf das, was die Frau sagte. Max' Grinsen erlosch und wurde durch einen Ausdruck von Panik ersetzt. Er zückte eine Fernbedienung, richtete sie auf den Flachbildschirm und klickte die Garderobiere weg. Ein eigenartiges Bild tauchte auf: Mehrere rote und ein bläulicher Schatten huschten durch einen dunklen Raum. Zwei rote Figuren standen aneinandergedrängt an der Seite, während die dritte rote mit dem blauen Schatten zu verschmelzen schien. Ich runzelte die Stirn. Doch dann fiel der Groschen. Das, was ich da sah, waren Aufnahmen der neuen Überwachungskameras, mit denen die Vamps auf all ihren Websites Reklame machten. Es waren Wärmekameras. Die roten Gestalten waren Menschen, die blaue ein Vampir, da Vampire eine niedrigere Körpertemperatur als Menschen haben.

Max sprang auf und rannte davon, ohne die Tür hinter sich zuzumachen.

»... an Mr al Khan diese Nachricht und auch Ihre Nachrichten weiterleiten, sobald er sich meldet«, sagte die Frauenstimme an meinem Ohr.

Mein Magen krampfte sich zusammen. »Haben Sie nicht gesagt, dass er sich stets bei Sonnenuntergang meldet?«, fragte ich besorgt.

»Normalerweise schon, aber nicht heute. Kann ich sonst noch etwas für Sie tun, Ms Taylor?«

»Nein, danke, im Moment nicht.« Ich beendete das Gespräch und starrte auf den Bildschirm.

Jetzt wusste ich auf einmal, was ich sah: Die beiden roten Figuren, die ich zuvor für einen dicken, verschwommenen Klecks gehalten hatte, waren zwei Menschen, die sich, in eine Ecke gedrängt, aneinanderklammerten. Die andere Person lag auf dem Boden, und der Vampir lag auf ihr. Man konnte sehen, wie der blaue Vampir langsam rot wurde – man musste kein Genie sein, um zu erkennen, dass hier mächtig was schieflief. Da erst fiel mein Blick auf die blinkende Nummer in der unteren Bildschirmecke.

Zimmer elf: Darius' Zimmer.

Schockiert starrte ich auf meine Blutbeutel.

Mad Max konnte doch nicht so dumm gewesen sein, *alle* Beutel zu unterschlagen? Hatte er nicht gehört, dass Darius um die Weihnachtszeit aus genau diesem Grund in einen Blutrausch verfallen war?

Kacke! Ich schnappte mir die zwei ungeöffneten Blutbeutel und stieß dabei das Bierglas um. Als daraufhin jedoch nichts verschüttet wurde, merkte ich, dass auch dieser Beutel noch ungeöffnet war. Hastig steckte ich alle drei in das Isolierfach in meinem Rucksack. Dann rannte ich hinter Mad Max her.

22. Kapitel

Der Security Officer redete hektisch in sein Funkgerät, mich beachtete er überhaupt nicht. Er stand also entweder immer noch unter Mad Max' Bann, oder aber er war zu beschäftigt, um sich um mich zu kümmern. Ich riss der Garderobiere im Vorbeigehen die Schlüsselkarte vom Gürtel, hüpfte über den Tresen und näherte mich der Tür zu den Privatzimmern Nummer 1-15.

Die leider von einer hochgewachsenen Vampirin bewacht wurde, die mich besorgt beäugte.

Nun, ich war unfair im Vorteil. Sie würde wohl kaum wagen, Hand an mich zu legen, um Malik nicht gegen sich aufzubringen. Sie trug ein schlichtes graues Kleid mit breiter Krinoline, auf dem Kopf eine steife Schwesternhaube aus der Zeit des Krimkriegs.

»Aus dem Weg!«, befahl ich barsch.

»Tut mir leid, das darf ich nicht«, entschuldigte sie sich. »Ich habe meine Befehle.«

Ich holte mit meinem ziegelbewehrten Rucksack aus und schlug ihr damit gegen die Schulter. Sie taumelte zur Seite. Einem Vampir bin ich zwar an Stärke unterlegen, aber im Vergleich zu einem normalen Menschen bin ich Superwoman. Mir blieb genug Zeit, die Schlüsselkarte durchzuziehen und rasch durch die Tür zu schlüpfen.

Mit wild klopfendem Herzen eilte ich den mit Teppichboden belegten Gang entlang, wo ziemlich weit hinten, vor der Nummer elf, drei Gestalten, darunter Mad Max, standen. Im Vorbeigehen sah ich, dass mich aus den diamantförmigen Sichtfensterchen, die in die Stahltüren eingelassen waren, zahlreiche neugierige Augenpaare verfolgten.

Als ich näher kam, hob Mad Max beschwichtigend die Arme. »Kusine Genevieve«, rief er, »die Tür ist bereits versiegelt. Wir können bis zum Morgengrauen nichts mehr tun. Ich schlage vor, du –«

Dieser Mistkerl! Er durfte keinen Raum versiegeln, in dem sich noch Menschen aufhielten!

Diesmal handelte ich ohne Vorwarnung. Ich nahm meinen Rucksack vor die Brust wie einen Rammbock und stürzte mich, ein Stoßgebet an die Götter schickend, mit einem Samurai-Schrei auf den verhassten Vampir. Ich konnte gerade noch sehen, wie er erschrocken die Augen aufriss, da prallte ich auch schon wie eine Kanonenkugel auf ihn und schleuderte ihn zu Boden. Brüllend wie eine Banshee holte ich aus und begann mit dem beschwerten Rucksack auf seinen Schädel einzudreschen. Seine Hände krallten sich in meine Schenkel, er versuchte, sich unter mir aufzubäumen, die Bauchmuskeln anspannend, um mich abzuwerfen. Das durfte ich nicht zulassen. Wie von Sinnen drosch ich auf ihn ein. Ich wünschte, ich hätte etwas, das sich als Pfahl benutzen ließ, um es ihm in die Brust zu stoßen, das hätte ihn kampfunfähig gemacht. In diesem Moment wurde ich am Kragen gepackt und weggeschleudert.

Ich versuchte, mich abzurollen, aber der Rucksack an meinem Arm behinderte mich, sodass ich eher unelegant kopfüber liegen blieb. Zornentbrannt richtete ich mich auf, bereit, mich auf meinen neuen Gegner zu stürzen.

Ich erstarrte verblüfft. Mad Max lag noch immer auf dem Boden, doch nun saß eine zierliche Gestalt mit langen, wallenden schwarzen Locken rittlings auf ihm. Die anderen beiden Vampire wichen schreckensbleich vor ihr zurück, machten kehrt und rannten zum anderen Ende des Gangs. Einer drosch panisch auf die Tür ein. Der andere besaß die Geistesgegenwart, seine Schlüsselkarte zu zücken und sie durch den Schlitz zu ziehen. Die Tür öffnete sich klickend, und die Vampire verschwanden.

Ich schaute wieder auf die Vampirin. Sie schüttelte sich. Mit einem geschmeidigen Sprung landete sie ohne zu schwanken auf den zwölf Zentimeter hohen, spitzen Absätzen ihrer roten Lederstiefel.

Aus Mad Max' Brust ragte wie ein Ausrufezeichen der Bronzegriff eines langen Dolchs.

Die zierliche Vampirin stemmte die Hände in die Hüften und holte tief Luft – was natürlich gar nicht nötig gewesen wäre. Ihr rotes Lederkorsett schien daraufhin beinahe zu platzen, ihre üppigen Brüste drohten, aus ihren Auffangschalen zu hüpfen, und ihre eingeschnürte Taille war so schmal wie die einer Barbiepuppe. Sie neigte den Kopf zur Seite und funkelte mich aus Augen, die in ihrem schwarzen Gesicht unheimlich gelb strahlten, kritisch an.

Ich verzog das Gesicht. Diese Vamps und ihre Auftritte. Fehlte bloß noch die Fanfare.

Natürlich kannte ich sie: Es war Francine, die Vampirin aus Darius' altem Bluthaus und Yanas neue Sponsorin. Aus der Nähe sah sie jünger aus, als ich gedacht hatte, eher unter zwanzig als darüber. Ihr Vampiralter musste dagegen beträchtlich höher liegen – ich schätzte einige hundert Jahre –, wenn sie in der Lage war, Mad Max zu überwältigen. Aber war sie eine Verbündete oder nur eine Opportunistin? Oder beides?

Ich konnte nicht sicher sein und hielt mich und meinen Rucksack bereit. Vorsicht ist die Mutter der Porzellankiste.

Ich wies mit einer Kopfbewegung zur Tür am anderen Ende des Gangs, durch die sich die zwei Vamps verdrückt hatten. »Wieso sind sie davongelaufen?«, wollte ich wissen.

Die Luft um sie herum schien auf einmal zu flirren, und eine

Sekunde lang stand Malik vor mir. Dann wurde sie wieder zu dem, was sie war.

»Wow, nicht schlecht«, musste ich zugeben. Es war wirklich eine beeindruckende Illusion. Kein Wunder, dass die zwei Vamps Fersengeld gegeben hatten. »Sind Sie das neue Oberhaupt des Golden Blade Clans?«

»Noch nicht«, antwortete sie mit einer Stimme wie geschmolzene Molasse. Sie passte gut zu ihrer roten Ledernummer.

Aha, der Posten war also noch zu haben, was möglicherweise bedeutete, dass sie sich Maliks Unterstützung zu sichern versuchte. Und wie ginge das besser, als seinem erklärten Lieblings-Schoßhündchen zu helfen? Ich deutete auf Mad Max. »Falls Sie nicht die Absicht haben zu helfen, dann wäre das da Verschwendung gewesen. Nicht, dass ich mich beklage.«

So schnell, dass ich es kaum mit den Augen verfolgen konnte, stand sie vor mir und hielt mir einen zweiten Dolch an den Hals. Ich schnippte die Klinge lässig mit dem Finger an, ohne auf meinen jäh hochschnellenden Puls zu achten. »Hübsches Spielzeug«, bemerkte ich.

Ihre vollen kirschroten Lippen verzogen sich zu einem Schmunzeln. Sie fuhr herum und warf das Messer. Zitternd blieb es dicht neben dem anderen Dolch in Max' Herz stecken. Der gab ein ächzendes Grunzen von sich. Sein Kopf war eingedellt und blutüberströmt, meine Ziegel hatten ganze Arbeit geleistet. Dennoch schienen mich seine Augen zwischen den beinahe zugeschwollenen Lidern eher mit einem abschätzenden, neugierigen Ausdruck zu betrachten.

»Die Bronzedolch in Herz«, schnurrte Francine sinnlich, »sie ihn lähmen, nix Kräfte.«

»Gut zu wissen.« Ich schob mich an ihr vorbei, trat neben Mad Max und spähte durch das rautenförmige Fenster ins Zimmer elf.

Es war genauso schlimm, wie ich befürchtet hatte.

In dem etwa fünfzehn Quadratmeter großen Zimmer sah es aus, als hätte ein Orkan gewütet. Der Metallrahmen des großen Betts war verbogen worden, Matratzenreste lagen auf dem Teppich verstreut, eine Kommode lag umgekippt auf ihrer Vorderseite, und der große Flachbildfernseher an der Wand war eingeschlagen worden.

Und im Auge des Sturms stand Darius.

Von dem umwerfend attraktiven Herzensbrecher war nicht mehr viel übrig: Sein Körper war bis auf die Knochen abgemagert, sein Magen eingefallen wie eine Schüssel, von seinem fast kahlen Schädel hingen nur mehr ein paar dünne blonde Strähnen. Seine ledrige Haut war von dicken schwarzblauen Adern durchzogen, er sah aus, als wäre er dem Hungertod nahe. Ich sah, wie er sich verwirrt im Kreis drehte, die Arme vorgestreckt, um die Motten zu erhaschen, die ihn mit wehenden Tüllröckchen umschwirrten. Rissa und Viola umtanzten ihn, abwechselnd hielten sie ihm ein blutiges Handgelenk hin, doch wenn er danach haschen wollte, kam schon die andere, um ihn abzulenken. Das Seltsame an dieser Szene war die Geschwindigkeit, mit der sie ihn umkreisten, als wären es mehr als nur zwei …

»Das ist Ihre Idee, oder?«, fragte ich Francine. »Sie machen das.«

»Ich machen Illusion von viele Motten. Darius nicht denkt mit Verstand, er denkt mit diese hier.« Sie deutete auf ihren Bauch. »Die Motten, sie ihn locken mit Blut. Er nicht wissen, wen essen zuerst. Ist Trick, wir manchmal benutzen.«

Ich schaute wieder durchs Fenster. Lucy tauchte plötzlich vor mir auf, und ich zuckte erschrocken zurück. *Keine Angst vor Geistern,* sagte ich mir und kämpfte meine alte Phobie entschlossen nieder. Dabei merkte ich, dass meine Wangen nass waren. Ich heulte schon wieder. Entnervt wischte ich mir die Tränen weg. Aber der Anblick von Lucys Geist war einfach herzzerreißend. Langsam wandte sie sich um und schwebte durch Darius und die Motten hindurch zu ihrem leblosen Körper zurück, auf den sie deutete und mich dabei ansah.

Ach du Kacke. Aber das bedeutete noch nicht unbedingt, dass Lucy tot war. Sharon, Darius' verstorbene Mottenfreundin, hatte das auch gekonnt – ihren Körper vorübergehend verlassen. Es war ein Trick, den die meisten Motten beherrschten, um dem Schmerz des Halsbisses zu entfliehen.

Warum sie sich das überhaupt antaten, da ein normaler Vampirbiss eigentlich die reinste Ekstase war, konnte ich mir beim besten Willen nicht denken.

»Wir müssen sie da rausholen«, sagte ich bekümmert.

»Der Tür, er ist versiegelt bis Sonnenaufgang«, sagte Francine, die neben mich getreten war. »Sie schließen, damit Blutrausch nicht ausbreiten.«

»Bis Sonnenaufgang!«, keuchte ich erschrocken. »Bis dahin sind sie tot!«

»Ja. Lucys Herz, es ist schwach. Ich es für sie schlagen, aber ich können nicht mehr lange. Meine Kraft, sie sinkt.« Sie sagte es ganz ruhig, als wäre dies nicht das Todesurteil für die Mädchen und für Darius – besonders für Darius, denn selbst wenn er wieder zu sich käme, nachdem er die Motten ausgesaugt hatte, würden die Vampire ihm die Gabe entziehen. Nicht etwa als Strafe für den Tod der Motten – die hatten ohnehin keine Angehörigen mehr, die um sie trauern konnten, ihre einzigen Freunde waren andere Motten; nein, man würde ihre Leichen einfach verschwinden lassen. Darius würde man bestrafen, weil dies unsanktionierte Morde waren. Die Vamps konnten es sich nicht leisten, einen der ihren Amok laufen zu lassen.

Also selbst wenn ich es schaffen sollte, ihn jetzt zu retten, wäre er ein toter Vampir, falls ihn nicht einer der Vamps unter seine Fittiche nehmen würde – was höchst unwahrscheinlich war. Ich ballte die Fäuste, übermannt von Verzweiflung und Schuldgefühlen. Ich hätte ihn nicht auch noch dazu ermutigen sollen, auf seinen eigenen Beinen zu stehen. Und vor allem hätte ich besser auf ihn aufpassen müssen.

Aber es hatte keinen Sinn, über verschüttete Milch zu heulen – oder besser gesagt: verschüttetes Blut. Erst mal galt es, die Motten zu retten, danach konnte ich mir um Darius Gedanken machen. Nur …

Mir waren die Ideen ausgegangen.

Ich schaute Francine an. »Und, wie lautet der Plan?«

23. Kapitel

Der Tür, ich kann ihn öffnen.« Francine starrte mich mit ihren seltsam durchsichtigen, gläsern wirkenden Augen an. »Ich halte Illusion, und Motten können entkommen. Aber Darius, er hat den Blutrausch, ihn ich darf nicht rauslassen. Ihn ich kann nicht kontrollieren. Und ihn ich will nicht töten.«

Na, gut zu wissen, auch wenn sie das in einem denkbar gleichgültigen Ton gesagt hatte. Aber wenn es gelänge, Darius aus seinem Blutrausch herauszuholen, müsste sie ihn auch nicht töten. Sie wollte also, dass ich ihn »fütterte«; mein Blut würde seinen rauschhaften Durst befriedigen – aber an ihn ranzukommen, ohne als sein Abendessen zu enden, das war das Problem. Außer …

Er war jung genug, um sich von meinem Glamour bezaubern zu lassen – das hatte ich schon mal getan. *Ja, ein Mal,* warnte mich eine innere Stimme, *und dieser Vamp war angekettet.* Ich verdrängte die Warnung und fragte: »Würdest du ihn aufnehmen? Ihm den Treueid anbieten, wenn die Motten überleben?«

»Darius …« Fast etwas wie ein Gefühl glomm in ihren gläsernen Augen auf, verschwand jedoch sofort wieder. »*Anbieten* schon, aber er ihn muss freiwillig akzeptieren. Das Zwang, ich mag es nicht.«

Ich blinzelte ungläubig. Ein demokratischer Vampir?

»Also gut, dann kannst du Darius mir überlassen«, sagte ich tapferer, als mir zumute war.

»Gut. Aber ich brauchen Erlaubnis für Blut. Für Kraft.«

Klar, sie brauchte Blut. Na ja, da ich ja ohnehin zur Ader gelassen werden würde (und es für einen guten Zweck war) …

Ich hob meinen Rucksack hoch und öffnete ihn. Wie durch ein Wunder war einer der Blutbeutel noch intakt. Ich holte ihn aus dem bluttriefenden Kühlfach.

Francines Nüstern bebten, sie schloss kurz die Augen, dann schüttelte sie bedauernd den Kopf. »Darius, er wird brauchen dein Blut.« Sie deutete auf den herumliegenden Mad Max. »Sein Blut, ich kann nehmen. Wenn mein Lehnsherr es erlauben.«

Ihr Lehnsherr war Malik, aber der war nicht da. Wieder schnürte mir die Sorge die Kehle zu. Wo steckte er nur? Und würde er überhaupt kommen? »Er ist nicht da?« Ich ließ es wie eine Frage klingen.

»Wir dir sollen helfen, wenn du Hilfe brauchen.« Lächelnd blickte sie auf Mad Max hinab, fletschte dabei ihre Fangzähne. In ihren seltsam transparenten Augen glomm ein raubtierähnlicher Schimmer.

»Also gut. Ja, ich brauche Hilfe. Bitte, bediene dich, du hast die Erlaubnis deines Lehnsherrn.« Ich wedelte mit der Hand in Richtung Mad Max.

Schnell wie der Blitz kauerte sie über dem Vampir und schlug die Zähne in seine Kehle. Er brüllte auf und strampelte mit den Beinen. Doch sein Brüllen erstarb, und dann war nur noch ein lautes Schlürfen zu hören. Altes, dunkles Blut spritzte auf Teppich und Wände. Ihre Begeisterung ließ vermuten, dass es hier um mehr ging als nur um eine kleine Stärkung.

Ich streifte meine Jacke ab und ließ sie neben meinen Rucksack fallen. Dann schaute ich durchs Sichtfenster. Die Motten umschwirrten noch immer unermüdlich den unberechenbaren Darius. Wie lange es wohl dauern würde, bis Francine aufgetankt hatte? Und wie konnte ich es schaffen, nahe genug an Darius heranzukommen, um ihn zu berühren und mit meinem Glamour zu bezaubern, ohne dass er mir die Kehle herausriss?

Einige endlos lange Minuten später starrte ich noch immer durchs Sichtfenster. Dann keuchte ich erschrocken auf: Darius hatte Rissas Handgelenk erwischt und riss sie an sich. Aber Viola war schon da und hielt ihm ihr blutiges Handgelenk unter die Nase. Rissa konnte sich gerade noch einmal befreien.

»Jetzt komm schon, Francine«, brummelte ich. Sie nuckelte bereits seit mindestens fünf Minuten an dem Vampir, das sollte doch eigentlich als Stärkung reichen. »Beeilen Sie sich, er hätte sie beinahe erwischt.«

Eine Hand strich mir sanft das Haar aus dem Gesicht. Ich drehte mich um, und Francine stand neben mir. Ihre Pupillen waren verschwunden, das Deckenlicht spiegelte sich in ihren glasklaren Augen.

»Hier bin ich«, murmelte sie. Ihre Zungenspitze schnellte hervor und fing katzenhaft den Blutstropfen auf, der an ihrem Mundwinkel klebte. Sie wankte und wäre beinahe umgekippt. Meine Hand schoss automatisch vor und hielt sie am Ellbogen fest. Sie stieß ein heiseres Lachen aus und berührte mit dem Zeigefinger meine Halsschlagader. Ich spürte, wie sich ein starkes Lustgefühl in meinem Körper ausbreitete, und etwas wie Flügel streifte meinen Geist.

Mesmer. Die verdammte Blutsaugerin versuchte mich einzuwickeln! Zornig schlug ich ihre Hand weg. »Sie sind ja betrunken«, sagte ich vorwurfsvoll.

»Ja, aber sicher.« Sie giggelte. Diesmal stupste sie mich mit dem Finger in die Brust. Ich taumelte einen Schritt rückwärts. Sie drehte sich zur Tür, stellte sich breitbeinig hin und schlug dann mit der Faust das rautenförmige Sichtfenster ein. Sie packte die Fensteröffnungen mit beiden Händen und zog. Zunächst geschah gar nichts. Dann ertönte ein lautes, metallisches Kreischen, und ein Riss entstand dort, wo das V zusammenlief. Francine stieß einen gutturalen Schrei aus. Ihre Hals- und Rückenmuskeln schwollen an, während sie aus Leibeskräften zog.

Die Stahltür hatte keine Chance und riss mit einem lauten Kreischen auseinander, als wäre es Pappe.

»Shit!«, murmelte ich beeindruckt.

»Der Tür, er ist offen.« Sie krümmte sich giggelnd, stolperte rückwärts gegen die andere Gangseite und plumpste auf ihren Allerwertesten. Ich wollte ihr zu Hilfe eilen, aber sie wedelte abwehrend mit den Armen. »Die Motten«, flüsterte sie. Dann säuselte sie mit lauterer Stimme: »Kommt, meine Schönen, kooommt, fliegt zu mir. Flieegt, flieeegt!«

Mit flatternden Kleidchen kamen sie eine nach der anderen durch die zerstörte Tür gesprungen. Ohne sich bei uns aufzuhalten, liefen sie sofort den Gang entlang zum Ausgang, einen Blut- und Lakritzgeruch hinter sich herziehend.

Ich spähte geduckt ins Zimmer. Lucys Geist kauerte schützend über ihrem Körper. Darius versuchte noch immer, imaginäre Motten zu erhaschen. Ängstlich umklammerte ich den einen mageren Blutbeutel. Allmählich wurde mir ganz anders. Aber nein, ich durfte mich jetzt nicht drücken. Alles, was ich tun musste, war, ihm den Beutel ins Gesicht zu klatschen und zu hoffen, dass seine Zähne ihn erwischten. Dann konnte ich ihn mit meiner Magie lahmlegen.

Ich bückte mich, um durch die Tür zu schlüpfen, da spürte ich einen scharfen Schmerz in meinem Unterarm. Ich zuckte zusammen und starrte verblüfft an mir herab. Aus einem fast zehn Zentimeter langen Schnitt an der Innenseite meines Unterarms sickerte Blut. Francine lag schwankend auf allen vieren vor mir, in der Hand einen kleinen Bronzedolch.

»Was soll das, zum Teufel noch mal?«, fragte ich erbost.

»Der Arm, du halten ihn hoch.« Sie starrte mich mit einem benommenen Stirnrunzeln an und versuchte zu demonstrieren, indem sie ihren eigenen Arm unter ihr Kinn hob. Dabei wäre sie beinahe aufs Gesicht gefallen, fing sich aber wieder. »Darius, dann er kann nicht an deinen Hals.«

Ich schluckte meinen Ärger hinunter; sie meinte es offensichtlich gut mit mir. Gehorsam nahm ich den Blutbeutel in meine blutende andere Hand und hielt meinen Unterarm schützend vor meine Kehle. Dann – bevor sie mir noch etwas Gutes tun konnte – betrat ich das Zimmer.

Darius erstarrte schnüffelnd. Seine Augen richteten sich wie von selbst auf mich. Die illusionären Motten hatte er vollkommen vergessen. Seine Augen waren blutunterlaufen, die Pupillen milchig. Er schien in seiner Raserei blind zu sein, gehorchte nur mehr seinem Geruchssinn. Ich spürte einen Ruck an meinem Geist, als würde er versuchen, mir eine Gedankenfessel anzulegen. Doch ich wischte sie beiseite.

Ich musste ihn nur kurz berühren, das genügte. Haut an Haut. Bloß gut, dass er nackt war; Haut gab es also genug zur Auswahl.

Ich legte den metaphysischen Schalter in meinem Geist um, und schon strömte die Magie aus mir heraus, erleuchtete das Zimmer, als würde die Sonne hereinscheinen. Dünne magische Fäden streckten sich tastend in alle Richtungen aus, in der Hoffnung, etwas zu erhaschen. Den Beutel wie einen Schild vor mich haltend, duckte ich mich zum Sprung. Ich hatte Darius' Waden anvisiert – die waren so weit von seinen Zähnen weg, wie es nur ging.

Aber Darius kam mir zuvor. Fauchend wie ein wildes Tier sprang er mich an und warf mich zu Boden, dass mir die Luft wegblieb. Mein Kopf schlug heftig auf dem Teppich auf, und ich spürte, wie mir ein scharfer Schmerz in die linke Niere fuhr. Als hätte ich alle Zeit der Welt, hob ich den Kopf und bewunderte die scharfe schwarze Metallstange, die aus meinem Zwerchfell herausragte: ein Stück von dem zerstörten Bettgestell. Und alle Zeit der Welt, um zuzuschauen, wie Darius sich rittlings auf mich setzte, Zeit genug, um dem Hämmern meines Herzens zu lauschen, den Honigduft meines Bluts zu riechen, seinen totenschädelähnlichen Kopf auf mich zukommen zu sehen, zu spüren, wie er meinen Kopf zurückriss und meine Kehle entblößte …

Aber nicht genug Zeit, um den Arm hochzureißen und ihm den Blutbeutel ins Gesicht zu drücken.

Darius biss zu, seine Zähne bohrten sich in meinen Hals, in meine Halsschlagader.

Und ich spürte nichts mehr, außer einem blendenden, rot glühenden Schmerz.

24. Kapitel

Er hielt Gennys Hand und schaute auf sie hinab, wie sie da lag, friedlich schlafend. Sie war so hübsch wie Sonne im Marmeladenglas, so hatte es seine Mom immer genannt. Er war so glücklich. Jetzt, wo Genny da war, würde alles gut werden, Genny würde es schon richten. Er durfte jetzt bloß nicht ihre Hand loslassen, damit sie nicht verschwand, und dann würde sie alles richten. Er hatte was Schlimmes angestellt, aber das hatte er nicht gewollt, er hatte nur einen so fürchterlichen Hunger gehabt. Aber er war ein braver Junge. Er war immer brav gewesen …

Bevor er es verhindern konnte, dachte er an seine Kindheit. Wie er es gehasst hatte, Nacht für Nacht im Bett zu liegen und zuhören zu müssen, wie die Haustür ins Schloss fiel, wie seine Mom ihn verließ, um zur Nachtschicht zu gehen. Wie verzweifelt er sich danach gesehnt hatte, ihr nachzurufen: Geh nicht! Bleib bei mir! Aber er hatte es nie getan; er war brav gewesen. Und dann das Warten. Zuhören, wie der Kühlschrank zugeschlagen wurde, darauf warten, dass die zweitletzte Treppenstufe knarzte, wie das Licht im Gang, das durch den Spalt unter seiner Tür hereinfiel, ausgeschaltet wurde. Wie sich der Türknauf drehte, wie die Tür quietschend aufging …

Und dann die Stimme: »Schön brav sein, Daryl, wir wollen doch nicht, dass sich deine Mom aufregt, oder?«, flüsterte sein Stiefvater. »Dass ihr was zustößt? Also sei ein braver Junge, wie du's versprochen hast.«

Und er war immer ein braver Junge gewesen, wie er's versprochen hatte. Er hatte versprochen, seiner Mom nichts zu sagen, es niemandem zu sagen. Und er hatte sein Versprechen gehalten. Immer.

Aber jetzt hatte er Genny was Schlimmes getan. Ihm war auf einmal so schrecklich zumute, so traurig und verzweifelt, und das machte ihn wieder hungrig. Er schaute auf sie hinab, auf ihre schimmernde Hand, und auf einmal war er wieder froh. Sie war nur kurz fortgegangen, aber jetzt war sie wieder da. Und sie würde auch nicht mehr fortgehen, solange er ihre Hand festhielt. Und sie würde alles richten.

Sonne im Marmeladenglas.

Die Gedanken und Erinnerungen – Darius' Gedanken und Erinnerungen, wie mir jetzt klar wurde – drehten sich in meinem Kopf im Kreis wie ein Kinderkarussell. Mir wurde bewusst, dass ich weinte, um das Kind von damals und um Darius jetzt. Ich spürte, wie mir die Tränen übers Gesicht liefen, konnte aber nichts sehen außer den hellen Schein meiner Magie. Ich spürte, dass er meine Hand hielt, nur dass es sich komischerweise so anfühlte, als würde ich seine Hand halten. Aber das war unmöglich, denn seine Hand konnte sich in meiner großen Hand unmöglich so klein und schlaff anfühlen.

»Darius?«

Ich schaute auf, als ich seinen Namen hörte, und die Magie verblasste ein wenig. Francine kam durch die zerstörte Tür und ging langsam, beinahe ängstlich auf mich zu.

Ich spürte, wie sich mein Mund bei ihrem Anblick zu einem breiten Grinsen verzog – ich war so froh, sie zu sehen. Sie streckte das Kinn vor, es war nur eine winzige Bewegung, aber auch das verriet mir, dass sie sich fürchtete. Aber warum sollte sie sich vor mir fürchten? Ich/Darius wollte ihr sagen, dass jetzt alles gut war, jetzt, wo sie und Genny da waren, aber irgendwie konnte ich nicht richtig denken.

Er liebte Francine, sie war so klein und rund und kuschelig und sexy, und sie hatte sich um ihn gekümmert, auch schon, bevor er die Gabe erhalten hatte. So, wie Genny sich jetzt um ihn kümmerte. Wenn Genny Sonne im Marmeladenglas war, dann war Francine Schokolade, dicke, dunkle Schokolade. Sie hatte ihm gefehlt, sie und die Motten … er hatte was Schlimmes angerichtet, aber er hatte es nicht gewollt, er war ein braver Junge, er hatte einfach nur so einen Riesenhunger gehabt … aber jetzt war sie ja da, und Genny war da, und alles würde gut werden.

Sonne und Schokolade.

»Darius?« Komischerweise ging Francine vor *mir* in die Knie und nahm mein Gesicht zwischen ihre Hände, wischte die Tränen ab.

»Ich halte Ihre Hand, Francine, wie ich's versprochen hab«, fühlte ich meinen Mund sagen, aber es war nicht meine Stimme, nicht meine Gedanken. Stimme und Gedanken gehörten Darius … ebenso der Mund und die Augen, mit denen ich schaute. Ich blickte auf meine Hand, die in der seinen lag. Ich drückte sie ein wenig, aber es war Darius' Hand, die meine drückte, nicht umgekehrt. Ich hob die Hand, und Darius hob seine Hand, zusammen mit der meinen. *Meine* Hand war die schlaffe Hand, die Hand, die ich hielt.

Ich steckte in Darius' Körper.

Na, Kacke.

Ich kämpfte mit aller Gewalt die aufsteigende Panik nieder. So seltsam war das ja nun auch wieder nicht. Es war schließlich nicht das erste Mal, dass ich im Körper eines anderen steckte. Also nur die Ruhe. Jetzt musste ich nur noch herausfinden, wie das passiert war und wie ich wieder in meinen eigenen Körper zurückkam …

Der in keinem besonders guten Zustand war, wie ich nun bemerkte. Blinzelnd spähte ich durch die schimmernde Magie hindurch und sah mich da liegen: Das spitze Ende einer abgebrochenen Bettstange ragte aus meinem Oberbauch, und mein Hals sah aus, als wäre er von einer wilden Bestie angenagt worden – oder von einem Vampir im Blutrausch …

»Oh Shit. Das sieht gar nicht gut aus, wie?«, brummelte ich.

Ich wandte mein/Darius' Gesicht Francine zu, die sagte: »Die Sidhe, sie ist noch nicht verloren. Ihr Herz, es schlägt noch. Du schlägst es für sie, wie ich dir befohlen habe.« Ihre Worte beschworen ein stetes Da-dumm, Da-dumm herauf, einen Puls, den ich in meiner/Darius' Handfläche spürte; er lief durch seinen/meinen Arm hinauf in mein/sein Ohr. Ein schwaches Echo dieses Geräuschs drang auch aus meinem verwundeten Körper. Ich/er nickte und umklammerte meine Hand noch fester.

»Sehr gut, Darius«, schnurrte Francine. Sie beugte sich vor und küsste uns …

Sie musste mit ansehen, wie Maxim ihr das blonde Kind wegnahm. Sie verschloss ihre Ohren vor seinen jämmerlichen Schreien, dem flehenden Ausdruck auf seinem kleinen Gesichtchen. Sie durfte sich ihre Verzweiflung, ihren Kummer, ihren abgrundtiefen Zorn jetzt nicht anmerken lassen. Sie selbst hatte nie ein Kind gehabt, und seit sie die Gabe erhalten hatte, war das auch nicht mehr möglich. Aber sie kompensierte das, indem sie sich um ihre Motten kümmerte. Es brach ihr jedes Mal das Herz, wenn sie eine von ihnen verlor. Aber dieses Kind war etwas ganz Besonderes, sie hatte es versteckt, es beschützt und geliebt. Aber jetzt nahm Maxim es ihr weg. Dafür würde er bezahlen, der Hurensohn. Eines Tages würde er dafür bezahlen.

Francines Lippen lösten sich von den unseren. Ich war wieder allein in Darius' Kopf und versuchte zu verarbeiten, was der Zauber der Morrígan mir gezeigt hatte.

Aber es blieb nicht lange still. Darius' Gedanken begannen, sich in mein Bewusstsein zu drängen wie ein Summen im Hintergrund. Und da wurde mir schlagartig klar, dass ich nicht allein in diesem Körper lebte, dass ich ihn mit seinem rechtmäßigen Eigentümer teilte. Darius schien sich über meine Anwesenheit zu freuen, ja, er war geradezu euphorisch, fast wie in einem Rausch. Er war froh, dass wir beide da waren, Francine und ich. Wir schauten Francine an, die sich jetzt über meinen leblosen Körper beugte. Panik schoss in mir hoch, aber Darius beruhigte mich. Er wusste, dass Francine mir helfen wollte. Sie heilte meine schrecklichen Halswunden mit ihrer Zunge, ihrem Speichel.

Darius wusste, Francine würde mein Blut herrlich schmecken; ja, es schmeckte himmlisch, so dick und süß. Unser Magen zog sich hungrig zusammen, und zwischen unseren Beinen zuckte etwas … wir schauten nach unten und mussten grinsen.

»Jetzt mach aber mal 'nen Punkt!«, schimpfte ich. Ich schnappte mir den nächstbesten Matratzenrest und drückte ihn auf seine/unsere (!) nicht mehr ganz so weichen Weichteile. Als Darius daraufhin förmlich vor Kummer zusammenknickte und sich mit seinen Gedanken in eine Ecke verkroch, bekam ich natürlich ein schlechtes Gewissen.

Kacke! Je eher ich aus ihm hinaus kam, desto besser … wenn ich bloß wüsste, wie ich überhaupt in ihm gelandet war. Oder wie ich es anstellen sollte, in meinen eigenen Körper zurückzukehren. Ich überlegte fieberhaft, konnte mich aber irgendwie nicht richtig konzentrieren. Etwas machte mir Sorgen, etwas, das mir nicht einfallen wollte … Verwirrt schaute ich mich in dem zerstörten Zimmer um.

Da fiel es mir wieder ein: Wo war Lucy, die Motte, deren Geist ich gesehen hatte?

Darius tauchte schüchtern aus seinem Versteck auf. *Francine hat sie weggeschickt*, hörte ich ihn in meinem Geist sagen. Seine Angst und Sorge und sein schlechtes Gewissen drückten mich fast nieder. *Sie hat gesagt, die anderen Motten werden sich um sie kümmern.*

Dann ist sie also nicht tot?, fragte ich hoffnungsvoll.

Nein, antwortete er, *Francine sagt, sie wird schon wieder.* Er machte sich schreckliche Vorwürfe.

Darius hatte die Motten nur angegriffen, weil er in einen Blutrausch verfallen war, und das war nur geschehen, weil Mad Max ihm mein Blut gestohlen hatte. *Das war nicht deine Schuld.*

Er hat das Blut nicht gestohlen, Genny, dachte Darius voller Scham in meinem/unserem Kopf, *er hat nur einen von drei Beuteln verlangt.*

Aber wieso?!

Er zögerte, dann sagte er: *Ich wollte diesen Job, Genny; ich hab damit den Blutpreis bezahlt*. Das war zwar keine Lüge, aber ich spürte deutlich, dass noch mehr dahintersteckte, dass er mir etwas verschwieg. *Verzeih, Genny, aber ich bin davon ausgegangen, dass ich bei all den Groupies hier gar nicht alles brauche. Und einen Treueeid wollte ich nicht schwören, ihm nicht und auch keinem anderen, und dann wurde ich ständig für irgendwelche Privatpartys gebucht, und ich wurde ganz wirr im Kopf und …*

Bilder aus seiner Kindheit vermischten sich mit Bildern aus seiner jüngsten Vergangenheit, Bilder von wüsten Orgien, die mir verrieten, dass das, was Mad Max hier unterhielt, kein Club war, sondern ein Vampirbordell. Er ließ Menschen zu den Vampiren in die Zimmer, noch bevor sie wach waren, damit sie an ihnen herumfummeln konnten.

Heißer Zorn flammte in mir auf. Ich hätte diesem Mistkerl am liebsten ein drittes Messer in die Brust gerammt.

Darius schüttelte entschieden den Kopf. *Nein, so ist das nicht, Genny. Die Vamps haben nichts dagegen, im Gegenteil, es ist toll, so aufzuwachen, man kriegt jede Menge Blut. Mich hat's nicht gestört, zumindest anfangs nicht.*

Ich konnte spüren, wie viel ihm daran lag, dass ich ihm glaubte, dass er es ernst meinte. Um dies zu unterstreichen, schickte er mir ein weiteres Bild, auf das ich gerne verzichtet hätte: eine Junggesellinnen-Abschiedsparty, die Mädchen alle in langen weißen Kleidern, als hätten sie sich als Bräute Draculas verkleidet. Und inmitten dieser fröhlichen Schar Darius, der sich prächtig amüsierte. Ich schüttelte mich.

Aber irgendwann wusste ich nicht mehr, wo ich war, fuhr er ernsthaft fort, *und ich bin in … in diesen Rausch verfallen – es tut mir so leid, Genny, ehrlich.*

Erneut rannen ihm Tränen über sein/unser Gesicht; ich glaube, wir beide weinten, er aus Reue und weil er nicht rechtzeitig um Hilfe gebeten und ich, weil ich mich nicht besser um ihn gekümmert hatte. Aber das Wichtigste war jetzt erst mal, in meinen eigenen Körper zurückzufinden, dann konnte ich mich um den Rest kümmern. Abermals versuchte ich nachzudenken, mich zu konzentrieren … aber jetzt, wo wir nicht mehr miteinander sprachen, wurde das Summen seiner Gedanken lauter, störender, und meine Gedanken zerfaserten sich. *Er war froh und glücklich, dass Francine und ich da waren; er hoffte sehr, dass wir Freundinnen werden würden, er liebte uns beide von ganzem Herzen. Er schaute auf Francine hinab, wie sie sich über mich beugte. Wie ihre rote Lederkleidung sich an ihre Kurven schmiegte …*

Darius drohte schon wieder aus dem Ruder zu laufen.

Um ihn ein wenig abzulenken, stupste ich das Stück Matratze an, das zwischen seinen Beinen lag, und zog mich in eine stille Ecke seines Verstands zurück. Jetzt konnte ich besser nachdenken. Mir wurde klar, dass dieses wattige, euphorische Gefühl von Darius kam; er war noch high von meinem Blut und auch von meinem Glamour.

Ich schaute auf Francine, die noch immer mit meinem Hals beschäftigt war, und ich schaute auf die Eisenstange, die aus meinem Körper ragte. Ich war eine Sidhe, ich konnte so eine Verletzung überleben. Nur sollte vielleicht bald jemand diese Stange aus mir rausziehen … Aber meine Chancen standen nicht gut. Ich befand mich in einem Vampirclub, unter Vampiren, und die einzige Hilfe, die ich hatte, war eine Vampirin, die ich nicht gut kannte und von der ich nicht wusste, ob ich ihr vertrauen konnte, und ein etwas beschränkter Vampir-Freund, der gerade aus einem Blutrausch erwacht war. Wieder spürte ich, wie mich die Panik zu überwältigen drohte, doch dann fiel mir ein, dass ich ja einen Schutzengel hatte. Meinen ganz persönlichen Schutzengel. Mit einem direkten Draht zur Urmutter. Es war höchst unwahrscheinlich, dass sie mich sterben lassen würde, zumindest nicht jetzt, solange ich ihren Auftrag noch nicht erledigt hatte. Und dann gab's ja noch die Morrígan. Vielleicht sollte ich es ja mal mit Beten versuchen …

»Genevieve?«

Es war sowohl Frage als auch *Ruf*. Mein Herz setzte einen Schlag lang aus.

»Malik al Khan.« Tiefe Erleichterung und Dankbarkeit durchströmten mich.

Aber Darius zuckte erschrocken zurück. Eine monströse Gestalt türmte sich über uns auf, halb verborgen in wabernden schwarzen Schatten. Die Augen in seinem hageren, eingefallenen Gesicht schossen Blitze, seine bleiche Haut wurde von dicken blauen Adern durchzogen, kein gutes Zeichen. Er fletschte knurrend die Zähne. *Mesmer*-induzierte Angst traf uns wie ein Peitschenhieb, und Darius schrie auf. Bevor ich denken, mich sammeln konnte, wurden wir von einer Panikwelle erfasst und fortgerissen.

25. Kapitel

Ich kämpfte mich aus der Welle hervor und benutzte Darius' Augen, um die Situation zu begutachten. Mein Mitbewohner verkroch sich derweil erneut in einer dunklen Ecke.

Francine kniete zwischen uns und Malik, der den fangzähnefletschenden Monsterlook abgelegt hatte; vielleicht hatte er damit auch nur die einheimischen Vamps einschüchtern wollen. Francine hätte ihm sagen können, dass seine Horrorvorstellung hier überflüssig war.

»... nicht seine Schuld, mein Lehnsherr«, sagte Francine gerade mit ihrer dunklen, erotischen Stimme. »Ich flehen Euch an, bitte ihn nicht töten. Wartet und hört, was die Sidhe sie hat zu sagen.«

Ja, hör auf sie, dachte ich, *ihn zu töten wäre keine gute Idee – weder für ihn noch für mich.*

»Die Sidhe liegt hinter dir, Francine, und sie ist dem Tode nahe«, sagte Malik mit seiner ruhigen, exotischen Stimme. »Wie kommst du auf den Gedanken, dass sie leben wird, um sich für Darius einzusetzen?«

Francine antwortete, aber ich hörte nicht länger hin. Ich warf einen ängstlichen Blick auf meinen Hals: Er war fast zugeheilt. Alles, was von den wütenden Bissen übrig war, waren ein paar gezackte, schorfige Narben.

Danke, Francine!, dachte ich. Vielleicht war ich dem Tod ja gar nicht so nahe, wie Maliks Worte vermuten ließen, auch machte er keinen allzu besorgten Eindruck. Ich musterte ihn genauer. Jetzt, wo ich ihn nicht mehr mit Darius' Panik betrachtete, sah er schon fast wieder normal aus. Nur seine Haare ringelten sich jetzt nicht mehr dicht und seidig über seinem Hemdkragen, sondern waren ultrakurz, ein Stoppelkopf, der ihn irgendwie kantiger, gefährlicher wirken ließ – aber eigenartigerweise auch verletzlicher. Ich runzelte die Stirn. Ich musste an Mad Max' Bemerkung denken, dass Malik das neueste Folterspielzeug des Autarchen sei. War wirklich nur sein Haar kürzer, oder konnte es sein, dass er sich mit einer gewissen Vorsicht bewegte?

Unbehaglich musterte ich auch den Rest von ihm. Er trug wie immer seine übliche Gothic-Uniform: schwarze Hose aus Leder, enges schwarzes Muskelshirt, darüber langer wallender Ledermantel. Und er wallte tatsächlich, dieser Ledermantel, die Schöße flatterten, als ob er vor einer Windmaschine stünde – einer von diesen praktischen Tricks, die Vamps beherrschen. Aus irgendeinem bizarren Grund keimte Neid in mir auf, und ich wünschte …

Aber es war gar nicht ich, die neidisch war, es war Darius. Er war als Vampir noch zu jung, um irgendwas flattern zu lassen. Darius' Blick kroch bewundernd über Maliks T-Shirt, unter dem sich ästhetische Brustmuskeln abzeichneten. Er sah zum Anbeißen aus.

Unsere Erinnerungen verschmolzen. Beide sahen wir, wie wir Malik bissen … wie gut, wie potent, wie berauschend sein Blut schmeckte … uns lief allein beim Gedanken daran das Wasser im Mund zusammen, und zwischen unseren Beinen zuckte etwas … Ich erwachte schlagartig aus Darius' Träumereien.

Jetzt wird's mir aber allmählich zu bunt, schimpfte ich in meinem/seinem Kopf.

Ach, komm. Mein Mund verzog sich gegen meinen Willen zu einem Grinsen. *Er hat uns beide gefüttert, ist doch ganz normal, dass … na ja, dass was passiert.*

Normal für Vampire, vielleicht, schnaubte ich, *nicht für mich.*

Ja, aber du bist jetzt in mir drin, und da geht das eine nun mal Hand in Hand mit dem anderen, Blut und Sex, du weißt schon. Ein gewisser Teil unserer Anatomie zuckte erneut. *Jetzt sogar noch mehr, weil du so auf ihn stehst.*

Das. Geht. Dich. Nichts. An!

He, ist doch nicht meine Schuld, dass du mir deine Gefühle nicht verheimlichen kannst. Er lachte dreckig. *Außerdem könnte er es sowieso erfahren, wenn er wollte. Wir Vamps haben nämlich Supersinne, weißt du.*

Igitt! Jetzt reicht's aber! Halt endlich die Klappe!

Soll ich euch beiden miteinander verkuppeln? Darius ließ sich einfach nicht abschütteln. Ich versuchte krampfhaft, ihm das dreckige Grinsen vom Gesicht zu wischen, aber er widerstand mir. Ich konnte nur ahnen, wie das aussehen musste – wie ein Gesichtskrampf oder so ähnlich. *Wenn du willst, frag ich ihn, ob er auch auf dich steht.*

Nein! Nein, nein und nochmals nein! Und jetzt verdrück dich bitte, ich muss nachdenken.

»Darius?« Malik kniete auf einmal vor uns, und Francine schien verschwunden zu sein. »Weißt du, was du getan hast? Weißt du, welche Strafe den erwartet, der der Sidhe auch nur ein Haar krümmt?«

Diese Frage bewirkte, was ich nicht vermocht hatte: Darius verging das Grinsen. Er verkroch sich eilends und ließ mich in seinem Kopf allein. Feigling.

»O ja, er weiß ganz genau, wer du bist.« Ich verzog das Gesicht und drückte das Stück Matratze fester auf meinen Schoß – obwohl in diesem Bereich bereits einiges wieder zusammengeschrumpft war. »Was mich interessiert: Zählt das nun als Tod Nummer fünf oder Tod Nummer sechs?«

Er erstarrte, dann hob er mein Kinn. »Deine Augen glänzen golden. Das ist die Sidhe-Magie. Ich wusste, dass du einige von uns auf diese Weise in deine Gewalt bringen kannst, Genevieve, aber dass du sogar in den Körper der anderen Person schlüpfen kannst, das ist mir neu.«

»Ja, mir auch«, sagte ich, dankbar, dass er so schnell begriff und Darius seinen Kopf jetzt wohl noch ein wenig länger behalten würde. »Pass auf, ich weiß selbst nicht so recht, wie das passiert ist. Aber ich würde wirklich liebend gerne wieder in meinen eigenen Körper zurück. Du hast so was wohl nicht zufällig schon mal erlebt?«

»Nur wenn Dämonen oder schwarze Magie im Spiel sind.« Er hob fragend eine seiner schön geschwungenen schwarzen Brauen.

»Nein, nein, keine Dämonen oder so was.« Ich schauderte. »Diesmal nicht.«

Er hob meinen/Darius' Kopf noch ein wenig mehr an und schaute tief in unsere Augen. Sein männlich-würziger Duft stieg mir in die Nase und entfachte erneut das Feuer der Erregung in unserem Körper. »Und du bist sicher, dass du das nicht selbst getan hast, Genevieve?«

»Ganz sicher.« Ich drückte panisch auf die Matratze zwischen unseren Beinen. Hoffentlich machte Darius jetzt keine Dummheiten. »Im einen Moment sitzt er mir am Hals, und im nächsten höre ich auf einmal Stimmen – oder besser, Gedanken, Erinnerungen, bloß dass ich sie nicht in *meinem* Kopf höre …« Ich verstummte nachdenklich.

»Dir ist gerade ein Gedanke gekommen, stimmt's?«, fragte Malik.

»Ich habe heute Morgen Besuch von der Morrígan erhalten …« Ich runzelte die Stirn. »Sie hat mich mit einem Zauber behaftet. Darius hat diesen Zauber ausgelöst – durch Berührung, vermute ich. Es ist nicht das erste Mal, dass ich auf diese Weise die Erinnerungen eines anderen empfange. Aber zusammen mit meinem Glamour hatte es vielleicht diese drastische Wirkung?«

»Was für Erinnerungen?«

»Traurige.« Ich seufzte. »Aus der Vergangenheit der betreffenden Person. Und der Zauber funktioniert sogar, während ich in Darius' Körper bin.« Ich musste an Francines Erinnerung denken, an Mad Max und wie er das blonde Mädchen verschleppt hatte (deren Gesicht mir irgendwie bekannt vorkam). Diese Erinnerung war ausgelöst worden, als sie mich – oder besser gesagt, Darius – küsste.

»Aha«, sagte Malik und ließ mich ein wenig beunruhigt, wie mir schien, los. Welche Erinnerungen wollte er wohl vor mir verbergen? »Wir reden später darüber, Genevieve. Erst einmal müssen wir deinen Körper heilen und dich sicher wieder dorthin zurückschicken. Ich werde mir deine Verletzungen jetzt einmal ansehen und schauen, was ich machen kann.«

»Habe nichts dagegen.« Ich war mehr als froh, Maliks heilende Hände zu spüren.

Er rückte näher an meinen Körper heran und begann vorsichtig mein T-Shirt aufzureißen. Ihm mit den Augen eines anderen dabei zuzusehen, wie er behutsam meine Verletzungen betastete, war derart surreal, dass mir/Darius ganz schlecht wurde. Wir konzentrierten uns stattdessen lieber auf die zerstörte Tür. Ich musste an die Morrígan denken und an die Erinnerungen, die ich durch den Zauber empfangen hatte. Waren es einfach nur willkürliche traurige Erinnerungen, oder hatten die Visionen Methode, waren es Hinweise, die mir bei der Aufklärung des Falls helfen konnten? Und falls ja, was hatten sie zu bedeuten und was sollte ich mit ihnen anfangen? Und wo hatte ich dieses Mädchen in Francines Erinnerung …

Francines Erscheinen riss mich aus meinen Gedanken. Sie war nicht allein. Sie zog einen ächzenden Mad Max hinter sich her wie ein Kleinkind eine etwas zu große Puppe.

»Mein Lehnsherr.« Sie verneigte sich vor Malik. »Leider, es bleibt nur Maxim. Fjodor, er ist gepfählt. Und die anderen, sie sind alle unter fünfzig.«

Malik musterte den stöhnenden Maxim, dann nickte er und trat beiseite. »Maxim sollte genügen.«

Francine stieß und zerrte Maxim äußerst unsanft – sie konnte ihn wohl wirklich nicht ausstehen – neben meinen Körper. Wir mussten aussehen wie zwei Statisten in einem billigen Horrorfilm, wie wir so nebeneinanderlagen – er mit den zwei Bronzedolchen, die ihm aus der Brust ragten, und ich mit der Metallstange im Bauch.

Ich beugte mich vor und stupste ihn misstrauisch an. »Wofür soll Mad Max gut sein?« Er schoss mir einen giftigen Blick aus dem einen eisblauen Auge zu, das noch nicht ganz zugeschwollen war.

»Mad Max?« Francine klappte der Unterkiefer herunter. Ihre Augen wurden kugelrund, und sie bekreuzigte sich hastig. »Du bist *nicht* Darius! Was ist das für ein Voodoo?« Sie drückte sich ängstlich gegen die Wand.

»Kein Voodoo, Francine«, beruhigte ich sie, »bloß eine Nebenwirkung der Magie.«

»Voodoo ist *Teufelswerk.*« Abermals bekreuzigte sie sich, und ich konnte sehen, dass sich auf ihrer Stirn winzige Schweißtröpfchen gebildet hatten.

»Beruhige dich, Francine.« In Maliks Pupillen glomm es rot auf, und Francines Züge glätteten sich. »Darius geht es gut; er hat Genevieve erlaubt, vorübergehend seinen Körper mit ihm zu teilen.«

»Wie Ihr wünscht, mein Lehnsherr«, erwiderte sie tonlos.

»Hast du ihr etwa eine Gedankenfessel angelegt?«, fragte ich neugierig.

»Nein«, antworteten Francine und Malik gleichzeitig.

Ich wartete auf mehr, aber als Malik nichts sagte, wusste ich, dass ich mich damit zufriedengeben musste. »Glaub mir, Francine, ich wäre viel lieber in meinem eigenen Körper« – ich warf einen Blick darauf – »wenn auch vielleicht nicht gerade jetzt. Ich warte noch ein bisschen, bis Malik mich geheilt hat.«

»Ich denke, du solltest in deinen Körper zurückkehren, *bevor* er vollständig geheilt ist, Genevieve«, widersprach Malik. Er machte eine Bewegung, als wolle er sich die Haare aus der Stirn streichen – er tat das immer, wenn er tief in Gedanken versunken war –, doch als ihm klar wurde, dass da keine Haare mehr waren, massierte er seinen stoppeligen Schädel. »Es wäre möglich, dass dein Geist aus deinem Körper geflohen ist, um den Schmerzen zu entrinnen, so wie es die Motten tun. Vielleicht hat er die Blutverbindung zwischen dir und Darius benützt oder deine Magie, mit der du ihn gefangen hieltest.«

Das erschien mir logisch. Nur, dass die Motten ihre Körper gewöhnlich einfach verließen und herumschwebten, ohne sich irgendwo als Untermieter einzunisten.

»Ich weiß nicht, wie sie es anstellen, in ihre Körper zurückzukehren«, fuhr Malik fort. »Alles, was Francine mir dazu sagen kann, ist, dass sie fliegen, sobald ihr Blut zu ihnen singt. Aber sie meint, dass der Geist sicherer in den Körper zurückfindet, wenn er noch nicht wieder ganz geheilt ist. Außerdem sagt sie, dass die Motten, die diesen Trick beherrschen, Fae-Blut in den Adern haben.«

Die Motten waren Fae oder hatten zumindest einen Vorfahren mit Fae-Blut? Interessant – und beruhigend, wenn man bedachte, dass ich mich anschickte, es ihnen gleichzutun.

»Also gut.« Ich schaute von Malik zu Francine und wieder zurück. »Wie stellen wir es an, dass mein Blut zu mir singt?«

Francine schob ihre Lippen zurück. Ihre nadelscharfen Giftzähne wuchsen hervor. »Der Vampir, er macht singen dein Blut«, schnurrte sie.

Wie nett. Ich – oder besser gesagt, mein Körper – würden

einen Schuss vom echten Saft abbekommen. Nun, damit konnte ich meine Abstinenzpunkte wohl abschreiben.

Äh, Genny ... könnte sein, dass ich dich bereits mit meinen Giftzähnen gebissen habe, dachte Darius sichtlich zerknirscht, *du weißt schon, als ...*

»Das war nicht deine Schuld«, zischte ich und warf Mad Max einen bitterbösen Blick zu. Sein Auge war nach wie vor mit einem gehässigen Ausdruck auf mich gerichtet. Gleichzeitig jedoch hatte ich erneut dieses seltsame Gefühl, als würde Darius etwas vor mir verbergen, ein wattiges Gefühl im Kopf ... Es hatte mit meinem Blut zu tun ... und jemandem namens Andy ... er hatte sein Wort gegeben, es niemandem zu erzählen.

»Genevieve?« Malik berührte mein/Darius' Gesicht und riss mich aus meinen Gedanken. Verwirrt blinzelnd schaute ich zu ihm auf. Ein Ausdruck von Mitgefühl ließ seine Züge weicher wirken. »Keine Angst«, sagte er leise, »ich werde einen Weg finden, falls das hier nicht klappt. Aber wir sollten es zuerst einmal damit versuchen, ja?«

Ich sagte nicht, dass ich keine Angst hatte – oder zumindest bis jetzt nicht, denn ich konnte sehen, dass er sich insgeheim große Sorgen machte. Mein Herz geriet ins Stottern; es freute mich sehr, dass er sich um mich sorgte. Ich versicherte ihm mit einem Grinsen, das breit genug war, um uns beide zu beruhigen: »He, ich bin schwer totzukriegen, das weißt du doch. Außerdem hab ich zwei Göttinnen, die sich um mich kümmern, eine davon wird mich schon nicht sterben lassen.«

»Hm.« Er musterte mich mit einem langen, prüfenden Blick. »Also gut. Dann wird Francine jetzt mit den Vorbereitungen beginnen.«

Francine trat vor, sprang hoch und zog rasselnd etwas herunter: eine dicke Kette, an der eine eigenartige Lederkonstruktion hing. Die Kette lief durch einen Zugmechanismus an der Decke.

Ich fragte mich gerade, wozu das gut sein sollte, da huschten auch schon Bilder durch meinen Sinn, von nackten Körpern, die kopfüber an der Kette hingen, die Fußgelenke fest mit dem Ledergürtelding zusammengeschnürt. Bevor ich nach Luft schnappen konnte, senkte sich eine weiße Wand vor meinen Geist, hinter der sich Darius beschämt versteckte.

Bitte sag mir, dass du niemanden damit umgebracht hast, dachte ich erzürnt.

Nein, natürlich nicht! Er rief dies mit genügend Ekel und Entsetzen, dass ich ihm glaubte. Außerdem blitzte vor meinem geistigen Auge etwas auf, das definitiv mit Sex zu tun hatte. Igitt.

Francine ging vor Mad Max' Füßen in die Hocke und schnürte seine Fußgelenke mit dem Lederriemen zusammen – *Fußfessel*, sagte Darius erklärend hinter seiner weißen Schandmauer –, dann zog sie ihn mit einem Ruck hoch.

»Wozu das Ganze?«, fragte ich. Ich bezweifelte ernsthaft, dass sie ihn aus den »üblichen« Gründen von der Decke baumeln ließ.

»Dein Körper hat zu viel Blut verloren«, erklärte Malik, »er kann den Verlust nicht von allein ersetzen. Du brauchst eine Transfusion, bevor ich dich heilen kann. Maxim ist als Spender geeignet, aber da sein Herz nicht schlägt, weil die Dolche darinstecken, müssen wir dem Blutfluss durch Schwerkraft auf die Sprünge helfen.«

Ich runzelte die Stirn. Der Gedanke, Mad Max' Blut konsumieren zu müssen, gefiel mir nicht. »Warum kannst du mir nicht dein Blut spenden und mich gleichzeitig damit heilen, so wie du's schon mal getan hast?«, fragte ich ihn mürrisch.

»Du brauchst mehr Blut, als ich dir ungefährdet geben kann, Genevieve. Die Mengen, die du brauchst, könnten dazu führen, dass dich mein Fluch ereilt.«

»Okay«, sagte ich verwirrt. Ich begriff nicht ganz, was er damit meinte. »Aber ich bin kein Mensch, ich bin Sidhe. Dein Fluch kann mir nichts anhaben; ich kann kein Vampir werden, so funktioniert die Magie nicht.«

»Das ist schon richtig, aber du bist ein Sonderfall«, entgegnete er, »dein Vater ist ein Vampir.«

»Was irrelevant ist«, widersprach ich entschieden. »Was zählt, ist die Spezies meiner Mutter – ich bin wie ein Klon meiner Mutter, so funktioniert das.«

»Es ist mir zu riskant, mich darauf zu verlassen«, beharrte Malik störrisch, »nicht, wenn es mit seinem Blut genauso gut funktioniert.« Er deutete auf Mad Max, der sacht schaukelnd von der Decke hing. Seine langen silberblonden Haare und seine Hände hingen dicht über meinem Gesicht. Ich verzog mein/Darius' Gesicht: Ich könnte wetten, dass Mad Max' Blut abscheulich schmeckte.

»Na gut«, gab ich nach. Ich musste erst mal wieder in meinen Körper zurück, das war im Moment am wichtigsten, nicht, wessen Blut ich trank. »Und was jetzt?«

»Jetzt sollte Darius von dir trinken«, sagte Malik mit deutlichem Missbehagen. »In Maßen«, fügte er warnend hinzu.

»Also gut, dann los.« Darius kam vorsichtig hinter seiner weißen Wand hervor und beugte unseren Körper gierig über meinen Hals. *Vom Handgelenk,* sagte ich streng. Ein wenig enttäuscht hob er/ich meine schlaffe Hand hoch und schnüffelte an meinem Puls. Unser Magen knurrte vernehmlich, der süße Honigduft meines Bluts war unwiderstehlich, wir bissen zu.

Dickes, herrliches Blut schoss uns in den Mund.

Kalt, so eisig kalt … jeder Schlag meines Herzens tat weh. Es fühlte sich an, als würde eine Eisenfaust mein Herz umklammern und rhythmisch zudrücken – Pause, drücken, Pause, drücken. Ich schrie auf, die Schmerzen waren unerträglich …

»*Trink, Genevieve*«, hörte ich Maliks Stimme in meinem

Geist. Mad Max's saures, metallisch riechendes Blut benetzte meine Lippen. Ich machte den Mund auf und ließ es mir durch die Kehle rinnen, schluckte es gewaltsam hinunter.

Er schaute dem kleinen Jungen zu, der quietschend vor Freude die Rutsche hinabglitt. Das Flutlicht tauchte den Spielplatz in einen hellen Schein, der die Nacht an die Außenränder verbannte und die blonden Locken des Jungen silbern glänzen ließ. Er wollte ihn hochheben und im Kreis herumwirbeln, wollte ihm sagen, dass er fliegen könne. Dass er ihn liebte. Sein alter Herr hatte dasselbe getan, als er so alt gewesen war wie der Junge jetzt. Eine kostbare kleine Erinnerung in einem von Angst beherrschten Dasein. Aber er behielt dieses Bedürfnis für sich, behielt es im Herzen. Sie würde es ohnehin nicht zulassen. Fünf Jahre waren seit der Geburt des Jungen vergangen, bevor ihm das Miststück erlaubt hatte, ihn wenigstens einmal kurz aus der Ferne zu betrachten. Nein, er würde ihr nicht zeigen, wonach er sich sehnte, was ihm schier das Herz zerriss, diesen Gefallen würde er ihr nicht tun.

26. Kapitel

Ich erwachte schlagartig und war mir sogleich meiner Umgebung bewusst: Ich lag in meinem eigenen Bett, in meinem eigenen Schlafanzug, unter meiner eigenen Bettdecke. Malik war bei mir. Der Mond schien zum Fenster herein und tauchte die Ecken in Schatten. Schrank und Kommode sahen aus wie bleiche Wachposten, die weißen Wände besaßen einen grauen Schimmer, ebenso grau wie der Nebel in meinem Geist. Ich versuchte angestrengt, diesen Nebel zu durchdringen, und allmählich tauchten Erinnerungen an das Geschehene in Bruchstücken vor mir auf: das Brummen eines Autos, der warme Strahl einer Dusche. Und Malik, der sich liebevoll um mich kümmerte.

Vorsichtig betastete ich meinen Bauch. Tavishs Handabdruck war noch da, ich spürte, wie mich dessen Magie kribbelnd durchlief, meine Verletzungen schienen dagegen verheilt zu sein.

»Ich habe die Stange entfernt, Genevieve«, sagte Malik leise. Seine Worte wurden von einem *Mesmer*-Stoß begleitet, und eine tiefe Ruhe breitete sich in mir aus.

»Danke«, flüsterte ich aus tiefstem Herzen.

Er zog sein *Mesmer* aus meinem Geist zurück. Ich wandte den Kopf und schaute ihn an.

Er lag auf der Seite, den Kopf in die Hand gestützt, und blickte mich mit seinen rätselhaften schwarzen Augen an. Der winzige schwarze Onyx in seinem linken Ohrläppchen glitzerte im Mondlicht. Der bleiche Schein küsste seine nackte weiße

Schulter, kroch über seinen langen, muskulösen Arm und endete schließlich bei seiner Hand, die auf seinem lederumhüllten Oberschenkel ruhte. Seine nackte Brust blieb im Dunkeln. Ein Teil von mir – der leidenschaftliche, lustvolle Teil – war enttäuscht, ja frustriert zu sehen, dass er seine Hose noch anhatte. Der andere Teil war wachsam, aber fasziniert.

Ich drehte mich auf die Seite, stützte ebenfalls den Kopf in die Hand und setzte eine interessierte Miene auf. »Werde ich jetzt möglicherweise gleich verführt, oder empfange ich hier die falsche Botschaft?«

Seine Augen blitzten belustigt. »Du hast noch immer beklagenswert wenige Möbel, Genevieve. Ich sehe keinen Grund, auf dem Boden herumzusitzen, wenn ein bequemes Bett da ist.«

Mist. Ich hatte tatsächlich die falsche Botschaft empfangen. »Okay«, sagte ich langsam, »du hast's dir also bloß ein bisschen bequem gemacht.«

»Außerdem«, fuhr er mit einem leisen Lächeln fort, »scheint in deinem Wohnzimmer ein Dryaden-Baum zu wachsen.«

Sylvia! Ups, die hatte ich ja ganz vergessen. »Bin gleich wieder da«, sagte ich, krabbelte aus dem Bett und lief ins Wohnzimmer, um nach ihr zu sehen.

Sie schlief tief und friedlich, ein seliges Lächeln auf dem Gesicht, noch immer in meinem Parkettboden verwurzelt. Nur das Blut war vollkommen verschwunden. Die Knospen an ihren Fingerspitzen und auf ihrem Schädel hatten sich zu feinen Zweigen ausgewachsen, an denen zahlreiche weiße und rote Kirschblüten wuchsen. Ihr zarter Duft brachte einen Hauch von Frühling in mein Wohnzimmer. Sie stieß ein leises Geräusch aus, eine Art kindliches Schnarchen. Der Baum erzitterte, und ein Blütenschauer rieselte herab.

Sylvia ging's offensichtlich gut, die konnte noch eine Weile so bleiben.

Ich lächelte. Um die Dryade brauchte ich mir momentan keine Sorgen zu machen. Und der Schaden an meinem Holzboden war mir auch egal. Dafür hatte ich einen wunderschönen Zimmerbaum.

Jetzt musste ich mich nur noch um den wunderschönen Vampir in meinem Bett kümmern.

Aber zuerst brauchte ich dringend was zu trinken. Meine Kehle fühlte sich an, als hätte ich einen Eimer voll Sand geschluckt. Ich ging in meine Küche, trank hastig zwei Gläser Wasser und holte dann den Wodka aus meinem Kühlschrank. Ich schenkte mir ein ordentliches Gläschen ein. Eiskalt und brennend rann er mir die Kehle hinab, sammelte sich in meinem Magen und verursachte ein warmes, wohliges Gefühl. Die Flasche in der einen, zwei Gläser in der anderen Hand, ging ich ins Schlafzimmer zurück. Die Tür stieß ich mit der Hüfte hinter mir zu.

Malik saß an einen Kissenberg gelehnt auf meinem Bett, die Hände hinter dem Kopf verschränkt, die Augen geschlossen. Ich runzelte die Stirn. Etwas an dieser entspannten Pose kam mir irgendwie aufgesetzt vor …

Mein Blick blieb an dem seidigen schwarzen Dreieck seiner krausen Brustbehaarung haften und folgte der sich verjüngenden Linie bis zum Bund seiner tief sitzenden Lederhose. Dann fiel mein Blick auf die Narbe auf seiner linken Brustseite. Eine rosenförmige Narbe, dicht unterhalb seiner Rippen. Ich selbst hatte ihm diese Narbe beigebracht, mit einem Dolchstoß. Und ich hatte ihn auch dort gebissen, hatte sein herrliches dickes Blut getrunken. Mein Magen knurrte hungrig, das Wasser lief mir im Mund zusammen. Unschlüssig trat ich einen Schritt näher, hin und her gerissen zwischen Lust und Durst.

Die Wodkaflasche traf mit einem dumpfen Schlag auf dem Boden auf und brachte mich wieder zur Besinnung. Sicher, er war umwerfend attraktiv und überhaupt zum Anbeißen, aber deshalb musste ich doch nicht gleich so ins Sabbern geraten. Ich warf einen bösen Blick auf die Flasche zu meinen Füßen und bemerkte dabei einen dicken gelben Bluterguss an meinem linken Fußgelenk. Was war bloß los mit mir? Wieso hatte ich das starke Bedürfnis, meine Fangzähne in sein Fleisch zu bohren?

Aber ich hatte gar keine Fangzähne.

Er dagegen schon. Kacke. Der Vamp hielt sich noch immer in meinem Kopf auf, und es waren seine Bedürfnisse, die ich auffing. In der Traumsicht auf der Tower Bridge war etwas Ähnliches passiert, nur das hier war viel stärker, beinahe so, als würde *ich* mich in *seinem* Kopf befinden, nicht er sich in meinem. Neugierig machte auch ich die Augen zu und begann, mich vorsichtig durch seine Gefühle zu tasten. Durst, Hunger, Lust, Sehnsucht und noch etwas, etwas Undefinierbares. Wie Wellen schwappten seine Gefühle über mich hinweg, rissen mich hin und her wie in einer unruhigen See. Das Bewusstsein, dass es nur seine Unentschiedenheit war, die ihn davon abhielt, einem oder mehreren dieser Gefühle nachzugeben, ließ mich schaudern. Dann tauchte ich ab, ließ mich tiefer sinken und stieß auf eine glatte, schwarze, uralte See, alt und beherrscht, und da wurde mir klar, dass die Wellen nur eine Kleinigkeit waren. Unter der Oberfläche dieser See jedoch wallte etwas Mächtiges, eine Erinnerung, die mich unwiderstehlich anzog. Ich stieß mich ab und fand mich plötzlich am Boden sitzend wieder. Mein Kopf schwirrte, ich musste hingeplumpst sein.

»Ich zöge es vor, wenn du dich von meinem Kopf fernhalten würdest, Genevieve«, drang Maliks ruhige Stimme an mein rauschendes Ohr.

»Ach ja?«, schimpfte ich und sah, dass die Wodkaflasche unter mein Bett gerollt war zwischen das Durcheinander aus Schuhen, das sich darunter verbarg. »Wie wär's dann, wenn du dich aus *meinem* Kopf raushalten würdest?«

»Wie du wünschst.«

Ich spürte, wie sich etwas in meinem Kopf löste – und dann hatte ich auf einmal das Gefühl, vollkommen zerschlagen zu sein. Ächzend blickte ich an mir herab: Der gelbe Fleck an meinem Fußknöchel war nicht mein einziger Bluterguss, an beiden Beinen erkannte ich schillernde blaue und lila Flecken, die sich über Waden und Oberschenkel zogen und schließlich unter meiner kurzen Schlafanzugshorts verschwanden. Ich hob mein Trägerhemdchen hoch und sah mit Schrecken, dass auch mein Bauch mit blauen Flecken übersät war. Am schlimmsten war es im Bereich meines Zwerchfells, dort, wo die Eisenstange mich durchbohrt hatte. Es war ein einziger riesiger, blaulila schimmernder Fleck. Auch an beiden Armen hatte ich blaue Flecken wie Fingerabdrücke. Das Ziehen in meinem Rücken verriet mir, dass es dort wahrscheinlich ähnlich aussehen musste.

Ich presste die Lippen zusammen, holte den Wodka unter dem Bett hervor und schenkte mir einen kräftigen Schluck ein, was meinen Körper aber leider auch nicht darüber hinwegtäuschen konnte, dass ich die volle Distanz mit einem vom Blutrausch getriebenen Vamp durchgestanden hatte.

Nein, ich hätte schon die ganze Flasche – und auch noch die anderen in meinem Gefrierfach – trinken müssen, um wenigstens halbwegs betrunken zu werden: ein beklagenswerter Nebeneffekt meines robusten Sidhe-Metabolismus. Wenigstens spülte der Alkohol den sauren Nachgeschmack von Mad Max' Blut hinunter. Ich betastete vorsichtig mein malträtiertes Zwerchfell: Entweder war Mad Max kein so guter Heiler wie Malik, oder er hatte sich nicht genug Mühe gegeben. Ich vermutete Letzteres.

Apropos Mad Max: Es wurde Zeit, meinem schönen Besucher ein paar Informationen zu entlocken.

27. Kapitel

Ich ließ Wodkaflasche und Gläser aufs Bett fallen, sammelte mir ein paar Kissen zusammen, um meinen zerschundenen Körper ein wenig abzupolstern, und machte es mir am Fußende des Betts bequem. Malik hatte sich nicht geregt, offensichtlich entspannt saß er da, die Hände hinter dem Kopf verschränkt. Wie gut er aussah … die erhobenen Arme brachten seinen Bizeps zur Geltung … seine fein definierten Brustmuskeln. Mich überkam das Bedürfnis, seine dunklen Brustwarzen zu küssen, sie mit meiner Zunge zu liebkosen. Ich spürte wie sich meine eigenen Brüste unwillkürlich verhärteten. Kacke. Grün und blau am ganzen Körper, total zerschunden, und meine Libido rannte trotzdem mit mir davon. Und diesmal war's ganz allein meine Schuld, Malik und seine Tricks hatten nichts damit zu tun. Trotzdem konnte ich nicht umhin, mich beiläufig zu fragen, wie Seine Königliche Unwiderstehlichkeit wohl auf einen Annäherungsversuch meinerseits reagieren würde. Widerwillig gab ich diese Idee auf. Selbst wenn er interessiert gewesen wäre – wovon ich keineswegs überzeugt war –, gab es im Moment einfach zu viele Komplikationen, die meisten davon den Fluch betreffend. Außerdem ist Sex nicht immer das Erste, was einem hungrigen Vampir in den Sinn kommt. Eher das Zweite.

Ich unterdrückte einen Seufzer und stellte meine Libido unter die mentale kalte Dusche.

»Also gut«, begann ich entschlossen, »gehe ich recht in der Annahme, dass du versprochen hast, Darius *nicht* für seine Attacke auf mich zu bestrafen? Und dass die Motten, einschließlich Lucy, auf dem Weg der Besserung sind?« Ich konnte mich nämlich nur vage an die Ereignisse nach meiner »Wiedererweckung« im Club erinnern.

»Genevieve, du musst dir keine Sorgen um deine Freunde machen«, entgegnete er, ohne seine Augen zu öffnen. »Es geht ihnen gut, allen.«

»Danke.« Wenn er sagte, dass es ihnen gut ging, dann glaubte ich ihm das auch. »Und dir?«

»Um mich musst du dir auch keine Sorgen machen. Ich kann meinen Durst bezähmen. Du bist nicht in Gefahr.«

»Das habe ich nicht gemeint.« Ich strich die Bettdecke glatt. Jetzt, da ich ihn mehr aus Sorge ansah, wirkte er auf mich erneut sonderbar verletzlich. Dieser Haarschnitt ... Und obwohl ich gespürt hatte, wie durstig er sein musste, war seine Haut glatt und makellos, keine Spur von hervortretenden blauen Adern, ein sicheres Zeichen für einen hungrigen Vampir. Wie das möglich war, war mir ein Rätsel. »Ich meine, geht es *dir* gut? Du schienst mir vorhin, als du im Club eintrafst, irgendwie ... beunruhigt. Und das hatte nichts mit der kniffligen Lage zu tun, in der ich mich befand.«

Er schlug die Augen auf und musterte mich mit seinem üblichen unergründlichen Ausdruck. »Erzähl mir von diesen Erinnerungen, die die Morrígan dir gezeigt hat.«

Also gut, er wollte nicht über sich selbst reden, aber ich würde ihn schon dazu kriegen – später. Fürs Erste gab ich nach und erzählte ihm die traurige Erinnerung, die ich von einer der Motten aufgefangen hatte, und danach von Darius' schrecklicher Kindheit. »Aber ich glaube nicht, dass das etwas mit den verschwundenen Faelingen zu tun hat«, sagte ich, »mir scheint vielmehr, dass der Zauber der Morrígan allgemeiner, allumfassender ist.« Danach schilderte ich ihm Mad Max' Erinnerung an den blonden Jungen auf der Rutsche. »Das hat bestimmt was mit dem Fluch zu tun.«

Malik verschränkte stirnrunzelnd die Arme vor dem Oberkörper. »Was macht dich da so sicher?«

»Ich weiß nicht.« Ich trommelte mit den Fingerspitzen an mein Glas. »Instinkt oder ein Tipp von der Morrígan, vielleicht. Ich hatte den Eindruck, dass der Junge Maxims Sohn war, nur zeitlich einordnen kann ich die Erinnerung nicht. Weißt du, wann genau Maxim die Gabe erhalten hat?«

»Er ist noch kein ganzes Jahrhundert alt.«

Eine ziemlich vage Antwort. Malik wusste es bestimmt genauer, hatte aber so rasch geantwortet, als wolle er nicht mehr dazu sagen. »Weißt du, ob Maxim einen Sohn hat? Vielleicht noch, als er ein Mensch war? Oder danach, als Vampir?«

»Er hat so etwas mir gegenüber nie erwähnt, was aber nicht heißen will, dass er keinen hat. Viele von uns, die auf die Gabe hofften, haben sich bewusst von ihren Familien distanziert.« Ein trauriger Ausdruck huschte über sein Gesicht, und ich fragte mich unwillkürlich, ob das wohl auch auf ihn zutraf.

»Du weißt wohl nicht zufällig, wann Rutschbahnen für Kinder erfunden worden sind?« Ich grinste hoffnungsvoll.

»Tut mir leid, Genevieve«, antwortete er belustigt, »aber nein, das weiß ich nicht. Vielleicht kann Google dir da weiterhelfen.«

Ich grinste. »Und ich dachte, du wärst allwissend.«

Er setzte sich auf und legte seinen Unterarm auf sein angezogenes Knie. »Sind das alle Erinnerungen?«

»Nein, ich hab auch eine von Francine aufgefangen. Die ist viel aufschlussreicher.« Ich erzählte ihm von der Verschleppung des blonden Mädchens durch Mad Max. Und jetzt wusste ich auch, warum es mir so bekannt vorgekommen war.

»Sie ist ein Faeling namens Ana«, sagte ich. Es konnte kein Zufall sein, dass ausgerechnet Ana in einer dieser Erinnerungen/Visionen aufgetaucht war. »Und außerdem Clíonas Urenkelin.« Ich erzählte ihm die ganze Geschichte: Wie Ana ihre Fae-Mutter verlor, ihre zwei Jahre in einem Blutbordell in

Sucker Town – das musste Francines Etablissement gewesen sein, das war klar –, ihre »Flucht« und ihre Heirat mit dem Zauberer, Victoria Harriers Sohn. »Ana und ihre Familie werden zwar geradezu vom Fluch verfolgt, aber wie sie ins momentane Bild passen, ist mir noch nicht ganz klar. Aber eines weiß ich: Sie hat einen Vampir am Hals. Maxim.«

»Hm. Nun, ich kann nachvollziehen, wie du zu so einem Schluss gelangst« – er strich sich mit einer Hand über seinen Stoppelkopf – »aber mir ist nichts davon bekannt. Und es wäre so gut wie unmöglich für Maxim, so etwas vor seinem Herrn zu verheimlichen. Aber ich werde der Sache nachgehen. Und wenn es stimmt, was du sagst, ihr ein Ende setzen.«

Ich musterte ihn prüfend. Vamps lügen nicht, ebenso wenig wie wir Fae. Besonders die Alten legen sehr viel Wert auf ihre Ehre. Malik war sowohl alt als auch ehrenhaft. Wenn er behauptete, er wisse nichts davon, dann wusste er auch nichts davon. Obwohl er es als Londons Oberfangzahn eigentlich wissen *müsste*. »Das war eine sehr diplomatische Antwort«, bemerkte ich, »was verschweigst du mir?«

»Es gibt Dinge, die du besser nicht wissen solltest, Genevieve. Und dazu gehört das, was Maxim von mir will. Ich habe abgelehnt, aber er ist hartnäckig und greift zu, wenn sich eine Gelegenheit bietet. Darius war so eine Gelegenheit, dir eine Falle zu stellen. Das ist seine Art. Er zieht es vor, sich in eine machtvolle Position zu manövrieren, bevor er überhaupt erst mit Verhandlungen beginnt. Er wollte deine Sorge um Darius als Druckmittel bei mir benutzen.«

»Ja, so viel habe ich mir auch schon zusammengereimt.« Ich nippte an meinem Wodka. Malik war immer noch übervorsichtig mit seinen Antworten, wie ich fand. »Aber was ist mit den Motten und dem, was durch seine Schuld beinahe mit ihnen passiert wäre?«

»Maxim ist ein Spieler. Er macht sich nicht sonderlich viele

Sorgen um mögliche Kollateralschäden. Die Motten waren für ihn ein Bauernopfer, ein tragisches Ungeschick, nicht von ihm geplant zwar, aber etwas, das er für sich zu nutzen verstand.«

»Okay. Und warum hat er seinen guten alten Paps gepfählt?«

»Das musst du schon Maxim selbst fragen, Genevieve. Was das Verhältnis zwischen ihm und seinem Vater betrifft, möchte ich mir kein Urteil erlauben.«

Schön ausgewichen. »Okay, dann will ich mal raten. Sagen wir mal, Mad Max hat Paps gepfählt, damit er die Klappe hält und seinen erpresserischen Plänen mit dir nicht im Wege steht. Und das bedeutet, dass Fjodor höchstwahrscheinlich weiß, worum's geht.« Ich warf Malik einen bedeutungsvollen Blick zu. *Siehst du, oh Schweigsamer, ich habe noch andere Möglichkeiten, an Informationen heranzukommen.* »Aber ist das, was Mad Max von dir will, bloß der übliche Vampirkram, oder hat es mit dem Fluch und den verschwundenen Faelingen zu tun? Nach allem, was so läuft, tendiere ich zu Letzterem. Vor allem Francines Erinnerung lässt diesen Schluss zu, da haben wir die Verbindung zwischen Mad Max und Ana und dem Fluch und den verschwundenen Faelingen. Es wäre also vielleicht nicht zu weit hergeholt zu vermuten, dass der irre Max was mit dem Verschwinden der Faelinge zu tun hat …« Ich hielt inne und warf meinem schönen fangzähnigen, hartnäckig schweigenden Besucher einen fragenden Blick zu. »Außer du hast andere Informationen?«

»Bedaure, Genevieve, aber ich kann dir nichts über die verschwundenen Faelinge sagen.« Er drehte an dem Platinring an seinem Daumen – dem Ring, den er mir in der Traumlandschaft wieder abgenommen hatte. »Aber wenn ich etwas über ihren Verbleib herausfinden sollte, würde ich sogleich die Polizei informieren und alles tun, was in meiner Macht steht, um ihnen zu helfen.«

Kacke. Was immer Mad Max auch von Malik wollte, es hatte nichts mit den verschwundenen Faelingen zu tun. Zumindest seines Wissens nicht. Aber ich hätte trotzdem gerne gewusst, was es war, um selbst urteilen zu können.

Ich neigte meinen Kopf zur Seite. »Wusstest du, dass Mad Max und Fjodor mit mir verwandt sind?«

»Ja.«

Endlich mal eine klare Antwort, wenn auch eine einsilbige. Aber sie half mir nicht weiter. Ich beschloss, eine weitere Angel auszuwerfen, vielleicht biss im trüben Gewässer von Maliks Verschlossenheit ja doch mal ein Fisch an. »Maxim hat Darius einen Teil von meinem Blut als eine Art Blutzoll abgenommen. Aber ich glaube nicht, dass das der einzige Grund war. Ich habe nicht viel aus Darius rausgekriegt, weil er sein Wort gegeben hatte, nichts zu verraten. Mad Max hat versucht, mir weiszumachen, dass er das Blut selbst trinkt, aber das tut er gar nicht, oder?«

»Ich habe keine Antwort darauf, Genevieve.«

»Darius ist ein Name entschlüpft«, bohrte ich hartnäckig weiter. »Er hat versucht, ihn vor mir zu verbergen, aber ich bin sicher, er lautete Andy. Klingelt's da bei dir?«

Malik wirkte auf einmal nicht mehr ganz so entspannt. Also war er doch nicht allwissend. »Hast du eine Ahnung, wer dieser Andy sein könnte?«, fragte er mich.

»Ein Vampir?«, vermutete ich.

»Möglich.« Er runzelte die Stirn. »Aber wenn er dein Blut diesem ›Andy‹ gegeben hat, würde ich doch gerne wissen, wer das ist – und wenn auch nur, um sicherzustellen, dass er oder Maxim keine Bedrohung mehr für dich darstellen.«

»Kannst du ihm nicht einfach befehlen, dir zu sagen, wer dieser Andy ist?« Ich rutschte unbehaglich hin und her. Meine Wehwehchen hatten trotz der vielen Kissen definitiv einen Gang raufgeschaltet. Oder auch zwei.

»Ich kann Maxim zu nichts zwingen, Genevieve«, entgegnete Malik ruhig. »Er untersteht dem Autarchen, nicht mir.«

Panik stieg in mir auf, wie immer, wenn ich diesen verhassten Namen hörte, aber ich kämpfte sie nieder. Jetzt blieb mir wohl nichts anderes übrig, als auch diese Richtung zu untersuchen. »Wo wir schon beim Thema Autarch sind und wer ihm untersteht« – ich war selbst überrascht, wie ruhig meine Stimme klang – »würdest du mir verraten, was das für mich bedeutet?«

»Du musst dir wegen des Autarchen keine Sorgen machen, Genevieve.«

»Das sagst du so leicht! Aber ich weiß ja nicht, was hier vorgeht!« Ich versuchte, mich zu beruhigen. »Alle wissen, dass ich dein Eigentum bin. Und du wiederum hast erneut dem Autarchen den Treueeid leisten müssen. Was kannst du schon tun, wenn er mich von dir zurückverlangt? Ist doch wohl verständlich, dass ich wissen will, was mir für Möglichkeiten bleiben, wenn er bei mir klingelt.«

»Du unterstehst meinem Schutz«, entgegnete er, »du hast keinen Grund zur Sorge.«

Dieses Abwimmeln ging mir allmählich auf die Nerven. Es wurde Zeit klarzustellen, wo wir miteinander standen.

Ich pflanzte ein strahlendes Lächeln auf mein Gesicht. »Du weißt, dass ich nicht mehr vierzehn bin, oder?«

»Ist mir aufgefallen.« Er musterte mich belustigt.

»Gut«, sagte ich, ohne auf meinen Puls zu achten. Sein Blick war ohnehin nicht heiß genug, um eine Reaktion zu rechtfertigen. »Lieber Malik, so dankbar ich dir auch für all deinen Schutz und deine Hilfe in der Vergangenheit bin, du kannst und darfst mich nicht mehr länger aus allem heraushalten – vor allem nicht, wenn es mich selbst betrifft. Und mein Hirn austricksen, wann immer es dir passt.«

Ein seltsamer, rätselhafter Ausdruck huschte über sein Gesicht. »Ach nein?«

»Nein«, entgegnete ich fest.

»Und wie genau willst du mich davon abhalten, Genevieve?«, sagte er sanft.

Das war nicht die Antwort, die ich erwartet hatte. Oder hören wollte. Ich starrte ihn belämmert an. »Was meinst du damit?«

»Du hast mir dein Blut aus freien Stücken gegeben.« In Maliks Augen stand ein kühler, distanzierter Ausdruck. »Und das gibt mir nicht nur uneingeschränkten Zugang zu deinem Zuhause, sondern auch zu deinem Geist. Ich kann dich denken und fühlen lassen, was immer ich will. Wann immer ich es will.«

»Aber das wirst du nicht«, widersprach ich, obwohl mir ein kalter Schauder über den Rücken lief.

Er zuckte anmutig mit den Schultern. »Und warum nicht?«

Weil du zu den Guten gehörst!, hätte ich am liebsten geschrien. »Hör zu, Malik, ich bin die letzten fünf Monate wie eine Schlafwandlerin durch mein Leben geschlurft, bloß weil ihr, du und Tavish, die Überbeschützer habt spielen müssen und mich mit diesem Dornröschenzauber belegt habt. Ich meine, ich verstehe ja, dass ihr euch Sorgen um mich gemacht habt, aber jetzt geht's mir wieder gut, ehrlich. Und ihr könnt mich nicht andauernd auf diese Weise bevormunden. Ihr müsst anfangen, mit mir zu reden, mir zu sagen, was los ist, und aufhören, alles vor mir geheim zu halten, bloß um mich nicht zu belasten. Das ist *mein* Leben. Darüber habe ich zu entscheiden, nicht ihr.«

»Ich habe dir mein Wort gegeben, dich zu beschützen, Genevieve.« Er schwieg einen Moment. »Wenn nötig auch vor dir selbst.«

Ich umklammerte wütend mein Glas. »Jetzt komm schon, Malik, ich kann auf mich selbst aufpassen!«

Er hob eine Braue. »Wie sich heute Nacht gezeigt hat.«

»Okay, dann eben meistens«, brummelte ich. »Das heute Abend war eine Ausnahme.«

»Nein, das war es nicht«, sagte Malik mit einem leisen Anflug von Zorn. »Du bist pathologisch leichtsinnig, wenn es um deine eigene Sicherheit geht.«

Jetzt war es mit meiner Selbstbeherrschung vorbei. »Das waren meine *Freunde*! Ich *musste* ihnen helfen! Noch dazu, wo ich schuld daran war, dass sie überhaupt in Gefahr gerieten. Wer weiß, was passiert wäre, wenn ich nichts unternommen hätte. Sie hätten sterben können.«

»Möglich«, stimmte er mir zu. »Aber Menschen sterben immer und überall. Das ist traurig und manchmal auch bedauerlich. Aber ihr Leben ist nicht so wertvoll wie deines. Du trägst mein Mal. Du bist mein Eigentum. Und als solches bin ich für deinen Schutz und dein Wohlergehen verantwortlich. Du wirst in Zukunft Sucker Town nicht mehr ohne meine Erlaubnis betreten.«

Ich spürte, wie der *Befehl* in meinen Geist einsank.

»Das kannst du nicht machen!«, rief ich fassungslos.

28. Kapitel

Du hast mir dein Blut überlassen, Genevieve«, erklärte Malik eisig, »ich brauche weder mit dir zu diskutieren noch mich nach deinen Wünschen zu richten. Ich nehme mir von dir, was ich will und wann ich es will. Und es gibt nichts, was du dagegen tun kannst; ich habe deinen Geist und deinen Körper in meiner Gewalt.«

Aus Fassungslosigkeit wurde Verwirrung, aus Verwirrung ein tiefes, schmerzliches Gefühl von Verrat. Fast ohne zu denken, schenkte ich mir noch ein Glas Wodka ein und kippte den Schnaps mit einem Schluck hinunter. Am liebsten hätte ich ihm die Flasche über den rasierten Schädel gehauen. Aber so schnell meine Wut aufgeflammt war, so schnell verrauchte sie wieder, ersetzt durch ein Gefühl der Ohnmacht, der Ausweglosigkeit. Hatte ich nicht immer gewusst, dass ich eines Tages in der Gewalt eines Vampirs enden würde? Aber Malik hatte mir immer – und gerade wegen seiner übertriebenen Beschützerhaltung – das Gefühl gegeben, etwas Besonderes zu sein. Ich hatte geglaubt, dass er mich mochte, dass ihm etwas an mir lag. Ich hatte darauf vertraut, dass er seine Macht über mich nie missbrauchen würde. Aber das war offenbar ein Irrtum. Da er glaubte, »meinen Körper und meinen Geist« nach Belieben manipulieren zu können.

Ich starrte zornig in mein leeres Glas; ich wollte nicht, dass er merkte, wie sehr mich seine Worte verletzten. Wie hatte ich nur so blöd sein können! Ich war wütend auf mich selbst, so wütend, dass mir die Tränen kamen. Ich biss die Zähne zusammen, nein, jetzt bloß nicht weinen. Meine Hand suchte automatisch nach Graces Anhänger, aber mein Hals war nackt, leer.

Die Kette war nicht mehr da.

Ich sah es vor mir, wie ich in Darius' Separee lag: mein Hals eine blutige Masse … und keine Kette. Sie war verloren gegangen, als Darius zubiss.

Panisch fuhr ich hoch, und Maliks Hand umschloss mein linkes Handgelenk, hielt mich fest. »Genevieve, der Anhänger liegt dort«, sagte er leise und zeigte zum Nachttisch, »aber die Kette ist zerrissen.«

Zutiefst erleichtert schaute ich zum Nachttischchen, auf dem tatsächlich als golden glitzerndes Häufchen die Kette mitsamt dem Anhänger lag. Ich streckte die Hand danach aus, zog sie aber wieder zurück. Jetzt, wo ich wusste, dass die Kette in Sicherheit war, verspürte ich nicht mehr das Bedürfnis, sie berühren zu müssen. Stattdessen kam mir ein anderer Gedanke.

Er hatte Graces Kette nicht nur gesucht und in Sicherheit gebracht, es war bezeichnend, dass ihm überhaupt aufgefallen war, dass sie fehlte. Okay, konnte sein, dass er eine besonders gute Beobachtungsgabe hatte – nichts Besonderes bei einem so alten Vampir wie ihm. Aber mein Gefühl sagte mir, dass es mehr war als das. Wie oft hatte er mich getötet, nur um mich zu beschützen? War dieser »Ich-bin-dein-Herr-und-Meister-Kram-und-du-musst-mir-gehorchen« vielleicht auch nur wieder so etwas? Und dann dies: Welcher Vamp, der so durstig war, wie ich wusste, dass es bei Malik der Fall war, würde wohl seelenruhig dasitzen und mir beim Wodkatrinken zuschauen? Da er doch selbst einmal gesagt hatte, dass er mich begehrte, seit ich vier Jahre alt war? Trotzdem wusste ich, dass er mich ohne Zögern in einen Elfenbeinturm sperren und mich dort Däumchen drehen lassen würde, wenn er glaubte, mich nicht anders beschützen zu können. Was er ja sozusagen gerade getan hatte ... Aber das verriet mir nicht, warum er glaubte, den Macho spielen zu müssen, nur um mich davon abzuhalten, ihm weiter Fragen zu stellen.

Auch besänftigte das nicht meine Wut auf ihn.

Zeit zum Fischen.

Ich hob den Kopf und schaute in seine geheimnisvollen schwarzen Augen. »So«, sagte ich wütend, »ich bin also ein *wertvoller Besitz*, den man gut hüten muss. Aber eines interessiert mich schon: Ist das ein Exklusiv-Arrangement, oder muss ich mir meinen Unterhalt *verdienen*?« Ich beugte mich vor und zischte: »Bist du der Einzige, der mich beißen und bumsen darf, oder hast du vor, mich herumzureichen? Wäre doch Verschwendung, nicht das Beste aus mir zu machen, jetzt, wo du mich besitzt?«

In seinen Pupillen glomm ein roter Funke auf, erlosch jedoch sofort wieder – oder wurde erstickt. Er musterte mich einen Moment lang schweigend. Dann sagte er in einem Ton, als würde er ein unerzogenes Kind zurechtweisen. »Es gibt Zeiten, da ist es besser, einen wertvollen Besitz ungenutzt zu lassen, um seinen Wert zu steigern. Dein eigener Vater hat dich gehütet und beschützt und sowohl dein Blut als auch deinen Körper reingehalten, um deinen Wert nicht zu mindern.«

Ich schnaubte verächtlich. »Und wie *das* ausging, wissen wir ja: Der Autarch hat ihn umgebracht. Und ›rein‹ bin ich jetzt auch nicht mehr: Du selbst hast mein Blut mit 3V infiziert, und eine Jungfrau bin ich auch längst nicht mehr. Kein besonders *wertvoller* Besitz, wenn du mich fragst.«

Erneut musterte er mich einen Moment lang, ohne etwas zu sagen. »Dein Wert besteht jetzt darin, unversehrt und am Leben zu bleiben und nicht in die Gewalt eines Vampirs zu geraten. Indem ich das garantiere, Genevieve, habe ich einen wertvollen Verbündeten gewonnen: den Kelpie.«

Ich schnappte überrascht nach Luft. Ich wusste, dass Tavish

mich beschützen wollte, jetzt mehr denn je, da der Fluch über mir hing wie ein phallisches Damoklesschwert, und ich wusste, dass die beiden irgendwie unter einer Decke steckten, aber mir war ein es Rätsel, was, um Himmels willen, Tavish zu bieten haben könnte, das Malik veranlasste, auf mein köstliches Sidhe-Blut zu verzichten. Ich warf eine weitere Angel aus.

»Tavish?«, rief ich gespielt ungläubig. »Das alles nur, um es dir nicht mit deinem Kumpel Tavish zu verderben?!«

Malik lehnte sich in die Kissen zurück und verschränkte die Arme. »Tavish ist nicht mein ›Kumpel‹. Er ist ein Verbündeter. Ein wichtiger Verbündeter.«

»Na, ich glaube kaum, dass Tavish jetzt noch so ein wichtiger Verbündeter ist, wie du glaubst. Träum weiter.« Ich prostete ihm mit meinem Glas zu.

Das Glas flog in die Ecke, und Malik hielt mich plötzlich beim Handgelenk, kniete vor mir auf dem Bett, das Gesicht dicht vor dem meinen. Obwohl ich eine solche Reaktion halbwegs erwartet hatte, geriet mein Puls ins Stolpern. »Erklär mir das!« Der Befehl setzte sich sofort in meinem Geist fest. Ich versuchte gar nicht erst, mich dagegen zu wehren, im Gegenteil, ich *wollte* es ihm sagen, hätte es ihm sowieso gesagt, Befehl hin oder her.

Ich wies mit einer Kopfbewegung auf den Platinring an seinem Daumen. »Ich bin nicht die Einzige, mit der du Traumgespräche führst, nicht wahr?« Ich grinste zynisch. »Du hast Tavish von meiner Begegnung mit der Mutter erzählt. Und deshalb ist er am nächsten Tag mit seiner neuen Flamme, der Morrígan, bei mir aufgekreuzt.« Und deshalb hatte Tavish auch nicht gefragt, wie ich es geschafft hatte, die schwarze Seele des Zauberers wieder loszuwerden. Und warum Malik nicht überrascht gewesen war, als ich die Morrígan im Coffin Club zum ersten Mal erwähnte. »Na, ich kann nur hoffen, dass es das wert ist, denn sie hat ihn jetzt an der Kette: Er ist ihr Sklave.« Seine

Finger zuckten. »Aber das sollte dir nicht viel ausmachen, mit der Sklaverei nimmst du's ja nicht so genau.« Ich warf einen scharfen Blick auf seine Hand, die noch immer mein Handgelenk umklammert hielt.

Aber er ließ mich nicht los. Er schwieg einen Moment mit undurchdringlicher Miene. Dann schien er eine Entscheidung zu fällen. »Du hast immer noch Schmerzen, Genevieve. Komm, ich heile dich.«

Ich spürte einen Schubs im Kopf, es war kein Befehl, mehr eine Art Vorschlag. Frustriert schob ich ihn beiseite. Mist, er hatte die Jalousien heruntergelassen. Jetzt würde ich nichts mehr aus ihm rauskriegen. »Nein danke, kein Interesse. Außer natürlich, du redest mit mir.«

»Genevieve, du hast Schmerzen.«

»Ja, und das ist mir ganz recht so«, fauchte ich.

»Ich zöge es vor, dich zu heilen.« Sein dunkler, würzig-männlicher Duft umwehte mich, dazu ein feiner Stoß *Mesmer*, um mich zu besänftigen.

»Nein«, lehnte ich barsch ab und versuchte, seinen unwiderstehlichen Duft möglichst nicht einzuatmen, was mir jämmerlich misslang. »Ich will nichts mehr von dir, Malik. Ich bin eine Sidhe, ich heile schon von allein.« Ich schlug einen zweiten, stärkeren mentalen Stoß beiseite und versuchte, ihm mein Handgelenk zu entreißen. »Versuch gar nicht erst, mich zu zwingen, du würdest dabei bloß die gekaufte Ware beschädigen.«

»Ich habe nicht die Absicht, dich zu zwingen.« Er ließ meine Hand los. »Aber ich möchte dich darauf hinweisen, dass du dich morgen mit den Fae triffst, und es wäre unklug, unnötige Zeit auf deine Genesung zu verschwenden, bloß weil du einen irrationalen Zorn auf mich hast.«

Er hatte nicht ganz unrecht, aber das spielte keine Rolle. Wenn mir die Schmerzen zu viel wurden, konnte ich mir ja auf dem Hexenmarkt einen Heilzauber besorgen. Außerdem …

»Mein Zorn ist nicht *irrational*, sondern durchaus berechtigt«, entgegnete ich gereizt.

»Würde es helfen, wenn ich mich entschuldige?« Er schaute mir in die Augen.

Ich blinzelte. »Wofür? Dafür, dass du mein Leben an dich reißt und mich wie einen Gegenstand behandelst? Nein, mach dir keine Mühe. Wenn es dir wirklich leidtäte, hättest du es gar nicht erst gesagt.« Ich deutete zum Fenster. Am schwarzen Nachthimmel funkelten fröhlich die Sterne. *Mistkerle.* »Zeit zu gehen.«

Er wollte sich mit der Hand über die Stirn streichen, hielt inne und rieb sich stattdessen den Stoppelkopf. Ärgerlicherweise hätte ich ihn zu gerne gefragt, warum er seine Haare abrasiert hatte, aber ich beherrschte mich grimmig.

»Nein«, lehnte er ab, »ich hab gesagt, ich werde auf dich aufpassen. Ich werde erst im Morgengrauen gehen, wenn kein anderer Vampir mehr in deine Wohnung eindringen kann.«

Ich schnaubte. »Der einzige Blutsauger, der 'ne Einladung hat, bist du, also …«

»Du hast Darius dein Blut gegeben«, unterbrach er mich scharf. In seinen Pupillen blitzte es rot auf. »Und ihm damit Tür und Tor geöffnet. Er ist jung und leicht beeinflussbar; du hast ja erlebt, wie ein anderer dies ausgenutzt hat, um Zugang zu dir zu erlangen.«

Ich stieß ein unfrohes Lachen aus – und riss die Nachtkästchenschublade auf. Ich holte einen leeren Blutbeutel heraus und warf ihn aufs Bett. »*So* bekommt Darius mein Blut. Und er muss für jeden Beutel bezahlen. Nicht viel zwar, aber es geht hier ja auch nicht um den Betrag, sondern ums Prinzip. *Und* er steht für die nächsten sechs Monate bei mir in der Kreide. Bezahltes Blut oder geraubtes Blut kann nicht gegen dich verwendet werden. Diese Lektion habe ich von *dir* gelernt. Und jetzt raus hier.«

Er lehnte sich störrisch in die Kissen zurück. »Ich werde bei Tagesanbruch gehen, Genevieve, und nicht eher. Das Bett ist groß genug für uns beide.«

Ich ballte die Fäuste, funkelte ihn zornig an. *London* war nicht groß genug für uns beide, geschweige denn mein Bett! Aber ihn mit Gewalt hinauszuwerfen war natürlich unmöglich. Ich hätte schreien können, ihm ein Messer in sein kaltes, arrogantes und derzeit nicht schlagendes Herz stoßen wollen! Und dann die restlichen zwei Wodkaflaschen in meinem Kühlschrank leeren, nur um nicht mehr an ihn denken zu müssen, an sein bleiches, perfektes Gesicht …

Ich warf die Flasche auf den Boden, schwang die Beine aus dem Bett und sprang auf. Was ich sofort bereute. Autsch, das tat weh! In der Absicht, im Wohnzimmer zu nächtigen, raffte ich ein paar Kissen zusammen. Aber dann dachte ich: He, das ist *mein* Bett, und in meinem Bett schlafe *ich*, egal, wer noch darin liegt. Ich krabbelte vorsichtig unter die Bettdecke und drehte mich zur Wand, so weit von ihm weg, wie es menschen- (oder Sidhe-)möglich war. Mit einem erleichterten Seufzer ließ ich meinen Kopf aufs Kissen sinken.

»Genevieve, ich kann dich heilen …«

»Nein.« Es war mir egal, dass ich mich wie ein trotziges Kind anhörte. »Ich will nicht geheilt werden. Also fass mich gefälligst nicht an. Und versuche keinen von deinen Gedankentricks! Am liebsten wäre es mir, du würdest überhaupt nicht mehr atmen.« Nicht, dass das bei ihm einen Unterschied gemacht hätte.

»Es tut mir ehrlich leid, Genevieve«, sagte Malik mit aufrichtigem Bedauern.

»Wenn's dir wirklich leidtäte«, stieß ich wütend und, ja, verletzt hervor, »dann würdest du mir sagen, warum du dich mit Tavish zusammengetan hast, warum ich ein so wertvoller Besitz bin, und was da los ist mit Tavish und Mad Max und was das alles mit dem Fluch zu tun hat. Und, ach ja, du würdest mir sagen, was zwischen dir und dem Autarchen läuft.«

Ich starrte an die weiße Wand, bis sie vor meinen Augen verschwamm, aber es kam keine Antwort, was mich nur noch mehr erzürnte. Malik mochte mich im Moment ja für einen wertvollen Besitz halten, aber nicht mehr lange! Fest entschlossen, einen Weg zu finden, ihn aus meinem Leben zu verbannen – egal, was es kostete! –, schlief ich ein.

29. Kapitel

Tack, tack, tack, tack.

Das Hämmern in meinem Schädel war so laut, dass ich mich umdrehte, um es loszuwerden. Ich schlug die Augen auf. Und starrte direkt in Maliks leere schwarze Pupillen.

Ich blinzelte. Drei Dinge wurden mir schlagartig klar:

Malik hatte es irgendwie versäumt, im Morgengrauen zu verschwinden, und befand sich jetzt sozusagen im ausgeknipsten Zustand.

Die Sonne sandte einen scharfen Strahl durchs Schlafzimmerfenster, der nur noch wenige Zentimeter von Maliks bloßem Fuß entfernt war und ihn wie ein Laserstrahl zu verbrennen drohte.

Und draußen vor meinem Fenster hockte ein riesiges schwarzes Wesen, das mit scharfem Schnabel an die Scheibe klopfte.

Mein Puls schnellte hoch. Ich sprang mit einem Satz aus dem Bett.

Ein Windstoß, ein Rauschen, das Flattern von Flügeln. Ich wurde in einem Schauer schwarzer Federn zu Boden geschleudert.

Federn.

Mein Mund war voller Federn. Ich hustete und spuckte und versuchte, mir die Dinger aus dem Mund zu klauben. Dicht an meinem Ohr ertönte ein lautes, indigniertes Krächzen. Ein hektisches Flattern, und dann starrte auf einmal ein riesiger Rabe mit seltsam indigoblauen Augen auf mich herab.

Sein scharfer Schnabel war nur Millimeter von meinem Hals entfernt.

Die Morrígan?

Der Rabe begann zu wachsen, überragte mich innerhalb von Sekunden, blockierte das Licht, nahm mir den Fluchtweg. Den Schnabel scharf im Auge behaltend, rutschte ich hektisch zurück und zwängte mich in die Ecke neben dem Nachtkästchen.

Der Rabe ließ erneut ein lautes Krächzen ertönen und explodierte. Ein Wirbelsturm aus Federn tobte, die sich jedoch auflösten, bevor sie den Boden erreichten.

Sekunden später stand anstelle des Raben ein nackter Mann vor mir.

Der Mann riss den Mund auf und stieß ein lautes Krächzen aus, dann knickten ihm die Beine weg, und er landete auf allen vieren. Stöhnend ließ er den Kopf hängen. Sein langes goldblondes Haar umhüllte wie ein seidiger Wasserfall sein Gesicht.

»Meine Göttin«, ächzte er heiser, »das hat vielleicht wehgetan.« Er rollte sich zusammen und stöhnte.

Aha. Na, die Morrígan war das jedenfalls nicht.

Und allzu bedrohlich wirkte er jetzt auch nicht mehr. Sein Stöhnen klang übertrieben, beinahe so, als *wolle* er Mitleid erregen. Ich ploppte wie ein Korken aus meiner Ecke und rappelte mich auf die Beine. Den nackten Romeo erst mal links liegen lassend, rannte ich zum Schrank und riss ihn auf.

Wie erwartet, hing dort fein säuberlich neben meiner Lederjacke Maliks langer schwarzer Ledermantel. Bloß gut, dass Malik so ordentlich war. Den stöhnenden Rabenknaben wachsam im Auge behaltend, riss ich Jacke und Mantel von den Bügeln und sprang zu Malik. Gesicht und Torso deckte ich mit seinem Ledermantel zu, und die Beine wickelte ich in meine Lederjacke. Es war zwar keine perfekte Lösung, aber ich war mir sicher, dass Malik alt und daher robust genug war, um das Tageslicht, das um diese Jahreszeit ohnehin noch nicht so stark war, eine Weile aushalten zu können.

Dann wandte ich mich um und schaute mir meinen neuesten Besucher genauer an.

Der Ausdruck »Eye Candy« kam mir in den Sinn: breite Schwimmerschultern, ein runder, fester Po, lange, sehnige Beine, honigbraune Haut, mit feinen goldenen Härchen überzogen, die in der milchigen Morgensonne glitzerten. Eine Tätowierung wand sich wie eine Ranke von seinem linken Fußgelenk über die Wade bis hinauf zum Oberschenkel, ein kompliziertes Muster aus stilisierten Federn. Ein solches Muster hatte ich meines Wissens noch nie gesehen. Es war mit goldener Tinte eintätowiert worden und verschmolz beinahe mit dem Farbton seiner Haut. Auf den verschlungenen goldenen Linien funkelten winzige Diamanten, anscheinend fest mit seiner Haut verbunden. Ich *schaute* genauer hin: Das Tattoo und die Diamanten erfüllten den Raum mit einem goldenen Glanz, der stärker war als die Sommersonne.

Ich hätte meine letzte Lakritzspirale darauf verwettet, dass das der Rabe war, der mich während der letzten Tage sozusagen begleitet hatte. Die Frage war nur, handelte es sich hier um einen Botschafter der Morrígan, oder hatte es etwas mit dem toten Rabenmädchen zu tun? Oder mit beidem?

Aber wie gesagt, einen besonders kompetenten Eindruck machte er nicht auf mich. Würde die Morrígan wirklich so einen schicken?

Natürlich konnte sein Anwesenheit auch einen anderen Grund haben. Möglicherweise hatte ich mir einen weiteren hoffnungsvollen Verehrer eingehandelt. Das machte zusammen mit Sylvia, dem Kirschbaum, schon zwei. Verfluchter Fruchtbarkeitsfluch.

»Falls du glaubst, bei mir Eindruck schinden zu können,

indem du im Adamskostüm in meinem Schlafzimmer auftauchst«, sagte ich laut genug, um sein Stöhnen zu übertönen, und stupste ihn mit meinem Zeh an der Schulter, »dann irrst du dich, Freundchen. Das haben die Najaden auch schon probiert – ohne Erfolg, wie ich hinzufügen möchte. Ach ja, und falls du glaubst, dass das 'ne Abkürzung in mein Bett sein könnte, dann leidest du unter Wahnvorstellungen. Bei mir braucht's schon weit mehr als ein hübsches Gesicht, um mich ins Bett zu kriegen.«

Er hörte auf zu stöhnen, hob den Kopf und spähte mich über seinen angewinkelten Arm hinweg an. Er schien in meinem Alter zu sein, etwa Mitte zwanzig. Sein Gesicht war ebenso schön wie der Rest seines Körpers: hohe, schräge Wangenknochen, spitzes Kinn, schmale edle Nase und große indigoblaue Augen mit geschlitzten Katzenpupillen, die mich – eher rötlich als schwarz – anblinzelten.

Ich starrte ihn fassungslos an. Er war *Sidhe*.

»Ihr tut mir unrecht, holde Dame.« Er stützte das Kinn auf seinen Arm und musterte mich interessiert. »Immerhin habe ich Euch soeben das Leben gerettet. Aber ich will nicht kleinlich sein: Ich bin bereit, Euch zu vergeben, vorausgesetzt« – er grinste – »ihr offeriert mir ein Schlückchen von diesem Zaubertrank dort.« Er deutete auf die Wodkaflasche, die auf dem Nachttisch stand, noch zu einem knappen Drittel voll.

Ich blinzelte verwirrt. »Hä?«

»Holde Jungfern in Not zu retten ist ganz schön anstrengend. Dieser Vampir wäre um ein Haar in Flammen aufgegangen – und Ihr mit ihm. Der Gestaltwandel allein ist schon anstrengend genug, und dann musste ich auch noch durch dieses Fenster gelangen, ohne es zu zerbrechen. Ich fürchte, Euer Schutzzauber ist jetzt ein wenig ausgeleiert, aber da er ohnehin einen Sprung hatte, kommt es darauf wohl auch nicht mehr an. Nun, nach solchen Heldentaten hat man doch wohl ein Schlückchen verdient, oder?« Sein Grinsen verstärkte sich; er besaß makellose weiße Zähne. »Ach ja, und wenn Ihr vielleicht die Güte hättet, mir ein Kissen zu reichen? Das mit der Bekleidung kriege ich noch nicht so richtig hin. Und es täte mir leid, wenn ich Euch mit dem Rest meiner erstaunlichen Anatomie schockieren müsste.«

»Die Anatomie ist es nicht«, sagte ich und warf ihm wie im Traum ein Kissen zu. »Es sind deine Augen.«

»Ach ja, die habe ich ja ganz vergessen.« Er hielt sich das Kissen vor den Schoß, richtete sich auf und schloss kurz die Augen. Als er sie wieder aufschlug, besaßen seine indigoblauen Augen runde, schwarze, *menschliche* Pupillen.

»Besser so?«

Seltsamerweise, ja. »Äh … ja. Wer bist du?«

Er machte einen kurzen, vogelähnlichen Hopser auf mich zu, blieb stehen und schüttelte zerknirscht den Kopf. »Verzeihung. Es dauert immer ein bisschen, bis man die Manierismen wieder los ist. Mein Name lautet Jack, werte Lady. Freut mich, Euch endlich kennenzulernen.« Er bot mir mit einem erwartungsvollen Gesichtsausdruck die Hand.

»Endlich?«, wiederholte ich.

»Ach, sie hat Euch nichts gesagt, was?« Er senkte verlegen den Kopf und wurde, wenn mich meine Augen nicht täuschten, sogar ein wenig rot. Jetzt sah er um einiges jünger aus, als ich zunächst gedacht hatte. »Tja, dann ist wohl der Falke unter die Tauben geraten … Äh, das erwähnte Schnäpschen …?«

Also doch ein Botschafter und kein Verehrer.

Ich reichte ihm die Wodkaflasche vom Nachttisch. »Wer hat mir was nicht gesagt?« Ich bot ihm ein Glas an.

Mit Kissen und Flasche jonglierend, gelang es ihm nach einigen Mühen, den Verschluss aufzuschrauben. Dann hob er die Flasche an die Lippen und trank mit hüpfendem Adamsapfel.

Er setzte die Flasche erst wieder ab, als sie leer war.

»Aaah! Guter Saft!« Er warf einen Blick aufs Etikett. »Cristall, hm. Muss ich mir merken. Danke, edle Dame.«

»Keine Ursache.« Ich schaute ihn erwartungsvoll an. »Okay, genug Mut angetrunken, Jack. *Wer* hat mir was …?«

Wir wurden durch ein lautes Klopfen an der Schlafzimmertür unterbrochen.

»Genny?«, rief Sylvia, »alles in Ordnung da drinnen? Ich habe Stimmen gehört …«

Kacke. Den Kirschbaum mit dem rosa Radlhelm hatte ich ja ganz vergessen. Schon wieder. »Äh, alles in Ordnung, Sylvia, ich …«

Die Tür ging auf.

»Äh, ja, ich muss jetzt wirklich gehen.« Jack drückte mir eilends das Kissen und die leere Wodkaflasche in die Hand. Ich geriet vor Überraschung ins Stolpern und plumpste aufs Bett. Jack machte einen mächtigen Satz aufs Fenster zu; ich konnte mich gerade noch zur Seite werfen. Im Sprung zog sich sein Körper zusammen wie eine Ziehharmonika, schwarze Federn sprossen hervor, und er verwandelte sich mit einem lauten *Wuusch* in einen Raben. Der riesige Vogel schlug einmal mit seinen mächtigen Flügeln, was einen Windstoß hervorrief, der mir die Haare aus dem Gesicht wehte. Dann flog er durchs Glas, als ob es gar nicht vorhanden wäre. Sekunden später war er nur mehr ein winziger schwarzer Punkt am diesigen Morgenhimmel.

»Maaann! Toller Arsch!«, rief Sylvia, die bewundernd an der Tür stand. Sie grinste mich an. »Wer war denn das?«

»Das war Jack, wie's scheint.« Ich presste frustriert die Lippen zusammen. Hätte Sylvia nicht ein bisschen später aufwachen können? Jetzt wusste ich immer noch nicht, wer *sie* war. Die Morrígan? Und was hatte sie mir nicht gesagt?

30. Kapitel

»Und woher kam dieser Jack geflattert?«, fragte Sylvia mit einem anzüglichen Grinsen. Dann reckte sie den Hals und spähte an mir vorbei zum Bett, auf dem der zugedeckte Malik lag. »He, du scheinst ja eine höchst interessante Nacht hinter dir zu haben!«

»So was in der Art«, antwortete ich ironisch. »Aber ich hab keine Lust, darüber zu reden, sorry.«

»Macht ja nichts«, sagte sie unbekümmert. »Aber ich bin da, falls du's dir anders überlegst.«

Ich blinzelte verwirrt. Immerhin: Sylvia machte es mir nicht schwer. Ich bekam ein schlechtes Gewissen und entschuldigte mich gleich auch noch für meinen heimtückischen Angriff mit den Schockbällchen und dafür, dass ich sie auf ihrer Einladung zum Abendessen hatte sitzen lassen.

Doch wieder überraschte sie mich, indem sie auch diese Entschuldigung mit einem unbekümmerten Lächeln akzeptierte, ebenso wie Maliks ominöse Anwesenheit in meinem Bett. Die letzte Nacht und das Aufschlürfen des verschütteten Bluts hatten ihr ganz offensichtlich gutgetan: Ihr *Glamour* war wieder vollkommen intakt, ihr Fünfzigerjahre-Kleidchen bauschte sich und war faltenlos, und auch sonst war kein Kratzer mehr zu sehen.

»Hast du schon mal von Jack, dem Raben, gehört? Kennst du ihn?«, erkundigte ich mich. »Seine Augen sahen zuerst so aus wie meine, nur eben indigoblau.« Ich deutete auf meine Augen.

»Ach, er war ein Sidhe?« Sylvia klatschte in die Hände und

wirbelte verzückt einmal im Kreis herum. »Hach, wie aufregend!«

»Dann kennst du ihn also nicht?«, hakte ich nach. Vielleicht hatte sie nicht gewusst, dass er ein Sidhe war, da er ja offensichtlich seine Pupillen verändern konnte.

»Ähm …« Sie trommelte mit ihren langen Fingernägeln auf ihren rosa Fahrradhelm und starrte nachdenklich ins Leere. »Jack, der Rabe? Nein, tut mir leid, noch nie gehört.« Sie strahlte mich an. »Na, Genny, ich wette, du bist hungrig! Wie wär's mit Frühstück? Ich muss nur kurz in deinen Spiegel … Man darf schließlich die Fassade nicht vernachlässigen, richtig?«

»Tu dir keinen Zwang an.« Ich versuchte, mir meine Enttäuschung darüber, dass Jack ihr offenbar unbekannt war, nicht anmerken zu lassen, und gab ihr den Weg zu meinem Schrankspiegel frei.

Leise vor sich hinpfeifend, drehte und wendete sie sich vor dem bodenlangen Spiegel. Sie stutzte die Triebe auf ihrem Kopf, zog die hervorgesprossenen Zweige wieder in Finger und Fußspitzen zurück, *rief* ein schweinchenrosa Strickjäckchen herbei und *reparierte* auch noch gleich das zerrissene Riemchen an ihrem Fahrradhelm. Anschließend beseitigte sie die heruntergefallenen Blütenblätter von meinem Holzfußboden und ließ die Löcher mit einem schlichten Handkuss verschwinden. Nun sei sie bereit fürs Frühstück, verkündete sie. Nach einem raschen Blick in den Kühlschrank – in dem sich nur zwei Flaschen Wodka und sonst nichts befanden – erbot sie sich fröhlich, zum Rosy Lea Café hinunterzugehen und uns etwas zu besorgen. Noch erstaunlicher war, dass sie mir ohne Murren half, meinen schweren Schrank vor das Schlafzimmerfenster zu wuchten. Ich bin zwar stärker als ein normaler Mensch, aber Sylvia konnte ich nicht das Wasser reichen. Sie presste ihre beeindruckende Hello-Boys!-Oberweite ans Holz, und der Schrank schien sich fast von allein zu bewegen.

Ich fragte lieber gar nicht.

Ich bedankte mich aufrichtig bei ihr und bestand darauf, dass das Frühstück auf meine Kappe ging.

Sobald Sylvia verschwunden war, fiel mein Blick auf den wie tot daliegenden Malik, dessen schwarze Augen blicklos zur Decke starrten. Trotz meiner Bemühungen hatte ihn der Sonnenstrahl am rechten Fuß gestreift. Die Wunde blutete zwar nicht, aber die Haut war verbrannt bis zum Knochen, die Ränder schwarz und verkohlt – kein hübscher Anblick. Es sah aus, als hätte ihm jemand ein rotglühendes Schüreisen auf die Haut gedrückt.

Hm. Diese Gelegenheit schien ich verpasst zu haben.

Ich hatte die Mäntel ganz instinktiv über ihn geworfen: *Vampir plus Sonne ist gleich Brikett.* Ihn zu schützen half mir aber leider nicht dabei, ihn loszuwerden. Ich hätte Sylvia bitten sollen, mir zu helfen, ihn hinaus aufs flache Dach zu werfen und in der Sonne verkokeln zu lassen. Seinen Kopf hätte ich dann auch gleich abhacken können, und die Sache wäre ein für alle Mal erledigt gewesen.

Verdammter tyrannischer Vamp.

Aber so nervig und tyrannisch er auch sein mochte – und nicht zu vergessen heimlichtuerisch –, ich brachte es weder über mein Herz noch über mein Gewissen, ihn zu töten. Außerdem wäre es unklug gewesen. Wenn Malik nicht mehr Oligarch war, würde erneut mit Hallali zur fröhlichen Jagd auf Fae und Faelinge geblasen werden. Ohne ihn hätten sie keinen Schutz mehr vor den blutrünstigen Vamps.

»Ich muss also einen Weg finden, dich schachmatt zu setzen, ohne deinen Knackarsch dabei zu grillen«, sagte ich grimmig zu ihm. »Aber erst mal muss ich dich sicher verstauen.«

Ich zerrte den großen Seidenteppich aus dem Wohnzimmer herein, packte Malik beim Arm und zog. Er rollte vom Bett und landete mit einem lauten Plumps auf dem Teppich.

»'Tschuldigung«, grummelte ich, wälzte ihn auf den Rücken und legte ihm die Arme an den Körper, die Beine zusammen. Dann schlug ich ein Ende des Teppichs über ihn und rollte ihn unter Ächzen und Stöhnen wie Kleopatra ein. Ich setzte mich auf den Boden und schob ihn mit den Füßen unters Bett. Das würde ihm mehr Schutz vor dem Tageslicht bieten. Falls er sich bei der Operation ein paar Prellungen zugezogen hatte, konnte ich auch nichts machen. Verdient hatte er's jedenfalls.

»Erledigt.« Ich klopfte mir die Hände ab. »Nerviger Vamp verstaut. Jetzt erst mal duschen und anziehen, bevor Sylvia wieder zurückkommt.«

Ich zog Schlafshirt und -hose aus und betrachtete mich kurz im Schrankspiegel. Hm, nicht besser als gestern. Ich sah verheerend aus, vor allem im Bereich des Solarplexus, der war ein einziger riesiger, blaulila schimmernder Bluterguss. Und die restlichen Prellungen auf Armen und Beinen fühlten sich auch nicht besser an. Na ja, ich sah aus wie ein Dalmatiner, dagegen ließ sich jetzt nichts machen. Es gab Wichtigeres: Ich musste unbedingt einen neuen Schutzzauber für das Schlafzimmerfenster kaufen, ich konnte Malik nicht ungeschützt in der Wohnung herumliegen lassen. Da Schutzzauber *und* Heilzauber aber leider meine knappen finanziellen Verhältnisse überstiegen, entschied ich mich stattdessen für ein Aspirin und ein paar Blutfruchtbeeren, um meinen Suchtpegel im Zaum zu halten. Zum Glück schien Darius' gestriger Venomschuss meine Krankheit nicht verschlimmert zu haben, wie ich mit großer Erleichterung bemerkte.

Ich *schaute* meinen Bauch an. Ja, Tavishs Zauber war noch immer da, weiter unten auf meinem Becken. Bestimmt hatte er etwas mit dem Fruchtbarkeitsfluch zu tun – Teufel, *alles* hatte im Moment mit dem Fruchtbarkeitsfluch zu tun –, aber da er noch immer nicht aktiv war, konnte ich auch nicht sagen, was genau er bewirkte. Vielleicht hatte Finn ja eine Ahnung – falls wir es schaffen, heute mal miteinander zu reden. Erneut fragte ich mich, was wohl so wichtig gewesen sein mochte, dass er unser gestriges Gespräch abgesagt hatte – zum Glück, wie sich herausgestellt hatte, nach allem, was mir gestern Nacht zugestoßen war. Wenn Finn da gewesen wäre, als Malik mich verletzt in die Wohnung trug, hätte er ihn gewiss gepfählt. Oder besser gesagt: auf die Hörner genommen. Aber dank Tavishs Zauber hatte ich jetzt eine gute Ausrede, um Finn anzurufen. Außerdem mussten wir über meinen Job bei Spellcrackers reden – oder besser gesagt, meine Kündigung desselben. Und über uns beide, unsere Beziehung oder besser gesagt, das Nichtvorhandensein derselben. Ich kramte mein Handy aus meiner Jacke hervor, doch dann zögerte ich. Feigling, der ich war, drückte ich mich vor dem Telefonat und schickte ihm stattdessen eine SMS:

Können wir uns so bald wie möglich treffen?

Ich sah zu, wie das kleine Briefsymbol davonflatterte, und wartete noch ein wenig, als ob ich hoffte, er würde sogleich antworten. Als das nicht geschah, gab ich mir seufzend einen Ruck. Es gab Wichtigeres zu tun, als Finn nachzuschmachten. Meine E-Mails checken, zum Beispiel. Aber in meinem Postfach befand sich nur der übliche Werbekram. Und eine Nachricht von Hugh. Er sei dabei, meinen Fragen bezüglich der Morrígan, der verschwundenen Faelinge und Ana nachzugehen. Er würde sich melden, sobald er mehr habe.

»Wenigstens einer versucht, mir zu helfen«, sagte ich böse und stupste den eingewickelten Malik mit dem Fuß an (natürlich konnte er mich nicht hören, aber ich fühlte mich besser, es los zu sein). Ich nahm Graces Anhänger vom Nachtkästchen, zog die Schublade auf und suchte ein anderes Kettchen heraus, auf das ich den Anhänger auffädelte. Dann hängte ich ihn mir wieder um den Hals und ging dabei im Geiste die Dinge durch, die heute auf mich zukamen.

Da war mein Gespräch mit Finn – hoffentlich. Der Besuch bei den Tower-Raben, den Victoria Harrier für mich in die Wege geleitet hatte. Und der andere Besuch bei ihrer hochschwangeren Schwiegertochter Ana. Das Schwätzchen über Babys, 3V, Vamps und Flüche. Darauf war ich nicht gerade scharf, und das lag nicht nur daran, dass Ana das klassische Fluchopfer gewesen – und wahrscheinlich immer noch war. Ich wurde ganz nervös bei dem Gedanken, mit einem Faeling zu reden, deren Großmutter eine königliche Sidhe-Prinzessin (und das war Engel, kirre hin oder her) und deren Urgroßmutter eine Sidhe-Königin war.

Weitaus drängender jedoch war folgendes Problem: Was zieht man an, wenn man sich mit Tower-Raben trifft, einem royalen Faeling und später vielleicht noch mit seinem künftigen Partner? Am Ende entschied ich mich für sportlich-elegant, mit einem leichten Touch sexy (für letzteres Vorhaben): eine grüne, mit Spitzen besetzte Seidenbluse, dazu eine eng anliegende schwarze Samthose und Boots mit Killer-Heels.

»Und heute Nacht«, flüsterte ich, während ich zu Malik unters Bett linste, »gehe ich noch mal nach Sucker Town und finde raus, was es mit Fjodor, Mad Max, Darius und meinem Blut auf sich hat. Und du kannst nichts dagegen machen, ätsch.«

31. Kapitel

Sylvia stand vor der Tür, eine Riesentüte vom Rosy Lea Café in der Hand. Aber sie war nicht allein.

Sie hatte Johnny Depp mitgebracht.

Mir klappte der Unterkiefer herunter.

Sie breitete die Arme aus. »Tada!«, schmetterte sie fröhlich. »Schau mal, wen ich gefunden hab!«

Das war Johnny Depp! In seinem Käpt'n-Sparrow-Kostüm!

»Moin, moin, Liebchen.« Er streckte den Arm vor und streifte neckend mit der Faust mein Kinn. Dabei stieß er eine Serie hoher Klicklaute aus. »Alles so weit klar an Bord?«

Meine Augen wurden ganz schmal. Dieses Klicken kam mir bekannt vor ... Das war gar nicht Johnny Depp, das war Fischfresse, der Najade – und das Klicken war seine typische Lache. Wie hieß er noch mal mit richtigem Namen?

»Sag nichts.« Ich seufzte. »Du bist hier, um mir den Hof zu machen.«

»Erraten!« Er drängte sich an mir vorbei und betrat meine Wohnung. Lässig schlenderte er umher und blieb schließlich unter meinem Kronleuchter stehen. In der Wohnung roch es auf einmal prickelnd nach Ozon. Fischfresse sah aus, als gefiele ihm, was er sah, ja, als würde es ihm nichts ausmachen, hier einzuziehen.

Über seinem Kopf explodierten auf einmal in einem Funkenregen ein halbes Dutzend Glaskristalle. Aus dem Grinsen wurde ein Gähnen, seine Wangen wurden breiter, und lange Kiemen wuchsen daraus hervor. Seine zotteligen Piraten-

Dreadlocks schnurrten zusammen und morphten zu einer hohen, stacheligen Kopfflosse, deren Tentakel sich in den Glaskristallen des Lüsters verhedderten. Sein Kostüm verschwand ebenfalls, und nun stand er in seiner ganzen, gloriosen, *doppelten* Nacktheit vor mir.

Ich blinzelte, nicht gerade erfreut. Ein nackter, eins achtzig Meter großer Najade stand mitten in meinem Wohnzimmer, Schwimmhäute, Kiemen und alles.

Und das auf nüchternen Magen.

»Uuh, er kann mit *beiden* umgehen, weißt du«, flüsterte Sylvia mir verschwörerisch ins Ohr, »einfach göttlich im Bett!« Sie drückte meinen Arm. »Aber verrate ihm das ja nicht! Er ist schon eingebildet genug.« Sie tätschelte meinen Po. »Ich finde auch, du siehst einfach toll aus, Genny.«

»Hmpf.« Sollte das ein Kompliment sein? Eine Einladung? Oder eine Warnung, die Finger von diesem »Liebesgott« zu lassen? Ich war mir nicht sicher.

Wie aus dem Nichts erschien in Sylvias Händen ein sauber zusammengefaltetes Badetuch, das sie dem Najaden neckisch an die Heldenbrust klatschte. »Du hast das mit dem Glamour noch immer nicht ganz raus, was, Ricou?« (Ach ja, so hieß er!) Sie schaute mich an, als wolle sie sagen, »ein Idiot, ja, aber ein liebenswerter«. Dann schlenderte sie in meine Küchennische und begann ihre Riesentüte auszupacken.

Ricou musterte angewidert das Badetuch: pink, mit weißen Kirschblüten. Widerwillig wickelte er es sich um die Hüften und befestigte es mit seinem peitschenartigen Schwanz. Dann stemmte er die mit Schwimmhäuten versehenen Hände in die Hüften und schaute zum Kronleuchter hinauf. Er blinzelte, aber nicht mit Augenlidern. Eine feine Membran legte sich kurz über seine schwarzen pupillenlosen Fischaugen. »Hübscher Enthüllungszauber, muss ich zugeben, Liebchen. Hast du den von der alten Gillie vom Markt?«

»Nein«, antwortete ich und machte die Haustür zu. »Die sind von Bernie Mittle.«

»Bernie ist gut, aber geh nächstes Mal lieber zu Gillie. Die ist genauso gut, aber viel billiger.«

»Hör auf ihn, Genny«, warf Sylvia mit einem raschelnden Lachen ein. »Wenn einer weiß, wo man welchen Zauber billig kriegt, dann er.«

»Danke«, sagte ich. Ich musste an meinen ausgeleierten Schutzzauber denken und an den stillen Besucher, den ich wie eine Dauersalami unter meinem Bett verstaut hatte. »Wo kriegt man denn einen guten, preiswerten Schutzzauber?«

»Mist«, sagte Sylvia, »das hab ich ganz vergessen. Ich wollte dir ja einen neuen besorgen.« Was sie aus ihrer Tüte herausholte, schien für ein ganzes Dryaden-Wäldchen zu reichen und nicht nur für uns drei. »Du könntest ja fürs Erste einen Blut-Abwehrzauber einsetzen, und ich besorge dir dann später einen richtigen Schutzzauber. Ricky, du kannst ihr das erklären, ja? Du weißt, wie man so was macht?«

»Klar, mein Knöspchen.« Er legte die klauenartigen, mit Schwimmflossen versehenen Hände zusammen und tippte sich nachdenklich mit dem Finger an den lippenlosen Mund. »Blut-Abwehrzauber sind zwar ein bisschen primitiv, aber kinderleicht. Man muss bloß ein bisschen Blut über jeden Eingang und jedes Fenster schmieren und das Ganze mit seinem Willen verstärken. Dann kommt keiner mehr rein. Der Nachteil ist, man kann nie wissen, wie lange so ein Zauber hält; ich spreche da von einer Spanne zwischen zwei Stunden und zwei Tagen. Man kann also nicht einfach abhauen und ihn vergessen. Hinzu kommt, dass man ja nicht jedes Mal, wenn man das Haus verlässt, bluten will. Und auch die Magie ist nicht unbegrenzt.« Er riss seinen Mund zu diesem typischen Grinsen auf, das aussah wie ein Gähnen. »Aber dieser Zauber geht schnell und kostet nix.«

Klang gut. »Okay, zwei Fragen hätte ich noch: Muss man sich innerhalb des Blut-Abwehrzaubers aufhalten, damit er wirkt? Und was ist, wenn sich noch jemand in der Wohnung aufhält? Kann der gehen, wann er will?«

»Hmm.« Seine Kopfflosse zuckte. »Du kannst den Zauber so machen, dass *du* kommen und gehen kannst, aber was andere betrifft, das wird schon komplizierter. Denn wenn du zulässt, dass ein anderer gehen darf, wird er den Zauber beim Verlassen natürlich zerstören.«

»Ah, toll, danke.« Das würde funktionieren. Ich konnte gehen. Und Malik wäre in Sicherheit. Und wenn er aufwachte, bei Sonnenuntergang oder wann auch immer, konnte auch er gehen … oder ich könnte ihn hier einsperren – auch keine schlechte Idee.

»Hab doch gesagt, er ist der Beste, nicht?« Sylvia strahlte voller Stolz.

Ich war nicht blöd. Ich konnte zwischen den Zeilen lesen. Mein Blick huschte prüfend zwischen den beiden hin und her: Sylvia, die einen auf fröhliche Hausfrau machte, und Ricou mit seiner Professor-Flitwick-Nummer. Es war aber auch schwer zu übersehen: Die beiden hatten was miteinander. Es war also doch eine »Finger-weg-Warnung« von Sylvia gewesen.

Was, zum Teufel, trieb die beiden dann dazu, mir den Hof machen zu wollen?

»Hört zu«, sagte ich, »ist ja echt toll, unser kleiner Frühstücksclub, aber ich hab heute eine Menge zu erledigen« – Pläne, die mit einem flotten Dreier jedenfalls nichts zu tun hatten – »ihr könnt euch also gern ohne mich amüsieren.«

»Ach, mach dir da mal keine Sorgen, Genny«, sagte Sylvia auf ihre unbekümmerte Art, »wir richten uns ganz nach dir.«

»Ja, Liebchen.« Ricou schlug sich mit der schuppigen Faust an die schuppige Brust. »Ricou hier wäre es eine Ehre, die Damen bei ihren Erledigungen eskortieren zu dürfen.«

»Frühstück ist serviert!«, zwitscherte Sylvia. »Da hätten wir: zwei Maxibecher Blut« – sie tippte die betreffenden »Maxibecher« an – »Pancakes mit extra viel Ahornsirup – das sind meine, aber ihr könnt gern was abhaben; Bacon-Sandwichs – die Kellnerin hat gesagt, die magst du am liebsten, bisschen Sushi und ganze Sardinen für unser Wasserbaby.« Sie zwinkerte Ricou zu und deutete dann auf eine Batterie von Bechern: »Kaffee, Tee, Orangensaft, Doughnuts mit Vanillefüllung und etwas gesunde Rohkost.«

Ich beäugte das rohe Gemüse wenig begeistert: Karotten- und Selleriesticks, dazu Broccoli und Blumenkohlröschen, garniert mit Sesam. Bäh! Diese Art von Kaninchenfutter aß in meinem Bekanntenkreis bloß Finn. Apropos Finn … wieso hatte er meine SMS noch nicht beantwortet?

Das Gemüse verschmähend, nahm ich mir ein Bacon-Sandwich.

»Ihr könnt jetzt aufhören mit dem Theater«, sagte ich und deutete dabei mit meinem Sandwich erst auf Sylvia, dann auf Ricou. »Und erklärt mir bitte, was euch veranlasst, mir den Hof machen zu wollen.« Ich biss in mein Sandwich.

Ricou blinzelte nervös, was bei ihm hieß, dass sich die transparenten Membrane ein paarmal über seine pupillenlosen schwarzen Augen senkten. Sylvias Kleid zitterte; ein einsames weißes Blütenblatt flatterte zu Boden und landete neben ihren silbernen Riemchensandalen.

Ich schluckte den Bissen Sandwich hinunter. »Na? Wer will als Erster?«

»Ricou hier hat dich beim Pokern gewonnen«, sagte Ricou unbehaglich und schüttelte seine Kopfflosse, um sie aus dem Kronleuchter zu befreien. »Das hab ich dir ja schon gesagt, als wir uns das letzte Mal trafen, Liebchen.« Er schlenderte zur Küche, nahm sich eine Sardine, warf sie hoch und fing sie mit einem lauten Schnappen auf.

»Er hat beim Pokern getrickst.« Sylvia träufelte ein Muster aus Ahornsirup über ihre Pancakes.

»Das ist übertrieben«, brummelte Ricou. Er nahm sich noch eine Sardine. »Ricou stand wenigstens auf der Liste.«

Ich verschluckte mich fast an meinem Sandwich. Eine *Liste*? Welche Liste?

Sylvia klopfte mir zerstreut auf den Rücken. »Na, *Ricous* Name wurde ja auch nicht von der Liste entfernt, nicht wahr?«, sagte sie giftig.

»Weil Lady Meriel darauf bestanden hat!« Er warf sich die Sardine in hohem Bogen in den Mund.

»Ach was!« Sylvia zerknüllte den Sirupbecher und warf ihn in die Papiertüte. »Ricou ist hundertdreiundsechzig, nicht drei Jahre alt. Er sollte allmählich für sich selbst einstehen können.«

»Was für eine Liste?«, stieß ich hustend hervor.

»Ricou kann nicht erkennen, dass *du* für dich einstehst, Knöspchen! Oder warum bist du sonst hier? Du wurzelst immer noch in Lady Isabellas Topf.«

»Tu ich nicht!« Sie deutete anklagend mit ihrer Plastikgabel auf ihn. »Ich hab meinen eigenen Topf, seit ich fünfzig bin!«

»Was für eine Liste?!«, brüllte ich.

Sylvia schaute mich verblüfft an. »Na die, auf der die Leute stehen, die um dich werben dürfen.«

»Die Liste, auf der *Knöspchen* nicht draufsteht«, warf Ricou ein. Seine Kiemen bebten schmollend. »Weiß also nicht, was sie hier zu suchen hat.«

»Ich bin hier, weil Genny nichts mit Algernons Twig-Gang zu tun haben will.« Sylvia schniefte. Aus ihrem Kleid löste sich ein wahrer Blütenregen. »Was ich ihr kaum vorwerfen kann, nachdem sie das Übliche bei ihr versucht haben. Was für ein fieser Reisighaufen die doch sind.«

Das Übliche?!

Ricou ließ seine Sardine fallen und schlang einen schuppigen Arm um Sylvias Schultern. Einer seiner Klauenfinger tappte sanft auf ihren rosa Fahrradhelm. »Ach, Knöspchen, du musst nicht gleich die Blätter abwerfen. Ich hab doch gesagt, wenn sie das noch mal bei dir versuchen, stutz ich sie so zusammen, dass sie zwei Sommer brauchen, um sich davon wieder zu erholen.«

Sie hatten auch Sylvia überfallen? Und ich hatte gedacht, dass sie mich schwängern wollten, um den Fluch zu *brechen*. Jetzt jedoch sah es so aus, als wäre Vergewaltigung ein bevorzugtes Freizeitvergnügen dieser Gang.

»Mein Held«, schniefte Sylvia und tätschelte stolz seine Brust. Doch dann piekste sie ihn mit dem Finger. »Aber wenn du's dir nicht mit mir verderben willst, musst du Lady Meriel bitten, dich von der Liste zu streichen, klar?«

»Niemand streicht hier irgendwen von irgendeiner Liste.« Ich warf mein beinahe aufgegessenes Bacon-Sandwich auf die Küchentheke. Mir war der Appetit vergangen. »Weil es keine Liste mehr gibt.«

»Was?«, stießen sie gleichzeitig hervor.

Ich nahm eine Papierserviette und wischte mir wütend die Finger ab. »Wenn ich beschließe, ein Kind zu bekommen«, sagte ich und funkelte die beiden böse an, »dann nur mit einem willigen, *alleinstehenden* Partner. Ich lasse mich doch nicht mit jemandem ein, der schon eine Beziehung hat. Ich will den Fluch brechen, nicht Beziehungen zerstören. Wer immer euch zwei für gute Kandidaten gehalten hat, ist auf dem Holzweg.«

Ricous Kopfflosse zuckte alarmiert hoch. »Aber der Fluch muss doch gebrochen werden! Es geht nicht nur um die Fae, auch um all die Faelinge. Ich hab selbst sechs Junge und …«

»Du hast *sechs Kinder*?«, unterbrach ich ihn entsetzt.

»Jeder, der auf der Liste steht, hat Kinder«, antwortete Sylvia gleichmütig, »oder Faelinge. Das war eines der Auswahlkriterien. Ich selbst hab leider noch nie ausgesamt.«

Auswahlkriterien? »Und die anderen Kriterien?«, fragte ich erzürnt.

»Ach, nur noch zwei. Man muss unter zweihundert Jahre alt sein und mindestens ein Faelingkind haben, damit man weiß, um was man kämpft. Und weil man auf diese Weise seine Zeugungsfähigkeit unter Beweis gestellt hat.« Sie schürzte die Lippen. »Ich glaube, es standen anfangs ungefähr fünfzig auf der Liste, aber als Tavish damit fertig war, sind nur noch ungefähr ein Dutzend übrig gewesen.«

»*Tavish* ist für diese Liste verantwortlich?« Ich schnappte nach Luft. Obwohl – warum ich überrascht war, wusste ich selbst nicht. Dieser arrogante, intrigante Kelpie. Der hatte doch überall seine Finger drin.

»Klar, wer sonst?« Ricou blinzelte nervös. »Tavish hat überall das Sagen. Er hat bestimmt, wer um dich werben darf und in welcher Reihenfolge. Er natürlich als Erster. Lady Meriel und Lady Isabella wollten dir die Kandidaten, glaube ich, gruppenweise schicken, aber das hat er abgelehnt. Und mit Tavish legt sich keiner an.«

Ich runzelte die Stirn. Tavish schien alles unternommen zu haben, um Daddy Number One zu werden … doch dann war er untergetaucht, noch bevor ihn die Morrígan in ihre Krallen gekriegt hatte. Warum sollte er das tun, wenn er ganz oben auf der Liste stand? Und überhaupt, diese *Liste*. Wenn Ricous Fakten stimmten, war darauf jeder unter zweihundert Jahre alt – außer Tavish. Jeder hatte mindestens ein Faelingkind – außer Tavish … zumindest, soweit ich wusste. Aber was wusste ich schon? Mir sagte ja keiner was. Böse musterte ich die welken Karottensticks.

Alle auf der Liste hatten ihre Zeugungsfähigkeit unter Beweis gestellt.

»Hier.« Sylvia drückte mir einen Pappbecher in die Hand. »Trink einen Schluck Tee, Genny. Das wird dir guttun.«

»Ich trinke keinen Tee.« Ich schaute auf und musterte die beiden wie benommen. Ricou hatte seine Jalousien heruntergelassen – sprich, seine Membrane – und die Kopfflosse angelegt. Sylvia zupfte verlegen an ihrem Tüllkleid herum und mied meinen Blick. Offenbar ahnten sie, in welche Richtung meine Gedanken gingen. Meine Beziehung zu Finn mochte ja nicht das sein, was sich die Londoner Fae darunter vorstellten, aber es war eine Beziehung. Und sie war kein Geheimnis.

»Finn hat ein Faelingkind?«, fragte ich und war selbst überrascht, wie normal meine Stimme klang, obwohl ich doch am liebsten geschrien hätte.

Sylvia nahm mir behutsam die Tasse aus der leblosen Hand. Ihre glänzenden grünen Augen musterten mich mitfühlend. »Ja.«

Und wann, zum Teufel, hatte er vorgehabt, mir das zu beichten? Nach der Mutter brauchte ich nicht zu fragen, tat es aber trotzdem.

»Helen Crane«, antwortete Sylvia.

32. Kapitel

Finn steht unten vorm Haus und wartet auf dich, hatte Sylvia gesagt.

Mit polternden Schritten – die den Takt zu meinem zutiefst verwundeten Herzen zu schlagen schienen – rannte ich die fünf Stockwerke bis ins Erdgeschoss hinunter, dicht hinter mir das besorgte Dryaden/Najaden-Pärchen. Als ich aus dem Haus trat, begannen wie zum Hohn die Glocken von St. Paul's zu läuten.

Finn und Helen hatten ein Kind.

Ein Kind vor jemandem geheim zu halten, den man heiraten und mit dem man eine Familie gründen wollte, war alles andere als eine Kleinigkeit. Nun, vielleicht hatte Finn ja nicht vorgehabt, mich zu heiraten, aber sicherlich, mich zu schwängern. Das hatte weniger mit einem weißen Kleid, Hochzeitsglocken und Bis-dass-der-Tod-uns-scheidet zu tun als vielmehr mit dem Klappern winziger Satyrhufe und dem vermaledeiten Fruchtbarkeitsfluch.

Schnell gefreit, nie bereut. Von wegen!

Finn stand tatsächlich vor dem Haus. Mein Herz machte unwillkürlich einen kleinen Hüpfer. Das verräterische Ding hatte offenbar noch nicht kapiert, dass Finn ein *Mistkerl* war. Finn selbst dagegen schon, wenn man von seinem ängstlich-zerknirschten Gesichtsausdruck ausging – tatsächlich sah er aus, als hätte er die Phase des Freiens übersprungen und sich gleich in die der Reue begeben. Umso besser.

Nur leider war Finn nicht der Einzige, der auf mich wartete.

»Ms Taylor.« Victoria Harrier, meine VIP-Anwältin, kam mit einem stählernen Lächeln auf mich zu, das einen krassen Gegensatz zu Finns zerquältem Gesichtsausdruck bildete. »Ich wollte Sie gerade anrufen. Ich habe für die Mittagszeit ein Treffen mit dem Raven-Master vereinbart. Und Sie wissen ja, wie der Verkehr sein kann.«

»Gen?« Finn warf einen unglücklichen Blick zu Victoria Harrier. »Wir müssen unbedingt reden.«

Victoria Harrier hielt einen braunen Umschlag hoch. »Ms Taylor, ich habe hier den Autopsiebericht des toten Faelingmädchens.« Sie deutete auf die hinter ihr am Gehsteigrand schnurrende Limousine. »Ich dachte, wir könnten ihn uns unterwegs kurz ansehen.«

Ich konnte also entweder einen Autopsiebericht studieren oder mit meinem Beinahe-Liebhaber über das Kind reden, das er mir verschwiegen hatte. Hm. Knifflige Wahl.

Ich pflasterte ein Lächeln auf mein Gesicht, trat einen Schritt auf Victoria Harrier zu und nahm den Umschlag entgegen. Dabei legte ich meine Hand an ihre Wange und sandte einen subtilen Befehl in ihren Geist. »Würden Sie sich vielleicht vorn zu Ihrem Chauffeur setzen, Mrs Harrier, damit ich mich hinten in Ruhe mit Mr Panos unterhalten kann? Wir müssen über den Fluch reden und über unsere Beziehung. Sie sind höchst erfreut darüber.«

Ihre Augen nahmen einen leicht glasigen Ausdruck an, dann glitt ein seliges Lächeln über ihr Gesicht. »Selbstverständlich, Ms Taylor.«

»Ich danke Ihnen. Und, ach ja, falls wir bei unserer Ankunft noch nicht mit unserem Gespräch fertig sein sollten, stören Sie uns bitte nicht.« Sie nickte brav und ging zufrieden zu ihrer Limousine. Mich zwackten zwar ein paar Schuldgefühle, doch ich tröstete mich mit dem Gedanken, dass sie schließlich zu der Fraktion gehörte, die mich unbedingt schwängern wollte.

Dann wandte ich mich zu Ricou und Sylvia um, die noch immer besorgt hinter mir ausharrten. Sylvia fummelte betont konzentriert am Riemchen ihres rosa Fahrradhelms herum und tat, als hätte sie nicht gesehen, was ich gerade gemacht hatte. Ricou, der Möchtegern-Zauberkunst-Professor, trug nun wieder ein leicht ramponiertes Johnny-Depp-Outfit: ein bunt kariertes Sakko, eine dunkle Sonnenbrille und einen Trilby – offenbar Sylvias derzeitiges Lieblingskostüm. Ricou besaß jede Menge Glamour-Tattoos an den Innenseiten seiner schuppigen Unterarme, aus denen sie auswählen konnte. Er blickte mich über den Rand seiner dunklen Brille hinweg abschätzend an. Würde er mir Probleme machen? »Hört zu, warum … unternehmt ihr nicht einfach was zusammen?«

»Oh, gute Idee!« Sylvia packte Ricou bei der Hand. »Komm, Lover Boy, ich weiß auch schon, was. Bis dann, Genny.«

Ich schaute Finn an und deutete auf den Wagen. »Du willst doch reden, oder?« *Ich jedenfalls ganz sicher.*

Er nickte knapp, und wir stiegen ein. Zuvor berührte ich kurz die Hand des Chauffeurs und gab ihm ähnliche Anweisungen wie Victoria Harrier. Auch bei ihm ging das überraschend leicht. Die Tür der Limousine fiel mit einem dumpfen Geräusch zu und schnitt den Lärm und die Geschäftigkeit des Covent-Garden-Distrikts sowie das Geläute von St. Paul's ab. Im Innern roch es nach Leder und Luxus. Diese Limousine sah so ähnlich aus wie die von neulich, auch hier jede Menge Schutzkristalle, die L-förmigen Sitzbänke und die abgedunkelte Trennscheibe. Aber hier gab es die übliche Bar, anstelle des mobilen Büros à la James Bond. Ich fragte mich flüchtig, ob ich ihr Equipment neulich mit meinen magischen Tricks frittiert hatte, doch selbst wenn, interessierte es mich im Moment wenig. Finn hatte den Rücksitz genommen und schaute mich nun zutiefst besorgt an. Er schien nicht der Einzige zu sein, der mich nach dieser kleinen magischen Manipulation in einem anderen Licht betrachtete.

»Bei den Göttern, Gen, was fällt dir ein? Diese Frau ist eine Hexe! Das könnte dich an den Galgen bringen!«

Die Limo setzte sich in Bewegung. Ich ließ mich auf den Ledersitz sinken und legte meine Hände rechts und links neben mir auf die gepolsterte Sitzfläche, um mich zu beruhigen. Finn trug seinen üblichen Glamour, der ihn menschenähnlicher machte. Und er sah wirklich gut aus. Sein dunkelblondes Haar fiel in Wellen bis zu seinen Schultern, die spitzen Hörner waren im Moment ganz klein und lugten kaum hervor. Das Braun seines Anzugs war so dunkel, dass es beinahe schwarz wirkte, und umhüllte seinen muskulösen Körper wie eine zweite Haut. Es war ein besonders feiner Anzug, noch besser als die, die er normalerweise trug, maßgeschneidert, wie ich vermutete. Das feine cremeweiße Hemd stand am Kragen offen und bildete einen hübschen Kontrast zu seiner gebräunten Haut. Er sah mehr als gut aus: einfach fantastisch. Mir schwante, dass er sich möglicherweise besondere Mühe gegeben hatte … glaubte er etwa, damit bei mir Punkte sammeln zu können? Da täuschte er sich, der Mistkerl. Ich ballte unwillkürlich die Fäuste.

»Wann wolltest du mir denn beichten, dass du ein Kind hast, Finn?«, stieß ich mit gezwungener Ruhe hervor. »Ein Kind mit Helen? Wie lange kennen wir uns jetzt schon, Finn? *Zehn verfluchte Monate?!«* Okay, ich war nicht ganz so ruhig, wie ich vielleicht hätte sein sollen. »Und sehen wir uns nicht jeden Tag bei der Arbeit? Wann wolltest du's mir sagen, hm? Nicht mal gestern hast du einen Pieps von dir gegeben – und da haben wir das Thema Helen und Kinder doch angeschnitten!«

Er stieß den Atem aus und fuhr sich mit den Fingern durch die Haare. Seltsamerweise wirkte er nun eher erleichtert als zerknirscht.

»Es tut mir wirklich leid, Gen. Ich wollte nicht, dass du's von jemand anderem erfährst«, sagte er leise.

»Warum hast du's mir dann nicht selbst gesagt?« Ich holte

tief Luft. »Oder wolltest du warten, bis wir ein Kind haben, und mir dann sein Brüderchen vorstellen?«

»Schwester«, warf er ein.

»Was?!«

»Helen und ich, wir haben eine Tochter. Ihr Name ist Nicola.«

Ich starrte ihn fassungslos an, mein Zorn war momentan vergessen. Das war unmöglich – jedenfalls laut Griannes Endloslektionen. »Das glaube ich nicht. Hexen haben *immer* Söhne – Faelinge –, wenn der Vater zu den minderen Fae gehört. Nur so funktioniert die Magie.«

»Warum glaubst du, dass man mich dazu auserwählt hat, dich zu umwerben, Gen?«, sagte Finn seltsam resigniert. »Meine Tochter mag ja ein Faeling sein, aber sie kommt dem, was eine Vollblut-Fae ausmacht, näher als alle Kinder, die im letzten Jahrhundert geboren wurden. Ich würde selbst sagen, dass sie ein Satyr ist, wenn ich's nicht besser wüsste. Und dass Helen unmöglich die Mutter sein kann. Aber ich war bei Nickys Geburt dabei, ich weiß es. Ich weiß, dass so was eigentlich unmöglich ist. Bei den Göttern, Gen, Helen hätte überhaupt nicht schwanger werden dürfen! Die meisten Hexen der neunten Generation können höchstens ein Kind bekommen, und wir haben nicht einmal an dem Fruchtbarkeitsritus teilgenommen; wir haben nur am Rand miteinander rumgemacht.« Finns Wangen glühten vor Scham. »Auf diesen Hexenfesten geht's manchmal ziemlich wild zu«, gestand er zerknirscht, »du weißt ja, wie das ist.«

Nein, wusste ich nicht. Und wollte ich auch nicht.

»Als wir's dann gemerkt haben, waren wir natürlich entzückt. Wir sind über den Besen gesprungen.« Er hielt inne. »Als Nicky neun wurde, haben wir uns getrennt. Aber wir sind immer Freunde geblieben.« *Wegen Nicky*. Er sagte es nicht, aber es war so offensichtlich wie der besorgte Ausdruck seines Gesichts.

Und natürlich war er viel zu gutmütig und ritterlich, um nicht mit der Mutter seiner Tochter in guter Verbindung zu bleiben – was auch erklären würde, warum Helens Nummer die erste auf seiner Schnellwahlliste war. Mein Herz tat wieder diesen Hüpfer. Nun, es schien, als wäre Nicky nicht geplant gewesen. Aber wenn er das mit der Hexe der neunten Generation nicht erwähnt hätte, ich wäre sicher gewesen, dass Helen ihn irgendwie ausgetrickst hatte. Diese Gedanken hielten meinen Zorn im Zaum.

»Warum hast du mir nicht schon früher von Nicky erzählt?«

Er schaute mich voller Reue an. »Ich konnte nicht, Gen.« Auf meinen fragenden Blick sagte er: »Nein, kein magischer Knebel. Aber ich hab Helen mein Wort gegeben, dir nichts über Nicky zu sagen, außer du fragst mich direkt, ob sie und ich Kinder haben. Das war, bevor ich dich kennengelernt habe.«

Er hatte sein Wort gegeben. Fae geben oder brechen ihr Wort nicht leichtfertig – der Preis, den die Magie dafür verlangt, ist einfach zu hoch. Mein Zorn richtete sich nun hauptsächlich auf Helen. Sie war von Anfang an darauf aus gewesen, meine und Finns Beziehung zu torpedieren … nur, dass sie mich damals noch gar nicht gekannt hatte.

Ich runzelte die Stirn. »Warum hat sie so ein Versprechen von dir verlangt?«

»Helen hat … sie hatte immer ihre Probleme mit den Sidhe.« Er beugte sich vor. »Das liegt an ihrem Vater. Er hat sie aus irgendeinem Grund besucht. Die meisten tun das nicht.«

Das stimmte. Hexen waren eher unfreiwillig alleinerziehende Mütter. Die Sidhe-Väter machten sich nach dem Fruchtbarkeitsfest nämlich meist schleunigst aus dem Staub. Nicht gerade ein Kompliment für das männliche Geschlecht meiner Spezies. Aber die Hexen luden die Sidhe-Männer ja seit Jahrhunderten immer wieder zu ihren Festen ein, ganz unschuldig waren sie also nicht. Doch Helens Sidhe-Vater schien eine Ausnahme zu sein – leider keine gute. Ich seufzte. Ich hatte wirklich keine Lust, schon wieder Mitleid mit ihr haben zu müssen.

»Sie hatte eine gute Beziehung zu ihm«, fuhr Finn fort, als ahnte er, was ich dachte, »aber als Helen acht Jahre alt war, hat ihre Mutter ein Mädchen in Pflege genommen: eine Verwandte ihres Vaters.« Er hielt inne. »Eine Sidhe. Die zwei Mädchen waren im selben Alter und haben sich prächtig verstanden; sie betrachteten sich als Schwestern. Nur wenn Helens Vater zu Besuch kam, änderte sich das. Er hatte mehr Interesse an dem Pflegekind als an seiner eigenen Tochter und ließ Helen links liegen.« Er presste verächtlich die Lippen zusammen.

Ich starrte ihn verblüfft an. Ich musste an die schreckliche Geschichte denken, die die Bibliothekarin und Sylvia mir erzählt hatten, an den Familienstammbaum. Allmählich ergab das Ganze ein Bild. »Helens Pflegeschwester, das war Brigitta, nicht? Die, deren Mutter – Engel – vom Alten Donn entführt und vergewaltigt wurde? Ihr habt Brigitta in London behalten, als ihre Mutter in die Schönen Lande zurückkehrte, weil ihr sie benutzen wolltet, um den Fluch zu brechen, so wie ihr mich zu benutzen versucht.« Ich rang empört nach Luft. »Der Fossegrim ist Brigittas Vater. Ihre Tochter ist ein Faeling namens Ana« – ich deutete auf die verdunkelte Trennscheibe – »und sie ist mit dem Sohn meiner Anwältin verheiratet.«

Er war ganz still geworden. Nun massierte er sich mit einer Hand das Gesicht. »Ja, das ist sie. Ich wusste nicht, dass du die ganze Geschichte schon kennst.«

Ich lachte unfroh. »Mir scheint, als hätte mir zurzeit jeder was Neues über den Fluch zu erzählen.«

»Aber du hast ja bis jetzt auch nie gefragt, nicht wahr, Gen?«, sagte er ein wenig missbilligend. »Klar, dass du jetzt all die unerfreulichen Details zu hören kriegst, über die sonst niemand reden will.«

Das konnte er laut sagen. Ich schürzte die Lippen. »Helen

hasst also die Sidhe, weil sie von ihrem Sidhe-Vater vernachlässigt worden ist. Und ich bin ihr Sündenbock.«

»Ganz so ist es nicht. Die Sidhe haben Helen den Sohn weggenommen, falls du dich erinnerst. Das hat ihre Aversionen verständlicherweise noch verschlimmert. Ganz schwierig wurde es, als Tavishs Liste herauskam. Als Nicky herausfand, dass man mich ausgesucht hat, dir den Hof zu machen, geriet sie völlig aus dem Häuschen. Sie wollte dich unbedingt kennenlernen. Und Helen … na ja, die hat sich schrecklich aufgeregt. Sie hatte Angst, dass du ihr, nachdem die Sidhe ihr schon den Sohn weggenommen haben, auch noch die Tochter wegnehmen könntest.«

Ich stellte mir eine Miniatur-Helen vor, mit süßen kleinen Hörnern und blonden Zöpfen und niedlichen Hufen, die entzückt auf und ab springt, nur um in ihr Zimmer geschickt zu werden. Na, ich hätte Helen auch nicht als Mutter haben wollen. Aber vielleicht war ich ja voreingenommen. Helen schien wirklich ein wenig paranoid zu sein, vor allem, was mich betraf.

»Ich weiß, es ist unvernünftig«, sagte Finn, und wieder schien es, als wisse er, was in mir vorging, »aber Helen ist manchmal eben ziemlich unsicher. Deshalb habe ich ihr am Ende auch versprochen, dir nichts von Nicky zu erzählen, außer du fragst selbst danach. Ich hatte eigentlich immer erwartet, dass du mich mal fragst, aber das hast du nie.«

Es war mir überhaupt nicht in den Sinn gekommen. Schon irgendwie seltsam. Oder auch nicht. Ich wollte ja auch nicht über meine Familie reden – da fragt man nicht gerne andere nach der ihren aus. Ich starrte mit leerem Blick durch die getönte Fensterscheibe auf den vorbeirauschenden Verkehr. Finn hatte sein Wort gegeben, er hätte es also nicht brechen können. Aber es gab Schlupflöcher (jetzt, da ich daran dachte, war mir das Theater, das Ricou und Sylvia in meiner Küche abgezogen hatten, verständlicher: Sie hatten mir etwas mitteilen wollen, das zu verraten ihnen wahrscheinlich verboten worden war). Andererseits, ich kannte Helen und ihre maßlose Eifersucht auf mich, obwohl ich jetzt eher verstehen konnte, woher sie kam. Dass Finn mir angesichts dessen die Existenz seiner Tochter verschwiegen hatte – nun, auch das konnte ich irgendwie verstehen. Und direkt verschwiegen hatte er sie ja gar nicht, er hatte sie nur nicht erwähnt. Mein anfänglicher Zorn legte sich ein wenig. Helen tat mir irgendwie leid. Und ich konnte nicht anders, als Verständnis für Finn und für seine Tochter zu haben.

Ich wandte den Kopf vom Fenster ab und schaute Finn an. Er schien auf eine Reaktion meinerseits zu warten. Auf einmal war mir das Ganze nur noch peinlich. Worüber redet man, wenn man gerade erfahren hat, dass der potentielle Bettpartner ein Kind mit einer anderen hat? Am Ende entschied ich mich für die reine Neugier. »Ähm … lebt Nicky bei dir oder bei Helen?«

Er stieß ein eigenartiges Lachen aus. »Bei den Göttern, nein, Nicky ist sehr eigenständig. Sie studiert Kunst und Medienwissenschaften. Ich wollte, dass sie weiter bei ihrer Mutter wohnen bleibt oder zur Herde zieht, aber sie wollte sich unbedingt selbstständig machen. Sie wohnt jetzt mit zwei anderen in so einer winzigen Zwei-Zimmer-Studentenbude. Ich kann froh sein, wenn sie meine Anrufe zweimal die Woche erwidert.«

Ich blinzelte überrascht. »Ja, wie alt ist Nicky denn?«

»Neunzehn.« Er grinste. »Seit letztem Dezember.«

»Shit, Finn! Sie ist nur sechs Jahre jünger als ich!«

Sein Grinsen geriet ins Wanken. »Na und? Warum stört dich das?«

»Ich weiß auch nicht«, sagte ich, um eine Antwort verlegen. Ich hatte mir nie richtig klargemacht, wie alt Finn eigentlich war. Für mich war er einfach ein paar Jahre älter als ich. Dass er eine erwachsene Tochter haben könnte, daran hätte ich nie gedacht. Dass er so aussah, als wäre er höchstens um die Dreißig, spielte keine Rolle – Fae sind sehr langlebig und altern nur höchst langsam. Außerdem benahm er sich auch die meiste Zeit so, als wäre er nicht viel älter. »Es ist einfach so«, sagte ich lahm.

Er rieb sich das linke Horn. »Ich vergesse immer wieder, dass du ja bei Menschen aufgewachsen bist. Ich bin hundertzehn, Gen. Aber ich hab nur dieses eine Kind. Viele Fae in meinem Alter haben einen ganzen Stall voller Kinder.«

»Ja … Ricou hat erwähnt, dass er sechs hat.«

»Nicht nur das. Er hat so um die dreißig Enkel und Urenkel«, ergänzte Finn trocken. »Wenn ich mich recht erinnere, ist seine Jüngste jetzt fünfzig und selbst schon Großmutter.«

Ach du dickes Ei.

Finn beugte sich vor, stützte die Ellbogen auf seine Oberschenkel. »Hör zu«, sagte er ernsthaft, »ich weiß, gestern ist etwas passiert, das mit dem Fluch zusammenhängt, und du kannst es mir nicht sagen, aber das sollte dich doch nicht gegen *uns*, gegen unsere Beziehung einnehmen. Nicky ist alt genug, um ihr eigenes Leben zu führen, sie hätte ohnehin nicht viel mit unserem Leben zu tun, also – hör zu, wie wär's, wenn du sie einfach mal kennenlernst?« Er grinste hoffnungsvoll. »Ich könnte sie jetzt gleich anrufen. Sie würde sich riesig freuen, dich kennenzulernen.«

33. Kapitel

Jetzt? Jetzt gleich sollte ich mich mit seiner Tochter treffen? Und wenn sie mich nicht mochte? Er hatte zwar gesagt, dass sie mich unbedingt kennenlernen wollte, aber sie war dennoch Helens Tochter. Außerdem hatte ich im Moment genug Probleme. »Ich weiß nicht, Finn. Ich … ich hab zurzeit das Gefühl, auf Treibsand zu stehen, es passiert so vieles, und ich verliere den Boden unter den Füßen. Lass mir ein paar Tage Zeit, um das alles erst mal zu verdauen.«

»Okay, aber sag mir Bescheid, wenn du so weit bist.« Er drückte meinen Arm. Dann runzelte er die Stirn. »Ja, und was ist los? Willst du's mir erzählen?«

Ich erzählte ihm alles über Tavish, die Morrígan, meinen Ausflug nach Sucker Town (ohne blutige Einzelheiten), die traurigen Erinnerungen, die ich aufzufangen schien, dass Tavish und Malik eine Art Deal miteinander hatten (bei der Erwähnung von Maliks Namen verfinsterte sich sein Gesicht), und zuletzt erzählte ich ihm noch vom Besuch des rätselhaften Jack Rabe. »Das alles hat irgendwie mit dem Fluch zu tun, aber wie es zusammenhängt, ist mir schleierhaft. Hast du vielleicht eine Idee?«

Er trommelte nachdenklich mit den Fingern auf den Ledersitz, dann legte er seine Hände zusammen und flocht die Finger ineinander. Er schaute mich entschlossen an. »Clíonas Tochter und Enkeltochter und Ana und all die schrecklichen Dinge, die ihnen passiert sind, das alles hat natürlich mit dem Fluch zu tun, Gen. Und um ehrlich zu sein, ja, einer von uns hätte dir wahrscheinlich schon viel früher davon erzählen sollen, aber das sind alles Geschichten, auf die wir wirklich nicht stolz sind – noch dazu, da die Dryaden bereits was Ähnliches bei dir versucht haben. Wir sind auf deine Hilfe angewiesen, und dir von all diesen unschönen, beschämenden Dingen zu erzählen, die wir anderen Sidhe angetan haben, hilft uns nicht gerade, dich für uns einzunehmen, oder?«

Allerdings nicht.

»Was die Morrígan betrifft und das, was sie dir gezeigt hat … tja, das scheint Ana zu betreffen und die Zeit, als sie sich in den Händen der Vamps befand. Möglich, dass dieser Maxim – oder die anderen Blutsauger – erneut eine Bedrohung für Ana darstellen. Und da möchte die Morrígan wohl sicherstellen, dass für ihren Schutz gesorgt ist.«

»Okay …«, sagte ich stirnrunzelnd, »aber wieso sollte sie das tun?«

»Schuldgefühle. Das könnte ein Grund sein. Der alte Donn war ihr Sohn …«

»Der alte Donn war Morrígans Sohn?!« *Verflucht, sie hatte ihren eigenen Sohn verloren! Kein Wunder, dass sie zu mir gesagt hatte: »Es tut weh, ein Kind zu verlieren.«*

»Wie auch immer«, fuhr Finn fort, »so wie wir es verstanden haben, hat Clíona die Morrígan eingesperrt, um sie für das zu bestrafen, was er ihrer Tochter angetan hat. Könnte sein, dass die Morrígan nun versucht, es durch dich an Ana wiedergutzumachen, vielleicht bist du aber auch einfach die Einzige, die sie erreichen kann. Deine guten Beziehungen zu den Blutsaugern spielen dabei sicher auch eine Rolle.« Bei dem Gedanken verfinsterte sich sein Gesicht. »Oder vielleicht hat sie sich einfach irgendwie mit Clíona geeinigt.«

»Sie hält Tavish an der Kette, nur um mit mir reden zu können?«, fragte ich verblüfft.

Er lachte, aber es war kein frohes Lachen. »Fang bloß nicht

an, dich deswegen schuldig zu fühlen, Gen. Die Morrígan ist schon seit Jahren hinter Tavish her. Sie hätte ihn sich geschnappt, wenn er auch nur in ihre Richtung geatmet hätte. Er war es – und der Fossegrim – , die den alten Donn und seine Kumpane umgebracht haben.«

Tavish hatte den Sohn der Morrígan getötet? Kacke, er saß echt in der Tinte. Ich begann mir ernsthaft Sorgen um ihn zu machen, auch wenn er ein arroganter, intriganter, überbeschützender Kerl war. Er war trotzdem mein Freund. Und er hatte mir geholfen, als ich Hilfe brauchte. Dasselbe wollte ich für ihn tun. Wenn ich bloß wüsste, wie.

»Aber was der alte Donn da getan hat, war nicht richtig, also kann die Morrígan Tavish deswegen doch nicht festhalten, oder?« Ich konnte selbst hören, wie besorgt ich klang.

»Das hält sie nicht davon ab, trotzdem Rache zu wollen«, erwiderte Finn sachlich. »Hör zu, Gen, Tavish ist ein gerissener alter Knochen, der kann gut auf sich selbst aufpassen. Vergiss nicht, er hat praktisch im Alleingang drei Wylde Fae getötet – der Fossegrim selbst scheint nicht mehr so richtig da zu sein. Tavish wird also früher oder später einen Ausweg aus seiner Misere finden. Ich würde seinetwegen keine schlaflosen Nächte haben. Und was den Rest angeht, ich hab keinen Schimmer, was die Egel im Sinn haben, aber wahrscheinlich geht's dabei wie üblich um Blut. Und wer dieser Jack Rabe ist und was er will, das weiß ich ebenfalls nicht.« Er streckte den Arm vor und ergriff meine Hand. Seine Finger waren sanft und warm. »Ich weiß, du suchst nach einem anderen Weg, um den Fluch zu *brechen*, Gen, und ich weiß, ein Kind ist ein Riesenschritt, aber …« Er hielt inne und rollte die Schultern, als müsse er mir gleich etwas Unangenehmes sagen. »Ich weiß, das alles ist neu für dich, und du willst glauben, dass es eine andere Möglichkeit gibt, um den Fluch zu *brechen*, aber ich glaube nicht, dass es das ist, was irgendjemand hier meint. Nein, ich glaube, dass sie einfach nur versuchen, dich für ihre eigenen Zwecke zu missbrauchen.«

Leider konnte ich Finn ja nichts von meinem Ausflug in den Disney-Himmel erzählen, da ich sozusagen immer noch magisch geknebelt war. Ich zerbrach mir den Kopf, wie ich ihn überzeugen könnte. Als mir nichts einfallen wollte, hielt ich den Umschlag mit dem Autopsiebericht hoch und erzählte ihm stattdessen alles über die verschwundenen Faelinge.

»Und das hat sehr wohl was mit dem Fluch zu tun«, endete ich entschlossen.

»Das glaub ich dir gern, aber darum kümmert sich schon die Polizei«, sagte er. Dann runzelte er die Stirn. »Die haben aus irgendeinem Grund die Herde verhört.« Er schüttelte ratlos den Kopf. Und ich litt, weil ich ihm ja nichts von der Mutter erzählen konnte und natürlich auch nichts von dem »Hinweis« den ich Hugh per E-Mail geschickt hatte. »Na ja, warum auch immer«, fuhr er nachdenklich fort, »es ist Sache der Polizei, nicht deine.«

Das hatte Malik auch gesagt. Aber die Mutter hatte *mich* damit beauftragt, das Morden der Faelinge zu stoppen. Ich hatte nicht die Absicht, mir ihren göttlichen Zorn zuzuziehen, indem ich ihre Anweisungen ignorierte und die Ermittlungen der Polizei überließ. Ich wollte alles tun, was in meiner Macht stand, um ihnen zu helfen – oder besser gesagt, Hugh, denn die Hexenzicke Helen Crane wollte ja nichts mit mir zu tun haben. Ich würde die Raben aufsuchen und auch alles andere tun, was nötig war. Aber es sah nicht so aus, als würde ich Finn davon überzeugen können. Und da ich das, was die Mutter mir mitgeteilt hatte, nicht benutzen konnte, um ihn zu überzeugen, hatte es keinen Zweck, weiter mit ihm darüber zu streiten. Ich beschloss daher, das Thema zu wechseln und über etwas zu reden, das ich verraten durfte.

Tavishs Handabdruck auf meinem Bauch.

»Darf ich mal sehen?«, fragte er stirnrunzelnd.

»Jep.« Ich rutschte ein wenig tiefer und zog den Reißverschluss meiner Hose auf. Es gelang mir, ihm den schwarzen Handabdruck zu zeigen, ohne dabei allzu viel von mir zu entblößen.

Finns moosgrüne Augen blitzten erschrocken auf. Erschrocken und … zornig. Er beugte sich vor und schob behutsam meinen Pulli hoch, begutachtete entsetzt die bunt schillernden Blutergüsse. »Was hat das zu bedeuten, Gen? Hast du dich verletzt?«

»Aach.« Ich verzog das Gesicht. »Es gab ein kleines Problem, gestern.«

»Ein kleines Problem?!«

»Du solltest mal den anderen sehen«, sagte ich betont unbekümmert. Mad Max hatte mich zwar nicht persönlich verletzt, aber er war ganz gewiss für das ganze Schlamassel verantwortlich. Und ich war mir sicher, dass er im Moment noch schlimmer aussah als ich, Vampir hin oder her. »Außerdem gibt's Schmerztabletten.«

»Welcher andere?« Finns Wangenmuskel zuckte. »War's der Blutsauger? Er war's, stimmt's? Er hat dir das angetan!«

So viel zum Verschweigen blutiger Einzelheiten. »Nein.« Ich zog meinen Pulli über den offen stehenden Hosenlatz. »Er hat mir geholfen« – teilweise – »und mir geht's gut.« Ich ergriff Finns Hand. Es wurde Zeit, ihm die Wahrheit zu sagen, eine Wahrheit, die ich selbst mir nur höchst ungern eingestand. »Finn, die Vamps – Malik al Khan zumindest – werden wohl immer Teil meines Lebens sein. Was auch passiert. Ich kann nichts daran ändern, es ist also sinnlos, sich ständig deswegen aufzuregen, okay?«

Er musterte mich lange durchdringend, dann entzog er mir seine Hand. »Tut mir leid, Gen, aber das ist ganz und gar nicht okay. Ich möchte wissen, was das heißt ›immer Teil deines

Lebens sein‹. Ich bin nicht bereit, dich zu teilen, falls du das meinst, das weißt du ganz genau. Und wenn dir das nicht passt, dann tut's mir leid, dann gibt es keine Zukunft für uns, Fluch oder nicht Fluch.«

Mein Herz setzte einen Schlag lang aus und stolperte dann mit jäher Angst weiter. Ich schluckte. Meine Handflächen, die auf der Samthose lagen, waren plötzlich feucht. Was wollte er damit sagen? Dass er sich von mir trennte? Mir wurde plötzlich klar, wie viel er mir bedeutete, als Freund und … vielleicht noch als mehr. »Ich weiß nicht, was ich sagen soll«, würgte ich hervor.

»Schläfst du mit ihm?«

»Nein.« Meine Magie kribbelte unangenehm und zwang mich, ehrlichkeitshalber hinzuzufügen, »jedenfalls nicht so, wie du denkst.«

»Gen …«

»Finn«, sagte ich ernsthaft, »ich kann nicht lügen, das weißt du. Ich werde nicht mal versuchen, irgendwelche Ausflüchte zu machen. Aber wenn du eine klare Antwort willst, musst du klare Fragen stellen.« Ich wischte meine schwitzenden Hände an meiner Samthose ab. Keine gute Idee. »Ich habe keinen Geschlechtsverkehr mit ihm, das stimmt, aber er hat letzte Nacht bei mir in meinem Bett geschlafen.« Ich holte tief Luft, dann erklärte ich Finn, wie ich Malik aus freiem Willen mein Blut gegeben hatte und welche Macht ihm das über mich verlieh: dass ich ihm gehorchen musste, selbst ohne die Komplikationen zu berücksichtigen, die meine 3V-Erkrankung verursachte.

Finn hatte sich abgewandt und hörte mich stumm zu Ende an, den Blick aus dem Fenster nach draußen gerichtet. Stille trat ein, die ich ausfüllte, indem ich die Maserung des polierten Holzes der Bar studierte. Ein Muster ähnelte frappierend einem Rorschach-Bild von einer toten Fledermaus. Man musste kein Psychiater sein, um zu wissen, was das bedeutete.

Schließlich wandte er sich wieder zu mir um und sagte tonlos: »Und wenn es kein Befehl wäre? Würdest du trotzdem mit ihm Geschlechtsverkehr haben wollen?«

Direkte Fragen werden so was von überschätzt. Ich zwang mich, ihm in die Augen zu sehen. »Ich weiß nicht, Finn. Ich fühle mich körperlich zu ihm hingezogen, aber …« *Er verwirrt mich, er ist arrogant, ich traue ihm nicht, ich hab keine Ahnung, was er will, und ein Teil von mir will ihn nie wieder sehen, aber …* »das wäre nicht etwas, wofür ich mich entscheiden würde, wenn ich eine feste Beziehung hätte.«

Er blinzelte, dann zog sich ein Lächeln über sein Gesicht. »Gut.«

»Gut?«, wiederholte ich wachsam.

»Ja.« Aus dem Lächeln wurde ein Grinsen. Seine Augen funkelten vergnügt. »Und jetzt sehen wir uns mal diesen Handabdruck an, ja?«

Erleichterung breitete sich kribbelnd in meinem Körper aus wie Limobläschen, stieg mir in den Kopf, machte mich schwindelig. Ich erwiderte sein Lächeln, wenn auch noch ein wenig vorsichtig. »Ich weiß nicht, ob das so eine gute Idee ist.« Mir klang das mehr nach einem Spiel mit dem Feuer. »Was, wenn die Magie beschließt, die Dinge in die Hand zu nehmen?«

»Liegt ganz bei dir, Gen«, sagte er, kurz wieder ernst. »Aber *ich* möchte wissen, mit welchem Zauber Tavish und die Morrígan dich belegt haben, du nicht?«

Doch, ich auch. »Also gut.«

»Ist doch gerade so schön praktisch, oder?« Er deutete mit einer ausholenden Armbewegung auf das luxuriöse Innere der Limousine. »Dunkle Scheiben, keiner kann reinschauen, und dank deiner kleinen Gedankenmanipulation wird uns auch deine Anwältin nicht stören.«

Ich warf einen Blick auf meine Armbanduhr: noch reichlich Zeit bis zu meinem Treffen mit dem Raven-Master. Und es stimmte: Wir waren hier wirklich vollkommen ungestört. »Was für eine Art Leibesvisitation schwebt Ihnen denn vor, Mr Panos?«, fragte ich in gespielt bedrohlichem Ton.

In seine Augen trat ein teuflisches Glitzern. »Ich finde, dieser Zauber muss gründlich untersucht werden, oder nicht, Ms Taylor?«

Ach du meine Güte.

»Wenn Sie vielleicht Ihre Jacke ausziehen würden, Mylady, das würde mir die … Untersuchung erleichtern.«

Der Sauerstoff in der Limousine schien auf einmal nicht mehr zum Atmen zu reichen. Mein Blick huschte über die breite Lederbank, dann zurück zu Finn. Er hob erwartungsvoll die Brauen. Ich zögerte. Verdammt, ich hatte es satt, immer vernünftig zu sein. Und das hier war Finn, ich vertraute ihm. Was konnte es also schaden? Ich entledigte mich meiner Jacke und gleich auch noch der Boots. Dann schwang ich meine Beine auf die Sitzbank. Ich legte mich zurück und stützte mich auf die Ellbogen, klimperte mit den Wimpern und sagte in meiner schönsten, rauchigsten Stimme: »Na, besser so?«

»Viel besser, aber …« Er schälte sich selbst aus seiner Jacke, legte sie so zusammen, dass die Innenseite nach außen wies, und schob sie mir als Kissen unter den Kopf. Dann hob er die Hände und wackelte mit den Fingern, wie ein Klavierspieler, bevor er in die Tasten haut. Ein lüsternes Grinsen umspielte seinen schönen Mund. »Warum legst du dich nicht zurück und überlässt mir die sexgöttlichen Bemühungen?«

»Deine Sprüche werden auch nicht besser, was?«, neckte ich ihn.

Er schob mich sanft zurück. »Na warte, du wirst meinen Mund schon zu schätzen lernen« – er beugte sich vor und biss mich fest genug ins Ohrläppchen, um mir ein erschrockenes Quietschen zu entlocken – »sobald du merkst, was ich damit anfange.«

»Immer diese leeren Versprechungen,« ich seufzte, allerdings ein wenig atemloser als beabsichtigt. Ich musste an mich halten, um nicht den Kopf zu drehen und mein Gesicht in seiner Jacke zu vergraben, die so herrlich nach ihm roch: warme Wildbeeren und würzig-männlicher Tannenduft.

Er ging vor mir in die Knie und strich mit einem Finger über meine Hüfte. »Mm, Samt, das mag ich, Gen. Nur leider ist diese Hose so eng, du musst mir helfen, dich da rauszuschälen.« Ich streckte ihm die Zunge heraus und begann dann zu zappeln, während er die Hose über meine Hüfte zerrte. Er musterte mich anerkennend, und ich war froh, dass ich mich heute früh auch ohne besonderen Grund für schwarz und sexy entschieden hatte, was meine Unterwäsche betraf. Dann zupfte er mit einem anzüglichen Blick an meinem Seidentop. »Das könnte uns möglicherweise ins Gehege geraten, findest du nicht?« Eine Sekunde später hatte ich mich auch dieses Kleidungsstücks entledigt und es in eine Ecke geschleudert. Noch mehr anerkennende Blicke. Ich legte mich wieder zurück. In meinem Bauch kribbelte es erwartungsvoll. Er zeichnete mit einem Finger das Spitzenmuster meines BHs nach, dann wanderten seine Finger tiefer über meinen Bauch bis zu dem magischen Handabdruck. Er zeichnete dessen Umrisse nach, dann senkte er den Kopf und leckte mit seiner Zunge über den Abdruck. Ich rang unwillkürlich nach Luft. Noch einmal leckte er, eine warme, feuchte Linie, hinauf über meinen Bauch zu meinen Brüsten. Mein Magen flatterte. Er drückte kleine schnelle Küsse auf meine Brüste. Dann hob er den Kopf und musterte mich. Sein Atem strich warm über meine nackte Haut.

»Wie fühlst du dich, Gen?«, murmelte er.

Fühlen? Ja, wie fühlte ich mich … Ich runzelte die Stirn. Finn zog alle Sexgott-Register, und ich, tja, ich war schon irgendwie erregt, ich begehrte ihn irgendwie. Aber etwas fehlte. Da lag ich nun, halbnackt in einer Stretchlimo, unter meiner

Haut teures weiches Leder, in den Ohren das satte Schnurren des Motors … Finns Lippen auf meinem Körper … da sollte ich doch eigentlich an die Decke gehen vor Lust.

Tat ich aber nicht.

»Hmm. Vielleicht nicht ganz so erregt, wie ich sein sollte?«, sagte ich reuig.

»Dachte ich's mir doch«, murmelte er. »Okay, probieren wir's mal damit.« Er nahm mein Gesicht zwischen seine Hände und drückte sanft seinen Mund auf meine Lippen. Sein Kuss war alles, was ich mir wünschte: warm und sanft, aber auch ein klein wenig fordernd. Ich schob meine Zunge in seinen Mund, und, hmm, er schmeckte herrlich nach süßen, reifen Beeren. Seine Finger schoben sich unter mein Haar, massierten meinen Nacken, während er den Kuss vertiefte … wir küssten und küssten uns, und es fühlte sich gut an, seine Lippen auf den meinen, unsere Zungen, die einander erforschten, das alles war angenehm und befriedigend, aber … kein Vergleich zu dem herrlichen, unvergleichlichen Kuss, den er mir gestern gegeben hatte und bei dem mir fast das Herz stehen geblieben wäre.

Er richtete sich auf. »Nicht ganz so wie sonst, was?«

»Nein.« Ich schürzte die Lippen. »Ich fühle mich entspannt und zufrieden. Mir genügt es, dass wir uns einfach nur küssen. Fast als hätten wir schon Sex gehabt, und dies wäre die Entspannung danach. Aber doch nicht ganz.« Ich öffnete einen Knopf an seinem Hemd und schob meine Hand hinein. Ich fühlte seinen langsamen, stetigen Herzschlag. Seine Hörner waren ganz klein, ragten kaum aus seinen Locken hervor, auch dies ein Zeichen, dass auch er die Sexgott-Vibes noch nicht spürte. »Dir geht's ähnlich, oder?«

»Ja.« Er warf nachdenklich einen Blick auf den Handabdruck auf meinem Bauch, dann schaute er mich an. Seine Miene war ernst und finster. »Ich glaube, es ist eine Art Keuschheitszauber.«

»Keuschheits…?« Ich war sprachlos. Fassungslos starrte ich auf meinen gebrandmarkten Bauch. Wo waren wir denn? Doch nicht im Mittelalter, wo man Frauen in Keuschheitsgürtel zwängte? Der Teufel sollte mich holen, wenn ich mir mein Liebesleben von jemandem vorschreiben ließe – und sei es die Morrígan oder Tavish oder sonst wer. Und wenn sie noch so gute Gründe hatten. »Kannst du mir helfen, ihn wieder loszuwerden?«

»Ich kann's versuchen, aber es könnte wehtun. Vertraust du mir, Gen?«

»Ja«, sagte ich ohne Zögern.

»Danke.« Er schenkte mir ein kurzes Lächeln, dann glühten goldene Funken in seinen grünen Augen auf. Er legte seine Hand auf den Abdruck und konzentrierte sich. Ich keuchte auf. Magie bohrte sich wie ein Angelhaken in meinen Bauch, aber es tat nicht weh, im Gegenteil, es fühlte sich gut an, mehr als gut. Magie sprühte im Innern der Limousine wie kleine grüne Glühwürmchen – aber als sie wieder erloschen, erlosch auch das gute Gefühl.

»Okay?«, fragte er mich besorgt.

»O ja.« Ich grinste ihn atemlos an. »Das kannst du gern jederzeit mit mir machen.«

Ein dunkler, wissender Ausdruck huschte über sein Gesicht. Seine Hand auf meinem Bauch bewegte sich ein wenig, und ich spürte ein Echo des guten Gefühls. Dann durchzuckte mich abermals ein Magiestoß, noch stärker diesmal. Ich stöhnte auf, und die Lust fuhr durch mich wie ein Blitz, verästelte sich in meinem ganzen Körper. Grüne Sterne funkelten im Innenraum der Limousine, doch auch sie erloschen wieder und mit ihnen das herrliche Gefühl. Ich seufzte enttäuscht und frustriert.

»Aller guten Dinge sind drei, Gen«, murmelte er.

Er holte tief Luft, seine Brust weitete sich, dann presste er seine Hand auf meinen Bauch. Ein heißer Magieball schoss in mich hinein, ich schrie auf vor Entzücken, die Ekstase zum Greifen nahe, mein Rückgrat bog sich durch, ich bäumte mich auf, flog fast vom Sitz. Eine heiße Flüssigkeit durchströmte mich, begleitet von grünem Feuer, das mich blendete. Keuchend fiel ich in den Sitz zurück, verkrallte meine Hand in Finns Hemd, mein Puls hämmerte, ich wollte ihn.

In meinem Bauch loderte jäh ein Feuer auf, heiß und brennend, eine unerträgliche Qual. Ich schrie vor Schmerzen. Wie zur Antwort hörte ich verschwommen einen anderen gutturalen Schrei. Ich zog mich zusammen, rollte mich ein, konnte nur noch eines denken: *aufhören, aufhören* … Hände packten mich bei den Schultern, Silberhände, die meine Haut verbrannten, und alles um mich herum explodierte in einem weiß glühenden Feuerball.

34. Kapitel

Sie wird gleich zu sich kommen«, hörte ich Ricous Stimme sagen. *Ricou*?

Ein kalter Wind strich über meine Haut. Ich hatte, wie es schien, keine Schmerzen mehr, traute der Sache aber noch nicht so recht und blieb sicherheitshalber zusammengerollt auf dem Gras liegen. Wieso lag ich auf Gras? Verwirrt blinzelnd schlug ich die Augen auf.

Finn saß unweit von mir auf einer niedrigen Mauer. Sein gebräuntes Gesicht war kreidebleich, er hatte die Arme um seinen Oberkörper geschlungen, als wäre ihm kalt. Oder als wäre er verletzt. Johnny Depp, alias Ricou, kniete ein wenig von mir entfernt zwischen uns. Hinter ihm konnte ich Sylvia erkennen. Ihre Augen waren geschlossen; sie hatte die Arme ausgebreitet, einen entrückten, konzentrierten Ausdruck auf dem Gesicht. Ihr rosa Fahrradhelm war eingedellt und saß schief auf ihrem Kopf. Hinter ihr ragte die graue Außenmauer des Towers of London auf.

»Was ist los?« Es überraschte mich, dass meine Stimme nicht heiser klang.

Ricou schaute mich über seine dunklen Brillengläser hinweg an. »Ein Keuschheitszauber, den *der* da«, – er wies über seine Schulter auf den zusammengesunkenen Finn – »mit ein paar guten alten Beckenstößen beseitigen wollte, *das* ist los. Habt ihr zwei den Verstand verloren? Ihr hättet euch gegenseitig umbringen können! Ein Glück nur, dass es euch umgehauen hat, bevor ihr richtig zur Sache kommen konntet.«

Das klang nicht gut. Und es erklärte nicht, wieso ich hier auf dem Rasen lag.

»Und es ist außerdem ein Glück«, fuhr Ricou fort, »dass Knöspchen hier so neugierig ist, wie ein Wäldchen Silberbirken, denn sonst wären wir euch nicht gefolgt, und wo wärt ihr dann?«

Ich setzte mich verdattert auf. Ich saß auf der grasigen Anhöhe, die zum Tower führte. Überall waren Touristen: Unweit von uns schulterten vier Jungs ihre Rucksäcke, und keine zwei Meter entfernt posierte eine adrette japanische Familie für ein Foto. Weiter hinten stand eine Schülergruppe gelangweilt um einen Lehrer herum … aber uns schien keiner zu beachten, was ein Glück war, da ich, wie mir soeben bewusst wurde, nur meine Unterwäsche anhatte und darüber meine Lederjacke. Ich *schaute* genauer hin und sah, dass uns eine Art Frischhaltefolie umschloss, etwa zweieinhalb Meter hoch, die uns vor den Blicken der Menschen schützte.

»Sylvia hat einen Unsichtbarkeitszauber um uns gelegt«, krächzte Finn. Er deutete mit einer zitternden Hand auf mich. »Deine Sachen liegen da.«

»Danke.« Ich schlüpfte eilig in meine Samthose. Dabei schaute ich fragend zu Ricou auf. »Und wie sind wir hier gelandet?«

»Na ja, wie gesagt, Knöspchen war der Ansicht, wir sollten euch folgen, und das taten wir. Die Luxuskarre hat euch hierhergebracht und dann dort drüben angehalten.« Er deutete auf einen Privateingang. »Der Chauffeur hat die Scheibe runtergelassen und auf den Fluss gestarrt. Die Hexe hat in ihr Handy gequasselt. Knöspchen und ich, wir haben gewartet, dass ihr aussteigt, aber dann hat's drinnen plötzlich zu blitzen angefangen, das reinste Feuerwerk. Knöspchen wollte nach euch sehen.« Er zuckte die Schultern. »Aber dann ist's wieder ruhig geworden, also haben wir's gelassen. Zehn Minuten später ging das Gatter hoch, und der Chauffeur hat den Motor gestartet.

Aber Knöspchen meinte, sie hätte gesehen, wie sich eine Art Schleier lüftete, und da kam ihr der Gedanke, dass das Tor gar nicht in den Tower führt, sondern irgendwo ins *Dazwischen*. Da haben wir beschlossen, euch kurzerhand zu retten.« Er tippte sich grinsend an seinen Trilby. »Stets zu Diensten, Ma'am.«

»Sie glauben, dass du entführt werden solltest«, erklärte Finn mit heiserer Stimme.

»Entführt?«, fragte ich entsetzt, »aber wieso sollte mich meine Rechtsanwältin *entführen* wollen?«

»Keinen blassen Schimmer«, antwortete Ricou fröhlich, »aber sie ist 'ne Hexe, und die sind immer ein bisschen daneben.«

»Hast du was gesehen?«, fragte ich Finn stirnrunzelnd.

Er schüttelte den Kopf. »Sorry. Ich war selbst noch k. o.«

»Ich weiß, dass ich recht hab, Genny«, sagte Sylvia mit leiser, entrückter Stimme, als wäre sie ganz woanders. »Ich hab einen Raben durchs Tor fliegen sehen, und er hat sich mit einem Plopp in Luft aufgelöst.«

»Es gibt kein *Dazwischen* mehr im Tower, schon seit gut vierzig Jahren nicht mehr, seit MacCúailnge, der alte Donn, getötet wurde«, flüsterte Ricou und wies mit einer verstohlenen Kopfbewegung auf die schlummernde Sylvia. »Sie sagt, ihr hättet gestern über ihn geredet; das muss sie wohl auf diesen Gedanken gebracht haben … sie hat manchmal eine etwas überbordende Fantasie, wisst ihr.«

»Das hab ich gehört!«, sagte Sylvia empört. »Und ich weiß, was ich gesehen habe!«

Ich warf einen Blick auf meine Uhr. Mein Treffen mit dem Raven-Master sollte … genau jetzt stattfinden. Vielleicht würde Victoria Harrier ja umkehren und wieder rauskommen, wenn sie bemerkte, dass ich nicht mehr im Wagen saß. Aber da ich ihr befohlen hatte, mich nicht zu stören, war das eher unwahrscheinlich. Sie würde so lange im Auto warten, bis jemand sie zwang, hinten hineinzuschauen.

»Wie lange ist es her, seit sie reingefahren sind?« Ich warf einen frustrierten Blick auf das geschlossene Tor.

»Fünf, höchstens zehn Minuten«, antwortete Ricou.

Hm, das war nicht lange. Wahrscheinlich hatte man meine Abwesenheit noch gar nicht bemerkt. Ich begann allmählich wieder klarer zu denken. Und da kam mir der Gedanke, dass ich vielleicht lieber erst mal untersuchen sollte, ob Victoria Harrier mich nicht vielleicht tatsächlich hatte entführen wollen – möglichst, bevor sie bemerkte, dass ich irgendwo unterwegs verloren gegangen war. Sie war Maliks Anwältin, aber er hatte sie nicht für mich ausgewählt und Sanguine Lifestyles ebenfalls nicht. Sie hatte den Fall von sich aus übernommen, wegen des Fluchs und …

»Meine Anwältin arbeitet für Lady Meriel«, bemerkte ich und schaute Ricou dabei fragend an.

Er setzte sich auf seine Hacken. »Nee, sie verarscht dich. Die Lady würde nie 'ne Hexe engagieren. Wenn sie dich entführen lassen wollte, würde sie mich schicken.«

»Was mein Vertrauen in dich nicht gerade stärkt«, bemerkte ich spitz.

»Er hat recht, Gen«, sagte Finn erschöpft. »Kein Wasser-Fae würde eine Hexe anheuern.«

»Aber ihre Schwiegertochter Ana ist doch ein Wasser-Faeling«, bemerkte ich skeptisch.

Ricou stieß sein klickendes Lachen aus. »Ana hasst uns Fae. Sie will genauso wenig mit uns zu tun haben wie diese religiösen Fanatiker, die Souler. Knöspchen hat dir doch erzählt, was der alte Donn mit ihrer Großmutter angestellt hat, oder? Anas Mutter hat uns zutiefst gehasst, sie hätte uns alle auf den Grund des Meeres gewünscht, wenn sie gekonnt hätte. Sie hat uns dafür verantwortlich gemacht, uns alle, ohne Ausnahme. Und Ana ist genauso. Die würde uns am Spieß braten, wenn sie könnte, nur so zum Spaß.«

»Ganz genau«, schnaubte Sylvia. »Ich wette, sie hat das *Dazwischen* im Tower wiederhergestellt, damit sich der alte Donn im Grab umdreht.«

»Aber sie ist doch nur ein Faeling, oder?«, fragte ich verwundert, »die haben doch gar nicht genug Macht, um so was zustande zu bringen.«

»Meine Güte, Genny!« Sylvia schaute mich an, als ob ich keine Ahnung hätte. Und das hatte ich wohl wirklich nicht. »Man muss dazu gar nicht so mächtig sein. Viel wichtiger ist, ob die Magie dich mag oder nicht. Und Ana ist von königlichem Blut. Jedenfalls, ich hab dir gesagt, was ich gesehen habe. Ist mir doch egal, ob du mir glaubst oder nicht. Ich hab dir ja auch erst zweimal den Hals gerettet in den letzten zwei Tagen. Was weiß ich schon.« Sylvia zog eine übertrieben gekränkte Schnute.

»Entschuldige, Sylvia«, sagte ich besänftigend, »ich bin dir ja auch wirklich dankbar, aber du musst verstehen, dass ich misstrauisch bin, nach allem, was Stirnband – ich meine, Algernon – bei mir versucht hat.«

»Mutter hat ihnen befohlen, in ihre Bäume zurückzukehren.« Sie schnüffelte und reckte, nur leicht besänftigt, das Kinn vor.

Mir fiel ein Stein vom Herzen, als ich das hörte. Diese Gang würde mich nun hoffentlich in Ruhe lassen. »Also angenommen, Victoria Harrier führt tatsächlich was im Schilde, und es hat nichts mit den Fae zu tun – abgesehen natürlich von ihrer Schwiegertochter.« Ich zog meine Lederjacke aus und nahm mir mein Oberteil. »Kann sich irgendjemand vorstellen, was das ist?«

Finn krümmte sich stöhnend.

Ich wollte aufspringen und zu ihm laufen, aber Ricou schlang den Arm um meine Taille und hielt mich fest. »Du lässt ihn im Moment lieber in Ruhe«, sagte er.

»Aber er ist verletzt!«

»Selber schuld«, sagte Ricou ungnädig. »Hätte seine Hörner eben nicht ausfahren sollen.«

»Ich hab doch bloß versucht, den Keuschheitszauber zu *brechen*.« Finn richtete sich mühsam und, wie mir schien, unter Schmerzen auf.

Ricou lachte klackend. »Indem du's ihr besorgst? Ach komm, verarsch mich nicht.«

»Keuschheitszauber bricht man nun mal mit Sex«, grummelte Finn.

»Klaro, aber nur der, der den Schlüssel zum Zauber hat«, berichtigte Ricou ihn.

»Tut mir leid, Gen.« Finn verzog das Gesicht. »Ich dachte, weil Tavish dich mit dem Zauber belegt hat und weil es dabei um den Fluch geht und ich doch auf der Liste stehe, könnte es klappen.«

»Haste dich getäuscht«, bemerkte Ricou bissig.

Ich starrte die beiden mit aufgerissenem Mund an. Dann überwältigte mich der Zorn auf Tavish und auf die Morrígan. Ich machte mich von Ricou los, zog mir mein Oberteil an und stemmte die Hände in die Hüften. »Wollt ihr mir damit sagen, dass ich diesen Zauber nur loswerde, wenn ich mit einer ganz bestimmten Person Sex habe, und dass die Einzigen, die wissen, wer das sein könnte, Tavish oder die Morrígan sind, je nachdem, wer auf diese beschissene Idee kam?«

»Ganz recht«, antwortete Ricou. »Natürlich verschwindet der Zauber auch dann, wenn der Verantwortliche abkratzt.«

Ich knirschte mit den Zähnen. Wer immer den Schlüssel zu diesem Keuschheitszauber in Händen hielt, der konnte was erleben! Und falls es Tavishs Idee gewesen war und nicht die der Morrígan, würde ich seine kostbaren Computer frittieren.

Ricou tippte auf meine Schulter. »Dürfte ich mal?« Er zwinkerte mir über seine dunklen Gläser hinweg zu. »Rein professionelles Interesse, natürlich.«

»Was?«, fragte ich, immer noch zornig.

»Na, der Zauber. Darf ich ihn mir mal ansehen?«

»Klar, wieso nicht.« Ich riss mein Top hoch. Finn schloss stöhnend die Augen.

»Achte nicht auf ihn«, sagte Ricou, beugte sich vor und beäugte meinen Bauch. »Das sind bloß die Nachwirkungen des Zaubers: Eine Warnung, künftig die Finger von dir zu lassen. Das legt sich wieder.«

Ich schaute mit einem skeptischen Stirnrunzeln zu Finn hinüber, der mit geschlossenen Augen dasaß. »Schon gut, alles in Ordnung.« Er seufzte.

»Hätte besser nicht damit rumspielen sollen.« Ricou leckte seinen Finger, berührte den Handabdruck – ich zuckte zusammen – und steckte den Finger dann in den Mund. Er nickte wissend. »Dachte ich's mir doch. Zimt. Hätte ich heute früh schon gerochen, wenn Knöspchens Ahornsirup den Geruch nicht überdeckt hätte.«

»Und was soll das heißen?«, fragte ich grimmig.

»Wer einem Keuschheitszauber Zimt hinzufügt, will eine Schwangerschaft verhindern. Kein Braten in der Röhre, wenn du verstehst, was ich meine.« Er musterte den Handabdruck mit schmalen Augen. »Ein magisches Präservativ.«

»Bei den Göttern«, brummelte Finn schockiert. Auch ich war fassungslos.

In diesem Moment strich ein Rascheln über uns hinweg wie Wind, der durch Baumkronen fährt. Sylvia riss die Augen auf. »Genny«, rief sie drängend, »die Polizei wird gleich da sein. Ich glaube, sie kommen deinetwegen. Ich werde den Unsichtbarkeitszauber jetzt am besten auflösen.«

Ich fuhr herum, und tatsächlich: Drei hohe Vans, wie sie die Trolle benutzten, kamen mit blinkenden Lichtern herangeschossen. Sofort sammelten sich ein paar Gaffer. Die Vans blieben quietschend am Bordstein stehen, die Hecktüren gingen auf, und Detective Sergeant Hugh Munro von der Magie- und Mordkommission der Londoner Polizei sprang trotz seiner gewichtigen Statur leichtfüßig aus dem ersten Wagen. Ihm folgten zwei weibliche Police Constables, beides Hexen. Aus den anderen Vans quollen acht weitere uniformierte Trolle.

Mit gesträubten Nackenhaaren sah ich, wie sie entschlossen auf uns zuschritten. Ich hatte nur selten Vorahnungen, und abergläubisch war ich schon gar nicht, aber ich hatte genügend einschlägige Spielfilme gesehen. Diese Szene erinnerte mich an einen Großeinsatz: Der Bösewicht wird von einem Sondereinsatzteam umringt.

Ich wäre am liebsten davongerannt, zwang mich aber zu bleiben. Wir waren schließlich die Guten, nicht die Bösen.

»Genny.« Hugh ragte vor mir auf. Auf seinem kantigen Gesicht klafften sorgenvolle Risse. »Es tut mir leid, aber du musst mit uns kommen.«

»Wieso?«, fragte ich erschrocken. »Ihr wollt mich doch nicht schon wieder festnehmen?«

»Nein, das nicht, aber du musst jetzt mit uns kommen.« Er deutete auf den Van. »Wenn ich bitten darf.«

35. Kapitel

Ich saß hinten im Van und hielt die Kante des Sitzes umklammert. Der Gurt, der nur über den Schoß reichte und nicht über die Schulter, drückte schmerzhaft auf meine Blutergüsse und auf den Handabdruck. Die Wirkung der Schmerztabletten ließ allmählich nach, ebenso mein Schock über den Keuschheitszauber. Ich würde schon rauskriegen, wie ich ihn wieder loswerden konnte, aber da ich ohnehin keinen »Braten in der Röhre« haben wollte, war es mir im Moment nicht weiter wichtig.

Hugh saß mit einem stoischen Ausdruck auf der Bank mir gegenüber und gab rosa Staubwolken von sich, die sich auf seine schwarzen Haare und seine mächtigen Schultern legten. So gleichgültig, wie er vorzugeben versuchte, war er also nicht.

»Also, was ist los, Hugh?«, erkundigte ich mich.

Er hielt warnend einen salamidicken Finger hoch und deutete mit dem Kopf auf die uniformierte Hexe neben ihm, die dabei war, einen Zauber zu wirken. Ich nickte und lehnte mich wieder zurück. Im Wageninnern roch es nach Urin, Salbei und verdorbenem Fleisch, eine Mischung, bei der einem schlecht werden konnte. Ich wünschte, ich hätte ein Fenster öffnen können. Besorgt starrte ich nach draußen.

Hugh hatte uns getrennt, nachdem er einen raschen Blick auf Finn geworfen und sich Ricous schlüpfrige Erklärung angehört hatte. Ich war im ersten Wagen mit Hugh und der WPC gelandet, Finn im zweiten und ein charmesprühender Ricou zusammen mit einer errötenden Sylvia im dritten. Ich vermutete, dass Hugh es eilig hatte und es am einfachsten fand, alle Beteiligten einzupacken und mitzunehmen. Wir hatten ohnehin ziemliches Aufsehen erregt; zweifellos würde man unsere »Festnahme« inzwischen bereits im Internet und in den Lokalnachrichten bewundern können, da zahlreiche Touristen ihre Handykameras hochgehalten und eifrig mitgefilmt hatten, bis wir hinter den Einwegscheiben der Polizeiwagen verschwunden gewesen waren.

Auch als wir am Tower Hill vorbeifuhren, wo früher die öffentlichen Hinrichtungen stattfanden (kein angenehmer Gedanke, wenn man in einem Polizeiauto sitzt), zogen wir neugierige Blicke auf uns. Heutzutage fanden Hinrichtungen in den sumpfigen Einöden rund um Dartmoor statt, und zu denen waren nur ausgewählte Vertreter der Öffentlichkeit zugelassen. Als wir am Kriegerdenkmal vorbeifuhren, fiel mein Blick auf einen großen Raben, der daraufhockte und zu uns hinsah. Ob das Jack Rabe war? Und wenn ja, war er auch der Rabe gewesen, den Sylvia im *Dazwischen* hatte verschwinden sehen? Schwer zu sagen, aus zehn Metern Entfernung sah ein Rabe wie der andere aus.

Und dann war da noch dieses andere Rätsel: Hatte sich tatsächlich ein Tor zur Zwischenwelt geöffnet? Und hatte Victoria Harrier versucht, mich zu entführen? Aber wieso? Mir fiel Sylvias seltsame Bemerkung ein, dass Ana alles tun würde, damit sich der alte Donn im Grabe umdreht. Aber wie kam sie darauf? Wenn es ein Grab gab, dann musste es leer sein, denn wir Fae lösen uns auf, wenn wir sterben, unsere Körper verschwinden. Hatte Sylvia das also metaphorisch gemeint, oder war der alte Donn vielleicht gar nicht so tot, wie jeder mir weismachen wollte? Und was hatte das alles mit dem Fluch zu tun?

Ich spürte, wie mich Magie kribbelnd überlief; die Polizistin musste ihren Zauber also beendet haben. Ich drehte mich zu ihr um und musterte sie neugierig: ordentlicher schwarzer

Haarknoten, hübsches Gesicht und volle plumpe Lippen, die aussahen, als ob sie gerade geküsst worden wären, auch wenn sie sie im Moment grimmig zusammenpresste. Jetzt erkannte ich sie. Es war Constable Martin, die Polizistin, die vorgestern den Tatort bewacht hatte, am Dead Man's Hole, der uralten Begräbnisstätte unter der Tower Bridge, wo man das tote Rabenmädchen gefunden hatte.

Sie hielt eine kleine Glaskugel von der Größe einer Mandarine behutsam in beiden Händen. Rosa Rauch schien darin zu wabern, durchzogen von roten Streifen. Ich *schaute* genauer hin, um zu sehen, was es für ein Zauber war, aber die Farben veränderten sich nicht, was bedeutete, dass ihn jeder *auslösen* konnte. Ein Vorteil für die Trolle, die ja keine Magie beherrschten. Wir alle sahen zu, wie die Farben langsam verblassten und nur noch grauer Rauch zurückblieb. »Okay, Sarge« – Constable Martin steckte die Kugel weg – »alles klar.« Als sie meinen fragenden Blick auffing, lächelte sie mir zu und sagte: »Anti-Abhörzauber, neutralisiert jeden Fern-Lausch-Zauber. Man kann der Presse heutzutage nicht mehr über den Weg trauen.«

»Nicht schlecht«, sagte ich beeindruckt, dann schaute ich Hugh an. »Also, warum das Polizeiaufgebot?«

»Wir haben einen anonymen Hinweis erhalten, dass du dich in Gefahr befindest«, antwortete Hugh ruhig.

Meine Augen wurden schmal. »Was für eine Gefahr?«

»Das haben sie nicht gesagt.«

»Und wer sind *sie*?«

»Es war ein *anonymer* Hinweis, Genny, das hab ich doch gesagt.«

»Jetzt komm schon, Hugh, ich bin doch nicht blöd! Wenn ihr bei jedem anonymen Hinweis gleich mit dem ganzen Aufgebot ausrücken würdet, hättet ihr für nichts anderes mehr Zeit.« Nun ja, vielleicht nicht das ganze Aufgebot, aber ein Spektakel waren die drei Vans schon.

»Glaub mir, die Quelle war anonym«, wies mich Hugh ein wenig streng zurecht, »wir können nicht mal sagen, ob der Anrufer männlich oder weiblich ist. Aber er oder sie hat uns schon einmal einen wichtigen Hinweis gegeben: das tote Faelingmädchen, vorgestern. Aber bevor wir weiter darüber reden, Genny, möchte ich erst mal wissen, was du im Tower zu suchen hattest?«

»Den Raven-Master besuchen und ihn über das tote Rabenmädchen ausfragen«, sagte ich und musterte ihn überrascht, »wer sie war, zum Beispiel.«

Hughs Stirn wurde ganz rissig. »Wir wissen bereits, wer sie war: Sally Redman.« Er holte sein Notizbuch hervor, überschlug ein paar Seiten und sagte: »August letzten Jahres neunzehn geworden, Mutter Wirtin im *Rose and Punchbowl*, einem Pub in Whitechapel. Name des Vaters, Grog. Hat den Tower 1981 verlassen und ist in das Gasthaus übersiedelt. Ein paar Jahre nach Sallys Geburt verschwand er plötzlich. Die Tower-Raben haben seit mindestens drei Jahren nichts mehr von Sally gehört und wollten auch nichts von ihr hören. Sie hat in den letzten Jahren in verschiedenen Nachtclubs in Soho gearbeitet, und davon halten die Raben nicht viel. Aber all das stand in dem Bericht, den deine Anwältin mir vom Schreibtisch *gestohlen* hat.«

»Nicht in dem Bericht, den sie mir gezeigt hat«, antwortete ich zynisch. Hugh war außergewöhnlich auskunftsfreudig, fand ich, und das auch noch vor der Polizistin. Ich erzählte ihm, was ich wusste. »Sylvia denkt, dass meine Rechtsanwältin versucht hat, mich und Finn zu entführen.« Ich überlegte. »Obwohl, Finn hätte eigentlich gar nicht im Wagen sitzen sollen. Wahrscheinlich war er nur zur falschen Zeit am falschen Ort.«

Hugh nickte nur, als würde sich bestätigen, was er bereits vermutet hatte. Constable Martin jedoch beugte sich aufgeregt vor. »Wollen Sie damit sagen, dass *Victoria Harrier* versucht hat, Sie zu entführen?«

»Das denken jedenfalls die anderen.«

»Könnten Sie der Sache nachgehen, Constable?«, bat Hugh. »Versuchen Sie herauszufinden, ob eine Verbindung besteht.«

»Jawohl, Sarge.« Sie kramte ihr Handy heraus und begann eifrig auf den Monitor einzutippen. Ich dagegen verstand bloß Bahnhof. »Was für eine Verbindung?«

Hugh presste die steinigen Lippen zusammen. »Man hat noch eine Tote gefunden, Genny. Ähnliche Umstände wie gestern. Ich wäre dir dankbar, wenn du sie dir mal ansehen könntest.«

Kacke. »Ein Faeling?«

Hugh warf einen Blick durchs Heckfenster. »Wir sind da. Schau sie dir selber an.«

Der Van kam zitternd zum Stehen. Ich spähte an Hughs kolossaler Gestalt vorbei nach draußen. Dieser Ort kam mir bekannt vor. Wir waren wieder am Dead Man's Hole.

36. Kapitel

Dead Man's Hole, die stillgelegte alte Grabstätte unter der Tower Bridge, war auf einmal gefragter, als es den Lebenden lieb sein konnte. Es hatte sich nicht viel verändert seit meinem letzten Besuch. Der Fluss schlug klatschend gegen die Kaimauer und warf wässrige Lichtflecken über die alten viktorianischen Kacheln im Innern des Gewölbes. Ringsum an den Wänden des höhlenähnlichen Raums standen ein halbes Dutzend uniformierte Polizistinnen – alles Hexen, natürlich. Zwischen ihnen waren dicke weiße Kerzen aufgestellt worden, die flackernde Schatten auf ihre reglosen Gestalten warfen. Dicker Rauch stieg hoch und sammelte sich unter der Gewölbedecke. Ich schnupperte und roch den schweren Kerzenrauch, dazu den scharfen Duft von Salbei, aber darunter entdeckte ich abermals diesen unangenehm süßlichen Verwesungsgeruch, der mir schon bei meinem letzten Besuch aufgefallen war. Ich kannte diesen Geruch nicht nur von meinem letzten Besuch – er erinnerte mich auch an Sylvias Ahornsirup, wie mir jetzt klar wurde. Seltsam. Aber ich hatte das Zeug noch nie gemocht. Mit einem wachsenden Gefühl von Déjà-vu folgte ich Hugh zu dem aus weißem Sand und Salz *gezogenen* Zirkel in der Mitte des Gewölbes.

Das neue Opfer lag genau in der Mitte des Bannkreises. Aber im Gegensatz zu Sally Redman, dem toten Rabenmädchen, lag dieses Mädchen ausgestreckt auf dem Rücken. Und sie war nackt. Auch sah sie jünger aus, war vielleicht fünfzehn, sechzehn. Ich hätte sie am liebsten zugedeckt, um ihr ihre Würde wiederzugeben, aber das half uns nicht bei der Aufklärung des Falls. Der oder die Täter mussten zur Strecke gebracht werden. Die Lippen zusammengepresst, musterte ich sie genauer. Innerhalb des von der Polizei gezogenen Zirkels war noch ein Zirkel aus roter Kreide, ein Pentagramm. Das Opfer war präzise in diesem Pentagramm platziert worden: Der Kopf und die vier ausgestreckten Gliedmaßen wiesen auf jeweils einen der fünf Punkte. In diesem Pentagramm waren wiederum weitere Zeichnungen zu sehen, halb unter ihrem Körper verborgen – eine zusammenhängende Kette von fünf Ringen. Mein Herz machte erschrocken einen Satz, als ich das sah. Instinktiv tastete ich nach Graces Amulett.

Ich schaute zu Hugh auf und murmelte: »Das Pentagramm dort ähnelt meinem.«

Er nickte. »Ist mir auch schon aufgefallen, Genny. Es könnte ein Zufall sein, aber das bezweifle ich. Jemand möchte dich da mit reinziehen – oder dir den Mord anhängen.«

Ich wischte mir ein paar Tränen von den Wangen. Verdammt, warum hatte ich in letzter Zeit eigentlich so nah am Wasser gebaut? »Wäre es möglich, dass jemand die Mädchen benutzt, um den Fluch zu *brechen*? Oder es so aussehen zu lassen, als ob ich es versuche?«

»Nun, irgendeine Art von Verbindung wird es geben, Genny«, stimmte er mir zu, »aber nicht unbedingt eine metaphysische.«

»Wie meinst du das?«

»Das Pentagramm sieht ritualistisch aus«, brummte Hugh mit seiner Bassstimme, »ist es aber nicht, wie Constable Martin mir versichert hat. Die Punkte weisen in keine Richtung, in der man Macht anziehen kann, andererseits ist das Muster selbst mit großer Präzision gezeichnet – das ist keine Stümperei. Wir sind beide der Ansicht, dass damit die Aufmerksamkeit auf dich und auf den Fluch gelenkt werden soll.«

»Na, deine Chefin dürfte sich darüber riesig freuen«, murmelte ich. »Wo ist sie eigentlich? Sollte sie nicht hier sein und versuchen, mich von ihrem Tatort wegzuzerren?«

»Detective Inspector Crane ist … nicht länger für diesen Fall zuständig«, brummte er so leise, dass ich mich anstrengen musste, um ihn zu verstehen.

»Ach ja?«, stieß ich überrascht hervor, »wieso das denn?«

»Sie hat sich freigenommen, weil sie sich um einige Privatangelegenheiten kümmern muss.«

Hm. Freigenommen. Ich bezweifelte, dass sie sich ganz freiwillig »freigenommen« hatte. Nun gut, das ging mich nichts an – Hauptsache, sie war nicht da, um mir das Leben schwerzumachen. Aber selbst ohne meine ganz persönliche Hexenzicke war ich hier, wie ich sah, nicht allzu beliebt. Die anderen uniformierten Hexen durchbohrten mich förmlich mit ihren Blicken. Außerdem war Constable Martin während unserer Unterhaltung um den Kreis herumgegangen und tuschelte nun angeregt mit einer Hexe, die mir sogleich aufgefallen war. Sie war älter als die anderen, hatte scharfe haselnussbraune Augen und trug ein bunt gemustertes, langes, fließendes Kleid, wie es üblicherweise Wahrsagerinnen auf Jahrmärkten trugen. Eine Polizistin war sie bestimmt nicht. Am Saum ihres Kleids und an ihrem Schultertuch hingen winzige Silbermünzen, deren Magie wie kleine Mini-Monde glühten. Und da ihre Aura mich schon beim Betreten des Gewölbes als äußerst machtvoll gestreift hatte, würde ich wetten, dass sie im Hexenrat saß.

Ich wandte meine Aufmerksamkeit wieder Hugh zu. »Also, soll ich mir das Opfer mal ansehen?«

»Das wäre nett, Genny.«

Ich *schaute* also hin. Mit einem Gefühl, das fast schon Enttäuschung gleichkam, erkannte ich sogleich dieselben beiden Zauber: den Kokon aus Spinnenschnüren und darunter, kaum erkennbar, das Wabern eines Glamours.

»Sie scheint mit denselben beiden Zaubern behaftet zu sein wie Sally, das Rabenmädchen«, verkündete ich.

»Genau wie Constable Martin vermutet hat, aber ich wollte trotzdem deine Meinung hören.« Hugh legte mir sanft seine schwere Pranke auf die Schulter. »Glaubst du, du könntest die Zauber entfernen, ohne sie zu zerstören?«

Ich *schaute* mir den Bannkreis genauer an: nur Sand und Salz, keine anderen Kinkerlitzchen.

»Ja«, sagte ich, »vorausgesetzt, ich kann es auf meine Art machen und muss mich nicht darum sorgen, dass jemand aus einem übertriebenen Sicherheitsfimmel Silber oder wer weiß was noch in den Bannkreis gemischt hat.«

»Nein«, brummte Hugh, »darauf kannst du dich verlassen. Also, was brauchst du?«

»Der Hauptzauber scheint eine Art Stasis-/Präservierungszauber zu sein. Die Verletzungen des Rabenmädchens wurden erst sichtbar, als ich diesen Zauber entfernt hatte, erst dann hat sie zu bluten angefangen. Es muss also unbedingt ein Arzt anwesend sein.« Das arme Mädchen brauchte jemand Kompetenteren als mich, der im Notfall lebensrettende Maßnahmen durchführen konnte, falls sie doch nicht so tot sein sollte, wie sie aussah.

Hugh deutete auf die extravagante braunäugige Hexe. »Das ist Hexe Juliet Martin. Sie ist unsere offizielle Gerichtsmedizinerin. Sie hat sowohl die nötigen medizinischen wie magischen Kenntnisse.«

Hexe Martin kam um den Kreis herum und streckte mir ihre Hand entgegen. »Bitte, nennen Sie mich Juliet.«

Ich zögerte einen Moment – die meisten magisch Begabten mieden den Händedruck, um nicht versehentlich (oder absichtlich) mit einem Zauber belegt zu werden –, dann ergriff ich ihre Hand. Ihr Händedruck war fest und selbstbewusst. »Genny Taylor«, sagte ich überflüssigerweise, da sie ja wissen musste, wer ich war. Ich warf einen fragenden Blick auf WPC Martin.

»Meine Tochter Mary«, bestätigte Juliet mit einem warmherzigen Lächeln.

Gut zu wissen, dass alles in der Familie blieb.

Ich musterte Juliet aus schmalen Augen. Nun, wir würden ja sehen, wie entgegenkommend sie war. »Würde es Ihnen etwas ausmachen, wenn ich den Zauber in einen Plastikeimer transferieren würde?«

Ein warmes Lächeln. »Nein, keineswegs, Ms Taylor.« Sie schickte eine Polizistin fort, um das Gewünschte zu holen.

Und jetzt zur eigentlichen Aufgabe.

Ich holte tief Luft und betrat den Bannkreis. Dann ging ich neben dem Mädchen in die Hocke. Ihre blauen Augen starrten blind zur Decke; sie erinnerte mich einen Moment lang an den eingewickelten Malik bei mir daheim. Ich fragte mich kurz, was ich wohl mit ihm und seinen *Befehlen* anfangen sollte, verschob den Gedanken jedoch auf später. Das hatte Zeit, bis der schöne Vampir sich zur Nacht erhob. Im Moment musste ich mich auf diese blonde, blauäugige Schönheit hier konzentrieren, die viel zu früh der Tod ereilt hatte. Obwohl es natürlich sein konnte, dass sie ihre augenscheinliche Jugend und Schönheit nur dem Glamour verdankte. Das galt es herauszufinden. Was sich unter der schönen Schale verbarg, konnte ich ebenso wenig sagen wie bei Sally, dem Rabenmädchen. Ich hatte jedoch den Eindruck, dass der Glamour *angerührt* worden war und nun nicht nur ihre physische Erscheinung, sondern auch ihren inneren Kern, ihre Essenz, verbarg.

Je länger ich sie anschaute, desto bekannter kam sie mir vor. Ich runzelte die Stirn. Wo hatte ich sie …

»Sie kennen Sie vielleicht aus der Reality-Doku, die gerade im Morgan Le Fay College gedreht wird«, sagte Juliet, die ebenfalls in den Kreis getreten war. Sie raffte vorsichtig ihr wallendes Kleid zusammen und ging auf der anderen Seite der Leiche in die Hocke. »Ihr Name ist Miranda Wheater. Sie ist in der zehnten Klasse.«

Jetzt wusste ich auch wieder, wo ich Miranda schon mal gesehen hatte: auf dem Cover des Hochglanzmagazins, das Sylvia mir gezeigt hatte, bevor die Bibliothekarin die Fluchbrecher-Bücher wieder zurückgerufen hatte. Das Mädchen – oder vielmehr die junge Hexe – war zusammen mit ein paar alten Knackern in einem Whirlpool gesessen, einen exotischen Cocktail in der Hand. In der Schlagzeile war von irgendeinem Fluch die Rede gewesen, was wohl der Grund sein musste, warum man die Zeitschrift der Sammlung hinzugefügt hatte.

Ich schaute von Juliet zu Hugh. »Hat man schon nach Miranda gesucht?«

»Miranda befindet sich sicher und wohlbehalten im College«, versicherte mir Juliet. »Dieses Kind hier ist nicht sie. Wir haben seit einiger Zeit eine ganze Reihe von diesen nichtgenehmigten Glamour-Zaubern, bei denen der Träger die äußere Erscheinungsform eines Prominenten annimmt, ohne dass dieser sein Einverständnis dazu erteilt hätte. Im Hexenrat sind bereits mehrere Beschwerden eingegangen. Das ist natürlich nicht so wichtig wie die Suche nach dem Mörder dieser Mädchen, aber es könnte uns wertvolle Hinweise geben, wenn wir herauskriegen, wer diese illegalen Glamour-Zauber wirkt und verkauft.«

Wer war noch mal der Experte in Sachen »Welche-Hexe-für-welchen-Zauber«? Ricou, mit seinem Johnny-Depp-Outfit. Ich wies Hugh darauf hin und schlug vor, Ricou hinzuzuziehen. In diesem Moment tauchte eine der Polizistinnen mit dem gewünschten Plastikeimer auf. Hugh schickte sie gleich wieder fort, um Ricou zu holen.

»Wie wollen Sie vorgehen, Genny?«, erkundigte sich Juliet.

»Sehen Sie diese komischen weißen Stricke, mit denen man sie umwickelt hat?«, fragte ich und zog einen davon heraus. Zu meiner Freude nickte sie – nicht jeder nimmt die Magie so wie man selbst wahr. »Gut, dann schauen Sie mir am besten einfach nur zu, das ist besser als lange Erklärungen.«

Ich tippte die Umgrenzung des Bannkreises mit meinem Zeigefinger an und aktivierte ihn mit meiner Magie. Sogleich spannte sich eine transparente Kuppel über uns – die diesmal zum Glück jedoch keine unangenehmen Überraschungen für mich bereithielt. Mein Magen entkrampfte sich ein wenig. Ich *konzentrierte* mich auf die Verschnürung, tauchte meine Hände hinein und *rief* die Magie zu mir.

Zehn Minuten später hatte ich auch den letzten Strang von dem Mädchen gelöst und im Eimer abgelegt. Ich wischte mir mit dem Handrücken den Schweiß von der Stirn, bereute das aber sofort. Nun klebte ein wenig von der schleimigen Magie auf meiner Stirn. Es erinnerte mich an den Schneckenschleim, den Kobolde als Haarstyling benutzen.

Ich schauderte unwillkürlich, dann schaute ich mir das Mädchen genauer an. Alles war unverändert. Die Entfernung des Stasiszaubers hatte weder irgendwelche Verletzungen enthüllt noch zu Blutungen geführt oder einen letzten keuchenden Atemzug hervorgerufen, so wie bei dem anderen Opfer. Mein Magen entkrampfte sich erleichtert.

Eingedenk der Glamour-Tattoos an den Innenseiten von Ricous Armen ließ ich meine Finger nun am linken Arm des Mädchens hinaufwandern. Ich erschauderte abermals. Wie tot sich ihre Haut anfühlte. Keine Spur von einem Glamour-Tattoo. Ich wandte mich dem anderen Arm zu, und tatsächlich, ich spürte eine winzige Tätowierung in ihrer Armbeuge. Ich *konzentrierte* mich und leitete ein wenig Magie durch meinen Zeigefinger in den Zauber. Der Glamour schälte sich von ihr ab wie eine Bananenschale.

Anstelle einer blonden, blauäugigen, fünfzehnjährigen Schönheit lag nun eine grünäugige, grünhaarige und grünhäutige Vierzigjährige vor mir, mit tiefen Falten, die sich von ihrer kleinen Nase zu den Winkeln ihres verkniffenen Mundes zogen. Ihre großen, schlaffen Brüste und der Fettring um ihre Hüften ließen vermuten, dass sie in kurzer Zeit sehr viel Gewicht verloren hatte. Einen Moment lang fürchtete ich schon, es könnte eine *Bean Nighe* sein, eine Dunkelelfe, doch dann wurde mir klar, dass das nicht sein konnte, da sie nach ihrem Tod ja nicht *geschwunden* war. Ich schaute mir vorsichtshalber die Ohren der Faelingfrau an, die eindeutig spitz zuliefen. Also keine *Bean Nighe*.

»Ach!«, stieß Juliet leise hervor und platzierte ihr Stethoskop auf dem Herzen der Toten, »sie ist ein Leprechaun-Faeling, nicht wahr? So einen habe ich noch nie gesehen.«

Ich auch nicht, aber ich hatte schon einmal einen reinrassigen Leprechaun gesehen. Juliet hatte recht. Ich setzte mich auf die Hacken und schaute ihr bei der Untersuchung des Mordopfers zu. Hoffentlich war es ein rascher, schmerzloser Tod gewesen. Wer sie wohl sein mochte?

»Ihr Name ist Aoife«, sagte Ricou, und ich schaute überrascht auf.

Er stand außerhalb des Zirkels. Ich hatte sein Auftauchen überhaupt nicht bemerkt. Die Polizistinnen offensichtlich schon. Denen fielen bei seinem Johnny-Depp-Outfit förmlich die Augen aus dem Kopf. Ricou hatte den Trilby abgenommen und hielt ihn traurig an seine Brust gedrückt.

»Ihr Vater ist ein reinrassiger Leprechaun«, fuhr er fort und schaute dann Hugh an. »Er kam in den Sechzigerjahren hierher und hat sich mit einem Mädchen aus Dagenham eingelassen. Sie haben sich getrennt, als Aoife noch ein Kind war. Ihre Mutter ist bereits verstorben, aber ihr Vater ist noch da, drüben in seiner Heimat. Das wird ihn schlimm treffen.« Er hielt inne. »Aoife heißt ›die Schöne‹. Und sie war schön, als sie jünger war …« Er knetete bekümmert seinen Hut.

»Könnte sie was mit der Morrígan zu tun haben?«, erkundigte ich mich.

»Ihr Vater kommt vom *Rath Cruachán*«, antwortete Ricou mit einem nachdenklichen Stirnrunzeln, »das ist im County Roscommon, wo die MacCúailnge herstammen und damit auch der alte Donn. Es wäre also möglich.«

37. Kapitel

Ich stand draußen vor der Begräbnisstätte ans Geländer gelehnt und ließ mir den scharfen Wind um die Ohren pfeifen. Er brachte den Ozongeruch des Flusses mit sich; Regen lag in der Luft. Hugh hatte sogleich auf Detective Sergeant umgeschaltet, als er Ricous Information über Aoifes mögliche Verbindung zur Morrígan hörte, und uns zu offiziellen Aussagen in die Polizeiwagen gebeten. Ich erzählte ihm alles über die Morrígan, die Träume, den Coffin Club und die Vamps und alles, was mir sonst noch einfiel (und nicht unter den Verschwiegenheitsknebel der Urmutter fiel). Danach bat er mich zu warten, er müsse einigen Dingen nachgehen.

Ich schlug die Zeit tot, indem ich auf meinem Handy im Internet nach Informationen über *Rath Cruachán* suchte. Ich fand unter anderem einen Hinweis auf den *Táin Bó Cúailnge* – den Rinderraub von Cooley –, der um den Besitz des Donn Cúailnge, eines Zuchtbullen, ausgefochten worden war. Und dieser Donn Cúailnge hatte ein romantisches Verhältnis mit der Morrígan gehabt (obwohl, es fiel mir schwer, die Worte »Zuchtbulle« und »romantisch« in Einklang zu bringen), und das Resultat dieser Romanze war offenbar der alte Donn gewesen. Was bedeutete, dass der alte Donn ein gehörnter *Wylde Fae* war und deshalb sehr wahrscheinlich das Wesen sein konnte, das mir die Urmutter am Ende meines Besuchs an den Himmel gezeichnet hatte. Für mich wäre er damit der Hauptverdächtige gewesen – wenn mir nicht jeder versichert hätte, dass er mausetot sei. Also blieb mir nichts anderes übrig, als davon auszugehen, dass dieses Bildnis am Himmel rein symbolisch gewesen war, was mir bei der Aufklärung des Falls natürlich nicht weiterhalf.

Schwere Schritte näherten sich, ich blickte auf und sah Hugh auf mich zukommen, zwei Pappbecher in der Hand. »Besteht irgendeine Möglichkeit, dass du mir verrätst, was ihr bisher herausgefunden habt?«, fragte ich und fügte gleich noch hinzu: »Immerhin stehen die Tode mit dem Fluch in Verbindung, und bei diesem letzten werde ich …«

»Wenn du mich auch mal reden lässt?«, sagte Hugh und reichte mir mit einem freundlichen Lächeln, bei dem seine strahlend weißen Zähne in seinem kantigen rötlichen Gesicht aufblitzten, einen der Pappbecher: heiße Schokolade. »Nach Prüfung aller Aussagen und auch unseren eigenen Ergebnissen scheint es, als ob, wer immer hinter den Morden an den Faelingen steckt, die Zwischenwelt, die zum Tower von London gehörte, wieder errichtet hat.«

»Und dorthin wollte mich Victoria Harrier locken.« Ich wärmte meine Hände an dem heißen Becher. Jetzt war ich heilfroh, dass Sylvia so aufmerksam gewesen war und Victoria Harriers Pläne in letzter Sekunde vereitelt hatte.

»Ja, Victoria Harrier scheint tatsächlich im Zentrum der ganzen Geschichte zu stehen«, sagte Hugh. »Sie sitzt im Vorstand einer Fernsehproduktionsfirma namens Adonis Films, die eine Serie historischer Dokumentationen über den Tower dreht. Wir denken, dass sie auf diese Weise Zugang erlangt hat. Auch kursieren Gerüchte auf den Straßen, über befristete Arbeitsverträge für Faelinge, die sich bis zu Adonis zurückverfolgen lassen. Adonis bestreiten natürlich jegliche Kenntnis davon.«

»So kommen sie also an die Mädchen ran«, bemerkte ich grimmig.

»Ja«, stimmte mir Hugh zu. »Adonis Films ist auch die Produktionsfirma, die die Reality-Dokus im Morgan Le Fay College dreht – wo Victoria Harrier im Elternvorstand sitzt. Die Doppelgänger-Zauber scheinen ihren Ursprung dort zu haben.«

»Wow, sie hat ihre Finger wirklich überall drin!«

Hugh nickte. »Adonis Films und das College unterstehen beide der Merlin Foundation, dem gesetzgebenden Organ der Hexen. Victoria Harrier ist eine der Direktorinnen der Stiftung; natürlich überprüfen wir auch diese Spur.«

»Ja, sie hat die Merlin Foundation erwähnt – scheint ein Riesenfan zu sein.« Ich nahm einen Schluck heiße Schokolade. »Es ist nur – irgendwie kann ich mir Victoria Harrier nicht als kriminelles Genie vorstellen. Ich meine, sie ist natürlich intelligent und all das, aber wieso Faelinge? Und was hat das Ganze mit dem Fluch zu tun?« Mir kam ein Gedanke. »Was, wenn gar nicht sie der Drahtzieher ist, sondern der Vamp, der seine Krallen in der Familie hat?«

Hugh nippte stirnrunzelnd an seinem Tee. »Natürlich ziehen wir auch diese Seite in Betracht. Aber, Genny, ich möchte mir kein Urteil erlauben, bevor wir Victoria Harrier verhört haben.«

»Stimmt.« Ein eisiger Windstoß strich über mich hinweg, und ich zitterte. »Aber ich meine, selbst wenn es der Vampir ist, Victoria Harrier kann doch unmöglich allein arbeiten, oder? Ich meine, es sind mindestens fünfzehn Faelinge verschwunden, und wenn dieser Vamp Victoria Harrier beherrscht, dann ist der Rest der Familie vielleicht ebenfalls in Gefahr. Seid ihr dem schon nachgegangen?«

»Selbstverständlich.« Hugh schenkte mir einen Blick, der besagte, ich solle nicht versuchen, einem Troll das Steineklopfen beizubringen. »Die Schwiegertochter, Ana, ist so ein Einsiedlertyp, verbringt die meiste Zeit in der Zwischenwelt des Fossegrims am Trafalgar Square. Ist nicht leicht, mit ihr Verbindung aufzunehmen; wir wissen also nicht, wie weit sie in die Sache verwickelt ist. Ihr Mann ist seit sechs Monaten beruflich in Amerika, und Dr. Craig …«

»Dr. Craig! Was hat der damit zu tun?«

»Und Dr. Craig, Victoria Harriers anderer Sohn, hat seit zehn Jahren keine Verbindung mehr zur Familie«, fuhr Hugh fort, meinen Einwurf ignorierend. »Es gefällt ihm offenbar nicht, dass sein Bruder einen Faeling geheiratet hat. Genaueres können wir aber erst sagen, wenn wir mit der Familie geredet haben.«

Mein Erstaunen über Dr. Craigs Herkunft verwandelte sich in Ratlosigkeit. »Aber das heißt doch, dass Dr. Craig ein Zauberer sein muss. Ich weiß zwar, dass er Magie bis zu einem gewissen Grad spüren kann, aber dass ich das während meiner Arbeit mit ihm in der Klinik nicht gemerkt habe, das wundert mich schon. Findest du es nicht auch komisch, dass er das nie erwähnt hat?«

»Genny, die Leute halten immer Überraschungen parat, selbst wenn wir sie noch so gut zu kennen meinen. DI Helen Crane, zum Beispiel. Ich habe mir nach deiner E-Mail neulich die Fotos vom Bannkreis, den sie um Sally Redman gezogen hatte, noch mal genauer angeschaut, und du hast recht: Es stimmte was nicht mit den Eibennadeln.«

Ich unterdrückte ein triumphierendes Grinsen und ein Juhu. Die Hexenzicke Helen war also doch ein faules Ei, eine korrupte Polizistin. Es war nicht nur meine Einbildung gewesen. Jetzt konnte ich sie nach Herzenslust hassen, ohne mich schuldig fühlen zu müssen. Wie wunderbar. »Sie hat den Zauber falsch herum gelegt, stimmt's?«

»Stimmt«, antwortete Hugh. »Der Tod des Faelings war verdächtig, die Eibennadeln dienten dazu, ihre Seele im Hier und Jetzt festzuhalten, damit ein Nekromant möglicherweise mit ihr Kontakt aufnehmen und sie befragen konnte. Stattdessen jedoch waren die Eibennadeln verkehrt herum angeordnet worden, was den gegenteiligen Effekt hatte: Der Übergang ihrer Seele ins Jenseits wurde erleichtert und beschleunigt. Das tun auch die …«

»Zwerge mit ihrer rituellen Asche«, beendete ich seinen Satz. »Das Muster ist mir von Anfang an irgendwie verdächtig vorgekommen.«

Die Tatsache meiner Fahrt in den Disney-Himmel war übrigens ein weiterer Hinweis, vor allem, nachdem ich Tavishs Zauberarmband entdeckt und bemerkt hatte, dass dem Londoner Bus die Räder fehlten. Engel/Die Mutter hatten gar keine andere Möglichkeit gehabt, mich aus London herauszuholen, als in Geisterform, will heißen, tot. Stirnband, der Dryade, hatte recht gehabt: Ich hatte tatsächlich angefangen zu *schwinden* – nicht, dass ich mich deshalb bei ihm bedanken würde, das hatte er trotzdem nicht verdient. Außerdem hätte mich die Mutter sowieso nicht wirklich sterben lassen.

Und mit Helen Crane, der fiesen Hexe, hatte ich auch kein Mitleid mehr. Sie musste wissen, wer die Faelinge ermordete, denn die Umkehrung des Seelenbindungszaubers bedeutete, dass sie den Mörder zu decken versuchte. War die Feindseligkeit zwischen ihr und Victoria Harrier vielleicht nur Theater gewesen? Steckten sie in Wirklichkeit unter einer Decke? Ich blickte zu Hugh auf. »Heißt das jetzt, dass Helen Crane euch ›bei euren Ermittlungen behilflich ist‹?«, fragte ich mit kaum verhohlener Schadenfreude. »Hat sie schon geredet, jetzt, wo sie aufgeflogen ist?«

Hughs Miene wurde grimmig. »Noch nicht.«

Mit anderen Worten, er würde es mir nicht verraten, selbst wenn es so wäre. Typisch.

»Genny«, sagte Hugh vorsichtig, »da wäre noch was anderes, worum ich dich bitten wollte.«

»Ah, sind wir jetzt an der Stelle, wo du mir eröffnest, warum du so freigiebig mit vertraulichen polizeilichen Informationen umgehst?« Ich lächelte aufmunternd. »Schieß los, ich bin ganz Ohr.«

»Ich möchte diese Sache mit Victoria Harrier weiter verfolgen«, erklärte er mit seiner tiefen Brummstimme. »Der schnellste Weg herauszufinden, was sie im Sinn hat, und die verschwundenen Faelinge zu finden, ist, ihr zu erlauben, dich zu entführen.«

Hm … wollte ich wirklich das Opferlamm spielen? Aber es ging schließlich um die verschwundenen Faelinge, und es war Hugh, *der mich darum bat. Ihm vertraute ich vollkommen.*

»Aber es wirst nicht du sein, die Kontakt aufnimmt, Genny«, fuhr er zu meiner Überraschung fort, »sondern eine Polizistin, die sich in einen Genny-Doppelgänger-Zauber hüllt. Hexe Martin meint, sie könne die Zauber, die die toten Faelinge benutzt haben, replizieren. Auf diese Weise könnte sich unsere Mitarbeiterin undercover einschleichen. Und dann können wir zuschlagen, sobald man unsere Agentin gekidnappt hat. Das reicht für die nötigen Durchsuchungsbeschlüsse und den Rest. Alles, was ich von dir brauche, ist ein wenig Blut für den Zauber, Genny.«

Ich trommelte nachdenklich mit den Fingern an meinen Becher; etwas an diesem Plan gefiel mir nicht, und das machte mich ganz kribbelig.

»Falls du dir Sorgen wegen des Doppelgänger-Zaubers machst, Genny«, fuhr Hugh brummend fort, »kannst du ihn ja selbst von der WPC lösen, wenn wir fertig sind.«

»Es geht nicht um den Zauber.« Ich runzelte die Stirn. »Ich mache mir Sorgen, weil jemand anders an meiner Stelle entführt wird. Was ist, wenn eure Beamtin in Gefangenschaft gerät und ihr Victoria Harrier nicht dazu bringen könnt auszupacken? Die Polizistin könnte spurlos verschwinden; sie könnte in große Gefahr geraten. Sie könnte getötet werden.«

»Aber es ist Constable Martin, Hexe Martins Tochter, die deinen Platz einnehmen wird, Genny. Und sie hat eine ganz besondere Gabe: Sie hat eine Verbindung zu ihrer Mutter; die beiden können telepathisch miteinander kommunizieren, egal, wo sie sind. Sobald man Constable Martin gefangen hat, kann sie ihrer Mutter alle nötigen Informationen für eine Rettungsmission weitergeben.«

Das schien eine praktische Lösung zu sein, wenn auch gefährlich für Constable Martin. Da fiel mir eine andere Frage ein: »Wisst ihr schon, woran Sally, das Rabenmädchen, und Aoife gestorben sind?«

Hugh reichte mir seinen Becher und zückte sein Notizbuch. »Todesursache bei Sally Redman: Herzstillstand. Zumindest ist das der vorläufige Befund. Aber Sally war jung und hatte ein gesundes Herz. Der Toxikologiebericht liegt noch nicht vor, es könnte also sein, dass man ihr so etwas wie Digitalis verabreicht hat. Bis auf die Kopfverletzung – übel, aber nicht tödlich – hatte keine von beiden irgendwelche offensichtlichen Verletzungen. Was Aiofes Todesursache betrifft, da warten wir noch auf den Autopsiebericht.«

»Also keine Bisswunden oder sonstige Spuren einer Ermordung?«

»Noch nicht.«

»Da ist noch etwas, das mich stört«, sagte ich und musste an die Lüftlmalerei der Urmutter denken, den gehörnten Gott am Disney-Himmel. »Das *Dazwischen* im Tower gehörte ursprünglich dem alten Donn, aber der ist tot. Sylvia hat irgendwas von seinem Grab erwähnt. Könntest du herausfinden, ob er vielleicht noch am Leben ist?«

»Wieso fragst du?«

»Kann ich nicht sagen«, keuchte ich, während mir der Knebel der Mutter die Kehle zuschnürte.

Hugh zückte einen seiner wurstgroßen Troll-Kulis, machte

sich eine Notiz und klappte sein Notizbuch zu. »Ich kümmere mich darum, und …«

»Sergeant Munro!«, rief jemand von den Streifenwagen herüber.

Hugh gab mit einem Wink zu verstehen, dass er gleich kommen würde, und sagte: »Warte bitte ein paar Minuten.«

Ich warf die Pappbecher in einen Abfalleimer und starrte auf die vom Wind aufgewühlten Wasser der Themse. Immer noch plagte mich dieses unbehagliche Gefühl. Hughs Doppelgänger-Plan war nicht schlecht, aber er brauchte Beweise und Durchsuchungsbeschlüsse, bevor seine Jungs in Blau – oder besser gesagt, seine *Mädels* in Blau (da die meisten Hexen waren) – irgendwelche Türen einrennen und die Bösewichte festnehmen konnten. Ich dagegen verfügte über die geballte Unterstützung der Londoner Fae. Ich konnte Hughs Plan umsetzen, ohne auf irgendwelche juristischen Stolpersteine Rücksicht nehmen zu müssen.

Aber der Plan hatte eine entscheidende Schwachstelle: Die Zwischenwelt ist ein entrückter Ort, erschaffen und aufrechterhalten durch Magie und reine Willenskraft. Selbst wenn man wusste, dass irgendwo ein *Dazwischen* existierte, konnte man nicht so einfach hineinmarschieren, jedenfalls nicht ohne die Erlaubnis desjenigen, der den Ort erschaffen hatte. Nicht mal, wenn man den magischen Schlüssel dazu besaß und er auch passte, kam man hinein. Man landete dann einfach irgendwo anders, wie ich aus eigener, leidvoller Erfahrung wusste. Ich hatte es einmal bei Tavishs *Dazwischen* versucht und war stattdessen in einer Sumpfdrachenhöhle gelandet (Gott, dieser Gestank – nie wieder!). Und den Eingang von außen *knacken* zu wollen, das war ebenso sinnlos. Von innen dagegen … hm … es wäre zwar schwierig, aber unter den richtigen Umständen nicht unmöglich.

Ich musste also ins Innere gelangen.

Aber nicht als gekidnappte Geisel. Ein anderer Plan begann in meinem Geist Gestalt anzunehmen …

Hugh tauchte wieder auf. »DI Crane gilt nun ganz offiziell als vermisst«, verkündete er mit einem besorgten Gesichtsausdruck.

»Sie ist verschwunden?«, fragte ich verblüfft. »Meinst du damit, dass sie abgehauen ist, oder dass jemand sie hat verschwinden *lassen*?«

»Daran arbeiten wir noch, Genny«, antwortete er.

Kacke. Ich mochte die Hexe zwar nicht – okay, ich konnte sie *nicht ausstehen* –, aber dass jemand sie verschwinden ließ, wünschte ich ihr auch nicht. Auf einmal hatte ich Angst, sie könnte die Nächste sein, die aus der Themse gefischt wurde. Und wie schlimm das für Finn und für ihre gemeinsame Tochter wäre. »Weiß Finn es schon?« Ich wollte zu den Polizeiautos gehen, aber Hughs große Pranke legte sich auf meine Schulter und hielt mich zurück. »Constable Martin spricht grade mit ihm, Genny. Sie nimmt seine Aussage zu Protokoll. Vielleicht weiß er ja was, das uns weiterhelfen könnte. Warte, bis sie ihre Arbeit erledigt hat, Genny, dann kannst du mit ihm reden.« Er hielt mir einen geöffneten Briefumschlag hin, der in einer Klarsichthülle steckte. »Das wurde in DI Cranes Wohnung gefunden, Genny. Es ist an eine G. N. Zacharinowa adressiert, c/o Spellcrackers.com. Finn weiß nicht, wer das ist. Weißt du es?«

Meine Nackenhaare sträubten sich. Woher, zum Teufel, wusste Helen meinen richtigen Namen? Den kannten bisher doch nur die Vamps. Helen war eine Hexe; Hexen meiden Vampire wie die Pest, umgekehrt ebenso. Und besonders Helen hatte eine richtige Vampir-Phobie. Außerdem, wieso sollte sie ausgerechnet *mir* schreiben? Sie war entweder vollkommen verzweifelt oder äußerst gerissen.

Nach kurzem Zögern streckte ich meine Hand aus. »Das bin ich«, sagte ich, »das ist mein Geburtsname.«

Hugh nickte und reichte mir den Zettel. »Dann liest du ihn besser selbst, und dann reden wir.«

Ich las ihn durch die Klarsichthülle.

An G. N. Zacharinowa,

Ihr Onkel Maxim hat mich bezüglich seines irischen Wolfshunds kontaktiert. Er machte sich Sorgen um dessen Nachwuchs. Leider kann ich dessen Wohlergehen nicht länger garantieren. Ich bitte Sie daher, ihm diese Nachricht *umgehend* zu überbringen, da es mir derzeit unmöglich ist, über die üblichen Kanäle mit ihm Verbindung aufzunehmen.

Helen Crane

Kacke. Helen Crane hatte also das »Wohlergehen« des Wolfshund-Nachwuchses garantiert – oder anders ausgedrückt, ihn gedeckt. Und jetzt, da sie aufgeflogen und verschwunden war (freiwillig oder unfreiwillig), konnte sie das nicht länger. Aber ob dieser Zettel nun ein Hinweis an die Polizei sein sollte oder eine Warnung oder ein Hilferuf, den ich Mad Max überbringen sollte, hätte ich nicht sagen können. Eines wusste ich jedoch: Hier hatten wir einen möglichen Hauptverdächtigen, das kriminelle Genie, das hinter dem Verschwinden der Faelinge stecken könnte.

Mad Max' Sohn, wer immer das auch sein mochte.

38. Kapitel

Was Hugh unter »Reden« verstand, nachdem ich den Zettel gelesen hatte, war in Wahrheit eine neue Verhörrunde im Wagen, inklusive einer mit einem Laptop bewaffneten Polizeibeamtin. Wir gingen noch einmal die Erinnerungen durch, die mir die Morrígan gezeigt hatte, insbesondere die von dem kleinen blonden Jungen auf dem Spielplatz.

»Ich bin mir ziemlich sicher, dass es Maxims Sohn ist«, erklärte ich, »und der ›Nachwuchs‹, von dem in Helen Cranes Brief die Rede ist. Aber wer der Junge ist, weiß ich nicht, und auch nicht, wie alt er jetzt sein muss. Ich wollte nachschlagen, wann Kinderrutschen erfunden worden sind, bin aber noch nicht dazu gekommen.«

»Ich denke, da kann ich helfen.« Die Polizeibeamtin blickte lächelnd von ihrem Laptop auf. »Nach Ihren Beschreibungen würde ich schätzen, dass der Junge jetzt Mitte zwanzig, Anfang dreißig sein muss, Genny.« Sie lächelte mich an. »Aber nicht die Rutsche war der entscheidende Hinweis – die gibt es schon viel länger –, sondern die Spielplatzbeleuchtung. Ich bin mir ziemlich sicher, dass das Halogenscheinwerfer waren, und das engt den möglichen Zeitraum ein.«

»Mitte zwanzig …?«, fragte ich stirnrunzelnd. »Was heißt, dass er längst volljährig ist und gehen kann, wohin er will. Ich bin sicher, dass Mad Max versucht haben wird, ihn an sich zu ziehen. Vielleicht wohnt er ja jetzt bei ihm.« Ich ließ die bekannten Gesichter aus dem Coffin Club an mir vorbeiziehen – und traf sogleich ins Schwarze. »Gareth Wilson!«, rief ich aus,

»der Tagesmanager des Clubs – er ist im richtigen Alter und außerdem von Natur aus blond wie Maxim.«

»Prüfen Sie das bitte in unseren Unterlagen nach, Constable«, bat Hugh die Polizeibeamtin, »aber nehmen Sie keinen Kontakt mit dem Club auf, bevor ich grünes Licht gebe. Ich weiß, es sind noch fünf Stunden bis Sonnenuntergang, aber so, wie's aussieht, ist Maxim in der Lage, sich in seiner Hundegestalt auch tagsüber frei zu bewegen.« Hugh musterte seinen dicken Troll-Kuli, als würde er darin sämtliche Antworten finden, dann blickte er mich mit seinen grauen Augen ernst an. »Maxim wird höchstwahrscheinlich nicht sehr kooperativ sein, sollte sein Sohn tatsächlich in diese Faelingmorde verwickelt sein, Genny. Ich denke, es wäre besser, wenn wir uns zunächst einmal diskret an den Oligarchen selbst wenden würden. Ich möchte Maxim und seinen Sohn schließlich nicht vorzeitig warnen und riskieren, dass sie uns entwischen.« Er schaute mich fragend an. »Ich weiß, wir haben noch nicht über deine Verbindung mit Malik al Khan geredet, Genny« – kein Wunder, Hugh sorgte sich deswegen wie eine Glucke – »aber hast du eine Möglichkeit, ihn zu kontaktieren, ohne über die offiziellen Kanäle zu gehen?«

»Ich hab sogar noch was viel Besseres.« Ich verzog das Gesicht und erzählte Hugh von dem in meinem Schlafzimmer eingesperrten Malik. Hugh hatte recht. Der logische Weg, an Mad Max heranzukommen, war über den Oligarchen. Malik konnte Mad Max dazu zwingen, mit uns zu »kooperieren«. Maliks Kooperation dagegen war alles andere als selbstverständlich.

Zum einen schuldete Mad Max Malik nicht den Treueeid, und zweitens: Wenn keine Menschen von außen in den Fall verwickelt waren, oblag die Justiz den Vampiren selbst. Wenn Mad Max (ein Vampir) und Helen (eine Hexe) tatsächlich irgendwie miteinander zu tun hatten, so verstieß dies gegen die jahrhundertealte Détente zwischen den beiden Rassen. Und dann war noch der dritte Faktor: Malik hatte die Londoner Fae unter seinen Schutz genommen. Wenn Mad Max also wie auch immer in diese Geschehnisse verwickelt war – selbst wenn sein Sohn ein Mensch sein sollte –, so stellte dies eine Herausforderung von Maliks Autorität als Oligarchen dar. Malik hätte demnach durchaus das Recht – um Konflikte mit dem Hexenrat und den anderen Vampir-Clans zu vermeiden –, Mad Max die Gabe zu entziehen, will heißen, ihm den Kopf abzureißen und seine Asche in alle Winde zu zerstreuen.

Hinzu kam, dass Malik bei unserem Post-Coffin-Club-Bett-Tratsch nicht gerade auskunftsfreudig gewesen war. Er hatte keinen Zweifel daran gelassen, dass er eine Einmischung meinerseits nicht wünschte – ihn also zu *bitten*, uns zu helfen, würde wohl kaum funktionieren. Wir würden ihn schon irgendwie zwingen müssen. Ich hatte eine Idee … eine Idee, die gleichzeitig mein kleines Autoritätsproblem mit dem schönen, diktatorischen Vampir lösen könnte.

»Ich denke, ich kann Malik dazu bewegen, mit uns zu kooperieren«, erklärte ich Hugh, »aber dazu brauche ich deine Hilfe.« Dann erklärte ich ihm, was ich vorhatte, erläuterte den Fehler in seinem Doppelgänger-Plan und wie er sich beheben ließ. Nach vielem Hin und Her (und einigem Aufwirbeln von rosa Staub) einigten wir uns schließlich auf einen Masterplan, einen Plan, der sicherstellte, dass Malik uns, beziehungsweise die Polizei, in seiner Eigenschaft als Oligarch von London unterstützen würde, dass der Doppelgänger-Plan auch ohne irgendwelche polizeilichen Genehmigungen funktionieren würde und dass ich Malik mit seiner »Ich-Vampir-du-Blutpinscher-Masche« ordentlich eins über den sexy rasierten Schädel ziehen konnte.

Ich erlaubte Juliet Martin, mir eine Spritze Blut abzunehmen, während ich mich mit Ricou unterhielt, damit sie und Ricou den Doppelgänger-Zauber *anrühren* konnten. Anstelle der offerierten Bezahlung erbat ich mir einige Schreiben, die sie für mich im Namen des Hexenrats verfasste. Als Juliet damit fertig war, suchte sie, kurz bevor der Platzregen einsetzte, mit Ricou in dem verlassenen Grabgewölbe Deckung, um den Zauber zu beschwören.

Ich blieb im Polizeiwagen sitzen und ging im Geiste noch einmal den ganzen Plan durch, suchte ihn nach möglichen Schwachstellen ab. Dicke Regentropfen prasselten wie Pistolenkugeln aufs Wagendach; draußen verwandelte sich der bleigraue Nachmittag in eine wahre Finsternis. Donner grollte, ein elektrisches Kribbeln lag in der Luft, das sich jeden Moment zu entladen drohte. Dann fuhr auch schon ein Blitz hernieder, ein silberner Schwertstreich, der vom Himmel fiel, und plötzlich stand, wie der sprichwörtlich Gott aus der griechischen Antike, Finn in der offenen Hecktür des Lieferwagens, während hinter ihm Blitze zuckten.

Sein hübscher menschlicher Glamour war verschwunden, vor mir stand der wahre Finn: größer, mit breiten Schultern und muskelbepackter Brust. Seine Gesichtszüge waren schärfer, kantiger, gefährlicher, seine Hörner ragten fast dreißig Zentimeter aus seinem Schädel, tödlich scharf. Mein Herz wummerte – er sah großartig aus, erschreckend, ehrfurchteinflößend … Der Regen strömte an ihm herunter, und das war der Grund, warum ich einige Sekunden brauchte, bevor mir klar wurde, dass ihm trotz seiner wutblitzenden moosgrünen Augen Tränen übers Gesicht liefen.

39. Kapitel

Hugh sagt, dass Helens Nachricht für dich war«, stieß Finn grimmig hervor. »Dass du dich deswegen mit dem Blutegel treffen willst.«

»Ja«, antwortete ich ruhig. Mein Herz hämmerte laut, aber diesmal aus Enttäuschung und Traurigkeit. Ich hatte natürlich erwartet, dass Helens Verschwinden Finn treffen würde, aber derart hart … sein Glamour war verschwunden, er war nicht mehr in der Lage gewesen, ihn aufrechtzuerhalten. Seine ganze Haltung und seine Miene verrieten eine derart tiefe Verzweiflung, einen unsäglichen Kummer, als habe man ihm das Herz herausgerissen.

»Helen hasst die Blutegel«, sagte er.

»Ich weiß.« Das hatte ich zumindest geglaubt. Aber offenbar irrten wir uns beide. Ich streckte ihm meine Hand hin, wollte ihn trösten.

Er schaute sie kurz an, dann wandte er sich ab und blickte auf den Fluss hinaus. Ich presste meine Handflächen an meine Oberschenkel, unschlüssig, ob ich zu ihm gehen sollte oder nicht. Aber etwas an der steifen Haltung seiner Schultern unter dem klitschnassen Anzug – der ihm übrigens noch immer wie angegossen passte, obwohl Finn nun größer und breiter war, wie ich bemerkte – riet mir zu warten.

Als er sich wieder zu mir umdrehte, waren seine Hörner auf ihre normale Länge zusammengeschrumpft, seine Augen waren trocken, und die Wut war daraus verschwunden. Stattdessen las ich einen Ausdruck von … Fassungslosigkeit und das

Gefühl, betrogen worden zu sein. Er kletterte in den Van und ließ sich auf die Sitzbank mir gegenüber sinken. Das Wasser tropfte nur so von ihm herunter.

»Helen *hasst* die Blutsauger«, wiederholte er, wie um sich selbst zu überzeugen, »wieso sollte sie etwas mit denen zu tun haben? Wieso sollte sie etwas mit dieser Sache hier zu tun haben? Sie ist mit Leib und Seele Polizistin, sie liebt ihren Job – wieso sollte sie einen Mord vertuschen? Wieso ...?« Er hielt inne. In seiner Wange zuckte ein Muskel. Er ließ den Kopf sinken und vergrub das Gesicht in den Händen.

Die Helen, die ich kannte, hatte keinerlei Skrupel, die Macht ihres Amts für ihre eigenen Zwecke zu missbrauchen, wenn sie damit durchkam. Ich war immer davon ausgegangen, Finn wisse das, aber offenbar war das nicht der Fall gewesen, bis jetzt. Vielleicht hatte er diese Seite von ihr ja nicht wahrhaben wollen. Aber ich sagte nichts; das konnte er im Moment nicht auch noch gebrauchen.

»Nicky ist verschwunden, Gen«, flüsterte er.

»Was?!«, rief ich aus. Ich war fassungslos, glaubte mich verhört zu haben.

»Nicky ist verschwunden!«, schrie er fast. Er hob den Kopf, schaute mich voller Angst an. »Sie hat Nicky mitgenommen.«

Sie hat Nicky mitgenommen. Mein Herz setzte einen Schlag lang aus, mit wurde fast übel. Helen hatte seine Tochter mitgenommen. Seine *Faeling*tochter. Kacke. Kein Wunder, dass er so außer sich war. Auch mir traten nun die Tränen in die Augen. Helen war mir egal, Finn dagegen nicht. Ich sank auf die Knie und schlang meine Arme um ihn. »Wir finden sie, Finn«, versicherte ich ihm inbrünstig und spürte das panische Hämmern seines Herzens an meiner Wange. »Wir finden deine Nicky.«

»Einer von den Blutegeln hat sie, Gen«, sagte er mit derselben tonlosen Stimme. Seine Arme erdrückten mich fast. Ich sagte ihm nicht, dass Mad Max' Sohn vielleicht ein Mensch war; es spielte keine Rolle, er war trotzdem ein Killer. »Er hat sie seit vier Tagen …« Seine Stimme brach ab, er erschauderte. Ich wusste, dass er daran dachte, wie er von einer überambitionierten Vampirin gefoltert worden war – und er war nur einen Tag lang in ihren Händen gewesen, bevor Hugh ihren Schädel zertrümmert hatte, wie ein weiches Ei. Es zerriss mir fast das Herz – Finn, Nicky … Ich beschloss, alles zu tun, was in meiner Macht stand, um sie und die anderen Faelinge zu retten.

»*Vier* Tage! Bei den Göttern, Gen, ich hätte sie zwingen sollen, bei der Herde zu bleiben, ich hätte …« Angst und Schuldgefühle schnürten ihm die Kehle zu. Er hatte sein Kind nicht gut genug beschützt.

Ich umarmte ihn fester. »Es ist nicht deine Schuld, Finn.«

»Verzeih, Gen.« Er schob mich ein wenig zurück, um mich ansehen zu können. »Ich weiß, ich sollte dir raten, dich von den Blutsaugern fernzuhalten, aber ich bitte dich … nein, ich *flehe* dich an, tu alles, was du kannst, um Nicky zu retten.«

Meine Kehle war wie zugeschnürt. »Das verspreche ich dir.«

»Was immer sie wollen, was immer nötig ist, Gen«, flüsterte er wild, »ich werde es tun. Für Nicky.«

Ich war auf dem Nachhauseweg. Hugh hatte mir eine Eskorte von zwei uniformierten Trollen mitgegeben: Constable Taegrin, auf dessen poliertem, mit Goldglimmer gesprenkeltem schwarzem Gesicht ein unbekümmertes Lächeln lag, und den beigescheckigen Constable Lamber, dessen sorgenvolle Miene rissig und zerklüftet vom Alter war. Trolle sind, ebenso wie Kobolde, immun gegen die Gedankenmanipulationen von Vampiren, doch im Gegensatz zu Kobolden können sie Magie nicht fühlen. Aber das mussten sie auch gar nicht. Magie war nicht das Problem.

Und Malik selbst wohl auch nicht, hatte ich das Gefühl. Zumindest nicht so, wie Hugh es befürchtete.

»Bitte sei vorsichtig, Genny, ja?«, hatte Hugh mich auf seine väterliche Art gebeten. »Und lass dir eines raten: Ich weiß, das mit Finn und seiner Tochter ist schlimm, aber du solltest dich davon nicht zu sehr beeinflussen lassen, okay?«

Ich versprach es ihm.

»Es wird sowieso bis zum Einbruch des Abends dauern, bis wir hier alles fertig haben, du brauchst also nichts zu übereilen, ja? Sei auf der Hut. Und lass dich nicht von Malik al Khan zu etwas überreden, was du nicht willst.«

Ich wusste, was er meinte. Er fürchtete, Malik würde Blut und Sex von mir verlangen, weil Vamps das nun mal tun. Ich dagegen war gar nicht so sicher. Malik war diesbezüglich immer überraschend zurückhaltend gewesen, etwas, das ich nun auf seinen Deal mit Tavish zurückzuführen geneigt war. Wie auch immer: Ich machte mir deswegen sowieso keine Sorgen. Ich hatte Maliks Schutz akzeptiert; es war klar, dass Blut und Sex irgendwann ins Spiel kommen würden. Und wenn ich ehrlich war, wünschte ich mir das sogar – zumindest ein Teil von mir, der nicht denkende Teil, der fühlende Teil, der geradezu danach lechzte … Außerdem war ich sowieso entschlossen, alles zu tun, um unsere Pläne in die Tat umzusetzen. Und dazu gehörte zunächst mal das Erklimmen von fünf Stockwerken.

Als wir oben angelangt waren, sank ich keuchend an meine Haustür. »Geht schon«, beantwortete ich Constable Taegrins besorgte Frage.

Taegrins Miene verriet, dass er mir nicht ganz glaubte (die beiden Trolle hatten die fünf Stockwerke wie Profis bewältigt, aber sie waren ja auch nicht am Vortag von einem Vamp im Blutrausch durch die Mangel gedreht worden). Taegrin nickte jedoch, als ich wieder einigermaßen zu Atem gekommen war, und die beiden Trolle folgten mir in mein kleines Reich.

Ein kalter Wind pfiff durch die Wohnung. Das Schlafzimmerfenster musste offen sein, obwohl ich ganz sicher wusste, dass ich es zugemacht und sogar den schweren Kleiderschrank davorgewuchtet hatte. Aha, mein Vampir war also bereits wach – obwohl es noch vier Stunden bis zum Sonnenuntergang waren. Mein Magen krampfte sich nervös zusammen. Ich blieb vorsichtig einen guten Meter von der offenen Schlafzimmertür entfernt stehen, hinter mir die beiden Police Constables.

Der Teppich, in dem ich Malik eingewickelt wie Kleopatra zurückgelassen hatte, lag nun fein säuberlich zusammengerollt am Fußende meines Betts. Unter dem Bett standen, ordentlich aufgereiht, meine Schuhe. Sie waren nach Absatzhöhe, Stil und Farbe geordnet. Unheimlich. Auch der Kleiderschrank stand wieder an seinem alten Platz.

Ich *schaute*. Mein Blut-Abwehrzauber waberte noch im Türstock. Als ich ihn heute Morgen beschwor, hatte er ausgesehen wie ein dichter goldener Nebel. Nun war er hauchdünn, aber er war immerhin noch da. Mir fiel ein Stein vom Herzen. Jetzt, wo ich wusste, dass der Schutzzauber sowohl Malik festhielt als auch das Sonnenlicht abwehrte, hatte ich eine bessere Chance, meinen Plan durchzuziehen. Ich trat ein wenig nach links, um den Raum besser einsehen zu können.

Malik saß entspannt auf dem Bett, die Beine ausgestreckt, die Fußknöchel überkreuzt. Seine nackte Brust schimmerte fast unnatürlich hell in der Düsternis des Zimmers. Auf seinem bleichen, perfekten Gesicht zeigte sich die übliche undurchdringliche Miene, seine halbasiatischen schwarzen Augen waren gelassen auf mich gerichtet. Gott, war er schön – jetzt mit dem Stoppelhaarschnitt vielleicht sogar noch mehr als zuvor.

»Genevieve, ich bin entzückt, dich zu sehen«, sagte er spöttisch mit seinem feinen, etwas fremdländischen Akzent. Sein Blick glitt über die beiden Trolle in meinem Rücken. »Und die Bekanntschaft deiner beiden … Freunde zu machen.«

Showtime.

40. Kapitel

Ich hoffe, du genießt meine Gastfreundschaft?«, fragte ich mit einem ebenfalls spöttischen Lächeln.

»Ich würde sie mehr genießen, wenn sie … weniger *fesselnd* wäre.« In seinen Augen glomm es rot auf, und ich empfand einen jähen Drang, zu ihm zu gehen.

Ich ignorierte das Kribbeln, das mir über den Rücken lief. »Nun, ein bisschen Geduld musst du schon noch haben«, antwortete ich. »Ich möchte nämlich einen Handel mit dir machen.«

Seine Lippen zuckten. »Und wenn ich nicht verhandeln will?«

»Weißt du noch, was ich gesagt habe, im Fall, dass du dich weigerst?«

»Allerdings.« Das Wort glitt wie kühle Seide über meine Haut. *Mesmer*. Mein Puls schnellte hoch.

»Dasselbe gilt auch in diesem Fall, Malik. Wenn du nicht mit mir verhandelst, töte ich dich.« Vorausgesetzt, ich kann, fügte ich im Stillen hinzu.

»Wie könnte ich so etwas vergessen, Genevieve?«, sagte er leise. »Ich muss sagen, es hat mich erstaunt, dass ich überhaupt unversehrt erwacht bin. Und noch dazu in einer Art Schutzhülle.«

Mein Blick huschte zu seinem Fuß. Die Brandwunde war verschwunden. Ich fragte mich kurz, wie ihm das ohne Blut gelungen war. Und wie hungrig er wohl sein mochte. Nun, nicht mein Problem … noch nicht, jedenfalls.

»Aber das klingt mir allmählich wie eine leere Drohung, Genevieve«, fuhr er in seinem seidigen Ton fort, »ich bekomme Zweifel an deiner Entschlossenheit.«

»Dein Tod wäre unklug – jedenfalls im Moment«, erklärte ich betont gleichgültig. »Ist natürlich nicht persönlich gemeint«, fügte ich hinzu.

»Wohl nicht.« Er zeigte grinsend seine Fangzähne. »Denn wenn ich nicht mehr wäre, wer würde dann die Sicherheit der Fae garantieren?«

»Das ist ein Grund«, gestand ich spöttisch, »aber es wird die Zeit kommen, Malik, dass die Fae deinen Schutz nicht mehr benötigen. Und dann werde ich mein Versprechen wahr machen, glaub mir.«

»Ah, aber wer beschützt dich dann vor dem Autarchen?«

Ich rang meine instinktive Angst nieder. »Das muss ich wohl riskieren.«

Etwas Gefährliches blitzte in seinen Augen auf. »Glaub ja nicht, dass der Autarch dich vergessen hat, nur weil er nichts von sich hören lässt.«

»Keine Sorge, ich mache mir keine Illusionen, was den Autarchen betrifft. Und was dich betrifft, auch nicht mehr.«

Er hob eine Braue. »Ich könnte dir befehlen, den Schutzzauber zu entfernen, Genevieve.«

»Ja, das könntest du, aber dafür müsste ich den Zauber erst einmal physisch passieren.« Ich deutete auf meine zwei bulligen Begleiter. »Und leider haben meine beiden Bekannten hier die Anweisung, genau das zu verhindern.«

»Dann scheint mir, als ob es mein Schicksal ist, bei dir in deinem Bett zu bleiben.« Er streckte sich und verschränkte die Arme hinter dem Kopf. In seinen Augen stand nun ein ganz anderer Ausdruck.

Hingerissen bewunderte ich seine sehnigen, harten Armmuskeln, seine makellose, bleiche Haut. Mein Magen krampfte sich lustvoll zusammen, zwischen meinen Beinen begann es herrlich zu kribbeln. Ich musste unwillkürlich daran denken, was wir in meinem Bett machen könnten, wie schön sich die Zeit dort vertreiben ließe … Ich ballte meine Hände zu Fäusten, meine Fingernägel schnitten mir ins Fleisch. Ich nutzte den Schmerz, um ihn aus meinem Kopf hinauszuwerfen.

Er seufzte, ein Laut, der wie ein Messer in mein Herz schnitt. »Und das, obwohl du mir deutlich genug versichert hast, dass dir meine Anwesenheit unwillkommen ist.«

Ich wollte ihn, brauchte ihn, wollte zu ihm.

Zwei schwere Pranken fielen auf meine Schultern und hielten mich zurück. Ich blinzelte verwirrt, holte zittrig Luft und massierte mit den Händen mein Gesicht. Du liebe Güte, diesmal hätte er mich beinahe gehabt. Bloß gut, dass die beiden Constables hier waren. Ich nickte ihnen zu, um ihnen zu signalisieren, dass sie mich wieder loslassen konnten.

»Vielleicht solltest du dir ja weniger Gedanken darüber machen, was ich will, als darüber, was ich nicht will«, sagte ich mit immer noch leicht zittriger Stimme. »Wie war das noch gleich? Ach ja, ›mein Wert besteht jetzt darin, unversehrt und am Leben zu bleiben und nicht in die Gewalt eines Vampirs zu geraten‹«, zitierte ich seine eigenen Worte. »›Indem ich das garantiere, habe ich einen wertvollen Verbündeten gewonnen: den Kelpie.‹« Ich lächelte unfroh. »Was glaubst du, würde Tavish sagen, wenn ich in die Fänge einer Hexe geriete?«

Er erstarrte. »Warum?«

»Eine hat heute versucht, mich zu entführen.«

»Ein Versuch, der fehlgeschlagen ist.«

»Der nächste wird gelingen, dafür werde ich sorgen.«

So schnell, dass ich es mit bloßen Augen kaum verfolgen konnte, sprang er vom Bett herab und stand auch schon in der offenen Tür. Er stützte sich mit beiden Armen im Türstock ab und musterte mich durchdringend.

Ich stolperte unwillkürlich einen Schritt zurück, was mich ärgerte. Mit zusammengebissenen Zähnen trat ich wieder an meinen Platz zurück. Grimmig hielt ich seinem stechenden Blick stand.

»Erklär mir das, Genevieve.«

Der Befehl umklammerte meinen Verstand wie mit einer Stahlzange. Ich musste all meine Willenskraft aufbieten, um nicht wie blöde loszuplappern. Ich zwang mich, ihm alles ruhig und der Reihe nach zu erzählen, einschließlich Hughs Plan, Victoria Harrier eine Falle zu stellen, sie auf frischer Tat zu ertappen, um dann mit einem Durchsuchungsbeschluss nach den verschwundenen Faelingen zu suchen. Nur eine klitzekleine Einzelheit ließ ich aus: dass es gar nicht ich sein würde, die sich in die Höhle des Löwen begab, sondern meine Doppelgängerin.

»Du könntest mir natürlich *befehlen*, mich nicht kidnappen zu lassen«, erklärte ich lässig, »aber …« Und ich warf einen bezeichnenden Blick auf die beiden bulligen Trolle, die mit stoischen Mienen rechts und links von mir standen. »Ich habe meine Zustimmung bereits gegeben. Die Operation wird durchgeführt, ob mit oder ohne meine Kooperation. Es dürfte dir also schwerfallen, dein *wertvolles Eigentum* zu schützen. Noch dazu, da du hier in meinem Schlafzimmer festsitzt.«

Malik verschränkte gleichgültig die Arme. »Warum fragst du überhaupt? Wenn du deine Zustimmung bereits erteilt hast?«

»Zwei Gründe. Hier ist der erste.« Ich hielt Helen Cranes Zettel hoch, oder besser gesagt, die Kopie, die Hugh mir mitgegeben hatte.

Malik las ihn und schaute mich danach wieder auf seine übliche undurchdringliche Art an. »Fahre fort, Genevieve.«

»Wenn du dich bereit erklärst, uns zu helfen, dann verspreche ich dir, nicht den Köder für die Polizei zu spielen. Ich gebe dir außerdem mein Wort, keinen Versuch mehr zu machen, dich zu töten – für den Zeitraum eines Jahres. Oder bis der Fluch gebrochen wird. Was immer zuerst eintritt.«

»Ein Anreiz, um mir die bittere Pille zu versüßen.« Einer seiner Mundwinkel hob sich amüsiert. »Höchst interessant. Natürlich könnte ich dir genauso gut befehlen, mich nicht zu töten.«

Ich faltete den Zettel wieder zusammen und steckte ihn in meine Jackentasche. »Sicher könntest du. Aber ich würde früher oder später ein Schlupfloch finden und es trotzdem tun. Und das gilt auch für all deine anderen ›Befehle‹. Wie du siehst.« Ich grinste.

Seine Miene verschloss sich. »Nun, dann sind wir in einer Pattsituation, Genevieve. Dies ist eine Angelegenheit der Hexen. Und die alten Verträge verbieten es mir, mich als Vampir da einzumischen.«

»Und damit kommen wir zum zweiten Grund.« Ich hielt einen zweiten, längeren Brief hoch, eines der Schreiben, um die ich Hexe Juliet Martin anstelle einer Bezahlung für mein Blut gebeten hatte. »Ein Dispens vom Hexenrat.«

Er las das Schreiben, dann sagte er: »Hier steht, dass du in meinem Namen dein Blut – als dessen Eigentümer ich hier genannt werde – für die Beschwörung von drei ganz bestimmten Zaubern gespendet hast. Im Austausch dafür verzichtet der Hexenrat auf jegliche Vergeltungsmaßnahme für Handlungen, die ich in der Vergangenheit begangen oder in Zukunft noch begehen werde, die Hexen betreffend, vorausgesetzt, diese Handlungen werden von der Polizei als falldienlich oder für das Gemeinwohl als förderlich angesehen.« Ein Halblächeln umspielte seine schönen Züge. »Mit ›Handlungen in der Vergangenheit‹ ist natürlich die Sache mit Mr Oktober gemeint, nehme ich an.«

Ich nickte.

Mr Oktober – ein Vamp-Model, das in einem der Hochglanzkalender erschienen war, mit denen die Vampire jede Menge Kohle machten – war vor gut einem Jahr des Mordes an seiner Freundin bezichtigt worden. Sein menschlicher Vater war zu mir gekommen und hatte mich gebeten, seine Unschuld zu beweisen. Nachdem sich die Aschewolke verzogen hatte – sprich, die Asche von zwei machthungrigen Vampiren und einer fiesen kleinen Hexe, die eigentlich an dem Tod des Mädchens schuld war – und sämtliche Anklagepunkte gegen Mr Oktober fallen gelassen worden waren, war die Sache damit eigentlich erledigt gewesen.

Nur, ich wusste, wer der eigentliche Mörder des Mädchens war: Malik.

Malik hatte sie getötet, um alle beteiligten Parteien zu schützen. Und er wusste, dass ich das beweisen konnte. Aber das Menschengesetz sieht keine mildernden Umstände vor, wenn ein Vampir einen Menschen umbringt. Und auch die Hexen würden wütend zu ihren Besen greifen, wenn sie erführen, dass sie eine der ihren für ein Verbrechen auf dem Scheiterhaufen verbrannt hatten, das eigentlich ein Vampir begangen hatte – auch wenn diese Hexe den Tod auf dem Scheiterhaufen mehr als verdient hatte.

Ich brauchte also gar nicht selbst Hand anzulegen, wenn ich Malik tot sehen wollte, ich brauchte ihn nur bei den Bullen zu verpfeifen. Und schon würde ihm die Polizei in Person des nicht korrumpierbaren Hugh mit seinen ebenso treuen Troll-Kollegen die silbernen Armbänder anlegen.

Malik warf einen Blick auf die beiden uniformierten Trolle und nickte. »Dispens und gleichzeitig eine Drohung. Ich gratuliere, Genevieve.«

»Danke«, erwiderte ich, nicht ohne Stolz. »DS Hugh Munro hält den berühmten Im-Falle-meines-Todes-Brief in Händen, obwohl mein Tod natürlich zu diesem – oder einem anderen – Zeitpunkt nicht vorgesehen ist. Wenn du uns hilfst, wird er diesen Brief ein Jahr lang verschlossen halten. Wenn nicht, werden diese beiden Constables bis zum Morgengrauen warten und dich dann in Haft nehmen. DS Munro wird dann den Brief öffnen und entsprechend handeln.«

»Ein Jahr«, wiederholte er nachdenklich.

»Ein Jahr.«

Er nickte und wich ein wenig von der Tür zurück. »Und wie soll meine Hilfe deiner Meinung nach aussehen, Genevieve?«

»Informationen und dein Einfluss auf Maxim. Bring ihn zum Reden, finde heraus, was er im Schilde führt. Und ich möchte, dass du mir den Rücken freihältst.« Ich beugte mich ein wenig vor, hielt ihm sozusagen den Köder in Gestalt meiner Person vor die Nase. Ich war mir sicher, dass ich ihn im Sack hatte. Sein würzig-männlicher Duft wehte zu mir herüber, und ich schnupperte unwillkürlich. »Ich bin für jegliche Vorschläge empfänglich, solange sie zur Aufklärung des Falls beitragen – hoffentlich ohne dass den Guten dabei etwas zustößt.«

»Dann ist es wohl ratsam, keine Zeit mehr zu verschwenden.«

Seine Hand schoss vor, packte mich beim Kragen und zog mich ins Schlafzimmer. Die Tür fiel mit einem Knall hinter mir zu. Malik drängte mich gegen die Wand, barg sein Gesicht in meiner Halsbeuge und atmete tief ein.

41. Kapitel

Ich stieß Malik mit wild hämmerndem Herzen von mir. Zu meiner Überraschung ließ er sich fortschieben. »Wie bist du durch den Schutzzauber gedrungen?«

Er zeigte mir grinsend seine Fangzähne. »Du hast einen Blut-Abwehrzauber gewirkt, um einen Vampir einzuschließen, dem du dein Blut aus freien Stücken gegeben hast. Der Zauber hält mich zwar hier fest, aber er lässt sich auch dehnen.«

Das war genau die Warnung, die auch Ricou mir erteilt hatte: Der Zauber diente vor allem zum Schutz. Jeder, der sich innerhalb dieses Schutzes aufhielt und eine Blutverbindung zu demjenigen, der den Zauber gewirkt hatte, besaß, konnte den Zauber dehnen, so wie Malik es getan hatte. Und mit genügend Zeit und Willenskraft konnte er ihn sogar brechen. Auch verloren diese Zauber jegliche Wirkung, sobald deine Kinder in die Pubertät kamen, hatte Ricou mir mit schmerzhaft verzogenem Gesicht anvertraut – aber dass ich das wusste, brauchte ich Malik ja nicht unbedingt auf die Nase zu binden.

»Du bist mir zu nahe gekommen«, erklärte er, während er sich mit der flachen Hand neben meinem Kopf an die Wand stützte, »und jetzt sag mir, was du von mir willst, Genevieve.«

»Genny! Alles in Ordnung mit Ihnen?«, rief Constable Taegrin besorgt durch die geschlossene Tür.

»Alles klar. Und er hat zugestimmt«, rief ich zurück, damit mich die beiden in Ruhe ließen. Ich musterte Malik. »Das hast du doch, oder?«

»Ich bin bereit, dein Spielchen noch ein wenig mitzuspielen.

Zuckerbrot und Peitsche. Peitschchen, möchte ich eher sagen. Du hast nicht gerade viel aufzuwarten. Wenn du wirklich die Absicht hättest, dich entführen zu lassen, würdest du mir wohl kaum die Gelegenheit geben, es zu verhindern.« Er beugte sich noch näher, so nahe, dass seine Lippen fast die meinen berührten. »Was willst du von mir, Genevieve?«, flüsterte er.

Ich stemmte meine Hand gegen seine Brust. Sein Herz schlug nicht, was mich seltsamerweise an den Moment erinnerte, als ich meine Wange an Finns Brust gedrückt und sein Herz hatte hämmern hören. Und warum ich hier war. Ich schob Malik so weit weg, dass ich ihn ansehen konnte, dann löste ich meine Hand von seiner Brust. »Helen Crane hat Indizien manipuliert, um die Spuren des Mörders zu verwischen – aber Helen ist verschwunden. Auf diesem Zettel steht, dass sie Maxims Sohn nicht länger beschützen kann, und das bedeutet, dass dieser Sohn höchstwahrscheinlich unser Mörder ist. Ich möchte, dass du deinen Einfluss als Oligarch geltend machst und Maxim dazu zwingst, mit der Polizei zu reden und alles zu sagen, was er weiß.«

»Das schließt du also aus Helen Cranes Nachricht.« Er nahm eine meiner Haarsträhnen und ließ sie durch seine Finger gleiten.

Meine Kopfhaut kribbelte, was ich zu ignorieren versuchte. »Na ja, schon, aber auch aus anderen Dingen: Francines und Maxims Erinnerungen, die mir der Zauber der Morrígan gezeigt hat.«

»Und wer, glaubst du, ist Maxims Sohn?«

»Ich weiß nicht genau, aber es könnte der Manager des Coffin Clubs sein: Gareth Wilson. Er hat das richtige Alter und die richtige Haarfarbe ...«

Malik musterte mich milde interessiert. Mein Magen krampfte sich frustriert zusammen. »Ist er nicht, oder?«

»Nein.«

Kacke. Da bekam man mal eine eindeutige Antwort, und dann gefiel sie einem nicht. Woher er das wusste, fragte ich gar nicht erst; wenn er irgendwelche Zweifel gehabt hätte, hätte er ausweichend geantwortet.

»Wer ist es dann?«

»Weiß ich nicht.«

Wieder so eine frustrierend eindeutige Auskunft. »Aber er hat einen Sohn, oder?«

»Das kann ich weder bestätigen noch bestreiten.«

Ich seufzte. Er wich mir schon wieder aus. Zu schade, dass das mit dem Befehlen nur in eine Richtung funktionierte. Aber so enttäuschend es auch war, dass meine Vermutungen sich als falsch herausstellten, es war eigentlich nicht wirklich wichtig. Alles, was ich tun musste, um dem Killer das Handwerk zu legen und Nicky zu retten, war, unseren Plan in die Tat umzusetzen. Ganz einfach. Jetzt musste ich nur noch diesen nervtötenden, viel zu schönen Vampir, dessen lange, schlanke Finger noch immer mein Haar streichelten, davon überzeugen, mir zu helfen.

»Die Polizei bereitet sich auf eine verdeckte Aktion vor.« Ich erzählte ihm nun auch das letzte Detail des Plans, das ich ihm bisher vorenthalten hatte: Constable Martin und der Doppelgänger-Zauber.

»Sie ist Polizistin«, sagte er gleichgültig und strich dabei mit der Hand über meinen Jackenärmel. Es fühlte sich an, als würde er meine nackte Haut streicheln. *Mesmer*. Ich ignorierte es geflissentlich. »Sie würde das nicht tun, wenn sie und ihre Vorgesetzten nicht davon überzeugt wären, dass sie alle Voraussetzungen dafür hat.«

»Ja, ich weiß. Aber ich könnte mir die Ablenkung durch sie zunutze machen.« Ich holte tief Luft und drückte im Geist die Daumen. »Ich will mich in den Tower einschleichen, den Zugang zur Zwischenwelt suchen und ihn *aufbrechen*. Dann kann

Scotland Yards Elite hineinschwärmen und sich um den Rest kümmern.«

Er umklammerte mein linkes Handgelenk. Seine Haut fühlte sich kühl an meiner erhitzten an. Mein Puls machte einen Sprung, als wolle er aus meinem Körper heraushüpfen. Konzentriert zwang ich mich, ihn wieder zu verlangsamen.

»Du hast mir noch immer nicht gesagt, was du von mir willst, Genevieve«, murmelte er und bedachte mich mit einem schwerlidrigen Blick, den ich wohl als eine Art Einladung auffassen sollte.

Der Mistkerl trieb seine Spielchen mit mir. Gut, zugegeben, ich hatte damit angefangen, aber wenn er glaubte, dass ich jetzt Reißaus nahm, irrte er sich.

»Ich will, dass du mich begleitest«, verkündete ich keck, »damit ich nicht allein bin.«

Sein Griff um mein Handgelenk zuckte. Er musterte mich unter halb geschlossenen Lidern. »Du möchtest, dass ich den Rettungsengel für dich spiele?«

»Ja.«

»Wieso?«

»Weil ich nicht lebensmüde bin, egal was du von mir hältst. Es wäre der reinste Selbstmord, da allein reinzugehen. Außerdem bist du der beste Vamp für den Job. Sobald wir drinnen sind, kannst du uns in Schatten hüllen und unsichtbar machen. Dann kann ich ungestört nach dem Eingang suchen, und du kannst auf mich aufpassen und mir den Rücken freihalten.« Ich grinste ihn erwartungsvoll an. »Ganz einfach.«

Er zeigte mir träge lächelnd seine Fangzähne. Sein Daumen streichelte meine Pulsadern. Ich erschauderte. »Aber wenn ich dich nun nicht begleiten will?«

Dann hieß es: Plan B. Oder sollte ich vielleicht auf seine Vorgabe eingehen und sehen, wohin das führte? Schwierig, schwierig.

Ich legte meine Hände an seine Brust und schob ihn zurück, aber diesmal nahm ich sie nicht wieder weg. Ich genoss das Gefühl seiner kühlen, seidigen Haut unter meinen vom Vampir-Venom erhitzten Fingern. »Vielleicht lässt du dich ja von mir überreden«, sagte ich mit meiner verführerischsten Stimme.

Er strich mit dem Finger über meine Halsschlagader. Mein Puls schnellte hoch und begann zu tanzen. »Was schwebt dir denn vor, Genevieve?«

Ich schluckte. Mein Mund war plötzlich wie ausgedörrt. Ich musste an die Vorstellungen denken, die er mir vor nicht mal zehn Minuten aufgedrängt hatte, und warf einen Blick an ihm vorbei aufs Bett. »Du bist derjenige mit Fantasie, sag du's mir.«

Er umklammerte meine Handgelenke und zog meine Arme ganz langsam über meinen Kopf, als erwarte er jeden Moment, dass ich protestierte. Mein Magen krampfte sich lustvoll zusammen. Ich hob auffordernd das Kinn und bot ihm meinen Hals. Er musste schließlich hungrig sein, und ich hatte aufgrund meiner Venomsucht und der Blutfrüchte mehr als genug von dem roten Saft übrig. Er umklammerte meine beiden Handgelenke mit nur einer Hand und drückte sie an die Wand. In seinen Augen stand ein lustvolles Glitzern. »Meine Fantasie sagt, sie hat einen Plan.«

Ich leckte erregt meine Lippen. »Und der wäre?«

Sein Zeigefinger wanderte über mein Schlüsselbein und verharrte schließlich in dem mit Spitze besetzten V-Ausschnitt meines Oberteils.

Heiße Lust durchzuckte mich wie ein Stromschlag und brachte mich zum Erschaudern.

»Dass wir hierbleiben.« Sein Finger strich über die Schwellung meiner linken Brust. »Im Bett.«

Meine Brustwarzen richteten sich jäh auf und drückten gegen den Stoff meines BHs.

»Wo ich« – er umfasste meine Brust – »dich besser beschützen kann.« Sein Daumen strich über die harte Brustwarze. Ich keuchte auf, drängte mich an seine Hand. »Ja, dieser Plan gefällt mir viel besser«, sagte er selbstzufrieden.

»Glaubst du, du kannst mich beschützen, indem du mich verführst, Malik?« Ich keuchte und fragte mich, wohin das führte, ob er endlich einmal zur Sache kommen oder wie gewöhnlich in letzter Minute einen Rückzieher machen würde.

Er hielt inne – ich hätte beinahe ein frustriertes Wimmern ausgestoßen –, doch dann umklammerte er meine rechte Brust und ließ ihr dieselbe Behandlung zuteilwerden. Nun konnte ich ein Wimmern doch nicht mehr unterdrücken.

»Ah«, sagte er und blickte mich aus tiefschwarzen, unergründlichen Augen an, »aber wer verführt hier wen, frage ich mich?«

»Ich bin diejenige, deren Arme über ihrem Kopf gefesselt sind.« Meine Beine drohten, unter mir wegzuknicken, und ich befahl ihnen streng, standhaft zu bleiben.

»Aber du wehrst dich nicht, und dein Körper reagiert auf jede kleinste Berührung«, widersprach er leise und fuhr fort, mich federleicht zu streicheln. »Ich finde es … faszinierend, wie empfänglich dein Körper für meine Liebkosungen ist. Und ich frage mich, welche Freiheiten du mir wohl noch erlauben wirst, in der Hoffnung, dass ich auf deine Bedürfnisse eingehe?«

Bedürfnisse? Meine Augen fielen zu, mein Kopf sank zurück an die Wand. Ja, ich hatte Bedürfnisse: seinen Mund an meinem Hals, seine Hände auf meinem Körper und ihn tief in mir drin. Waren das meine Gedanken oder seine? Es spielte keine Rolle. Ich wollte ihn, aber nicht, um ihn dazu zu überreden, mir zu helfen. Ich hatte es satt, immer das Kind zu sein, das sich die Nase am Süßwarenladen platt drückt, hatte es satt, dass Sex immer nur das Brechen von Flüchen, Verpflichtungen und Zwänge bedeutete und nie einfach nur Spaß an der Freude.

Das Leben ist zu kurz, um es nicht zu genießen – ein Klischee, ja, aber ein wahres. Wenn Sylvia nicht gewesen wäre und ich nicht Glück gehabt hätte, dann könnte es mir jetzt ebenso ergehen wie den armen verschwundenen Faelingen. Ich wollte das hier, ich wollte Malik, einfach – na ja, *einfach so*. Auch wenn es egoistisch war, wenn andere derweil vielleicht starben … aber ich konnte ja ohnehin nichts tun, bevor nicht alles für unseren Masterplan bereit war. Und Malik musste nun mal überredet werden.

Ich warf ihm einen verführerischen Blick unter gesenkten Lidern zu. »Was für andere Freiheiten hast du dir denn so vorgestellt?«

42. Kapitel

Ich weiß nicht recht«, sagte er unschlüssig. Seine Hand glitt an meinem Oberkörper nach unten und schob sich unter den Saum meines Oberteils. Ich spürte seine kühlen Finger an meiner Hüfte. »Denn eigentlich, Genevieve, kannst du mir gar nichts geben, das mir nicht ohnehin gehört – wenn ich es wünsche. Zu wissen, dass du mir nicht widerstehen kannst, nun, das macht die Sache weniger – spannend.«

Mistkerl.

»Das willst du also, Malik? Du willst es spannender?« Ich versuchte, meine Handgelenke loszureißen, bäumte mich auf, stieß an ihn, spürte, dass er hart und bereit war. »Du willst, dass ich mich wehre, dass ich schreie und dich schluchzend anflehe, mich in Ruhe zu lassen, während du mich mit Gewalt nimmst?«

Er schaute mich unverwandt mit seinen rätselhaften dunklen Augen an.

»Oder willst du, dass ich mich dir vollkommen hingebe?« Seine Finger an meiner Hüfte zitterten, und da wusste ich, dass es genau das war. Ich drückte meine Lippen an seine Kehle, seine Haut schmeckte salzig und würzig, ich begann, an seinem Unterkiefer zu knabbern. »Dann nimm mich, Malik«, flüsterte ich, »du kannst mich haben.«

Er ließ mich jäh los und trat einen Schritt zurück. Seine Miene war aus irgendeinem Grund grimmig. »Lüg mich nicht an, Genevieve«, stieß er heftig hervor.

Ich schnappte überrascht nach Luft. Mein Herz hämmerte

wie wild, meine Knie zitterten. Das war kein Spiel mehr. Das war echt. Irgendetwas hatte ihn wütend gemacht. Und ein wütender Vampir ist nie etwas Gutes.

»Ich bin Sidhe, Malik, ich *kann* gar nicht lügen.« Ich drückte mich gegen die Wand, ließ ihn keine Sekunde aus den Augen.

Er stützte sich mit beiden Handflächen rechts und links von meinem Kopf an der Wand ab. Ich erstarrte. Es war plötzlich eiskalt, mein Atem hing wie ein ominöses Rauchwölkchen zwischen uns in der Luft. Ich hätte mich am liebsten im nächsten Loch verkrochen und die Decke über den Kopf gezogen. *Nur die Ruhe,* mahnte ich mich, *alles* Mesmer. Ich reckte tapfer das Kinn vor und starrte in die unergründlichen Tiefen seiner nachtschwarzen Augen. *Und es traf mich wie ein Sturmwind, ein Tornado aus Gefühlen: blanke Lust, ein wütender Hunger, unendliche Schuldgefühle und alles überlagernd ein unglaublicher, rasender Zorn. Das alles wurde in Schach gehalten von einem stählernen, unfassbar starken Willen …*

»Ist dir meine Hilfe so wichtig, dass du das dafür tun würdest, Genevieve?«

Die Emotionen umtosten mich. Und dann waren sie urplötzlich verschwunden. Zurück blieb eine leere, desolate Einöde.

»Genevieve?«

Ich blinzelte. Das, was ich gerade erlebt hatte, war blitzschnell passiert. Ich wäre sicher gewesen, mir alles bloß eingebildet zu haben, wenn da nicht diese eisige Stille, diese Trostlosigkeit zurückgeblieben wäre. Mir kam plötzlich der Gedanke, ihn möglicherweise missverstanden zu haben. Oder er mich. Oder die Situation. »Es geht nicht nur um deine Hilfe«, antwortete ich langsam, »ich dachte, du willst mich. Und ich will dich.«

Er musterte mich einen ganzen Augenblick lang, dann glätteten sich seine Züge, die übliche Maske der Undurchschaubarkeit senkte sich wieder über sein schönes Gesicht. Eine warme Brise strich über mich hinweg, würzig, herb-süß wie Lakritz. Und da war noch etwas … etwas, das sich schwer fassen ließ … *Sehnsucht*?

»Sag mir, was so wichtig ist, Genevieve.«

Ich seufzte enttäuscht. Back to Business. »Hab ich doch gesagt. Ich will den Killer finden, die verschwundenen Faelinge retten und, wenn es geht, den Fluch brechen.«

»Und dafür würdest du dich aufopfern?«

Ich stieß ein halb frustriertes, halb fassungsloses Lachen aus. »Blut und Sex? Das ist kein ›Aufopfern‹, wenn es um dich geht.« Mein Blick kroch über seine sehnige Brust, folgte der schmalen krausen Haarlinie, die schließlich verführerisch unter dem tief sitzenden Bund seiner Lederhose verschwand. Fast hätte ich angefangen zu sabbern. »Glaub mir, ich spiele hier nicht die Märtyrerin.«

»Du hast gerade gesagt, du kannst nicht lügen, Genevieve. Aber ich frage mich, ob das wirklich stimmt. Letzte Nacht wolltest du dich nicht von mir anfassen lassen, heute erinnerst du mich daran, dass du mich lieber töten als nachgeben würdest, und jetzt erwartest du von mir, dass ich dir glaube, du würdest dich mir aus freien Stücken hingeben?«

»Wow, für jemanden, der fast fünfhundert Jahre alt ist, kannst du ganz schön dumm sein, was? Letzte Nacht war ich fuchsteufelswütend, und das mit Recht. Und nein, lieber sterbe ich, als das hirnlose Schoßhündchen irgendeines Vampirs zu werden – selbst eines ehrenhaften, überbeschützenden Vampirs wie du! Aber darum geht es hier doch gar nicht, dachte ich? Ich dachte, wir reden über den Austausch von Blut und Sex. Um Spaß und nicht um Sklaverei. Und dazu bin ich gerne bereit.«

»Das behauptest du! Und dennoch ernährst du Darius mit Beuteln.« Sein schöner Mund verzog sich verächtlich.

»Was soll das schon wieder heißen?!«

»Gegen Blut und Sex hast du nichts, sagst du, warum verabreichst du ihm dein Blut dann in Beuteln?«

»Jetzt mach aber mal 'nen Punkt, Malik«, sagte ich entnervt, »das hat doch damit überhaupt nichts zu tun.«

»Sag es mir, Genevieve.«

»Gut, wie du willst. Ich hab einfach keine Lust, jede zweite Nacht nach Sucker Town zu düsen, ich kann mir echt was Schöneres vorstellen. Außerdem hab ich einen Job« – oder *hatte* zumindest einen; ich verdrängte den Gedanken, dafür war jetzt keine Zeit – »und noch anderes zu tun.« Wie langweilige Fluchbücher lesen. *Ja, genau, so aufregend ist mein Leben.* Obwohl es im Moment ruhig ein klein bisschen *weniger* aufregend hätte sein können. »Deshalb also die Blutbeutel, verstanden?« Ich funkelte ihn zornig an.

»Soll das heißen, Blut und Sex mit Darius gibt's nur ein Mal pro Woche?«

Ich starrte ihn ungläubig an. War er taub oder was? Oder ging es hier um seinen Vampirstolz? Oder war er gar eifersüchtig? Träum weiter, Genevieve. Nicht, dass ich mir wünschte, er wäre eifersüchtig, sein überentwickelter Beschützerinstinkt war schon schlimm genug.

»Was stört dich an Darius?«

»Antworte mir, Genevieve.«

»Nein, es gibt nicht nur ein Mal pro Woche Blut und Sex mit Darius«, antwortete ich knapp. Ha, schluck das, du fangzähniger Schönling!

In seinen Pupillen glimmte es rot auf. »Wie oft?«

Verdammte Befehle. »Nie«, knurrte ich.

Er riss verblüfft die Augen auf. »Warum nicht? Mit mir würdest du es doch auch tun?«

Meine Güte, konnte man wirklich so blöd sein? Meine Augen wurden schmal. »Was soll die dumme Fragerei?« Und wieso fragte er überhaupt? Er war der fangzähnige Oberboss, seine

Spione steckten überall in Sucker Town ihre Nasen hinein. Ich konnte ja verstehen, dass er nicht in alle Geheimnisse von Mad Max eingeweiht war, aber was ich in Sucker Town anstellte, das wusste er doch sicher?

Zwischen seinen Brauen bildete sich eine scharfe Linie. »Ich versuche nur zu verstehen, warum du dich mir anbietest, Genevieve.«

»Ach, Kacke, Malik!« Ich hob die Arme. »Ich will dich. Ich begehre dich. Du bist der Traum meiner schlaflosen Nächte. Meine idiotische Libido macht Männchen, sobald du in meine Nähe kommst. Und es ist ja nicht so, als ob ich das vor dir verbergen könnte, oder? Du bist ein Vamp, du hast Supersinne, das wird dir doch aufgefallen sein.«

»Ich weiß, wie du physisch auf mich reagierst, Genevieve.« Sein Stirnrunzeln vertiefte sich. »Aber du empfindest genug für Darius, um die Verantwortung für seine Existenz zu übernehmen und dich in Gefahr zu bringen, um ihn zu retten. Er soll, wie man so hört, sehr … talentiert sein. Und dennoch hast du ihn dir nicht zum Liebhaber genommen. Unter den Fae hast du dir auch keinen ausgesucht, was mich vermuten lässt, dass du dich nicht leichtfertig verschenkst. Die einzige Schlussfolgerung, die sich mir aufdrängt, ist, dass du, trotz deiner offensichtlichen körperlichen Bereitschaft, nicht wirklich willens bist, dich mir hinzugeben.«

Mir klappte der Mund auf. »Okay. Du bist irre. Erstens: Ich würde mich nie und nimmer mit einem Fae einlassen, solange der Fruchtbarkeitsfluch wie ein Damoklesschwert über mir hängt. Und zweitens: Die große Verführungsnummer war *deine* Idee. *Du* hast damit angefangen, ich hab bloß … mitgemacht. Ich bin nicht hergekommen, um dich zu verführen, Malik. Ich meine, wie kommst du darauf, dass mir das überhaupt gelingen könnte? Ist ja nicht so, als hättest du mich das erste Mal abgewiesen. Mich oder mein Blut.«

Er machte den Mund auf, um zu antworten, und ich presste meine Hand darauf. Ich wünschte, ich hätte das vorhin auch bei mir selbst gemacht. »Oh, nein« – ich schüttelte den Kopf – »Schluss damit! Und denk nicht mal dran, mir irgendwelche Befehle zu geben. Du bist derjenige, der mal heiß, mal kalt wird und der Spielchen mit mir spielt. Diese Diskussion ist hiermit beendet.«

Ich duckte mich unter seinem Arm hindurch, stürmte zum Schrank und riss ihn auf. Wie blind starrte ich auf meine Kleider und wünschte dabei, ich könnte hineinkriechen und mich ein paar Wochen lang darin verstecken. Mein Zorn und der damit verbundene Adrenalinstoß klangen ab und wichen einem tiefen Gefühl der Scham. *Musste* ich ihm unbedingt verraten, was ich für ihn empfand? Und was sollte das mit Darius und seinem angeblichen Talent? Was, zum Teufel, war da gerade passiert? Er hatte mich wieder einmal abblitzen lassen. Nichts Neues also. Nichts, das mich umhauen sollte. Es war ja nicht so, dass ich von einer Beziehung mit ihm träumte, oder? Oder doch? Ach, Kacke! Ich hätte gleich zu Plan B übergehen und nicht aus einer blöden Laune heraus bei seinem Spielchen mitmachen sollen.

Na gut, dann also jetzt Plan B. Ich schlüpfte aus meiner Lederjacke und warf einen Blick über die Schulter. Er stand mit verschränkten Armen da, einen nachdenklichen Ausdruck auf dem Gesicht. Ich wedelte mit der Hand, um ihm zu zeigen, dass er sich umdrehen sollte. Er rührte sich nicht. *Idiot*. »Ich will mich *umziehen*, Malik«, sagte ich überdeutlich und wedelte erneut mit der Hand.

»Ich möchte sehen, wie deine Verletzungen heilen, Genevieve«, verkündete er kühl und arrogant, »außerdem habe ich dich bereits unbekleidet gesehen.«

»Nicht freiwillig, glaub mir«, schnaubte ich, »und du hast deine letzte Chance dazu gerade vermasselt, also, du drehst dich jetzt entweder um, oder« – ich zog ein langärmeliges T-Shirt aus dem Schrank und zeigte damit auf das Fenster – »ich steig raus aufs Dach und zieh mich da um.«

Seine Nüstern zuckten, und ich erstarrte, doch dann gab er sich einen Ruck und kehrte mir den Rücken zu.

Ich zog mein Seidenoberteil aus und stattdessen ein langärmeliges T-Shirt an. Doofer Vamp. Ich kickte meine hochhackigen Boots von den Füßen. Sie landeten krachend unter dem Bett, wo sie die ordentliche Schuhreihe durcheinanderwirbelten. Ich sah, wie er zusammenzuckte. Ha! Ein Punkt für mich. Ich zog meine Samthose aus, dabei fiel mein Blick auf den Keuschheitshandabdruck auf meinem Bauch. Kacke, den hatte ich ganz vergessen. Komisch, dass der Zauber nicht gemuckst hatte, während es heiß mit Malik herging. Ich verzog das Gesicht und schlüpfte in eine einfache schwarze Jeans.

»Und es war wirklich nicht deine Absicht, mich zu verführen, Genevieve?« Klang das etwa bedauernd? Nein, wahrscheinlich ging nur wieder meine Fantasie mit mir durch. *Und wieso konnte er es nicht einfach gut sein lassen?*

»Ich bin mit einem Plan hergekommen«, erklärte ich zwischen zusammengebissenen Zähnen, »und mit der lächerlichen Hoffnung, du würdest mir vielleicht helfen. Aber ich wusste, du wirst nie einfach so ja sagen; du bist schließlich ein Vampir, also hab ich das ›Peitschchen‹ geschwungen, wie du dich ausdrückst. Aber du musstest ja unbedingt einen auf großen Verführer machen, und doof, wie ich bin, dachte ich einen verrückten Moment lang, wieso eigentlich nicht?« Ich stieß erbost den Atem aus. »Ich hätte es besser wissen sollen. Ach ja, du kannst jetzt aufhören, die Wand anzubeten, ich bin fertig.«

Er wandte sich stirnrunzelnd um. »Wieso hast du dich umgezogen?«

»Das ist meine beste Hose« – ich schüttelte die schwarze Samthose aus und hängte sie in den Schrank – »und sie hat bis jetzt keine Blutflecken abbekommen; das soll so bleiben.« Ich bückte mich und fischte ein paar bequemere Schuhe unter dem Bett hervor. Ich ließ mich auf die Matratze plumpsen und schlüpfte in die knöchelhohen Sportschuhe.

Er setzte sich neben mich. »Verzeih, Genevieve.« Er streichelte meine Wange. »Aber ich kann nicht zulassen, dass du dich auf diese selbstmörderische Mission einlässt.« Sein würziger Duft hüllte mich tröstlich und gleichzeitig bedauernd ein. »Ich habe mein Wort gegeben, dich zu beschützen.«

»Ich weiß. Das hast du gesagt. Schon mehr als ein Mal. Aber das geht mich nichts an, das ist was zwischen dir und Tavish, was immer das auch sein mag.« Ich erhob mich. Zeit zu gehen. »Außer, du willst mir vielleicht sagen, was das ist?« Als er nicht antwortete, zuckte ich mit den Schultern. Typisch. »Na gut, bis dann. Vielleicht.« Ich ging zur Türe, streckte den Arm aus, um nach der Klinke zu greifen, und schon stand er zwischen mir und der Tür. »Zwing mich nicht, das zu tun, Genevieve.«

»Ich zwinge dich zu gar nichts, Malik«, antwortete ich grimmig, »du kannst entweder mitkommen oder es bleiben lassen. Deine Entscheidung.«

»Es ist zu gefährlich.« Es glühte rot in seinen Augen auf. »Du wirst nicht gehen.«

Ich zuckte zusammen, dieser Befehl war die reinste Keule. Nun gut, mir blieb keine Wahl. Es wurde Zeit, den schönen, enervierenden Vamp über seine Grenzen aufzuklären.

»Malik, selbst wenn mich deine Macho-Vamp-Beschützermasche nicht so nerven würde, du kannst mich nicht andauernd nach deiner Pfeife tanzen lassen. Das hilft mir überhaupt nicht. Dein Schutz bezieht sich sowieso nur auf die Vamps, alle anderen, die was gegen mich haben, schert das einen Dreck. Die zwei Trolle da draußen, zum Beispiel, die würden mich auch mit Gewalt hier rausschleppen, Abwehrzauber hin oder her. Und du könntest nichts dagegen machen. Jedenfalls nicht, bevor die Sonne untergegangen ist. Und sobald der neue Tag graut, bist du als Bodyguard ungefähr genauso viel für mich wert wie ein leckes Boot auf der Themse. Wie viel Schutz kann mir jemand bieten, der die Hälfte von vierundzwanzig Stunden so gut wie tot ist? Und daran wird sich nie was ändern, Malik.«

Ein frustrierter Ausdruck zuckte über sein Gesicht.

Ich fuhr fort: »Was glaubst du, was Victoria Harrier und der Killer machen, wenn sie rausfinden, dass sie nur die Ersatzspielerin haben? Meine Doppelgängerin in die Themse werfen, das werden sie, und versuchen, mich zu schnappen: Londons einzige Sidhe. Da ist es doch nur sinnvoll zu versuchen, ihnen zuvorzukommen, oder?«

»Das ist Sache der Polizei, Genevieve. Ich werde nicht zulassen, dass du dich da einmischst.«

Ich lachte unfroh. »Du kapierst es einfach nicht, was? Es geht hier nicht darum, was du zulässt und was nicht. Du warst bloß meine erste Wahl. Du bist nicht der einzige Vamp in der Stadt, und wenn du nicht mitkommst, dann suche ich mir eben einen anderen.«

»Darius ist zu jung und zu schwach, um dir zu helfen, Genevieve«, sagte er verächtlich.

»Ich rede nicht von Darius, *mein Lehnsherr*.« Ich stemmte meine Hände in die Hüften. »Ich rede von Francine. Ich brauche sie nur in deinem Namen um Hilfe zu bitten, und sie wird mir helfen. Und sie ist nicht zu jung und zu schwach, sie hat ganz schön was drauf. Außerdem hasst sie Maxim und wird mir mit Freuden helfen, ihn auszuquetschen. Und dann wäre da natürlich noch Cousin Fjodor. Wer weiß, was der zu erzählen hat.« Ich tat, als würde ich einen Pfahl herausziehen. »Und er ist alt genug Es würde nicht lange dauern, bis er wieder in der Lage wäre zu reden. Ach ja, und glaub nicht, dein ›Befehl‹ könnte mich davon abhalten, nach Sucker Town zu gehen. Die

Polizei kann mich, falls nötig, auch gegen meinen Willen dorthin bringen.«

»Nein.«

»Was *nein?*«, fragte ich ungehalten.

Er strich sich mit der Hand über seinen Stoppelkopf. »Nein, du brauchst Francine nicht um Hilfe zu bitten«, sagte er mit sichtlichem Widerwillen, »ich werde dich begleiten, und ich werde alles in meiner Macht Stehende tun, um dich zu beschützen. Unter zwei Bedingungen.«

»Und die wären?«

»Erstens: Deine Sicherheit hat oberste Priorität«, entgegnete er fest, »und zweitens: Wenn du dich schon in Gefahr begeben willst, solltest du besser darauf vorbereitet sein. Du wirst mir erlauben, dich zu heilen.«

Sein Blut trinken? Mein Puls schnellte erwartungsvoll hoch. Ich hätte zu gerne abgelehnt, wusste aber, dass ich mir das nicht leisten konnte. Er hatte recht. Ich musste all meine Kräfte zur Verfügung haben.

»Also gut«, stimmte ich zu. Als er mich daraufhin verblüfft anstarrte, sagte ich: »Rein praktische Erwägungen.« Ich bückte mich und wischte etwas von dem Blut auf der Schwelle weg und brach so den Zauber. Dann öffnete ich die Tür und nickte den beiden strammstehenden Trollen zu. »Es bleibt bei Plan A.«

»Okeydokey, Genny«, brummte Constable Lamber.

»Plan A?«, erkundigte sich Malik mit hochgezogener Braue. »Dir ist doch hoffentlich klar, dass ich dir befohlen hatte, nicht zu gehen. Diese beiden Gentlemen hätten den Zauber also nicht durchbrechen können, um dich herauszuholen.«

»Da irren Sie sich, Sir.« Taegrin hielt mir seine Pranke hin.

»Plan B«, sagte ich und nahm triumphierend das rote Gummibärchen von seiner breiten Handfläche, danach auch das grüne, das Lamber mir reichte. Ich zeigte sie Malik. »Zauberschlüssel.« Ich hatte eine lange, äußerst informative Unterhaltung mit Ricou über Blut-Abwehrzauber geführt. »Ein Tropfen von meinem Blut und ein wenig Willenskraft in die Gummibärchen, und jeder kann damit meinen Blut-Abwehrzauber passieren, als wäre er ich selbst.« Ich warf mir die Gummibärchen in den Mund und kaute mit einem selbstzufriedenen Grinsen auf den zauberkräftigen Geleetierchen herum. »Sie hätten mich also sehr wohl herausholen können, ohne den Zauber zu zerstören. Und du wärst weiterhin in der Falle gesessen.«

»Bravo, Genevieve.« Er nickte anerkennend. »Apropos Tricks, wie stellst du dir vor, dass wir in den Tower hineingelangen?«

Ich schürzte die Lippen. »Das ist der knifflige Teil des Plans. Ich kenne jemanden, der mir helfen könnte, aber ich bin nicht sicher, ob sie's tun wird.« Oder was es mich kosten würde. Ich warf Malik einen Seitenblick zu. »Wir warten besser mit dem Heilen, bis ich das geklärt hab.«

43. Kapitel

Ich saß nachdenklich hinten im Polizei-Van und begutachtete die mobile Tageslicht-Reiseausrüstung für Vampire, sprich, den mit einem Reißverschluss verschlossenen Leichensack. Er war aus Leder und nicht aus dem dicken, reißfesten Plastik, das normalerweise von der Polizei verwendet wird. Lederbekleidung ist für Vampire also offenbar nicht nur Fashion-Statement und Klischee, sondern auch ein wirksamer Tageslichtschutz. Der Sack – oder besser gesagt, Malik – lag im Fußraum zwischen den zwei seitlichen Sitzbänken im hinteren Teil des Vans.

Malik und die zwei Constables hatten so getan, als wäre nichts weiter dabei, sich in einem Leichensack abtransportieren zu lassen. Die Touristen im Covent-Garden-Bezirk waren dagegen weit weniger nonchalant gewesen. Ein Blitzlichtgewitter aus Handykameras und Fotoapparaten hatte unseren Weg aus dem Haus begleitet. Ich war mit eingezogenem Kopf so schnell wie möglich in den Van gesprungen. Trotzdem war ich sicher, dass mich die Presse nach dieser kleinen Vorführung erneut belagern würde. Aber immer noch besser als tot sein. Und wenigstens hatte ich diesmal keine Brücke in die Luft gejagt. Noch nicht, jedenfalls.

Eine halblaute Stimme ließ mich aufblicken.

Der Goldglimmer in Constable Taegrins schwarzer, polierter Troll-Haut reflektierte die Scheinwerfer der entgegenkommenden Autos. Er saß auf der Bank mir gegenüber und hatte seine Füße auf der Sitzfläche von meiner Bank abgestellt, ebenso wie ich auf seiner, denn die einzige andere Möglichkeit wäre gewesen, sie auf dem eingepackten Malik zu parken. Hatte er etwas gesagt? Er zwinkerte mir zu, als er meinen Blick auffing, also war er es wohl nicht gewesen. Ich erwiderte sein Grinsen. Wie viel einfacher wäre doch mein Leben, wenn ich Malik einfach auspacken und zwingen könnte, mir zu verraten, was er und Tavish mir verheimlichten. Als ob das je passieren würde. Nun, die Hauptsache war, ich hatte Malik dazu überredet, uns zu helfen, und das war eine große Erleichterung. Ich schloss die Augen und hoffte, dass Hugh und sein Team ebenso erfolgreich gewesen waren, was den Rest unseres genialen Plans betraf.

»Du hast, soweit ich weiß, einen Sohn, Maxim«, drang Maliks Stimme mit ihrem leicht fremdländischen Akzent leise an mein Ohr.

Eine kurze Stille, dann sagte Maxim unwirsch: »Blöde Sidhe. Wusste ich's doch, dass nichts Gutes dabei rauskommt, wenn sie mein Blut schlürft.«

Ich fragte mich flüchtig, wie es möglich war, dass ich dieses Gespräch hörte – *Mad Max' Blut?* –, und wie sie sich überhaupt unterhielten. Dann jedoch machte ich meine Augen wieder fest zu und konzentrierte mich.

»Wo ist der Junge, Maxim?«

Hm. Wieso fragte er nicht, wer *er war? Bedeutete das, er wusste es bereits, oder er hielt es nicht für wichtig?*

»Keinen blassen Schimmer, alter Knabe«, kam die freche Antwort.

»Jetzt ist keine Zeit für deine Spielchen«, sagte Malik ungehalten, »derjenige, der hinter diesen Morden steckt, muss gefasst werden, und falls es nicht dein Sohn ist, könnte er zumindest in Gefahr sein.«

»Ach was, dieser ganze Wirbel um ein paar verschwundene Faelinge. Das geht uns doch nichts an. Vor allem jetzt nicht mehr, da du uns das Beißen verboten hast«, sagte Maxim bitter. »Und mein Sohn ist gut aufgehoben, auch ohne deine Hilfe. So gut sogar, dass ich ihn seit verdammten zwanzig Jahren nicht mehr gesehen hab. Die Schlampe lässt mich ja nicht.«

»Ah.« Maliks Stimme war samtweich. »Dann hast du also noch ein weiteres Kind.«

Mad Max hatte zwei *Kinder?* Wieder breitete sich Stille aus, länger diesmal. Ich wartete zusammen mit Malik auf Mad Max' Antwort.

Schließlich gab Malik auf und sagte: »Die Hexe hat eine Nachricht hinterlassen, Maxim. Darin ist von deinem Hund die Rede. Und dass sie das Wohlergehen von dessen *Nachwuchs* nicht länger garantieren könne. Wenn sie nicht deinen Sohn meint, dann musst du noch mehr Nachwuchs haben. Die Hexe ist jedenfalls spurlos verschwunden.«

»Hab die neue Frisur gesehen, alter Knabe«, bemerkte Maxim scheinbar zusammenhanglos. »Der kleine Scheißkerl vergnügt sich also noch immer auf deine Kosten, hm? Was ist es diesmal? Ausweiden? Oder Aushungern? Muss ganz schön hart sein, wenn man nicht mal ein Täubchen anbeißen darf, ohne dem alten Halunken die Füße zu küssen. Ich wette, sein kleines schwarzes Herz ist gehüpft vor Freude, als du Oligarch wurdest und ihm wieder in die blutbesudelten Fänge geraten bist.«

Mir wurde ganz übel vor Sorge. Malik war also wieder in der Hand des Autarchen. Ich umklammerte unwillkürlich Graces Anhänger und schluckte meine Panik entschlossen hinunter. War Malik deshalb so hungrig? Er konnte seine Kraft nur dann aufrechterhalten, wenn er sich vom Blut anderer Vampire ernährte. Was, wenn ihm der Autarch dies verbot? Schaudernd konzentrierte ich mich wieder auf das Gespräch.

»… nichts zu befürchten, Maxim. Ich werde deine Geheimnisse nicht preisgeben«, sagte Malik ruhig.

»Nein, das wirst du, verdammt noch mal, nicht«, entgegnete dieser zornig, »weil du sie nämlich gar nicht erfährst.«

»Maxim, diese Situation ist eine Folge des Fluchs; es könnte genau das sein, was wir …«

»Nein! Das ist nicht mehr mein Problem«, unterbrach ihn Mad Max scharf. »Ich hab mit dem ganzen Scheiß nichts mehr zu tun. Ich hab schon viel zu viel verloren, weil ich dir und deinem feinen Freund, dem Ackergaul, geholfen habe. Ich hab euch doch gesagt, das war's, zu mir braucht ihr nicht mehr zu kommen.«

Ihr? Wen meinte er mit »ihr«? Und wobei hatte Maxim Malik und Tavish geholfen?

»Das kann ich verstehen«, sagte Malik nach einigen Sekunden in sanftem Ton. Etwas forscher fügte er hinzu: »Aber da wäre noch etwas. Genevieve weiß jetzt von dem Faelingmädchen, das du Francine weggenommen hast.«

»Na und? Die kleine Schlampe steht jetzt unter dem Schutz der Hexen.«

»Aber es scheint, als würde immer noch ein Vampir die Familie manipulieren. Das war nicht abgemacht.«

»He, das schiebst du mir nicht auch noch in die Schuhe, Mann! Nein, damit hab ich nichts zu tun. Ich hab das dumme Gänschen nicht mehr gesehen, seit sie sich mit diesem mickrigen Zauberer eingelassen hat.«

»Francine?«

»Deine arschküssende Illusionistin? Das bezweifle ich; sie ist zu sehr damit beschäftigt, mit den Mädchen zu spielen, die sie noch hat.«

»Fjodor?«

»Der alte Herr?« Maxim stieß ein bellendes Lachen aus. »Du machst Witze! Der ist durch so viele Versprechungen gebunden, er muss erst mal nachsehen, was für ein Tag ist, bevor er sich ein Schlückchen genehmigt.«

»Wer dann?«

»Was bin ich? Das verdammte Orakel von Delphi? Finde es selbst raus. Oder lass meine verrückte Kusine herumschnüffeln. Die ist doch so dicke mit den Fae. Ach so, nein, du bist ja nicht ihr Typ, was?«, höhnte er. »Sie mag sie jünger und formbarer, so wie unseren unwiderstehlichen Darius. Ganz schön frech, mitten im Ritt das Pferd zu wechseln. Die alte Francine ist deswegen ganz schön sauer, überrascht mich nicht, aber trotzdem: Man fragt sich, was meine Kusine und ihr blutsaugendes Schoßhündchen wohl aushecken, nicht?« Er senkte verschwörerisch die Stimme. »Ich fürchte, die beiden sind viel enger, als wir bisher angenommen haben. Nicht, dass ich scharf auf sie wäre. Ich fürchte, dieser Apfel ist nicht weit vom Stamm gefallen. Mein Gesicht tut immer noch scheußlich weh …«

»Maxim, wer ist Andy?«

Ich spitzte die Ohren: Andy, das war der Name, der Darius durch den Kopf geschossen war, als ich ihn fragte, wozu Mad Max meine Blutbeutel brauchte.

»Maxim?«, wiederholte Malik, aber es kam nichts mehr. Wie auch immer sie miteinander kommuniziert hatten, die andere Partei war offensichtlich offline gegangen.

Ich wartete noch ein bisschen, dann schlug ich meine Augen auf. Wir fuhren gerade an den gotisch anmutenden Brückentürmen der Tower Bridge vorbei, deren beleuchtete, blau gestrichene Laufwege ein wenig Farbe in den bleigrauen Himmel brachten. Nicht mehr weit. Ich schaute auf den am Boden liegenden Malik hinunter. Am liebsten hätte ich ihm einen Fußtritt verpasst und ihn gezwungen, mir zu sagen, was er mir verschwieg. Was hatte ich also erfahren? Dass Mad Max offenbar *zwei* Kinder hatte. Aber was hatte er mit Helen zu tun? Oder seine Kinder? Und wo kamen die verschollenen Faelinge ins Spiel? Das Einzige, was ich sicher wusste, war, dass Mad Max Angst hatte, der Autarch könnte das alles herausfinden – was ich durchaus nachvollziehen konnte –, und das wiederum bedeutete, dass er wohl doch nicht so verrückt war, wie ich gedacht hatte. Dann hatte Malik sich nach dem fangzähnigen Kuckuckskind erkundigt, das sich bei den Harriers eingenistet hatte. Mad Max hatte zwar bestritten, noch irgendetwas mit Ana zu tun zu haben, ja, er schien sie nicht zu mögen, aber er war keineswegs überrascht gewesen, und das ließ vermuten, dass er wusste, wer dieser Vamp war.

Der Van hielt mit quietschenden Bremsen an, und ich zuckte zusammen, als daraufhin der Leichensack mit Malik über den Fußboden schlitterte und mit einem dumpfen Geräusch gegen die Hecktür stieß.

Ich blickte auf. Wir waren am Ziel angekommen, dem Kriegerdenkmal am Tower Hill.

Hugh erwartete mich bereits vor dem langen Säulengang mit den großen Bronzeplatten, in die die Namen der Gefallenen eingraviert waren. Mir kam ein Gedanke. Ich schmunzelte. Vielleicht konnte Hugh den schönen Vampir ja dazu überreden, ihm sein Herz auszuschütten. Irgendwas musste Malik ja schließlich tun, während ich mich um die Akquise unserer Tower-Tour-Tickets bemühte. Es hatte aufgehört zu regnen. Erleichtert sprang ich aus dem Wagen. Hugh und ich begrüßten uns und sahen dann zu, wie die beiden Constables den eingepackten Malik aus dem Wagen hoben und durch den Säulengang ins Innere des Gewölbes trugen.

»Du hast, wie ich sehe, Mr al Khan überreden können, mit uns zu kooperieren«, bemerkte er schließlich mit seiner brummigen Bassstimme. Auf seiner rötlichen Steinstirn zeichneten sich tiefe Risse ab. »Er hat dir hoffentlich keine Schwierigkeiten gemacht?«

»Mit dem bin ich fertig geworden«, antwortete ich beruhigend. Ich wollte in der Erinnerung daran schon das Gesicht verziehen, verkniff es mir aber. Wenn es um Vampire ging, hatte Hugh keinerlei Sinn für Humor. »Gibt's schon was Neues über Finns Tochter?«, erkundigte ich mich besorgt.

»Nein, Genny, tut mir leid.« Er tätschelte mir mit seiner kantigen rosa Pranke die Schulter. »Finn ist mit ein paar WPCs unterwegs, um mit allen Bekannten und Freundinnen von Nicola zu reden; vielleicht können die uns ja einen Hinweis geben. Er sollte bald wieder hier sein.«

Ich seufzte. Ich machte mir Sorgen um Finn. »Und unser Doppelgänger-Plan?«

»Da läuft es auch nicht so gut.« Von Hughs Schädel stiegen dichte rosa Staubwolken auf. Allmählich sah er aus, als hätte jemand einen Sack rosa Mehl über ihm ausgeschüttet. »Constable Martin hat sich eine halbe Stunde lang mit dem Raven-Master und sechs seiner Raben unterhalten. Sie bestreiten, auch nur das Geringste über die verschwundenen Faelinge zu wissen, und es interessiere sie auch gar nicht.« Er führte mich durch das Eingangstor in den Memorial Garden. »Im Moment sitzt sie gerade mit Victoria Harrier und deren Schwiegertochter Ana bei Tee und Kuchen in einem Café am Trafalgar Square und erörtert Freud und Leid einer großen Kinderschar.«

»Kacke. Dann hat Victoria Harrier also gemerkt, dass sie's mit einer falschen Genny zu tun hat.«

»Oder sie ist so, wie sie zu sein scheint, und alles war nur ein seltsamer Zufall.«

»Das kann nicht sein«, widersprach ich, »außer dieser Vamp hat sie derart im Griff, dass sie überhaupt nicht mehr weiß, was sie tut.«

»Möglich wär's, Genny. Aber es muss schon mehr passieren, um einen Durchsuchungsbeschluss zu kriegen. Mir sind leider die Hände gebunden.«

Was bedeutete, dass nun alles von meiner Rolle in unserem Plan abhing. »Tja, dann liegt's jetzt wohl an mir«, sagte ich entschlossen.

»Wenn Victoria Harrier und Ana ihr Gespräch mit Constable Martin beendet haben und sich bis dahin nichts ergeben hat«, fuhr Hugh fort, »werden wir sie zumindest zu weiteren Verhören mit aufs Revier nehmen. Anas Mann in New York haben wir bereits abgeholt, und Dr. Craig wird derzeit bei Old Scotland Yard befragt.«

»Er hat wohl noch nichts Interessantes verraten, was?«

»Das bleibt abzuwarten, Genny. Aber bis jetzt scheint er genau das zu sein, was er vorgibt: ein viel beschäftigter Arzt, der vollkommen besessen von seiner Arbeit ist und mehr Zeit damit verbringt, als der Tag Stunden hat. Und solange sich das nicht ändert, können wir nichts machen.«

»Und der alte Donn?«, fragte ich, ohne viel Hoffnung. Mussten denn all unsere Spuren ins Leere laufen? »Hast du schon herausgefunden, ob er möglicherweise noch am Leben ist?«

44. Kapitel

Oh, der ist definitiv tot, Genny«, sagte Hugh und zertrampelte damit auch meine letzte Hoffnung. »Lady Meriel hat's mir höchstpersönlich bestätigt. Er wurde zusammen mit zwei anderen, Hallbjörn, dem Weißen, und Arthur Ursa, nach dem Vorfall mit der Sidhe exekutiert.«

Exekutiert! Na, das klang schon reichlich tot, aber: »Sylvia hat was von einem Grab erwähnt?«

»Das hat sie wohl nicht wörtlich gemeint. Den dreien wurden die Köpfe abgeschlagen, und ihre Asche wurde, mit Salz vermischt, über dem Tower Hill verstreut. Sie waren zuvor mit einem Zauber belegt worden, der verhinderte, dass sie *schwanden,* bevor die Hinrichtung vollzogen war.« Hughs rötliches Gesicht wurde ganz blass. »Lady Meriel hatte die Güte, es mir genauestens zu schildern.« Er schüttelte sich.

Ich tätschelte sein Hand. Sie fühlte sich sandig und trocken an, ein sicheres Anzeichen dafür, dass ihn die Geschichte aus der Fassung gebracht hatte. Aber Hugh hatte nun mal ein besonders weiches Herz. Kein Wunder, dass in den Zeitungsartikeln der Bibliothekarin von einem »Abschlachten« die Rede gewesen war. Das Ganze klang wirklich ein bisschen barbarisch, aber ich persönlich fand, dass sie es verdient hatten.

»Tja, also auch hier tote Hose«, bemerkte ich spöttisch. Hugh stieß ein missbilligendes Brummen aus, und ich tätschelte ihn erneut. »Sorry. Konnte einfach nicht widerstehen.«

»Hmpf.« Hugh bedachte mich mit einem seiner patentierten *Blicke,* bei denen einem die Knie zittern sollten. Ich grinste.

Das letzte Mal, als mich ein solcher Blick von ihm einschüchtern konnte, war, als ich sechzehn wurde. Hugh seufzte und deutete nach hinten in den Garten. »Die Sonne geht bald unter, du musst dich bereit machen. Ricou hat alles organisiert. Ein toller Kerl.« Er nickte lobend, dann musterte er mich besorgt. »Glaubst du wirklich, dass es eine gute Idee ist, ausgerechnet die Morrígan um Hilfe zu bitten, Genny? Mit Göttinnen ist nicht zu spaßen.«

»Sie traktiert mich schon die ganze Zeit mit Hinweisen und lässt mich von ihrem Oberraben beobachten. Ich bin mir also ziemlich sicher, dass sie mich in den Tower schicken will.« Natürlich würde sie es mir jetzt schwermachen, was ich schon daraus schloss, dass von ihrem Oberraben auf einmal keine einzige Feder mehr zu sehen war. Jetzt, da ich von selbst beschlossen hatte, mich in die Zwischenwelt des Towers einzuschleichen, würde die Göttin mich dazu zwingen, sie um Einlass zu bitten, anstatt mir den Zugang von sich aus zu gewähren. Das war die übliche Verhandlungstaktik und typisch für Göttinnen. Ich fragte mich besorgt, was sie wohl von mir verlangen würde. Denn dass sie etwas verlangen würde, war klar.

Aber das verriet ich Hugh natürlich nicht. Ich versicherte ihm, dass alles gut gehen würde, und erzählte ihm dann rasch von dem Gespräch zwischen Malik und Mad Max, das ich mitangehört hatte. Dann gingen wir den Pfad entlang und stiegen die Stufen zu dem tiefer gelegenen Garten hinab.

Das letzte Mal war ich in Sachen Spellcrackers hier gewesen. Das war im Hochsommer, und man hatte mich gerufen, um einen Schwarm Gartenfeen zu entfernen, die von den zahlreich sich in der Sonne aalenden Touristen und ihren Lunchpaketen angezogen worden waren. Damals war es hier laut und belebt gewesen, jetzt dagegen war es fast unheimlich still. Hunderte nach Jasmin duftende Teelichter waren am Fuß der hohen Mauern aufgestellt worden, die den Garten umgaben, und warfen gespenstische Schatten auf die großen Bronzetafeln, auf denen die Namen der tapferen Seeleute standen, die in beiden Weltkriegen gefallen waren. Weiter hinten, in dunkleren Ecken, bewegten sich, unabhängig vom Ostwind, andere Schatten, angezogen von der Verheißung auf rituelle Magie, Schatten, die ich mir lieber nicht so genau anschaute aus Angst, sie könnten sich zu gespenstischen Gestalten verfestigen. Ich schüttelte mich. Nein, Gespenster waren wirklich nicht meine Sache.

In einer der heller beleuchteten Zonen saß Sylvia auf einer Bank und winkte mir fröhlich zu. Ihr weißrosa Kleid und ihr rosa Fahrradhelm leuchteten im Zwielicht des hereinbrechenden Abends. Sylvia stand nicht auf, sondern zeigte lediglich auf den Bannkreis in der Mitte des Gartens.

Ich machte mich auf den Weg dorthin, musste dabei allerdings über die Waffen steigen, die am Rande des Rasens um den Kreis herum verteilt worden waren. Der Kreis war groß, etwa sieben Meter im Durchmesser, und sein Rand bestand aus Schwertern, Degen, Dolchen, Speeren, Äxten, einem Brustpanzer, einem Paar eisenbeschlagener Stiefel und einem Helm mit schwarzem Federbusch. Es sah aus, als hätte da jemand eine altertümliche Rüstungskammer geplündert.

Ricou erwartete mich bereits – in seiner richtigen Gestalt – neben dem kleinen Bronzebrunnen im Zentrum des Kreises; seine graublaue, schuppige Haut schimmerte im Kerzenlicht, die Kopfflosse war dicht angelegt, und sein langer, peitschenähnlicher Schwanz umschlang seine Hüften. Er schien damit etwas festzuhalten, das wie der Union Jack aussah. Als ich näher kam, merkte ich, dass es sich wieder einmal um ein flauschiges Badetuch handelte.

»Ricou ist sich nicht sicher, ob das wirklich so eine gute Idee ist, Liebchen«, sagte er. Seine transparenten Hautmembrane senkten sich nervös blinzelnd über seine pupillenlosen, kugeligen schwarzen Glubschaugen. »Göttinnen lassen sich nicht gern herbeizitieren, die werden leicht sauer.«

»Ich bin mir sicher, dass sie schon auf meinen ›Anruf‹ wartet«, antwortete ich spöttisch.

»Na gut, ist dein Hals.« Seine Kopfflosse schnappte hoch. »Wir haben alles genau nach Anweisung der Bibliothekarin vorbereitet. Das Horn des Stiers hat sie uns auch noch beschafft.« Er deutete mit einem klauenähnlichen Finger auf das erwähnte Horn, das länger war als mein Arm. Das eine Ende spitz, war das andere so groß, dass ich meine Faust in die Höhlung hätte stecken können. Ich war bloß froh, dass es nicht das Horn des alten Donns war, denn schließlich rief ich ja seine Mami um Hilfe an. Neben dem Horn lagen ein kleiner Silberdolch, eine Flasche Jameson's Whisky, ein Kristallschwenker, eine Packung Milch und zusammengefaltete Kleidung – die Kleidung, auf die Aoifes Kopf gebettet gewesen war, als man sie fand.

»Das ist ja Tütenmilch.« Ich runzelte die Stirn.

»Wie viele Milchbauernhöfe gibt's denn deines Wissens in London?« Er riss sein Maul zu einem gähnenden Lachen auf und schlug sich gegen die Brust. »Und nicht nur das. Sobald Ricou das Wort ›Göttin‹ erwähnt hat, hat jeder nur ›Blutopfer‹ gedacht. Na, wenigstens ist es Biomilch.«

»Ah, gut«, sagte ich zweifelnd. Ich fuhr mir nervös mit der Hand durchs Haar. Kacke. Ich hatte keine Ahnung, was ich hier tat. Ich schaute auf die weißliche Flüssigkeit in dem Kristallschwenker. »Was ist da in dem Glas?«

Seine Kopfflosse richtete sich auf. »He, das ist 'ne Fruchtbarkeitsgöttin, was glaubst du denn, was in dem Glas ist?«

Ooookay. Ich verkniff mir die Frage, wer hier wohl der freundliche Spender gewesen sein mochte. »Hat die Bibliothekarin nicht irgendwas von Ähren gesagt?«, fragte ich skeptisch.

Ricous Halskiemen bebten. »Es ist Frühling; an Ähren ist jetzt schwer ranzukommen.«

Na gut. »Und Rabenfedern?«

»Die Tower-Raben wollten nicht, und dein gefiederter Freund war nirgends aufzutreiben. Aber ich hab dafür das hier für dich.« Sein Schwanz fuhr über den Springbrunnen, und plötzlich schoss ein aufgerissenes Maul mit scharfen Zähnen aus dem Wasser und versuchte, nach Ricous Schwanz zu schnappen. Das Maul gehörte zu einem anderthalb Meter langen, armdicken Aal, der sich im Wasser schlängelte. »Ein Weibchen, ich hab nachgesehen, also pass besser auf deine Finger auf.« Ricou lachte klickend. Dann reichte er mir ein Stück Reispapier. »Da steht die Glyphe drauf, die du brauchst, um den Kreis zu schließen.« Er hob die Nase und atmete tief ein. »Noch ungefähr fünfzehn Minuten bis Sonnenuntergang. Viel Glück.«

»Danke, Ricou«, sagte ich. Dann löste ich Graces Kette von meinem Hals – ich wollte sie nicht im *Dazwischen* verlieren – und reichte sie ihm zusammen mit meiner Jacke. »Kannst du das in Sylvias Obhut geben?«

»Klar, Liebchen.« Er nahm beides entgegen, die Kette hängte er sich behutsam über eine Klaue, hüpfte dann aus dem Waffenkreis und ging zu Sylvia und ihrer Bank.

Allein im Kreis, schob ich mir erst einmal ein paar Lakritzspiralen in den Mund und kaute kräftig. Ich schaute mich um. Während meiner Unterhaltung mit Ricou hatte sich Publikum angesammelt. In einer Ecke stand ein Dutzend Hexen in dunkelblauen Polizeiuniformen, und zu den Constables Taegrin und Lamber hatten sich vier weitere Troll-Polizisten gesellt. Hugh stand neben Malik im Schutz des Gewölbehauses. Neben den beiden hockte ein riesiger silbergrauer Wolfshund. Hm, Mad Max war also doch noch in seiner Hundegestalt aufgetaucht. Hoffentlich kriegte Hugh was aus ihm heraus.

Und alle waren sie gekommen, um mir zuzusehen.

Ich Glückskind.

Nun ja, sobald sich der Kreis geschlossen hatte, würden sie

mich ohnehin nicht mehr sehen können, denn dann würde sich der Kreis nicht mehr hier befinden, sondern irgendwo im *Dazwischen* – vorausgesetzt, ich hatte alles richtig gemacht. Offenbar war neutraler Boden vonnöten, wenn man eine Göttin herbeirufen wollte.

Ich wischte meine auf einmal schweißfeuchten Handflächen an meiner Jeans ab und verzichtete auf ein Stoßgebet – es hätte ja der falschen Gottheit zu Ohren kommen können. Dann bückte ich mich und nahm den kleinen Silberdolch zur Hand. Meine Finger brannten, dort, wo ich ihn berührte. Ich trat an den Rand des Kreises, legte den Reispapierfetzen in meine linke Handfläche und holte tief Luft. Ich *konzentrierte* mich und schnitt mit dem Messer durch das Papier und in meine Haut. Helles rotes Blut quoll aus dem Schnitt, und es roch auf einmal nach Honig und Kupfer und Magie. Ein rasender Hunger – nicht mein Hunger – fiel über mich her und ließ mich beinahe einknicken. Ein heißer, würziger Wind wehte mir die Haare aus dem Gesicht. Ich blickte auf und sah Malik am Rande des Kreises stehen, nur wenige Zentimeter von mir entfernt. Er hatte die Hände zu Fäusten geballt.

»Los, schließ den Kreis, Genevieve.« Seine Augen waren tiefe schwarze Abgründe, und ich sah alle vier Fangzähne aufblitzen. »Der Geruch deines Bluts ist … verführerisch.«

Verführerisch? Ein fieser Impuls regte sich in mir. Na, dem würde ich es heimzahlen.

Seinen Blick festhaltend, streckte ich meine Hand vor und ließ den ersten Blutstropfen auf das eiserne Axtblatt fallen. Es zischte. Seine Nasenflügel blähten sich. Der zweite Tropfen traf die Spitze des Breitschwerts, das sich mit der Axt überlappte. Seine Halsmuskeln traten wie Stränge hervor. Wie in Zeitlupe fiel der dritte Tropfen auf den Helm mit dem Federbusch, der auf der Schwertklinge lag. Malik setzte fauchend zum Sprung an …

Die Magie schoss aus mir heraus, ich fiel schreiend auf die Knie, die Magie raste um den Waffenkreis herum und schloss sich dann zu einer Kuppel aus wirbelnden roten Blutschwaden.

Keuchend und nach Atem ringend lag ich im Kreis. Meine Güte, so hatte sich eine Kreisschließung ja noch nie angefühlt, nicht mal eine mit Blut. Aber ich hatte ja auch noch nie einen Bannkreis ins *Dazwischen* geöffnet. Als ich sicher war, dass mich meine Beine wieder tragen würden, rappelte ich mich auf. Seltsamerweise konnte ich jenseits der Kreiskuppel noch immer den Garten erkennen. Malik stand jetzt ein wenig weiter vom Kreis entfernt. Auf seinem Gesicht lag wieder der übliche undurchdringliche Ausdruck. Ich fragte mich schon, ob ich mir vielleicht bloß eingebildet hatte, wie er sich auf mich stürzen wollte. Aber vor ihm hockte der große irische Wolfshund und schaute mich schwanzwedelnd aus seinen verstörend blauen Augen an. Er hielt Maliks Handgelenk zwischen den Zähnen.

Hinter den beiden türmte sich Hugh auf und betrachtete mich missbilligend, als wolle er sagen: »Vampire zu reizen ist dumm und kindisch und reine Zeitverschwendung, Genny.«

Aber zutiefst befriedigend, dachte ich. Doch Hugh hatte recht. Ich seufzte und zuckte entschuldigend mit den Schultern.

Aber das konnte Hugh nicht mehr sehen.

Der Garten war verschwunden. Um mich herum war nichts … kein Nebel, kein Himmel, kein Raum, nichts.

Ein Gefühl des Entsetzens kroch mir übers Rückgrat.

Ich wandte der Leere den Rücken zu und spazierte zu dem Springbrunnen. Bevor ich es mir anders überlegen konnte, sank ich auf die Knie und tauchte meine blutende Hand und Aoifes Kleidung ins Wasser.

»Bei meinem Blut und dem Blut ihres Kindes rufe ich an diesem heiligen Ort des Krieges und des Todes die Morrígan!«, rief ich laut. »Höre mich, Morrígan, und komm herbei!«

45. Kapitel

Das Wasser begann zu schäumen, und das Bronzebecken verwandelte sich in flüssiges Gold. Der Aal schoss elegant aus dem Wasser, wand sich einmal um sich selbst und sank dann auf Augenhöhe herab. Seine spitzen Zähne schnappten dicht vor meinem Gesicht zu. Ich zwang mich trotz meiner Angst, stillzuhalten und meine blutige Hand nicht aus dem Wasser zu ziehen. Magie glitt schimmernd über die glatte Haut des Aals und verlieh ihr einen blassgrünen, leuchtenden Glanz. Sein kahler Schädel wuchs, die Augen wurden groß und giftgelb. Dunkle Öffnungen entstanden dort, wo Nasenlöcher sein sollten, der Mundschlitz stülpte sich auf, bildete volle rote Lippen. Unterhalb des Gesichts wuchsen beiderseits des Schlangenleibs Beulen, die sich zu runden Schultern verbreiterten und zu schlanken Armen verlängerten, mit eleganten Händen, die in Klauennägeln endeten. Unter den Achseln verbreiterte sich der Schlangenleib, volle Brüste bildeten sich, eine schmale Taille, die in den Schlangenleib auslief. Das dünne Goldkettchen mit den zahlreichen Schlüsseln hing um ihr linkes Handgelenk und wand sich von dort wie eine goldene Weinranke über ihren Arm, den Oberkörper und den Schlangenleib, verschwand schließlich im blubbernden goldenen Wasser.

»Kleine Sidhe«, sagte sie mit heiserer Stimme und schaute lächelnd auf mich herab. Aber es war ein gefährliches, ein lauerndes Lächeln der blutroten, vollen Lippen, zwischen denen der einzelne lange Zahn hervorragte. »Ich habe lange auf deinen Ruf gewartet. Ich schätze es nicht, wenn man mich warten lässt. Oder meine Aufgaben nicht ernst genug nimmt. Das wird dich teuer zu stehen kommen.«

Mein Magen krampfte sich ängstlich zusammen. Blöde Göttinnen – sie musste doch wissen, dass die Zeit in den Schönen Landen eine andere war als hier. Selbst wenn sie also Tage, Wochen oder gar Jahre gewartet hatte, war das gewiss nicht meine Schuld. Und dass sie mir eine »Aufgabe« übertragen hatte, war ja wohl übertrieben. »Du hast mich erst gestern besucht, Morrígan«, entgegnete ich mit trotzig vorgerecktem Kinn, »das würde ich wohl kaum als lange bezeichnen.«

Ihre gespaltene Zunge schoss hervor und strich über meine Lippen. Ich erstarrte und zwang mich, nicht zurückzuweichen. »Du schmeckst nach Wahrheit«, murmelte sie, dann nahm sie mein Gesicht zwischen ihre Klauenhände. Ihre Fingernägel gruben sich schmerzhaft in meine Kopfhaut. »Nun gut, ich will dir noch einmal vergeben.« Sie presste ihren Mund auf den meinen und gab mir einen Kuss. »Aber ich fürchte, andere werden nicht so verständnisvoll sein.« Sie riss an der Goldkette.

Das Wasser schoss brodelnd aus dem Brunnen und über mich. Ich wurde zu Boden geschleudert und landete auf dem Rücken. Prustend wischte ich mir die klitschnassen Haare aus dem Gesicht und bekam gerade noch mit, wie ein schwarzgrünes Wasserpferd aus dem Brunnen aufstieg und sich zornig über mir aufbäumte. Ich blieb starr vor Schreck liegen. Die scharfen Vorderhufe landeten nur wenige Zentimeter rechts und links von meinen Schultern auf dem Rasen. Das herrliche Tier schüttelte seine zottige Mähne, dass die Tropfen nur so in alle Richtungen flogen, dann schob es schnaubend seine Nüstern vor mein Gesicht. Der heiße, nach Torf und Whisky riechende Atem des Wesens strich mir über die Wangen.

»Hallo, Tavish«, sagte ich spöttisch und atmete ein. Leider nicht nur die Luft, sondern auch seine Magie. Sofort spürte ich, wie sich eine köstliche Trägheit in meinen Gliedern breitmachte, mir einen erwartungsvollen Seufzer entriss und meine Gedanken verwirrte, bis nur noch Platz für ihn war. Meine eigene Magie regte sich, strömte aus mir heraus. Meine Haut färbte sich golden; der Duft von Geißblatt lag in der Luft, der goldene Schimmer meiner Magie hüllte den Kelpie ein, und plötzlich kauerte Tavish in seiner menschlichen Gestalt über mir, auf Arme und Knie gestützt. Er starrte mit seinen geheimnisvollen Silberaugen auf mich herab, seine langen zotteligen Dreadlocks umhüllten unsere Gesichter und verbargen sie vor den Blicken der Morrígan.

»Hallo, Püppchen«, sagte er leise. Sein schwarzgrünes Gesicht verzog sich zu einem Grinsen, seine spitzen weißen Zähne blitzten. »Schön, dich zu sehen, obwohl du dir recht viel Zeit gelassen hast. Die Morrígan hat mich fast zuschanden geritten.«

Bezaubert von seinem Charme erwiderte ich sein Lächeln. Seine Magie kribbelte in mir, schoss durch meine Adern. Ich hob die Hand und zeichnete die scharfen Konturen seines langen, seltsam anziehenden Gesichts nach, seine lange gerade Nase, das spitze Kinn, die zarten Fächerkiemen unterhalb seiner Ohrläppchen. Seine Augen fielen zu, und ein Schaudern durchlief seinen muskulösen Körper. Leise murmelnd feuerte er mich an. Mein Blick huschte tiefer und erfasste ihn in seiner ganzen gloriosen Nacktheit. »Nicht ganz zuschanden«, flüsterte ich, und mein Magen zog sich erwartungsvoll zusammen. Junge, Junge … Doch dann drängte sich der Sinn seiner Worte in mein Bewusstsein. Ich runzelte die Stirn. Nein, das war nicht richtig. Dafür war ich nicht hier. Ich war hier, um …

Ein gellender Wutschrei zerriss die Stille. Tavish wurde weggerissen, und über mir schwebte plötzlich die Morrígan, ihr wutverzerrtes Gesicht nur wenige Zentimeter von dem meinen entfernt. Ich war wie erstarrt, konnte kein Glied rühren.

Ihre Augen bohrten sich wie Laser in die meinen, ihr Körper wand sich mit schlangengleicher Eleganz. »Du bist genauso töricht wie der Rest deines Geschlechts, kleine Sidhe«, zischte sie. »Ein Blick, und du bist bereit, alles auf dem Altar der Liebe und der Schönheit zu opfern.«

Ein Blick? Tavish hatte mich mit einer ganzen Ladung Kelpie-Magie gezappt, und das wusste sie ganz genau.

Sie bäumte sich auf, hob das Gesicht zum Himmel und brüllte: »Clíona, Schwester, siehst du, was du angerichtet hast? Meine Kinder, sie sterben, und dein Fleisch und Blut liegt hier und ist so schwach, wie deinesgleichen immer gewesen ist.« Sie hielt plötzlich einen doppelschneidigen Dolch in der Klauenhand. »Ich werde ihr das Herz herausschneiden und dein verfluchtes Fleisch und Blut ein für alle Mal auslöschen.«

Sie holte aus und ...

Verkackte Göttinnen und ihre Prüfungen. Und was sollte das Ganze von wegen »Fleisch und Blut«?

Ich zog die Knie an und versetzte ihr einen harten Stoß in den Unterleib, dort, wo er in den Aalkörper überging. Sie flog mit einem schrillen Schrei nach hinten, schwang aber sofort wieder zurück, als hinge sie an einem Faden oder würde von den Flötentönen eines Schlangenbeschwörers geleitet. Mit gefletschtem Zahn und erhobenem Dolch stürzte sie sich erneut auf mich. Ich rollte mich zur Seite, aber ihr Messer streifte meine Schulter. Ich spürte es kaum.

Verzweifelt griff ich nach der nächstbesten Waffe, die sich bot: dem gekrümmten Horn; es war leichter, als ich erwartet hatte. Ich umklammerte es mit beiden Händen, die Spitze nach oben gerichtet. Bei ihrem nächsten Angriff stieß ich zu, verfehlte sie aber. Ihre Dolchspitze dagegen streifte meinen Hals. Ich spürte stolpernd das warme Blut, das mir über Kehle und Schlüsselbeine lief. Verdammt, ich musste ein wenig Abstand zu ihr gewinnen, aber ihr Aalkörper wurde immer länger. Bedrohlich kam sie über das Gras auf mich zugeschlängelt.

Der Puls rauschte mir in den Ohren, an meinen Schulterblättern kribbelte es: Ich stieß bereits mit dem Rücken an die Kreiskuppel. Ich strich mit dem Handrücken über meine Kehle und bekam einen Riesenschreck, denn ich sah, dass meine Hand blutüberströmt war. Mir wurde ganz schlecht von dem Geruch, der in der Luft lag: nach Honig und Kupfer. Der Geruch meines Bluts. Was sollte ich tun? Es lagen ja jede Menge Waffen herum – aber die durfte ich nicht nehmen, denn das hätte den Kreis geöffnet. Und ich wollte schließlich nicht in dieser Leere da draußen landen, das gehörte nicht zu unserem Plan. Mit einer Göttin kämpfen natürlich ebenso wenig. Aber wenn ich mir nicht das Herz herausschneiden lassen wollte, blieb mir keine andere Wahl.

Ich packte das mächtige Stierhorn am Ansatz und machte mich bereit für ihren nächsten Angriff. Dann geriet ich ins Schwanken, und mir wurde ganz schwindlig. Zu spät wurde mir bewusst, dass ihr hypnotisches Hin- und Herschwingen daran schuld war. Sie grinste höhnisch, ihre giftgelben Augen funkelten gehässig. Sie stieg fast zehn Meter in die Höhe, ihr kahler grüner Schädel streifte die Decke der transparenten Blutkuppel. Sie packte den Dolch fester. Mit einem entsetzlichen Schrei fuhr sie auf mich nieder. Ich hielt den Atem an, wartete bis zur letzten Sekunde, dann stieß ich das spitze Ende des Horns durch ihren Aalleib und nagelte sie ans Gras.

Ein grässlicher Schrei ertönte, und ich krabbelte auf allen vieren hastig von ihr weg, zur anderen Seite der Kuppel. Jeden Moment erwartete ich, dass mir der Dolch in den Rücken fahren würde, aber nichts passierte. Keuchend brach ich auf der anderen Seite zusammen, schaute mich um.

Die Morrígan schwankte etwa anderthalb Meter über dem Rasen hin und her, einen verblüfften Ausdruck auf dem Gesicht. Fassungslos musterte sie das Horn, mit dem sie an den Boden genagelt war.

Mist. Sie musste das Horn einfach nur rausziehen.

Ich brauchte eine andere Waffe. Ich schaute zu dem Bronzebrunnen, dort lag doch noch das silberne Messer, mit dem ich mir in die Hand geschnitten hatte … Aber ich musste es erwischen, bevor die Morrígan das Offensichtliche tat und …

Tavish lag, auf einen Ellbogen gestützt, neben dem Brunnen und ließ das Messerchen gelangweilt durch seine Finger gleiten. Neben ihm stand die Flasche Jameson's. Sie war halb leer. Er schien sich recht gut unterhalten zu haben.

»Hab dir doch gesagt, du kannst mir nicht mehr trauen, Püppchen.« Er grinste, aber seine Zinnaugen blickten finster. »Hab dir doch gesagt, ich bin nicht mehr Herr meiner selbst, aber du hast mir ja nicht glauben wollen.«

46. Kapitel

Es stimmte: Tavish hatte mir gesagt, dass ich ihm nicht mehr trauen konnte. Aber das bedeutete nicht, dass er nicht mehr auf meiner Seite stand. Die Morrígan benutzte ihn vielleicht nur, um mich auf die Probe zu stellen oder um mich von ihm verzaubern zu lassen, aber er war ihr Gefangener. Und Tavish gehörte nicht zu der Sorte, die alle viere von sich streckten und sich in ihre Sklaverei ergaben. Er war trickreich genug, um mir einen versteckten Hinweis zu geben – was er, wie ich hoffte, genau jetzt tat.

»Keine Sorge«, brummelte ich, »ich vertraue weder dir noch deinem fangzähnigen Kumpan, mit dem du wer weiß was ausheckst.«

Er setzte sich auf und stützte das Kinn auf sein Knie. Die Augen bedeutsam auf mich gerichtet, strich er mit dem Silbermesser über die zarten Glieder der goldenen Kette, die an seinem Fußgelenk befestigt war; das kratzende Geräusch, das dabei entstand, tat in den Zähnen weh. Ein Grinsen huschte über sein Gesicht, ein Aufblitzen seiner spitzen weißen Zähne. Er zog ein Stück Kette aus dem Bronzebecken, wickelte es auf und rammte dann die Messerspitze durch eines der Glieder in die Erde. Er hatte sich festgenagelt, so wie ich die Morrígan.

Toller Hinweis.

Wenn ich ihn bloß verstehen könnte.

Verstehen oder nicht, sein Hinweis musste erst mal warten. Zunächst mal musste ich die Morrígan dazu überreden, mir die zwei Spezial-Eintrittskarten in den Tower zu gewähren.

Stirnrunzelnd schaute ich zu ihr hin. Ihr Oberkörper hing schwingend über dem Horn, das durch den Aalteil ihres Leibs gerammt war. Noch immer musterte sie das Horn interessiert, berührte es fast mit der Nasenspitze. Na, hoffentlich blieb das noch ein Weilchen so, denn den Kampf gegen sie gewinnen konnte ich nicht, nicht gegen eine Göttin. Ich musste mir was anderes einfallen lassen, und zwar schnell. Ich stemmte mich mühsam hoch und blieb schwankend stehen. Alles um mich herum drehte sich, und ich musste blinzeln, um wieder klar sehen zu können. Ich tastete nach meiner Kehle. Verblüfft schaute ich die Hand an: Sie tropfte vor Blut. Auch mein T-Shirt und meine Jeans waren blutig. Kacke. Das war meine letzte saubere Hose gewesen. Warum blutete ich so stark? O nein, die Morrígan musste eine Ader erwischt haben. Wenn das nicht schnell heilte, würde ich mir ums Kämpfen ohnehin keine Sorgen mehr machen müssen.

Malik. Den hätte ich jetzt wirklich gut gebrauchen können. Er hätte mich im Handumdrehen wieder heilen können.

Ich riss einen Ärmel von meinem T-Shirt ab und band ihn mir um den Hals, um die Blutung zu stillen. Der Schnitt in meiner Schulter war dagegen bloß ein harmloser Kratzer. Ich taumelte zum Bronzebecken und nahm die Milch und das Glas an mich. An das Silbermesser wagte ich mich nicht ran, denn das hätte mich in Reichweite von Tavishs Armen gebracht. Und der war leider noch immer das Werkzeug der Morrígan, ob er wollte oder nicht. Ich taumelte auf die Göttin zu und blieb etwa einen Meter von ihr entfernt stehen. Nicht, dass die Entfernung eine Rolle gespielt hätte – sie konnte ihren Schlangenleib ja offenbar beliebig verlängern.

Sie richtete sich auf, verharrte arrogant über mir. »Du hast Mut, kleine Sidhe«, sagte sie hochmütig, »mehr Mut, als ich dir zugetraut hätte.«

»Du willst etwas von mir, Morrígan«, verkündete ich gelassen, »und ich möchte zwei Dinge von dir. Ich bin bereit, mit dir zu verhandeln.«

»Ein Handel mit einer Sidhe?« Sie leckte nachdenklich ihre vollen, blutroten Lippen. »Es ist sechzig Jahre her, seit mir zum letzten Mal so ein Handel vorgeschlagen wurde. Und ich hab den schlechten Nachgeschmack noch immer auf der Zunge.«

Wie auch immer. Es war Zeit, die Karten auf den Tisch zu legen. »Als Erstes möchte ich dich bitten, mir zu helfen, das *Dazwischen* zu betreten, ohne einen Eingang zu benutzen. Für mich und für noch jemand anderen.« Ich hielt kurz inne. Jetzt kam, wie ich hoffte, der Knaller. »Ich möchte in die Zwischenwelt, die im Tower von London existiert.«

»Das ist keine Kleinigkeit, um die du mich da bittest.« Sie senkte den Blick, musterte noch einmal das Horn und zog es dann mit einem hässlichen, schmatzenden Geräusch aus ihrem Aalleib. Der zuckte, ein Blutschwall ergoss sich aus der Wunde und tropfte zischend aufs Gras. Sie streckte die Hand aus. »Die Milch, kleine Sidhe«, befahl sie hochmütig.

Ich zögerte, fürchtete, einen Vorteil aufzugeben.

»Komm schon. Du kannst sie schließlich nicht mehr in die Kuh zurückgießen, nicht wahr?«

Ich reichte ihr die Tüte.

Sie las die Schrift auf dem Karton und runzelte die Stirn. »Biomilch. Ha! Wenn die Menschen die Erde nicht so mit ihren Abfällen, Pestiziden und Chemikalien vergiften würden, wäre eine solche Etikettierung unnötig.« Sie roch schnüffelnd an der Milch, machte eine Miene, als wollte sie sagen, »wenn's sein muss …«, und begann, die Milch über ihre Wunde zu gießen. Sie fing sofort an zu heilen. Ich fragte mich, ob das bei meiner Halswunde auch funktionieren würde, aber die Morrígan goss unbekümmert und mit einem wohligen Gesichtsausdruck die ganze Milch bis zum letzten Tropfen über ihre Wunde.

Pech gehabt. Immerhin: Das unangenehme Jucken in meiner Halswunde verriet mir, dass sie bereits zu heilen begann, auch wenn ich aussah, als wäre ich der Hauptgang bei einer Vampirorgie gewesen. Vielleicht hatte sie ja doch keine Ader getroffen – oder die Magie half mir.

Sie ließ die leere Milchtüte fallen und streckte grinsend erneut die Hand aus. »Und jetzt das Glas.«

Diesmal zögerte ich nicht, reichte ihr sofort den Kristallschwenker.

Auch daran roch sie schnüffelnd. Ihr Hand begann zu zittern, ihre giftgelben Augen weiteten sich. Sie nahm einen tiefen Atemzug. »Ah! Eine Opfergabe von einem Fruchtbarkeits-Fae«, flüsterte sie. »Was für ein Glück du hast.« Sie hielt das Glas über die Öffnung des Horns und machte Anstalten, den milchigen Inhalt hineinzugießen. Ich ahnte entsetzt, was sie wohl gleich von mir verlangen würde.

»Nein, Mylady«, rief Tavish aus und stellte sich zwischen mich und die Morrígan.

Dem konnte ich nur beipflichten! Selbst wenn ich nun wusste, von welchem Fae die freundliche Spende stammte.

»Ach nein?«, sagte die Morrígan drohend und richtete ihre giftgelben Augen auf Tavish.

»Nicht das Horn, Mylady«, sagte Tavish leise, »nur das Glas, bitte.«

Was sollte das jetzt wieder heißen?

»Das ist doch bloß ein Trinkhorn, Kelpie«, sagte sie betont gleichgültig.

»Glaubt nicht, ich hätte es nicht erkannt, Mylady.« Die in seine Dreadlocks geflochtenen Silberperlen nahmen eine warnende rote Signalfarbe an. »Es ist ein Horn des MacCúailnge.«

Das Horn stammte vom MacCúailnge, ihrem Sohn? Kein Wunder, dass sie es so fasziniert angeglotzt hatte. Aber ihr Sohn war ja angeblich hingerichtet worden. Handelte es sich hier also nur um ein makabres Erinnerungsstück? Oder hatte uns da jemand – sprich, Lady Meriel – nicht die ganze Wahrheit gesagt?

»Aye, es ist ein Horn des MacCúailnge«, wiederholte sie, seine schottische Aussprache nachahmend, »aber sag mir eines, Kelpie: Woher weißt *du*, was für ein Horn das ist?«

Seine Kiemen fächerten sich auf und legten sich dann wieder eng an seinen Hals. Er machte eine demütige Verbeugung. »Ich war es, der das Horn von seinem Kopf entfernt hat, Mylady.«

Hm. Vielleicht keine so gute Idee, gerade jetzt mit so einer Wahrheit herauszurücken, Tavish.

Ein lauernder Ausdruck trat auf ihr Gesicht. »Du gestehst also, dass du es warst, der ihn getötet hat?«

»Nein, Mylady, das will ich damit nicht sagen.« Seine Haarperlen klickten, wie mir schien, ein wenig nervös. »Aber ich gebe zu, daran beteiligt gewesen zu sein ... die Hörner des alten Donn entfernt zu haben.«

Sie versetzte ihm eine schallende Ohrfeige mit dem Handrücken. Tavish geriet ins Stolpern, fing sich aber wieder. Da versetzte sie ihm einen brutalen Kinnhaken. Der Kelpie wurde in die Luft geschleudert und prallte von der Kuppel ab. Stöhnend rappelte er sich wieder auf die Beine. Die Morrígan zerrte wütend an der Kette und brachte ihn erneut zu Fall. »Du bleibst liegen«, befahl sie. Er ließ sich mit einem aufmüpfigen Blick zurücksinken. Von seinem spitzen Kinn tropfte Blut. Ich konnte kaum hinsehen.

»Und jetzt zu dir, kleine Sidhe ...«

Überrascht richtete ich meinen Blick wieder auf sie und sah gerade noch, wie sie den Inhalt des Glases in das Horn goss. Dann spuckte sie hinein. Sie hielt es mir hin. »Trink das, und ich werde dir deine Bitte erfüllen ...«

Okay. Selbst ohne Spucke: Igitt. Und mit Spucke: Igittigitt!

»... und dir außerdem die Antwort auf deine Frage geben«, beendete sie ihren Satz mit einem gerissenen Lächeln.

Meine Augen wurden schmal. »Welche Frage?«

»Du suchst doch die Antwort auf das Problem des Fruchtbarkeitsfluchs, oder nicht?«

»Ja.« Vorsichtige Hoffnung keimte in mir auf.

Ein triumphierender Ausdruck breitete sich auf ihrem Gesicht aus. »Dann trink das, kleine Sidhe.«

Ich starrte das Stierhorn an. Ich brauchte es nur auszutrinken und würde die Antwort erhalten. Und es war schließlich kein Gift, sondern von seinem Ursprung her genauso natürlich wie die Milch. Und was war schon ein bisschen Spucke zwischen … na ja, Nicht-Freunden. Aber zwischen einer Fruchtbarkeitsgöttin und einer Sidhe? Und genau da hatten wir das Problem: Sie war eine Fruchtbarkeitsgöttin. Und das Austrinken des Horns war sicher keine rein symbolische Handlung. Es hätte sehr reale Folgen. Und ich wäre diejenige, die dann in der Tinte säße, nicht sie. Das wollte ich nicht. Tavishs Reaktion war eine weitere Warnung: Wenn ich aus dem Stierhorn trank anstatt aus dem Glas, bedeutete dies, dass Finn zwar der Spender sein mochte, ich aber nicht mit seinem Kind schwanger werden würde, sondern mit dem der Morrígan.

Mit zitternder Hand nahm ich das Horn entgegen. Es fühlte sich merklich schwerer an, aber vielleicht bildete ich mir das ja auch bloß ein.

»Trink das ja nicht, Püppchen«, warnte mich Tavish leise.

Ich schaute ihn erstaunt an. »Jetzt soll ich dir plötzlich trauen?«

»Denk an die Vision, die sie dir« – er wies mit einer Kopfbewegung auf die Morrígan – »gezeigt hat.«

»Wie könnte ich nicht?«, schnaubte ich. Die Erinnerung an meinen wogenden, dicken Bauch, bei dem sich kleine Hufe und Hörner abzeichneten – so was vergisst man nicht so schnell. »Aber das kann jetzt nicht mehr passieren, oder? Nicht nach deinem Keuschheitszauber.«

»Das war ihre Idee, nicht meine«, brummelte er. »Ich hatte keine Wahl, Püppchen.«

Okay, also definitiv »nicht trinken«. Seine Worte bestätigten meine Vermutung: Sie hatte mich mit dem Keuschheitszauber belegt, um mich vielleicht für genau so einen Augenblick wie diesen rein zu halten. Aber ich brauchte ihre Hilfe, und ich brauchte auch ihre Antwort auf das Rätsel des Fruchtbarkeitsfluchs. Ich musste mir etwas einfallen lassen, um zu erreichen, was ich wollte, auch ohne das igittige Horn austrinken zu müssen. Und um gleichzeitig Tavish zu befreien.

Ich funkelte ihn zornig an. »Und der Zimt? War das auch ihre Idee, dem Zauber Zimt hinzuzufügen?«, brüllte ich Tavish wütend an.

Er riss erschrocken die Augen auf.

»Du hast sie unfruchtbar gemacht!«, kreischte die Morrígan. Sie zog Tavish mit einem Ruck zu sich heran, schlang ihren Aalleib um ihn und begann ihn wie eine Boa constrictor zu würgen. »Bei jeder sich bietenden Gelegenheit hast du meine Pläne hintertrieben, Kelpie«, kreischte sie, »hast dich eingemischt und intrigiert. Damit ist jetzt Schluss!«

»Das finde ich auch!«, rief ich laut, um Tavishs Schmerzensschreie zu übertönen. Tavish war ein Wylde Fae, und die sind schwer totzukriegen, aber das hilft ihnen nichts, wenn eine Göttin beschließt, ihnen den Garaus zu machen.

Ich wiederholte mich, noch lauter. Diesmal schwang ihr Kopf herum, und ihre giftgelben Augen richteten sich auf mich.

»Ihn zu erwürgen ist ein viel zu rascher Tod für ihn, Morrígan«, sagte ich gespielt verächtlich. »Er hat schließlich deinem Sohn die Hörner abgeschnitten. Wie wär's also mit einem Gegenvorschlag?«

47. Kapitel

Sie musterte mich neugierig. »Was für ein Gegenvorschlag?«
»Eine Verlängerung seiner Leiden, sowohl physisch als auch psychisch«, erwiderte ich, »als gerechte Strafe für seine Einmischung in deine und meine Angelegenheiten.«

Ihr Griff um Tavish lockerte sich ein wenig. Neugierig beugte sie sich näher. »Fahre fort.«

»Versprich mir zuerst, dass du mir den gewünschten Einlass verschaffst. Und dann werde ich es dir zeigen. Wenn dir gefällt, was ich mache, erzählst du mir, wie ich den Fluch brechen kann. Wenn nicht, werde ich das Horn austrinken.« Ich hielt das Horn hoch. »Entweder gleich anschließend oder morgen bei Sonnenuntergang.« Sie konnte bei diesem Handel gar nicht verlieren, und ich – und Tavish – würden dadurch ein wenig Zeit gewinnen.

Tavish widersprach vehement, aber die Morrígan schlang ihren Leib um seinen Hals und würgte seine Proteste ab.

»Abgemacht, kleine Sidhe.« Sie riss den Mund auf und stieß ein lautes Krächzen aus. Sofort ertönte Flügelschlagen. Ein großer Rabe tauchte auf und ließ sich auf der Schulter der Morrígan nieder. Seine scharfen Krallen bohrten sich haltsuchend in ihre Haut.

War das Jack? Schwer zu sagen. Nein, dieser Vogel hatte schwarze Augen, Jacks dagegen waren blau. Wenn Jack also nicht für die Morrígan arbeitete, wieso hatte er mich dann verfolgt?

Die Morrígan wandte ihm den Kopf zu und stieß ein zärtliches Schnalzen aus. Der Rabe rieb zutraulich seinen Kopf an ihrer Wange. Zwei Federn lösten sich aus seinem Gefieder und flatterten zu Boden. Der Rabe flog auf und verschwand wieder.

Die Morrígan deutete auf die beiden Federn. »Deine Eintrittserlaubnis, kleine Sidhe.«

Ich hob die Federn auf. Sie fühlten sich ganz normal an, überhaupt nicht magisch. »Wie funktionieren die?«

»Das wirst du zur rechten Zeit schon merken«, erwiderte sie. »Und jetzt« – sie drückte Tavish ein wenig, diesmal jedoch mehr aus Aufregung als aus Grausamkeit, und er stöhnte – »zeig's mir.«

Ich schob die Federn in die Gesäßtasche meiner Jeans und deutete auf Tavish. »Du musst ihn erst mal loslassen.«

Gehorsam hob sie ihn hoch und schleuderte ihn dann mit solcher Gewalt zu Boden, als wolle sie ihn in die Erde rammen. Ein hässliches Knacken ertönte, und Tavish brüllte vor Schmerzen. Mit seltsam verrenkten Beinen blieb er liegen. Du meine Güte, sie hatte ihm beide Schienbeine gebrochen.

Ich biss die Zähne zusammen und sagte mir, dass das wieder heilen würde. Ein paar gebrochene Knochen waren besser, als tot zu sein. Mir wurde ganz übel bei dem Gedanken, was ich jetzt tun musste. Keine Zeit zum Überlegen. Ich rollte Tavish mit einem Fußtritt auf den Rücken. Aus den Augenwinkeln sah ich, wie die Morrígan sich entzückt die Lippen leckte.

Ich ging neben Tavish in die Hocke und betete, dass seine Gründe dafür, dass ich nicht schwanger werden sollte, was immer sie auch sein mochten, stark genug waren, um ihn bei meinem Vorhaben mitspielen zu lassen. »Also gut«, sagte ich grimmig und packte mit beiden Händen sein Gesicht, damit er mich ansehen musste. Seine Augen waren ganz trübe vor Schmerzen. »Jetzt pass gut auf: Wenn du versuchst, das, was ich tun werde, zu verhindern, oder dich dagegen wehrst oder es auf irgendeine Weise änderst, dann werde ich dieses Horn hier austrinken, so wahr ich hier stehe! Nur mir selbst oder der Morrígan ist es gestattet, etwas zu ändern. Dies gilt bis morgen bei Sonnenuntergang.«

»Püppchen! Du darfst das nicht trinken ...«

»Das liegt jetzt ganz bei dir«, unterbrach ich ihn. Den Blick unverwandt auf sein Gesicht gerichtet, hob ich das Horn mit beiden Händen hoch und rammte es ihm in den Bauch. Er brüllte so laut, dass die Kuppel erzitterte, und sein Gesicht verzerrte sich vor Qual. Ich musste die Lippen zusammenpressen, um mich nicht zu übergeben. Ich zwang mich mit ganzer Willenskraft, das Horn drehend in ihn hineinzudrücken, ohne dabei auf das hässliche Geräusch zu achten. Schließlich stieß ich es unter ihm in die Erde. Es würde nicht ewig halten, aber vielleicht lange genug, um zu verhindern, dass sie ihn mit sich schleppte. Mir wurde erneut schwindlig. Blinzelnd fixierte ich die Morrígan.

Die leider nicht ganz so glücklich aussah, wie ich gehofft hatte. »Du stellst mich vor ein Problem, kleine Sidhe. Wenn ich sage, dass ich nicht zufrieden bin, muss ich das Horn meines Sohnes entfernen, damit du es austrinken kannst. Aber ich kann die Wahrheit nicht verleugnen: Es gefällt mir, den Kelpie leiden zu sehen, und vor allem die Art seiner Strafe.«

Ich drückte unauffällig die Daumen.

»Aus diesem Grunde werden wir unseren Handel morgen bei Sonnenuntergang zu Ende bringen. Und jetzt überlasse ich dich deinen Geschäften.« Sie beugte sich über Tavish, schob ihre Arme unter seine Schultern und seine Kniekehlen und versuchte, ihn hochzuhieven.

Kacke. Ich hatte gehofft, dass sie ihn an der Kette mit sich zerren würde, was mir etwas Zeit verschafft hätte.

Sie grinste mich verschlagen an, als wollte sie sagen: »So schnell lässt sich eine Göttin nicht hereinlegen.« Sie zog und zerrte an ihm, ihre Arm- und Halsmuskeln traten wie Stränge hervor. Tavish brüllte, und das Horn bohrte sich nur umso tiefer in die Erde. Ich ballte meine Hände zu Fäusten und kämpfte die aufsteigende Galle nieder. Da senkte sie ihren Mund auf den seinen und gab ihm einen Kuss. Zum Glück fiel er daraufhin in tiefe Bewusstlosigkeit. Das Horn löste sich nun leicht aus der Erde, und sie hob ihn auf.

Mist. Das hatte ich mir anders vorgestellt.

»Dann bis morgen bei Sonnenuntergang, kleine Sidhe«, verabschiedete sie sich von mir und tauchte mit ihrer Last ins Bronzebecken des Springbrunnens.

Die Goldkette wurde aufgerollt, doch dann spannte sie sich plötzlich.

Ich rappelte mich auf und schlurfte, so schnell ich konnte, zum Becken.

Die Morrígan begann zu versinken.

Ich lief schneller. Ich musste die beiden erreichen, bevor sie mit ihm untertauchte.

Kopf und Torso des Aalwesens begannen zu schrumpfen, die Haut wurde dunkler, nahm wieder die Färbung des Aals an.

Mir verschwamm alles vor Augen. Auf einmal hatte sie zwei Tavishs auf den Armen.

Eine Wasserfontäne schoss in die Höhe, und die beiden waren verschwunden.

Die Wasseroberfläche glättete sich.

Verzweifelt fiel ich neben dem Silbermesser auf die Knie, mit dem die Goldkette verankert war. *Bitte, bitte, gib, dass ich recht habe.* Ich packte ein Ende der Kette mit der linken Hand und legte meine rechte Hand darauf. Konzentriert suchte ich in mir selbst. Und da tauchte auch schon der kleine Goldschlüssel, den ich nach dem Besuch der Morrígan gefunden hatte, auf meiner rechten Handfläche auf. *Ich musste recht haben.* Vorsichtig hob ich die zusammengewickelten Kettenglieder auf und *konzentrierte* mich. Behutsam ließ ich meine Magie aus mir herausströmen … *hoffentlich, hoffentlich* … das Kettenglied, in dem die Messerspitze steckte, begann zu flirren, dann machte es »popp« und zerriss.

»Jaa!«, schrie ich begeistert.

Ich schaute die beiden Enden der zerrissenen Kette an, eine in jeder Hand. Ein Ende führte zu Tavish … das andere zur Morrígan.

Ich zog an dem linken Ende, das näher an meinem Herzen war.

Heftiger Wind brauste auf, wehte mir die Haare ins Gesicht, ein donnerndes Brausen erfüllte meine Ohren, und um mich herum senkte sich Finsternis. Scharfe Krallen bohrten sich in meine Arme, in meine Haut, ich wurde angehoben, hing zappelnd in der Luft. Mit einem erschrockenen Quieken schaute ich hoch. Ein riesiger Rabe hielt mich bei den Handgelenken.

Die Eintrittskarte der Morrígan.

Aber ich wollte jetzt noch nicht zum Tower. Nicht ohne Malik.

Der Rabe stieg flügelschlagend höher. Ich warf einen Blick zurück auf den Brunnen. Eine längliche schwarze Gestalt tauchte soeben aus dem Wasser auf und hievte sich über den Beckenrand. War es der Aal? Oder?

Die Gestalt sank mit ausgebreiteten Armen auf den Rücken.

Es war Tavish.

Mir fiel ein Stein vom Herzen, nein, eine ganze Geröllawine. Er war frei – soweit man das behaupten kann, wenn man in einem Blutzirkel inmitten des Nichts feststeckt. Jetzt konnte ich nur hoffen, dass er das Horn des alten Donn, das noch immer in seinem Bauch steckte, nicht anrührte, denn sonst müsste ich es mir zu Gemüte führen, wenn auch auf andere Weise als er. Mir wurde speiübel bei dieser Vorstellung, aber auch bei dem Gedanken daran, was ich dem Armen antat.

Meine Umgebung geriet ins Wanken, als der Rabe uns aus der Kuppel hinausflog.

Das Nichts umhüllte mich, sickerte in meine Augen, drang in meine Nase, kroch mir in den Hals. Unsichtbare Hände mit seltsam geformten Krallen packten mich, zogen und zerrten. Etwas riss an meinem Bein. Der Griff des Raben um eines meiner Handgelenke lockerte sich, eine Kralle bohrte sich schmerzhaft in meine Haut. Mein Arm entglitt ihm, und jetzt hing ich nur noch an einem Handgelenk. Ich schrie vor Schreck, doch mein Schrei wurde sogleich von fleischigen, nach Schlamm schmeckenden Lippen erstickt. Der Rabe über mir stieß ein heiseres Krächzen aus, halb Warnung, halb Hilferuf …

Abermals schien alles ins Wanken zu geraten …

Und mit einem Mal spannte sich der Londoner Nachthimmel über uns.

Die Schwere in meinen Gliedern verriet mir, dass wir uns wieder in der Menschenwelt befanden. Sterne glitzerten am Himmel, Regen klatschte mir ins Gesicht, und der kalte Frühjahrswind zerrte an meiner Kleidung, verursachte eine Gänsehaut.

Unter mir kam der Tower of London in Sicht.

Meine Kehle war wie zugeschnürt. Dorthin wollte ich … aber nicht ohne Malik. Ohne ihn hatte ich niemanden, der mir den Rücken freihielt. Was tun? Ich hatte zwei Tickets von der Morrígan bekommen.

Der Rabe sauste auf den Tower zu; ein scharfer Wind packte und schüttelte mich, und seine Krallen gruben sich haltsuchend tiefer in meine Haut.

Ich musste kurz die Augen schließen, weil mir fürchterlich schwindlig wurde. Dann schob ich meine freie Hand in meine Gesäßtasche. Ja, da war noch eine Feder übrig.

Ich warf einen Blick nach unten. Wir überflogen soeben den grasbewachsenen Burggraben …

Ich rieb die Feder über meinen blutigen Hals und ließ sie mit dem Befehl, Malik möge sie finden und nachkommen, fallen.

Vor uns ragte jäh die dicke graue Außenmauer des Towers auf – und schon überflogen wir den Innenhof.

Noch einmal sandte ich meinen Ruf an Malik aus.

Der Rabe flog direkt auf die graublaue Mauer des White Towers zu, des ältesten Teils der Burganlage. Ich schluckte, war versucht die Augen zu schließen, die Wand kam näher, und schon waren wir durch. Ich verspürte eine jähe Leichtigkeit in meinen Gliedern: Wir hatten die Menschenwelt also wieder verlassen und befanden uns im *Dazwischen*.

Der Rabe ließ mich fallen.

Der Steinboden sauste viel zu schnell auf mich zu. Ich wollte mich noch einrollen, mich schützen, aber es war zu spät: Ich prallte hart mit der Schulter auf dem Boden auf. Ein schneidender Schmerz fuhr mir durch Schulter und Rücken, und mir wurde die Luft aus den Lungen gepresst. Ich sah Sterne, eine ganze Milchstraße voller Sterne.

Eine Hand berührte mein Gesicht.

Und die Erinnerung drang in mich ein.

48. Kapitel

Hier ist er, dein kleiner Mann, meine Liebe«, sagte Hexe Harrier mit einem Lächeln, »schön gebadet und fertig für seine frischgebackene Mama.«

Hinter Hexe Harrier stand Dr. Craig. Die kreisrunde kahle Stelle auf seinem Schädel glänzte weiß wie ein Fischbauch im harten Schein der Neonröhren an der Decke. Seine Fledermausohren ragten zu beiden Seiten seines Gesichts aus den dicken Büscheln lockiger brauner Haare.

Sie rutschte unbehaglich in ihrem Bett hin und her. Ihr war übel beim Gedanken daran, wie sie es mit ihm *hatte tun müssen. Aber jetzt war sie derart erschöpft, dass es ihr beinahe nichts mehr ausmachte. Es machte ihr fast nichts aus, dass er sie genauso misstrauisch anschaute wie vor ein paar Monaten, als sie ihm eröffnete, dass sie schwanger sei. Obwohl sie es erst ein Mal gemacht hatten. Wenn sie nur ihr Baby behalten durfte, dann konnte sie alles ertragen. Sogar ihn. Nichts, aber auch gar nichts würde sie davon abhalten, ihr Baby zu behalten.*

Sie nahm ihn vorsichtig entgegen. Sie zitterte vor Nervosität und Aufregung. Wenn sie ihn fallen ließe? Oder zu fest hielte? Doch er schien sich in ihren Armen sichtlich wohlzufühlen. Sie entspannte sich, ihre Nervosität verwandelte sich in ein überwältigendes Glücksgefühl. Vorsichtig schob sie die Decke zurück und streichelte die Konturen seines winzigen, runzligen Gesichts, das noch ganz rot war von der Geburt. Er war wunderschön, einfach perfekt, unfassbar. Das Näschen hatte er von ihr, das Kinn von seinem Vater. Seine Ohren lagen flach am Kopf an und standen nicht ab wie bei einer Henkeltasse. Die Augen waren fest geschlossen, aber sie wusste, dass sie blau sein würden.

Sie hauchte einen zärtlichen Kuss auf seine kleine Stirn, sog wohlig seinen angenehmen Babygeruch in sich ein. Er begann zu zappeln, und sie lockerte die Decke, damit er mehr Platz hatte. Sie schob einen Finger in eines der eifrig wedelnden Händchen, und die winzigen Finger packten ihn mit verblüffender Kraft. Er stieß ein leises Wimmern aus.

»Er möchte gestillt werden, meine Liebe«, sagte Hexe Harrier aufmunternd, »du musst ihn nur in die richtige Richtung drehen, den Rest macht er allein.« Sie warf ihrem fledermausohrigen Sohn einen wohlwollenden Blick zu. »Zumindest war's so bei meinen zwei Jungen.«

Ihr Blick huschte betreten zwischen den beiden hin und her. Es spielte keine Rolle, dass sie gierig bei der Geburt zugeschaut, sich keine Einzelheit hatten entgehen lassen. Es spielte keine Rolle, dass er es mit ihr getan hatte. Sie wollte nicht, dass sie jetzt zuschauten. Aber sie traute sich nicht, das zu sagen. Ängstlich schaukelte sie ihr Kind in ihren Armen. Vielleicht verstanden sie ja den Wink und verzogen sich.

Aber im Grunde wusste sie, dass das nicht passieren würde. Hexe Harrier würde sich keinen Moment mit ihrem neuen »Enkel« entgehen lassen. Und die alte Henkeltasse war der Schularzt. Alle Mädchen wussten, wie er war, alle hatten sie bemitleidet, als publik wurde, dass er den Brautpreis für sie bezahlt hatte, alle hatten erleichtert, dass es sie nicht getroffen hatte, hinter ihrem Rücken getuschelt. Sie hatte natürlich gewusst, dass früher oder später irgendjemand den Brautpreis bezahlen würde. Sie war eine Hexe der neunten Generation, die stärkste in ihrem Jahrgang. Sie hatte sich weiter keine Sorgen deswegen gemacht, nicht, nachdem ihre Mutter ihr erklärt hatte, was zu tun war, falls sie innerhalb eines Jahres nicht schwanger geworden war und verhindern wollte, dass sie das Geld zurückgeben mussten. Viele Mädchen wählten diesen Weg, denn Zauberer waren bekanntermaßen nicht sonderlich zeugungsfähig. Aber musste es ausgerechnet die grässliche Henkeltasse sein, dieser eklige Perversling? Als sie es erfuhr, beschloss sie sofort, den Plan ihrer Mutter in die Tat umzusetzen. Sie wollte nicht, dass die Henkeltasse es mehr als ein Mal mit ihr machte. Er war sogar schlimmer, als die Mädchen sich das vorstellen konnten. Eine Woche lang hatte er sie traktiert, sie auf das Kommende »vorbereitet«, ihr Anweisungen gegeben, sie gekniffen und gedrückt, bis sie am liebsten geheult hätte. Aber jetzt ließ sie bei der Erinnerung daran die Schultern hängen. Das und dazu der widerlich süßliche Tee, mit dem Hexe Harrier ihre Milch zum Fließen gebracht hatte … ihre Brüste fühlten sich an wie zwei riesige harte Melonen.

Das Baby wimmerte erneut.

»Sch«, flüsterte sie, damit es still war.

»Brauchst du Hilfe, meine Liebe?« Hexe Harrier beugte sich über sie. »Das Stillen ist äußerst wichtig, meine Liebe, nicht nur für seine Gesundheit, es wird die Magie leichter fließen lassen.«

Ja, ja, das hatte sie alles schon tausendmal gehört: Zauberer wurden nicht nur durch die Geburt geschaffen, sondern vor allem durchs Stillen.

»Vielleicht sollte ich dir ja helfen, Helen? Dies erste Mal?« Die Henkeltasse grinste lüstern.

Sie schüttelte angeekelt den Kopf. Dann zog sie rasch die Schleife am Ausschnitt ihres Nachthemds auf. Verstohlen entblößte sie sich, hielt sich das Kind sofort an die Brust, damit man möglichst nichts sehen konnte. Und Hexe Harrier hatte recht: Der Kleine wusste sofort, was zu tun war. Eifrig schloss sich sein Mündchen um ihre Brustwarze. Ein kleiner Stich, sie zuckte zusammen, doch dann strömte ihre ganze Liebe aus ihr heraus, während sie beobachtete, wie er eifrig nuckelte. Ihr Publikum kümmerte sie nicht mehr, dieser Moment war einfach perfekt. Er war ihr Baby. Ihr wunderschöner kleiner, perfekter Sohn.

Müde und erschöpft fielen ihr die Augen zu.

Leiser Gesang ließ sie hochzucken. Panisch schaute sie nach unten. Ihr Baby lag noch immer in ihren Armen. Erleichterung durchflutete sie. Er war eingeschlafen. Sein kleiner Mund stand offen. Zum ersten Mal konnte sie seine winzigen Fangzähnchen sehen, die aus seinem rosa Babyzahnfleisch spitzten. Zwei milchige Blutstropfen hingen zitternd an ihrer Brustwarze. Verstohlen versuchte sie sie mit dem dünnen Stoff ihres Nachthemds wegzuwischen. Ihr Herz klopfte wie verrückt. Hastig deckte sie ihre Brüste wieder zu.

»Meine Liebe?« Hexe Harriers missbilligender Ton ließ sie aufblicken.

Ihr blieb fast das Herz stehen.

Sie waren alle da.

Hexe Harrier, die alte Henkeltasse, der Kelpie … und neben ihm ein Mädchen, kaum älter als sie selbst.

Es war das Mädchen, das ein leises Wiegenlied sang. Ihr anmutiger Körper wiegte sich im Takt. Sie hatte einen Finger in eine Strähne ihres langen silberblonden Haars gewickelt.

Und neben ihr stand der irische Wolfshund.

»Nein«, kreischte sie und drückte entsetzt ihren Sohn an sich. »Du hast gesagt, dass ich ihn behalten darf! Du hast es versprochen!*«*

»Es ist nur zu deinem Besten«, sagte Hexe Harrier mit harter Miene.

Das Mädchen, das eine Sidhe war, hörte auf zu singen und kam tänzelnd zu ihr ans Bett. Sie beugte sich vor und gab dem Baby einen Kuss aufs Köpfchen. Dann schaute sie sie mit den großen, unschuldigen Augen eines Kindes an.

Der Anhänger hing an einer Kette um ihren Hals.

»Sei nicht traurig, hübsches Mädchen«, flüsterte die Sidhe. Dann nahm sie ihr ihren Sohn weg.

49. Kapitel

»War das wirklich nötig? Sie einfach so fallen zu lassen?«, sagte Helen Cranes Stimme in hochmütigem Ton. Das und der scharfe Geruch von Ammoniak rissen mich aus ihren traurigen Erinnerungen. »Sie war bereits verletzt, und jetzt hast du es noch schlimmer gemacht. Sie muss einigermaßen denken können, wenn das hier funktionieren soll. Es ist wichtig; eine zweite Chance kriegen wir nicht.«

Ich hatte Helen gefunden. Oder besser gesagt: sie mich. Und sie wollte mal wieder was von mir, wie konnte es anders sein. Ich versuchte, nicht mehr an ihre traurigen Erinnerungen zu denken, und konzentrierte meine Kräfte darauf, mich tot zu stellen. Und meine Verletzungen zu katalogisieren. Das Ergebnis war entmutigend: Ich war mir ziemlich sicher, dass Schlüsselbein und Schulterblatt gebrochen waren, vielleicht auch der Oberarmknochen. Mein linker Arm war vollkommen nutzlos. Ich lag auf einem eiskalten Steinboden, und die Umgebungstemperatur schien nahe dem Gefrierpunkt zu sein. Im Gegensatz dazu brannten die mit magischen Steinen und Sprüchen bepackten Handschellen, mit denen ich an Händen und Füßen gefesselt war, wie Feuer.

»Ich weiß, wie wichtig es ist, Mylady«, sagte eine Männerstimme entschuldigend. »Ich habe mein Bestes versucht, aber wir wurden angegriffen, und ich hätte sie beinahe verloren. Ich bitte um Vergebung, Mylady.«

Ich warf unter gesenkten Wimpern einen verstohlenen Blick auf den Sprecher. Es war Jack Rabe in seiner menschlichen, blondlockigen, indigoäugigen Erscheinung. In Jeans und lila Pulli kniete er neben mir. Entweder hatte er mittlerweile gelernt, sich angezogen zu verwandeln, oder ich war schon länger hier. Besorgt schaute er Helen an, die neben ihm kniete.

Sie, die sonst immer wie aus dem Ei gepellt wirkte, sah nun zum ersten Mal merklich mitgenommen aus: Das Haar schlampig im Nacken zusammengebunden, trug sie eine gebügelte Designerjeans, dazu eine rosa Bluse und eine marineblaue Cardigan-Jacke. Ihr Christbaumschmuck wirkte dazu unpassender denn je. Sie schaute Jack gereizt an und schwenkte dabei gleichzeitig zerstreut ein Riechfläschchen unter meiner Nase. Aha, daher dieser Ammoniakgestank. Ich hätte fast laut aufgelacht. Was bildete sie sich ein? Dass ich errötend in Ohnmacht gefallen war?

»Ich hab doch gesagt, du sollst mich nicht so nennen, Jack«, fauchte sie ihn an. »Ich bin deine Mutter und nicht eine von deinen flittchenhaften Sidhe-Freundinnen, mit denen du flirtest und schöntust. Sag Mum zu mir oder Mutter oder meinetwegen Helen, aber bloß nicht ›Mylady‹!«

Ich hatte also auch Helens Wechselbalg-Sohn gefunden und – wenn ihre Erinnerung nicht trog – Mad Max' verschollenen Sprössling. Das musste der Hunde-Sprössling sein, von dem die Rede gewesen war. Es überraschte mich, dass ich nicht früher darauf gekommen war, auch wenn eine Verbindung zwischen einer Hexe und einem Vamp noch so unwahrscheinlich war. Und nicht nur das: Mad Max und Helen hatten nicht nur was miteinander gehabt, ihre Romanze hatte auch noch kleine fangzähnige Früchte getragen.

Aber diese Erkenntnisse halfen mir nicht dabei, einen Ausweg aus dieser kniffligen Situation zu finden. Oder Nicky und die verschollenen Faelinge zu retten. Auf Inspiration hoffend, schaute ich mich um – so weit das in meiner Lage möglich war. Wir befanden uns in einem großen Raum mit rohen Steinwänden und einer niedrigen Decke mit uralten, schwarz gestrichenen Balken und Holzsäulen – das Einzige, was ich in meiner derzeitigen Position erkennen konnte. Von der Decke hingen in einer langen Reihe kreisrunde große Lüster, in denen eine Vielzahl halb heruntergebrannter Kerzen flackerte. Das sah nicht viel anders aus als auf den Bildern, die Hugh mir von den Innenräumen des White Towers gezeigt hatte. Aber es ist auch einfacher, im *Dazwischen* einen realen Ort zu imitieren, als etwas, das nur in der eigenen Fantasie existiert. Die Magie ist unberechenbar. Was dabei herauskommen konnte, war eine Albtraummischung aus allem, was sich die Magie aus dem Kopf herauspickt.

Apropos Albträume …

»Du könntest sie aber auch Hexenzicke nennen, so wie ich es tue«, verkündete ich mit krächzender Stimme. Jetzt hörte ich mich schon selbst an wie ein Rabe. Beide drehten sich zu mir um.

Helen presste säuerlich ihre Lippen aufeinander. »Na, wenigstens sind Sie wach.« Sie hatte die Güte, mir das Riechfläschchen nicht länger unter die Nase zu halten, und ich atmete dankbar die reine Luft ein.

»Hallo, Mylady«, sagte Jack mit einem zögerlichen Lächeln. Sein Ton war ebenso entschuldigend wie seine Miene. »Verzeiht, dass ich Euch fallen ließ. Das wollte ich nicht, Ihr seid mir einfach aus den Krallen gerutscht.«

»He, was soll's, Jack«, sagte ich und bedachte ihn mit meinem einschüchterndsten Blick. »Wie fühlt man sich so, eingeklemmt zwischen der Mutter und einer Göttin? Du bist doch ein Bote der Morrígan, oder irre ich mich?«

»Äh, die Morrígan wollte, dass ich Euch hierherbringe und ebenso My… meine Mutter«, antwortete er kleinlaut.

»Ach ja. Aber du weißt schon, wie unklug es ist, eine Göttin zu verärgern, ja?«

»Ms Taylor«, mischte sich Helen energisch ein, »die Morrígan hat nicht gesagt, wo genau Sie landen sollen, solange es im *Dazwischen* des Towers ist. Jack hat seine Aufgabe also durchaus erfüllt. Ich wäre Ihnen dankbar, wenn Sie aufhören würden, ihn einschüchtern zu wollen.«

»Das brauche ich gar nicht«, sagte ich, meinen Blick fest auf Jack geheftet. »Ich sage nur die Wahrheit. Und nein, er hat seine Aufgabe noch nicht erfüllt, denn ich habe zwei Eintrittskarten erhalten. Und mein Begleiter ist noch nicht hier.«

»Verzeiht, Mylady«, sagte Jack, »aber ich muss warten, bis die Feder …«

»Schweig, Jack«, mischte sich Helen ein, »du bist ihr keine Erklärung schuldig.«

Jack schaute mich an und zuckte bedauernd mit den Schultern. Kacke, so viel zu meinen Einschüchterungsversuchen. Und wo blieb mein Back-up? Mit seinen Supersinnen dürfte es Malik doch genauso schwerfallen, eine mit meinem Blut getränkte Feder zu finden, wie eine Riesennadel ohne Heuhaufen.

Ich richtete meinen Laserblick auf Helen. »Ach ja, wo wir schon dabei sind, mir Infos vorzuenthalten: Was genau wollen Sie diesmal von mir? Soll ich bloß wieder wie das Lamm zur Schlachtbank geführt werden, oder ist's diesmal was Kreativeres?«

Helen beachtete mich nicht. »Ich hab doch gesagt, du sollst dich ausruhen«, sagte sie zu Jack, der ängstlich neben ihr kauerte, »du musst unbedingt wieder zu Kräften kommen.«

»Es geht schon, My… Mutter.«

»Tu, was ich sage, Jack«, befahl sie müde.

Er setzte sich mit einem übertriebenen Seufzer auf die Hacken.

»Probleme mit den Kids, Helen?«, erkundigte ich mich süffisant. »Ich meine, das muss man erst mal hinkriegen: Kaum ist der verlorene Sohn wieder aufgetaucht, verlieren Sie die Tochter. Schöne Schlamperei.«

Sie schnippte mit dem Finger in meine Richtung. Ein magischer Faustschlag traf mich an der verletzten Schulter und raubte mir erneut das Bewusstsein. Das Nächste, was ich mitbekam, war das Fläschchen unter der Nase und den scharfen Ammoniakgeruch.

Shit. Hatte sie nicht gerade noch Jack dafür ausgeschimpft, mich fallen lassen zu haben? Wenn sie wirklich wollte, dass ich »einigermaßen denken konnte«, dann fing sie es falsch an. Mein Kopf zuckte automatisch vor dem scharfen Gestank zurück, und ein neuerlicher Blitz fuhr mir in Schulter und Arm. Es war wohl am besten, vollkommen stillzuhalten.

»Ms Taylor«, stieß Helen zwischen zusammengebissenen Zähnen hervor und ballte die beringten Hände zu Fäusten, »hier stehen Ihnen weder sympathisierende Trolle noch die Presse noch *mein* Exmann zu Ihrem Schutz zur Verfügung, und mir reißt allmählich der Geduldsfaden. Sie täten also gut daran, Ihren vorlauten Mund zu halten und …«

Ein Uhrwerk begann zu schlagen. Es hörte sich an wie das Geläut von Big Ben. Helen und Jack wandten mir den Rücken zu und begannen, hastig Zaubersprüche vor sich hinzuflüstern. Magie regnete sacht auf uns herab wie Schnee und machte die zehn Fuß große Kuppel sichtbar, die sich über uns spannte. Ich lag reglos da und zählte die Schläge, um herauszufinden, wie spät es war und wie lange ich schon hier sein mochte: eins, zwei … zehn, el…

Das Uhrwerk erstarrte mitten im elften Schlag.

Etwa vier Stunden also. Shit, das war ganz schön lange. *Komm schon, Malik, jetzt finde schon die verdammte Feder, die Nacht wird auch nicht jünger.*

In der nun eintretenden Stille hörte ich leise Bewegungen, Kleiderrascheln, den gedämpften Schrei eines Babys, das jedoch gleich wieder beruhigt wurde, und das Kratzen von Metall auf Stein.

Die Kälte um mich herum verschärfte sich, mein Atem hing in weißen Wölkchen über mir in der Luft. Ich fing an mit den Zähnen zu klappern.

Ein Zauber rollte über uns hinweg wie die Druckwelle nach einer Explosion, und mir drehte sich fast der Magen um.

Jack sackte stöhnend an Helens Schulter; sie schlang den Arm um ihn und ließ ihn behutsam zu Boden gleiten. Mit einem traurigen, sehnsüchtigen Ausdruck strich sie ihm das blonde Haar aus dem Gesicht. Ich musste an die Erinnerung denken, die ich vorhin aufgefangen hatte. Als Engel ihr das Kind wegnahm.

Ich verzog das Gesicht. Nein, ich hatte wahrhaftig keine Lust, gerade jetzt Mitleid für sie zu empfinden.

Ihre Traurigkeit verschwand und wurde durch eine gereizte Miene ersetzt. »Sie zittern, Ms Taylor«, bemerkte sie missbilligend.

Ich machte mir nicht die Mühe zu antworten. Erstens war das offensichtlich. Und zweitens klapperten meine Zähne wie eines dieser Aufziehgebisse. Kein tröstlicher Gedanke.

Sie zog ihren Cardigan aus und deckte damit meinen Oberkörper zu. »Es wird gleich wieder wärmer«, bemerkte sie zerstreut, »das ist bloß die Nachwirkung des Zaubers. Wir müssen diesen Zirkel mit der Zeit, die im *Dazwischen* herrscht, abstimmen.«

»Wie?«, krächzte ich. Als sie mich daraufhin ungehalten ansah, machte ich mich auf einen zweiten magischen Faustschlag gefasst.

Aber der blieb aus. Zu meiner Überraschung antwortete sie mir. »Die Zeit hier läuft anders als draußen in der realen Welt. Langsamer. Eine Stunde draußen entspricht hier etwa einem ganzen Tag. Niemand kann raus, solange die Uhr ihren Schlag nicht beendet hat. Und niemand kann rein. Dieser Ort ist bis morgen früh von der Außenwelt abgeschlossen.«

Das musste ich erst mal verdauen. Ich wusste natürlich, dass die Zeit im *Dazwischen* ebenso formbar war wie der Raum. Die eigentliche Frage war jedoch, was das für mich bedeutete: Wie lange würde es dauern, bis Malik hier sein konnte? Wie lange, bevor er die Raven-Airlines erwischte und hier in unserem trauten Zirkel landen konnte? Die gute Nachricht war, dass ich wahrscheinlich doch nicht so lange bewusstlos gewesen war, wie ich gefürchtet hatte. Die schlechte Nachricht: Falls Malik eine Stunde brauchte, konnte das bedeuten, dass ich einen ganzen Tag lang hier festsaß.

Panik drohte mir die Kehle zuzuschnüren; ich kämpfte sie entschlossen nieder. Ich hatte mich schon in schlimmeren Situationen befunden. Ich würde einen Ausweg finden. Und ich war noch nicht tot. Irgendwie hatte ich das Gefühl, dass mein Tod nicht auf Helens Agenda stand, jedenfalls noch nicht, also …

»Man muss den richtigen Moment abpassen«, unterbrach Helen meine Überlegungen. »Deshalb hat es ja so lange gedauert, bis wir hier reinkamen, ohne dass er es bemerkt hat.«

»Ohne dass wer was bemerkt hat?«, erkundigte ich mich.

»Dr. Craig, natürlich.« Sie schaute mich an, als ob ich ein wenig minderbemittelt wäre. »Er hat das alles angerichtet. Obwohl es Ana, seine Schwägerin, war, die das *Dazwischen* zum Leben erweckt hat. Er hat sie dazu gezwungen. Er selbst ist nicht mächtig genug für eine derartige Magie.«

So war das also. Dann war Dr. Craig der Killer, den die Urmutter mir zu zeigen versucht hatte. Und ihr »Steckbrief« war also doch nur symbolisch gemeint gewesen. Jemand sollte ihr wirklich eine Digitalkamera schenken. Ich konnte nur hoffen, dass Hugh bereits herausgefunden hatte, dass Dr. Craig hinter allem steckte, und ihn irgendwo in einer Zelle gefangen hielt. Aber irgendwie bezweifelte ich, dass mir so viel Glück beschieden sein sollte. Und meine Schadenfreude darüber, dass Helen ein korruptes Bullenschwein war, hatte auch etwas an Intensität verloren, jetzt, wo ich ihr in die Fänge geraten war. Dennoch, sie schien nicht im selben Schurkenteam zu spielen wie Dr. Craig, sonst würde sie sich wohl kaum in einem Bannkreis verstecken. Und sie wollte etwas von mir, etwas, wofür sie meine Einwilligung brauchte, denn sonst hätte sie nicht gesagt, dass ich einigermaßen beieinander sein musste … Hm … Ihre Tochter wurde vermisst. Ich machte den Gedankensprung und landete …

»Dr. Craig hält Nicky als Geisel, und ich bin das Lösegeld, stimmt's?«, riet ich.

»Sie haben's erfasst, Ms Taylor.« Sie schaute mich hochmütig an. »Selbst Sie haben manchmal Geistesblitze.«

»Die eigentliche Frage ist, was genau Sie von mir wollen, denn sonst hätte der Austausch ja bereits stattgefunden. Ist ja nicht so, dass ich Ihnen weglaufen könnte.« Ich deutete auf meine Hand- und Fußschellen.

Sie kräuselte verächtlich die Lippen. »Craig ist an Ihrer Gebärfähigkeit interessiert.«

Klar war er das. Wer war das nicht? Aber … »Was genau meinen Sie mit ›an meiner Gebärfähigkeit interessiert‹?«

»Setzen Sie sich auf und schauen Sie selbst.«

»Warum braten Sie mir nicht einfach eins über? Das wäre leichter«, erwiderte ich genervt.

Sie presste gereizt die Lippen zusammen. Dann murmelte sie etwas und klatschte ihre Hand auf meine Schulter. Ich jaulte auf, aber der Schmerz blieb aus. Stattdessen machte sich ein taubes, warmes Gefühl in meiner Schulter breit. »Es ist nicht geheilt, Sie sollten Ihren Arm also besser nicht benutzen«, sagte sie warnend, »und es wird auch nicht lange anhalten.«

Immer noch besser als gar nichts. Ich stemmte mich mit meinem unverletzten Arm hoch und schaute mich um.

50. Kapitel

Im Zentrum des mittelalterlich anmutenden, etwa tennisplatzgroßen Raums standen in einem Kreis zirka zwanzig Krankenhausbetten mit halbhoch gestellten Lehnen. In den Betten lagen, oder besser saßen, junge Mädchen. Und alle waren in denselben Doppelgänger-Glamour gehüllt wie die beiden toten Faelinge in Dead Man's Hole. Abwechselnd saßen da das hübsche »Mädchen von nebenan« mit hellbraunen Haaren und Sommersprossen (Sally Redmans Glamour) und die blonde, blauäugige Schönheit à la Miranda, die junge Hexe vom Morgan Le Fay College.

»Oookay«, brummelte ich, »unheimlich, oder was?« Dann fiel mir etwas auf, das noch unheimlicher war: Sie waren alle schwanger, viele davon so schwanger, als wäre es nicht mehr lange bis zum D-Day. Oder besser B-Day? Und nicht nur das: Neben einem halben Dutzend Betten standen auf Gestellen durchsichtige Plastikwannen, in denen Babys schliefen. Und keines der Mädchen sagte ein Wort, alle saßen sie nur da und lächelten selig vor sich hin, als wäre dies der schönste Ort auf der Welt. Das Ganze kam mir vor wie eine Versammlung werdender Stepford-Mums. Das musste eine Art Happy-Zauber sein. Zwanzig Mädchen auf einem Haufen wären normalerweise nie so still und friedlich. Ich *schaute* genauer hin, konnte aber nichts erkennen, zumindest nicht an den Stepfords.

Aber da war was, auf der rechten Seite des Raums. Etwa auf halber Höhe stand eine große, neumodische Standuhr, und die triefte geradezu vor lauter Zaubern. Sie wollte so gar nicht zum mittelalterlichen Look des Orts passen – rostige Ritterrüstungen wären angemessener gewesen –, aber es schien diese Uhr zu sein, die (im wahrsten Sinne des Wortes) die Zeit anhielt. Daneben war eine Tür. Aber ich bezweifelte, dass dies der Ausgang war; sie war zu schmal, die Krankenhausbetten hätten da nie durchgepasst. Und eines war sicher: Diese Betten stammten aus einem richtigen Krankenhaus aus der realen Welt.

»Was Sie hier sehen, sind die neuesten Bemühungen der Merlin Foundation zur Produktion der nächsten Generation von Zauberern«, riss Helen mich aus meinen Überlegungen, »alles mithilfe von IVF, Magie und Leihmüttern. Craig hat eine Methode entwickelt, um Retortenbabys zu erschaffen, die alle das Potential haben, zu mächtigen Zauberern heranzuwachsen, basierend auf sorgfältiger Genselektion. Nicht wenige Zauberer sind bereit, seine exorbitanten Gebühren zu bezahlen, besonders die Alten, die seit der Abschaffung des Brautpreises keine Chance mehr haben, eine Hexe mit Stammbaum zu ergattern.«

»*Dr. Frankenstein Does Designer Babies*«, kommentierte ich ebenso zynisch wie entsetzt. Ich hatte soeben das andere Ende des Raums *ins Auge gefasst* und dort etwas entdeckt: einen Vorhang, der klar und deutlich »schau weg!« signalisierte. Dahinter musste der Ausgang liegen … zumindest war es einen genaueren Blick wert.

Nachdem ich den Fängen der Hexenzicke entronnen war, natürlich.

»Was sollen die Doppelgänger-Glamour?«, fragte ich, mehr damit sie weiterredete und nicht aus echtem Interesse.

»Sie zeigen an, wer die biologische Mutter des Kindes ist«, antwortete sie kühl.

Ich schaute sie entsetzt an. »So viele Babys? Aber dafür haben die biologischen Mütter doch sicher nicht ihr Einverständnis erteilt!«

»Anscheinend doch.« Sie musterte die Stepfords gleichgültig. »Die Hexen werden sehr gut für ihre Eier bezahlt. Er bezahlt sogar die Faelinge für ihre Leihmutterdienste; sie haben alle Verträge unterzeichnet. Sie sind alle freiwillig hier.«

Ich schnaubte verächtlich. »Er murkst sie ab, um sich ein paar Kröten zu sparen? Gut zu wissen, dass er keinerlei moralische Skrupel kennt.«

»Er ›murkst‹ sie nicht ›ab‹, nicht direkt jedenfalls«, sagte sie kalt. Ihre blauen Augen richteten sich mit einem ebenso kalten Ausdruck auf mich. »Die meisten besitzen einfach nicht ausreichend Fae-Blut. Sie sterben nicht lange, nachdem sie das Kind geboren haben – kleine Zauberer zu gebären und sie dann zu stillen saugt alle Magie und alles Leben aus ihnen heraus.«

Ich starrte sie entsetzt an. »Aber er ist doch Arzt! Das muss er doch vorher gewusst haben!«

»Er hat mit Ana experimentiert. Ihre Tochter stammt von ihr und ihrem Mann, aber die Söhne stammen alle aus Craigs Retorte. Ana ist stark genug, um die Leihmutterschaft zu überstehen, weil sie Sidhe-Blut in den Adern hat, aber bei den anderen Faelingen ist er gescheitert – bis er sich dieses kleine Szenario hier hat einfallen lassen.« Sie deutete mit einer ausholenden Geste auf ihre Umgebung. »Hier, im *Dazwischen*. Das reicht gerade so, um sie am Leben zu erhalten, bis die Babys aus dem Gröbsten raus sind.«

»Shit«, sagte ich, »ich weiß nicht, wer von euch beiden schlimmer ist: Er, weil er kaltblütig ihren Tod in Kauf nimmt, oder Sie, weil Sie seine Machenschaften decken. Und das alles bloß, weil Sie ein Kind von einem Vamp haben.«

»Ich billige nicht den Tod von Unschuldigen, Ms Taylor, Sie mögen von mir halten, was Sie wollen. Ich wusste bis vor Kurzem nicht einmal genau, was vorgeht. Das mit meinem Sohn hat nur begrenzt damit zu tun.« Sie warf einen bedeutsamen Blick auf den schlafenden Jack. »Wussten Sie, dass Vampire zeugungsunfähig sind?«

»Na, Maxim offenbar nicht«, sagte ich, »sonst gäbe es Jack ja wohl kaum.« Oder mich. »Aber was hat das damit zu tun?«

Sie lachte. »Sie wissen es also wirklich nicht? Ich hab mich immer gefragt, ob Sie wirklich so ahnungslos sind, aber wie ich jetzt sehe, sind Sie das tatsächlich. Nun, Sie hätten wohl kaum so viel Zeit darauf verschwendet, einen Weg zu finden, wie man den Fluch *bricht*, wenn Sie die Wahrheit gewusst hätten …« Sie schwieg mit einem hinterhältigen Lächeln.

Meine Augen wurden schmal. »Okay, ich bin ganz Ohr. Welche Wahrheit?«

»Jack ist Clíonas Enkel«, erklärte sie mit ungeheuer selbstzufriedener Miene. »Maxim, sein Vater, ist Clíonas Sohn – der, den die Vampire ihr weggenommen haben.«

Ich starrte sie fassungslos an. »*Maxim* ist der Grund, warum Clíona den *Droch Guidhe* verhängt hat? Aber der soll doch tot sein!«

»Das sollten zumindest die Fae glauben, wenn es nach ihr ginge und nach den Vampiren.«

»Nach *ihr*? Clíona *wusste*, dass ihr Sohn nicht tot war?«

»Nicht sofort, aber als sie die Wahrheit herausfand, war es zu spät. Sie hatte den Fluch bereits verhängt.«

Ich schaute auf den Steinboden, versuchte, mir aus dem Gehörten einen Reim zu machen. »Er war also ein Vampir, und er war nicht tot. Wieso ein Geheimnis daraus machen?«

Helen presste verächtlich die Lippen zusammen. »Sie meinen doch wohl, warum hat sie den Fae nicht gesagt, dass sie so blind war, sich in einen Blutsklaven der Vampire zu verlieben, einen Sohn mit ihm zu zeugen und dann den minderen Fae die Schuld daran zu geben, dass die Vampire ihr den Sohn wegnahmen und zu einem Vampir gemacht haben? Dass sie die Fae dafür verflucht und ihre Nachkommen zu Opfern der Vampire verdammt hat? Ein Fluch, der nicht mehr rückgängig zu machen war?«

Okay. Ja, ich konnte verstehen, dass *diese* Wahrheit nicht gerade gut bei den Londoner Fae angekommen wäre.

»Stattdessen«, verkündete Helen in einem Ton, als würde sie nun die größte Neuigkeit von allen verkünden, »hat sie versucht den Fluch zu brechen, indem sie noch ein Kind bekam.«

»Ja, das hab ich gehört«, sagte ich und musste an das denken, was mir Grianne, meine ungute Fee, während meines Ausflugs in den Disney-Himmel anvertraut hatte: warum Clíona Engel zur Welt gebracht hatte. »Ein Kind für ein Kind.«

»Ach, diese Geschichte kennen Sie also schon.« Helen schniefte ein wenig gekränkt. »Das Problem für Clíona war nur das Wie. Wie sollte sie noch einmal schwanger werden? Die Vampire hatten nicht nur Maxim die Gabe verliehen, sondern mittlerweile auch seinem Vater, und der war jetzt natürlich zeugungsunfähig.«

»Hören Sie«, sagte ich entnervt, »ich weiß nicht, warum Sie das andauernd sagen, aber Sie müssen sich doch nur Ihren Sohn anschauen, um zu wissen, dass das nicht stimmt.«

Helens überlegener Gesichtsausdruck verstärkte sich. Sie schüttelte den Kopf. »Ich weiß, wovon ich rede – im Gegensatz zu Ihnen. Vampire *sind* zeugungsunfähig. Die einzige Möglichkeit für einen Vampir, jemanden zu schwängern – einschließlich einer Sidhe – ist, jede Menge konzentrierte Fruchtbarkeitsmagie einzusetzen. Da Clíona keine Fruchtbarkeitsfee ist, hätte sie von ihm also nicht mehr schwanger werden können. Deshalb hat sie einen Handel mit der Morrígan geschlossen: ein Fruchtbarkeitszauber. Wo, glauben Sie, haben sie die Fruchtbarkeit hergenommen?«

Mit Entsetzen wurde mir die ganze Wahrheit bewusst. »Clíona und die Morrígan haben sie von den Fae gestohlen?«

»Geborgt«, bestätigte sie forsch. »Clíona sollte sie wieder zurückgeben, aber als sie ihre Tochter Rhiannon aussandte, um den Fruchtbarkeitszauber zurückzugeben, ging er verloren.«

Rhiannon, das war Engel – und sie hatte den Fruchtbarkeitszauber verloren! Shit! Kein Wunder, dass die Londoner Fae ausstarben. Und alle dachten, es läge am Fluch – woran es irgendwie ja auch lag –, aber solange sie nicht wussten, dass man ihnen ihre Fruchtbarkeit gestohlen hatte, konnten sie auch nicht danach suchen. Das war ein ganz schön dickes Geheimnis, das Clíona – und jeder, der sonst noch davon wusste – vor den Fae hatte. Aber warum? Warum sagte sie es nicht einfach und ließ danach suchen?

Während ich darüber nachdachte, fiel mir das Ende von Helens Erinnerung wieder ein: *Engel küsst Baby Jacks Köpfchen … um ihren Hals hängt ein Anhänger…* Der riesige Saphir, den Helen immer trug. Der Saphir, der in diesem Moment unter ihrer Bluse blinkte wie ein eingefangener Stern, dessen Strahlkraft selbst unter all den anderen Ketten und Klunkern hervorstach. Kacke. Jene, die wussten, dass der Fruchtbarkeitszauber verloren gegangen war, brauchten nicht zu fragen, wo er war, sie wussten es bereits.

Die Millonen-Dollar-Frage lautete also: Warum hatte ihn bisher noch keiner zurückgeholt?

»Sie haben den Fruchtbarkeitszauber«, sagte ich langsam. Es juckte mir in den Fingern. Am liebsten hätte ich ihn ihr vom Hals gerissen.

»Ja.« Sie berührte schützend den Saphir.

Finns Worte fielen mir wieder ein, als er mir von dem Fruchtbarkeitsfest erzählt hatte, wo Helen mit Nicky schwanger geworden war: »*Wir haben nur rumgemacht* …«

»Sie haben Finn damit reingelegt, stimmt's?«, sagte ich anklagend. »Er weiß nichts von dem Anhänger, stimmt's?«

»Nein, natürlich nicht …« Sie seufzte. »Ich wollte es ihm sagen, aber ich hatte jetzt eine kleine Tochter, einen Ehemann und endlich Einfluss im Hexenrat … und dann hat Craig wissen wollen, wie es möglich war, dass ich noch ein Kind bekommen konnte. Er hat mich erpresst. Und seitdem benutzt er den Fruchtbarkeitszauber für seine Experimente.«

»Sie egoistisches Miststück!« Mir kam die Galle hoch. »Londons Fae *sterben*. Faelinge *sind* bereits gestorben, nicht nur die beiden neulich, alle, die in die Fänge der Vampire geraten. Ist Ihnen das denn völlig *egal*?«

»Faelinge sind immer und zu allen Zeiten in die Fänge von Vampiren geraten, Ms Taylor«, entgegnete sie ungerührt, »traurig, aber wahr. Man kann nicht alle retten. Wichtiger im Moment ist jedoch, meine Tochter zu retten.«

»Sie wissen hoffentlich, dass es für Sie jetzt aus ist, oder?«, sagte ich grimmig. »Es wird nicht mehr lange dauern, bis die Polizei alles über Craigs Machenschaften erfährt, über seine Experimente und Ihre Beteiligung daran. Der Zettel, den Sie mir hinterlassen haben, beweist, dass Sie mit Vampiren Geschäfte machen. Im Hexenrat sind Sie damit erledigt.« Und Finn wird dir wahrscheinlich auch nie verzeihen, dass du seine Tochter in Gefahr gebracht hast – aber diese Bemerkung behielt ich für mich. »Sie könnten es sich leichter machen, indem Sie mir helfen. Ich muss nur den Eingang finden und *aufbrechen*, dann kann die Polizei herein und Nicky und all die anderen Faelinge retten.« Ich deutete auf die Stepfords. »Dann können sie ihre Babys in einer angemesseneren Umgebung bekommen, wo sie besser versorgt sind als hier.«

»Nein, Ms Taylor«, entgegnete sie fest. »Aufgrund des Zeitzaubers könnte es noch einmal vierundzwanzig Stunden dauern, bis Hilfe eintreffen kann. Für Nicky könnte es dann zu spät sein. Lieber Sie enden als sein nächstes Opfer als Nicky. Ich würde ja gerne sagen, dass es mir leidtut, aber dann würde ich lügen. Immerhin, ich kann Ihnen den Deal ein wenig versüßen: Wenn Sie mir Ihr Wort geben, das zu tun, was Craig von Ihnen verlangt, dann erzähle ich Nicky von dem Anhänger, und sie kann es ihrem Vater sagen.«

Ich ließ mir ihren Vorschlag durch den Kopf gehen. Nicky würde es retten. Und Finn und der Rest der Fae würden erfahren, dass man ihre Fruchtbarkeit gestohlen hatte – und wo sie sich befand. Anders als bei Nicky, würden Dr. Craigs Expermente bei mir nicht zu einer Schwangerschaft führen – dafür sorgte der Keuschheitszauber der Morrígan und vor allem der Verhütungszauber von Tavish. Aber dieser Zauber war auch der Grund, warum ich mich nicht auf den Deal einlassen konnte, selbst wenn ich wollte. Ich konnte nicht mein Wort geben, mich schwängern zu lassen oder als Leihmutter zu fungieren, oder was immer Dr. Craig wollte. Nicht, wenn ich wusste, dass das unmöglich war und ich nicht lügen konnte.

Kacke. Es war so oder so eine Situation, in der ich nicht gewinnen konnte.

Was mir fehlte, war eine dritte Option.

Helen beugte sich vor. »Ach ja, und falls Sie sich Sorgen machen, Sie müssten mit ihm schlafen, das brauchen Sie nicht. Erstens sind Sie viel zu alt und viel zu flachbrüstig für seinen Geschmack, und zweitens: Er ist Wissenschaftler, und seine Experimente müssen auf eine ganz bestimmte Weise durchgeführt werden. Also, sind Sie einverstanden, Ms Taylor?«

Ich holte tief Luft, warf einen kurzen Blick auf Jack, der noch immer zusammengerollt auf dem Boden lag und schlief …

Und versetzte Helen einen gewaltigen Kinnhaken. Ihr Kopf wurde zurückgeschleudert, und sie klappte – wie ich zu meiner nicht geringen Schadenfreude bemerkte – wie eine ausgediente Holzpuppe zusammen.

Silberne Handschellen halten einen zwar davon ab, Magie einzusetzen – was ich sowieso nicht konnte –, aber sie halten einen nicht davon ab, die Fäuste zu gebrauchen.

Jep, Option drei fand ich prima.

51. Kapitel

Dann hat sie es Euch also gesagt, Mylady?« Jacks Frage überraschte mich so, dass ich beinahe den kleinen Schlüssel verschluckt hätte, mit dem ich die Handschelle an meinem unverletzten Arm zu öffnen versuchte. Ich hob den Kopf und fand seine indigoblauen Sidhe-Augen ernst auf mich gerichtet. Kacke.

Ich spuckte den Schlüssel auf meine Handfläche. »Wusste ich's doch, dass ich dir eins hätte überbraten sollen, solange du noch geschlafen hast.« Ich hatte es nur deshalb nicht getan, weil ich fürchtete, ihn dadurch eher aufzuwecken, als auszuschalten.

»Ich bin froh, dass Ihr es nicht getan habt, Mylady«, sagte er und warf einen besorgten Blick auf Helen, deren Kopf ich auf ihre große Ledertasche gebettet hatte. (Sie enthielt nichts weiter als Wasser, Gemüsestäbchen und Schokoriegel; das Wasser hatte ich ausgetrunken.) »Keine Sorge, ich will nur helfen«, sagte er.

Meine Augen wurden schmal. Helfen? Wem helfen? Mir? Nun, es gab nur eine Möglichkeit, das herauszufinden. Ich hielt ihm auffordernd meinen gefesselten Arm hin.

Er nahm vorsichtig den Schlüssel von meiner Handfläche, und zu meiner großen Erleichterung schloss er die Fessel tatsächlich auf. Sie fiel klirrend zu Boden.

»Beweis genug?«, fragte er. »Also, hat's Mutter Euch gesagt?«

»Meinst du das mit dem Fruchtbarkeitsfluch? Ja, das hat sie.«

Er holte tief Luft. »Und, habt Ihr ihn?«

Ich machte den Mund auf, um etwas zu sagen … und starrte ihn entsetzt an.

»Bei der Göttin«, stöhnte er und raufte sich das Blondhaar. »Sie hat versprochen, es Euch zu sagen, wenn Ihr mitmacht.«

Ich packte ihn am Pulli. »Mir was sagen?«

»Dass das Amulett mit einem Schutzzauber belegt ist«, sagte er und ballte die Fäuste, »ein Zauber, der dafür sorgt, dass jeder, der über den Fruchtbarkeitszauber Bescheid weiß, ihn nicht finden kann, nicht mal, wenn er ihn direkt anstarrt. Und man kann ihn ihr nicht mit Gewalt wegnehmen, das würde die Fruchtbarkeit zerstören.«

»Ja, ja, schon kapiert«, sagte ich ungehalten. So also hatte es das Miststück geschafft, das Amulett all die Zeit über zu behalten: Sie hatte es sozusagen vermint. Und es erklärte, warum niemand, weder die Göttinnen noch Tavish noch Malik, mit mir darüber reden konnten (ich verzieh ihnen sofort) und warum ich immer nur die vagesten Hinweise bekommen hatte.

Es erklärte auch, warum der Anhänger so seltsam geflirrt hatte und immer wieder vor meinen Augen verschwunden war, bevor es mir nach einem Dutzend Anläufen endlich gelungen war, ihn von Helens Hals abzunehmen. Und warum ich ihn nicht *sehen* konnte, obwohl er jetzt mir um den Hals hing – außer, wenn ich mich auf Helens traurige Erinnerung an Baby Jack konzentrierte. Aber Jack war Helens Sohn und der Vogel der Morrígan, deshalb behielt ich dies lieber für mich.

»Kacke«, brummelte ich. »Wie hat sie es bloß geschafft, einen derart komplizierten Zauber zu wirken? Das muss Jahre gedauert haben. Aber es muss einen Weg geben, den Anhänger zu kriegen.« Ich funkelte die leblos auf dem Steinboden liegende Helen böse an. »Das müssen an die hundert Zauber sein, die sie da um den Hals hängen und an den Fingern stecken hat.« Sich zu schmücken wie ein Weihnachtsbaum war also nichts weiter als Tarnung gewesen. »Es würde Tage dauern, die alle durchzugehen. Aber du könntest sie hier rausfliegen« – ich schaute Jack hoffnungsvoll an – »und sie zur Polizei bringen, und die …«

»Bedaure, Mylady, das kann ich nicht. Ich muss zuerst meine Schwester in Sicherheit bringen, das hat oberste Priorität. Und danach muss ich dem Befehl der Morrígan folgen und Euren Freund hierherbringen, sobald der Zeitzauber erschöpft ist.« Er berührte Helens Hand. Er sah auf einmal sehr jung aus. »Warum hat sie's Euch nicht gesagt? Sie hat es mir doch versprochen.«

»Ah.« Ich schnitt eine Grimasse. »Nun ja. Ich hab nicht gesagt, dass ich mitmachen würde.«

»Nicht?« Er schaute mich verblüfft an.

»Ich konnte ihr mein Wort gar nicht geben.« Ich erklärte ihm die Sache mit dem Keuschheits-/Verhütungszauber.

Er ließ die Schultern hängen und schlang die Arme um seinen Oberkörper. Bedrückt dachte er nach. Ich überlegte derweil, ob ich einen der Schockzauber aus den Silberfesseln *herbeirufen* und ihm damit eins überbraten sollte, entschied dann aber, dass er mir mehr nützte, wenn er bei Bewusstsein blieb. Außerdem schien er mir ohnehin nicht zu der Sorte zu gehören, die die Initiative ergreifen, wenn die Dinge schiefgehen, sondern eher der Typ, der mitmacht und dann nicht mehr weiterweiß.

»Aber was ist mit meiner Schwester?«, fragte er schließlich bekümmert. »Ich habe Mutter mein Wort gegeben, ihr zu helfen. Wie soll ich sie in Sicherheit bringen, wenn ich Euch nicht gegen sie eintauschen kann?«

Ich stieß einen heimlichen Erleichterungsseufzer aus: Ich hatte mich nicht geirrt, was ihn betraf. »Also gut«, sagte ich zuversichtlich zu Jack (und auch, um mich selbst ein wenig zu ermuntern), »es ist noch nicht alles verloren. Ich habe einen Plan.« Und ich erzählte ihm, was wir tun würden.

Danach machte ich aus Helens Cardigan einen Beutel für die Hand- und Fußfesseln mit den praktischen Schockzaubern und band ihn mir um den Bauch. Jack verwendete einen von Helens Zaubern, um meine Schmerzen erneut zu betäuben, dann ließ ich ihn allein im Zirkel zurück. Er konnte im Moment nichts mehr tun, bis Nicky sich blicken ließ.

Ich machte mich vorsichtig auf den Weg durch den Saal zu dem eigenartigen Vorhang. Dabei hielt ich mich immer dicht an der Wand, drückte mich an den rostigen alten Ritterrüstungen vorbei, die auf einmal dort standen. Hatte die Magie sie vielleicht aus meinem Kopf gepickt? Ich erreichte mein Ziel problemlos. Vorsichtig schaute ich hinter den Vorhang. Dort befand sich eine Stahldoppeltür, die eher in ein modernes Gefängnis gepasst hätte als in den Tower of London. Ein dicker horizontaler Balken lag davor, der mit einem kräftigen Vorhängeschloss gesichert war. Ich *schaute* hin und entdeckte tatsächlich das Flimmern eines schwarzen Abwehrzaubers, der wie ein Gitter über der Stahltür lag. Neben der Tür standen ein halbes Dutzend unbenutzter Krankenhausbetten.

Mir fiel ein Stein vom Herzen. Zumindest hatte ich nun, wie es schien, den Aus- beziehungsweise Zugang gefunden.

Blieb nur noch das Zeitproblem.

Ich schlich mich zu der Standuhr. Von hinter der Tür drang ein leises Schnarchen. Ich machte die Tür einen Spalt weit auf und erblickte eine Krankenschwester mit rosigen Wangen, die in einem Klappsessel schlief. Das war die diensthabende Schwester, von der Jack mir berichtet hatte. Ich *rief* einen der Schockzauber aus den Fesseln zu mir und klatschte ihn der Schwester auf die Stirn. Ein grüner, nach Pfefferminz riechender Blitz flammte auf, sie zuckte kurz hoch und sank dann bewusstlos zusammen.

Die würde mir ein paar Stunden lang keine Probleme machen.

Ich wandte mich wieder der Standuhr zu. Die Zauber an der Tür und an der Uhr zu *knacken* kam nicht infrage. Hier lagen schließlich um die zwanzig Schwangere und ein halbes Dutzend Babys herum. Da konnte ich keine magische Bombe hochgehen lassen. Nicht, solange sich noch Zivilisten im *Ground Zero* befanden. Die Zauber zu *absorbieren* ging auch nicht. Es ist schwer, jemanden zu retten, wenn man bewusstlos ist. Und die Magie *aufzudröseln*, nun, dafür hatte ich keine Zeit (ohne Witz).

Aber wenn ich die Uhr dazu kriegen könnte, den letzten Schlag zu tun, dann würde die Zeit wieder genauso laufen wie draußen. Dann könnte ich die Magie vielleicht dazu kriegen, dort ein Tor in die Menschenwelt zu öffnen, wo man den Faelingen helfen konnte, und dann konnte ich die Zauber *absorbieren* und bewusstlos werden. Das Problem war nur, dass jemand wie Dr. Craig oder einer seiner Komplizen früher oder später bemerken würde, was ich tat. Ich brauchte also … ein Notversteck.

Ohne weiter zu überlegen, biss ich mir ins Handgelenk (autsch!) und machte vor der Standuhr einen Kreis aus Blutstropfen. Ich bückte mich und verwischte sie zu einer Linie: mein eigener kleiner Blut-Schutzzirkel, gerade groß genug, dass ich darin in die Hocke gehen konnte. Jetzt war ich geschützt, wenn auch nur in dem Mini-Bereich vor der Standuhr. Versteckt war ich dadurch zwar nicht, aber zumindest außerhalb der Reichweite meiner Gegner – hoffte ich. Ich öffnete die Tür der Standuhr und betrachtete die beiden Gewichte, auf denen leider kein hilfreiches Etikett klebte. Ich streckte mich und öffnete nun auch das Glas vor dem Ziffernblatt. Ein Stoßgebet an meine beiden Göttinnen schickend, schob ich den langen Zeiger behutsam bis zur Elf.

Nichts tat sich.

Ich biss die Zähne zusammen und begann, den langen Zeiger

langsam zu drehen, den kleinen Zeiger dabei inbrünstig anfeuernd. Mir brach vor Angst der Schweiß aus. Der Boden schien vor meinen Augen zu kippen, als befände ich mich auf einem Schiff, das in ein Wellental saust … *ein Uhr*: die Stepford-Mums fingen an zu zappeln und zu murmeln. *Immer weiter … fünf Uhr*: Die Stepfords fingen an zu stöhnen, die Babys zu wimmern, und mir wurde ganz schlecht von dem schnellen Voransausen des Zaubers. *Weiter, weiter … acht Uhr*: Mir zitterten die Knie, die Zeit wurde knapp für mich. *Schneller, verdammt noch mal, schneller … zehn Uhr*: Eine Stepford-Mum begann zu kreischen, auch die Babys heulten jetzt alle, und mir wurde ganz schwummrig vor Augen.

Hinter mir wurde eine Tür aufgerissen. Jemand brüllte etwas.

Fast da.

Ein grüner Blitz traf dicht neben mir die Wand. Ein Schockzauber.

Elf Uhr.

Ich sprang in meinen Blutzirkel und sank auf die Knie.

Der erste Schlag dröhnte.

Ich stieß meine Magie in den Blutzauber …

Die Kuppel schloss sich über mir, und ein zweiter Schockzauber prallte funkensprühend daran ab.

Ich hob benommen den Kopf und holte ein paar mal tief Luft.

Der zweite Schlag.

Die Zeit lief wieder im Gleichtakt … ich hatte es …

Geschafft …

Nur leider saß ich jetzt in der Falle.

52. Kapitel

Der dritte Schlag des Uhrwerks wurde abgewürgt, bevor er verklingen konnte.

Kacke. Jemand hatte die Zeit erneut angehalten.

Ich schluckte meinen Frust hinunter und blickte auf, sobald sich mein Schwindelgefühl einigermaßen gelegt hatte.

Drei Personen standen vor meinem auf einmal ziemlich dünn und zerbrechlich wirkenden Mini-Bannkreis.

Dr. Craig sah nicht viel anders aus als sonst, wenn man ihm in der Klinik über den Weg lief: Tweedhose, weißer Arztkittel, Stethoskop um den Hals, gelber Notizblock unter dem Arm. Aus dem Meer seiner grauen Locken ragte wie ein bleicher Felsen sein kahler Schädel, und seine Henkelohren stachen beiderseits aus dem Salz-und-Pfeffer-Gebüsch. Seltsam war lediglich der orangerote Fellumhang, den er trug und der mit einer dicken Goldkette um seinen Hals befestigt war. Irre. Er sah aus, als würde er sich um die Hauptrolle in der neuen Serie »Dr. Cave – der Arzt, dem die Neandertaler vertrauen« bewerben. Es war alles andere als ein Look, der zu ihm passte. Auch verriet die Tatsache, dass er hier war und nicht in einer mit Silber verkleideten Gefängniszelle hockte, dass Hugh offenbar noch nicht mitgekriegt hatte, wer hier der Bösewicht war. Kacke.

Neben ihm stand, wie eine Wurst in einer zu engen Pelle, eine pummelige Schwester in weißer Schwesterntracht. Ihr bauernbrotbrauner Haarknoten sah aus, als wäre er an ihren Schädel getackert worden, und ihr Gesicht wirkte, als ob noch nie ein Lächeln die grausamen Züge verunziert hätte.

Gut zu wissen, dass ihm seine eigene, ganz persönliche Oberschwester Ratched zur Verfügung stand.

Hinter den beiden stand ein Faeling, bei dem es sich nur um Nicky handeln konnte. Zierliche Hufe schauten unter dem Saum ihres langen weißen Nachthemds hervor. Ihre Züge waren eine sanftere Version von Helens hochmütig-aristokratischen. Zwei spitze Hörner ragten gut fünfzehn Zentimeter aus ihrem Haar – das wahrhaftig die Krönung ihrer ganzen Erscheinung war: In dichten, dunkelblonden, glänzenden Wellen fiel es ihr bis fast zur Hüfte – genau dieselbe Farbe wie Finns Haare in seiner wahren Gestalt. Bei ihrem Anblick zog es mir das Herz zusammen. Sie sollte nicht hier sein. Sie sollte bei ihrem Vater sein, in Sicherheit.

Auf ihrem Gesicht klebte dasselbe breite, leere, unheimliche Stepford-Lächeln wie auf den Gesichtern der anderen Faelinge in den Betten. Ich *schaute* hin, konnte aber immer noch keinen Zauber entdecken, der dafür verantwortlich sein könnte.

»Hallo, Genny«, sagte Dr. Craig munter, ganz als würde ich nicht wie eine verschreckte Babyschildkröte vor ihm kauern, »ich hatte gehofft, Sie bald zu sehen. Eigentlich sogar schon ein wenig früher.«

»Ja, ist was dazwischengekommen«, bemerkte ich zynisch.

»Craig«, rief Helen herrisch vom anderen Ende des düsteren Saals, »auf ein Wort!«

Dr. Craig wandte sich um und musterte sie einen Moment lang. »Ah, Helen, freut mich zu sehen, dass dich das Wohlergehen deiner Tochter bewogen hat, wieder aufzutauchen.« Ich erhaschte einen Blick auf ihr wutentbranntes Gesicht, das mich zornesrot anfunkelte. Hinter ihr kauerte ein besorgt dreinblickender Jack. Als er meinen Blick auffing, zuckte er hilflos mit den Schultern. Ich guckte böse. Ich hatte ihn doch gebeten, sie da rauszuhalten. Ein paar Bewegungen zogen meine Aufmerksamkeit auf die Betten und ihre Insassinnen. Zwei andere Krankenschwestern gingen von Bett zu Bett, um nach den Wöchnerinnen zu sehen, doch diese beachteten sie nicht. Die Hälse gereckt, spähten sie mit blöde lächelnden Gesichtern zu mir her.

»Ich schlage einen Tausch vor, Craig«, rief Helen, »die Sidhe für meine Tochter. Ich habe ihr gesagt, was du von ihr willst, und sie ist einverstanden.«

Lügnerin! Aber ich sagte vorerst nichts.

Doch Craig schien offenbar derselben Meinung zu sein, denn er beachtete sie nicht weiter und drehte sich wieder zu mir um. Mit einem ebenso unheimlichen, wenn auch nicht so leeren Lächeln wie bei den Stepfords sagte er: »Genny, warum stehst du nicht auf, dann können wir uns in aller Ruhe unterhalten.« Er sagte es in der vollen Überzeugung, ich würde ihm gehorchen.

Seltsam. Vielleicht dachte er ja, dass der Zauber, den er über die Stepfords verhängt hatte, wie immer der auch zustande kam, auch bei mir wirkte ... aber ich konnte immer noch nichts *sehen*.

Lächelnd sprach er weiter, und ich erkannte denselben Tonfall, den er auch bei seinen Patienten in der HOPE-Klinik benutzte. Ich tunte ihn aus und betrachtete seine Füße. Seine Schuhe mit den Gummisohlen waren etwa dreißig Zentimeter von meiner Nase entfernt. Zu weit, um sie zu packen ... aber wenn ich mich auf ihn werfen würde, könnte ich ihn berühren, Haut an Haut, und meinen Glamour in ihn hineinstoßen.

Und von Oberschwester Ratched gezappt werden, die einen Schockzauber bereithielt.

Shit. Wenn er doch nur ein wenig näher käme ...

Sein Fellumhang streifte die Kuppel meines Mini-Zirkels. Wow. Wie war das passiert? Ich blinzelte überrascht.

Keiner von uns beiden hatte sich bewegt. Und doch streiften seine Schuhspitzen nun die Blutlinie meines Schutzkreises.

Ich schluckte, mir war fast übel vor Aufregung. Ich warf einen dankbaren Blick auf die Ritterrüstungen: Die Magie schien auf mich zu hören. Ich hatte ihn mir näher gewünscht, und nun war er so nahe, wie er nur sein konnte. Ich hätte jauchzen können, beherrschte mich aber. Mein Arm schoss vor, und ich packte sein Fußgelenk, die nackte Haut über seinen Socken, verborgen unter dem Saum seiner Hose. Ich stieß meine Magie in ihn hinein. Ein Blitz zuckte auf, prallte gegen die Goldkette um seinen Hals und entfaltete sich wie eine sonnengelbe Chrysantheme.

Ein reißender Schmerz zerriss meinen Schädel, als wäre ich soeben skalpiert worden.

Eine Hand schoss vor und packte mich, bevor ich mich wieder in meinen Schutzkreis zurückziehen konnte. »Na, na, das ist aber nicht nett«, sagte Dr. Craig gutmütig-vorwurfsvoll. Er hatte mich aus dem Bannkreis gerissen, und ich lag nun wie ein gestrandeter Fisch zu seinen Füßen und japste. Bei den Göttern, mit welchem Schutzzauber war denn diese Kette bewehrt? Und was sollte ich jetzt machen?

»Du hast die Sidhe, Craig«, rief Helen. Sie klang so verzweifelt wie ich mich fühlte. »Jetzt gib mir meine Tochter zurück.«

»Wie du willst, Helen.« Er wandte sich mit einem Lächeln an Nicky. »Nicola, geh jetzt bitte zu deiner Mutter.«

Nicky machte sich mit klappernden Hufen auf den Weg zu Helen. Auf ihrem Gesicht lag noch immer dieses unheimliche, starre Lächeln.

Mir klappte der Mund auf. Er ließ sie doch nicht einfach so gehen?

Helen schien das jedenfalls zu glauben, denn sie *durchbrach* ihren Zirkel und eilte Nicky mit einem besorgten Lächeln entgegen.

Da stimmte was nicht. Voller Unbehagen reckte ich den Hals.

Nicky packte den Saum ihres Rüschennachthemds und entblößte kräftige, sonnengebräunte Waden und lange, sehnige Oberschenkel, die mit einem kurzen, glänzenden, dunkelblonden Fell bewachsen waren, von derselben Farbe wie ihre Haare. Sie rannte nun auf ihre lächelnde Mutter zu.

Helens Lächeln erstarrte.

»Helen«, brüllte ich, »zurück in den Kreis!«

Nicky überbrückte die letzten paar Meter mit einem Sprung, dabei holte sie mit einem Bein aus – und kickte ihre Mutter brutal in den Bauch. Helen klappte zusammen wie ein zerbrochener Hexenbesen. Ein zweiter Tritt traf sie in die Nieren. Nicky umkreiste die auf dem Steinboden liegende Gestalt. Der nächste Tritt zielte auf den Kopf ihrer Mutter.

»Aufhören!«, schrie ich und packte Dr. Craig bei seinem Fellumhang.

Alles erstarrte, als ob ich den Pausenknopf auf der Fernbedienung eines DVD-Players gedrückt hätte: Nickys Huf schwebte über dem Gesicht ihrer Mutter in der Luft – Oberschwester Ratched hatte mit dem Arm ausgeholt, um den Schockzauber auf mich zu schleudern –, die leeren, grinsenden Gesichter der Stepfords, die alle in meine Richtung starrten – und Dr. Craig, der sich halb von mir abwandte …

Die Luft um den irren Arzt begann zu flirren, ein schwerer Moschusgeruch breitete sich aus, und der Gestank von verkohltem Fleisch kroch mir ätzend in den Hals. Eine riesige, durchsichtige Gestalt verdeckte auf einmal Dr. Craig wie ein verkratztes Hologramm.

53. Kapitel

Halb Riese, halb langhaariger Orang-Utan, so sah die Gestalt aus. Nur das breite, kantige Gesicht mit den leuchtend orangeroten Augen wirkte halbwegs menschlich. Lange spitze Hörner, so lang wie mein Arm, ragten rechts und links von seinen zuckenden, haarigen Ohren aus seinem mächtigen Schädel. Abgesehen von seinem Fell trug er nur einen kleinen Lendenschurz aus Leder und die dicke Goldkette. Auf der Haut unter dem Fell war ein verschlungenes Muster in Rot, Gold und Schwarz zu erkennen, das machtvoll flirrte.

Das musste der Sohn der Morrígan sein: MacCúailnge, der alte Donn.

Ich kannte dieses Gesicht. Genau das hatte ich abgebildet am Disney-Himmel gesehen.

Hm. Die Urmutter brauchte also doch keinen Fotoapparat.

Aber er war ein Geist.

Und vor Geistern hatte ich nun mal eine Heidenangst. Ich presste meine Lippen ganz fest zusammen, und es gelang mir, meinen Schreckensschrei zurückzuhalten. Fae werden nicht zu Geistern – jedenfalls nicht von sich aus –, aber der alte Donn war ganz eindeutig ein Geist, auch wenn es noch so unmöglich erschien. Aber Geister können den Lebenden nichts antun – außer in der Nacht von Halloween. Zumindest war das bei normalen Geistern so. Aber wenn er nicht normal war … nun, ich würde ja gleich herausfinden, wozu er fähig war.

Er strich sich eine buschige rotblonde Strähne aus dem breiten Gesicht und zeigte grinsend seine braunen, abgekauten

Zahnstumpen. »Ich bin der MacCúailnge«, verkündete er mit tönender Bassstimme, »und ich glaube, meine verehrte Mutter, die Morrígan, hat dich zu mir geschickt, um meine Befehle auszuführen.«

»Das kannst du gleich wieder vergessen«, sagte ich und war froh, dass man meiner Stimme kein Zittern anmerkte. Noch immer gab es Stimmen in meinem Kopf, die mich anschrien davonzulaufen und nicht eher stehen zu bleiben, bis ich weit, weit fort war. »Ich muss mich schon mit einem dominanten Mann in meinem Leben rumschlagen, ich brauche keinen zweiten. Wie wär's also, wenn wir's auf die moderne demokratische Art machen und uns gegenseitig aus der Patsche helfen?«

»Helfen …?« Ein gerissener Ausdruck trat in die orange glühenden Augen des MacCúailnge. »Ja, das ginge. Ich will schließlich auch was von dir.«

Typisch. Ich musterte ihn mit skeptisch gespitzten Lippen. Wie viel Hilfe konnte ich von einer nicht körperlichen Erscheinung schon erwarten? Und musste ich wirklich erst fragen, was er von mir wollte? Ich brauchte nicht zu raten, um zu wissen, dass es mit dem Klappern kleiner Stierhufe zu tun haben würde. Ich seufzte. »Also gut, sag mir, was du von mir willst.«

Er hob seine buschigen Augenbrauen. »Na, einen Körper und meine Freiheit, Kleine. Vierzig Jahre ohne sind ganz schön hart.«

Einen Körper? Meine Augen wurden schmal. »Was für eine Art Körper?«

»Na, 'nen neuen natürlich.« Er wies mit einem mächtigen haarigen Arm auf die Stepfords. »Der kleine Zauberer hat mir schon lange einen versprochen, aber diese kleinen Mädchen hier sind einfach nicht stark genug für den MacCúailnge.« Ein gerissener Ausdruck huschte über sein Gesicht. Er bückte sich und schaute mich nun auf Augenhöhe an. »Außer natürlich, du wärst dazu bereit, hübsche Sidhe?«

Nun wurde mir alles klar. Der Spucke-und-Sperma-Cocktail der Morrígan – sie wollte gar keinen Enkel, sie wollte einen neuen Körper für ihren Sohn. Ihren Sohn, den Kidnapper, Vergewaltiger und Mörder.

»Nein«, stieß ich zornig hervor, »auf gar keinen Fall. Du hast keinen neuen Körper verdient. Nicht nach dem, was du Rhiannon angetan hast, und nach allem, was du jetzt tust. Du bist der Grund, warum dein feiner Freund, der Zauberer« – ich wies mit einer Kopfbewegung auf den erstarrten Dr. Craig, der durch den durchsichtigen Donn hindurchschimmerte – »diese unschuldigen Faelinge töten kann. Du hättest das unterbinden können.«

Seine großen orangeroten Augen blinzelten einmal langsam, dann tauchte ein entsetzter Ausdruck darin auf. »Die kleinen Mädchen sterben?« Mit hängenden Schultern starrte er zu den Stepfords. »Das hat der kleine Zauberer mir nie gesagt. Und du hast natürlich recht, hübsche Sidhe, ich hätte verhindern müssen, dass er so was Abscheuliches in meinem eigenen Hause tut.«

Ach ja? So ganz kaufte ich ihm das nicht ab. »Wirst du es denn jetzt unterbinden?«, erkundigte ich mich schnippisch.

»Ich kann nicht viel tun, hübsche Sidhe.« Er legte niedergeschlagen die Ohren an. »Der kleine Zauberer hat sich das bisschen Macht, das ich noch habe, angeeignet. Er trägt jetzt meine Haut.«

Wie nett! Nur … »Das ist es: Er bezaubert sie mithilfe deiner Macht«, murmelte ich vor mich hin, »deshalb konnte ihm mein Glamour nichts anhaben.« Ich zog versuchsweise an dem orangeroten Fellumhang. »Alles ist erstarrt, als ich dein Fell ergriff, heißt das, dass ich nun über deine Macht verfüge?«

»Wenn du meine Haut tragen würdest, dann vielleicht schon.« Seine breiten Nüstern bebten nachdenklich. »Aber bedenke: Sobald du mein Fell loslässt, wird die Zeit weiterlaufen.«

Er war ein Wylde Fae, und die sind äußerst trickreich, wie ich wusste. Außerdem hatte er in der Sache mit dem neuen Körper viel zu leicht nachgegeben. Und es konnte kein Zufall sein, dass er genau zum richtigen Zeitpunkt aufgetaucht war. Und wo war Jack? Ich spähte am alten Donn vorbei und erblickte ihn. Er saß in seiner Rabengestalt auf einem Holzlüster. Er war der Vogel der Morrígan, und der alte Donn war der Stier der Morrígan.

Ich wusste, was die Morrígan wollte.

Nein, seine Haut zu tragen kam definitiv nicht infrage.

Aber er war schließlich nicht die einzige Kraftquelle hier.

Dies war immerhin das *Dazwischen*, es war formbar, wenn man genug Kraft und Willen hatte und wenn die Magie einen mochte – ich warf einen Blick auf die Rüstungen –, was hier der Fall zu sein schien. Ich schloss meine Augen und schickte ein Stoßgebet an die Urmutter. Dann konzentrierte ich mich auf das, was *ich* wollte: genügend Zeit, genügend Platz und eine freie Schusslinie.

Etwas streifte mich, scheu und fragend, ein mir unvertrautes, fremdes Bewusstsein. Es – nein *sie* bot mir Hilfe an … kostenlos. Ich brauchte eine Sekunde, um meinen natürlichen Zynismus zu überwinden (was ist schon umsonst im Leben?), nahm dann aber doch dankbar an. Ich öffnete den Teil meiner Selbst, der Magie *absorbieren* kann, und ließ die Kraft in mich hineinströmen. Wie ein Tornado durchflutete sie mich, streckte mich, formte mich. Die Grenzen zwischen uns verschwammen, und die Magie hüllte meine Seele ein wie eine warme Decke. Ich holte zitternd Luft, einmal, zweimal und ein drittes Mal. Beim dritten Mal überkam mich eine ungeheure Hitzewelle. Mir brach der Schweiß aus, meine Knochen vibrierten wie eine magische Stimmgabel. Der Boden unter mir kippte, und ich hatte auf einmal den herben Geschmack von Moltebeeren auf der Zunge. Ich wurde ruhig.

Ich war bereit.

»Nun, hübsche Sidhe, was sagst du?« In der Stimme des alten Donn lag eine kaum verhüllte Gier. Er hatte ja auch lange genug auf diesen Moment warten müssen.

Ich schlug die Augen auf und lächelte ihn ironisch an. »Kein schlechtes Angebot, aber ich habe ein besseres bekommen.« Mit diesen Worten ließ ich sein Fell los, und er verschwand mit einem kurzen Aufflirren.

Die Standuhr begann knirschend und ratternd wieder zu schlagen.

Dreizehn helle kurze Schläge für die Stunde, dann elf lange, tiefe für die Uhrzeit.

Vierundzwanzig Sekunden.

Ich hob meine Hand und fing den Schockzauber auf, den Oberschwester Ratched auf mich abfeuerte. Ohne innezuhalten, schleuderte ich ihn auf Nicky, deren Huf soeben ins Gesicht ihrer Mutter treten wollte. Sie brach zusammen wie Stirnband, der Dryade. Zum Glück lag Helen vor ihr und fing ihren Sturz ein wenig ab.

Einundzwanzig Sekunden.

Ich fing Oberschwester Ratcheds nächsten Schockzauber auf und schleuderte ihn auf sie zurück. Grinsend sah ich zu, wie auch sie zusammenklappte wie eine Dryade. Bedauerlicherweise lag zu ihren Füßen kein Körper, der ihren Fall hätte dämpfen können.

Neunzehn.

Ich *rief* einen Schockzauber aus den Handschellen an meiner Hüfte, brüllte den anderen Schwestern zu, in Deckung zu gehen, und warf ihn behutsam in den Bettenkreis, wo er in einem grünen Funkenregen auf dem Steinboden zerplatzte.

Fünfzehn.

Ich *konzentrierte* mich auf die Goldkette um Dr. Craigs Hals und *zerbrach* die sonnenhelle Magie darin. Ich konnte mich gerade noch zur Seite werfen, als er daraufhin fast über mir zusammenbrach.

Dreizehn.

Ich rappelte mich wieder auf, griff mir das zottige Fell des alten Donn und rannte zu den leeren Ersatzbetten auf der anderen Seite des Saals beim Ausgang.

»Nicht so weit, näher, viel näher«, brummelte ich, und die Distanz verringerte sich prompt. Sie verringerte sich so sehr, dass ich gegen die Betten schlitterte. Im Hintergrund ertönte der erste tiefere Schlag der Uhr.

»Tja, danke«, brummelte ich und zwängte mich zwischen die Betten, wo ich einigermaßen geschützt war.

Neun.

Ich kauerte mich hin und schätzte die Distanz zu den Betten der Stepfords ab. Sie waren gut fünfzehn Meter entfernt, aber das war längst nicht weit genug. »Sie müssen weiter weg sein, viel weiter. So weit, dass sie nur noch winzige Figürchen sind«, befahl ich der Magie des *Dazwischen*.

Sieben.

Der Saal begann gehorsam sich zu strecken, neue Holzbalken erschienen mit einem *plopp* auf der Decke, und neue Holzsäulen wuchsen wie Bäume aus dem Fußboden.

Fünf.

Der Raum wurde länger und länger, hölzerne Kronleuchter schnalzten aus der Decke hervor und beleuchteten mit flackernden Kerzen den langen Saal.

Vier.

Die Betten waren jetzt nur noch ganz winzig in der Ferne zu erkennen.

Drei.

Ich *konzentrierte* mich auf die Abwehrzauber auf dem Ausgang.

Zwei Sekunden.

»Irgendwo, wo wir alle in Sicherheit sind«, betete ich.

Eine.

Ich *knackte* die Magie, und die Welt um mich herum explodierte.

54. Kapitel

Ich war von einer klebrigen grauen Leere umgeben.
»Hübsche Sidhe«, säuselte mir jemand mit einer tiefen, rauen Stimme ins Ohr, »ich werde husten und prusten und dir dein Haus zusammenpusten, sagte der Vampir zur hübschen Sidhe.« Aus der Bassstimme wurde ein hohes Quieken. »O nein, wirst du nicht, quiekte die hübsche Sidhe.« Die Stimme senkte sich wieder zu einem Bass ab und dröhnte: » O doch, das werde ich, sagte der Vampir ...« Die Stimme verklang in einem Rauschen.

Meine Augen waren offen, aber alles um mich herum war in ein staubiges, trübes Grau gehüllt. Mir kam der entsetzliche Gedanke, dass ich vielleicht zu viel Magie benutzt hatte, um den Ausgang aufzusprengen, und das *Dazwischen* des alten Donn zerstört hatte. Mir blieb fast das Herz stehen. Ich holte tief Luft, um die aufkeimende Panik niederzuringen. Wieso war es bloß so staubig? Ich tastete mit der Hand mein T-Shirt ab. Der Göttin sei Dank, der Anhänger war noch da. Ich versuchte, mich zu orientieren: Ich lag auf einem kalten Steinboden – die Wand in meinem Rücken war ebenfalls kalt und ebenfalls aus Stein. Etwas Schweres lag auf meinen Beinen, die sich ganz taub anfühlten ... Ich streckte die Hand aus und berührte Metall: Ah, eines der Betten war auf mich gefallen. Und dieser gruftige, steinige Geschmack im Mund war ... Steinstaub. Okay, ich hatte also nicht alles zerstört. Bloß ein bisschen Verheerung angerichtet.

»Ich werde husten und prusten ...«

Ich tastete ein wenig herum und stieß schließlich auf ein langes, haariges Fell. Sobald ich es berührte, breitete sich ein orangeroter Glanz um mich herum aus. Die riesigen, haarigen Umrisse des alten Donn nahmen Gestalt an. Er war es natürlich, der mir da ins Ohr sang.

Ich blinzelte mit verengten Augen zu ihm auf. »Was?« Ich musste husten. Ein scharfer Schmerz fuhr mir durch Schulter und Arm. Hätte ich mir doch bloß von Jack einen dieser Schmerz-Betäubungszauber von seiner Mutter für unterwegs mitgeben lassen. Ich krächzte: »Was soll die Singerei?«

Er klopfte mit seinen haarigen Knöcheln gegen eines seiner Hörner. »Da steht ein Vampir vor der Tür und will herein, hübsche Sidhe.« Er beugte sich vor. »Er sagt, dass er dich *riechen* kann.«

Malik?

»Kannst du ihn reinlassen?«, fragte ich mit schon nicht mehr ganz so krächzender Stimme.

»Ich kann ihn nicht hereinbitten« – er zwinkerte mir zu – »denn er sieht nicht …«

Wir wurden von einem lauten Krachen unterbrochen, wie ein Donnerschlag, direkt über unseren Köpfen. Es hörte sich an, als würde jeden Moment die Decke herunterkommen. Mein Puls schnellte hoch. Vielleicht war ich ja ein wenig voreilig gewesen, als ich annahm, ich hätte den Ort nicht ganz zerstört. »Was war das?«, fragte ich.

»Du hast gehustet und geprustet und mir mein Haus zusammengepustet«, sagte der alte Donn traurig.

Shit. Die Stepfords!

»Aber du kannst alles noch ein bisschen halten, ja?«, fragte ich ängstlich. Natürlich konnte er. Wieso hätte er mir sonst ins Ohr gesäuselt? »Und den Vamp reinlassen?«

Seine orangeroten Augen funkelten listig. »Vielleicht. Wenn du mir einen neuen Körper und meine Freiheit versprichst.«

Verdammter, gerissener Wylde Fae, immer versuchten sie in letzter Minute noch zu schachern.

»Lass den Vamp rein und halte hier alles noch ein bisschen zusammen, bis alle draußen sind«, sagte ich streng, »und wir können über deine Freiheit reden.« Ich hielt kurz inne. »Nach meinen Bedingungen, nicht nach deinen.«

»Nicht gut genug«, bellte er.

»Na, das ist alles, was du kriegst«, entgegnete ich ungnädig und drückte insgeheim die Daumen. »Aber vergiss nicht, wenn hier alles zusammenbricht und ich *schwinde*, dann hast du deine Chance verloren. Die nächste kommt dann vielleicht erst in … na ja, bestimmt erst in ein paar Jahrhunderten. Also, es liegt ganz bei dir.«

»Hübsche, *starrköpfige* Sidhe.« Er richtete sich auf und stampfte wütend mit dem Fuß, dass der Boden erzitterte. »Also gut. Ich erlaube dir reinzukommen, Vampir!«, brüllte er zornig.

Eine Sekunde lang geschah gar nichts, dann wurde plötzlich das Bett weggerissen, das auf meinen Beinen lag, und ein besorgter dunkelblonder Schopf schob sich in mein Gesichtsfeld. »Genny, geht's dir gut?« Der Vampir wischte mir den Staub vom Gesicht. »Du hast eine schlimme Kopfwunde, und ich kann dein Blut riechen.« Er schnüffelte angeekelt an seinen Fingern. »Obwohl, das ist nicht alles *dein* Blut.«

Darius. Mein Vampir-Schoßhündchen.

»Wo kommst du denn her?«, fragte ich verblüfft.

»Es hat gekracht im Club, und auf einmal war da dieses riesige Loch«, sagte er und zeigte mir aufgeregt grinsend alle vier Fangzähne. »Wir sind natürlich hingestürzt, und da hab ich dich dann gerochen.«

Irgendwo, wo wir alle in Sicherheit sind. Die Magie hatte manchmal einen bizarren Sinn für Humor. Aber wenn man es genau nahm, gab es im Moment keinen sichereren Ort für Faelinge als in einem Vampirclub – dank Maliks Schutzversprechen. Davon abgesehen gab es niemanden, der die Stepfords schneller erschnüffeln und rausholen konnte als Vampire mit ihren Supersinnen und Superkräften.

»Danke«, murmelte ich und meinte damit nicht nur Darius, sondern vor allem die Magie des *Dazwischen*.

Ich sagte Darius, was ich brauchte. »Also, ihr geht da rein und holt sie alle heraus, aber keine heimlichen Bisse, klar? Sonst würdet ihr euch wünschen, dass Malik euch die Köpfe abgerissen hätte.«

»Klar, Genny, kein Problem«, sagte Darius fröhlich.

Die Krankenhausbetten waren aus Eisen, was bedeutete, dass die Taubheit in meinen Beinen glücklicherweise nur vorübergehender Natur war. Aber es bedeutete auch, dass ich mich im Moment kein Stück bewegen konnte. Meine Schulter fühlte sich an, als würde sie einem Zwerg als Amboss dienen, deshalb ließ Darius mich fürs Erste mit dem Rücken zur Wand beim Zugang sitzen, den ich zwischen dem Coffin Club und dem *Dazwischen* des Towers aufgerissen hatte. Das riesige Loch in der Wand führte direkt ins kreisrunde innere Foyer des Clubs. Das Durcheinander aus Trauer-Souvenirs, die überall herumlagen, ließ darauf schließen, dass ich den Andenkenladen ein klein wenig umgestaltet hatte, speziell die Schaufensterauslage, in der nun ein zehn Zentimeter hoher, dampfender Vulkan aus geschmolzenen DVDs, Plastik und Glasscherben zu sehen war.

Ich zuckte mit den Schultern. Die DVDs waren sowieso im Sonderangebot und daher wahrscheinlich ohnehin Ladenhüter gewesen. Ich hatte die Inventur eben nur ein wenig vorangetrieben. Mit wachsamen Blicken verfolgte ich die Evakuierung der Stepfords und seufzte jedes Mal erleichtert auf, wenn wieder ein paar Vamps ein Krankenbett mit einer werdenden

Stepford-Mum aus den Staubwolken herausrollten und über den Schutthaufen hoben, als würde es nicht mehr wiegen als ein Teetablett. Meine Schulter und mein Arm begannen, mir richtig zu schaffen zu machen, und ich verfiel in eine Art Halbtrance, in der ich das Geschehen um mich herum verfolgte. Betten wurden herausgehoben, schimpfende Schwangere, schreiende Babys und mürrische Schwestern, denen fürsorglich über die Trümmer hinweggeholfen wurde. Hugh würde sicher bald eintreffen, mit seinen Jungs in Blau. Der alte Donn saß derweil bei mir und polierte sich summend mit seinem Lendenschurz die Hörner.

Ungefähr zehn Minuten später tauchte Darius aus dem staubigen Loch auf. Er hatte sich einen leblosen Körper in einem Arztkittel unter den Arm geklemmt, und von seiner anderen Hand baumelte etwas, das ich erst auf den zweiten Blick erkannte.

»Den hat's erwischt«, verkündete er fröhlich und hielt Dr. Craigs Kopf an einem Henkelohr hoch. Der Hals tropfte noch. »Was soll ich mit ihm machen?«

Der alte Donn hörte auf zu polieren.

»Leg ihn auf Eis, bis die Polizei da ist«, riet ich müde.

Darius grinste und salutierte mit dem abgetrennten Kopf, dann verschwand er.

»Du scheinst ein winziges Problem damit zu haben, deine Magie angemessen zu kontrollieren«, bemerkte der alte Donn milde.

Er hatte recht. Ich hatte die Goldkette um den Hals des Doktors lediglich *aufbrechen* wollen, um den Glamour zu zerstören, mit dem er die Stepfords kontrollierte. Aber ich war bis zum Halskragen voll gewesen mit Magie, und die musste ja schließlich irgendwohin. Nun, Dr. Craigs Tod würde mir jedenfalls keine schlaflosen Nächte bereiten. Aber das alles brauchte der alte Donn ja nicht zu wissen.

Ich lächelte breit. »Nein, die Magie hat genau das getan, was sie tun sollte.« Das war keine Lüge. Ich wollte Dr. Craig ausschalten, und das hatte ich getan. Wenn auch ein bisschen blutiger als beabsichtigt.

Der alte Donn blähte die Nüstern, dann nickte er und polierte weiter. Ein paar gerettete Stepfords später sagte er wie beiläufig: »Die Vampire sind schon einmal in mein Heim gekommen. Zwei, mit einem Kelpie und diesem Wasser-Mann.« Seine orangeroten Augen glühten vor Zorn. »Verwandte von ihr, kaum zu glauben. Sie haben sie mir weggenommen und die Kleine auch.«

»Haben wen weggenommen?«, fragte ich bemüht beiläufig. Ich wusste natürlich, von wem er sprach: von Rhiannon oder besser Engel, wie sie jetzt hieß, und ihrer Tochter Brigitta, Anas Mutter.

»Sie hat so gern gesungen«, bemerkte er sehnsüchtig und summte etwas, das sich anhörte wie »Schlaf, Kindlein, schlaf«.

»Das tut sie immer noch«, sagte ich in demselben beiläufigen Ton, während sich meine Finger in dem orangeroten Fell verkrallten.

»Sie war glücklich hier.« Er senkte seinen massigen Schädel, wie um sich bei mir zu entschuldigen. »Wir haben sie nie zu etwas gezwungen, hübsche Sidhe, nicht mal mit dem Fluch als Vorwand. Sie hat von sich aus alles gemacht, was wir von ihr verlangt haben.«

»Weil sie das alles gar nicht verstanden hat«, sagte ich, meinen Zorn nur mühsam im Zaum haltend. »Wie hätte sie auch, da sie doch nicht ganz richtig im Kopf ist?«

»Ja, du hast natürlich recht«, antwortete er sanft, »aber sie hat auch eine prima Tochter in dir.«

Meine Hand zuckte, und ich ließ unwillkürlich das Fell los. Es flirrte kurz, dann verschwand er.

Engel war meine Mutter.

Ich ließ den Kopf an die Wand sinken. Es wollte mir schier das Herz zerreißen. Obwohl ich es, in einem versteckten Winkel meines Herzens, eigentlich längst geahnt hatte … nicht sofort, obwohl es mir das erste Mal, als ich sie sah, vorkam, als würde ich in den Spiegel schauen. Seitdem hatte diese Ahnung nicht aufgehört, in mein Bewusstsein zu tropfen wie eine chinesische Wasserfolter. Aber ich wollte es nicht wahrhaben. Ich wollte nicht von meiner Überzeugung ablassen, dass meine Mutter eine Sidhe namens Natalja gewesen war, die bei meiner Geburt starb, und nicht eine, die mich verlassen hatte. Und ich hatte nicht wahrhaben wollen, dass die Rolle, die ich bei dem Fluch spielte, kein Zufall war, dass auch ich nur ein weiteres »Fluchbrecherkind« war, in einer Familie, die nur aus solchen zu bestehen schien: ein Kind, das den Vampiren überlassen worden war, damit es einen Fluch brach, der verlegt worden war.

Kein Wunder, dass Clíona – meine *Großmutter* Clíona – mich unbedingt hatte töten wollen, als ich mit vierzehn Jahren von zu Hause ausriss und nach London ging. Ich war im wahrsten Sinne des Wortes ihre schmutzige Wäsche, die niemand sehen durfte.

Tränen traten mir in die Augen, und meine Kehle war auf einmal wie zugeschnürt. Wenigstens hatte ich jetzt die Kette mit dem Fruchtbarkeitszauber und konnte alles wieder in Ordnung bringen – ohne selbst ein Opferkind gebären zu müssen.

Jack kam in seiner Rabengestalt aus dem staubverhüllten Loch geflogen, die bewusstlose Nicky in seinen Krallen, deren weißes Rüschennachthemd im Windstoß seiner schlagenden Flügel ihre Beine umflatterte. Er hielt nicht inne, sondern flog über uns hinweg und durch die Wände des Clubs, als ob sie gar nicht vorhanden wären. Hoffentlich brachte er sie zu Finn. Kurz darauf tauchte ein langer, dürrer Vampir auf, der sich die ebenfalls bewusstlose Helen über die Schulter geworfen hatte.

Er ließ sie auf den Teppichboden der Diele gleiten. Sie rührte sich nicht, und ich fürchtete schon, dass sie tot sein könnte.

Aber der Vampir knetete ängstlich seine Hände und sagte flehend: »Bitte entschuldigen Sie, Ms Taylor, aber ich musste sie kurz kaltstellen. Sie hat sich gewehrt, und das hat mich ganz hungrig gemacht.« Er beugte sich vor, berührte mit der Fingerspitze ihre Stirn und brachte sich dann mit einem Sprung in Sicherheit.

Helen fuhr hoch wie ein Stehaufmännchen, die Fäuste geballt, mit zornfunkelnden Augen wild um sich blickend. Über ihre rechte Wange und ihren Unterkiefer zog sich ein schillernder Bluterguss, der von dem Kinnhaken stammte, den ich ihr versetzt hatte. Nicky hatte offenbar nicht so hart zugetreten, wie ich geglaubt hatte. Als ihr Blick auf mich fiel, kam sie mit langen Schritten auf mich zu.

»Ich will es wiederhaben!«, kreischte sie.

Bevor ich reagieren konnte, schnippte sie mit den Fingern, und ich wurde von einem magischen Faustschlag an der verletzten Schulter getroffen.

Verdammtes Miststück.

Der Schmerz raubte mir die Sinne, ich fiel in einen bodenlosen schwarzen Abgrund.

55. Kapitel

Ich erwachte in einem Sarg, einem mit weißer Seide ausgeschlagenen Glassarg, den würzigen Geschmack von Maliks Blut auf der Zunge. Er hatte mich mal wieder geheilt. Ich bedauerte nur, dass ich nicht da gewesen war, um es zu genießen. Mein Sarg stand in der »Aussegnungshalle« des Coffin Clubs. Mein Magen krampfte sich besorgt zusammen. Hatte da jemand vielleicht ein bisschen zu viel schwarzen Humor? Das wäre mir lieber als eine Art ominöse Schneewittchen-Symbolik, weil ich meine Verabredung mit der Morrígan verschlafen hatte.

Ich richtete mich erschrocken auf. Der Saal war leer – bis auf Mad Max, der, an einen blutverschmierten Sarg gelehnt, aufmerksam zu mir herschaute. Mit verschränkten Armen stand er auf der erhöhten Plattform des Altarbereichs. Er trug wieder einmal seine rote Husarenjacke, das lange platinblonde Haar im Nacken zusammengefasst … und seine glänzenden kniehohen Stiefel ruhten auf einem zottigen orangeroten Fell: die haarige Haut des alten Donn.

»Ich muss wissen, wie lange es noch bis Sonnenuntergang ist«, sagte ich so gelassen wie möglich.

Mad Max schmunzelte träge. »Die Sonne geht erst in ein paar Stunden unter, Schätzchen.«

Ich atmete erleichtert auf. Es war noch Zeit. »Was ist passiert, während ich weg war?«

»Dein Freund von der Polizei, der Troll, ist mit heulenden Sirenen und einem ganzen Schwarm Sankas hier eingetroffen«, erklärte er gemütlich, »sie haben alle ins HOPE verlegt – oder abgeführt, je nachdem.«

»Ah, gut.« Hugh schien also alles unter Kontrolle zu haben.

Ich kletterte aus dem Sarg und schaute mit einer Grimasse auf die blutbesudelten weißen Polster, die ich hinterließ, dann auf meine blutbesudelten Jeans und mein blutiges, zerfetztes T-Shirt. Irgendwie hatte meine Kleidung mehr unter der magischen Explosion gelitten, als ich bisher angenommen hatte. Ich verschwendete einen kurzen, sehnsüchtigen Gedanken an eine heiße Dusche, einen eiskalten Wodka und saubere Kleidung. Aber das musste noch warten.

Erst galt es, ein paar Probleme zu klären. Und dann natürlich mein Rendezvous mit der Morrígan einzuhalten.

Problem Nummer eins stand immerhin vor mir.

»Und«, sagte Mad Max lässig, »wie geht's so, Kusinchen? Alle Wehwehchen weg?«

Ich bedachte ihn mit einem undurchdringlichen Blick. »Kusinchen? Sollte es nicht eher ›Nichte‹ heißen?«

Er hob die Brauen. »Ach, die Katze ist wohl aus dem Sack, was?«

»Du sagst es.«

Er breitete die Arme aus und machte eine schwungvolle Verbeugung. »Kusinchen wievielten Grades auch immer von der Vaterseite« – er schlug auf den Sarg, an dem er lehnte: darin lag, in blutbesudeltem weißem, diamantenfunkelndem Anzug, den makabren Pfahl in der Brust, Fjodor – »und der hier ist nicht nur *mein* guter alter Paps, sondern auch der von deiner Mum. Was deine Mum zu meiner verrückten kleinen Schwester macht und mich zu deinem Onkel. Aber wer kann da schon den Überblick behalten! Außer, man verweist die liebe Verwandtschaft in ihre Schranken« – erneut schlug er, mit offensichtlicher Genugtuung, auf den Sarg – »du brauchst dich nicht auf mein Wort zu verlassen, wirf lieber mal einen Blick da rein.«

Er deutete auf ein dünnes schwarzes Album, das an dem Glassarg mir gegenüber lehnte.

Ich trat über den Mittelgang und riss es an mich.

»He, Vorsicht!«, rief Mad Max scharf, »wenn du da 'nen Knick reinmachst, kriegst du's mit mir zu tun!«

Ich warf ihm einen giftigen Blick zu und schaute mir das Album dann genauer an. Es bestand aus feinem schwarzem Leder, die Ecken waren mit Silber beschlagen und das Buch mit einem aufwendigen silbernen Schloss verschließbar. Mad Max' Tagebuch? Meine Fingerspitzen brannten, als ich an dem silbernen Schloss nestelte und es schließlich an der Stelle aufschlug, wo ein schwarzes Lesebändchen die Seite markierte. Ein schwacher Rosenduft wehte mir entgegen wie eine ferne Erinnerung.

Auf der linken Seite prangte ein Familienstammbaum. Ich musste ein hysterisches Kichern unterdrücken: Das war schon der zweite Stammbaum innerhalb von zwei Tagen. Was mich vorerst jedoch weit mehr interessierte, war die gegenüberliegende rechte Seite. Darüber stand in einer seltsam kindlichen Schrift das Datum: der 18. Juni, vor sechsundzwanzig Jahren, und dazu: *Brigittas fünfzehnter Geburtstag.*

Unter der Überschrift klebte eine verblasste rote Rose, daneben vier schmale Fotostreifen aus einer dieser Sofortbild-Fotokabinen. Auf den ersten drei Streifen waren die Gesichter von zwei kichernden Mädchen zu sehen. Zwischen ihnen saß stolz ein silberhaariger Wolfshund – Mad Max in seiner Hundegestalt, nahm ich an. Der Hund hielt eine rote Rose im Maul. Auf dem letzten Fotostreifen waren ebenfalls die beiden Mädchen zu sehen, aber diesmal stand Mad Max selbst zwischen ihnen wie ein platinblonder Valentino, eine rote Rose zwischen den grinsenden Fangzähnen.

Eines der Mädchen musste Helen sein, eine viel jüngere Helen. Das andere Mädchen hatte ich noch nie gesehen, aber wenn ihre Haare weniger rotblond und eher kupferrot gewesen wären und ihre Augen nicht hellgolden, sondern bernsteinfarben, wie die meinen, hätte sie glatt meine Zwillingsschwester sein können. Das musste Brigitta sein.

Das Trio sah jung und unbekümmert aus. Und glücklich.

Ich warf einen Blick auf den Stammbaum auf der linken Seite.

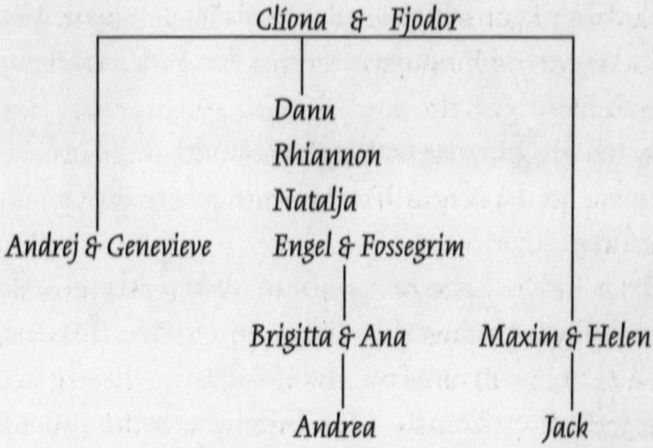

Ich starrte die Fotos an und auch den handgeschriebenen Stammbaum. Mir schwirrte der Kopf. Das musste ich erst mal verdauen.

Ich war nicht das einzige Kind meiner Mutter.

Sie hatte eine andere Tochter gehabt, Brigitta … die sechsundzwanzig Jahre älter war als ich und aussah wie meine Zwillingsschwester.

Aber Brigitta war tot, sie war von den Vamps getötet worden. Ich hatte sie nie kennenlernen dürfen. Eine heiße Wut stieg in mir auf, schnürte mir die Kehle zu. Tiefe Trauer um die Schwester, die ich nie gekannt hatte, legte sich wie ein Zentnergewicht auf meine Brust. Ich wollte etwas zerschlagen, zerreißen.

»Aber deine verrückte Mutter«, riss mich Mad Max' laute,

träge Stimme aus meinen Rachegelüsten. Ich schaute auf und starrte in sein frech grinsendes, arrogantes Gesicht, »deine verrückte Mutter – ›Engel‹ nennt sie sich ja jetzt – hat ständig ihren Namen geändert.« Er deutete auf das Album in meiner Hand. »und das macht die Sache natürlich kompliziert.«

Ich hielt das Buch so fest, dass meine Knöchel weiß hervortraten. Jetzt, wo alle hässlichen Skelette aus dem Keller waren, würde er mir ja vielleicht eine weitere Frage beantworten. »Wie kam es, dass meine Mutter, ausgerechnet als sie meinem Vampirvater begegnete, praktischerweise den Fruchtbarkeitszauber zur Hand hatte?«

»Ah. Ich fürchte, das war meine Schuld.«

Ich grub meine Nägel in die Handflächen, um ihn nicht laut anzubrüllen. »Und?«

»Nun ja.« Er verschränkte abermals die Arme. »Als meine verrückte kleine Schwester diesem mottenzerfressenen alten Bastard hier« – er grub seinen Stiefelabsatz gehässig in das zottige Fell des alten Donn – »den Fruchtbarkeitszauber zurückbringen sollte, hat sie einen romantischen kleinen Zwischenurlaub beim ebenso verrückten Fossegrim eingelegt. Das Problem war, als sie genug in seinem Brunnen herumgeplanscht hatte, war der Zauber auf einmal verschwunden. Fahren wir im Schnelllauf ein paar Jahre vorwärts, und die liebe Brigitta – das Kind, das sie vom alten Fossy hatte – stieß während einer ihrer Besuche bei dem Alten zufällig auf den Zauber.«

»Und da hast du beschlossen, ihn an Helen auszuprobieren!« Ich warf einen Blick ins Album. »Und an Brigitta ...« Ich schnappte entsetzt nach Luft. »Deiner eigenen Nichte! Meiner Halbschwester!«

»Was soll ich sagen« – er breitete grinsend die Arme aus, doch der Ausdruck in seinen eisblauen Augen war kalt und hart – »wir waren gute Freunde, die Mädchen und ich, und beide hatten Probleme, die sich durch eine Schwangerschaft lösen ließen. Und ich hab mein Bestes gegeben, ihnen zu Diensten zu sein. Ich weiß, ich weiß, ich bin ein Schurke und ein schrecklicher Onkel.« Er zuckte die Schultern. »Na, wie auch immer. Plötzlich taucht meine irre kleine Schwester auf und verlangt den Zauber zurück. Ich hab ihn ihr natürlich sofort ausgehändigt. Mit der legt man sich nicht an, vor allem nicht, wenn sie ihre ›Urmutter-Nummer‹ abzieht.« Er erschauderte dramatisch. »Aber der alte Andrej – ›Daddy‹ für dich – war zu der Zeit gerade auf Besuch, und meine verblödete kleine Schwester hat sich prompt in ihn verknallt. Sie hat dem alten Knaben so viel Glamour verpasst, dass er nicht mehr wusste, wo vorn und hinten ist. Und, schwupps, neun Monate später hüpfst du heraus.«

»Dann hat mein Vater sie also nicht vergewaltigt?«, fragte ich wie betäubt. All die Jahre, elf Jahre lang, hatte ich etwas von meinen Eltern geglaubt, das gar nicht wahr war. Wenn es einen Bösewicht in dieser Geschichte gab, dann war das nicht mein Vater. Das waren Clíona und die Urmutter.

»Ach du liebe Güte, nein!« Er schaute mich gespielt entsetzt an. »Eher andersherum, wenn du mich fragst. Obwohl der alte Knabe natürlich nichts dagegen einzuwenden hatte – ist rumstolziert wie ein Pfau, wenn ich mich recht erinnere.«

Warum hat sie mich dann bei ihm zurückgelassen? Aber ich fragte nicht. Ich war sicher, dass es etwas mit dem Fluch zu tun hatte. Und mit der Urmutter. Ich klappte das Album behutsam zu und lehnte es wieder an den Glassarg. Mir reichte es vorerst mit den Familiengeschichten, mehr konnte ich im Moment beim besten Willen nicht verkraften. Meinen Kummer, meine Wut und Verzweiflung schob ich in irgendeine finstere Ecke. Darum würde ich mich später kümmern. Ich brauchte meine ganze Konzentration für meine bevorstehende Verabredung mit der Morrígan.

»Wohlan. Es gibt noch viel zu tun!«, sagte ich forsch. Problem Nummer zwei zum Beispiel – der alte Donn. »Das würde ich gern wieder mitnehmen, herzlichen Dank auch.« Ich deutete auf das zottige Fell, auf dem er stand.

»Du willst ihn doch hoffentlich nicht wieder zum Leben erwecken, was?«, fragte Mad Max gedehnt.

»Nein.«

»Na gut, dann kannst du ihn gern wiederhaben, liebe Nichte.« Er tippte sich zum Abschied an eine imaginäre Hutkrempe und schlenderte zur Tür. »Ich werde sehen, ob sich aus dem Trümmerhaufen, den du hinterlassen hast, wieder ein Nachtclub machen lässt. Viel Spaß noch, Kindchen.«

»He, Moment …«

Er wandte sich um und zeigte mir grinsend seine Fangzähne. »Unser mysteriöser Obervamp ist wieder zu dem kleinen Scheißkerl zurückgekehrt. Wir wollen doch schließlich nicht, dass dieser Irre plötzlich hier auftaucht, oder?« Er schüttelte sich. »Der alte Malik ist der Beste, wenn's darum geht, den kleinen Scheißkerl zu beschäftigen. Keiner von uns hält mehr aus als er … Und er ist schließlich unsterblich, nicht wahr?« Er grinste.

Ich schnappte entsetzt nach Luft. Dass Malik so einfach zum Autarchen zurückgegangen war, ohne sich von mir zu verabschieden, war ein Stoß ins Herz. Dieser dumme, idiotische Vampir!

»Aber der taucht schon wieder auf, wie immer, keine Sorge.« Mad Max deutete mit dem Finger auf mich. »Ich hab dir ja gesagt, Malik vergisst nie etwas. Der lässt dich nie mehr los, wenn er dich einmal auf dem Kieker hat.« Er wandte sich zum Gehen.

»Er ist nicht auch irgendein verschollener Onkel oder Cousin oder so was?«, fragte ich, ehe ich es verhindern konnte. Denn das wäre nun wirklich *abstoßend* gewesen.

Mad Max stieß ein bellendes Lachen aus. »Machst dir wohl Sorgen, dass er auf inzestuöse Beziehungen steht, so wie der Rest unserer dysfunktionalen kleinen Familie, was, liebe Nichte?«

»Ja.«

»Ist nicht sein Ding, Schätzchen.«

Mir fiel eine ganze Gerölllawine vom Herzen. Ich stieß den Atem aus, den ich angehalten hatte, ohne es zu merken.

»Ach ja«, fügte er hinzu, »da wir schon von dysfunktionalen Familien reden: Wenn du meine kleine Schlampe von Tochter siehst, sag ihr, sie muss von jetzt an direkt mit dir verhandeln, wenn sie dein Blut will. Mein Mittelsmann hat sich nämlich auf die Walz begeben.«

Seine Tochter? Ach ja, Ana war ja auch mit mir verwandt. Meine Kusine oder Nichte oder beides … Mir schwirrte schon wieder der Kopf. So genau wollte ich das eigentlich gar nicht wissen. Schlimm genug zu wissen, was ich bereits wusste. Aber wieso brauchte sie mein Blut? Und was noch besorgniserregender war … »Wo ist Darius? Ist was mit ihm?«

»Dein kleines Schoßhündchen? Dem geht's gut, soweit ich weiß. Ich hätte vielleicht besser sagen sollen: Mittelhexe, denn es ist die schöne Helena, die die Biege gemacht hat.«

»Helen Crane ist verschwunden?«, fragte ich überrascht.

»Genau das hab ich gesagt, Schätzchen«, antwortete er bitter, und seine Happy-as-Larry-Maske verrutschte für eine Sekunde. »Wenn du sie suchst, dann schau, wo mein rabenfedriger Sohn abgeblieben ist.« Mit diesen Worten machte auch er die Biege. Zurück blieb eine traurig klingende Bitte: »Wenn du Ana siehst, sag ihr, sie soll sich verstecken … irgendwo, wo sie sicher ist.«

56. Kapitel

Der Himmel erglühte in den rotgoldenen Farben des Sonnenuntergangs, als ich den Tower Hill Memorial Garden betrat. Aus dem Springbrunnen im Zentrum schoss eine zehn Meter hohe Wassersäule funkelnd ins Abendrot. Eine Art Party schien stattzufinden, es wimmelte von Leuten, deren Gespräche wie das Gesumm im Nest einer Koboldkönigin klang. Gläser oder Bierkrüge in den Händen, spazierten sie umher. Es waren zahlreiche Dryaden mit den verschiedensten Kopfbedeckungen darunter und nicht wenige Najaden, deren Kopfflossen aus dem Gedränge ragten. An einer hastig errichteten Bar in einer Ecke schien sich gar die ganze Satyr-Herde versammelt zu haben. Lachend stießen sie miteinander an. Dazwischen wuselten etwa zwanzig Sammler-Kobolde umher. Mit blinkenden Reflektoren an ihren dicken Sportschuhen verteilten sie abwechselnd Erfrischungen oder sammelten Abfall auf, wie es ihre Art war. Erschwert wurde ihnen diese doppelte Aufgabe durch einen übermütigen jungen Hund, der mit glänzendem grünem Fell und wedelndem Schwanz zwischen ihnen umherlief und nach ihren Hacken schnappte.

Ich blieb verblüfft im Eingang stehen. Doch schon tauchte Hugh vor mir auf und verstellte mir die Sicht auf das Treiben.

»Was ist denn hier los, Hugh?«, fragte ich aufgebracht. »Ich hab ein Treffen mit der Morrígan, ich muss …«

»Du musst gar nichts, Genny«, unterbrach mich Hugh mit seiner brummenden Bassstimme. Er reichte mir ein Glas, das ich verstört entgegennahm. »Die Morrígan ist bereits hier gewesen. Die Fae feiern die Rettung der Faelinge und dass jetzt hoffentlich alles vorbei ist.«

Ich kippte den Drink hinunter – eiskalter Wodka, wie ich erfreut feststellte – und noch ein halbes Dutzend weitere Drinks, die mir ein hilfsbereiter Kobold reichte, während ich mich mit Hugh unterhielt.

Nach der Rettung der Stepfords hatte sich der anonyme Informant gemeldet und mitgeteilt, dass die Morrígan die Stepfords vorübergehend in die Schönen Lande mitgenommen hatte, wo sie bleiben durften, bis sie und ihr Nachwuchs außer Gefahr waren. Der Informant hatte außerdem Hinweise auf die biologischen Väter der Kinder gegeben, und nicht wenige von diesen hatten sich bereits erboten, den Leihmüttern ihrer Söhne eine Beschäftigung als Kindermädchen zu geben, damit sie in der Nähe ihrer Kinder bleiben konnten, wenn sie es wünschten.

»Das sind tolle Neuigkeiten«, sagte ich, »aber wer ist denn nun dieser geheimnisvolle Informant?«

»Ana«, gestand Hugh und bestätigte damit den Verdacht, den ich bereits gehegt hatte. »Sie behauptet, von Craig erpresst worden zu sein. Jetzt, wo er … wo er diesem … *tragischen Unfall* zum Opfer gefallen ist« – Hugh musterte mich forschend, aber ich verzog keine Miene – »hat sie es gewagt, sich mit ihrem Namen bei uns zu melden. Die Untersuchungen laufen noch, aber falls sie tatsächlich die Wahrheit sagt, würde das natürlich entscheidend zu ihrer Entlastung beitragen. Sie behauptet außerdem, dass es Dr. Craig war, der Hexe Harrier und die Faelinge durch einen Zauber unter seinen Willen gezwungen hat.«

»Das stimmt«, bestätigte ich und erzählte Hugh vom alten Donn und dass ich sein Fell vorhin bei den Tower Raben abgeliefert hatte, die es zerpflücken und den Zauber brechen würden, mit dem sein Geist im Diesseits festgehalten worden war. Ich hatte ihm ja versprochen, ihm die Freiheit zu schenken.

Nach meinen Bedingungen.

Als wir unser Gespräch beendet hatten, führte Hugh mich zu dem Bronzespringbrunnen im Zentrum des Gartens. Als wir uns durch die Menge gezwängt hatten, sah ich eine junge Frau neben dem Brunnen stehen, die mir erwartungsvoll entgegenblickte.

Sie lächelte scheu. Das weißblonde Haar fiel ihr wie ein Wasserfall bis zu den Hüften, und unter ihrem langen, silbernen Abendkleid zeichnete sich eine merkliche Wölbung ab. Ich hatte sie noch nie gesehen, wusste aber dennoch sofort, wer sie war: Ana, meine Nichte/Cousine. Auch erkannte ich in diesem Moment, dass sie es gewesen war, die mir so großzügig ihre Magie zur Verfügung gestellt hatte, als ich im *Dazwischen* des Towers nach einem Ausweg suchte: Die Verbindung summte noch zwischen uns wie ein gespanntes Drahtseil.

»Danke für deine Hilfe«, sagte ich zu Ana. Ich war ihr wirklich zutiefst dankbar. Dennoch war ich plötzlich verlegen. Man trifft nicht alle Tage auf neue Familienmitglieder. Überdies kam ich mir schrecklich underdressed vor in meinem schlichten schwarzen T-Shirt und den Jeans, die ich mir von einer hilfsbereiten Vampirin im Coffin Club geliehen hatte.

»Nein, ich habe dir zu danken«, sagte sie leise und strich mit ihrer schlanken Hand über ihren Babybauch. »Allein konnte ich nichts gegen Craig ausrichten. Deshalb habe ich zur Urmutter gebetet, den Faelingen zu helfen. Und auch uns. Und sie hat dich geschickt.«

Endlich fiel der Groschen aus dem Disney-Himmel: *Ana* war es, die sich ein neues Leben wünschte. Aber wen meinte sie mit – ›uns‹?

Ein liebevoller Ausdruck trat auf ihr Gesicht, und sie stieß einen leisen Pfiff aus. Das grüne Hündchen spitzte die Ohren und kam hechelnd auf uns zugesprungen. »Sag Hallo zu deiner Tante Genny«, sagte Ana.

Tante Genny? Mein Magen schlug einen nervösen Purzelbaum. Jetzt war ich plötzlich auch noch Tante geworden.

Der flauschige Hund schüttelte sich, als wäre er gerade aus dem Wasser gekommen. Magie strich prickelnd über meine Haut, und dann stand auf einmal ein streichholzdünnes kleines, etwa achtjähriges Mädchen vor uns und grinste uns mit demselben scharfzahnigen Lächeln an wie zuvor der Hund. Sie trug ein rosa »Hello Kitty«-T-Shirt und Jeans. Ihre grünen Haare bildeten einen Irokesenschopf auf ihrem Kopf. »Hallo, Tante Genny«, lispelte sie, »ich bin Andy.« Jetzt sah ich, dass hinter ihren scharfen Zähnen zwei weitere winzige Spitzen hervorblitzten: kleine Fangzähne. »Darf ich mal beißen?«, bettelte sie frech.

»Andrea!«, keuchte ihre Mutter entsetzt. Aus dem Brunnen schoss eine wässrige Pranke hervor und versetzte dem Kind einen Klaps auf den Po.

Andy sprang zurück und streckte dem Brunnen die Zunge heraus. »Hey, Opa, pass ja auf! Sonst heb ich mein Bein und …«

Ana hielt ihrer Tochter entsetzt den Mund zu. Hektisch flüsternd beugte sie sich zu ihr hinunter. Andy schaute mich an und verdrehte die Augen. Ich machte eine strenge Miene. Auch die nahm sie nur mit einem Augenrollen zur Kenntnis.

Ich musste die Lippen zusammenpressen, um nicht zu lachen. Andy begann zu flirren, und schon stand wieder das grüne Hündchen vor uns, das sich ungeduldig aus den Armen seiner Mutter wand. Fröhlich bellend sprang es davon und machte sich wieder über die armen Sammler-Kobolde her.

Für sie hatte Mad Max also mein Blut gebraucht.

»Bitte entschuldige, Genevieve«, sagte Ana mit schamroten Wangen, »sie macht grade eine schwierige Phase durch …«

Ich grinste. »Ach, bitte, das macht doch nichts …«

»Clíona hält uns für unrein«, sprudelte es aus Ana hervor. Mein Lächeln erlosch, als hätte es jemand ausgepustet. »Als sie von mir und von Andy erfahren hat, wollte sie uns …« Zittrig rang sie nach Atem. Ich wusste auch so, was sie meinte: Clíona wollte sie töten. Dieses Schicksal hatte sie ursprünglich auch mir zugedacht. Meine Großmutter schien also wirklich so bigott und verlogen zu sein, wie ich gedacht hatte. Mit einem fast ehrfürchtigen Blick deutete Ana auf die feiernden und tanzenden Fae. »Ich hatte angenommen, sie würden genauso denken wie Clíona. Deshalb habe ich uns all die Jahre versteckt gehalten und getan, was Craig wollte.« Sie umklammerte ihren schwangeren Leib. »Er hat gesagt, wenn wir nicht tun, was er will, wird er uns nicht länger schützen, nicht nur vor dem Autarchen, auch vor allen anderen. Aber dann hörte ich, dass dein Vater auch ein Vampir war und dass du trotzdem von den Fae akzeptiert wirst. Und da begann ich zu hoffen, dass sie auch mich und Andy akzeptieren würden.«

Ich konnte mir gut vorstellen, wie das gewesen sein musste, sich all die Jahre verstecken zu müssen, aus Angst, wegen ihres »unreinen« Bluts von den Fae verfolgt zu werden. Ich hatte schließlich jahrelang dieselben Ängste gehabt … bloß dass ich mir nur um mich selbst Sorgen machen musste.

»Oh, ich bin sicher, dass sie euch akzeptieren werden«, sagte ich und schluckte den Zornkloß hinunter, der mir im Hals saß. Wenn nicht, dann bekämen sie es mit mir zu tun. »Ach ja, und mach dir keine Sorgen um Andys *Flüssigdiät*«, fügte ich hinzu, »da finden wir schon eine Lösung.«

Sie schenkte mir ein zittriges Lächeln. »Danke, Genevieve.«

»Ach, nenn mich Genny.« Ich lächelte. »Was ich fragen wollte: Was ist Andy eigentlich?«

»Ein norwegischer Elchhund«, antwortete Ana glücklich.

Ich blinzelte. »Äh, wie bitte?«

»Oh!« Ana errötete schon wieder. »Entschuldige, ich bin es so gewöhnt, dass mich die Leute das fragen, wenn ich mit ihr Gassi gehe …« Sie stieß ein nervöses Lachen aus. »Also, ich weiß selbst nicht genau, was sie ist. Wahrscheinlich eine *Dhampir*, aber sicher bin ich mir nicht.« Wieder dieses zögernde Lächeln.

In diesem Moment wurden wir von lautem Gebell und Geschrei unterbrochen. Beide wandten wir uns um und sahen, wie Andy unter einem ganzen Haufen kleiner Goblins verschwand. Aus dem Brunnen schoss eine Wasserfontäne und ergoss sich über das Getümmel, was der Rauferei sogleich ein Ende bereitete. Verletzt war niemand, bloß bis auf die Haut durchnässt. Oder bis aufs Fell. Ich grinste, als Ana daraufhin sofort wie eine besorgte Glucke zu ihrem Nachwuchs hinlief, um mütterliche Ordnung in das Durcheinander zu bringen.

In diesem Moment tauchte Finn auf.

57. Kapitel

Finn führte mich zu einer abseitsgelegenen Bank. Mit einem ernsten Ausdruck in seinen moosgrünen Augen umarmte er mich. »Danke, Gen«, murmelte er, »dass du mir meine Nicky wiedergegeben hast.« Ich schlang meine Arme um ihn und atmete seinen typischen Duft nach warmen Waldbeeren ein, während ich ihm zuhörte. Nicky war schwanger – und das leider schon im vierten Monat. Helens Plan, mich gegen sie auszutauschen, hätte also nichts mehr genutzt, selbst wenn ich ihr hätte helfen können. Und jetzt würde Nicky zusammen mit den Stepfords in die Schönen Lande gehen und vorläufig bei der Morrígan bleiben. Leider stand in den Unterlagen über die biologischen Väter, die Ana den Polizeibehörden ausgehändigt hatte, nichts über Nicky. Man konnte also weder sagen, wie das Kind zustande gekommen war, noch, wer der Vater sein könnte. Finn weinte sich an meiner Schulter aus. Er tat mir unendlich leid, und auch Nicky. Ich wünschte, das Ganze wäre anders ausgegangen, zumindest für seine Tochter.

»Ich muss wieder zurück zu Nicky«, sagte er schließlich, nachdem der Sturm vorüber war. »Begleitest du mich noch bis zum Auto?« Wir blieben stehen, bevor wir auf die verkehrslaute Straße hinaustraten, und jetzt, wo wir uns auch ein wenig vom Partylärm entfernt hatten, herrschte einigermaßen Stille um uns. Er nahm mein Gesicht zwischen seine sanften, warmen Hände und küsste mich, eine zärtliche Liebkosung meiner Lippen, bei der mein Puls hochschnellte und mich ein Kribbeln durchlief, vom Kopf bis zu den Zehen.

Nach einer Weile sagte er leise: »Ich werde Nicky begleiten, Gen.« Ein Anflug seines typischen schiefen Grinsens tauchte auf seinem Gesicht auf. »Warum kommst du nicht mit?«

Einen sehnsüchtigen Moment lang stellte ich es mir vor … aber so gern ich auch herausfinden wollte, was zwischen Finn und mir war, jetzt, wo kein Fruchtbarkeitsfluch mehr über uns hing, und sosehr ich ihn auch vermissen würde, ich wusste, dass Nicky ihren Vater jetzt ganz für sich haben musste, ohne irgendwelche Komplikationen oder Ablenkungen.

Ich schaute ihm noch lange nach, als er davonfuhr, und auch hinauf zu der wunderschön beleuchteten Tower Bridge. Ich dachte an Finn und daran, was die Zukunft wohl bringen mochte … und auf einmal musste ich auch an Malik denken, an sein wunderschönes, perfektes Gesicht. Zu beiden fühlte ich mich hingezogen, auf unterschiedliche Weise … beide hatten einen Platz in meinem Herzen.

»Ach, Püppchen«, drang plötzlich Tavishs dunkle Stimme an mein Ohr, »mach dir nichts daraus, der kommt schon wieder.« Ich wandte mich wachsam um. Da stand er und betrachtete mich mit einem rätselhaften Ausdruck in seinen silbern schimmernden Augen. »Und der Vampir auch. Leider.«

Er trat auf mich zu und ergriff mein linkes Handgelenk. Wärme durchrieselte mich, und auf einmal wurde das Armband mit den magischen Amuletten sichtbar. Die Telefonzelle und der Londoner Bus waren verschwunden. Ricou hatte sie entfernt, als Hugh und ich beim Dead Man's Hole Befreiungspläne schmiedeten.

Zwischen den verbliebenen Anhängern baumelte funkelnd Maliks Platinring.

Er hatte ihn mir also zurückgegeben. Nur zur Sicherheit, falls ich ihn wieder einmal kontaktieren musste? Oder auch aus einem anderen Grund? Ein Teil von mir wünschte sich sehnlichst, dass mehr dahintersteckte.

Stirnrunzelnd musterte ich Tavish. »Das klingt ja fast so, als ob du nicht willst, dass Malik wieder zurückkommt. Dabei hat er mir gesagt, dass du sein Verbündeter bist?«

»Aye, das bin ich«, brummte Tavish mit harter Miene, »jedenfalls so lange, bis ich seinen Herrn und Meister für ihn erledigt habe. Und dann werden wir sehen.«

Malik wollte, dass Tavish den Autarchen tötete? Na, das war doch mal eine Idee, der ich nur applaudieren konnte – bloß sah Tavish im Moment leider nicht so aus, als ob er auch nur einem Kätzchen ein Haar krümmen könnte. Immerhin ein bisschen besser als zuletzt, als ich ihn mit einem Stierhorn im Bauch zurückgelassen hatte.

»Ähm, das mit der Morrígan«, begann ich ängstlich, »hast du rausgefunden, wie man den Schutzzauber am Amulett entfernen und den Fluch *brechen* kann?«

»Aye, Püppchen, alles erledigt.« Die Perlen in seinen dicken Dreadlocks stießen klickend aneinander. »Ana hat eine Übereinkunft mit der Morrígan getroffen, also zerbrich dir deswegen nicht mehr den Kopf.«

»Ah, gut«, sagte ich erleichtert. Jetzt musste ich nur noch herausfinden, was Ana der Morrígan versprochen hatte. »Und, äh, der Keuschheitszauber, mit dem du mich belegt hast?«

Er winkte wegwerfend mit der Hand. »Der vergeht von selbst wieder.«

Hm. Ich runzelte die Stirn. Das glaubte ich ihm keinen Moment lang. »Du weißt hoffentlich, dass das mit dem Horn nicht persönlich gemeint war, oder?«

»Aye. Das war ein guter Streich, den du der Morrígan gespielt hast. Und es hat alles ja doch noch zu einem guten Ende geführt.« Er fletschte grinsend seine schneeweißen, spitzen Zähne. Ich unterdrückte ein Schaudern, nicht sicher, ob mir tatsächlich vergeben worden war. »Nun, ich hoffe, du lässt dir etwas einfallen, um es bei mir wiedergutzumachen?«

Er war ein trickreicher, tückischer Wylde Fae, bei denen musste man vorsichtig sein. Meine Augen wurden schmal. »Was genau meinst du damit?«

Aber bevor er antworten konnte, kam Sylvia mit wackelndem rosa Fahrradhelm auf mich zugesprungen und umarmte mich stürmisch. »Mensch, Genny, du errätst nie, was mir passiert ist!« Ihre Augen glänzten vor Freude, und es roch auf einmal herrlich nach Kirschblüten. »Ich bin schwanger! Das erste reinrassige Fae-Kind seit achtzig Jahren! Deshalb feiern wir ja.« Ricou stand hinter ihr, das Fischmaul zu seinem typischen Gähn-Lachen aufgerissen, die Kopfflosse stolz aufgerichtet.

»Wow«, sagte ich verblüfft. Auch ich strahlte. Und dachte an Helens »Babyerinnerung«. Sofort nahm die Kette mit dem Amulett, in dem die Fruchtbarkeit der Londoner Fae gefangen gehalten wurde, vor meinen Augen Gestalt an, begleitet von einer leichten Übelkeit. Sorgsam geschützt lag es zwischen Sylvias üppigen Brüsten. Auch meine Kette mit Graces Medaillon hing dort. »Ich gratuliere!« Ich umarmte sie noch einmal. »Das ist einfach fantastisch. Und superschnell, wie das passiert ist!«

»Ich weiß!«, quietschte Sylvia entzückt. »Das Baby wird ein Weihnachtssetzling, ist das nicht wundervoll?«

Das war es. Einfach unglaublich wundervoll. Sylvias Neuigkeiten nahmen mir eine Zentnerlast von den Schultern. Jetzt, wo die Fae ihre Fruchtbarkeit wiederhatten und der Fluch gebrochen war, war ich wiederum von der Notwendigkeit einer Schwangerschaft entbunden. Ich war derart überwältigt, dass ich mich bei den beiden entschuldigte und mir ein ruhiges Eckchen suchte, um das alles erst mal zu verdauen.

Tavish folgte mir und lehnte sich mit der Schulter an die lange Wand mit den bronzenen Gedenktafeln. Neugierig fragte er: »Hab gehört, die Hexe hat dich bewusstlos geschlagen und dir fast die Kleider zerfetzt beim Versuch, dir den Anhänger wieder wegzunehmen?«

Tja, das erklärte den Zustand meiner Kleidung beim Erwachen. »Bloß gut, dass ich die Kette da bereits einem der Vamps anvertraut hatte« – meinem Schoßhündchen, Darius – »mit der Bitte, sie Sylvia zu geben.« Ich lächelte gerissen. »Ich konnte ja nicht wissen, wer sonst noch hinter der Kette her war.«

Er zeichnete den Ausschnitt meines T-Shirts nach. »Und es freut mich zu sehen, dass du nicht länger den Anhänger von deiner Freundin trägst, Püppchen. Es war nicht richtig, ihre Seele so lange hier festzuhalten.«

Mir traten Tränen in die Augen – diesmal jedoch meine eigenen. Es hatte ein Weilchen gedauert, bis ich daraufkam, dass es Grace war, die litt und sozusagen stellvertretend für mich weinte, und dass sie hier von mir festgehalten wurde – bis ich die Kette in Sylvias Obhut gab.

»Ich hoffe, sie ist glücklich«, murmelte ich, »wo immer sie auch sein mag.«

»Tja, Püppchen, ich glaube, diesbezüglich kann ich dich beruhigen.« Er berührte meine Stirn und murmelte leise etwas Unverständliches. Dann deutete er auf Sylvia. »Rasch, schau hin. Du wirst es nicht lange *sehen* können.«

Sylvia war von einem zart leuchtenden, magischen Schein umgeben, in dem wundervolle Muster waberten wie Blätter, die in der Sonne funkelten. Das war ihre Seele, umhüllt und beschützt von ihrer Aura, wie ich mit Verwunderung und Ehrfurcht erkannte. Was mir jedoch wirklich den Atem raubte, war das helle goldene Leuchten zwischen ihren Brüsten, von dem sich ein leuchtender Pfad bis zu dem winzigen, kaum erwachten Leben in ihrem Schoß zog.

Voller Staunen betrachtete ich Sylvia so lange, bis der Glanz verblasste und sie wieder aussah wie immer. Ein tiefer Friede erfüllte mich.

»Ach, Püppchen, du musst doch nicht weinen«, sagte Tavish mitfühlend, »so ist das Leben. Und es liegt nun einmal in der Natur der Seelen, sich wieder ein neues Zuhause zu suchen. Jetzt weißt du wenigstens, wo deine Freundin sein wird.«

Lächelnd wischte ich mir die Tränen aus dem Gesicht. »Danke«, sagte ich und gab ihm einen Kuss auf die Wange.

»Ah, ein Kuss ist gut und schön, aber ich hätte doch gern etwas mehr.« Sein Mund verzog sich zu einem gerissenen Lächeln, und er reichte mir einen Umschlag.

Verwirrt nahm ich ihn entgegen und machte ihn auf. Ich las, was da stand. Fassungslos schaute ich zu Tavish auf. »Spellcrackers soll mir gehören?« Ich schaute noch einmal auf das Datum des Briefs. »Schon seit vorgestern?«

»Aye, Püppchen. Scheint, als würdest du dir nicht gern von deinem Boss Vorschriften machen lassen.«

»Das kann ich nicht annehmen«, sagte ich und hielt ihm den Umschlag hin. »Spellcrackers gehört Finn.«

»Ach, Püppchen, wenn du's nicht annimmst, dann hat er ja gar keinen Grund, wieder zurückzukommen. Und die Herde würde die Firma dann bloß einem seiner pedantischen Brüder übergeben.« Er verzog angewidert das Gesicht.

Das klang nicht gerade gut. »Na ja, wenn das so ist …« Ich faltete den Brief zusammen und steckte ihn ein. »Dann werde ich es vorerst annehmen.«

Tavish zog mich hoch und wirbelte mich herum. Dann drückte er mir einen zufriedenen Kuss auf die Lippen. »Jetzt, wo du der neue Boss bist, könntest du es bei mir wiedergutmachen, indem du mir einen Job gibst.«

»Du brauchst doch keinen Job«, entgegnete ich spöttisch. Was hatte er jetzt schon wieder vor?

Er lachte. »Was ich brauche oder nicht, ist irrelevant. Aber du brauchst jemanden, der einen Keuschheitszauber *bricht*. Außerdem hab ich mir schon immer gewünscht, so was wie der

Sam Spade der Elfen zu sein.« Er zwinkerte mir zu und schlang einen mächtigen Arm um meine Schultern. »Aber darüber können wir morgen noch reden, Püppchen. Jetzt wird erst mal gefeiert.«

Danksagung

Ein Buch zu schreiben macht Spaß, ist aber immer auch eine Herausforderung. Und harte Arbeit. Aber es ist nicht nur harte Arbeit für den Autor, sondern auch für all jene, die dabei helfen, die Geschichte ans Licht der Welt zu bringen, die den Autor beim Schreiben (beziehungsweise Tippen) begleiten, die ihm über die schlimmen Tage hinweghelfen, wenn die Haare mal wieder in alle Richtungen abstehen, bis hin zur Veröffentlichung des fertigen Werks. Und das war diesmal härter als sonst. Mein ganz besonders tief empfundener Dank geht deshalb an all jene, die mir auf dieser Reise beigestanden haben. Eventuelle Fehler sind allein auf mich zurückzuführen.

Vielen Dank an John Jarrold, meinen unerschrockenen Agenten, der nach wie vor an mich glaubt, an das tolle Team von Gollancz für ihre Hingabe und Unterstützung, ganz besonders an Jo Fletcher, meine unvergleichliche Lektorin, die es auch diesmal wieder mit viel Geduld und Exzellenz geschafft hat, aus meiner Geschichte ein besseres Buch zu machen. Und dafür, dass sie noch drei Abenteuer von Genny eingekauft hat!

Mein tief empfundener Dank geht an David Devereux (*Eagle Rising*), der mir erlaubt hat, ihm Löcher in den Bauch zu fragen, was das Thema »Leichen« angeht, an Gareth Wilson (*Falcata Times*), der mir freundlicherweise seinen Namen für einen meiner Charaktere zur Verfügung gestellt hat; und ein ganz besonderer Dank geht an die wundervolle Mardel (*Rabid Reader*) für ihre lustigen und interessanten epischen E-Mails und dafür, dass sie Genny & Co. so gernhat.

Mein Dank geht an Jaye Wells (*Sabina Kane* Vampir-Serie), die nicht nur eine hervorragende Kritikerin ist, sondern vor allem auch eine ausgezeichnete, witzige Schriftstellerin (ich kann ihre Bücher nur wärmstens empfehlen!), und die mir freundlicherweise erlaubt hat, den Spruch »ein Apfel pro Tag hält dir die Vampire vom Hals« zu »stehlen«. Danke auch an meine hervorragenden, superschnellen Beta-Leser: Hasna Saadani (*The Book Pushers*) und Amanda Rutter (*Floor to Ceiling Books*), ihr Ladys habt es echt drauf! Karen Duvall, der ich noch Dank schulde für ihre aufschlussreiche Hilfe bei *Der Kalte Kuss des Todes* (mea culpa); und an Neil Ford alias Sir Lancelot für die »Pixies«.

Meinen herzlichen Dank an die *Thursday Writers*, eine wahrhaft inspirierende Gruppe, für all ihre Hilfe und Ermutigung: Malcolm Angel, Alison Aquilina, Judy Monckton und Doreen Cory, die mich von Anfang an auf dieser erstaunlichen Reise begleitet haben. Ein ganz dickes Dankeschön auch an meine allerbeste Freundin, Fiona Mackenzie, die sämtliche Entwürfe mit mir durchlitten hat, für ihre Hingabe an Genny & Co. und ihre meisterhafte Art, die Paranoia-Goblins zu vertreiben, wenn mich mal wieder die Muse im Stich lässt.

Mein Dank geht wie immer an Norman, Lebensgefährte und bester Freund: Du bist das Licht in meinem Leben. Ohne dich wären diese Träume nicht möglich und könnten mir auch nie so viel bedeuten.

Zuallerletzt ein ganz dickes Dankeschön an die vielen Leser, die meine Bücher ins Herz geschlossen haben. Ich hoffe, dass euch auch dieses hier gefallen wird!

Suzanne McLeod
East Sussex
August 2010